LE TRIPODE

Littératures ■ Arts ■ Ovnis

ÉTOILES VAGABONDES

*Le traducteur remercie Yitskhok Niborski,
qui par une relecture exigeante, patiente
et chaleureuse de sa traduction l'a fait
bénéficier de son érudition.*

*Il remercie également son éditeur
en la personne de Geoffrey Durand,
qui a su rendre leur collaboration
facile et agréable.*

Illustration de couverture de Brecht Evens

SHOLEM ALEYKHEM

ÉTOILES VAGABONDES

Traduction du yiddish par Jean Spector
Préface de Yitskhok Niborski

LE TRIPODE

Je dédie le présent travail
à la mémoire de mes parents
pour qui le yiddish était un trésor.

Jean Spector

SHOLEM ALEYKHEM
ET SES ÉTOILES VAGABONDES DU MONDE YIDDISH

Le yiddish est une langue que les Juifs d'Europe ont utilisée depuis le Moyen Âge, tant pour parler que pour écrire des textes de vulgarisation religieuse et des récits de tout ordre, pour la plupart sans ambitions artistiques. Il n'avait pas le prestige de l'hébreu, considéré comme la langue sainte et utilisé principalement dans les écrits rabbiniques. Ce n'est qu'à partir des années 1860, dans le cadre du processus de sécularisation de la société juive en Europe orientale, que commence à se développer en yiddish une littérature au sens moderne du terme. Une littérature qui en peu de temps, jusqu'au génocide des années 1939-1945, allait rattraper des étapes pour lesquelles d'autres cultures ont disposé de siècles : émergence de l'écrivain en tant qu'artiste individuel, mise en place de systèmes d'édition et de circulation du livre, essor du lectorat, naissance d'une critique littéraire, apparition de mouvements modernistes et avant-gardistes.

Ceci explique qu'un auteur comme Sholem Aleykhem (de son vrai nom Sholem Rabinovitch, 1859-1916), beaucoup plus jeune que Hugo, Balzac, Verne ou Zola, fasse figure, dans sa littérature, de membre de la génération des fondateurs ; qu'il ait eu à se demander s'il écrirait en hébreu ou en russe, avant que la fondation en 1881 d'un périodique yiddish à Saint-Pétersbourg ne lui donne l'occasion de publier dans cette langue, à laquelle il s'est entièrement consacré à partir de 1883 ; qu'au début de sa carrière il ait consacré beaucoup d'efforts, tant matériels qu'intellectuels, afin de susciter, parmi les gens qui créaient en yiddish, la conscience d'appartenir à une même famille d'écrivains et d'être en train de forger la littérature d'un peuple.

Sholem Aleykhem est né dans la Russie tsariste à Pereïaslav (Ukraine). Il a vécu à Kiev et à Odessa, tenté de s'établir aux États-Unis en 1906 (il rentre en Europe l'année suivante), séjourné dans différents lieux tant à l'ouest qu'à l'est du continent et regagné en 1914 New York, où il est mort deux ans plus tard. Il a connu la richesse et le besoin, les maladies et les déceptions, en même temps qu'une immense popularité des deux côtés de l'Atlantique.

Cet écrivain s'est défini lui-même comme humoriste et est devenu aux yeux du monde le visage le plus reconnu de l'humour juif. Ses héros sont les gens du shtetl, *la bourgade juive d'Europe orientale. Il sait tirer le meilleur parti tant de leur naïveté que de leur ruse, tant de leur mentalité provinciale que du raffinement qui leur vient d'une culture vieille et complexe. Qu'il les fasse évoluer sur place ou émigrer vers les grandes villes, voire, comme lui-même, en Amérique, il les munit toujours d'une gouaille et d'une verve savoureuse devenue la marque inimitable de son style.*

Il ne faudrait pas prendre au mot Sholem Aleykhem quand, dans le sous-titre de la plus connue de ses séries d'histoires de bourgade, Fun Kasrilevke *(*Gens de Kasrilevkè*), il affirme s'occuper de « petites gens aux petites aspirations ». En fait, sa vision humoristique rend compte d'un monde juif qui, en s'arrachant à ses anciennes attaches, est entré dans les turbulences d'un mouvement pluridirectionnel et incessant. La bourgade supposée idyllique s'ouvre aux vents de la modernité. Le sifflement du train l'éveille, cette modernité, même s'il ne résonne qu'une fois par jour. La presse, même si en fait il n'y a qu'un seul abonné à l'hebdomadaire hébreu arrivant de Varsovie, la fait vibrer au rythme des rebondissements de l'affaire Dreyfus ou par les échos de la naissance du sionisme. Les lettres des premiers émigrés en Amérique lui font miroiter des perspectives inouïes. Les mouvements socialistes clandestins bouillonnent, avec leur séquelle de répressions. Elle ne peut ignorer les nouveaux visages de l'antisémitisme d'État dans l'empire des Tsars, pas plus que la russification ostentatoire des minces couches de Juifs enrichis. Sholem Aleykhem sait faire rire dans cet horizon de misère, de frustrations, de pogroms, d'humiliations, de déracinement. Il ne le fait pas en simplifiant. Il faut vouloir lire sa complexité.*

*Sa voie royale, Sholem Aleykhem l'a trouvée dans le conte et la nouvelle, ou bien dans des cycles d'épisodes s'assemblant dans des récits plus ou moins romanesques (*Tévie le laitier, Menahem-Mendl le rêveur, Motl fils du chantre*). Il semble avoir une propension naturelle vers ces formes, de même que vers le style monologique où il excelle.*

En ce qui concerne le roman proprement dit, notre écrivain le cultive en fonction de toute une élaboration théorique. À ses débuts, vers 1886, inspiré par la saga des Rougon-Macquart, il compte consacrer toute une série de romans à l'ascension et à la consolidation de la nouvelle bourgeoisie juive en Russie, un milieu qu'il avait bien connu pendant son éphémère expérience d'héritier d'un beau-père riche, avant de se ruiner piteusement en 1890. Mais il abandonne ce projet à peine mis en route. Il pense que, si un roman doit bien se nouer autour de passions communes à tous les humains, à commencer par la passion amoureuse, un roman juif a besoin, en plus, d'un héros essentiellement juif et non pas de types culturellement délavés de la bourgeoisie russifiée. Où trouver, dans une société juive dont les mœurs « romantiques » n'ont pas encore beaucoup pénétré, un type de personnage qui soit en même temps enraciné dans la vie juive avec sa langue yiddish, et assez ouvert à la possibilité de l'aventure amoureuse ? La première trouvaille dans cette recherche est le klezmer, *le musicien juif itinérant, adulé pendant les fêtes de mariage mais tenu le reste du temps plus ou moins en marge de la société respectable, justement à cause de la liberté de sa vie sentimentale. Ainsi naît en 1888 le roman* Stempenyu, *du nom d'un violoniste légendaire. Sholem Aleykhem, très attentif depuis son enfance aux particularités linguistiques et aux jargons professionnels, s'en donne à cœur joie en employant des mots du slang propres aux musiciens populaires du monde yiddish.*

Dans la même lignée on trouvera plus tard Yosele Solovey (Yossele le rossignol), *dont le héros est un célèbre chantre liturgique, figure qui partage avec le* klezmer *ces deux privilèges contradictoires : la condition de star et la renommée de débauché, ainsi que l'usage d'un jargon yiddish professionnel. Il y aura aussi* Moyshele ganev (Moyshele le voleur). *Certes, voleur de chevaux n'est pas un métier spécifiquement juif, mais au moins il y a là aussi un slang particulier et un balancement entre certaines attitudes déviantes que le groupe juif peut tolérer et d'autres qu'il rejette en bloc.*

Pour Blondzhende shtern (Étoiles vagabondes)*, dernier de ses « romans juifs », Sholem Aleykhem choisit pour héros les gens du théâtre yiddish, ce théâtre surgi presque du néant dans les années 1870 en Roumanie, et qui allait essaimer dans le monde entier en à peine quelques décennies. Certes, il s'agit encore de figures en même temps admirées et situées à la marge de la société juive respectable. Mais cette fois ce sont aussi des figures qui nous montrent la dislocation totale de cette société. Si Stempenyu était un musicien itinérant se produisant au sein de communautés encore largement enracinées, un quart de siècle plus tard, les héros d'*Étoiles vagabondes *sont des acteurs itinérants parcourant des communautés prises elles-mêmes dans le tourbillon migratoire. L'auteur a réussi à réunir dans cette œuvre tardive tous les éléments de son art : la matrice du* shtetl *où tout prend racine, les séquences vertigineuses de son éclatement dans la modernité, et les personnages hauts en couleur comme Hotzmakh-Holzmann, avec leur langage foisonnant d'inventions et leurs tirades truculentes. Sholem Aleykhem nous montre ici avec maestria la gloire et la misère d'une forme d'art et d'un milieu artistique qui sont l'une des facettes les plus attirantes de la civilisation yiddish.*

Yitskhok Niborski

PREMIÈRE PARTIE

CHAPITRE PREMIER

ENVOLÉ, L'OISEAU

C'était à la fin de l'été, un dimanche matin aux aurores, Leyé la femme du chantre se réveilla la première de toute la maisonnée. Elle se rappela qu'on était dimanche, jour de marché. Elle jeta un coup d'œil par la fenêtre et s'apercevant qu'il faisait déjà grand jour se gratifia d'un : « Malheur à moi !... », s'habilla ensuite en vitesse, se versa sur les ongles l'ablution rituelle, expédia la prière du matin, se saisit de son cabas et se mit en route avec une telle énergie qu'on aurait pu croire qu'elle risquait de manquer Dieu sait quelle affaire mirobolante.

Dehors régnait une matinée paradisiaque. Le soleil s'était levé et répandait sur Holenechti l'ardeur de ses rayons dorés. En arrivant au marché, Leyé la femme du chantre se sentait comme un poisson dans l'eau. Et le marché qui s'installait à Holenechti, je ne vous dis que ça ! Les femmes moldaves y apportaient en masse les laitages de leurs bergeries, les fruits et les légumes de leurs jardins, du maïs et des cornichons pour trois fois rien. Des oignons, n'en parlons pas ni de l'ail ni des salades !

Parmi toute cette variété, Leyé la femme du chantre acheta un peu de tout si bien que son cabas fut bientôt plein. C'est alors qu'elle tomba sur le poisson, une véritable affaire, un don de Dieu. Elle n'avait même pas rêvé d'acheter du poisson. Enfin, du poisson, c'est vite dit : imaginez de la petite friture, des goujons et des ablettes minuscules, rien que la peau sur les arêtes, on mâche et on crache, mais tellement bon marché qu'elle ne pourrait le raconter à personne, on ne la croirait même pas... Oui, Leyé la femme du chantre avait eu de la chance pour son marché. Sur l'unique petit rouble qu'elle avait apporté, il lui restait encore plein de monnaie. « Dans ces conditions, je vais faire au chantre un cadeau : une dizaine d'œufs frais. Cela lui plaira bien, à Yisroeli. Il aura de quoi se faire dix laits de poule pour soigner sa gorge avant les Jours Redoutables qui approchent, non mais des fois !... Et puis il faut rapporter des bonbons pour ma fille. Elle aime les douceurs, Reyzl, les sucreries, les friandises. Et quelle enfant délicieuse ! Je voudrais bien pouvoir lui acheter des chaussures neuves, les vieilles sont déchirées et ne valent plus rien... »

L'esprit occupé par ces pensées, Leyé tourna et vira encore un bon moment parmi les étals, jusqu'à ce que le rouble tout entier finisse par fondre comme neige entre ses doigts. C'est alors seulement qu'elle se calma et rentra chez elle.

En arrivant elle entendit venir à sa rencontre les vocalises du chantre : « *Mi... i... ba... a... a... esh... ou... mi ba... maïm* » (« Celui qui par le feu, et celui qui par l'eau... »), qui chantait avec cette voix depuis si longtemps familière et qu'elle aimait sans jamais s'en lasser. Yisroeli le chantre est en train de mettre au point une toute nouvelle interprétation du « Ou nesane toykef » pour Roshashonè, le Nouvel An. Yisroeli le chantre n'est pas un de ces grands cantors célèbres dont la réputation s'étend à la ronde, cependant chez lui à Holenechti, il est considéré. La bourgade ne l'échangerait pas, on peut en être certain, contre le plus grand de ces chantres modernes accompagnés d'un chœur et ne le céderait pas pour un million. Mais il n'empêche : si Yisroeli ne donnait pas des cours en plus, il claquerait des dents et danserait devant le buffet. Une chance qu'il soit fin commentateur du Pentateuque, expert en hébreu biblique, et qu'en plus il ait reçu du ciel le don de la calligraphie, ce qui lui permettait d'avoir une dizaine d'élèves, les plus riches fils de famille de la ville (le fiston du riche Béni Rafalowitch est l'un de ses premiers élèves). Deux métiers, ce n'est pas une petite affaire. On doit cependant à la vérité de dire que malgré sa fonction de chantre et l'enseignement qu'il donne, il arrive qu'il n'y ait pas à la maison de quoi fêter honorablement le *shabbess*. Mais on ne mourrait pas de faim. On arrivera toujours à se débrouiller.

Au retour du marché, en sueur, son cabas plein de victuailles, Leyé ne comprit pas pourquoi elle ne voyait ni n'entendait sa fille. Elle avait l'habitude, quand elle rentrait du marché, de voir sa fille, débarbouillée, habillée et coiffée, bondir à sa rencontre, saisir le cabas et le retourner sens dessus dessous pour fouiller :

— Maman, qu'est-ce que tu m'as rapporté ?

— Patience, il n'y a pas le feu au lac ! Donnons d'abord à papa son verre de chicorée, non mais des fois !

C'est à cela qu'elle était accoutumée, la femme du chantre. Et voilà qu'aujourd'hui, la maison est silencieuse, étrangement silencieuse. On ne voit Reyzl nulle part, on ne l'entend pas, bien que la porte soit ouverte. Il faut croire qu'elle dort encore !... Et le chantre qui n'arrête pas de vocaliser. Sa voix s'étire jusqu'à la plus haute octave et finit dans un sanglot : « *Ô mi baesh ou mi ba maïm !* » puis de nouveau : « *Ô mi baesh ou mi ba maïm !* »...

Sur la pointe des pieds, sans faire de bruit, Leyé entre, pose son cabas dans un coin, et pour ne pas gêner son mari dans son travail, tout en se frottant au poêle, se met à parler toute seule :

— Misère ! Elle dort encore ?... Cette fille ! Les élèves du *kheyder* ne vont pas tarder à arriver et elle va se promener toute nue devant tous ces garçons... Elle croit qu'elle est toujours une enfant... Yisroeli !... Yisroeli ! Pas la peine, il n'entend pas. Mon Dieu, ce qu'il a pu en pousser, de ces « *baesh* » et de ces « *ba maïm* », ce matin... Les gens pourraient croire qu'on s'en met plein les poches, avec ce métier de chantre, et en définitive, Reyzl porte des chaussures éculées, déchirées, la pauvre, que le malheur s'en prenne plutôt à moi... Mais jusqu'à quand va-t-elle dormir, que la foudre m'emporte ! Il faut la réveiller, cette enfant, non mais des fois !...

Sur ces mots, Leyé se dirige vivement vers le drap tendu qui tient lieu de cloison et sépare la pièce en deux, prête l'oreille un instant, de deux doigts soulève précautionneusement le rideau, observe le lit, jette un regard vers la fenêtre ouverte et reste un moment interdite, comme frappée d'une pierre en plein cœur, puis se retourne vers son mari :

— Yisroeli !...

Le cri est parti si fort que Yisroeli s'est aussitôt arrêté de chanter et s'est tourné vers sa femme :

— Qu'y a-t-il, Leyé ?

— Où est Reyzl ?

— Comment ça, où est Reyzl ? Elle ne dort pas ?

Une demi-heure plus tard, toute la ville était au courant du malheur qui venait de frapper le chantre, et les gens se précipitaient en foule pour avoir des détails. On courait dans tous les sens.

— Quelles sont les nouvelles ?... Elle a vraiment disparu ?... Comment est-ce possible ?... Comment est-ce arrivé ?...

Toute la matinée, ce fut un bouillonnement, comme dans un chaudron :

— Vous êtes au courant ? La fille du chantre, disparue !...

— Comment ça, disparue ? Où est-elle ?

— Évaporée, engloutie...

Quant au chantre, que lui arrive-t-il ? Il ne pleure pas, ne parle pas. Il reste là, planté au milieu de la pièce, pareil à une statue d'argile, le regard fixe. On dirait qu'il a en même temps perdu la parole et la raison... Seule sa femme parcourt la ville en tous sens, égarée, se tord les bras, se frappe la tête, remue ciel et terre :

— Ma fille ! Mon enfant ! La prunelle de mes yeux !...

À sa suite courent des hommes et des femmes qui l'aident à chercher. On est même allé fouiller jusqu'au bout du monde : au-delà du pont, au cimetière, dans tous les jardins valaques, près de la rivière : elle n'y est pas !

C'est à demi morte qu'on a ramené Leyé chez elle en la soutenant. La maison était pleine de monde. Tous ne parlaient que du malheur qui frappait le foyer du chantre. Certains remontaient le rideau, regardaient le lit et la fenêtre ouverte et demandaient, comme se parlant à soi-même :

— Alors, c'est par là que l'oiseau s'est envolé ?...

À Holenechti, le malheur des uns n'empêche pas les autres d'en tirer un bon mot.

CHAPITRE DEUX

ELLE S'ÉVANOUIT

Une bourgade juive, si pauvre qu'elle soit, se doit d'avoir son Rothschild.

Le Rothschild de Holenechti, c'est Béni Rafalowitch.

Inutile de vous faire le récit de sa gloire et de sa fortune. Il me suffira, je pense, de décrire sa table. À la table de Béni prennent tous les jours place pas moins d'une vingtaine de personnes : des fils, des filles, des gendres et des brus, tous plus beaux, plus sains et mieux nourris les uns que les autres, les visages luisants de bonne chère. Il y a aussi une vieille mère qui branle du chef comme pour dire « non, non », une nourrice blanche comme un petit pain bien gonflé et avec des joues rouges, et encore un garçon, un caissier qui fait vaguement partie de la famille. Ce garçon s'appelle Simkhe*, mais tout le monde l'appelle « Joie et Jubilation », non pas qu'il soit un joyeux luron mais précisément pour le contraire, parce que c'est un garçon triste, mélancolique, léthargique. C'est un noiraud à la peau grasse, aux yeux globuleux, au nez constamment bouché, ce qui lui rend difficile la prononciation des *m* et des *n*. Sa lèvre supérieure est épaisse et abondamment pourvue de poils.

Nous aurons plus tard l'occasion de faire connaissance des autres membres de cette famille. Mais il faut dire d'ores et déjà qu'il s'agit là d'une maison riche, joyeuse et animée, où la bonne chère compte pour beaucoup. À l'heure des repas, il se fait un tumulte, un tintamarre, un cliquetis de cuillères et de fourchettes tel qu'on pourrait devenir sourd. À la place d'honneur, au haut bout de la table, trône le chef de famille, à l'image un roi. C'est un Juif bessarabien typique, rien

* *Simkhe* : réjouissance. (*Toutes les notes sont du traducteur.*)

de moins que ventripotent, doté d'une barbe qui s'est développée en largeur, recouvrant ainsi la plus grande partie de son visage rubicond, et qui refuse obstinément de reposer normalement sur sa poitrine comme chez les gens bien, mais part dans tous les sens avec l'air de narguer.

Béni, quand il mange, il mange pour de bon. Faire deux choses à la fois, il déteste ça, et il ne veut rien savoir d'autre que ce qui l'occupe. Il parle peu, mais n'est pas dérangé quand les autres parlent. Quelquefois, mais c'est rare, quand le vacarme se fait trop violent, il tance la compagnie :

— Silence, bande de bâtards ! Regardez plutôt vos livres de prières pour savoir de quoi vous parlez !...

Ce qui veut dire qu'il faut regarder son assiette pour savoir ce qu'on mange. C'est en effet une habitude chez lui de parler en code, de manière travestie. Par exemple un cheval s'appelle pour lui un « garçon », les sous, ce sont des « tessons », une épouse, c'est une « calamité », un fils un « *kaddish* », une fille un « abcès », le pain, c'est du « fil », une maison un « galetas », une alcôve un « trou », et ainsi de suite. La langue utilisée par Béni Rafalowitch mériterait tout un dictionnaire.

La dernière place à table est occupée par la femme de Béni, Beylkè. C'est une petite bonne femme malingre, silencieuse. On ne l'entend pas, on ne la voit pas. À la considérer, la première question qui se pose, c'est : est-ce bien là celle qui a mis au monde toute cette équipe ?... Pourtant, qu'on ne se tracasse pas, c'est ce petit bout de femme qui porte sur ses épaules tous les soucis de la maison, elle en est remplie, et c'est elle qui en souffre à la place des autres. Elle n'a besoin de rien pour elle-même. Sa vie, ce sont ses enfants. Elle a cédé la place qui lui revenait, la place d'honneur à table, à la vieille mère qui branle du chef et semble dire « non, non ». Cette vieille femme semble avoir été créée dans le seul but de rappeler aux gens que l'homme a une fin. Elle a perdu l'usage de presque tous les sens, il ne lui en reste qu'un : une vue perçante. Elle voit tout avant tout le monde. Personne avant elle à la table ne s'est aperçu de l'absence, parmi toute cette équipe, du plus jeune des garçons, Leybl. C'est elle, la vieille, qui la première l'a remarqué et a inspecté la tablée de son œil perçant :

— Mais où est passé Leybl ?

Tous s'aperçurent alors que Leybl manquait à l'appel, et on se mit à le chercher dans tous les coins.

— Où est Leybl ?

Si grande et indisciplinée que fût la maisonnée de Béni, il ne s'était encore jamais trouvé qu'un enfant soit absent au repas. Le père se fâcha et émit un ordre :

— Qu'on aille me chercher le « môme » dans son « troupeau » !

Dans le langage propre à Béni, cela signifiait qu'on aille chercher le benjamin au *kheyder*. On envoya donc une estafette au *kheyder* de Yisroeli avec pour mission de ramener Leybl pour déjeuner. Les convives en étaient déjà au dernier plat, le maïs doux, quand l'estafette revint pour annoncer la nouvelle que Leybl ce matin-là ne s'était même pas montré au *kheyder* de Yisroeli, et que chez le chantre et sa femme (que nous soyons préservés de pareille épreuve) un malheur était arrivé. Leur fille unique avait disparu pendant la nuit, disparu corps et biens...

Sur les Rafalowitch, cette nouvelle fit l'effet d'une bombe et toute la famille resta à table sans bouger, à se regarder dans le blanc de l'œil. Difficile de deviner ce que pensait chacun à ce moment-là. On dissimulait ce qu'on avait en tête. Mais la vieille femme, qui avait pour habitude de dire tout haut ce qu'elle pensait, le fit en s'accompagnant d'un hochement de tête :

— Jetez donc un coup d'œil au tiroir-caisse. Je jurerais que cette nuit, aux alentours de minuit, j'ai entendu quelqu'un fourrager par là dans l'obscurité, pendant que ce garçon (elle désignait Joie et Jubilation) ronflait à réveiller un mort...

Les drôles d'idées que les vieilles gens peuvent avoir ! Ronfler, Joie et Jubilation ? Lui qui entendrait une mouche voler, tellement il a le sommeil léger ? Il fallut bien pourtant que le léthargique caissier se déplaçât, après avoir lentement essuyé de sa main noire et grasse son épaisse lèvre supérieure abondamment pourvue de poils. Après avoir extrait de la poche de son pantalon un trousseau de clefs, posément, sans hâte, il ouvrit le tiroir du milieu du bureau en chêne, y jeta un œil et resta pétrifié, comme transformé en statue de glace. Ses yeux globuleux et endormis devinrent carrément vitreux, il était incapable de prononcer la moindre parole. Son patron vint à son aide :

— Parle donc, bon sang !

Béni avait jeté ces mots d'une voix tonitruante, si bien que Joie et Jubilation fut saisi de tremblements, retrouva subitement la parole et, bafouillant un peu, d'un ton nasillard, répondit :

— Voilà les clefs, je les ai eues sur moi toute la nuit, vous m'entendez, dans la poche de mon pantalon, je n'ai pas fermé l'œil, même le temps d'un soupir, vous m'écoutez, oui ? Et voilà que le tiroir est vide, rien à faire, tout l'argent, vous m'entendez, il n'en reste plus une miette !...

À ces mots, quelqu'un, à la table, poussa un petit cri, s'effondra et finit par tomber à la renverse, évanoui.

C'était la petite, la malingre, la silencieuse Beylkè.

CHAPITRE TROIS

HOLENECHTI EST SENS DESSUS DESSOUS

Holenechti est en pleine effervescence, en ébullition. On ne sait plus où on en est. Holenechti est sens dessus dessous. Ce n'est pas rien, autant de nouvelles en une seule journée ! Deux scandales d'un seul coup ! Et quels scandales ! Des scandales reliés l'un à l'autre de si curieuse façon : la fille du pauvre chantre et le fils du richard. Vous parlez d'une coïncidence !

Dès lors, Holenechti se mit à l'ouvrage. Les boutiquiers fermèrent leurs échoppes, les maîtres d'école abandonnèrent les salles de classe, les ouvriers déposèrent fers et ciseaux, les ménagères quittèrent leurs fourneaux, et tout ce monde s'en fut en ville, se rassembla par petits cercles et envahit les rues. On aurait dit un jour de *shabbess* : chacun y allait de son aphorisme, de sa citation, de son proverbe et on se racontait des histoires, encore des histoires, tant et tant d'histoires qu'il est impossible de les consigner sur le papier. Car chaque fois que quelqu'un racontait une histoire, son voisin en avait trois autres à raconter. Arrivait alors un troisième qui leur coupait les ailes en plein vol, disant aux deux premiers qu'ils n'étaient que des bêtes, qu'ils n'y comprenaient rien. Mais cela ne s'arrêtait pas là : un quatrième s'en mêlait pour expliquer que le troisième non plus n'en savait pas plus qu'un mort. Qu'on le laisse parler, lui, et il vous en dirait des belles !

Il entame alors une longue histoire, une belle histoire d'ailleurs, mais bâtie sur ses conjectures personnelles, selon le sens obvie et d'après la logique déductive, comme s'il commentait une page du Talmud. La logique, c'est la logique, et après ? Il y a tout de même là quelque chose que le cerveau a du mal à assimiler... Débarque alors un cinquième individu, un rouquin, comme par hasard, et comme par hasard avec une taie sur l'œil, qui va plus loin et pose une question toute bête :

— Écoutez, Juifs mes frères, la question que je veux vous poser : comment se fait-il que nos deux lascars aient disparu hier soir samedi, précisément la nuit même où la troupe de théâtre yiddish quittait la ville ?

— Alors, quelle déduction faut-il en tirer ?

— Celle que j'en tire, moi, c'est qu'il y aurait peut-être un rapport entre leur disparition et le théâtre yiddish avec ses bateleurs.

— Am, stram, gram, pic et pic et colégram...

L'assistance éclate de rire, et le rouquin avec sa taie sur l'œil est vexé :

— Vous pouvez continuer à hennir à en crever. Mais puisque vous êtes si malins, j'ai une autre question à vous poser : les bateleurs en question, qu'avaient-ils donc à faire la semaine dernière chez Yisroeli ? Et si vous ne me croyez pas, posez la question au chantre lui-même !

— C'est ça ! On va aller lui verser du sel sur les plaies !

— Ne dites donc plus de bêtises et laissez-moi vous indiquer la voie. Posez-moi plutôt la question, à moi, et je vous dirai, moi, ce que ces bateleurs faisaient chez Yisroeli. Ils avaient appris, vous me suivez, qu'il avait une fille, jolie et qui savait chanter, et comme c'est un impécunieux – le chantre, j'entends –, ils lui ont proposé de confier sa fille à la troupe et qu'ils en feraient quelqu'un. Alors, Juifs, ça tombe sous le sens, ou pas ?

— Pour tomber, ça tombe, mais le fiston de Rafalowitch, quel rôle joue-t-il dans cette histoire ?

— C'est bien là la difficulté. J'ai la tête prête à éclater à force d'y réfléchir. Faut-il penser que le garçon de Béni Rafalowitch qui étudie au *kheyder* de Yisroeli s'était acoquiné avec la fille du chantre ? Mais que vient faire un morveux pareil dans une telle affaire ? Ou faut-il croire que c'est la fille qui l'a entraîné sur une mauvaise pente avec la complicité de ses parents ? Mais nous connaissons tous Yisroeli le chantre, et cela ne lui ressemble pas. Peut-être sa femme ? Peut-être y a-t-il là une piste. Avec les femmes...

— Chut, les enfants, voilà le gouverneur qui passe ! lança alors un observateur avisé en désignant de la main le commissaire de police qui filait comme une flèche dans une calèche neuve qui grinçait et sonnait de toutes ses clochettes, calèche attelée d'une paire de chevaux blancs que tout le monde reconnut aussitôt pour être les « coursiers » de Rafalowitch.

À côté du commissaire se trouvait, mort de peur, Yekhiel le violoneux, qui avait joué en permanence au théâtre avec la troupe de bateleurs.

Le passage de la calèche avec le commissaire, les chevaux de Rafalowitch et Yekhiel le violoneux firent remonter les actions du rouquin avec sa taie sur l'œil à un point tel que, malgré soi, on s'en rapprocha de plus en plus et on recommença à prêter attention à son discours qui pouvait reposer soit sur l'intuition soit sur la logique, mais au moins avait-il une réalité.

Étant désormais engagés sur la bonne voie et ayant trouvé dans le théâtre yiddish la véritable clef de cette aventure, nous abandonnons à présent nos Juifs de Holenechti à leurs histoires. À eux maintenant de se creuser la cervelle. Et nous, revenons un peu en arrière dans le temps, au moment où le théâtre yiddish venait juste d'arriver à Holenechti : c'était la première fois depuis que Holenechti est une ville et la Bessarabie une province.

CHAPITRE QUATRE

UN DRÔLE D'OLIBRIUS

Déjà une semaine avant son arrivée à Holenechti, la troupe de théâtre yiddish faisait l'objet de toutes les rumeurs, bien que personne ne pensât que le théâtre puisse prendre à Holenechti :

— Bah ! disaient les habitants, vous parlez d'une affaire ! Des bateleurs, des comédiens, qui a besoin de ça ?

On ne peut pas dire que les Juifs de Holenechti aient été nourris, voire gavés de théâtre. Au contraire, il faut avouer qu'ils n'en avaient jamais vu de leurs yeux et ne savaient même pas comment cela se mange. Mais si on y réfléchit bien, où est-il écrit qu'il soit indispensable de tout voir de ses propres yeux ? Et dans quel but Dieu a-t-il fait de l'homme un être doué de raison ? Un Juif, Dieu merci, cela comprend des choses plus grandes que cela, un Juif n'est pas un *goy*...

Un beau matin donc débarqua à Holenechti une espèce d'individu vêtu d'un pardessus jaune rougeâtre et vert foncé mêlé de bleu, avec sur la tête un petit chapeau informe, à la main une valise en lambeaux et qui se présenta comme étant venu louer un théâtre. Tout le monde accourut pour voir. En fait, ce n'est pas tellement le personnage qui excitait la curiosité. Cela, c'est une autre histoire. Mais on était impatient de voir ce qu'il allait faire.

Le personnage en question, court sur pattes et glabre du crâne à la pointe du menton, jeta de ses yeux malins un regard circulaire sur Holenechti et ses Juifs et s'adressa à la foule en ces termes, d'une voix curieusement enrouée, tandis que son chapeau informe montait et descendait sur son front :

— À ce que je vois, Adam le premier homme n'est jamais passé par ici pour célébrer le *shabbess*.

Qu'y a-t-il là d'extraordinaire ? Ce ne sont que quelques mots qu'un Juif peut normalement prononcer, direz-vous. Ah bon ? Vous auriez dû voir, en ce cas, le résultat obtenu par ces quelques mots. Chacun de ceux qui étaient là fut saisi au ventre comme par une paire de tenailles et toute l'assistance fut secouée par un éclat de rire. Le personnage fut d'abord effrayé par ces Juifs de Holenechti, resta un moment sans rien dire en les regardant comme s'ils étaient devenus fous, puis finit par les laisser rire tout leur content. Quand ils eurent fini de rire, il s'adressa à eux sur un ton tout à fait sérieux cette fois, car cela faisait un bon bout de temps, avant même d'arriver, qu'il avait commencé à sentir que son estomac vide réclamait à cor et à cri sous son gilet à franges rituelles.

— Dites-moi, braves gens, connaissez-vous par ici un endroit où l'on puisse calmer sa faim ?

Apparemment, c'étaient encore les mots d'un langage normal. Mais dès qu'il les eut prononcés, la foule éclata de rire, à se tenir les côtes. Cette fois, le personnage en fut un peu vexé et il les interpella encore plus sérieusement qu'auparavant :

— Je ne plaisante pas. Tout ce que je veux, c'est me mettre quelque chose dans le bec.

Il n'en fallait pas davantage. Ces derniers mots déclenchèrent parmi l'assistance une sorte de crampe au ventre, tant ils riaient.

Une demi-heure plus tard, tout Holenechti répétait ces mots : « se mettre quelque chose dans le bec »... Ah, ah, ah...

— Un drôle d'olibrius !..., disaient les gens en essuyant les larmes que le rire avait fait couler.

Un drôle d'olibrius bizarre, avec un pardessus bizarre, un chapeau bizarre, un langage bizarre, il y a vraiment de quoi mourir de rire !...

Le drôle d'olibrius en question chercha tant et si bien qu'il finit par trouver ce qui lui convenait. Une auberge, certes pas très luxueuse, mais d'un prix raisonnable.

Après avoir fait la connaissance d'un goûteux hareng arrosé d'un verre de vin de Bessarabie, notre personnage dégusta une cigarette en bavardant avec la patronne, une charmante brunette qu'on appelait Nekhè. Il voulait savoir si elle avait un mari, si elle était veuve, divorcée, ou tout simplement une femme mariée. Mais comme Nekhè n'en pouvait plus de pouffer de rire, elle esquiva la conversation avec le *shlimazel*, le drôle de bonhomme, et notre *shlimazel* attrapa sa canne, rabaissa son chapeau informe sur son front, mit ses mains dans les poches et s'en fut se promener par la ville. Il voulait en profiter pour chercher un endroit convenable pour un théâtre.

Cependant, il ne resta seul guère longtemps. Tout au long de sa promenade, une bande de galopins pieds nus, récemment acquis à l'amour du théâtre yiddish, le suivaient pas à pas. Ils arrivèrent avec lui devant une cour où se tenait une écurie, une espèce d'immense étable recouverte d'un toit en tôle.

« Cette étable, c'est Dieu qui l'a prévue au moment de la Création précisément pour qu'elle devienne un théâtre yiddish ! » se dit-il *in petto* avant de pénétrer dans la cour.

C'était la cour de Béni Rafalowitch et l'écurie de Béni Rafalowitch.

CHAPITRE CINQ

DEUX LETTRES

Holenechti n'eut pas à attendre longtemps son théâtre yiddish. Aussitôt que notre drôle d'olibrius eut fini de négocier avec Béni Rafalowitch et qu'ils furent tombés d'accord sur un prix, il écrivit à ses gens une lettre que nous reproduisons ici avec précision, mot à mot, dans la langue exacte où elle fut rédigée :

Cher ami Albert je t'écris une lettre pour t'annoncer que je suis à Holenechti en Bessarabie une bourgade grande à peine comme un bâillement et les gens bâfrent comme des bêtes de la polenta la *mamaliga* comme ils disent ici et biberonnent du vin comme de l'eau mais « Moyshé* » viendra au thiâtre même s'il doit en crever un thiâtre je viens d'en louer un qu'on pourrait en voir un pareil à Londres une scène que tu peux la traverser en traîneau et couverte en tôle comme ça la pluie tiens elle pourra toujours attendre le patron du thiâtre s'appelle Béni Rafalowitch bourré de fric comme un sac de son ça l'a pas empêché le saligaud d'en vouloir davantage alors je lui ai dit compte dessus passque j'attends que la poste m'amène une bonne fièvre pour lui et je me suis trouvé une petite crèche pas mal du tout avec une patronne un vrai petit bijou tu bois et tu passes du bon temps et du crédit autant que tu veux alors fais pas l'idiot grouille-toi d'envoyer les décors et les affiches va mettre au clou tout ce que tu as et rapplique avec toute la classe au nom du ciel ne traîne pas en route parce que c'est bientôt les trois semaines de deuil du Temple avec leurs neuf jours maigres et alors on va crever de faim ici on peut avoir une autorisation aussi vite que Hotzmakh peut avaler un pot au feu à jeun salue-le de ma part Hotzmakh que le diable emporte son père et je t'en prie mon cher passe voir dans ma piaule j'ai oublié sous mon plumard des pantoufles et quelques pièces censurées envoie des

* Prononciation ashkénaze de Moïse, figure évoquée de manière ironique et peu aimable pour désigner le public.

affiches au nom du ciel le plus vite que tu pourras et t'énerve pas que je t'envoie pas une dépêche vu qu'il me reste seulement une malheureuse pièce trouée de vingt kopecks votre ami qui vous salue chacun très amicalement

Sholem-Meyer Murawtchik*

Au bout de quelques jours, Sholem-Meyer Murawtchik reçut la réponse suivante :

Mon très estimé ami Sholem-Meyer,

Que la tête te tombe qu'est-ce que tu es allé taper cinquante roubles à Brayndelè la Cosaque et dire que c'était sur mon compte espèce de bâtard qu'est-ce que j'ai comme compte avec Brayndelè la Cosaque, moi, toute la troupe l'adore comme un mal aux yeux rapport à ce qu'elle tremble pour le moindre sou et qu'elle planque tout et je ne comprends pas ce que tu écris rapport aux décors ou bien tu fais semblant ou bien tu es vraiment un animal parce que tu sais très bien il me semble que les décors sont au clou depuis longtemps d'où que je prendrais l'argent pour les récupérer vu qu'ici on ne donne plus d'autorisation même pour un million et je m'en vais pas aller gaspiller mon or et mes diamants pour la panse des autres j'ai eu assez de mal à les gagner à moins qu'ils me signent des contrats comme Jacob a signé pour avoir Rachel et qu'il soit pas question de papier timbré ou de participation aux bénéfices en voilà des compagnons même mon compagnon Hotzmakh il peut toujours attendre pour que je partage moitié-moitié

* *Murawtchik* : termite.

avec lui, même s'ils me menacent de monter une nouvelle troupe qu'ils montent à la potence oui je les enquiquine je t'envoie des affiches et va tout de suite prendre une autorisation pour huit spectacles plus un gala d'entraide et espèce de voleur qu'est-ce que c'est ce prétexte que tu n'as qu'une vieille pièce de vingt kopecks avec un trou au milieu rien ne t'empêche de mettre ta montre au clou comme moi tout le monde est jaloux de moi je les ai tous sur le dos ils veulent tous des premiers rôles et quand il faut passer aux choses sérieuses plus personne cette fois c'est le dernier essai si la Bessarabie ça marche, ça va, sinon allez vous taper la tête contre les murs tout seuls moi je me vois très bien partir pour la Roumanie pour monter une nouvelle troupe à réjouir le bon Dieu et toute l'humanité et j'en profiterai pour me débarrasser en même temps de ma poison d'enquiquineuse en attendant prépare tout ce qu'il faut mais sans faire de trop grosses dépenses attention à tes poches on arrive tous pour *shabbess* si Dieu le veut et le soir de *shabbess* on répète et dimanche on commence à jouer je t'annonce que tes savates et tes pièces censurées sont depuis longtemps à la poubelle avec toute ma considération et vœux de bonheur ton ami directeur,

Albert Shtupak

CHAPITRE SIX

LE PUBLIC DE HOLENECHTI

Les ivrognes qui depuis longtemps ont été privés de la goutte amère, les affamés qui n'ont depuis longtemps rien eu à se mettre sous la dent ne se jettent pas sur la nourriture ou la boisson avec davantage d'avidité que les gens de Holenechti sur le théâtre yiddish.

Le soir de la première, c'est non seulement la cour de Rafalowitch qui était bondée, mais la rue tout entière où l'on n'aurait pas pu glisser une épingle. On était très curieux de voir ce théâtre, du moins de l'extérieur. Pour ce qui est d'y entrer, les candidats étaient déjà moins nombreux, et cela pour plusieurs raisons : primo, il était question que cela coûte de l'argent, et l'argent, à Holenechti, ce n'était pas un article courant. Deuxio, les convenances ne permettaient pas à tous d'entrer. C'était bon pour les jeunes femmes, les garçons et les filles, mais pas pour les gens respectables, les Juifs à barbe, qui avaient peut-être déjà des filles à marier. Pourtant, à ceux-là, un mauvais génie (que cela nous soit épargné) venait souffler à l'oreille : « Quel mal y a-t-il, mon bon monsieur, à aller, de loin, même par un petit interstice de la palissade, jeter un coup d'œil pour voir comment on joue du théâtre yiddish ?... »

Mais des gens qui voulaient voir par un interstice, il s'en trouva beaucoup, à Holenechti, beaucoup trop, au point que l'administration du théâtre fut obligée, dès le premier soir, d'installer un nouveau dispositif, un nouveau *vezarakti* consistant en une sorte de machine qui aspergeait les gens d'eau froide et qui fonctionnait à merveille, mille fois mieux que la meilleure des polices. Efficace et bon marché.

L'inventeur de ce système n'était autre que notre vieille connaissance Sholem-Meyer Murawtchik, le drôle d'olibrius.

La fonction de Sholem-Meyer Murawtchik dans le théâtre, nous l'avons déjà évoquée. Il n'est rien, et il est tout. Il est comptable, caissier, contrôleur, s'occupe de la billetterie, par moments il est souffleur, et s'il advient qu'un acteur fasse défaut, il fait aussi l'acteur. Dire qu'il soit un grand artiste ne serait pas vraiment conforme à la vérité. En revanche, il est le bras droit du directeur, lui est totalement dévoué et le sert fidèlement, comme un chien. Le directeur, Albert Shtupak, le sait fort bien, c'est pourquoi il se sert de lui pour boucher tous les trous et où qu'on se tourne, on tombe sur Sholem-Meyer, et encore Sholem-Meyer. Pour entrer au théâtre sans payer, avec une simple contremarque, voir Sholem-Meyer. Et des privilégiés, attributaires de contremarques (que le mauvais œil les épargne), à Holenechti il y en a beaucoup. D'abord et avant tout, la maisonnée de Béni Rafalowitch, ce qui fait déjà une vingtaine de personnes. Béni est plein aux as, c'est vrai, il a de quoi payer. Mais il n'a pas tort : pourquoi faudrait-il qu'il paie pour entrer dans l'écurie qui lui appartient ?

Le premier soir, à l'ouverture du théâtre, les Rafalowitch sont arrivés en rangs serrés, l'équipe au complet, y compris le cousin caissier, la nourrice et autres domestiques et ont occupé les places d'honneur, les deux premiers rangs. Sholem-Meyer s'est alors approché avec l'intention d'évoquer avec eux la question des billets. Dans un premier temps, Béni ne daigna pas répondre. Alors, de sa voix enrouée, Sholem-Meyer fit allusion au fait qu'ils occupaient toutes les meilleures places. C'est alors seulement que Béni lui fit l'aumône d'un regard, d'un œil seulement, et lui lança, dans son langage codé, travesti :

— Dégage d'ici, drôle d'olibrius, sur tes courtes pattes, sinon tu vas la sentir passer sur ta planche à nouilles rabotée, ou alors, je fais venir les cogneurs pour qu'ils se mettent au boulot et fassent de toi de la *mamaliga*, de la bouillie de maïs...

Après pareil discours, Sholem-Meyer comprit qu'il n'y avait là pas d'argent à espérer, que c'était peine perdue, alors que le temps pressait. Le théâtre est ouvert, le public afflue, en majorité sur contremarques. À lui tout seul, Yekhiel le violoneux en a utilisé pas mal. Sholem-Meyer n'avait pas prévu qu'un violoneux puisse avoir une famille si nombreuse, que le mauvais œil les épargne ! Et les autres musiciens ? Et le coiffeur ? Et le menuisier ? Et le cordonnier ? Tous ils ont affaire avec le théâtre, tous, Dieu soit loué, ont femme et enfants, et tous ont donc droit à des contremarques. Et la patronne de la pension, celle que Sholem-Meyer appelle le « petit bijou », où est-elle ? Est-ce sa faute, à elle, si elle a deux sœurs cadettes et une vieille maman sourde comme un pot ? Il n'aurait donc pas suffi qu'elle nourrisse tout ce monde-là, il aurait encore fallu qu'elle paie pour les emmener au théâtre ? C'est ça, la justice ? Et Shimen-Dovid le cocher, et Khaïm-Ber le porteur, qui ont aidé à rapporter les décors de la gare, leur âme est-elle donc faite d'étoupe ? Le directeur Albert Shtupak au moment de distribuer les contremarques a beau s'énerver, grincer des dents, se démener, trépigner, il pourrait même mourir sur place d'apoplexie, Sholem-Meyer s'en soucie comme des neiges de l'an dernier. Celui qui a droit à une contremarque aura sa contremarque, et celui qui doit entrer au théâtre sans payer y entrera.

On ne peut pas se brouiller avec le public.

CHAPITRE SEPT

REGARDS

Que le lecteur ne tombe pas dans l'erreur qui consisterait à croire que le public de Holenechti se compose exclusivement de « contremarques ». Il en est qui ont dépensé leur dernier rouble durement gagné, d'autres qui ont mis en gage le peu qu'ils possédaient, d'autres encore qui ont eu la chance de trouver chez un ami un prêt sans intérêts pour quelques jours afin d'acheter des billets à leurs enfants.

Le théâtre yiddish ! Comment pourrait-on ne pas permettre à un enfant d'aller au théâtre yiddish ? Y a-t-il donc d'autres plaisirs à Holenechti ? Bon, mais quand il n'y a vraiment pas d'argent, et aucun moyen de s'en procurer, et que cet enfant supplie, s'étiole, se languit d'aller au théâtre au point que sa vie même en dépend ?

Prenons par exemple Reyzl, la fille de Yisroeli le chantre. En quoi est-elle pire que les autres filles ? Il faudrait avoir un cœur de Tatar pour ne pas avoir pitié d'une petite comme Reyzl. D'autant plus qu'elle est fille unique et que ses parents feraient des kilomètres à pied s'ils savaient qu'on peut quelque part se procurer ce dont leur fille a besoin. Mais voilà : à croire que le diable s'en était mêlé, au moment où le théâtre allait ouvrir, impossible pour Yisroeli le chantre de mettre la main sur le moindre kopeck... Aucun espoir du côté de ses prestations de chantre, rien du côté des frais de scolarité de ses élèves. Rien de rien. Leyé sa femme, la pauvre, se démenait dans tous les sens, rien à faire, même en grattant les fonds de tiroirs ! Les mauvaises langues peuvent bien dire ce qu'elles veulent. Elles prétendent que Leyé gâte trop sa fille, qu'elle la bourre de bonbons, qu'elle lui achète des chaussures de riches...

— Eh bien, qu'elles montrent d'abord qu'elles sont capables d'avoir une fille comme elle, une fille unique aussi réussie que ma Reyzl (que ce qui pourrait lui arriver de mal m'arrive plutôt à moi !) et alors on pourra discuter chaussures et bonbons, non mais des fois !...

En se parlant ainsi à elle-même, Leyé finit par trouver une solution (qu'est-ce qu'une mère ne ferait pas pour sa fille ?). Vu que son mari avait pour élève Leybl, le fils du richard, et vu que toute cette mascarade devait se tenir dans la cour de Rafalowitch, c'était, comme on dit, du gâteau : elle imagina donc de dire à son mari qu'il dise à Leybl que Leybl dise à sa mère que sa mère dise à son père qu'il dise qu'on laisse entrer sa fille au théâtre sans payer.

Mais le plan échoua. Yisroeli, non content d'être pauvre, était par-dessus le marché de caractère ombrageux. Ce n'était pas convenable, dit-il, d'aller mendier auprès d'un élève. Leyé ne dit mot, mais trouva le moyen de coincer le fiston de Rafalowitch pour l'interpeller :

— Leybl, j'ai une faveur à te demander.

Une faveur ?... Leybl resta interdit : à lui, Leybl ? Une faveur ?... Quand il eut entendu la nature de cette faveur, les joues de Leybl déjà rouges en temps normal rougirent encore davantage et il promit qu'il en parlerait sans faute à sa mère pour qu'elle en parle à son père pour qu'il en parle à sa mère... Zut ! Leybl ne s'y retrouvait plus, mais cela s'arrangerait.

Pendant cette conversation, le regard doux et tendre des grands yeux de Leybl rencontra les yeux de Reyzl, noirs comme ceux d'une Tzigane, qui brillaient comme des braises en le regardant de loin avec joie et reconnaissance. Il avait l'impression que ces yeux lui parlaient et lui disaient : « Tu es un bon garçon et pour peu que toi tu le veuilles, je pourrais entrer au théâtre. Je le sais... »

Le jour même, après déjeuner, Leybl, de retour au *kheyder*, annonça la bonne nouvelle : il avait déjà parlé à sa mère et sa mère avait déjà parlé à son père et le père avait dit qu'elle (Reyzl, donc) n'avait qu'à venir chez eux ce soir et qu'ils iraient au théâtre tous ensemble.

À ces mots, le visage hâlé de Tzigane de Reyzl rosit, une lueur éclaira ses yeux noirs. Elle sauta au cou de sa mère et l'embrassa. Puis elle se mit à chanter et à danser, à virevolter, et voulut entraîner sa mère dans la danse. Mais Leyé esquiva en riant :

— Tu es devenue folle, ma parole ! Lave-toi plutôt les cheveux, habille-toi et je te coifferai, tu vas te trouver en compagnie, non mais des fois !...

Le soir, Leyé la conduisit elle-même chez les Rafalowitch, la confia à Beylkè Rafalowitch en la priant de veiller sur elle.

— Vous savez, c'est ma fille unique, la seule et unique...

Beylkè examina la fille du chantre et ses yeux noirs de Tzigane et elle la trouva à son goût.

— Soyez sans inquiétude, répondit-elle à la femme du chantre. Soyez tranquille, comme la prunelle de mes yeux.

Et la femme du chantre s'en retourna chez elle.

Reyzl, chez Béni Rafalowitch, au milieu de toute cette équipe, ne se sentait pas à l'aise. Pas à l'aise, parce que tout le monde la dévorait des yeux. Mais la maison lui plaisait bien, les gens aussi. Il n'y avait guère que ces regards qui la gênaient, tous ces yeux fixés sur elle. Et puis, comment répondre à toutes ces questions à la fois : comment elle s'appelait, quel âge elle avait, si elle savait déjà prier, lire, écrire ?

Jamais Reyzl n'avait imaginé qu'il pût exister une maison aussi grande, aussi belle, avec autant de pièces, de petits lits, de petites tables, de petites chaises, de miroirs et de bibelots. Et cette table, couverte de grands verres, de petits verres, de soucoupes, de petites cuillères, de fruits de toutes sortes, de confitures, des confitures partout. Et le vacarme qui régnait autour de cette table, les cris, l'exubérance joyeuse, les rires, tout cela était le signe d'une maison riche, d'une maison d'abondance.

Reyzl savait que Leybl, qui étudiait au *kheyder* de son père, était un fils de riche, que ses parents étaient fortunés, les plus riches de la ville mais la signification réelle du mot « riche », ce que concrètement le mot « fortuné » voulait dire, elle ne le comprenait pas réellement. L'affirmation que la condition de « richard » était bonne et celle de « pauvre hère » mauvaise, elle l'avait entendue des milliers de fois de la bouche de sa mère. « On doit mettre la misère au clou, et devenir un richard », « Le richard est un veinard », « Le richard ne manque de rien, même dans l'autre monde »... Elle entendait cela pratiquement tous les jours depuis sa plus tendre enfance, mais ce n'est que ce soir-là, assise à cette grande table où régnaient l'abondance et la joie, qu'elle en sentit la réalité et jamais auparavant elle n'avait autant désiré être riche. C'était la première fois qu'un sentiment de jalousie, un sentiment nouveau pour elle, se glissait dans son cœur. Ses yeux de braise, ses yeux noirs de Tzigane rencontrèrent d'autres yeux familiers, immenses, tendres et doux, qui la regardaient timidement, mais avec chaleur et bienveillance. Elle eut l'impression que ces yeux lui parlaient. Ils lui disaient : « Tu te plais chez nous ? Je suis content que tu te plaises. Je suis content quand tu te sens bien... » Son cœur tressaillit. Elle sentit soudain la chaleur monter en elle et envahir son visage.

Alors elle baissa les yeux.

CHAPITRE HUIT

LE RIDEAU SE LÈVE

Le public de Holenechti était arrivé très tôt le soir de la première et le théâtre était plein. On avait eu peur, sait-on jamais, d'arriver en retard. On était debout, pressés les uns contre les autres. Ceux qui étaient assis étaient assis sur les genoux du voisin. Les plus chanceux étaient ceux qui étaient arrivés les tout premiers : ils avaient occupé les meilleures places, les places d'honneur. Comme de juste, ceux qui étaient arrivés un peu plus tard en furent offusqués. Ils avaient payé leurs places en espèces sonnantes et trébuchantes, mais de places, point ! Il s'ensuivit un *vayitsaakou*, un tumulte tel qu'on était à deux doigts de voir le théâtre s'écrouler. Une chance que Sholem-Meyer (encore et toujours Sholem-Meyer) ait fait signe à Yekhiel le violoneux pour qu'il attaque un air joyeux. Entendant les musiciens, le public comprit que la représentation allait commencer. Tant bien que mal, on finit par trouver une place, et le silence se fit.

Mais le public s'était lourdement trompé. Voilà que la musique est arrêtée depuis un bon moment, et le rideau reste obstinément baissé. On entend, venant de derrière le rideau, des voix, des cris, des insultes, des coups de hache et de marteau. Il se passe quelque chose, mais on ne sait pas quoi. Le public est sur des charbons ardents et les jeunes, eux, n'y tiennent plus. On voudrait enfin voir ce qui va arriver quand le rideau va se lever. Parmi cette jeunesse qui attend avec une telle impatience le lever du rideau, il y a un petit couple, deux enfants d'une rare beauté, un adolescent qui a à peine dépassé l'âge de la *bar-mitsvè*, avec de grands yeux tendres et doux, et une jeune fille de quatorze ou quinze ans, aux yeux noirs de Tzigane et avec des fossettes aux joues. Ils sont assis l'un à côté de l'autre, malgré la différence de leur condition. Il est le fils du richard Rafalowitch, elle, la fille du pauvre chantre.

Qui avait pu ainsi placer ce petit couple l'un à côté de l'autre ? Peut-être s'étaient-ils placés tout seuls ?... Dans le tumulte qui régnait, qui se préoccupait d'eux ? Qui pensait à eux, alors que tous les regards étaient tournés vers le rideau, le rideau, le rideau !... C'est la première fois de leur vie que ces deux heureux jeunes gens, Leybl et Reyzl, sont assis côte à côte, aussi près l'un de l'autre. On pourrait même dire que c'est la première fois de leur vie qu'ils se voient comme il convient. Bien sûr, ils se voient tous les jours au *kheyder* de Yisroeli le chantre, le père de la fillette, mais peut-on appeler cela se voir ? Quand Leybl arrive au *kheyder*, c'est soit pour étudier, soit pour écrire, point final. Ce n'est ni le moment ni le lieu pour bavarder avec une fille, qui en plus est la fille du maître, et dont la mère, longue vie à elle, a l'œil sur son enfant. Une mère connaît ça, avoir l'œil : elle ne la quitte pas d'une semelle, lui interdit de pénétrer sur le territoire des garçons du *kheyder* et même de regarder dans leur direction :

— Une fille n'a rien à faire parmi les garçons, une fille c'est une fille et les garçons sont des garçons, non mais des fois !...

C'est ainsi que Leyé parle, et quand Leyé parle, c'est parlé. Elle lui interdit même de parler à voix haute ou de chanter tant que les élèves sont là. Pourtant Reyzl a une voix agréable, et elle aime chanter. Et s'il arrive parfois qu'elle se mette tout de même à chanter, les plus grands des garçons prêtent l'oreille, et leur cœur s'arrête de battre. Puis, quand ils rentrent chez eux, dans leur lit, ils se rappellent la voix de Reyzl, soupirent en silence et s'endorment en rêvant à la « fille du maître »...

Si ce n'était pas le cas pour tous les grands du *kheyder* de rêver de Reyzl, c'était le cas pour Leybl, le fils de Béni Rafalowitch, et plus d'une fois. C'est souvent que Leybl se mettait à rêvasser pendant l'étude, et ses pensées allaient uniquement vers Reyzl. Plus d'une fois, il arrivait qu'il tienne devant lui un traité du Talmud, et tout ce qu'il voyait, c'était Reyzl.

Et en ce moment, elle est si près de lui que non seulement il la voit, non seulement il l'entend, mais il sent son contact, il la sent. Il entend un cœur qui bat : tic-tac ! Mais il ne sait pas quel est le cœur qui bat ainsi, si c'est le sien, ou celui de Reyzl, ou les deux qui battent à l'unisson. Plutôt les deux ; en effet, leurs regards se portent l'un vers l'autre, puis ils baissent tous deux les yeux, tous les deux ils voudraient parler, dire quelque chose, et ne le peuvent pas, aussi bien elle que lui. Il n'y a pas de mots !...

Leybl se souvient alors combien de fois il a cherché un prétexte pour se trouver ainsi près de Reyzl, entendre sa voix, échanger avec elle ne fût-ce que deux mots. Surgissait alors sa mère, elle aussi avec un prétexte, et Reyzl disparaissait. Reyzl aussi se souvient combien de fois elle a guigné du côté des élèves de son père, cherchant parmi eux le fils du riche, non pas parce qu'il était fils de riche, mais parce que son père à elle le préférait à tous ses autres élèves. Il jurait, et il s'y connaît en hommes Yisroeli le chantre, que ce garçon deviendrait quelqu'un, ce que Leyé traduisait dans son langage à elle :

— Ben voyons ! Les riches ont de la chance en tout, même avec leurs enfants, non mais des fois !...

Assis tout près de Reyzl, Leybl se sent frustré d'être incapable, précisément en cet instant, de trouver des mots pour lui parler. Reyzl ne sait pas si elle doit lui adresser la parole, ni de quelle manière. C'est ainsi que tous deux pensent l'un à l'autre, et que tous deux se taisent... Tout à coup, on éteint les lumières et l'obscurité se fait dans le théâtre. Cela ne va donc pas tarder à commencer. Dans la salle, on entend des voix s'élever :

— Ah... Ah... Ah...

— On se croirait en Égypte. C'est la plaie des Ténèbres...

— Aïe, aïe, aïe, mon pied !

— La faute à qui ? Si vous avez un pied en trop, il fallait le laisser à la maison !

— Silence, là-dedans ! Que le diable vous emporte, vous et votre père !

Le public commence à s'animer, à se mettre en joie et sans que Leybl comprenne comment cela s'est produit, la petite main de Reyzl, une main lisse, souple et tiède s'est soudain retrouvée dans la sienne. Il la garde un moment, puis la presse comme s'il voulait lui dire : « Contente ? »... Elle répond à son tour d'une pression qui signifie : « Très »...

Le rideau se lève.

CHAPITRE NEUF

AU PARADIS

Si le théâtre yiddish allemand était pour les Juifs de Holenechti un véritable plaisir tombé du ciel, pour notre petit couple, le fils du riche et la fille du chantre, ce fut un vrai paradis, un paradis du bon Dieu, où il n'était pas donné à tout un chacun de pouvoir entrer si facilement. Eux, ils l'apprécient plus que quiconque. Tous les soirs, ils vont au théâtre, s'asseyent aux meilleures places pour voir et entendre les plus grandes merveilles dont ils aient jamais rêvé.

Devant leurs yeux apparaît tout un univers, un monde nouveau, un monde où les gens se déguisent, vont et viennent en prononçant de drôles de paroles, moitié en yiddish moitié en allemand, chantent et dansent, prennent de telles poses qu'on est obligé soit de s'écrouler de rire, soit de fondre en larmes.

Et ce sont des hommes qui font tout cela ? Des hommes ordinaires ?

Non, ce ne sont pas des êtres ordinaires comme vous et moi. Ce sont des esprits, des démons, des lutins ou bien des anges venus du ciel. Tout dans leur aspect, leurs gestes, leur démarche, leurs paroles, tout est magie. Et eux, Leybl le fils du riche et Reyzl la fille du chantre, dès l'instant où le rideau se lève, tombent sous le charme de cette magie et sont transportés dans un autre monde, un monde de lutins, d'esprits, de démons et d'anges. Dès que le rideau tombe, c'en est fini de la magie, fini des lutins, des esprits, des démons et des anges.

Les hommes redeviennent des gens ordinaires, le monde redevient ce qu'il était, et ils se sentent comme si après un séjour au septième ciel ils étaient soudain renvoyés sur terre. Ils en sont tout attristés, mais se consolent en pensant que dès que le rideau se lèvera de nouveau, ils se retrouveront au ciel, au paradis, et qu'il en sera ainsi demain, après-demain, tous les jours.

Heureux enfants !

Quantité de garçons de Holenechti sont jaloux de Leybl, parce que c'est dans la cour de son père que se déroulent ces festivités. Quantité de filles sont jalouses de Reyzl, parce que grâce à sa mère, elle a pu s'introduire dans ce milieu fastueux, celui des Rafalowitch. Pourtant, quelle importance pour ces riches, qu'une personne de plus vienne avec eux au théâtre ?

— Ma fille leur a tellement plu, à ces riches ! Pourvu que cela ne lui fasse pas du tort...

Leyé se vante ainsi devant ses voisines, mais pour que les gens ne soupçonnent pas, Dieu nous préserve, qu'elle est allée mendier une faveur pour sa fille, elle se rattrape d'une manière très diplomatique :

— Vous savez comment ma fille s'est retrouvée chez les rupins ? Je vous explique : l'autre jour, je suis au marché et je tombe nez à nez avec Beylkè, la femme de Rafalowitch, quoi. « Bonjour ! — Bonne année ! — Comment ça va ? — Et chez vous ? — Ne m'en parlez pas, dans ma cour, c'est un tapage continuel. Un théâtre, vous imaginez la fête, la récréation pour tous mes enfants ! Pour eux, c'est un vrai régal ! À propos, et votre fille, elle va bien ? — Merci, rien de spécial ! — On me dit que c'est une fille tout à fait bien ! — Merci, il n'y a pas à se plaindre. — Pourquoi ne me l'enverriez-vous pas ? — Merci, mais que viendrait-elle faire chez vous ? — Elle fera la connaissance de mes filles, et comme ça, elles pourront aller au théâtre ensemble. Vous n'y voyez pas d'inconvénient ? — Merci. Si elle est d'accord, je vous l'enverrai sans faute... »

Voilà l'astuce derrière laquelle Leyé s'abritait, allant jusqu'à inventer un gros mensonge pour brouiller les pistes. Qu'est-ce qu'une mère ne ferait pas pour son enfant ?

Ce n'est pas parce que nous prenons Leyé sous notre aile, mais par soif de vérité qu'il faut dire les choses comme elles sont : elle n'aurait sans doute jamais envoyé sa fille au théâtre avec le premier venu, mais avec les Rafalowitch, bien volontiers, pourquoi pas ? Et très honorée, en plus ! Que les gens voient quelle société ma fille fréquente... Et le lendemain, après la représentation, Leyé s'assura qu'on l'entendait quand elle demandait à sa fille, répétant sa question plusieurs fois :

— Alors, que t'a-t-on servi, hier, à la table des riches ?

Ou bien :

— Reyzl, à quelle heure vas-tu chez les riches, aujourd'hui ?

Ou encore :

— Si on t'invite encore à dîner chez les riches, ma fille, ne refuse plus. Nous n'avons pas à avoir honte, non mais des fois !...

Tu parles ! Sa fille n'avait pas la moindre intention de refuser. Reyzl se sentait de plus en plus à l'aise dans cette maison de riches. Chaque fois qu'elle y allait, c'était avec l'âme en fête, le cœur gonflé d'allégresse, comme lorsqu'on se rend chez un ami très cher pour partager ses réjouissances.

Il n'y avait là rien d'étonnant. Chaque fois qu'elle venait, Reyzl était traitée en invitée. Chaque fois la grande maison brillamment éclairée des Rafalowitch l'accueillait avec la même gentillesse, la même gaieté, les rires, le brouhaha et le vacarme. Chaque soir, toute l'équipe allait ensuite au théâtre et s'asseyait aux meilleures places et chaque fois, sa place tombait à côté de celle de Leybl... Et chaque fois que le rideau se levait et que l'obscurité se faisait dans la salle, sa main rejoignait la sienne. Et à chaque fois, tous les deux, ils quittaient la terre, ils sentaient que des ailes leur avaient poussé. Et qu'elles les emportaient là-haut, tout là-haut... jusqu'au septième ciel, jusqu'au paradis.

CHAPITRE DIX

RETOUR DU THÉÂTRE

Reyzl rentre du théâtre dans un état de grande excitation, elle a les joues rouges, ses yeux ont un éclat particulier, son cœur déborde, les paroles prononcées par les hommes-anges résonnent encore à ses oreilles, mêlées à la musique de l'orchestre et aux énormes éclats de rire des Rafalowitch. Elle se rappelle ce que lui a dit Leybl à mi-voix, presque chuchoté à l'oreille, en même temps qu'il lui pressait doucement la main :

— Tu reviens demain ?...

— Quelle question !

C'est ainsi qu'elle lui a répondu, non par des mots, mais par une pression de la main, comme d'habitude.

C'était à la sortie du théâtre. Comme toujours la foule se bousculait au risque de s'étouffer. Les Juifs aiment bien être les premiers à entrer, mais ils aiment aussi être les premiers à sortir. On était tellement pressés les uns contre les autres qu'il y eut un moment où Leybl et Reyzl eurent l'impression de ne plus faire qu'un, et c'est la foule qui pratiquement les transporta hors du théâtre.

Dehors, la nuit est étoilée, c'est une nuit merveilleuse, une de ces nuits tièdes et lumineuses de Bessarabie, où l'on n'a pas envie de rentrer se coucher. Dormir par une nuit pareille serait vraiment péché. Les yeux se tournent vers le ciel, vers la lune, vers les étoiles. L'âme se tend on ne sait vers où, le cœur est attiré on ne sait vers quoi. On est pris d'une étrange nostalgie, on ne sait pas de qui... Holenechti est silencieuse et tranquille. La terre s'est rafraîchie après le coucher du soleil de Bessarabie. La poussière, qui toute la journée avait fait comme une colonne de fumée, est retombée et l'on peut enfin respirer. Une brise légère s'est levée, soufflant d'on ne sait où, et qui apporte le salut des jardins et des champs de Bessarabie qui exhalent non des parfums coûteux, mais des senteurs de pain, de maïs, de pommes et de poires. On entend le pipeau d'un berger qui mène ses moutons au pâturage. On entend à peine le pipeau, et le son diminue progressivement, jusqu'à expirer.

Les Juifs s'en reviennent donc du théâtre. Du théâtre yiddish. Et quand les Juifs s'en reviennent du théâtre, cela n'a rien à voir avec des *goyim*. Ça parle, ça crie, ça gesticule. Chacun raconte à son voisin ce qu'il a vu et entendu au théâtre et chacun est persuadé que c'est lui seul qui a vu ce qu'il y avait à voir et entendu ce qu'il y avait à entendre. On reprend les chansons du spectacle, et la jeunesse parle plus fort que tout le monde. Les enfants courent devant. Holenechti se réveille. La nuit est troublée, la belle nuit d'été tranquille, tiède et lumineuse. Mais pas pour longtemps. Les gens arrivent chez eux, récitent la prière du soir, éteignent les lumières et vont se coucher. Bonne nuit !

Dans une maisonnette de la rue de Dieu – c'est là qu'habite Yisroeli le chantre –, la lumière brille encore. Le chantre et sa femme se préparent eux aussi à aller dormir. Mais ils attendent que leur fille revienne du théâtre pour faire « l'extinction des feux ». Yisroeli, encore fort bel homme avec sa chevelure noire et soyeuse, vêtu de son seul gilet à franges rituelles, s'évente avec sa calotte en récitant le *shema*, la profession de foi. Leyé elle aussi est plus qu'à demi dévêtue. L'ombre de son voile blanc, qui convient si bien à son visage sombre et sévère et à son regard noir et dur, se découpe sur le mur jauni. Et Leyé attend que sa fille rentre saine et sauve du théâtre. Elle ne la lâchera plus jusqu'à ce qu'elle lui ait raconté quelles sortes de « comédies » on a jouées là-bas aujourd'hui. Qui était là parmi les connaissances ? Qu'avait-on servi à la table des riches ?

La femme du chantre questionne encore et encore, et finit par dire :

— Vous n'y comprenez rien ! C'est oui, ou c'est non ? Quand c'est oui, c'est oui, quand c'est non, c'est non ! Non mais des fois !...

Mais Reyzl n'entend pas. Reyzl n'entend que le bruit que fait la voix de sa mère dans ses oreilles et les mots qui coulent, qui coulent, tandis que son père récite le *shema* et s'évente furieusement. Ah ! Quel contraste entre ici et là-bas ! Quelle différence entre ici et la lumière, la joie, la gentillesse qui règnent là-bas !... Et puis ici, comme on est à l'étroit, comme il y fait sombre et triste après la soirée qu'elle vient de passer chez les Rafalowitch, dans cette grande maison claire et joyeuse, puis ensuite au théâtre, pour enfin revenir par cette belle nuit d'été étoilée, tiède et lumineuse.

Et Leyé continue à déverser son flot de paroles, puis s'apercevant qu'elle doit un peu trop parler, qu'il est déjà tard, elle s'interrompt d'elle-même :

— Que la foudre m'emporte, c'est bien vrai qu'une femme possède neuf mesures de paroles !... Il est temps d'aller dormir, et moi, je lui farcis la tête de discours, non mais des fois !... Ma fille, j'éteins la lumière. Bonne nuit. Dors bien.

— Bonne nuit ! répond Reyzl.

Elle se pelotonne dans le lit, se couvre, ferme les yeux et ses pensées la transportent de nouveau de la rue de Dieu jusque là-bas, au paradis.

CHAPITRE ONZE

DES HÔTES DE MARQUE

La première à être chassée du paradis fut la fille du chantre, Reyzl. Voici ce qui lui advint :

Un beau matin, alors que le chantre était à la synagogue et sa femme au marché, et qu'aucun des élèves du *kheyder* n'était encore arrivé, Reyzl était assise à sa fenêtre qui se trouvait au-dessus de son lit, à demi nue, les cheveux dénoués, et s'affairait, fil et aiguille en main, à recoudre un ourlet défait. Elle s'était mise à chanter cette belle chanson, extraite de *Shulamit*, cette chanson qui contient ce si joli motif et qu'elle avait entendue au théâtre :

Le petit chevreau s'est mis en chemin
Comme lui tu gagneras ton pain.
Amandes et raisins secs tu vendras
Dors, Yudelè, endors-toi dans mes bras

— Bravo, mon petit chat, bravo ! s'écria une voix enrouée juste sous la fenêtre de Reyzl.

Cette voix n'appartenait à nul autre qu'à notre vieille connaissance Sholem-Meyer Murawtchik, le drôle d'olibrius du théâtre yiddish allemand.

Sholem-Meyer Murawtchik, qui comme nous le savons occupe de multiples fonctions au sein du théâtre, porte en plus la responsabilité de l'approvisionnement. Dès l'aurore, alors que tout le théâtre est encore endormi, Sholem-Meyer s'en va au marché, un cabas au bras, acheter de quoi donner la becquée aux « enfants », comme il nomme les acteurs du théâtre. Aujourd'hui, passant par la rue de Dieu, il entend quelqu'un chanter une chanson connue de leur répertoire, et qui la chante avec tant de grâce, de douceur et de tendresse qu'il en reste cloué sur place. Il brûle d'envie de savoir qui chante aussi bien. Il s'est donc approché de la fenêtre et il a aperçu une jeune fille brune, toute jeune, encore une enfant, absorbée par son ouvrage. Il s'est alors précipité, et n'a pu se retenir d'applaudir la jeune chanteuse :

— Bravo ! Bravo !

Ces applaudissements ont manifestement causé une véritable frayeur à la jeune chanteuse. Le petit châle rouge qui recouvrait ses épaules d'enfant a glissé et découvert un instant aux yeux d'un étranger la nudité de son corps, plus proche du corps d'une jeune fille que de celui d'une enfant, ce qui a donné encore davantage envie à notre excellent Sholem-Meyer de rester sous la fenêtre et de continuer à discourir dans son style particulier :

— Mon petit oiseau, pourquoi avoir si peur ? Ta voix, je dois te le dire, a la douceur du miel. Tu peux mettre dans ta poche trois *prime donne*, que Dieu m'accorde autant de bonheur et de prospérité. Quant à ta petite bouille, quel minois, ma parole !... Attends ! À moins que je ne sois devenu gâteux, il me semble que je te connais. Je pourrais jurer que je t'ai vue assise à côté du gamin des Rafalowitch au théâtre, et si ce n'est pas vrai, que les yeux m'en tombent. Aha ! Tu rougis ? Tu es encore plus rouge que ton petit châle... Ris, tu peux rire, fillette. Quand tu ris, tu es encore plus jolie, tes fossettes se creusent et tes quenottes blanches s'accordent si bien avec tes cheveux noirs et tes yeux de Tzigane, que Dieu m'accorde autant de bonheur et de prospérité !...

Ce n'est pas tant les manières onctueuses ni le style ampoulé de l'individu, que d'ailleurs elle comprenait fort mal, qui effrayèrent Reyzl, mais le fait qu'elle soit quasiment demi-nue et qu'il y ait un inconnu, un homme, sous sa fenêtre. « Que va dire maman, si elle arrive ?... » Reyzl se leva d'un bond et ferma la fenêtre.

* * *

Ce soir-là, quand Reyzl arriva au théâtre avec les Rafalowitch, Sholem-Meyer Murawtchik la salua de son clin d'œil malicieux et de paroles du même acabit. Reyzl rougit, son visage prit la couleur du soleil couchant de Bessarabie... Plus tard, pendant le premier entracte, tandis que Yekhiel montrait son talent en jouant une mélodie yiddish et que le public grignotait des poires et des noix, bavardait, riait et répétait jusqu'au moindre mot tout ce qu'on venait de représenter sur la scène, Reyzl remarqua que l'individu en question la désignait du doigt au directeur du théâtre Albert Shtupak, un personnage de haute taille coiffé d'un grand haut-de-forme et dont presque tous les doigts s'ornaient d'énormes diamants, qui la regardait de loin de son petit œil rouge dépourvu de sourcil. Le visage de Reyzl s'enflamma de nouveau d'une vive rougeur.

Le lendemain, dès que Yisroeli eut libéré sa classe pour le déjeuner et que lui-même, après avoir procédé à l'ablution rituelle des mains, se fut assis à table avec Leyé et Reyzl, la porte s'ouvrit pour livrer passage à deux personnes : Sholem-Meyer le drôle d'olibrius et le directeur du théâtre yiddish. Tous les deux étaient rasés de frais, violemment parfumés d'un savon au patchouli et abondamment aspergés d'eau de Cologne Véra Violette. Le directeur portait une grandiose lavallière piquée d'une épingle en diamant. Des diamants étincelaient à pratiquement chacun de ses doigts, et à sa grosse chaîne de montre en or était accroché un lourd médaillon en or massif. Le médaillon était artistement orné de diamants blancs, de saphirs bleus, de rubis rouges et d'émeraudes vertes qui formaient une couronne de deux initiales entrelacées, S et A. Les pierres précieuses faisaient ainsi une parure au glorieux nom d'ALBERT SHTUPAK.

Toutes ces pierres précieuses montées sur des bagues en or, le médaillon massif, tous ces ornements qui décoraient notre directeur auraient eu des tas de choses à raconter, mais comme nous souhaitons entrer rapidement dans le vif de notre histoire, nous ne nous y arrêterons pas. Nous aurons sans nul doute plus d'une occasion dans le cours de notre roman de rencontrer de nouveau ce personnage. On doit pourtant signaler brièvement, mais que cela reste entre nous, que c'est en vain qu'il exhibe tous ces objets précieux en faisant croire que ce sont des cadeaux du public, des « trophées artistiques » qu'il a conquis au théâtre. Rien à voir ! C'est tout seul qu'il a amassé petit à petit ce trésor, qu'il l'a peu à peu payé de ses propres deniers, ceux qu'il a « honnêtement » gagnés à la sueur du front de quelques dizaines de pauvres hères, toujours crevant de faim mais toujours joyeux. Albert Shtupak a un principe : il ne faut jamais faire confiance à qui que ce soit, même à sa propre femme. Aussi porte-t-il sur lui toute sa fortune en diamants. Vous comprenez, c'est plus sûr pour lui, et plus joli pour les autres...

Voyant entrer de tels hôtes de marque, Yisroeli se lève d'un bond. Leyé leur avance deux chaises et les invite à s'asseoir. Et Reyzl ? Laissons-la en paix pour l'instant. Rouge comme elle est, elle pourrait prendre feu d'une minute à l'autre.

— Bénis soient... Bénission... Béni oui oui... Comment dit-on, déjà, chez nous ? s'exclame Albert Shtupak, se prenant les pieds dans la formule hébraïque de salutation.

Heureusement pour lui, Sholem-Meyer est assis à côté de lui – c'est toujours lui qui doit lui sauver la mise ! C'est donc Sholem-Meyer qui lance, de sa voix enrouée et dans sa langue fleurie :

— Bénis soient les attablés ! Venez et mangez, mangez votre content, mastiquez, avalez, et ne vous gênez pas ! Nous sommes des gens simples, des Juifs ordinaires, tout comme vous. Je vous présente mon chef, le directeur du théâtre yiddish allemand qui s'est installé ici. Quant à moi, je suis le dessus du panier, le milieu du radis, le bout du banc. Il s'appelle Albert Shtupak et moi Sholem-Meyer Murawtchik. Maintenant que nous avons fait connaissance, que nous sommes devenus intimes pour ainsi dire, on peut peut-être partager un petit verre de vodka, si vous en avez, sinon envoyez-en chercher, et on la boira en mangeant la même chose que vous ! Je vois que vous êtes en train de bouffer des betteraves avec des prunes, c'est une douceur que je n'ai pas eu l'occasion de goûter, sans mentir, au moins depuis un siècle, que Dieu m'accorde autant de bonheur et de prospérité !

CHAPITRE DOUZE

YISROELI LE CHANTRE VOCALISE

Pendant tout le temps que Sholem-Meyer avait passé à discourir et que le chantre, sa femme et sa fille avaient passé à l'écouter, le directeur du théâtre yiddish allemand Albert Shtupak était resté assis à la table, sans desserrer les lèvres, à jouer avec son médaillon et avec l'éclat des brillants et des diamants qu'il portait aux doigts, mais sans quitter de ses petits yeux rouges dépourvus de sourcils la fille du chantre.

À la fin du repas, une fois que Sholem-Meyer eut fini de pérorer, que la femme du chantre eut desservi, que le chantre eut terminé de réciter la bénédiction, il parut au directeur que son tour était venu de s'exprimer et qu'il était temps d'en venir au motif de leur visite. Il commença donc par soulever son haut-de-forme, exhibant ainsi une large calvitie bordée de cheveux plats et calamistrés, essuya la sueur de son front, puis prit la parole.

De nature, il est plutôt taciturne, mais quand il démarre, il est difficile de l'arrêter. La langue lui fourche, lui fait dire n'importe quoi, si bien que souvent il finit par dire tout autre chose que ce qu'il avait en tête. Sholem-Meyer Murawtchik, son bras droit et aide de camp, connaît bien cette maladie aussi l'interrompt-il souvent dès le début et prend la parole à sa place pour dire le reste dans le jargon qui lui est propre.

— Vous comprenez, mon cher chantre, entama Shtupak, voilà l'histoire. Écoutez, moi aussi, j'ai commencé comme petit choriste d'un chantre, c'est-à-dire que je sortais le seau, enfin je veux dire je chantais, une voix, vous me suivez, une voix, une vraie voix de soprano, je prenais des claques, enfin je l'accompagnais quand il était sur l'estrade tout ça jusqu'à ce que je me mette à mon compte on chantait aux mariages aux circoncisions aux cérémonies pour le rachat des fils aînés un « Kol Mekadesh », un chant de *shabbess* que j'ai composé moi-même si vous voyiez, tout un livre imprimé, avec des chansons de moi je veux dire ça commençait comme ça (il entonne, avec des trilles et des fioritures) : « *Kol Mekadesh* – Tsipélè ma femme –, *Shevii*, le septième jour – que la peste te prenne –, telle que je te vois – ce soir même... »

Albert Shtupak, comme on le voit, est bien entré dans son rôle. Il s'apprête à donner un « Kol Mekadesh » de sa façon, mais Sholem-Meyer, d'un coup de pied décoché à temps sous la table, lui intime qu'il serait plus raisonnable d'en rester là et se met en devoir, de son ton le plus onctueux, d'expliquer au chantre la raison de leur visite.

Vu qu'ils avaient déjà entendu dire avant même que l'idée leur vienne de partir pour la Bessarabie que Yisroeli était un chanteur célèbre, et vu que la musique c'était leur métier, enfin leur métier, c'était plutôt le théâtre mais le théâtre et la musique sont comme frère et sœur, comme mari et femme, il serait peut-être souhaitable que le chantre leur « interprète » un petit air.

— Quelque chose de pas ordinaire, de l'épicé, du yiddish, quoi ! enchérit Albert Shtupak avec un petit claquement des doigts et un sourire de ses lèvres serrées qui plissa encore davantage son visage.

Yisroeli comprit immédiatement ce que l'on attendait de lui, se montra d'abord réticent, se fit prier, fit des manières :

— Mais non, mais non ! Ce n'est pas tout à fait vrai, vous savez, les gens exagèrent...

Tout en commençant, par ailleurs, à s'échauffer la voix. (Connaissez-vous un chantre, ou un artiste en général, qui se fasse prier très longtemps ?) Il se leva de table, s'essuya les lèvres, toussota, s'éclaircit la voix et demanda pour la forme :

— Alors, que voulez-vous que je vous « interprète » ?

Sans attendre la réponse, il commença à interpréter un morceau généralement réservé aux grandes célébrations des Jours Redoutables dont il tira des modulations en montant très haut dans l'aigu, puis en redescendant jusqu'à l'octave la plus basse, puis de nouveau dans l'aigu, puis encore dans les basses, vocalisant à perdre haleine...

Les hôtes se regardaient sans parler, mais échangeaient des clins d'œil, des claquements de lèvres, se régalaient comme de la dégustation d'un bon repas ou d'un verre de bon vin, l'encourageant de la sorte bien mieux que s'ils l'avaient couvert des plus grands compliments. Du coup, le malheureux chantre en eut l'esprit complètement chamboulé. Il se dit que puisque c'était comme ça, on allait leur montrer de quoi on était vraiment capable ! Il entama donc un nouveau morceau, puis un autre encore et quand il voulut, pour terminer, leur interpréter une chose toute nouvelle, de sa composition, Sholem-Meyer le tira par la manche :

— Soyez assuré, mon cher chantre, que vous chantez si merveilleusement que tous les chantres, les cantors, les chefs de chœur et leurs choristes du monde entier ne valent pas l'ongle de votre petit doigt. Croyez-moi, si nous n'avions pas le fardeau du théâtre, des répétitions, de tous les tracas et les fléaux, nous ne sortirions pas de chez vous avant le huitième jour de la fête de Soukès. Nous ne nous lasserions pas un seul instant d'écouter vos « interprétations », aussi vrai que Dieu veuille m'accorder bonheur et prospérité. Mais voilà : il y a le travail ! Nous n'avons pas le temps, si vous voyez ce que je veux dire. Demain, nous avons une représentation d'une toute nouvelle pièce : *Kuni-Lemel*. Peut-être serait-ce une bonne idée qu'avant de vous quitter nous prenions un petit dessert ?...

Le chantre se troubla :

— Euh... Quel genre de petit dessert pourrais-je vous offrir, par exemple ?

— Voilà, ce genre de petit dessert là !...

Et Sholem-Meyer Murawtchik montra du doigt la fille du chantre qui, pendant tout ce temps, ne l'avait pas un instant quitté des yeux.

Entendant ces paroles, la malheureuse Reyzl resta interdite, et le chantre et sa femme bouche bée attendirent la suite. Le directeur voulut alors prendre la parole dans son style habituel, mais Sholem-Meyer Murawtchik lui décocha un avertissement sous la table et entreprit d'expliquer lui-même ce qu'il avait en tête.

— Nous voulons dire, voyez-vous, que nous souhaiterions que votre fille chérie nous « interprète » quelque chose. Il se dit qu'elle a un joli brin de voix et on raconte qu'elle chante des chansons avec un tel talent qu'elle peut mettre dans sa poche treize Patti et dix-sept Nelson...

— D'où savez-vous que ma fille chante des chansons ? s'enquit le chantre qui ne se tenait plus, tandis que la pauvre Reyzl retenait son souffle.

Elle tremblait à l'idée qu'il dévoile l'épisode où elle lui avait parlé à la fenêtre, et qu'elle n'avait même pas raconté à sa maman !... Sûr que maman allait lui passer un de ces savons !... Mais quand Sholem-Meyer, de son œil rusé, se rendit compte que le visage de Reyzl prenait toutes les couleurs de l'arc-en-ciel, il esquiva habilement la question :

— Une belle histoire, mais courte en vérité ! Comment se fait-il que partout l'on sache que votre mari – puisse-t-il vivre jusqu'à cent vingt ans – possède un organe et une *colwatur* dont tout le monde s'émerveille ? Voilà quinze ans que nous parcourons le monde avec notre théâtre yiddish allemand sans avoir jamais su qu'il existait une ville du nom de Holenechti, et pourtant, vous le voyez bien : c'est une célébrité que votre Yisroeli de Holenechti ! Son nom résonne dans le monde entier. Alors, qu'en dites-vous, chère madame ?

La « chère madame » n'avait rien à en dire du tout. Pour elle, ce n'était pas une surprise que le nom de son mari résonnât dans le monde entier. En revanche, l'idée que sa fille se mette, là, tout de suite, sans préavis, à chanter devant deux hommes qu'elle ne connaissait ni d'Ève ni d'Adam, c'était une autre affaire. Vous pouvez penser ce que vous voulez, mais elle, avec son cerveau de femme, ne comprenait pas à quoi ça rimait. Qu'est-ce que c'était que ces manières de prendre une jeune fille et de la faire chanter comme ça, tout à trac, tralala, sans autre forme de procès ? Une jeune fille, ce n'est pas un garçon, tout de même. Un garçon est un garçon, une jeune fille est une jeune fille, non mais des fois !...

CHAPITRE TREIZE

LA FILLE DU CHANTRE CHANTE « MAÎTRE DE L'UNIVERS »

Mais le chantre avait un autre avis sur la question. Il voyait les choses d'une façon toute simple. D'accord, Leyé, sa femme, avait peut-être raison de dire : « Un garçon est un garçon, une fille est une fille »... Mais une fois, une toute petite fois n'est pas coutume, et pour de tels hôtes, quel mal y aurait-il donc à ce qu'elle interprète quelque chose en duo avec son père ?... D'ailleurs, lui-même avait envie de chanter encore un peu. Un chantre, quand il se met à chanter, c'est comme la pluie : on n'en voit jamais la fin...

Et Yisroeli le chantre jette à sa femme Leyé un regard quémandeur, comme pour dire : « Qu'est-ce que ça pourrait bien te faire, que la petite "interprète" quelque chose ?... » La femme comprend le regard de son mari. Puisque le désir impératif de chanter l'a saisi, eh bien soit !... Alors elle lui répond d'un regard qui lui signifie aussitôt : « Tu le veux donc si fort ? Eh bien, si ça te plaît, ça me convient, non mais des fois !... »

Et Yisroeli le chantre est tout réjoui. Il s'éclaircit la voix, donne le *la* et s'adresse à sa fille :

— Si quelqu'un demande qu'on lui interprète quelque chose, la moindre des politesses, c'est d'interpréter quelque chose. Mais qu'allons-nous leur chanter, voilà question ? Et si nous leur chantions *Reboynu shel oylem*, *Maître de l'univers* ? Tu chanteras la mélodie et moi je t'accompagnerai à l'octave inférieure. Allez, Reyzl, commence : lalala...

Reyzl, qui était ravie que l'incident de la veille ait été passé sous silence, était prête à chanter ne fût-ce que par pure gratitude, d'autant plus qu'elle aimait chanter depuis son enfance. Elle chanterait bien à longueur de journée sans se lasser si maman ne le lui défendait pas. Chaque fois que Reyzl se met à chanter, Leyé la tance :

— Silence, Reyzl, combien de fois faut-il le répéter ? Tu te crois encore une toute petite fille, mais tu es déjà une jeune fille, que le mauvais œil s'écarte, non mais des fois !...

— Une jeune fille ? répète Reyzl dans un éclat de rire, tandis que Leyé s'esclaffe elle aussi.

N'empêche qu'elle lui interdit toujours de chanter, sauf quelquefois en duo avec son père et encore, si personne n'écoute...

Reyzl s'approche donc de son père, croise les mains dans le dos, lève les yeux au plafond et d'une voix lisse, pure et argentine comme celle d'un violon, se met à chanter une mélodie qui s'étire tristement, un air authentiquement juif, comme une prière, qui évoque à la fois une plainte, un reproche, une supplique et un sanglot :

Reboynu shel oylem, Reboynu shel oylem !
Maître de l'univers !
Vers toi je viens avec une plainte
Jusqu'à quand l'exil, la souffrance
Jusqu'à quand les persécutions, la fuite,
Nous ne pouvons plus le supporter
Assez de coups, assez de tourments
Nous ne pouvons plus le supporter !...

Les deux hôtes, le directeur et son aide de camp sont bouche bée, envoûtés, navrés que le chant se termine aussi vite. Ils restent interdits. Puis Sholem-Meyer Murawtchik s'écrie de sa voix enrouée :

— Bravo ! Bravo ! Bis !...

Mais il comprend immédiatement que son « Bravo ! Bravo ! Bis ! » est complètement déplacé, si triste était la mélodie, si sacrées les paroles, si suave cette voix pareille à un violon, si belle cette jeune fille avec son aura divine, elle qui n'est en réalité encore qu'une enfant.

Et Albert Shtupak, le directeur du théâtre yiddish allemand ?

Difficile de savoir ce qui se passait dans l'âme de cet homme. Il avait tiré de sa poche intérieure un grand mouchoir abondamment parfumé et essuyait les larmes qui coulaient de ses petits yeux rouges dépourvus de sourcils...

Il faut croire que chez cet individu à l'âme depuis longtemps racornie battait encore le cœur d'un Juif, et que dans ses veines sinueuses coulait encore un sang chaud. Il semblait que le sentiment de compassion ne fût pas mort puisque son œil pouvait encore verser une larme sur les malheurs juifs qu'un peuple en exil a exprimés par des paroles aussi simples et chaleureuses et une mélodie si pure et émouvante qu'elle pourrait attendrir jusqu'aux pierres. Se peut-il aussi que cette émotion soit due à cette jeune fille brune, à son aura de divinité, à ses fossettes, à ses yeux noirs de Tzigane, à sa voix douce pareille à un violon, qui envahit votre âme et pénètre votre cœur comme le ferait un baume bienfaisant qui se répandrait dans tous vos membres ?... Qui peut le dire ? Qui peut le savoir ?

Le lecteur, qui a déjà fait la connaissance, au cours des chapitres précédents, du directeur du théâtre yiddish allemand, sait que notre homme est un beau parleur. Dès la fin du *Maître de l'univers*, il a bondi sur ses pieds, s'est approché du chantre, lui a pris la main dans les deux siennes et à travers ses larmes n'a été capable que de prononcer ces quelques mots :

— Que je ne m'appelle plus ALBRET... !

(Il est indispensable de noter que lui-même, n'y voyez aucun objet de honte, est incapable de prononcer correctement son propre nom et que dans sa bouche « Albert » se transforme toujours en « Albret ».)

Voilà bien le plus grand compliment que personne ait jamais entendu de la bouche d'Albert Shtupak, directeur du théâtre yiddish allemand.

CHAPITRE QUATORZE

ALBERT SHTUPAK EN FAIT TROP

Si Albert Shtupak, le directeur du théâtre yiddish allemand, s'était contenté de ce seul compliment (« Que je ne m'appelle plus Albert »), tout aurait été parfait, et tout le monde aurait été ravi, chacun à sa façon : les invités auraient été ravis d'avoir entendu un *Maître de l'univers* tel qu'il n'est pas donné à tout le monde ni partout de l'entendre, Reyzl, la fille du chantre, ravie de sa première « apparition » devant des étrangers, le chantre, content de l'accueil fait à sa fille par ses hôtes (quel est le père qui ne se réjouirait pas du premier succès de son enfant ?). Que souhaiter de mieux ? Même Leyé, qui n'avait jamais supporté que sa fille soit entendue par des inconnus, fut si émue qu'elle laissa échapper dans un soupir :

— Ma fille, que tout ce qui pourrait lui arriver de mal se détourne sur moi !...

Mais il était écrit qu'un nuage viendrait obscurcir le ciel bleu et gâcherait toute la fête. La faute à qui ? Précisément au directeur du théâtre yiddish allemand et à sa langue, cette damnée langue qu'il avait si bien pendue. Et quand il en fait trop, ça n'est plus drôle.

Que ce fût par enthousiasme, ou que le sens des affaires le lui dictât, Albert Shtupak se mit derechef à pérorer tout en jouant avec les diamants et les brillants qui ornaient ses doigts :

– Quelle voix ! Quel organe ! Quelle petite frimousse ! Eh bien, mon cher chantre, et vous vous enterrez dans ce trou de Holenechti ? Quoi ? Vous pataugez dans cette boue, et tout ce que vous connaissez, c'est la bouillie de maïs, la *mamaliga*, quoi, et les chants de la synagogue, ah !... ah !... Quelle pitié, un diamant pareil, c'est de votre malheureuse fille que je parle, qu'est-ce qu'elle deviendra ici ? Il me semble, ou que je ne m'appelle plus Albret...

À ce discours, la femme du chantre, comprenant qu'il était question de l'avenir de sa fille, le coupa aussi brutalement qu'avec une lame :

– On ne doit pas compter les dents dans la bouche de son prochain... Dieu merci, ma fille, elle a encore des parents, qu'ils vivent jusqu'à cent vingt ans, qui sont là pour se préoccuper de son avenir !

Albert Shtupak, semble-t-il, ne saisit pas l'allusion, ou fit comme s'il ne l'avait pas saisie et continua sur sa lancée en s'adressant uniquement au chantre sans un regard pour sa femme :

– Que vous disais-je, mon cher chantre ? Ah oui ! Je disais que vous autres, vous êtes des aveugles, des fanatiques dévoyés ! Le monde, vous le connaissez, le monde ? Chez moi, vous verriez ça, écoutez-moi, des enfants – de l'or pur. Des fillettes, je ne vous dis que ça, des poupées ! Des petits cornichons croquants ! Une *prima donna*, une vraie fille à papa. Pas la petite frimousse de la vôtre, mais une voix, vous m'entendez, pour les plus grands opéras ! Si elle entre chez moi, la vôtre je veux dire, qui peut savoir, d'ici trois ou quatre ans, de l'or, un plein chapeau !

Et Shtupak tout en parlant montrait de ses deux mains la taille du chapeau plein d'or que leur fille leur rapporterait si elle entrait dans sa troupe.

La femme du chantre comprit-elle les choses comme il convient, c'est difficile à savoir. Mais ce qu'elle comprit, c'est que cet individu, avec son tuyau de poêle et sa gueule glabre, faisait de drôles d'avances en direction de sa fille et disait des choses à vous faire bouillir la bile...

En elle se réveilla alors la Mère, la mère faite pour protéger son enfant et veiller sur elle comme sur la prunelle de ses yeux, la mère qui a fourni tant d'efforts pour lui garder sa santé, la mère qui tremble pour sa fille aimée, cette créature si délicate, si belle, si intelligente. Sans autre forme de procès, elle l'interrompit encore plus brutalement que la première fois :

— Que mes ennemis ne vivent pas assez pour voir ce jour ! Vous nous prenez pour des raccommodeurs de chaussures ou de vêtements, des bons à rien, quoi, pour croire que nous laisserions notre chair et notre sang suivre une bande de bateleurs de foire, d'histrions, de théâtreux, de traîne-misère ?... Non mais des fois !...

Ces quelques mots bien sentis que Leyé avait lâchés d'une seule bordée n'eurent pas l'heur de plaire au directeur du théâtre yiddish allemand, et même l'indisposèrent carrément. Son visage disgracieux et raviné tourna subitement au jaune puis au vert et se couvrit de sueur. Ses lèvres serrées se contractèrent d'une façon bizarre et ses petits yeux dépourvus de sourcils s'injectèrent de sang. Albert Shtupak était prêt à administrer à la femme du chantre sa juste rétribution : non mais, le toupet de cette bonne femme ! Lui parler sur ce ton, à lui, le directeur du théâtre yiddish allemand !

Dieu sait quel scandale menaçait... Albert Shtupak ne s'embarrassait pas de longues arguties. Pour lui, il n'y avait qu'une seule alternative : soit donner des claques, soit recevoir des claques. Heureusement, Sholem-Meyer était là. Sholem-Meyer connaît son directeur, il sait de quel genre d'oiseau il s'agit et dans la mesure du possible essaye de lui éviter les scandales. Lui, sa façon de faire, c'est qu'il ne faut ni donner ni recevoir de claques. Il tient que par la douceur, on s'en sort toujours mieux. Alors il tira son chef par la manche, fit un clin d'œil malicieux, tripota un peu son chapeau avant de se tourner vers le chantre :

— Votre épouse a tout à fait raison, aussi vrai que je nous souhaite une heureuse année. Vous avez une femme merveilleuse, que le mauvais œil... Mais voilà : elle a un petit défaut. Madame est trop emportée. Vous n'avez pas saisi ce que le directeur du théâtre disait. Nous disions seulement, à propos de rien, qu'il y a dans le monde toutes sortes de métiers. Chacun prétend que le sien est le plus beau et, comme on dit, le chien devant sa porte est maître chez lui, et chaque cochon pense que c'est sa bauge qui est la plus confortable. Il n'y avait rien dans nos intentions contre vous, contre votre femme ni contre votre fille. Nous ne sommes venus ici, je vous le répète, que pour le chantre, pour l'entendre chanter, aussi vrai que Dieu veuille nous accorder bonheur et prospérité. Nous aurions pu rester encore longtemps à écouter, mais nous ne voulons pas vous déranger. D'ailleurs je vois déjà les petits galopins se rassembler pour vos leçons. Vous allez devoir vous mettre au travail. Comment dites-vous ça ? La Thora est la meilleure des marchandises, raisins secs et amandes, comme dans la chanson... Au revoir, et bon vent !...

— Que vous sortiez les pieds devant !

C'est en les bénissant de la sorte que la femme du chantre prit congé de ses hôtes, non sans qu'ils aient d'abord franchi le seuil.

Puis, s'adressant à sa fille, elle ajouta :

— Quant à toi, ma fille, tu peux dire au revoir au théâtre yiddish. Tu n'es pas près d'y remettre les pieds avant que je sois au cimetière !

Mais la meilleure part était réservée à son mari (quand Leyé la femme du chantre se met en colère, on peut tout craindre !). Par bonheur pour le chantre, ses élèves étaient déjà tous assis autour de la table devant leurs livres ouverts. Il avait bien compris, de son côté, qu'il y avait de l'orage dans l'air après cette conversation avec ces hôtes inopinés. Mais il se remit à l'ouvrage de tout son cœur en faisant bonne figure, se frotta les mains et questionna, avec dans la voix une psalmodie talmudique :

— Les enfants, allons, souvenez-vous, où en étions-nous, hein ? Ah, oui-i-i-i...

CHAPITRE QUINZE

HOTZMAKH FAIT SON ENTRÉE

Dans la vaste cour de Béni Rafalowitch règne une joyeuse ambiance. L'écurie, où se joue le théâtre yiddish, n'est jamais fermée, de jour comme de nuit. Dès l'aube l'animation démarre. Des tas de gens apparaissent, disparaissent. Celui-ci entre, cet autre sort. Des menuisiers réparent les bancs, des peintres badigeonnent les décors, des porteurs chargent des caisses, apportent du bois, traînent des planches. Sans arrêt on frappe du marteau, on enfonce des clous, on love des cordages et en permanence on entend des voix, des cris, du raffut.

Au-dessus de toutes ces voix, plus souvent que tous ces cris émerge une voix, un cri :

— Hotzmakh, que le diable t'emporte !

— Hotzmakh, les yeux te sont sortis de la tête ?

— Hotzmakh, bouge-toi !

— Hotzmakh, halte !

— Hotzmakh, ne bouge plus ! Hotzmakh, cours !

— Hotzmakh ! Hotzmakh ! Hotzmakh !

« Qui peut bien être ce Hotzmakh ? » se demande le fils de Béni Rafalowitch, Leybl, qui avant d'aller au *kheyder* vient jeter un œil dans l'écurie. Du coup, il sait qui est Hotzmakh. Un grand maigre à l'air maladif, secoué de quintes de toux, essoufflé, un visage pâle et grêlé, un nez pointu, un crâne pointu, des oreilles pointues et un regard lui aussi pointu, avide, perçant, aiguisé, voilà le portrait du personnage.

Son vrai nom, c'est Holzmann. Mais le directeur du théâtre, Albert Shtupak, l'a dès le premier jour gratifié du surnom de « Hotzmakh » et le nom lui est resté jusqu'à ce jour.

Ce Hotzmakh plut à Leybl dès l'instant où ils firent connaissance. Cela se passa sans présentations, sans cérémonies, sans tralala.

Un jour Hotzmakh aperçut Leybl qui se tenait devant la porte de l'écurie et engagea de loin une conversation :

— Dis donc, mon petit gars, qu'est-ce que tu fais là ?

— Rien.

— Tu cherches quelqu'un ?

— Personne.

— Qui es-tu ?

— Le fils de Béni Rafalowitch.

— Alors pourquoi restes-tu à la porte comme un gosse de pauvre ? Viens par là, mon garçon ! Tu fumes déjà des cigarettes ou pas encore ?

— Pas encore.

— Mais ton père, lui, il fume ? Tes frères, que le diable emporte leur père, ils fument ? Alors tu peux m'en rapporter, des cigarettes !

Le lendemain, Leybl, pantelant, en sueur, écarlate, jetant alentour des regards furtifs, lui rapportait de pleines poches de cigarettes. Hotzmakh de ses doigts fins et prestes rassembla les cigarettes éparpillées et les fourra dans sa propre poche, non pas, Dieu nous en préserve, à la manière d'un voleur, mais comme s'il s'agissait du cadeau d'un ami. Sans un sourire, sans même un remerciement, il alluma une cigarette, aspira et laissa échapper de son nez pointu un mince filet de fumée, toussa et demanda :

— Qui donc chez vous fume de pareilles cigarettes de luxe ?

— Mon frère aîné, répondit Leybl d'une voix presque inaudible.

— Que le diable emporte le père de ton frère aîné, il s'y connaît en cigarettes ! s'exclama Hotzmakh en faisant exprès de parler fort. Dis-moi, mon petit canari, qu'est-ce qu'on mange, chez vous, comme ça, le matin, avec le café ?

— Ce qu'on mange ? Ça dépend. Une fois, c'est du beurre et du fromage, une fois des œufs, une fois des biscuits, des gâteaux au beurre.

— Attends, attends, l'interrompit Hotzmakh, c'est précisément de cela qu'il s'agit ! Rapporte-moi donc quelques gâteaux au beurre, malin que tu es, mais des frais ! Tu entends ce qu'on te dit ? Frais !

Ce mot de « frais », Hotzmakh le prononce d'une voix si forte que Leybl en frémit. Il a peur que quelqu'un entende.

N'empêche qu'il obéit, et que le lendemain, il rapporta dans sa poche quelques gâteaux frais au beurre en tremblant d'être trahi par l'odeur... Mais en deux temps trois mouvements Hotzmakh, affamé, les avait déjà fait passer de son maigre gosier à son estomac.

— Succulent ! s'exclama Hotzmakh en se pourléchant comme un chat. Puis il alluma une cigarette prélevée sur celles du frère de Leybl, celles qui lui avaient tellement plu qu'il avait demandé à s'en faire rapporter davantage.

Et Leybl lui en rapporte encore et encore, moyennant quoi il a ses entrées au théâtre, non seulement le soir pour le spectacle mais aussi dans la journée, pendant les répétitions, et peut même accéder, derrière le rideau, aux coulisses, lui qui depuis le début meurt d'envie de savoir ce qui s'y passe.

Ah, ce que Leybl a pu y découvrir ! Un monde tout à fait à part, où les gens se changent, se déguisent, se maquillent, se peinturlurent et en ressortent transformés en bouffons, en démons, en lutins ou en anges. On y mène une vie paradisiaque, il y a toujours de l'animation, de la gaieté. L'un chante, l'autre danse, celui-ci s'empiffre, cet autre boit au goulot glou-glou-glou, celui-là enfin fume une cigarette en cachette, accroupi dans un coin, de peur que le directeur l'aperçoive, le directeur en ange de la mort, le directeur objet des moqueries de tous, tourné en ridicule, à qui on souhaite pis que pendre. Un vrai méchant, ce directeur !... Tous tremblent devant lui, mais dans son dos on fait des grimaces et on tire la langue, on singe sa démarche et sa dégaine, on imite la façon qu'il a de parler en faisant scintiller les diamants de ses doigts. De vrais garnements !

Celui qui l'imite le mieux, c'est Hotzmakh. Il contrefait tous ses gestes avec un tel talent qu'on se tord de rire. C'est un joyeux drille, ce Hotzmakh ! Leybl a du mal à comprendre où cet homme-là va chercher autant de gaieté. Il lui semble que personne ne trime autant que Hotzmakh, que personne n'est aussi éreinté, aussi affamé, que personne ne tousse autant, ne prend autant de claques, de beignes, de taloches de la part de tout un chacun. Pourtant, personne autant que lui n'est toujours aussi bien disposé, prêt à rire. Tenez, le directeur vient justement de l'attraper par le collet pour l'éjecter des loges :

— Hotzmakh ! Que le diable t'emporte !

Et le voilà déjà derrière le directeur, dans son dos, un peu voûté, sa petite tête un peu penchée sur le côté, les lèvres pincées et à le regarder de face, vous verriez un visage disgracieux et raviné, bref, Albert Shtupak, comme deux gouttes d'eau !

Alors, comment ne pas aimer un homme pareil ?

CHAPITRE SEIZE

HOTZMAKH ÉCRIT UNE LETTRE

— Dis voir, petit fils à papa, tu étudies au *kheyder*, alors tu dois savoir bien écrire ? Apporte donc une plume et de l'encre, une feuille de papier et une enveloppe... et un timbre-poste à sept kopecks !

C'est Hotzmakh qui venait ainsi un beau matin de héler son jeune ami, tout en faisant briller les bottes de tous les acteurs du théâtre.

Au bout de quelques minutes à peine, tous les accessoires demandés arrivaient déjà dans l'écurie, c'est-à-dire dans le théâtre, derrière le rideau, dans les coulisses.

Assis sur une caisse retournée devant une petite table à trois pieds, le jeune fils de Rafalowitch, Leybl, écrivait une lettre. En face de lui, étalé sur le sol, Hotzmakh, la cigarette entre les dents, et qui avait pour un instant laissé tomber le cirage des bottes, dictait sur un ton déclamatoire :

— Écris ça, ma petite âme :

« À ma mère chérie Sorè-Brokhè que j'adore, longue vie ! À mon beau-père, mon oncle chéri Zalmen que j'adore, longue vie ! À ma sœur chérie Zlatkè que j'adore, longue vie ! Et à tous mes amis chers et fidèles, longue vie ! »

Terminé, mon chéri ? On continue :

« Premièrement, je viens t'annoncer que je me porte à merveille, que je suis, Dieu soit loué, en parfaite santé et que je souhaite du fond de mon cœur en tout temps et en tous lieux recevoir les mêmes nouvelles de votre part. Amen ! »

Tu as bien écrit le mot « Amen », mon poulain ? Alors je t'aime. Continue à gratter :

« Deuxièmement, je viens t'annoncer, ma mère chérie que j'adore, que nous nous trouvons en Bessarabie, un pays de maïs, de *mamaliga* et de grosses femmes, et nous jouons chaque soir du théâtre. Et je viens t'annoncer que je joue déjà les premiers rôles et qu'après les fêtes, nous commencerons à travailler au cachet, c'est-à-dire au pourcentage, mais en attendant je travaille aux gages, c'est-à-dire que je suis payé à la semaine, c'est vrai pas de quoi attraper la grosse tête, mais Dieu merci, tant qu'on ne travaille pas à l'œil... Je sais que mon travail mérite beaucoup plus que ça et que j'aurais pu me faire beaucoup plus que ça, seulement on a ici une espèce de bâtard, Sholem-Meyer, on l'appelle, un sacré Sholem-Meyer, que tous nos péchés retombent sur lui, les tiens, les miens et ceux de Zlatkè. Un chien qui se nourrit de restes et n'en laisse même pas aux autres. Et je t'envoie un billet de trois roubles, ne sois pas fâchée si ce n'est pas trois cents. C'est tout ce que je possède et fais-toi faire quelque chose qu'il te faut pour les fêtes, et pour Zlatkè, pour l'amour de Dieu, achète-lui sans faute des chaussures et dis à mon oncle Zalmen qu'il ne vienne pas me casser les pieds avec le service militaire, je m'en fous. Il y a un bail que je me suis arrangé pour le service militaire, et c'est d'ailleurs à lui, à l'oncle Zalmen que je le dois... Et je te prie, ma chère mère, si tu m'écris une lettre de dire à Eli le maître d'école qu'il en profite pour me dire quand tombe l'anniversaire de la mort de mon père. L'année dernière, cela tombait juste le troisième des jours intermédiaires de la fête de Soukès, la fête des Cabanes. Et écris-moi si tu travailles toujours au même endroit et au nom du ciel les chaussures de Zlatkè et je n'ai pas d'autres nouvelles à t'écrire, sois en bonne santé ma chère mère, de moi ton fils qui te souhaite tout le bien et la chance et le bonheur toujours et en tous lieux que j'espère avoir de toi comme nouvelles. Amen ! »

Et maintenant, mon bébé, à mon tour pour la signature.

Et Hotzmakh retroussa sa manche droite jusqu'au coude et se mit au travail, traça quelques bâtons qui ressemblaient à des tisonniers ou à des pelles, puis s'enquit auprès de Leybl son secrétaire :

— Ça fait bien Hersch-Ber Holzmann, non ?

Leybl scruta avec attention les hiéroglyphes, chercha longtemps sans pouvoir découvrir ni cerf (*Hersch*), ni ours (*Ber*), ni homme des bois (*Holzmann*), ni aucun autre animal sauvage.

— Mon petit lutin ! Qu'est-ce que tu regardes de si près ? À ce que je vois, elle ne te convient pas, mon écriture ? J'ai appris tout seul, petit nigaud. Tout ce que je sais, je l'ai appris par moi-même. Tout le monde me dit que j'aurais pu avoir une très belle écriture pour peu qu'il se soit trouvé quelqu'un pour me l'enseigner. Seulement voilà : tout jeune, je suis resté orphelin et ma mère s'est placée comme domestique et l'oncle Zalmen m'a pris pour travailler avec lui. C'est un tailleur, un ravaudeur, quoi, un vrai bras cassé, mais pour ce qui est de cogner, il en connaît un bout, c'est un artiste. Alors un beau jour que nous étions assis à table, il m'a délicatement balancé un fer à repasser en pleine poitrine. C'est depuis ce temps-là que je tousse... Alors ma mère m'a retiré de chez cet assassin d'oncle Zalmen et m'a placé chez un autre bras cassé. Mais je n'ai pas pu garder ce travail à cause du fer à repasser dont l'oncle Zalmen m'avait si gentiment gratifié. Alors maman s'est décidée à me placer comme aide d'un maître d'école : torcher les gamins, dire la prière avec eux, leur apporter leur repas au *kheyder*. Apporter les repas, c'est plutôt bien : on peut toujours piquer au passage une bouchée, une lampée, une lichette. Mais il y a un problème : en cas de gadoue, il faut porter les mômes sur les épaules, et qui a la force pour ça ? Mais Dieu est un secours, et voilà que débarque dans notre ville un théâtre yiddish. Un théâtre yiddish ?

Comment ça ? Le monde entier courrait au théâtre et moi je resterais chez moi ? Alors j'y vais, et comme de bien entendu, sans billet. Il a fallu, c'est bien ma chance, qu'il prenne l'envie au directeur, ce Shtupak précisément, de passer parmi les spectateurs pour contrôler les billets. Et bien sûr, il m'attrape par l'oreille qu'il tord à pleine main et me jette dehors. Cela n'aurait peut-être encore pas été si grave si ce faisant, il ne m'avait arraché mon chapeau. Est-ce que je peux rentrer chez moi sans chapeau ? Ma mère le raconterait à mon oncle, et ce bandit me tuerait ! Alors j'attends tranquillement dehors, dans le froid, jusqu'à ce que le public s'en retourne chez lui et je me précipite chez le directeur, ce Shtupak donc, je me jette à ses genoux, je pleure, je lui baise les mains, je lui raconte que je suis orphelin et que j'ai un beau-père qui me bat... Il m'écoute jusqu'au bout, de ses petits yeux sans sourcils (qu'ils lui tombent des orbites !), il m'inspecte de la tête aux pieds. « Tu es un orphelin, et tu ne sais pas où aller ? qu'il me fait. Et si tu entrais dans ma troupe ? Je ferai de toi un acteur... »

CHAPITRE DIX-SEPT

MIRACLE : COMMENT ON DEVIENT ACTEUR COMIQUE

Hotzmakh est pris d'une quinte de toux. Il abandonne le cirage des bottes, allume une cigarette, aspire quelques bouffées et reprend à l'intention de son jeune ami le récit du miracle qui a fait de lui un acteur comique.

— Tu imagines peut-être, nigaud que tu es, que ma mère était ravie de mon nouvel emploi ? Loin de là ! Et pas seulement ma mère, mais l'oncle Zalmen non plus. « S'il part avec les comédiens, il arrêtera du même coup de dire le *kaddish* pour son père, ce voyou !... » L'oncle Zalmen voulait par ces mots convaincre ma mère. Mais qu'en avais-je à faire, de l'oncle, du *kaddish*, en comparaison d'une si belle situation ? Bon, c'est vrai, les premiers temps, ce n'était pas un lit de roses. Shtupak a commencé mon apprentissage de la manière forte. D'abord il m'a administré quelques beignes bien sonnées pour m'apprendre à cirer les bottes. « C'est comme ça qu'on cire des bottes ? » me fait-il en m'arrachant la brosse des mains pour me montrer lui-même comment une botte aime qu'on la brosse. Puis il s'est mis en tête de me dresser comme un bon chien, de m'envoyer faire des courses qu'il faut avoir la tête d'un ministre pour tout se rappeler, parce qu'il faut être partout et tout faire en même temps. Et dès que quelque chose n'allait pas, des claques ! C'est son habitude, à ce type – que ses mains se dessèchent ! Un mois passe, puis deux, puis trois, sans que je puisse approcher la scène. Bon sang, c'est donc ça, mon avenir ? C'est pour ça que j'ai tout sacrifié ?...

Mais lui demander à lui quand je pourrai monter sur scène, là, j'ai peur des baffes. Me plaindre aux autres acteurs ? Mais il y a ce bâtard de Sholem-Meyer qui lui rapporte tout, que le choléra les emporte tous les deux ! Bref, rien à faire. Il faut subir – qu'il subisse et subisse encore, ce Shtupak. J'attends donc un an, puis deux. Mais mon attente a pris fin. Quelque chose a fini par arriver. Il s'est produit un vrai miracle.

Hotzmakh est de nouveau en proie à une longue quinte de toux qu'il invective de terrible façon :

— Le choléra emporte ma toux ! Qu'elle crève ! C'est une calamité !...

Sa quinte terminée, ses invectives avec, il reprend son souffle, aspire encore quelques bouffées de sa cigarette et reprend son récit.

— Il y avait chez nous un acteur, un jeune premier, Ukhvatevker on l'appelait, un jeune premier de grande classe, capable de tenir les plus grands rôles, un séducteur, je ne te dis que ça ! Un beau gars, jeune, bien bâti, costaud. Une gueule d'acier, une vraie voix de gorge, et une diction... Il parlait l'allemand, un jeune premier, je te dis ! Et que fait Dieu ? Voilà notre Ukhvatevker qui nous fait la blague de tomber malade et attrape la mort pour de bon. Il est mort, bon, il est mort, et béni soit le Juge de Vérité ! Mais comment jouer sans jeune premier ? Les affiches sont déjà collées, la caisse engrange de l'argent, comme par un fait exprès, les gens se sont arraché les billets. Mon Shtupak, c'est tout juste s'il n'en fait pas une crise cardiaque.

« Hotzmakh, qu'il me fait, tu serais capable de jouer un jeune premier ? — Ben, que je fais, pourquoi pas ? » Et j'ai commencé à apprendre le rôle. On jouait une pièce très sérieuse, *Dora ou le Nouveau Mendiant*, de Shakespeare, « arrangé et mis en scène par moi-même, Albert Shtupak ». C'est comme ça que c'était écrit sur les affiches. Quand est venu le moment de jouer, on m'a magnifiquement grimé et on m'a fait entrer en scène comme jeune premier sous le nom de Rodolphe, tout propre, pomponné, les joues peintes, avec une fine moustache noire, on m'a mis sur le dos une veste neuve, enfilé un pantalon neuf et une paire de bottes, des bottes entières, je t'assure, un Rodolphe impeccable. Et pourquoi te le cacher plus longtemps, mon canari ? Le public n'y connaît que dalle ! Dès l'instant où je suis entré en scène, avant que j'aie pu seulement ouvrir la bouche, ils se sont mis à rigoler, et ils rigolent encore ! Et que dire du moment où je me suis approché de la *prima donna*, Dora, je veux dire, et que j'ai commencé à balancer ma tirade, c'est comme ça qu'on dit « réciter son rôle », que j'ai pris sa main et que je lui ai dit en pur allemand exactement comme Ukhvatevker, qu'il repose *en plaie* : « Ah, ma chère enfant, il nous faut convoler, car après les épousailles, l'amour est encore bien plus fort qu'avant ! » ? Il s'est produit une telle convulsion qui a duré près d'une demi-heure que j'ai cru qu'ils allaient faire s'écrouler le théâtre ! Plus j'enflais la voix pour jouer mon rôle, plus les rires redoublaient. Ma parole, ils étaient devenus hystériques !... Bref, j'ai fini par m'en sortir, le rideau est tombé et tout en sueur, je suis parti droit devant moi, arrivant à peine à marcher. Je ne voyais plus rien, je ne comprenais qu'une chose : j'étais entre les mains de Shtupak, et j'entendais voler de solides beignes : « Bâtard, va ! Pourquoi ne m'as-tu pas dit plus tôt que tu étais un comique ? » Dieu du ciel, est-ce que j'en sais autant sur lui, moi ? Et lui, est-ce qu'il en sait autant sur ses trois femmes et demie, que je n'ai pas la moindre notion de ce que c'est qu'un comique ? Et c'est comme ça que l'habitude a été prise et que j'ai commencé à balancer mes tirades, je veux dire que j'ai commencé à jouer les grands rôles comiques. D'abord Schmendrik, puis Tzingitang, ensuite Kuni-Lemel, et encore Noé l'ivrogne et aussi David le violoneux ; j'ai même joué Papus dans *Bar Kokhba* et j'ai même goûté à Zelikl le musicien dans la *Blimelè* de Lateiner. Moi, il suffit que je chante : « *Mazel tov*, vive la mariée, vive le marié ! » pour que ça déclenche un *entrousiasme*, une *imporvisation*, une *comprosition* que tout le monde se roule par terre et meure de rire !... Mais ce n'est rien à côté de ce qui se passe quand j'entre en scène avec mon caftan déchiré pour danser le petit *khosid* :

Je suis un petit *khosid*
Un joyeux luron
Je suis un petit *khosid*
Sans mauvaises intentions
Je suis un petit *khosid*
Un *khosidak*
Et je chante ma chanson
Hop-tchik-tchak !

Là, je mets la salle tout entière dans ma poche. Je n'ai pas besoin d'essayer d'épater un petit écureuil comme toi, mais grâce à Dieu je peux me vanter de ce que Hotzmakh a une réputation. Seulement voilà : ce n'est pas tous les soirs qu'on me laisse monter sur scène. La faute à qui, je te le demande ? Shtupak, bien sûr ! Un sale type, que le diable l'emporte ! Il ne me distribue pas de rôles – que Dieu lui distribue une maladie pour tout l'hiver ! Les meilleurs rôles, c'est lui qui les prend, parce que si par malheur quelqu'un d'autre que lui se fait applaudir, ça lui donne des convulsions, ce saligaud ! Qu'il crève à petit feu aussi longtemps que je lui cirerai les bottes ! Mais n'aie crainte, tout a une fin ! Si Dieu le veut, après les fêtes, tous les acteurs, on va être la main dans la main, et on travaillera au cachet, c'est-à-dire au pourcentage, sinon, on l'envoie promener et on monte notre propre compagnie. On l'aurait fait depuis longtemps, s'il n'y avait pas cette plaie de Sholem-Meyer. *Tfou* !...

Et Hotzmakh conclut sa biographie en crachant sur sa brosse et se remet à frotter une botte de plus belle.

CHAPITRE DIX-HUIT

LEYBL MONTRE DE QUOI IL EST CAPABLE

La biographie de Hotzmakh avait passionné Leybl, notre jeune héros, mais c'est aussi tout ce qu'il avait vu et entendu pendant cette période, tout ce qui avait trait au théâtre qui lui était devenu cher et sacré.

Il voit Hotzmakh très fréquemment, plusieurs fois par jour. Dès qu'il rentre du *kheyder* pour manger, la première chose qu'il fait, c'est d'aller jeter un coup d'œil à l'écurie, pour voir ce qui s'y passe. De bon matin, à peine levé, il se précipite à l'écurie pour apporter à Hotzmakh de quoi se mettre quelque chose sous la dent. Hotzmakh y est tout le temps, à l'écurie, il y vit, il y dort.

— Il ne faut jamais laisser un théâtre vide. Il faut toujours qu'il s'y trouve quelqu'un. Ce n'est pas rien, les décors, les costumes, les perruques. Et à part moi, Shtupak n'irait confier son bien à personne.

Hotzmakh aime se faire mousser devant son jeune ami Leybl et plus le temps passe, plus leur amitié se resserre et se renforce. Il a trouvé en lui un auditeur à qui se confier, à qui raconter ses misères. Il lui a plu, ce bébé, avec ses bons yeux pleins de douceur et de sérieux, sans tenir compte du fait qu'il lui apporte constamment des bonnes choses de la table familiale et qu'il l'entretient en cigarettes.

— Dur, dur, mon petit canari, se plaint Hotzmakh, de gagner sa croûte avec des types comme Shtupak quand on est un acteur comique. Les gens comme ça, on doit les planter bien profond en terre pour qu'ils aient du mal à repousser. Il ne fait qu'abréger nos jours, ce maquereau avec ses gros brillants, qu'ils lui brûlent les doigts !

Il tousse et poursuit :

— Il faut dire qu'avec nous, il en voit aussi des vertes et des pas mûres. Tous les quatre matins, on lui fait le chantage au divorce, on le menace de le quitter pour fonder notre propre théâtre. Et sans son aide de camp, ce Sholem-Meyer de malheur, que lui vienne une maladie insidieuse, il y a beau temps que nous y aurions réussi. Mais que le Malin les emporte tous les deux ! En tous cas, moi je sais, par la grâce de Dieu, que je suis un acteur yiddish, même si je ne suis qu'un comique.

Hotzmakh prend une mine très sérieuse, ce qui le rend encore plus comique. Leybl le considère avec grand respect et Hotzmakh le comique continue :

— Quand vient le soir, tu m'entends, et qu'on remonte sur scène, tous les soucis, toutes les souffrances s'envolent comme la fumée. Sur scène, je deviens un autre. Je m'en fiche de Shtupak, je m'en fiche de Sholem-Meyer, en ce qui me concerne, ils peuvent bien crever. Quand je suis sur scène, je ne vois plus personne. Tout ce que je vois, c'est les feux de la rampe, la tête des gens, des têtes chauves, des chapeaux, des feutres, des casquettes et rien d'autre. Qui peut se comparer à moi en cet instant ? Ton père, avec sa grosse bedaine ? Eh bien, une supposition : qu'il commence par m'abandonner cette écurie, toute sa cour, toutes ses richesses au complet et qu'il me demande en échange de le laisser un seul soir monter sur scène à ma place, alors là, pardon, monsieur, *przepraszam, pana* !

Et Hotzmakh continue à frimer devant son jeune ami qui ne le quitte pas des yeux et boit ses paroles.

— Ou bien, par exemple, *na przyklad*, qu'on me remplisse cette écurie de pièces d'or et qu'en prime on me donne la fille du roi en mariage à condition que je laisse tomber la comiquerie et que j'aille faire le vendeur dans une boutique ou m'embaucher chez un artisan quelconque, celui qui me proposerait ça, je lui crache à la gueule ! Tu entends, mon petit, tu n'es encore qu'un jeunot, mon canari, et tu ne sais pas ce que c'est que la passion pour le théâtre, comment il t'attire avec la force d'un aimant, par tous les diables !

— Je ressens exactement la même chose ! s'exclame Leybl tandis que Hotzmakh allume une cigarette.

Il avoue alors à son ami que lui aussi, le théâtre l'attire, et depuis très longtemps, depuis qu'il a l'âge de raison. À l'époque, alors même qu'il ignorait jusqu'à l'existence du théâtre, il jouait déjà *Joseph vendu par ses frères*, *Sur le mont Sinaï* et d'autres histoires bibliques qu'il improvisait avec ses amis les garçons du *kheyder*.

Leybl lui fait la démonstration de la manière dont on joue chez eux au *kheyder* :

— Alors par exemple, je rentre dans le palais de Pharaon, le roi d'Égypte, je me présente devant lui et m'adresse ainsi (Leybl croise les mains sur sa poitrine et commence, tout doucement d'abord, puis de plus en plus fort, avec de plus en plus de fougue) : « Mon nom est Moïse, fils d'Amram. Je suis envoyé vers toi, Grand Roi, par le Dieu des Juifs, le Dieu d'Abraham, d'Isaac et de Jacob, dont le nom est "Je suis Qui Je suis", qui veut que tu laisses sortir ses petits Juifs de ton pays d'Égypte. Combien de temps encore cela va-t-il durer ? Qu'as-tu à leur reprocher ? Pourquoi ces tortures ? Pourquoi égorges-tu leurs enfants et te baignes-tu ensuite dans leur sang, espèce de criminel ? Assassin ! Bandit ! Sais-tu au moins à qui tu as affaire ? (Leybl lève la main) Voici ! Je lève ma main vers le ciel pour te montrer de quoi je suis capable ! »...

Les yeux de Leybl s'embrasent, ses joues s'enflamment, son visage s'éclaire et Hotzmakh, soulevé d'enthousiasme, le coupe :

— Quel beau rôle ! s'écrie-t-il en prenant son jeune ami par les épaules pour le secouer vivement, quel beau rôle ! Que je crève sur place si on vient me dire que tu n'es pas un acteur ! Un véritable acteur, aussi vrai que je suis juif ! Un acteur né ! Tu sais ce que je vais te dire, bébé ?...

Hotzmakh est obligé de s'arrêter, une quinte l'étouffe. S'accrochant d'abord des deux mains à un pieu, il doit au préalable se débarrasser de sa toux qu'il maudit à tour de bras :

— Qu'une calamité l'emporte, ma toux, Seigneur ! Qu'elle aille plutôt du côté de Sholem-Meyer ! Avec mon souffle court et le point de côté qui me torture, j'en fais cadeau à Shtupak pour les étrennes...

Soulagé, ayant repris son souffle, il retrouve tout son allant et reprend sur le même ton qu'avant :

— Tu sais, mon petit gars, ce que je vais te dire ?

Leybl le regarde intensément, impatient.

— Voilà, mon canari. Moi, à ta place, je laisserais tout tomber. Mon père, avec sa grande gueule, je le renverrais au *kheyder*, qu'il aille plutôt réchauffer le banc là-bas. Le gros Talmud ventru, je l'enverrais balader. Le chantre, je lui conseillerais de chanter *À cause de nos péchés*... Et quant à moi...

Arrive à ce moment-là une bande d'acteurs qui viennent répéter, interrompant ainsi leur conversation au beau milieu.

CHAPITRE DIX-NEUF

UN ŒIL REGARDE

Jamais personne, dans la maisonnée des Rafalowitch, n'aurait remarqué que le stock de cigarettes s'amenuisait, que quelqu'un emportait de grands morceaux de pâtisseries au beurre, qu'il n'y avait plus jamais assez de sucre dans le sucrier, n'eût été la vieille mère, qui branle toujours du chef comme pour dire « non, non », mais dont les yeux voient à des lieues à la ronde. Elle s'était aperçue depuis quelque temps qu'il devait y avoir un voleur dans la maison, alors elle s'était mise à surveiller, à renifler, à vérifier et cela finit, grâce à Dieu, par lui réussir. Elle sait désormais qui est à l'œuvre. C'est ce petit coquin de Leybl !...

Mais il lui reste une chose qu'elle n'arrive pas à s'expliquer : quel usage un petit garçon peut-il avoir de pâtisseries au beurre, de sucre et de cigarettes ? Où emporte-t-il tout ça ? Serait-ce au *kheyder* ? Pour le donner à qui ? À ses copains ? Voire au maître lui-même ?... Elle se met donc à faire le guet, et remarque que tôt le matin, alors que tout le monde dort encore, le galopin se lève, expédie sa prière et disparaît... Mais où va-t-il donc ? Qu'est-ce qu'un gamin peut bien avoir à faire au *kheyder* si tôt le matin, alors que son maître dort encore ?

La vieille, mine de rien, s'installe devant un gros livre de prières en yiddish, prie en silence, continue à branler du chef comme pour dire « non, non », mais son œil surveille et voit tout. Dès que Leybl sort de la maison, la vieille grand-mère lui emboîte le pas, le regarde depuis le porche et le voit se glisser dans l'écurie. « Qu'on m'explique ce qu'un gamin pareil peut avoir à fabriquer dans l'écurie ? »

Le lendemain, c'est la même histoire. La vieille ne connaît plus le repos. L'œil guette, le cœur bat la chamade, la tête continue de dodeliner, et le cerveau travaille, Dieu soit loué ! Ça y est, elle sait tout : « Le galopin s'est acoquiné avec un des comédiens qui dorment dans l'écurie, belle compagnie de vauriens, de pouilleux, de va-nu-pieds, de crève-la-faim, que Dieu ne me tienne pas rigueur de ces paroles !... »

Il ne reste plus qu'une question : que faire ? Demander au petit gredin : « Pourquoi voles-tu ? Où vas-tu te fourrer ? » Et alors, il va l'écouter ? Les enfants, par les temps qui courent, ne m'en parlez pas. Est-ce qu'ils savent qu'on doit honorer et respecter une vieille mère qui n'a pas loin de quatre-vingts ans ? Alors, que faut-il faire ? Le dire à sa bru ? Beylkè ? Une drôle de mère, celle-là ! Elle a tout l'air d'une bonne âme, d'une gentille petite femme... Mais à quoi bon la douceur, à quoi bon la gentillesse si ses enfants lui marchent sur la tête et font ce qu'ils veulent ! Non, non, quitte à le faire, c'est à son fils, Béni, qu'il faut le dire... Béni, qu'il vive jusqu'à cent vingt ans, c'est un père, lui, et un père, ce n'est pas une mère. Un père sait gronder son enfant, se fâcher, donner une gifle le cas échéant pour lui apprendre...

Voilà la décision que la vieille avait prise *in petto* et qu'elle mit en œuvre, additionnée d'un supplément. Rapporter, dénoncer, cela ne lui suffisait pas. Il fallait que le voleur soit pris la main dans le sac et que tout le monde voie comment une mère trop gentille pourrit ses enfants, les dévoie, les détraque !...

CHAPITRE VINGT

LE VER EST DANS LE FRUIT

La vieille a monté son coup en douce, avec astuce. Et tant d'astuce que l'on n'y a vu que du feu. En grand secret, sur la pointe des pieds, elle est allée raconter à son fils Béni, en lui murmurant à l'oreille, à quoi s'occupe son petit dernier, où il va, ce qu'il chaparde et qui il fréquente... Béni l'a écoutée jusqu'au bout, a tourné vers elle sa trogne barbue, a posé sur sa mère ses grands yeux bovins et a lâché, dans l'idiome qui lui est propre :

— Une vache s'est posée sur le toit et a pondu un œuf...

Ce qui pour lui était censé signifier qu'il n'en croyait pas un mot. Impossible pour Béni de croire une chose pareille de son petit dernier. Leybl est le meilleur, le plus sage et le plus doué de tous ses « gars ». Béni n'est certes pas un grand savant et comme il le reconnaît lui-même « il ne connaît pas la musique », mais il écoute ce que dit la rumeur. Et la rumeur dit que Leybl a un bel avenir. Justement, il a dernièrement rencontré Yisroeli le chantre, le maître de Leybl, et lui a posé la question :

— Comment se comporte mon marmot au pâturage ?

À quoi Yisroeli lui a fait un rapport qui lui a quasiment tourné la tête. Il lui a dit qu'il ne s'agissait pas là d'un garçon ordinaire, qu'il en sortirait forcément quelque chose, quelque chose comme... Faute de mots, le chantre a continué par gestes, et c'est Béni lui-même qui a conclu :

— Comme une poignée pour une porte, comme un timon pour un chariot, comme la semaine des quatre jeudis ?...

Et le cœur de Béni se gonfle, il ne se sent plus d'aise. Dieu l'a gratifié, sur ses vieux jours, d'un si gentil garçon, si doué !... Il le contemple, rempli de fierté, et il réfléchit : quel avenir choisir pour lui ? Peut-être deviendra-t-il rabbin ? Et pourquoi pas, mieux encore qu'un rabbin ? Qui sait, peut-être que grâce à ce fils, son nom résonnera de par le monde ? Jusqu'à maintenant il n'y a que Holenechti qui soit au courant de l'existence d'un propriétaire du nom de Béni, mais bientôt c'est le monde entier qui le connaîtra. Parbleu, de partout les gens accourront à Holenechti pour le voir et lui demanderont :

— C'est vous, le père du célèbre Leybl Rafalowitch ?

Et lui répondra :

— Le célèbre Leybl Rafalowitch, c'est mon fils...

Béni rêve ainsi tout éveillé, et ne voilà-t-il pas que la vieille vient lui « faire entrer le ver dans le fruit » en lui racontant que son petit prodige, son trésor n'est en fin de compte, crénom, qu'un voleur, un vulgaire voleur ! Béni s'énerve, s'échauffe et toute la journée tourne comme un ours furieux en déversant sa colère tantôt sur ses gens, tantôt sur sa femme Beylkè.

Beylkè connaît son Béni comme sa poche. Elle lui demande donc au passage :

— Qu'est-ce qui se passe ?

Pas de réponse.

— Le patron a avalé un chat, disent ses gens.

— Papa s'est levé du pied gauche, disent les enfants.

Et dans la maison, tout le monde marche sur la pointe des pieds. On ne connaît pas les tenants ni les aboutissants, mais ça sent la poudre.

La nuit, dans son lit, Béni se tourne et se retourne, soupire et geint comme un bœuf entravé et ne peut fermer l'œil.

— Un ver ! Malheur, un ver ! Et on est venu tout me chambouler !...

Soudain il bondit hors du lit. Il a envie de frapper, de casser, de démolir, de bousculer, de détruire !... Peu à peu, il se calme.

Peut-être que tout cela n'est qu'une illusion ?... Peut-être que la vieille a pris une chèvre pour un poirier ?

Et Béni finit par s'endormir, dort du sommeil du juste et se met à ronfler d'importance.

CHAPITRE VINGT ET UN

PRIS LA MAIN DANS LE SAC

À l'heure où Dieu lui-même dort encore, Béni Rafalowitch est déjà sur pied. Le matin, dès qu'il se lève, il a l'habitude d'enfiler une robe de chambre, de chausser de lourds sabots à clous et de sortir faire un tour dans la cour pour jeter un coup d'œil sur ses « maigres biens » et voir si tout est en ordre. Il déteste qu'on lui « froisse la calotte » ou qu'on lui « siffle dans les esgourdes ». Dans son idiome, c'est censé signifier qu'il déteste quand tout n'est pas à sa place et qu'on ne lui obéit pas. Le bois doit être empilé, la cour balayée, le fumier mis en tas. Même les bêtes doivent être chacune à sa place.

— Eh, la grosse bouchère ! Te voilà de nouveau en visite chez la rabbine ? Je vais vous faire voir, moi !...

C'est Béni qui apostrophe ainsi ses bêtes, dont l'une est en effet une grosse vache pansue et insolente tandis que l'autre est discrète, calme, avec un air candide et pieux comme il sied à une femme de rabbin. Il attrape un bâton, leur en fait tâter à toutes les deux, avec une ration supplémentaire pour la bouchère, et il lui en donne la raison :

— On t'a donné ta gamelle, non ? Alors, tape dedans ! Qu'est-ce que tu vas chercher dans la marmite de ta commère ?

Des vaches, il passe aux chevaux, avec qui il a une conversation dans un langage hermétique :

— Dis donc, toi, l'exégète à la noix, si tu viens encore embêter les autres garçons, je vais t'expliquer un commentaire de Rachi, moi !...

Les chevaux ne comprennent pas un traître mot de la langue de leur maître (évidemment, des chevaux !), tournent vers lui leur belle tête et le regardent d'un œil faussement innocent, manière de dire : « Et si on parlait plutôt avoine ? »

Le maître donne à l'un une bourrade dans les côtes, chatouille l'autre sous le menton, caresse la crinière du troisième et s'en va trouver les ouvriers, histoire de leur distribuer quelques injures en moldave : « *Ela drako* ! », quand tout à coup, sortie Dieu sait d'où, apparaît la vieille qui toujours dodeline de la tête en faisant « non, non ». Elle lui fait un clin d'œil : « Le voilà, ton trésor, les poches pleines », puis disparaît.

Béni se rappelle ce qu'on lui a raconté sur son fils et son cœur se met à cogner. Il voudrait bien que tout cela ne soit qu'un tissu de mensonges. Pendant un instant l'envie lui vient de balayer toute cette histoire d'un revers de main. « Balivernes ! Calomnies, ruses de bonnes femmes, conspirations de grand-mères ! » Mais en voyant son benjamin se diriger vers l'écurie à pas pressés, le cœur du père s'enflamme : quel besoin a-t-il, un morveux comme lui, d'aller de si bon matin retrouver les batteurs d'estrade ? Aussitôt, de sa voix puissante, il l'interpelle et le fait venir.

Entendant son père, Leybl, qui allait tout absorbé dans ses propres préoccupations, stoppe net. Il est embarrassé : faut-il y aller, ou pas ? Mais quand c'est le père qui appelle, il faut bien y aller.

— Où vas-tu de si bon matin ? lui demande le père.

Leybl, qui ne s'attendait pas à cette rencontre, répète la question de son père :

— De si bon matin ?...

— Quoi ? Il est tard, peut-être ? Peut-on savoir où tu vas ?

— Où est-ce que j'irais ?

— Qu'est-ce que j'en sais, moi, où tu irais comme ça ? C'est précisément ce que je veux savoir.

Le pauvre Leybl, pris de court, n'a même pas le temps d'imaginer une destination plausible. Il reste là, planté devant son père comme un coupable.

— Qu'est-ce que tu as à me zyeuter avec tes mirettes ? Tu ne me reconnais pas, ou quoi ? Tu as déjà prié ce matin, ou pas encore ?

— Euh... Oui... Non... Je veux dire : oui.

Leybl s'est embrouillé, et la colère du père ne fait que croître.

— Prié, ou pas prié ? Voyons voir où nous en sommes.

Leybl sent une sueur froide l'envahir.

— Oui, pas encore. C'est-à-dire que je n'ai pas encore fait ma prière. C'est justement ce que je voulais faire, j'étais justement en route pour la synagogue pour aller prier.

Le père respire. Il voudrait bien que ce soit vrai. Mais dans les yeux du fiston, il voit bien que c'est un mensonge, un mensonge ! Et ça le fait bouillir. Le meilleur de ses enfants !... Il s'approche encore de lui, voit comment il comprime ses poches de ses mains. Elle disait donc la vérité, la vieille, quand elle racontait qu'il déménageait toute la maison ?... Et le père le questionne de nouveau :

— Fais voir ce que tu trimballes là. Tu m'as l'air bien rembourré...

Leybl était loin de s'attendre à un coup pareil. Il reste là, vissé sur place, sans pouvoir bouger un membre.

— Tu ne veux pas me montrer ? Alors il va falloir que j'y aille moi-même avec mes dix doigts, inspecter tes profondes.

Sitôt dit, sitôt fait et le père plonge ses mains dans les poches, le fouille, et découvre sur lui tout un trésor de bonnes choses : des biscuits frais au beurre, des beaux morceaux de gâteau, du thé, du sucre, une quantité impressionnante de cigarettes et au beau milieu de tout ça, la moitié d'un cou d'oie farci.

CHAPITRE VINGT-DEUX

UN VERDICT ATROCE

Dire de Béni Rafalowitch que c'est un père sévère, ça, on ne le peut pas. En général, il se mêle peu des affaires de ses enfants. C'est sa femme Beylkè qui dirige la maison. Lui, il ne connaît qu'une chose : « Il faut verser de l'avoine », ce qui dans son idiome signifie qu'il faut donner l'argent du ménage. Et Béni donne ce qu'il faut. Il ne discute pas, n'en demande jamais la destination : ce n'est pas son affaire. Les enfants aussi peuvent faire ce qu'ils veulent, se mordre mutuellement le nez, ce n'est pas son affaire. Mais s'il arrive qu'un enfant commette quelque méfait qui oblige le père à intervenir, alors c'est le ciel qui s'entrouvre pour déverser sa colère ! Une sombre nuée envahit la maison. C'est le tonnerre, les éclairs, la grêle. Tout le monde rentre la tête dans les épaules, se cache dans les coins, et c'est la pauvre Beylkè, sa femme, qui prend tout, la minuscule, la fragile, la paisible Beylkè.

Béni ne s'est pas estimé satisfait d'avoir, sur-le-champ, à chaud, flanqué à son précieux rejeton une retentissante paire de claques sur les deux joues qui lui ont fait voir des étincelles. Il l'a pris par le bras pour le conduire dans la maison, a réuni toute la clique et a obligé son petit prodige à avouer devant tout le monde ce qu'il avait commis, et au bénéfice de qui il s'était fait voleur... Mais cela non plus n'était pas suffisant. Béni avait rendu le verdict suivant : ce jeune homme méritait qu'on lui tambourine le crâne à coups de mailloches de cymbalum sur l'air de *Khad-Gadio*...

La pauvre Beylkè eut beau supplier, demander que Béni la découpe plutôt en morceaux que d'infliger pareille honte à l'enfant ; toute la maisonnée eut beau plaider la cause de Leybl, essayer de minimiser le crime qu'il avait commis ; Leybl lui-même eut beau implorer, jurer, baiser les mains de son père, rien n'y fit. Si Béni avait décidé qu'il fallait « jouer des cymbales sur l'air de *Khad-Gadio* », pas question d'y échapper.

CHAPITRE VINGT-TROIS

APRÈS L'EXÉCUTION

Le soir, une fois sa colère tombée et son cœur attendri (c'est toujours pareil : quand un père a fouetté son enfant son cœur s'attendrit), il fit connaître ses ordres à toute la compagnie : ce soir, on allait au théâtre et, bien qu'après « l'exécution » par laquelle on avait si atrocement châtié Leybl dans la maison de Béni Rafalowitch on n'en eût pas vraiment le cœur, il fallut bien se soumettre aux ordres du père. On y alla donc.

Le théâtre (c'est-à-dire l'écurie) était bondé, comme tous les soirs. Les musiciens jouaient, les artistes chantaient. Dans le public, on cassait des noix, on faisait du tapage, on s'amusait, comme toujours. Seul le pauvre Leybl était là comme étranger à l'ambiance, le regard dans le vague, les yeux rougis. Il avait la tête lourde, comme si on y avait coulé du plomb et dans son cœur brûlaient les flammes de l'enfer. Jamais il n'aurait imaginé qu'on puisse lui infliger une telle honte, qu'un garçon comme lui, qui avait déjà l'âge de la *bar-mitsvè*, le meilleur élève du *kheyder*, l'enfant le plus choyé de la maison, soit traité de façon aussi indigne par son père, et devant tout le monde, encore !... Tout cela était arrivé de façon si brutale qu'il n'avait même pas eu le temps de se rendre compte. C'est seulement après l'achèvement de l'affaire qu'une violente protestation prit naissance chez notre jeune héros, une véritable tempête. Mais c'était la protestation d'un vermisseau contre un colosse, une protestation qui ne pouvait s'exprimer que par des larmes, et Leybl en avait beaucoup versé, des larmes, des larmes bien amères.

Mais il n'était pas resté seul pour pleurer. Sa mère était venue joindre ses larmes aux siennes. Beylkè, la malheureuse, ne pouvait trouver de mots de consolation pour son petit dernier, son préféré, aussi l'embrassait-elle et le cajolait-elle, tout en ravalant ses propres larmes, et ne le quitta pas une seconde de toute la journée. Ce jour-là, Leybl avait manqué le *kheyder* ; il était tout de même venu à table mais n'avait pas touché aux plats. La table des Rafalowitch était étrangement silencieuse. Tout le monde gardait les yeux baissés, chacun regardait son assiette. Seule la vieille scrutait la maisonnée de son œil perçant, comme pour dire : « Il faudrait tous les envoyer promener, un par un »...

— *Boune demeniatse* ! (Ce qui veut dire : « Bien le bonjour ! ») s'écria Béni Rafalowitch à l'adresse de toute la tablée en s'apercevant qu'il était le seul à manger et à boire. Vous êtes restés embourbés avec les bœufs ? Graissez les essieux et roulez !

Cette fois-ci pourtant, son idiome hermétique n'eut pas le même effet que d'habitude. Le repas se termina dans le silence, dans le silence on se sépara, chacun dans son coin. Tout le monde s'étonna de voir que Leybl venait avec eux au théâtre.

Personne en réalité ne savait ce qui se passait en son for intérieur. Tandis que l'on regardait le spectacle se dérouler sur la scène, les pensées de Leybl étaient bien loin. Son jeune esprit n'était pas en repos, son jeune cerveau ourdissait un plan pour régler son compte à un père responsable de cette humiliation inouïe et se venger des coups de fouet reçus. « Ça ne fait rien, les coups de fouet, ça guérit, se dit Leybl, mais papa, ça va lui coûter cher... » Oh ! Il sait bien ce qu'il va faire ! Ce n'est pas pour rien qu'il s'est lié d'amitié avec un personnage comme Hotzmakh. Pas plus tard qu'hier, il a eu avec lui un entretien sérieux et Hotzmakh lui a dit avec son franc-parler habituel (il a horreur des cachotteries) :

— Espèce de ballot ! Va donc faire les poches de ton père, tires-en le magot et décampe avec nous. Dès samedi soir après *shabbess*, on se tire d'ici, et tu deviendras un acteur, et quel acteur, ou que je crève sur-le-champ !...

Ce que Hotzmakh avait exprimé si haut et fort, c'est précisément ce qu'est en train de penser Leybl. Mais l'idée de faire les poches de son père le fait frémir. « Comment ça ? Mais c'est du vol pur et simple ! Je me ferais voleur ?... » Ainsi cogite Leybl. Mais quoi, tout ce qu'il a rapporté à Hotzmakh pendant tout ce temps, les petits déjeuners, les déjeuners, les cigarettes, ce n'était pas du vol, ça ?

Non. (Leybl prend sa propre défense.) Ce n'était pas du vol : son ami avait faim, il a partagé avec lui à égalité. Son ami voulait fumer, il lui a apporté des cigarettes, où est le mal ? Mais de l'argent ? Voler de l'argent à son père ? Ces pensées l'agitent, mais en parler à Hotzmakh, lui avouer qu'il a peur de voler, ça non, ça le gêne. Alors, il cherche un prétexte : que dira le père ? En claquant des dents, il demande à Hotzmakh :

— Tu crois que mon père ne dira rien ?

— Qu'est-ce qu'il en saura, ton père, animal ? lui répond Hotzmakh.

— Quand il s'apercevra que je ne suis plus là, il se lancera à ma poursuite.

— Et alors, il te mettra du sel sur la queue ? Tu te rends compte que c'est pour Bucarest que nous partons, bêta ? Sais-tu au moins où ça perche, Bucarest, petit âne, ou bien n'en sais-tu pas plus qu'un mort ?

— Je sais où est Bucarest. En Roumanie. Je sais aussi que ce n'est pas loin.

— Mais qu'est-ce que tu racontes, malin ? Dès que tu auras franchi la frontière, personne n'aura plus d'autorité sur toi, ni ton père, ni ta mère, ni les enfants ! Tu les enquiquines ! Tu te balades dans Bucarest les mains dans les poches et tu fais un bras d'honneur au monde entier. Tu es libre comme un oiseau ! Tu comprends ce qu'on te dit ou quoi ?

Leybl comprend parfaitement. Pourquoi ne comprendrait-il pas ? Hotzmakh vient de mentionner sa mère, alors il se raccroche à cette idée :

— Et maman ? Ma chère maman ?... Comment le supportera-t-elle ?

— Ah, ta mère ? Eh bien, va donc te cacher dans ses jupes, minot, et qu'elle te donne un gâteau...

Leybl hésite, cherche des excuses. Il voudrait bien, il veut. Il meurt d'envie de partir avec les comédiens. Il n'y aurait rien de mieux... Pourtant il tergiverse, il se bat encore avec sa conscience...

Mais tout cela, c'était avant, avant « l'exécution », avant ce verdict atroce. Maintenant, après toutes les humiliations que le père lui a infligées – il ne parle même pas de la douleur, seule l'humiliation compte –, la situation a changé. Maintenant, rien ne l'arrêtera. Il ne se soucie même plus des larmes de sa mère. Qu'elle pleure. À la voir pleurer, toute la famille pleurera de concert et se lamentera. Peut-être même que le père s'amendera. Bon, les premiers temps, il s'agitera, s'énervera, puis le remords viendra. Ah, le remords ! Il battra sa coulpe ! Et quand personne ne le verra, il pleurera en silence, il le cherchera, il l'appellera :

— Où es-tu, mon Leybelè, mon fils, mon fils aimé ?...

Il sera inconsolable, comme Jacob le patriarche, quand on lui a rapporté la tunique ensanglantée de son fils Joseph en lui racontant qu'il avait été dévoré par une bête fauve dans la campagne... Ou comme le roi David quand on est venu lui annoncer que son fils chéri Absalon était mort...

— Mort ?... Attendez ! C'est peut-être encore une meilleure idée, de mourir ?... Mourir ! Mourir ! Voilà ce qu'il faut faire : se coucher et mourir.

CHAPITRE VINGT-QUATRE

LEYBL À SON PROPRE ENTERREMENT

À cet instant, l'idée de mourir est pour notre jeune héros la plus séduisante. Il s'imagine même que ça y est, qu'il est déjà mort. Comment et de quoi il est mort, mystère, mais mort, ça oui ! Et le voici, le rejeton de Béni Rafalowitch, mort, froid, à même le sol, recouvert d'un drap noir. À son chevet brûlent des bougies. Toute la maisonnée est assemblée autour de lui, se tord les bras de douleur et se lamente. Sa mère défaille, et les médecins s'efforcent de la réconforter. On la ranime, et voilà qu'elle défaille de nouveau... Et le père ? Ah, le père ! Il se frappe la tête des deux poings et clame : malheur, c'est lui, lui-même, Béni Rafalowitch en personne qui de ses propres mains a assassiné un enfant, le plus beau, le meilleur, le plus cher de ses enfants !... La vieille elle-même, la vieille grand-mère, celle qui dodeline de la tête, pleure et reproche au Maître de l'univers de ne pas l'avoir prise, elle, plutôt que cette jeune plante, cet agneau innocent qui, en toute justice, aurait dû avoir encore une longue vie devant lui ! Leur nourrice aussi se cogne la tête contre les murs de douleur... Il y a aussi des inconnues, des femmes qu'il ne connaît ni d'Ève ni d'Adam, dont les gémissements se font entendre jusqu'au ciel, qui se penchent sur lui et versent des torrents de larmes.

C'est maintenant les funérailles. De belles et riches funérailles. Tout Holenechti s'est rassemblé pour les funérailles de Leybl Rafalowitch, et les plaintes, les cris et les gémissements se font entendre jusqu'au ciel, particulièrement ceux des femmes. Des cris et des gémissements à vous rendre sourd.

— Silence, femmes ! Faites place, laissez le passage aux bedeaux !

Et les bedeaux s'avancent, puis les notabilités, puis toute la confrérie funéraire et on étend Leybl sur la litière funèbre. On conduit le jeune défunt hors de la maison, sa mère défaille, le père se frappe la tête des deux poings et la sébile du mendiant tinte au rythme de la terrible complainte :

— La charité sauve de la mort ! La charité sauve de la mort !

En silence, tête baissée, la foule suit le cortège funèbre de Leybl, et Leybl lui-même est là. Remarquable ! Il ne montre aucun signe de chagrin. Au contraire, il est ravi d'être mort, et il se réjouit d'avoir un si bel enterrement. Tous ses amis sont là, sans exception. Le *kheyder* au complet, tous ses camarades, son maître Yisroeli le chantre, Leyé sa femme et leur fille Reyzl...

— Reyzl !... Où est Reyzl ? Que se passe-t-il avec Reyzl ? Pourquoi n'est-elle pas venue aujourd'hui ? Précisément aujourd'hui ? Pourquoi cela ? Pourquoi ?...

Plus question de la mort, de l'enterrement, de la « charité qui sauve de la mort » ! Il vient de repenser à Reyzl et cette pensée a chassé toutes les autres de son esprit.

CHAPITRE VINGT-CINQ

LARMES

Après la visite du directeur et de son aide de camp, Leyé la femme du chantre ne chercha pas à entrer dans les détails de ce que désirait ce personnage chauve et aux doigts garnis de brillants, ni ce qu'il visait. Après son départ, elle avait seulement formulé le souhait qu'il se fende le crâne et avait déclaré de façon claire et nette que sa fille ne mettrait plus les pieds au théâtre yiddish, dût le monde se retourner et ce, tant qu'elle, Leyé, serait vivante !

— Et pour quelle raison ? laissa involontairement échapper le chantre.

— Tu veux connaître la raison ? Elle est toute simple, la raison. Un homme, il doit avoir de la cervelle, il doit savoir quand c'est oui et quand c'est non. Il y a des fois où c'est oui, et des fois où c'est non, non mais des fois !...

Ce qui s'était véritablement joué là, Reyzl ne l'avait pas bien compris. Mais elle se rendait bien compte que c'était fini, qu'elle pouvait dire adieu au théâtre. Elle connaissait bien sa mère, et savait que Leyé n'avait qu'une parole. Il en fallait beaucoup pour lui faire prononcer cette parole, mais aussitôt qu'elle était dite, et qu'en plus elle avait juré, tous les rois de l'Orient et de l'Occident ne l'auraient pas fait changer d'avis. On pouvait obtenir de sa mère tout ce qu'on voulait, sauf qu'elle rompît sa parole... Et Reyzl se sentit tout à coup le cœur aussi vide que si en plein midi le soleil eût soudain disparu et laissé la place aux ténèbres. On lui avait dérobé quelque chose, arraché des mains par la force, et les larmes l'étouffaient. Toute la journée, elle essaya de se donner du courage, de se faire une raison. Bon, elle n'irait pas au théâtre, où était-il écrit qu'il fallait aller au théâtre tous les soirs ?...

Mais le soir venu, quand Yisroeli le chantre eut renvoyé ses élèves, que sa femme eut allumé la lampe qui fumait et que la rue de Dieu se fut enveloppée d'un voile sombre, Reyzl ne tint plus en place, envahie par une nostalgie qui lui rongeait l'âme et la tirait vers le théâtre, vers les Rafalowitch et leur maison claire et joyeuse pleine de gens si gais, si aimables, si plaisants. Lui revenaient en mémoire les douces paroles que Leybl lui avait dites alors, en sortant du théâtre : « Tu reviens demain ? », elle se souvenait qu'après, le lendemain matin, quand il était arrivé au *kheyder* frais et dispos, joli à voir, comme toujours, elle avait lu dans ses beaux yeux pleins de douceur les mêmes mots : « Tu reviens ce soir ? », elle avait répondu de loin, d'un regard : « Bien sûr que je reviens ce soir ! Quelle question ! » Elle avait baissé les yeux, de peur que maman ne voie qu'elle regarde en direction des élèves de son père. Sa mère détestait qu'on regarde du côté où les garçons étudiaient... Ah, sa mère !... Elle croyait vraiment que Reyzl s'intéressait aux garçons... Ridicule !... Sauf que parmi ces garçons, il y en avait un, le fils du riche, qui s'appelait Leybl, aïe, quel garçon ! Pas parce qu'il était le fils du riche, non, mais il était doux comme un ange, un ange du ciel. Impossible pour la mère d'imaginer quel garçon c'était, quelle famille c'était, quels gens extraordinaires ils étaient !...

Telles étaient les pensées qui agitaient le cœur de Reyzl tandis qu'elle s'impatientait de voir le jour traîner en longueur et attendait de voir le soir enfin arriver. Dès que son père aurait libéré ses élèves, elle aurait enfilé son unique petite robe de fête, jeté sur ses épaules son châle rouge, pris la petite ombrelle à franges que sa maman lui a achetée et (si seulement elle avait des chaussures neuves) elle aurait couru là-bas, vers cette grande maison riche et claire, joyeuse, vers tous ces gens aimables et gais et aurait pu passer toute la soirée avec eux au théâtre, au paradis !... Et tout à coup, catastrophe ! Voilà qu'un esprit malin avait amené ces étrangers, que cet esprit malin l'avait poussée, elle, à se mettre à la fenêtre, à chanter devant eux et pour cela, à être expulsée du paradis !

Et Reyzl enfouit sa tête dans l'oreiller et se met à pleurer. Elle pleure longtemps, tout son soûl, elle pleure sur sa jeunesse, sur son triste sort et sur le grand, l'immense malheur qui la frappe. À travers ses sanglots, elle entend soudain que derrière le rideau, son père et sa mère chuchotent, qu'ils se disputent à voix basse. Apparemment, c'est à cause d'elle... Elle entend la voix de sa mère :

— Quand on dit non, c'est non !... Non mais des fois !...

Et les sanglots de Reyzl redoublent. Elle entend alors son père qui soulève le rideau, s'approche de son lit à pas feutrés, se penche sur elle, lui caresse les cheveux et lui parle à voix basse, pour ne pas être entendu de Leyé, lui murmure des noms affectueux : Reyzl, Reyzelè, Reyzeniou, la supplie de ne plus pleurer et lui promet des tas de choses : maman achètera demain un coupon pour lui faire faire une robe, de la laine pour lui tricoter une jaquette, on lui achètera des chaussures. Les larmes de Reyzl coulaient encore plus fort, jusqu'à ce que Leyé, qui a tout entendu, se prenne la tête à deux mains et se mette à crier : elle va se pendre ! Elle va se transpercer d'un couteau ! Yisroeli lui enjoint de se taire, les gens vont venir ; aux cris que pousse Leyé, plusieurs voisines ne manquent en effet pas d'accourir et en un instant il se fait chez elle un tintamarre :

— Dieu vous garde, Leyéniou, que se passe-t-il ?

— Rien, rien.

— Qui donc criait si fort chez vous ?

— Crier ? Vous n'y pensez pas ! C'est ce qui vous a semblé ! Nous étions en train de rire.

— Rire ? Drôle de rire !

— Ça ne vous convient pas ? Qu'est-ce qui vous amène ?

— L'amitié, Leyéniou, l'amitié. On a entendu des cris, alors on a cru qu'on s'entrégorgeait chez vous.

— On s'égorge chez moi ? Que Dieu égorge d'abord mes ennemis !...

Et la porte claque si fort que les fenêtres tintent.

— Tapez-vous plutôt la tête contre les murs.

C'est Leyé qui les poursuit d'une longue imprécation qui se termine par :

— Des bons amis, non mais des fois !...

Reyzl entend tout cela, étendue sur son petit lit, et continue de pleurer sur son triste sort, sur la mauvaise fortune qui l'a fait naître chez des parents pauvres qui ne peuvent même pas lui acheter une paire de chaussures, qui la forcent à vivre dans l'obscurité à la seule lueur d'une lampe à pétrole qui fume et à entendre les querelles entre sa mère et les voisines, qui tous les jours se chamaillent, puis se rabibochent. Et c'est tous les jours pareil ! Tandis que là-bas... Ah, là-bas, tout est lumineux, la joie y règne, là-bas on rit. Là-bas, c'est la vie, et quelle vie !... En ce moment même, on est au théâtre. Où en est-on ? Juste au milieu. Ou peut-être déjà près de la fin, le rideau ne va pas tarder à tomber et le public applaudit et acclame :

— Hotzmakh ! Hotzmakh ! Le petit *khosid* ! Hotzmakh !...

Le public l'acclame si longuement que Hotzmakh finit par paraître, épuisé, en sueur, tout barbouillé de craie et pour la troisième fois exécute sa danse du petit *khosid*. Les musiciens jouent, le public scande en tapant dans ses mains et Hotzmakh chante :

Je suis un petit *khosid*
Un joyeux luron...

Sur cette joyeuse chanson, Reyzl s'endort.

CHAPITRE VINGT-SIX

INCENDIE RUE DE DIEU

Il était déjà bien après minuit quand on entendit, venant des deux églises à la fois :

Bom ! Bom ! Bom !
Bom ! Bom ! Bom !

À Holenechti, quand on entend ce *Bom !* répété trois fois, c'est signe d'incendie. Et dès qu'il y a un incendie à Holenechti, toute la ville accourt. On aide à évacuer, on sauve les gens. Et tout ça par ses propres moyens. Parce qu'à Holenechti il n'y a pas de pompiers. Il se fait une telle affluence, une telle presse que, pour cela seulement, il vaut la peine d'assister à un incendie à Holenechti. On voit du monde, les nouvelles circulent, il y a une joyeuse ambiance.

Chez Yisroeli, c'est Leyé qui la première a entendu les cloches. Les larmes de sa fille l'avaient empêchée de s'endormir. Et bien que Reyzl fût depuis longtemps tombée dans ce doux sommeil que seuls les enfants innocents peuvent goûter, Leyé, elle, ne pouvait fermer l'œil. Les remords la harcelaient comme si des chiens la dévoraient : pourquoi avait-il fallu qu'elle donne sa parole, et qu'elle fasse ce serment ? De sombres pensées l'assaillaient comme des mouches obstinées, la rongeaient, lui donnaient la fièvre ou la glaçaient. Chaque fois qu'elle était près de s'endormir, il lui semblait qu'à l'instant Reyzl allait se jeter par la fenêtre, courir à la rivière et s'y noyer – que ce soit plutôt le sort des ennemis des Juifs !... Et la pauvre mère se redresse dans son lit, scrute l'obscurité silencieuse : « La petite dort »... Alors, elle crache trois fois, se recouche en gémissant et essaie de s'endormir. Tout à coup, elle entend le *Bom !* à trois reprises, jette un coup d'œil à la fenêtre d'où elle aperçoit un morceau de ciel rouge, saute de son lit, réveille son mari avec précaution, pour ne pas l'effrayer :

— Yisroeli, Yisroeli, lève-toi, Dieu te garde, ce n'est rien, on ne fait qu'arroser.

— On arrose ? Où est-ce qu'on arrose ?

Yisroeli se réveille terrorisé. Leyé le tranquillise :

— Ne crains rien. C'est dans notre rue, oui, la rue de Dieu, mais c'est loin, loin de chez nous. J'ai bien peur que ce soit la troisième maison, celle de Bentsien l'abatteur rituel, dit Leyé en regardant par la fenêtre. *Oy*, que la foudre me frappe ! Viens voir, Yisroeli, qu'en penses-tu ? La troisième maison, celle de Bentsien, près de la *shul*, de la synagogue, c'est ça ?

Yisroeli vient regarder par la fenêtre.

— La troisième, tu dis ? Je crains que ce soit la deuxième.

— Le ciel me tombe dessus ! Va, Yisroeli, habille-toi en vitesse, c'est peut-être la *shul*, que Dieu nous préserve, la *shul* ! Qu'allons-nous devenir ?... Plus vite, Yisroeli, dépêche-toi ! Mais prends mon fichu, ne va pas t'enrhumer en plus, vite, vite !

Mais c'est inutile que Leyé l'aiguillonne ainsi. Yisroeli est déjà presque prêt. Il a versé de l'eau sur ses ongles pour l'ablution rituelle, enfilé sa capote (il a refusé le fichu de Leyé, il ne fait pas froid dehors) et file comme une flèche sauver la vie de Bentsien l'abatteur rituel, pour sauver la *shul*.

Pour ce qui est de sauver la vie de quelqu'un dans un incendie à Holenechti, Yisroeli le chantre est toujours parmi les premiers arrivés. Pour peu qu'il reçoive de l'aide, un seau d'eau, une échelle, une hache, une corde, n'importe quoi, il plonge dans les flammes au péril de sa vie. En temps ordinaire, c'est un calme, un pur esprit, une mouche. Mais en cas d'incendie, il se transforme en héros, en brave parmi les braves. Briser dix carreaux et se mettre les mains en sang, pour lui, c'est une broutille. Grimper sur un toit à se rompre le cou, moins que rien. Leyé le sait. C'est pourquoi elle ne le laisse pas seul, elle le suit. Surtout là, si près de la *shul*... « Mais pour la petite, que faire ? » Elle s'approche de Reyzl, voit comme elle s'abandonne au sommeil, l'écoute dormir, et murmure en la bordant :

— La pauvre petite, elle s'est endormie tout habillée, que tout le mal qui lui est destiné me frappe plutôt !

Puis elle court voir l'incendie, juste jeter un œil, un seul, la moitié d'un œil, et retour.

Et retour, vraiment ? Façon de parler ! Comment quitter le lieu d'un incendie, alors que le feu crépite et saute d'un toit à l'autre ? Bon, c'est vrai, l'incendie est encore loin de la maison de Bentsien, et encore plus loin de la *shul*. Pour le moment, c'est chez Osher le boulanger que ça flambe (et entre le boulanger et la *shul*, il y a une différence !). Et alors, Osher le boulanger n'est pas un Juif, peut-être ? Il faut bien reconnaître que c'est de sa faute, à Osher. Combien de fois ne lui a-t-on pas dit de surveiller ses tuyaux et de ramoner plus souvent sa cheminée, sinon, un malheur arriverait par sa faute ? Mais un boulanger, est-ce qu'il écoute ? Et voilà, il a gagné ! Que le diable emporte le boulanger, sa maison est d'ores et déjà fichue ! Elle brûle de toutes parts, elle flambe comme une torche. Mais pour les voisins, que faire ? Tout autour, il n'y a que des maisons juives, aux toits de bardeaux et de chaume, les unes sur les autres. Au moindre souffle de vent, c'en est fait de toute la rue, la rue de Dieu.

La foule se précipite sur les maisons qui entourent Osher le boulanger. On court chercher des seaux, on apporte des haches, on déroule des cordes, on traîne des échelles. Yisroeli est grimpé sur le toit de Moyshé-Ber le boucher, et de là-haut, tel un capitaine des pompiers, donne ses ordres, demande de l'aide, car le feu va prendre à la maison du boucher, et qu'après vient celle de Reb Shmouel le rabbin, après celle de Reb Shmouel le rabbin vient celle de Reb Noyekh le juge rabbinique, puis celle de Bentsien l'abatteur rituel, et enfin, la *shul*, la synagogue. Ce n'est pas un hasard si la rue s'appelle la rue de Dieu...

Mais il y a trop de monde, trop de cris, trop de vacarme pour qu'on entende la voix de Yisroeli le chantre crier du haut du toit de Moyshé-Ber.

— Malheur à moi, le hèle Leyé de loin avec de grands gestes. Qu'est-ce que tu fabriques, vaurien ? Tu vas réussir à t'égorger sans couteau, à Dieu ne plaise, alors qu'on s'approche des Jours Redoutables !...

C'est ce que le chantre avait prévu : on n'avait pas eu le temps de sortir les maigres biens des maisons voisines du boucher que le feu s'était brutalement propagé de la maison d'Osher le boulanger vers celle de Moyshé-Ber le boucher, et l'on entendit s'élever de la foule un grand cri :

— Le chantre ! Le chantre !

CHAPITRE VINGT-SEPT

SHOLEM-MEYER PARLE À MOTS COUVERTS

Qu'avait-on à s'en prendre ainsi à Reyzl, la fille du chantre ? Voilà une jeune fille qu'on a amenée dans la cour de Rafalowitch, qu'on a étendue sur un tas de bois autour duquel s'agitent des femmes, plein de bonnes femmes. Elles s'approchent du bûcher où Reyzl est ligotée, se penchent sur elle, regardent de près et demandent :

— Ça brûle déjà ? Ça brûle ?...

Qu'est-ce que cela peut bien signifier ? On se prépare donc à la brûler ? Pourquoi ?... Elle voudrait se lever, impossible. Elle gît pieds et poings liés. Elle entend le bois émettre des craquements sous elle, une lueur rougeâtre envahit sa vue. De toutes ses forces, elle parvient à rompre ses liens... et se réveille. Elle est chez elle, complètement habillée, sur son lit. Elle tend l'oreille ; une galopade et un bruit de voix :

— Il y a le feu, le feu !...

Elle jette un coup d'œil par la fenêtre. La rue tout entière a pris une teinte rouge. Le ciel est éclairé d'une lueur infernale et il y a des gens qui courent. Reyzl appelle sa mère, son père. Personne ! Qu'est-ce que cela signifie ?... En un instant, Reyzl est dehors.

Elle reste sur le seuil, médusée. De sa main, elle abrite ses yeux encore à demi endormis. Le petit châle rouge a glissé de ses cheveux défaits. De sous sa petite robe blanche pointent des chaussures éculées. Des pieds à la tête elle est éclairée par la lueur d'enfer qui embrase le ciel et, dans cette lueur, la jeune fille resplendit d'une beauté nouvelle, flamboyante. Mais qui essaiera, qui osera essayer de décrire la rare beauté que lui donnent sa magnifique chevelure en désordre, ses pommettes d'un rouge sombre auxquelles la lueur infernale qui embrase le ciel prête sa couleur, ses yeux brûlants de Tzigane qu'un reste de sommeil gardait encore mi-clos puis qui se sont soudain allumés dans son beau visage sombre inondé par l'éclat du feu comme deux étoiles dans la nuit d'été ? Où trouver les couleurs pour dépeindre la rue de Dieu dans cette chaude nuit d'été, enveloppée de ce ciel d'un rouge infernal qui illumine la ville entière, les petites maisons, les visages des gens qui s'assemblent en courant, qui crient, hurlent, gesticulent et qui de loin ont l'air d'une farandole démoniaque ?...

— Bonsoir, mon petit chat ! Toute seule, à ce que je vois ? Pas de mère ? Partie voir l'incendie, j'imagine ? Toute la ville y est. Quand j'ai entendu qu'il y avait le feu à la rue de Dieu je me suis dit tout de suite qu'il fallait aller faire un tour du côté de chez le chantre, pour avoir des nouvelles. Que Dieu me donne autant de bonheur et de prospérité !

D'après ce langage, il n'est pas difficile de reconnaître qu'il s'agit du bras droit et aide de camp d'Albert Shtupak, notre vieille connaissance Sholem-Meyer Murawtchik.

Mais cette fois-ci, Reyzl ne s'en effraye pas. Au contraire, elle se réjouit de reconnaître un visage familier. Peut-être sait-il chez qui il y a le feu ?

Sholem-Meyer ne peut pas lui dire chez qui il y a le feu.

— Je n'en sais que pouic ! La grande différence que ça fait, chez qui il y a le feu, si c'est chez Berl ou chez Shmerl, chez Yokl ou chez Todrès ! Je vois les gens courir, je cours derrière. Dis-moi plutôt, ma petite, pour quelle raison tu n'es pas venue ce soir au théâtre ? Je t'ai cherchée des yeux, mon petit oiseau, à côté de ce môme près de qui tu es tout le temps, et je ne t'ai pas vue. J'ai craint que tu ne sois malade, à Dieu ne plaise, ou qu'il ne te soit arrivé un malheur.

Alors seulement Reyzl se remémore quelle journée elle vient de vivre, quelle nuit de chagrin, de ressentiment, de larmes... Et sans se rendre compte de ce qu'elle fait, elle se confie à cet homme. Elle raconte en quelques mots que c'est sa mère qui l'a punie, elle ne sait même pas pourquoi, peut-être parce qu'elle a chanté avec son père devant eux *Maître de l'univers*.

— Ah, ce n'est que ça ? Superstitions juives... Ah, ah, ah ! éclate Sholem-Meyer Murawtchik de son petit rire enroué, et il prend tout de suite un ton plus sérieux pour dire, en hochant la tête d'un air de regret et en soupirant : quel malheur qu'un diamant pareil doive être gaspillé ainsi dans cette fange de Holenechti, parmi des bêtes qui ne savent même pas l'apprécier, et chez des parents fanatiques qui ne savent pas où est le bonheur de leur enfant...

Reyzl lève les yeux, le regarde et se demande ce que cet homme-là veut dire au juste...

— Dès l'instant où je t'ai entendue, tu te rappelles, l'autre jour, ici justement, tu chantais *Raisins secs et amandes* et j'ai tout de suite dit : la voilà, la *prima donna* des *prime donne*. Que Dieu me donne bonheur et prospérité !

Reyzl ne comprend pas ce qu'il dit. Il continue :

— Et alors quand tu as commencé à chanter *Maître de l'univers* avec ton père, j'ai dit : « C'est le bon Dieu qui a créé cette fillette pour notre théâtre ! »

— Moi ?...

Sur le moment, Reyzl ne peut pas prononcer un mot de plus, le sang lui monte au visage.

— Je l'ai dit tout de suite à notre directeur. On n'a pas le droit, que je lui ai dit, de gâcher une aussi magnifique *prima donna*. Il faut, que je lui dis, la sortir de là par la force.

— Par la force ?...

Reyzl est abasourdie et Sholem-Meyer Murawtchik continue sur sa lancée, parle sans s'arrêter :

— Et alors ? Il faudrait laisser une pareille pépite traîner dans la boue ? Il faudrait laisser se gâcher un pareil talent ? Je te vois déjà pour ta première apparition sur scène, dans notre théâtre, dans le rôle de Blimelè ou de Shulamit ou encore de la Reine-*Shabbess*, en jupe courte et petits chaussons, entonner de ta douce voix un des beaux airs de Goldfaden, de Feinman ou de Lateiner, alors tu m'entends, le théâtre entier te fera un triomphe ! Ou bien supposons que tu te déguises en garçon aux cheveux noirs bouclés et que tu lèves au ciel tes brûlants yeux noirs de Tzigane et que tu chantes *Chauds, chauds mes beignets* comme ça par exemple (et Sholem-Meyer Murawtchik chante doucement, de sa voix enrouée, le couplet de *Chauds, chauds mes beignets* en ne perdant pas Reyzl de l'œil, guettant l'impression qu'il produit sur elle) :

Là-bas, en pleine rue, je vois un bon à rien
Qui de travailler se moque bien
Il se promène le nez en l'air
Cherche un bon coup à faire
Peu lui chaut comme moi de s'échiner
Et comme moi de m'époumoner
Chauds, mes beignets chauds !

Bien entendu, quand c'est toi, avec ta jolie voix et ta frimousse, qui leur serviras ces beignets, c'est le public tout entier qui va tomber dans les pommes. Dis voir le contraire, mon âme ?

Sholem-Meyer Murawtchik voit que ses paroles ne sont pas écrites sur le vent, alors il s'approche tout près d'elle, lui effleure le bras d'une caresse et lui déclare, de sa voix enrouée :

— Tu entends, mon petit oiseau, tu peux rendre grâce à Dieu de m'avoir rencontré. Notre *prima donna* actuelle n'est pas n'importe qui non plus, bien que d'origines modestes, comme toi. Elle vient d'une petite bourgade de Pologne. C'est à moi qu'elle doit d'être devenue une actrice dans notre théâtre. C'est moi qui l'ai aidée à prendre la poudre d'escampette. C'est une belle histoire, tu devrais l'entendre. Son père était en tout et pour tout un...

Dommage. Sholem-Meyer Murawtchik est obligé d'interrompre l'histoire de la *prima donna*. Il aperçoit de loin, éclairée par le ciel rougeoyant, une silhouette qui surgit de la rue d'à côté et qui se dirige vers eux, vers la maisonnette du chantre. Il n'a pas envie qu'on le voie là, dans la rue avec la fille du chantre, cela risquerait de mettre à mal tout le stratagème qu'il a déjà concocté dans sa tête. Il se sépare donc rapidement de Reyzl en lui lançant quelques mots rimés qu'il chantonne, mais à mots couverts :

Jolie fillette, quand gentille tu seras
Une mignonne robe t'habillera...

La silhouette qui venait de surgir de la rue d'à côté n'était autre que celle du jeune héros de notre roman, le fiston du richard Béni Rafalowitch, Leybl.

CHAPITRE VINGT-HUIT

QUINZE MINUTES D'ENTRACTE

Nous avons laissé Leybl, notre jeune héros, en train de suivre son propre enterrement. C'est-à-dire au moment où, assis au théâtre, il imagine qu'il est mort, que tous regrettent son trépas prématuré, le pleurent et l'accompagnent sur le lieu de son repos éternel. Ce tableau lui apparaît si réel, si émouvant qu'il en a le cœur serré et qu'il sent bientôt sur ses lèvres un goût salé, celui de ses propres larmes. Leybl pleure Leybl, et au milieu du public, il n'entend ni ne voit ce qui se passe sur scène quand tout à coup il se rend compte que s'élève une formidable clameur faite de rires et de cris :

— Hotzmakh ! Hotzmakh !...

Cette formidable clameur tire notre jeune héros de ses sombres élucubrations et le ramène dans le monde des vivants où les Juifs se régalent du théâtre yiddish, prennent du plaisir, s'esclaffent, braillent, font du vacarme, mettent tout sens dessus dessous.

Quinze minutes d'entracte. C'est imprimé en toutes lettres sur les affiches du théâtre. Mais le public entier a déjà compris (impossible de berner des Juifs) ce que signifient ces quinze minutes.

— Que la peste les emporte si ça ne dure pas plus d'une demi-heure, déclare le public de Holenechti. Et l'assistance délaisse ses places acquises de haute lutte et sort dans la cour, qui pour bavarder un peu, qui pour prendre l'air, qui pour faire entrer sans billet un ami ou un parent, qui enfin pour se glisser dans les coulisses.

Il y a en effet à Holenechti des gens qui profitent de l'entracte pour s'introduire frauduleusement dans les coulisses. Il est évident que ce ne sont pas les gens bien qui agissent de la sorte, pas les bourgeois. En revanche on peut y rencontrer un musicien, un artisan ou un jeune traîne-savate qui n'a pas d'avenir à Holenechti. Très souvent s'y faufile aussi, comme nous le savons déjà, le fiston du propriétaire, qui pénètre par une porte dérobée ouverte pour lui seul.

Et chaque fois qu'il y pénètre, Leybl se sent dans un monde différent. Dès qu'il foule les tréteaux branlants de la scène, il a l'impression de ne plus marcher, mais de flotter, de planer dans les airs et quand il voit les acteurs et les actrices travestis et maquillés de craie, qu'il les voit courir, sauter, avaler tout en dansant une bouchée ou une gorgée ou entonner une chanson, il lui semble qu'il est l'un d'entre eux et sans se rendre compte, il adopte leur démarche, leur manière de parler, tous leurs gestes et leurs mimiques, et quand il retourne au *kheyder* le lendemain matin il montre à ses camarades de si drôles de tours qu'ils l'en envient encore davantage que parce qu'il est le fils du richard.

Mais ce soir-là, en arrivant dans les coulisses, Leybl n'avait en tête ni la scène, ni les acteurs, ni les tours. Il laissa passer la *prima donna* avec ses grands yeux bleus maquillés d'un épais trait noir et les grandes boucles en cuivre qui se balançaient à ses oreilles. Il passa en courant devant les autres acteurs tout occupés dans une même pomme et que cela amusait. Mais Leybl, lui, n'avait qu'une chose en tête : dans tous les coins c'est Hotzmakh qu'il cherchait désespérément. Hotzmakh était difficile à reconnaître, costumé qu'il était en Lemouiseux (la veille on avait joué la célèbre pièce *Lemouiseux et Lindigent*).

Le costume de Hotzmakh se composait d'un frac déchiré et en loques, d'un vieux haut-de-forme cabossé, aux pieds des guêtres fatiguées à l'extrême d'où sortaient les orteils, d'un pantalon qui n'était qu'un informe rapiéçage et où parmi les empiècements figurait une carte, un as de carreau. Cet as de carreau avait provoqué dans le public de Holenechti une telle explosion d'hilarité que dès l'instant où Lemouiseux-Hotzmakh était apparu sur scène jusqu'à la fin de l'acte, l'assistance avait failli mourir de rire. Imaginer poser une pièce en forme d'as de carreau sur – sauf votre respect – le fond d'un vieux pantalon, ça, c'est une trouvaille que personne à Holenechti n'aurait faite, même en mille ans. Le public, persuadé que c'était l'œuvre de Hotzmakh lui-même (les naïfs !), fit à sa vedette une ovation telle que le directeur du théâtre yiddish allemand Albert Shtupak, qui jouait le rôle de Lindigent, avait failli en crever de jalousie.

Hotzmakh, lui, était au septième ciel. Il sentait que ce soir-là, il avait joué comme un dieu, et qu'il avait mis tous les autres dans sa poche.

Apercevant Leybl errer dans les coulisses, il comprit que c'était lui qu'il voulait voir, sans doute pour le féliciter de sa prestation de ce soir et peut-être lui apporter quelques friandises. Aussi le héla-t-il gaiement :

— Alors, môme, que cherches-tu ? Les neiges d'antan ? Pourquoi est-ce qu'on ne te voit plus, mon âme ?

Leybl s'avança alors vers son ami, lui demanda de lui prêter l'oreille, car il avait quelque chose d'important à lui dire en secret.

— Un secret de polichinelle ? demanda Hotzmakh en se penchant vers lui de toute sa hauteur, au risque de se casser en deux.

Dès qu'il eut entendu le secret en question, Hotzmakh se redressa. Dans son regard vif et fureteur jaillit une petite flamme et il administra à Leybl une grande claque dans le dos :

— C'est comme ça que je t'aime ! Maintenant tu fais partie de la famille ! Il y a longtemps que je t'ai dit que ta place était parmi nous, et si ce n'est pas vrai, que la peste m'emporte aussitôt !...

Au même instant surgit dans son dos Lindigent, ou plutôt Albert Shtupak.

— La place ? Quoi, la place ? Quelle place ? Que tu crèves sur place, Hotzmakh !

Entendant la voix de son directeur, Hotzmakh se retourna, tout tremblant. Mais il reprit vite ses esprits et montra Leybl du doigt :

— Il est en train de me dire, ce môme, qu'il a vu quelqu'un entrer sans billet !...

Aux mots de « sans billet », le directeur fut saisi d'une sainte colère. Albert Shtupak ne supportait pas ces mots, pas plus qu'un jardinier ne supporte, comme on dit, « un cochon dans son jardin ».

— Sholem-Meyer ! Où est Sholem-Meyer, ce coquin ? s'écria Shtupak, tout en cherchant Leybl des yeux.

Mais Leybl avait déjà disparu.

CHAPITRE VINGT-NEUF

VENGEANCE ! VENGEANCE ! VENGEANCE !

Cette nuit-là, notre héros, peut-on dire, dormit comme après un bain. Il s'était endormi avec dans sa tête un plan parfaitement mis au point qui lui permettrait de tirer vengeance, vengeance, vengeance ! Il fallait se venger, se venger ! Il allait lui montrer, à son père, il allait régler ses comptes, lui faire payer les coups de fouet, l'humiliation, tout, tout !...

Leybl n'eut pas à chercher longtemps. Qu'y avait-il d'ailleurs à chercher ? Cela lui parut si simple, si évident, si naturel, simplissime !

Voici le plan servi comme qui dirait sur un plateau :

La nuit, quand tout le monde serait endormi, il se lèverait en catimini et sur la pointe des pieds se dirigerait vers le lit du caissier. Leybl partage sa chambre avec le caissier, et ce caissier du nom de Joie et Jubilation est un garçon qui aime dormir, même s'il prétend avoir le sommeil si léger qu'il entendrait une mouche voler. Mais tout le monde sait bien qu'une fois Joie et Jubilation endormi, on pourrait sortir son lit de la chambre et lui avec qu'il ne s'en apercevrait pas à moins de recevoir aussi un seau d'eau.

En revanche, pour ce qui est de la caisse, on peut faire confiance à Joie et Jubilation. D'abord, il est de la famille, c'est un proche de Béni Rafalowitch, un cousin ou un neveu. Deuxio, c'est un garçon honnête qui garde la caisse (c'est ainsi qu'on appelle la table où l'on range l'argent), comme un bon chien fidèle. Il porte toujours sur lui, dans la poche de son pantalon, les clefs des tiroirs et quand il va se coucher il n'omet jamais de vérifier si toutes les fenêtres et tous les volets sont bien fermés. Il inspecte aussi sous les lits, pour voir si par hasard un voleur ne s'y serait pas introduit, et quand il se déshabille, il plie son pantalon sous son oreiller. En plus, en face de son lit, on en a mis un pour Leybl, le fils du patron. Alors, que pourrait-il craindre ?

C'est Dieu lui-même qui a placé là ce caissier pour permettre à notre Leybl de lui soustraire le magot, comme le lui a enseigné son ami Hotzmakh. Hotzmakh lui a glissé à l'oreille « qu'ils avaient besoin de thune, un paquet de thunes, et que plus il y aurait de thunes, mieux ce serait ! »... Et Leybl, en concoctant le plan en question, avait déjà prévu comment il allait soustraire la galette de la caisse. Joie et Jubilation dort comme un mort, ronfle comme un bœuf égorgé, et Leybl se penche au-dessus de son lit et se demande comment il va réussir à sortir le pantalon du caissier de sous son oreiller. Doucement, tout doucement, il glisse une main dessous, extrait d'abord une jambe, puis l'autre et cueille le trousseau de clefs. En silence, sur la pointe des pieds, il va à la table. Il s'arrête à chaque pas de peur d'être entendu, et il sent son cœur défaillir à chaque instant. Ce qu'il craint par-dessus tout, c'est la vieille grand-mère qui dort dans la chambre d'à côté, car la vieille, c'est pour de bon qu'elle a le sommeil léger et un œil perçant qui peut voir à travers les murs aussi bien qu'à travers des lunettes. Le cœur battant, les mains tremblantes, il ouvre le tiroir. Il y plonge tout doucement la main et attrape une pleine poignée de billets de banque (« le plus possible de billets », a dit Hotzmakh) puis avec les mêmes précautions remet clefs et pantalon à leur place, puis se glisse au-dehors... Hotzmakh l'y attend avec une voiture prête à filer vers la gare... Afin que l'on ne puisse suivre leurs traces toutes fraîches, Leybl a imaginé un stratagème supplémentaire. Il va se changer, prendre les vêtements d'un autre et abandonner les siens au bord de la rivière.

Qu'ils croient qu'il s'est noyé ! On le cherchera dans l'eau, on aura beau chercher, chercher, bernique ! Alors on observera les sept jours de deuil... On pleurera, on se lamentera... et on finira par l'oublier. Le temps s'écoulera, une dizaine, peut-être une vingtaine d'années, Leybl sera devenu un artiste connu, renommé, il aura sa propre troupe et par curiosité viendra un jour jouer à Holenechti. Il fera louer par un de ses employés cette même écurie, celle de son père, et fera entrer toute la population de Holenechti sans billets pour voir le spectacle, afin que tous voient ce qui s'appelle jouer la comédie ! Et quand le rideau se lèvera, il fera son entrée en scène accompagné de sa troupe au complet. Tous auront des costumes superbes et lui-même, le directeur, donc, se tiendra au milieu d'eux, ruisselant de diamants et de brillants, un peu comme Shtupak... Dès qu'il apparaîtra sur scène, bien sûr on le reconnaîtra, on verra que c'est Leybl, alors sa mère tombera sûrement en syncope et son père tonnera : « Leybl ! » De toutes parts on poussera des cris de joie : Leybl ! Leybl ! Leybl !

Leybl ouvre les yeux et aperçoit le caissier debout à son chevet.

— Joie et Jubilation ! Qu'y a-t-il ?

— Comment ça, qu'y a-t-il ? Eh ben dis donc, je n'ai jamais vu un sommeil pareil ! On te secoue, on te secoue, impossible de te réveiller ! Lève-toi, il y a le feu !

— Le feu ? Quel feu ? Où ça ?

— Rue de Dieu. Tout le monde y est allé. Habille-toi ! Voilà une heure que les cloches sonnent partout. Ça réveillerait un mort.

Joie et Jubilation le caissier, à qui on venait d'intimer qu'il ne s'avise pas de quitter la maison, s'en prenait à Leybl.

Facile à dire, ne pas quitter la maison... Comment peut-on rester à la maison alors qu'au-dehors, il y a un incendie ? Alors le fidèle caissier sort sur le seuil en même temps que Leybl, juste pour une petite minute, pas plus, le temps d'apercevoir le feu. Dès qu'il sort et qu'il voit le ciel embrasé et qu'il entend le *Bom !* des cloches, le voilà emporté sans s'en apercevoir dans la direction où tout le monde accourt ce soir, à l'exception de Leybl.

Leybl, lui, c'est dans une autre direction qu'il est emporté. Mais il veut d'abord passer chez Yisroeli le chantre, au *kheyder*, pour les réveiller, au cas où ils seraient encore endormis et ne sauraient pas qu'il y a un incendie rue de Dieu.

Avant même d'arriver à la maison du chantre, il aperçoit de loin, éclairée par le ciel rougeoyant, Reyzl, la fille de son maître, devant sa porte, et à côté d'elle une silhouette qui se sépare d'elle, prend à gauche et détale. Leybl détale à son tour vers la maison du chantre.

CHAPITRE TRENTE

UNE NUIT DE SORTILÈGES

Quand bien même notre héros vivrait cent ans, dans les meilleurs moments comme dans les pires que lui réserve la vie, ne pourrait-il jamais oublier cette nuit de l'incendie de la rue de Dieu ?

Aujourd'hui encore, quand il s'abandonne à la solitude, il aime s'étendre, les yeux clos, pour revivre encore et encore cette belle nuit, heureuse, magique, inoubliable, cette nuit où, à moitié endormi encore, il était accouru pour voir qui était menacé par l'incendie rue de Dieu.

Aussi loin que l'œil portait, le ciel entier avait pris une couleur rouge sang. Où étaient les étoiles ? Ce rougeoiement les avait fait se cacher en quelque endroit, elles avaient disparu. De l'autre bout de la rue parvenait une lointaine rumeur. On entendait un brouhaha de voix humaines, des aboiements de chiens et les craquements des toits en flammes. Dans la lueur incandescente se détachaient de nombreuses silhouettes sombres. Devant ses yeux, enveloppée d'un halo écarlate, se tenait la fille de son maître, telle une magique et superbe princesse de la nuit. Jamais comme ce soir sa sombre chevelure n'avait brillé d'un tel éclat, jamais ses joues n'avaient eu pareil incarnat, jamais ses grands yeux noirs de Tzigane n'avaient étincelé de la sorte. Il lui semblait que tout entière elle n'était que flammes, et qu'elle était sur le point de disparaître avec les étoiles dans cette nuit magique au sein de ce nuage rougeoyant. Et il se sentait attiré vers elle, de plus en plus fort.

Reyzl l'a reconnu de loin. Elle regarde autour d'elle, s'assure qu'il n'y a pas d'étranger alentour qui puisse les voir. Non, il n'y a personne. Tout le monde regarde l'incendie. La ville entière regarde l'incendie. Elle fait deux pas à sa rencontre. En quelques mots, elle lui raconte comment elle s'est réveillée... Toute seule à la maison... Tous se sont précipités vers l'incendie... Qui brûle ?...

— Qui brûle ? Je ne le sais pas non plus. On m'a réveillé en me disant qu'il y avait le feu rue de Dieu. Alors j'ai couru tout droit jusqu'ici.

Reyzl le regarde droit dans les yeux.

— Tout droit ? Vraiment ? Pourquoi jusqu'ici ?

— Je n'en sais rien moi-même, parce que, en réalité, si l'incendie n'avait pas éclaté rue de Dieu, je serais quand même accouru avant...

Il reste interdit. Il se rend compte qu'il vient de laisser échapper un mot de trop et rougit... Reyzl ne le quitte pas des yeux. Ah, qu'il est beau en cet instant, à la lueur de l'incendie ! Le charme de ses joues empourprées ! Avec quels grands yeux pleins de douceur il la regarde tendrement, avec autant d'affection que s'il était son propre frère !

Leybl se reprend et tente de lui expliquer pour quelle raison il serait venu avant, une nuit pareille !... D'ailleurs, il n'en a rien à faire, de l'incendie ! Qu'y a-t-il donc à voir ? Des maisons qui brûlent dans la rue de Dieu ? Qu'elles brûlent ! Que brûle toute la rue, toute la ville, que lui importe ? Désormais, il se moque de Holenechti. Complètement. Il se moque des Holenechtiens. Encore un jour, deux peut-être...

Il lui prend la main :

— Serrons-nous la main, et si par là tu me promets que cela restera entre nous, je vais te dire quelque chose.

Leybl presse la petite main de Reyzl dans la sienne, pleine de chaleur, comme naguère au théâtre et là, doucement, gravement, d'une voix où perce la tristesse, il lui dit :

— Je pars.

Elle pose sur lui son regard brûlant de Tzigane.

— Où vas-tu ?

Où il va ? Il n'en sait encore rien lui-même, mais ce dont il est sûr, c'est qu'il part, aussi sûr qu'à cette heure la nuit recouvre le monde, aussi sûr que le ciel appartient à Dieu.

Tous deux lèvent les yeux vers le ciel, et Reyzl, à cette nouvelle, sent un froid glacial l'envahir. Elle se rapproche, se serre contre lui, le regarde et écoute le ton sérieux de ses paroles. Jamais elle ne l'a vu si sérieux. Elle a l'impression que, soudain, il est devenu adulte.

Elle lui demande, et sa voix trahit un tremblement :

— Pour longtemps ?

— Pour longtemps ? Comment ça, pour longtemps ? Pour toujours ! À jamais !

— Pour toujours ? Alors nous ne nous reverrons plus jamais ?

— Plus jamais.

À la lueur de l'incendie, Leybl voit le beau visage mat de Reyzl pâlir, il lui prend de nouveau la main et il lui semble que, tout à coup, ses doigts sont devenus froids, et le regret de son départ lui vient. Mais il n'y peut rien. Le sort en est jeté. Il décide alors de lui confier son secret le plus sacré, de lui dire où il va, pourquoi il part, et à cause de qui il part. Reyzl le regarde dans les yeux, elle l'écoute et laisse échapper un faible soupir. Leybl la regarde comme s'il voulait lui dire : « Tu ne veux pas ? Je te manquerai ? Dis-le : je te manquerai ? »... Reyzl rougit. Non, non, ce n'est pas cela, c'est juste qu'elle l'envie : par exemple, il veut quitter la maison, eh bien il s'en va, tout simplement ! Qu'elle essaie seulement, elle, de faire la même chose, comment le pourrait-elle ? Pourtant elle aussi elle voudrait bien partir d'ici. Croit-il qu'il n'y a que lui pour avoir des ennuis avec ses parents ? Oh, oh ! Si on faisait le compte, on pourrait s'apercevoir qu'elle a autant d'ennuis que lui, sinon davantage !... Alors elle raconte, elle raconte tout ce qu'elle a vécu pendant cette journée et cette nuit, elle raconte la conversation qu'elle vient d'avoir avec cet individu à la voix enrouée qu'à Holenechti on appelle le drôle d'olibrius, elle lui rapporte les propos du directeur, tout, absolument tout.

Leybl ne sait même pas comment c'est arrivé. Il ne se souvient que de ceci : ils étaient assis tous les deux sur le seuil de la maison de Yisroeli le chantre et la petite main reposait dans la sienne, il caressait cette petite main enfantine, l'avait une fois portée à ses lèvres brûlantes et en avait baisé le bout des doigts. Elle n'avait pas retiré sa main mais l'avait regardé de ses grands yeux effarouchés. Et ses grands yeux noirs de Tzigane étincelaient dans la lueur rougeoyante de cette étrange nuit d'une ensorcelante beauté.

Quelle force avait ainsi rapproché, serré l'une contre l'autre, ces deux jeunes âmes d'enfants innocents ? Quelle force les avait poussés à épancher ainsi leur cœur mutuellement ? Quelle force les avait rendus si proches qu'on aurait pu croire qu'ils étaient liés depuis Dieu sait quand ?

Nulle autre force que le pouvoir invisible et merveilleux de cette divine nuit, de cette nuit de sortilèges.

CHAPITRE TRENTE ET UN

LES ÉTOILES NE TOMBENT PAS, LES ÉTOILES VAGABONDENT

Ce que Reyzl raconta pendant cette nuit de sortilèges, tandis qu'ils étaient assis tous les deux sur le seuil de la maison de Yisroeli le chantre, fut pour Leybl une surprise. Une heureuse surprise. Ses mots, comme un baume, pénétrèrent son cœur. Sa voix résonna à ses oreilles comme la plus belle des musiques durant cette nuit merveilleuse, divine, enchanteresse.

Ah ! Comme il regrettait de ne pas l'avoir su avant. Mais c'était heureux qu'elle le lui ait dit maintenant, heureux qu'il le sache.

Maintenant il comprenait que c'était un plan divin, que c'était leur destinée qu'ils souffrent ensemble, qu'ils subissent ensemble l'enfermement dans ce Holenechti de malheur, qu'ensemble ils en soient délivrés, qu'ensemble ils puissent fuir cet endroit désolé, triste et sombre, où ils étaient à l'étroit et qu'ensemble enfin ils puissent s'élancer vers un monde nouveau, un monde vaste et lumineux. Ah, c'est là qu'ils commenceront une vie nouvelle. Ils prendront tous deux le même chemin. Ils apprendront chacun une chose nouvelle : lui, à jouer la comédie, elle, à chanter. Et tous les deux deviendront célèbres dans le monde entier, lui comme acteur, elle comme chanteuse.

Leybl lui donne la main et prend la nuit et le ciel à témoin. Que cette nuit, que ce ciel rougeoyant de flammes soient témoins de ce serment : jamais, jamais ils ne se sépareront et leurs mains se serrent pour confirmer cette promesse que toujours et à jamais ils resteront ensemble ! Qu'importe ce qui pourra leur arriver, qu'importe ce qu'ils pourront devenir, toujours et en tout lieu ils resteront ensemble. Et même lorsqu'ils seront devenus des adultes, rien ne les séparera. Ils seront dans le même théâtre. Et plus tard, quand les tournées les mèneront aux quatre coins du monde, c'est ensemble qu'ils partiront. Bien sûr, ils reviendront à Holenechti. Ils n'auront besoin d'aucun prétexte : ils viendront rendre visite à leurs parents. Et quand la ville l'apprendra, on verra toute la population accourir pour être témoin de l'événement, de l'arrivée du fils de Béni Rafalowitch et de la fille de Yisroeli le chantre...

Ah ! comme ils seront heureux alors ! Tout le monde les enviera. On leur fera escorte. On les désignera : « Voyez l'heureux couple ! » Ils seront à ce moment-là certainement fiancés... Non, pourquoi fiancés ? Ils seront mari et femme car fiancés, ils le sont depuis longtemps... Depuis ce premier soir au théâtre, quand on les a assis l'un près de l'autre.

— Tu te souviens de ce premier soir au théâtre quand on nous a placés l'un près de l'autre ?

Quelle question, si elle se souvient !... Elle aurait alors voulu y rester pour l'éternité, car que peut-il y avoir de mieux, de plus cher et de plus doux que le théâtre, que le théâtre yiddish ?...

Ah, Maître de l'univers ! On aurait dit qu'ils s'étaient concertés à l'avance ! Alors, ne fallait-il pas voir là une intervention divine ? N'était-il pas évident que c'était Dieu qui les avait pris en pitié, qu'il les avait vus du haut des cieux et qu'il leur avait envoyé à chacun son messager particulier, son sauveur ? Pour elle, ce fut ce gros malin de Sholem-Meyer, et pour lui ce fut Hotzmakh...

Leybl lui raconte alors une belle histoire, toute l'histoire de sa rencontre avec ce bougre de Hotzmakh, comment ils sont devenus amis, amis intimes, comment son père l'a surpris et lui a infligé cette punition indigne, comment il s'est juré de se venger, de lui faire payer cet affront, de régler ses comptes...

Le stratagème qu'il a imaginé pour sa vengeance, et comment il va faire pour se procurer l'argent, tout, il raconte tout dans les moindres détails. Il n'a pas peur d'elle. Que pourrait-il craindre ? Il sait, il comprend que depuis cette nuit ils ne font plus qu'un, car ils se sont fait un serment. Elle a mis sa petite main dans la sienne et ils ont pris Dieu à témoin. Dieu est là-haut, dans le ciel, mais il entend tout... Absolument tout...

Tous les deux regardent le ciel, et le ciel n'a plus la couleur rougeoyante du feu. L'incendie diminue d'intensité à mesure que le temps passe, que le tumulte et le brouhaha s'estompent, et voici que réapparaissent déjà les étoiles dans le ciel de cette divine, belle et chaude nuit de fin d'été, d'abord une seule, puis encore une autre, puis encore une et enfin une myriade, une infinité d'étoiles. Elles se meuvent, les étoiles, vont de-ci de-là. Elles tombent, tombent...

— Regarde, les étoiles tombent..., s'exclame Reyzl d'une voix tremblante, et son cœur bat très fort.

Leybl se met à rire :

— Tu as peur ? Il ne faut pas avoir peur !

Il la rassure comme un grand frère, alors que c'était elle qui était son aînée, d'un an. De quoi aurait-elle peur ? Les étoiles ne tombent pas, les étoiles vagabondent...

Il lui explique donc comment les étoiles vagabondent. Il le sait, lui, il étudie au *kheyder*. L'histoire des étoiles est la suivante : chaque étoile est l'âme d'une personne. Là où va l'âme, là va aussi la personne. C'est pourquoi il nous semble que les étoiles tombent.

— Mais les étoiles ne tombent pas, les étoiles vagabondent, lui dit encore Leybl, les yeux plongés dans la profondeur du ciel qui progressivement se purifie de son rougeoiement.

Seul un coin du ciel reste encore un peu voilé d'une coloration rougeâtre qui s'éclaircit, se dilue et finit par disparaître. Et les silhouettes noires qui tout à l'heure étaient tout agglutinées au même endroit se séparent peu à peu et se dispersent en tous sens. On entend déjà des voix qui s'approchent. D'un instant à l'autre, les gens vont arriver et les découvrir là, assis sur le pas de la porte... Il faut se lever, partir... malgré l'envie de rester...

— Bonne nuit.

— Bonne nuit.

Un instant à peine s'écoule que déjà il se fond dans l'obscurité de la nuit.

CHAPITRE TRENTE-DEUX

UNE BONNE SEMAINE

Shabbess. Le soir.

Il ne reste dans Holenechti plus aucune trace de la douceur de ce jour sacré de *shabbess*.

Dans la rue du Château, on ne voit plus ces beaux jeunes gens curieux accompagnés de jeunes filles dans leurs plus beaux atours qui, toute la journée de *shabbess* jusqu'à une heure avancée de la soirée, s'étaient promenés en parlant russe – un russe qu'ils massacraient et qui n'avait plus figure humaine, mais du russe, nécessairement.

On ne voit plus, rue de Dieu, de Juifs se promenant avec leurs épouses, les hommes vêtus de leur capote de *shabbess*, les épouses avec des diamants aux oreilles – des clous, certes, mais des diamants, nécessairement.

Dehors, on ne voit plus non plus d'enfants juifs s'adonner à leur nouveau jeu, le « théâtre yiddish ». Voilà longtemps déjà qu'on les a fait rentrer à la maison. Voilà longtemps que le soleil s'est couché dans tout son faste et sa splendeur. S'est éteint lui aussi le dernier éclat d'une belle et chaude journée de Bessarabie pour céder la place à une belle et chaude soirée paisible de Bessarabie. Ici et là apparaît une étoile qui s'allume, scintille et se penche pour adresser un sourire à la Terre obscure et poussiéreuse.

Voilà longtemps déjà que les pieuses épouses ont fini de réciter à voix basse dans l'obscurité leur « Dieu d'Abraham, d'Isaac et de Jacob » et c'est un peu de nostalgie qui s'est installée, la nostalgie qui suit le « Doux *shabbess* qui s'en va »... Puis de petites lueurs jaunes sont apparues à toutes les fenêtres. Les Juifs scrupuleux, eux, il y a longtemps qu'ils en ont terminé avec la *Havdolè*, la célébration de la fin du *shabbess*. D'autres ont même déjà achevé la bénédiction qui sépare le sacré du profane, le *Hamavdil*, le « Prophète Élie » et les hymnes de la sortie de *shabbess*, tandis que d'autres enfin sont encore à chantonner « *Al tiro avdi Yankev* » (« Ne crains pas, Jacob, mon serviteur »)... Et dans cette prière aussi se fait entendre la nostalgie. Dans ces hymnes joyeux se glisse une ombre de tristesse...

Comme il est dur de quitter la solennité du *shabbess*, comme il est dur de se séparer de la si belle et si douce princesse-*shabbess* !

— Une bonne semaine, une semaine heureuse ! dit Yisroeli à sa femme et à sa fille avec un profond soupir dès la cérémonie de la fin du *shabbess* terminée.

— Une bonne semaine, une semaine heureuse ! répond Leyé, soupirant à son tour et sans même se préoccuper de lui.

Elle ne regarde que sa fille, Reyzl, assise dans un coin, étrangement perdue dans ses pensées. « À quoi peut donc penser cette enfant ? Que toutes ses peines retombent sur ma tête ! »

Ainsi vont les réflexions de Leyé, et son cœur se serre pour son enfant.

Il y a déjà longtemps que Leyé regrette de s'être comportée envers sa fille avec un peu trop d'emportement, de sévérité... Avec une fille unique, toute seule, une fille pour qui on a toujours tremblé, on n'a pas le droit de se comporter ainsi... Mais c'est trop tard, elle ne peut plus revenir en arrière et pour ce qui est du théâtre, évidemment, plus question. On dit qu'ils repartent ce soir. « Bon vent ! » Ce qu'elle pense en réalité c'est : que le vent mauvais les emporte ! Mais pourquoi proférerait-elle envers des Juifs une malédiction juste à l'heure où elle prie pour avoir une bonne semaine ?...

Elle regrette un peu, Leyé, que le théâtre yiddish quitte Holenechti, mais d'un autre côté elle en est contente : « C'est toujours ça de moins comme tracas en ville, se dit-elle, Holenechti s'est passé de théâtre jusqu'à présent, eh bien ça continuera, non mais des fois !... Et la petite finira bien par oublier qu'il existe un théâtre yiddish... Une enfant reste une enfant. On lui achètera une nouvelle paire de chaussures, et cela guérira toutes ses blessures... » Elle rajoutera des bonbons, de la marmelade et plein de bonnes choses du même genre qu'elle rapportera demain du marché, si Dieu le veut... « *Oy* ! Que la foudre me tombe dessus ! Demain, c'est jour de marché et je n'ai pas ce qu'on peut appeler le moindre fifrelin ! Il va falloir entreprendre Yisroeli, c'est une semaine pas facile qui commence, non mais des fois !... »

Ces pensées la conduisent sur des voies si triviales qu'elle en oublie l'espace d'un moment ses préoccupations à propos de Reyzl.

Et Reyzl ? Qu'on la laisse tranquille. Reyzl n'est pas là. Reyzl est loin, très loin d'ici...

Pour le moment, c'est vrai, elle est encore là. Mais demain, où sera-t-elle ? Demain ? Demain ?... Ah ! Cela, personne ne le sait, sauf eux deux, c'est-à-dire elle et Leybl... Deux autres personnes partagent ce secret : le directeur du théâtre yiddish et son homme de confiance, Sholem-Meyer. C'est précisément Sholem-Meyer qui, ce matin même, alors que tout le monde était à la *shul*, s'est mis d'accord avec elle pour qu'à minuit, quand sonnera le douzième coup à l'horloge, elle aille... Mais elle sait ce qu'elle doit faire, elle le sait, et personne d'autre ne le sait !...

Et cela lui plaît de savoir quelque chose dont sa mère n'a pas la moindre idée... Bien fait pour elle ! Bien fait ! Sholem-Meyer a raison quand il dit : « Elle n'aurait jamais dû enfermer sa fillette comme on enferme un petit oiseau dans une cage ! » Ne jamais avoir une minute à elle, ne jamais pouvoir décider ! « Ne chante pas devant des étrangers ! Au théâtre : pas question ! Ne regarde pas par là, ne reste pas ici ! » Qu'est-ce que cela signifie ? Qu'on est la propriété de ses parents ? Leur esclave, ou quoi ? Voilà ce qu'il dit, Sholem-Meyer, et il a raison. Parfaitement raison !... Si Dieu le veut, demain matin, quand sa mère se réveillera pour s'apercevoir que « le petit oiseau s'est envolé de la cage », elle s'en voudra ! Ah, ce qu'elle va pleurer !... Mais il sera trop tard. Et cela lui fera une bonne semaine, une bonne et heureuse semaine...

C'est pour son père seul que souffre son cœur. Pauvre papa, quelle pitié... Il l'aimait si fort, elle avait toujours été si proche de lui, non pas comme un enfant l'est de son père mais presque comme une sœur l'est de son frère. Qui désormais jouera à la toupie avec lui à Khanike ? Qui, à Paysekh, découvrira l'*afikoymen* sous son coussin ? Qui ira lui chercher du feuillage à Shevuès ? Qui l'accompagnera à la *shul* à Simkhès-Toyre ? Et qui chantera avec lui les hymnes de *shabbess* ?

Et reviennent à la mémoire de Reyzl les temps où, il y a peu, les soirs de *shabbess*, elle chantait avec son père les prières de la *Havdolè* et d'autres airs yiddish qu'il lui avait appris, tandis que maman soufflait sur le samovar pour préparer le thé.

Il y avait un air, se souvient Reyzl, qu'ils chantaient pratiquement tous les soirs de *shabbess* quand le chantre était bien disposé. Cet air s'appelle *Moshiakh* et il faut le chanter à moitié en yiddish et à moitié dans la langue des *goyim*. Le chantre, s'adressant à elle, chantait en yiddish, et Reyzl lui répondait en *goy* :

Lui : Et qu'arrivera-t-il alors ?
Elle (en russe) : La fin de notre exil.
Lui : Où iront alors les Juifs ?
Elle : Nous irons vers la terre d'Israël.

Lui : Que se passera-t-il là-bas ?
Elle : Nous rencontrerons notre Sauveur.
Lui : Qui sera-t-il ?
Elle : Notre Saint Moshiakh.
Lui : Et quand cela arrivera-t-il ?
Elle : De notre temps.
Les deux (rapidement) : Jour de joie, jour d'allégresse !
Puis de nouveau : Jour de joie, jour d'allégresse !...

— Peut-être qu'il y en a assez, de vos « doigts » et de vos « graisse » ? les interrompt la mère près de son samovar. Buvons plutôt un petit verre de thé, non mais des fois !...

Ah ! Comme c'était bon, comme c'était joyeux, comme c'était gai ! Il lui semble que c'était à peine hier, et pourtant il y a si longtemps, si longtemps, Dieu seul sait combien de temps. Une profonde et sombre tristesse l'envahit, son cœur est lourd, sa gorge se serre. Elle ne comprend pas ce qui lui arrive. Encore un peu, elle va se mettre à pleurer... Le père s'aperçoit qu'elle est seule dans son coin, perdue dans ses pensées, alors, tout en chantant, il s'approche d'elle, caresse sa belle chevelure noire et brillante et se penche vers elle :

— Qu'as-tu, ma fille ?

— Rien... Une bonne semaine !

Et la tête brûlante de fièvre, elle se jette contre la poitrine du chantre, elle s'y pelotonne, elle l'étreint et l'embrasse.

CHAPITRE TRENTE-TROIS

LA TENTATION DE L'ARGENT

Béni Rafalowitch lui aussi en avait terminé avec la *Havdolè*. Chez Béni, la *Havdolè* se célèbre en grand style. Quand Béni célèbre la

Havdolè, toute sa troupe doit être autour de lui et tous doivent faire les répons : « *Borekh Hou ou borekh Shmoy. Omeyn* » (Béni soit-Il et béni soit Son Nom). Sa femme, les enfants, la vieille, le garçon caissier, bref, tous.

Et la *Havdolè* que Béni célèbre, ce n'est pas n'importe quelle *Havdolè*. Quand il commence, c'est d'une voix puissante, expressive, sur une mélodie triste, mais lorsqu'il arrive à « *Ozi vezimres yo...* » (« Il est ma force et ma gloire, l'Éternel ! ») et un peu plus loin, il s'embrouille dans l'hébreu, il marmonne pendant tout un passage jusqu'à ce qu'il parvienne à se retrouver en terrain connu, il recommence alors à crier très fort : « *Beyn tihie lonu* » en insistant sur le *b**, puis il reprend, quelques notes plus bas, jusqu'à « *Beyn kodesh lekhol* » qu'il étire en longueur. Sur le même air, tous répondent « *Omeyn* ». Il souffle alors la bougie de la *Havdolè*, à chacun il fourre dans sa poche son argent de la semaine et, d'une voix pareille à un rugissement léonin, prononce : « Une bonne semaine », à quoi tous lui répondent d'une seule voix : « Une bonne semaine, une bonne année ! »

C'est ainsi que Béni célèbre la *Havdolè*.

Une fois qu'elle est terminée, il fait signe au caissier de compter la recette de la semaine et d'inscrire les « factures » dans le livre de comptes. Le caissier Joie et Jubilation retrousse alors ses manches, sort les clefs de sa poche, ouvre le tiroir du milieu et s'installe pour compter l'argent avec sérieux, ferveur et zèle.

En tout premier apparaissent sur la table les billets, par petits paquets. Le caissier s'y connaît pour ce qui est de compter l'argent. À chaque instant il mouille son pouce de sa salive et les billets entre ses mains se mettent à craquer, à voler, à étinceler. Il s'occupe d'abord des « aristocrates », les gros billets de cent ou, comme les appelle Béni, les « draps ». Viennent ensuite les « délicats », les billets de vingt-cinq, puis les billets de dix, rouge vif, et les billets de cinq, bleus. Après, c'est le tour du « menu fretin », billets décolorés de trois, déchiquetés de un, toute une ribambelle.

* Béni fait une lecture fautive du verset, et en insistant sur le *b*, montre qu'il ne comprend pas ce qu'il lit.

Pendant tout le temps que le caissier est occupé à compter les espèces, notre Leybl, à l'écart, est plongé dans un petit livre de prières, fait semblant de réciter à voix basse, se balance d'avant en arrière, tourne les pages et participe mentalement au comptage. Il compte, compte, et n'y arrive pas. Tant qu'on en était encore aux paquets de gros billets, il arrivait à suivre. Mais dès qu'il s'est agi du « menu fretin », il a perdu le fil et s'est replongé dans son livre de prières, continuant à réciter son « *Va yisen lekho* » (« Et Il te donnera »). Mais les paquets de billets ne cessent de le hanter et ne le laissent pas en paix. Il se parle à lui-même : « Et où seront-ils, ces jolis paquets de billets ce soir, autour de minuit ? » Où ? Mais dans sa poche, dans sa poche ! Il frémit, se balance encore plus fort et reprend son « *Va yisen lekho* » de plus belle.

Béni et le caissier sont tous deux tellement absorbés par leur travail qu'ils ne voient pas Leybl, qu'ils ne l'entendent pas prier. En revanche, Beylkè, la mère, assise à l'écart, entend bien, elle, que Leybl prie, elle en est heureuse et se félicite « du bonheur que cet enfant soit un tel trésor ».

La grande douleur qu'elle portait jusque-là dans son cœur commence à se calmer. Elle se dit : « En quoi ce gamin a-t-il réellement commis un péché ? Sous prétexte qu'il a donné son déjeuner à un pauvre acteur malade, il faudrait le punir de la sorte ? Lui infliger pareille humiliation ? » Ah, si Béni voulait seulement le regarder avec ses yeux à elle... Elle accepterait volontiers la punition à la place de ce délicieux enfant...

Mais Béni au contraire préfère ne pas voir, ne pas entendre. Il est absorbé par le comptage de l'argent. Une fois les billets comptés, on s'attaque aux pièces d'argent. Pour le comptage des pièces, le caissier est encore plus doué que pour les billets. Il en fait de petits tas, de plus en plus nombreux. En voilà un, puis deux, trois, cinq, dix, encore, encore. Une fois les pièces d'argent comptées, on passe à la petite monnaie. Les piécettes passent entre ses mains à une vitesse folle, s'entrechoquent et tintent, puis disparaissent entre ses doigts comme par enchantement. « Ça, on s'en moque ! » pense Leybl. Il n'a que faire de la petite monnaie ou des pièces d'argent. Où les mettrait-il ? Les paquets de billets que son père a dans les mains lui suffiraient. Du coin de l'œil, il observe son père se régaler de son argent. Il s'arrête à chaque paquet, tâte celui-ci, palpe cet autre, puis les passe au caissier qui les range de nouveau dans le tiroir, chacun bien à sa place. Comme d'habitude, les « aristocrates », les billets de cent, en premier, ensuite le « menu fretin » et enfin les pièces d'argent et la petite monnaie.

D'un œil, Leybl lit son livre de prières et de l'autre il regarde au loin, en direction du tiroir, vers les paquets d'argent. C'est là que se trouvent maintenant toutes ses espérances, toute son âme.

Que l'argent est une tentation mauvaise, il l'a entendu mille fois de son précepteur au *kheyder*, et en général de la part des adultes. Que cette tentation est terriblement puissante, il l'a aussi entendu. Mais c'est seulement maintenant qu'il en ressent la signification. Il a senti que la tentation de l'argent l'avait saisi dans ses griffes et qu'elle le retient très fort dans son étreinte. Il sait que toute résistance est inutile, il n'arrivera pas à sortir de ces griffes, il n'essaie même pas. Au contraire, il demande à Dieu que son péché soit couronné de succès. Parce que sinon, malheur... S'il se fait pincer, aïe, aïe, pourvu que non... Parce qu'il perdrait alors ses deux univers ! Hotzmakh s'en va. Le théâtre s'en va. Et lui ?... Et Reyzl ?... Que deviendra-t-il ? Plus de théâtre ! Plus de Reyzl !... La fin de tous ses rêves dorés !... Fini !...

— Hé ! *Mazel tov* ! Voici venir les « beaux-parents » qui vont nettoyer l'écurie de sa « crasse juive » !

Ainsi s'exclame Béni dans l'idiome énigmatique qui est le sien en se levant de son siège.

Le lecteur qui s'est déjà familiarisé avec le langage de notre Béni Rafalowitch comprendra aisément que par « beaux-parents » il entend les charretiers, et par la « crasse juive » le théâtre yiddish.

CHAPITRE TRENTE-QUATRE

BIENVENUE, SHIMEN-DOVID LE COCHER

S'il pouvait, Béni se donnerait des claques tellement il s'en veut d'avoir laissé pour quelques roubles à un théâtre yiddish une grange si ordonnée, si proprette. Si on avait fait de la cour une porcherie, jamais pense-t-il elle n'aurait été aussi sale qu'au bout de ces quelques semaines. Béni ne sait pas lui-même pourquoi il déteste autant ces « démons » qu'un Juif observant peut détester le cochon (par « démons », c'est bien sûr les acteurs qu'il entend). Et celui qu'il peut le moins supporter, c'est ce « bavasseux pomponné à la tête de vieille planche à pain » (il fait ainsi allusion au directeur Albert Shtupak). On peut dire que ces deux-là, Béni Rafalowitch et Albert Shtupak, se sont détestés dès le premier instant. Chacun prenait l'autre de la même manière, de haut. Pour Béni, Shtupak n'avait d'autre nom que « charretier » et, pour Shtupak, Béni ne portait que celui de « crétin bessarabien ». Il est facile d'en conclure à quel point Béni était heureux de voir arriver au portail Shimen-Dovid le cocher avec un grand chariot suivi d'une charrette puis d'une autre et d'une autre encore, et enfin d'un de ces grands et hauts chariots qu'en Bessarabie on appelle *harba*. Béni entama alors avec Shimen-Dovid une conversation dans son langage :

— Bienvenue ! Voyez quel hôte nous arrive ! Shimen-Dovid ! Dis-moi donc, mon bon ami, combien leur prends-tu, à tes « loqueteux », pour transbahuter leur « charogne » ?

— Béni soit l'homme… Et pauvre, pauvre charretier ! lui répond Shimen-Dovid en commençant par une citation des Psaumes.

Puis il se plaint des mauvaises affaires qu'il fait. Il récapitule en comptant sur ses doigts :

— Il y a le cheval, qui doit manger, les employés, qu'il faut payer, l'avoine, qui coûte cher, les charrettes, qu'il faut graisser, le *goy*, qu'il faut bien avoir avec soi, et un *goy*, c'est un voleur...

Voyant que ses doigts n'allaient pas suffire, il fait un grand geste de la main et conclut par une citation des Psaumes, « *Biyaminkho netsakh* », librement traduite par :

— De quoi s'enterrer vivant !...

Shimen-Dovid le cocher est plutôt un patron qu'un charretier. Il a son logement à lui, trois paires de chevaux, ses enfants étudient au *kheyder* et lui-même a un peu d'instruction. Il connaît les Psaumes par cœur, les cite à tout bout de champ et les exploite, ces pauvres Psaumes, que c'en est une pitié.

Avec Shtupak, ils étaient convenus d'un cahier des charges, façon grande entreprise. C'est-à-dire qu'il n'y avait pas à discuter : il devait l'amener à la gare de Faleshti le samedi soir, immédiatement après la *Havdolè* avec le théâtre yiddish au grand complet, artistes, décors et tout le tremblement inclus et le lendemain matin dès potron-minet mettre tout ce monde dans le train, sans faute, dût-il pleuvoir des pierres et, de là, si cela lui chantait, il pouvait bien faire le voyage en traîneau jusqu'en Eretz-Yisroël.

C'étaient les paroles mêmes de Shimen-Dovid. Et les paroles de Shimen-Dovid, ce n'était pas rien.

Arrive le samedi soir, pas de Shimen-Dovid. Il y a déjà beau temps que les étoiles brillent au ciel, que les lumignons sont apparus aux fenêtres, et pas de charrettes à l'horizon. Shtupak lui dépêche alors Hotzmakh pour savoir ce qui se passe. Hotzmakh découvre alors Shimen-Dovid, penché sur un grand livre, qui récite à pleine voix : « Et Il te donnera... ».

— Reb Shimen, *nu* ? Et alors ?

Shimen-Dovid, une main sur les lèvres et désignant le livre de l'autre, répond :

— *Nu, nu.*

Cela signifiait qu'avant qu'il ait terminé sa prière, rien à faire. Alors Hotzmakh s'installa pour fumer une cigarette tandis que, là-bas,

Albert Shtupak s'arrachait les cheveux. Jamais il n'avait été aussi nerveux que ce soir-là. Il tenait des conciliabules secrets avec Sholem-Meyer, s'agitait dans tous les sens, cherchait des noises à tous les acteurs, à toutes les actrices, et celui qui en prenait le plus pour son grade, c'était évidemment sa tête de Turc, Hotzmakh. Il lui intima, jurons à l'appui, de lui ramener sur-le-champ charretiers et charrettes, sinon, qu'il ne s'appellerait plus « Albret » !

— Que se passe-t-il avec notre directeur ? s'interrogeaient les artistes dans les coulisses de la grange.

— Laissez-le tranquille, il est fou. La « directrice » arrive demain matin.

— D'où le sais-tu ?

— Il y a eu une dépêche.

— Et Shtupak se préoccupe d'une femme ?

— Shtupak a donc une femme ?

— *Mazel tov* ! Tu débarques ?

— M'étonnerait pas qu'un type comme Shtupak en ait trois, de femmes.

— Moi, on m'a dit que celle-là, il en avait divorcé.

— Pas un mot de vrai.

— Alors, qu'a-t-il à tourner autour de la *prima donna* ?

— N'y touchez pas, à la *prima donna* ! La *prima donna* n'en a rien à faire de vous !

— Brayndelè la Cosaque ! Vous êtes donc son avocate ?

— Et si on la fermait un peu ?

— Ou si on tombait raide mort ?

— Où ça ? Ici en Bessarabie, ou là-bas en Roumanie ?

— Regarde-toi donc dans une glace, espèce de singe !

— Et si on arrêtait, avec ces langues de vipère ?

— Bon, où en étions-nous, avec les femmes de Shtupak ?

— Attendez, les enfants ! J'ai l'impression qu'on part !

— On est partis ! On est partis !

— Ram-tararam-tararam !

— Hertzum-pertzum-perl-virlverttzum !

— Frotte-la, fais-la reluire !
— Fais-la reluire, fais-la reluire !
— Mets-y du cœur !...

Chantant ainsi en chœur, ils sortirent de la grange et pénétrèrent dans la cour en cortège, comme arrivant à une noce, et « accueillirent le fiancé » en musique, c'est-à-dire le charretier qui enfin arrivait.

CHAPITRE TRENTE-CINQ

SHIMEN-DOVID PREND LES COMMANDES

En l'honneur du théâtre yiddish, Shimen-Dovid avait fait venir toute une équipe de charretiers et leurs aides, jeunes et vieux, tous portant de grandes bottes bien graissées et maniant de longs fouets, la quasi-totalité de la corporation de Holenechti. Étaient présents : Noyekh Brimze, un cocher vêtu d'une pèlerine déchirée et coiffé d'une casquette en peluche, Nakhmen Kokosh, un homme irascible qui ressemblait à un lièvre, Yenkel Mametlivè, un garçon endormi avec des lèvres rouges, Getzi Galagan, un gars jeune, mais borgne, Henekh Kustaï, un cocher minuscule, mais costaud. Il y avait aussi Karpè Mundziuk, un *goy*, un Moldave avec un chapeau de fourrure. Karpè le Moldave repoussa son chapeau en arrière, fourra les pans de sa tunique dans sa ceinture et se mit en devoir de graisser les roues tandis que les autres cochers se mettaient au travail avec entrain, de toute leur énergie. Ils emballaient les décors, transportaient depuis la grange des caisses grandes et petites, des paquets, petits et gros, chargeaient le tout sur les charrettes sans prêter l'oreille aux acteurs qui les suivaient en les priant de « faire doucement », de « faire attention ».

Tel un général, Shimen-Dovid avait pris position au-dessus des cochers et donnait ses ordres, se fâchait sans arrêter de débiter ses Psaumes assaisonnés de dialecte moldave :

— Dis donc, espèce de cul de cheval, « *keyn yoyvdu derekh* » (« que vous n'alliez pas ainsi à votre perte »), retiens-moi cette charrette ou tu vas prendre mon poing dans la gueule, « *ki yivar kimat apoy* » (« car bien vite ses narines prennent feu »)… et tu ne reverras plus ton nez !…

Apparemment, la bande de cochers se souciait peu des colères de Shimen-Dovid ou de ses Psaumes, car les aides, tout en travaillant, en transportant les paquets, se chamaillaient, échangeaient des invectives, bavardaient, riaient, et parlaient boustifaille dans le jargon des charretiers :

— Dis donc, toi, le jeune Mametlivè, ça te dirait, une ventrée de graisse d'oie tartinée sur du pain noir ?

— Fiche-moi la paix, crétin de borgne, avec tes tartines ! J'aimerais bien mieux un bon petit *tsimmès* avec des pois chiches !

— Que tu ferais sans doute descendre avec un quart de vodka, hein ?

— Ou peut-être bien avec de la bière fraîche ?

Shimen-Dovid, qui les entendait, hurla :

— « *Lomo rogshu goyim…* » (« Pourquoi se démènent les peuples… ») Qu'est-ce que vous avez à parler de bouffe, bande de bâtards ? Je vais vous en donner, moi, de la vodka, « *betsine rotsn teatreynu* » (« comme un bouclier de bienveillance tu l'entoures »)… avec un timon à travers la gorge !…

Les cris et les rires des aides-charretiers, les ordres et les jurons de Shimen-Dovid se mêlent au vacarme et au remue-ménage provoqués par les acteurs et les actrices qui courent dans tous les sens comme des déments, crient et s'invectivent les uns les autres mais s'accordent pour tomber sur Hotzmakh :

— Hotzmakh ! Que le diable t'emporte !

— Hotzmakh, va !

— Hotzmakh, viens !

Hotzmakh par-ci ! Hotzmakh par-là !

Le pauvre Hotzmakh porte sur ses maigres épaules tout le poids de la transhumance du théâtre, subit les insultes de tous, s'agite de tous côtés, transporte, traîne, tousse, et tout lui tombe des mains, car au-dessus de lui plane la présence endiamantée du directeur du théâtre yiddish allemand, Albert Shtupak, qui le presse et le pousse, qui l'insulte et le traite plus bas que terre.

Mais que lui importait en ce moment le directeur ? Il n'en avait rien à faire. Que le plan qu'il avait concocté se réalise, que le « gosse » réussisse ce soir à sortir le « magot », et c'était la fortune !...

Le « gosse », c'était Leybl, qu'il cherchait du regard sans pouvoir le trouver. Tout le monde était là dans la cour, tous les enfants Rafalowitch, les fils et les filles, les brus et les gendres, la nourrice, et le caissier, que Leybl a surnommé « Joie et Jubilation ». Il y a même la vieille mère qui est venue surveiller de son regard perspicace la manière dont le théâtre yiddish faisait ses paquets et d'un coup d'œil vérifier si en une seconde et par erreur on n'embarquait pas quelque chose... Il n'y avait que Leybl à être absent et cela mettait Hotzmakh hors de lui de ne pas le voir. « Tout est possible, pensait-il, le garnement a peut-être complètement changé d'avis sur le projet ?... » Il aurait alors bonne mine, Hotzmakh ! Il passerait vraiment pour un gogo ! Il resterait définitivement le cireur de bottes de Shtupak et devrait même épouser cette harpie d'Etel-Dvoyrè. « Dieu du ciel, qu'une catastrophe s'abatte sur eux tous ce soir même ! Qu'ils ne réussissent même pas à sortir d'ici ! Et s'ils réussissent, qu'ils se rompent bras et jambes en chemin, et ne parviennent jamais à atteindre le but de leur voyage ! »

— Hotzmakh, que diable peux-tu grommeler ?

— Je ne grommelle pas, j'apprends mon rôle.

— Tu as trouvé le bon moment pour apprendre ton rôle, espèce d'idiot, que tu rôtisses plutôt tout vif. Arrive ici !

— Amen, vous de même. Je viens, je viens, fait Hotzmakh en cherchant tout autour de lui à apercevoir Leybl.

CHAPITRE TRENTE-SIX

SHOLEM-MEYER MURAWTCHIK FAIT UN DISCOURS

Ce samedi soir, Holenechti s'était rassemblé autour de la cour du richard afin d'accompagner dignement le départ du théâtre yiddish. Sholem-Meyer les avait déjà fermement avertis, à plusieurs reprises, allant même jusqu'à les houspiller, que leur attente était vaine, qu'elle pouvait durer une éternité, attendu qu'il y avait encore beaucoup à remballer. Mais les amateurs de théâtre holenechtiens ne voulaient rien entendre. Ils savaient qu'en toute logique ce ne pouvait être vrai. Tout a une fin. Il fallait bien qu'à un moment, le remballage s'achève. Le théâtre devait quitter la cour, absolument. Bêtises ! Comment un théâtre yiddish peut-il ainsi quitter Holenechti sans tambour ni trompette, sans que la moitié de la ville les accompagne ?

Mais cela n'avait pas l'heur de plaire à notre directeur du théâtre yiddish allemand ni à son aide de camp Sholem-Meyer Murawtchik. Pour la réussite du plan grandiose qu'ils avaient imaginé, c'était précisément le contraire qui était nécessaire, il était capital qu'aucune présence extérieure n'assiste à leur départ. Alors que faire ? Que leur dire ? Sholem-Meyer leur avait déjà suffisamment parlé. Chercher querelle à une ville entière était impossible. Cela pouvait provoquer un scandale. Et eux, ce qu'il leur fallait, c'était le silence... Il y avait un travail délicat qui les attendait rue de Dieu, un travail en finesse !...

Sholem-Meyer a soudain une idée – c'est un diplomate, après tout. Il grimpe sur une des hautes charrettes et devant la foule assemblée prononce un discours, mais alors un de ces discours... !

— Estimé public ! Messieurs et mesdames ! Au nom du directeur du théâtre yiddish allemand et au nom de la troupe tout entière, j'ai l'honneur de vous exprimer, estimé public, nos plus profonds remerciements pour la sympathie que vous avez montrée à notre théâtre. Jamais, pendant tout le temps où nous avons été dans votre ville, et je peux le dire avec fierté, il n'est resté vide. Et ce n'est pas seulement de l'intérieur, mais aussi de l'extérieur qu'il a été en permanence assiégé. Cela montre à quel point vous appréciez l'art, et quelle valeur a pour vous le théâtre yiddish. Il est donc de mon devoir de vous prier de m'excuser de mon comportement discourtois à votre égard, ou, dans un yiddish de tous les jours, je vous demande mille fois pardon si j'ai été par hasard grossier avec l'un d'entre vous, si je l'ai injurié, si je l'ai éjecté du théâtre ou aspergé d'eau glacée. Je ne suis qu'un homme, pas un ange... Je ne sais pas ce qu'il en est pour vous, mais je peux vous assurer que notre théâtre n'oubliera jamais votre Holenechti. Estimé public ! Notre théâtre est sur le point de quitter ces lieux, et peut-être pour longtemps. Nous aurions été très flattés si vous aviez pu nous raccompagner jusqu'à la sortie de la ville. Mais je regrette infiniment d'avoir à vous dire que tous ne pourront pas le faire, car avant que le jour se lève, nous ne bougerons pas. Si vous voulez vraiment nous faire plaisir, rentrez maintenant chez vous pour dormir et demain matin vous pourrez revenir, vous serez *willkommen*.

L'effet du discours de Sholem-Meyer et de son usage du *willkommen* allemand fut au-delà de toute mesure. L'estimé public fit à l'orateur une ovation extraordinaire. On lui criait des « Bravo ! » sans fin. Mais comme « Bravo ! » était bien peu, on se mit à crier « Hourrah ». Mais comme « Hourrah » parut également insuffisant, on commença à scander le nom de Hotzmakh :

– Hotzmakh ! Hotzmakh, une chanson ! Hotzmakh ! Hotzmakh, une chanson !

Alors Sholem-Meyer Murawtchik remonta sur la charrette et déclara, toujours à l'estimé public, avec ses excuses, que leurs cris et leur tumulte étaient vains : Hotzmakh ne remonterait plus sur scène et ne chanterait plus de petite chanson hassidique. Le théâtre était fermé.

Le vacarme ne se trouva pas diminué par cette déclaration. Bien au contraire, les cris de « Hotzmakh ! » et de « Une chanson ! » reprirent de plus belle.

Sholem-Meyer Murawtchik se rendit compte qu'il n'obtiendrait rien de ceux-là par la douceur. C'est alors qu'il s'en remit à son ancienne méthode, qui lui avait toujours réussi, à savoir la méthode du *vezarakti*, le jet d'eau. Ce qui signifiait qu'il fallait bien déballer les décors, en extraire le tuyau et arroser l'estimé public d'un torrent d'eau froide. La méthode était excellente. En moins de deux minutes la place fut nettoyée et de l'estimé public il ne demeura plus aucune trace.

Sholem-Meyer Murawtchik laissa passer quelques heures et ce n'est qu'une fois la ville devenue complètement silencieuse que le directeur Shtupak rassembla toute la troupe, invita Yekhiel le klezmer et toute sa compagnie, et s'en fut avec eux dans une taverne où avec quelques verres de vin accompagnés de pois chiches, on fit la fête ainsi que Dieu l'a ordonné.

La troupe s'éberluait de voir son directeur soudain devenu si amène. « Il y a quelque chose de louche !... » Il commandait tournée après tournée, buvait lui-même et invitait les autres à boire avec un langage incohérent :

— Y a pas à dire, c'est un de ces vins ! Vous m'entendez, les enfants, versez, buvez...

Alors que la beuverie battait son plein, notre Sholem-Meyer Murawtchik s'esquiva, abandonnant toute la compagnie dans la taverne, et s'en fut seul, telle une ombre silencieuse, en direction de la rue de Dieu.

CHAPITRE TRENTE-SEPT

VAINES FRAYEURS

Isaac, lorsque son père Abraham le conduisait au sacrifice, ne tremblait sûrement pas autant que notre pauvre jeune héros ce samedi soir. Pour l'heure, avec son ami Hotzmakh dans une charrette, ils se dirigeaient vers le train qui devait les emmener de Faleshti à Ungheni, à la frontière roumaine. S'il tremblait, c'est qu'il craignait, car tout peut arriver, qu'on le poursuive et le rattrape, qu'on le ramène à Holenechti et qu'il y reçoive une bonne raclée... Ah ! Leybl a peur d'y penser. Mieux vaudrait se jeter à l'eau...

Il écoute attentivement le pas du cheval, le bruit des roues, les secousses de la charrette et il a l'impression d'être poursuivi. Il se sent trembler de tous ses membres. Est-ce de peur ? Ou est-ce la belle « balade » qui le fait trembler ? Les pauvres malheureux, Hotzmakh et lui ! La belle charrette dans laquelle ils sont assis ! Elle secoue à vous faire sortir l'âme du corps. C'était l'idée brillante de Sholem-Meyer d'installer Hotzmakh tout en haut de la *harba* avec les bagages pour veiller à ce que – Dieu nous en préserve – il n'arrive aux décors aucun dommage.

Cette fois-ci cependant, de Sholem-Meyer, du directeur, des décors et de tout leur théâtre, Hotzmakh s'en fiche, autant que des neiges de l'an passé. Là, dans la charrette, lui aussi est directeur, il voit déjà son propre théâtre, sa propre troupe, ses propres décors. Car Hotzmakh, si vous me suivez, a sur lui, contre sa poitrine, un petit paquet qui le réchauffe, l'enfièvre, fait couler du baume dans tous ses membres et lui remplit le cœur d'une joie intense. Ce délicieux petit paquet, c'est notre jeune ami Leybl qui le lui a remis sans dire un mot, et ses mains étaient froides et tremblaient, ses dents s'entrechoquaient et il était agité comme sous l'empire d'une fièvre.

— Combien y a-t-il, mon jeune ami ? demande Hotzmakh à voix basse, se penchant vers l'oreille, de façon à ce que le cocher assis à côté d'eux ne puisse entendre.

En fait, il se doute bien d'après la dimension du paquet qu'il y a là une petite fortune.

— Je n'en ai aucune idée, lui répond Leybl de la même façon, et Hotzmakh se rend compte que l'haleine de Leybl est brûlante.

— Pourquoi trembles-tu, mon lapin, tu as froid ? demande Hotzmakh avec la prévenance d'un frère aîné.

— J'ai ch... ch... chaud ! répond Leybl en claquant des dents.

— Ah bon ? Tu as ch... ch... chaud ? répète Hotzmakh en l'imitant. Tu as une drôle de fièvre, oui ! Je vais te mettre ma cape sur le dos et tu te sentiras mieux. Ma cape réchauffe aussi bien qu'une maman.

Hotzmakh s'empare alors d'un paquet de vêtements qu'il déballe pour en extraire ces vieilles nippes, une parfaite guenille.

Qu'est-ce qui avait bien pu lui faire donner à pareille guenille un nom aussi distingué ? Il est possible que jadis, lorsqu'elle appartenait encore à Shtupak, elle était du genre de vêtement qu'on peut appeler une cape. Mais j'ai bien peur que cela ne remonte à longtemps, à très longtemps, au temps où notre directeur Shtupak n'était pas encore directeur, mais un simple acteur. Et peut-être cela remonte-t-il même au temps (qu'il soit oublié !) où notre Shtupak faisait les noces, les circoncisions et autres cérémonies pour y chanter « Kol Mekadesh »... Toujours est-il qu'en donnant ces nippes au comique de la troupe Hotzmakh, Shtupak lui avait plusieurs fois répété qu'il les lui donnait pour toujours, que c'était un cadeau. Et il avait pris grand soin de rassembler tous les artistes pour leur montrer quel cadeau, lui, Shtupak, avait la générosité d'offrir. Il avait fait tourner Hotzmakh dans tous les sens, se rengorgeant, faisant l'important, plein de vanité :

— C'était à l'époque, vous m'entendez, un manteau avec un col en vrai velours, avec par-dessus une pèlerine, une affaire en or, écoutez-moi bien, que j'avais achetée à un voleur, un vrai plaisir à regarder jusqu'aux manches, ou que mon nom ne soit plus Albret.

Dans l'œil rouge sans sourcil de Shtupak, on avait même vu apparaître une larme. Hotzmakh avait alors revêtu ce vêtement de prix et immédiatement, dans le dos de Shtupak, avait entrepris d'imiter celui-ci avec les rides de son visage fruste et pitoyable, sa petite bouche pincée et ses petits yeux larmoyants, mais de l'imiter de façon si habile qu'il était impossible de reconnaître la copie de l'original.

Pourtant, cette cape avait réellement procuré à Hotzmakh des bienfaits semblables à ceux d'une mère. Elle lui avait servi de manteau de pluie, de matelas, d'édredon, de couverture, de robe de chambre, de n'importe quoi. En ce moment même, elle lui permettait encore d'empaqueter le môme qui tremblait comme un agneau. Il se penche vers le môme, lui murmure à l'oreille, le rassure comme on rassure un tout-petit :

— De quoi as-tu peur, petit sot ? En moins de temps qu'il n'en faut pour le dire, on est à Faleshti. Là, on monte dans le train et au lever du jour, on est déjà à la frontière, à Ungheni. Et d'Ungheni à Iasi, il n'y a qu'une demi-heure de route, alors, le temps qu'ils s'aperçoivent de quelque chose chez toi, bonjour !...

À cette joyeuse pensée, Hotzmakh éclate d'un rire silencieux, puis est pris d'une quinte de toux qu'il accable des pires malédictions.

Mais Leybl n'écoute pas. Il tremble. Il jurerait qu'il entend quelqu'un poursuivre la charrette en haletant : « Hé ! Hé ! Hé !... » et malgré sa peur, il pointe la tête hors de la cape où il est emmitouflé, jette un œil derrière lui et aperçoit... leur vieux chien Terkush ! Mais qu'est-ce qu'il fait là, Terkush ? C'est probablement quelqu'un de la maison qui les poursuit et Terkush a pris les devants... À cette pensée, c'est une sueur froide qui l'envahit. Avant qu'il ait le temps d'y regarder à deux fois, il entend qu'on pousse des chevaux avec des cris, des coups de sifflet et des claquements de fouet. « Tout est perdu ! » pense alors notre jeune héros, qui se prépare désormais au pire. Mais pas du tout ! Il s'avère que c'est Shimen-Dovid le cocher qui arrive derrière avec son chariot bâché et qui s'adresse à leur aide-cocher dans son sabir mi-moldave, mi-yiddish :

— Qu'est-ce que tu fabriques, *shlimazel* ? Traînard, moi qui te croyais déjà plus qu'à mi-chemin de Faleshti ! Asticote-moi un peu ton coursier d'un coup de fouet dans les côtes ou avec le manche sur les jambes. Il se traîne comme une limace.

Mais Shimen-Dovid n'attend pas et préfère fouetter lui-même le coursier en question aux jambes et dit à l'aide-cocher :

— Dis donc ! Quand tu arriveras à Faleshti, tu diras au reste de la bande que j'ai fait donner du foin aux chevaux et que je suis rentré, que personne ne m'attende. Tu écoutes quand on te cause, ou bien tu dors ? Hue, les enfants, hue !

D'un claquement de langue à ses chevaux, Shimen-Dovid dirige sa charrette vers la droite, tandis que Leybl éponge sa sueur et remercie

Dieu que sa peur soit sans fondement. Il lève précautionneusement la tête, risque un œil au-dessus de la cape et aperçoit soudain, dans la charrette de Shimen-Dovid, l'éclair de deux yeux qu'il connaît bien, deux yeux noirs et ardents de Tzigane. Il se lève brusquement, se débarrasse d'un geste de la cape et laisse involontairement échapper un cri :

— Reyzl !...

Mais avant même que son exclamation n'ait atteint la charrette de Shimen-Dovid, celui-ci a déjà changé de direction d'un cri et d'un coup de sifflet et d'un claquement de fouet semble repartir en arrière. La charrette disparaît bientôt, ne laissant derrière elle qu'une épaisse poussière, et l'odeur des chevaux mêlée à celle de la poix.

CHAPITRE TRENTE-HUIT

QUESTIONS ! QUESTIONS ! QUESTIONS !

« Il peut arriver qu'une personne qui a peur imagine des choses qui n'ont jamais existé... »

Ainsi vont les pensées de notre jeune héros assis avec Hotzmakh sur les décors en haut de la voiture. Il se demande ce qui a bien pu lui faire croire que dans la charrette de Shimen-Dovid se trouvait Reyzl. Si c'était vraiment elle, se pose alors la question : pourquoi l'a-t-on emmenée dans une autre direction ? Est-ce qu'ils ne vont pas tous les deux au même endroit ?

Leybl se pose mentalement ces questions, tourne de nouveau la tête pour regarder en arrière, là où il a vu disparaître la charrette de Shimen-Dovid, et son regard rencontre celui de son ami Terkush, qui court toujours derrière, la langue pendante. « Quel chien stupide ! » pense Leybl le cœur serré, et la pitié lui vient pour son vieil ami Terkush, son ami fidèle qui désormais restera tout seul, malheureux. « Et mon pauvre poney, ne restera-t-il pas tout seul lui aussi ? »

— Que le choléra les emporte tous les deux ! s'exclame Hotzmakh.

— Qui donc le choléra doit-il emporter ? demande Leybl, surpris.

— Qui ? Mais mon Shtupak et ce bâtard de Sholem-Meyer Murawtchik. Tu as vu la façon dont ils se sont vautrés dans la charrette de Shimen-Dovid ? Comme s'ils étaient dans les vignes de leur propre père !

Leybl le regarde, de plus en plus surpris : dans la voiture de Shimen-Dovid, il n'a vu personne d'autre que Reyzl. Mais que se passe-t-il donc ?

Hotzmakh a ses préoccupations personnelles. Lui, ce qui l'intéresse, c'est Shtupak et son aide de camp Sholem-Meyer. Il se parle à lui-même :

— Il y a une chose que je n'arrive pas à comprendre, dût-on me couper la tête. Pourquoi, bon sang, sont-ils repartis en arrière ? Il faut demander à l'autre endormi. Hé, bonhomme ! Réveille-toi, c'est l'heure de la prière ! hèle-t-il l'aide-cocher. Pardonnez-nous d'avoir interrompu votre sommeil. Pourriez-vous me dire où mène la route sur laquelle Shimen-Dovid vient de s'engager ?

— Hein ? Cette route ? répond l'autre, encore endormi. C'est cette route-là qu'on prend si on veut aller à Novosselitz.

— Novosselitz, vous dites ?

— Ouais, Novosselitz.

— Que vient faire là-dedans Novosselitz ? On irait à Novosselitz ? On va à Ungheni !

— Hein ? Mais c'est à Faleshti qu'on va !

— Je sais, réplique Hotzmakh, que c'est à Faleshti qu'on va, à la gare de Faleshti, et là on prend le train pour Ungheni. Ungheni, c'est la frontière roumaine, Novosselitz, c'est une autre frontière.

Le fouetteur semble de nouveau émerger du sommeil.

— Hein ? Une autre frontière, vous dites ? Ouais, une autre frontière.

— Alors, pourquoi parlez-vous de Novosselitz, demande Hotzmakh, que la colère commence à gagner.

— Cette route, moi, ce que je vous dis, c'est qu'elle mène à

Novosselitz. Si on veut aller à Novosselitz, c'est cette route qu'il faut prendre.

— Novosselitz ? Que vient faire là-dedans Novosselitz ? Est-ce que nous allons à Novosselitz ? Mais nous allons à Ungheni, finit par hurler Hotzmakh de toutes ses forces.

— Hein ? On va à Faleshti, je vous dis.

— Qu'une pierre t'étende raide mort ! Je lui dis Ungheni, il me dit Faleshti. Va donc t'expliquer avec un charretier !

Et Hotzmakh lui crache dessus, puis s'adresse à voix basse à Leybl :

— Tu parles d'un futé !

Mais Leybl ne l'entend pas. Son cerveau travaille et se pose des questions, et encore des questions. La plus importante de ces questions, c'est : « Que se passe-t-il avec Reyzl ? »

— Tu sais ce que je vais te dire, mon petit canari ? lui fait Hotzmakh. J'ai peur que mon Shtupak et ce bâtard de Sholem-Meyer aient oublié quelque chose à la gare et qu'ils soient retournés à Holenechti. Mais une question se pose (là, Hotzmakh repousse son petit chapeau en arrière et se met à parler tout seul) : pourquoi Sholem-Meyer a-t-il dit aux autres cochers de ne pas l'attendre ? Il y a quelque chose qui ne colle pas (là, il se caresse le menton exactement comme s'il avait une barbe). Il faut se rendre à l'évidence, ce gars-là a raison (il montre l'aide-charretier). Ce qui signifie qu'ils sont partis Dieu sait où en prenant la route qui mène à Novosselitz. *Oy*, la question est donc (là, il prononce ces mots en adoptant le ton de la discussion talmudique et le geste du pouce qui l'accompagne) : pourquoi ont-ils expédié toute la troupe avec les décors vers la frontière roumaine, sont-ils eux-mêmes devenus fous – que cela ne soit pas contagieux – et pourquoi ont-ils décampé le diable sait dans quelle direction ?

Il s'immobilise un instant en silence, le pouce en l'air, puis se répond à lui-même sur le même air talmudique :

— *Teyku*, la question reste en suspens !...

CHAPITRE TRENTE-NEUF

HOLENECHTI NE DORT PAS

Parmi tous les Holenechtiens qui s'étaient agités à en perdre la tête à propos de l'extraordinaire histoire des deux fuyards, le fils du richard et la fille du chantre, une seule personne avait gardé son calme, ne s'était pas mise à pleurer, à gémir, à soupirer, mais avait pris les dispositions nécessaires. C'était le richard lui-même, Béni Rafalowitch.

Béni Rafalowitch, quand il eut réussi à comprendre, au milieu du tumulte et du vacarme, ce qui venait d'arriver, commença par enjoindre à tous de se taire. Puis il émit l'ordre d'atteler les chevaux et d'aller chercher le « bouton », par quoi il signifiait le commissaire de police, qu'il tutoyait.

— Prends-moi ce que tu veux, jusqu'à ma chemise, mais ramène-moi mon enfant...

Il est à peine croyable de voir une personne changer aussi rapidement que Béni Rafalowitch ce jour-là. Ses joues, habituellement rouges, devinrent bleuâtres et semblèrent soudain flasques. Ses yeux tournaient dans toutes les directions, comme s'ils cherchaient quelqu'un. Même son ventre, qu'il avait gros et tendu comme un tambour, semblait pendre. Il n'est plus le même. Il ne crie pas, ne s'agite pas, il ne casse pas les chaises. Dans la maison, il fait les cent pas, sans bruit, comme une ombre, il refuse même de sortir dans la cour, de voir le jour. Et sa femme, Beylkè, qui est gravement malade... Elle a le cœur fragile, dit le docteur. Il lui faut le calme. Le calme ? Béni en est-il capable, lui à qui on vient d'assener un coup sur la tête avec un gourdin en lui enlevant ce qu'il a de plus beau, de meilleur, de plus cher et de plus précieux ?

— Prends-moi ce que tu veux, répète-t-il au commissaire, jusqu'à ma chemise, mais ramène-moi mon enfant...

Le « bouton » contemple Béni. Jamais encore il ne l'a vu dans cet état d'excitation. Il le prend en pitié, lui met la main sur l'épaule et le tranquillise :

— *Budyet kharasho*, ça va s'arranger, *prikazhi kidush*, qu'on serve à boire.

Avec une grande énergie, la maréchaussée se mit au travail, perquisitionna, enquêta dans les moindres détails, remontant jusqu'à la source, jusqu'aux origines. Leur méthode habituelle les amena à la conclusion que le coupable était cette « canaille » de chantre. Il sait sûrement où le jeune couple se trouve, mais il fait l'innocent. Qu'on l'enferme quelques heures dans la *kamera mieshok*, la cellule, qu'il y fasse connaissance avec les souris, les punaises et autres bestioles, cela lui ôtera l'envie de faire le malin et de nier en bloc... Il s'en fallut de peu que l'on emmène Yisroeli le chantre pour le mettre à l'ombre, si Leyé sa femme ne s'en était mêlée, avec sa sagacité toute masculine.

Dès la première onde de choc passée, les yeux de Leyé s'étaient ouverts, et avec son intuition elle avait compris que cela était lié au théâtre yiddish. Elle en avait plus de mille indices et mille preuves. Qui peut donc aussi bien comprendre qu'une mère ? Une mère sait, et pour elle, c'est l'accablement et la désolation. Un cœur de mère ressent. Elle avait senti dès le premier instant, comme si la foudre l'avait frappée, quand les deux *shlimazels* (Shtupak et Sholem-Meyer) avaient franchi son seuil, qu'ils en avaient après sa chair et son sang. Malheur ! Malheur ! Mais où avait-elle eu les yeux ? Un aveuglement, une punition divine pour ses péchés !... Maintenant, elle voit clair, clair comme le jour. C'est à beaucoup, beaucoup de personnes qu'elle doit son malheur. En premier, la *vaytsitkoskhe*, la bigote, Nekhè l'aubergiste, avec ses deux jeunes sœurs dévergondées qui rient et plaisantent avec tout un chacun. Les deux *shlimazels* avaient pris leurs quartiers là-bas, ils étaient au mieux avec elles. Elles doivent être au courant de tout, de tout... Et Yekhiel le klezmer, ce débauché qui passait des nuits entières avec elles à se soûler dans la taverne de Henekh. Quant à Henekh le tavernier, justement, celui-là, quel faux jeton ! Sa fille aînée ne s'est-elle pas enfuie, voilà trois ans, avec un scribouillard du bureau de la police rurale ? Elle en jurerait devant le rabbin, tous ceux-là ont une part dans son malheur. Pourquoi ne s'occupe-t-on pas plus sérieusement d'eux, plutôt que de s'en prendre sans aucun motif à son mari, qui est blanc comme neige, non mais des fois !...

Par ces mots, la femme du chantre n'avait pas seulement évité pour elle-même et son mari un nouveau malheur, mais on peut dire qu'elle avait dessillé les yeux de la maréchaussée, lui avait fourni les armes et donné la lumière qui leur permettrait de trouver la vérité.

Il va sans dire que tous ces individus furent instantanément interpellés et cuisinés. Ils furent terrorisés à l'idée d'avoir à affronter une fausse accusation. Mais Dieu merci, ils en furent quittes pour la peur. Tout ce que la maréchaussée exigea d'eux, ce fut qu'ils racontent ce qu'ils savaient des acteurs du théâtre yiddish et du couple de fugitifs. Et par bonheur, ils en avaient à raconter, des choses...

CHAPITRE QUARANTE

DES TÉMOIGNAGES ET ENCORE DES TÉMOIGNAGES

Le premier à paraître en scène fut Henekh le tavernier. Un homme d'un certain âge, d'une grande pâleur mais avec des joues rouges et pleines comme celles d'un jeune homme et une belle petite bedaine, une bedaine bessarabienne. Henekh n'est pas quelqu'un de spécialement futé, mais il a une qualité, il est franc comme l'or, il ne vous parlera jamais de ce qu'il ne connaît pas et n'inventera jamais d'histoires. Il raconta donc la vérité vraie, comme s'il se trouvait devant Dieu. Voici en substance ce qu'il rapporta :

Samedi soir, comme il en a l'habitude depuis des années, depuis qu'il est tavernier, il prend une bougie et descend dans sa cave pour examiner son vin, lequel n'a pas encore fermenté, lequel on doit déjà filtrer, lequel il faut sucrer, auquel il faut au contraire donner du degré, car il est suffisamment doux. Il y a des vins qu'il faut mettre en bouteilles et boucher pour éviter la moisissure, et d'autres qu'il faut laisser reposer afin qu'ils trouvent leur goût propre, leur équilibre entre douceur et force, car c'est là tout l'art du vin !...

Il a bien fallu interrompre le tavernier pour lui expliquer que ce n'était pas l'art du vin que l'on voulait apprendre de sa bouche, mais autre chose. Ces messieurs pensaient que les acteurs avaient passé la nuit à se soûler dans son établissement.

Entendant le mot « se soûler », Henekh ne put s'empêcher d'éclater de rire : Ah, ah, ah ! Se soûler ! Mais comment donc ! Drôle de beuverie ! Comme si un Juif se soûlait ! Voici comment cela s'est passé. Il est là dans sa cave à travailler, à s'occuper du vin. Arrive quelqu'un qui lui dit que les acteurs du théâtre yiddish viennent boire du vin. Il laisse tomber son travail. Il croyait qu'on allait boire pour de bon, que le vin allait couler à flots. Mais à la fin, en tout et pour tout, ils avaient bu un litre et demi de vin rouge et un litre de vin blanc. Ils ne faisaient que parler du vin. Et Henekh a pour principe que celui qui parle de vin ne boit pas de vin, et celui qui boit du vin ne parle pas de vin...

Tout cela est bien vrai, dit-on pour interrompre le tavernier, mais qu'il raconte plutôt ce qu'il sait du petit couple de fugitifs.

Il s'avère qu'au sujet du couple de fugitifs, Henekh n'en sait pas plus qu'eux, c'est-à-dire que voilà l'histoire : quand il s'est levé le matin, la première chose qu'il a faite, c'est de descendre à la cave pour voir le vin...

— Suffit avec le vin ! s'entendit dire Henekh, et ce fut le tour de Yekhiel le klezmer.

Yekhiel le klezmer est un Juif dont le front s'orne d'une mèche, qui porte une chevalière au doigt, un haut chapeau de feutre et une cape, mais dont la santé est fragile. En fait, il ne va pas mal, mais il s'entoure en permanence le cou d'une écharpe et parle d'une voix terriblement enrouée. Yekhiel prétend que c'est le violon qui en est responsable. Mais ses collègues disent que c'est faux, que cela provient de son attirance pour ce qui est interdit. Il a des « relations » avec toutes les jeunes femmes de la ville, un débauché, d'après eux, que Dieu nous en préserve ! Sa femme, Khanè-Perl, voyez-vous, connaît tous ses trucs, toutes ses astuces, tous ses stratagèmes. Mais Khanè-Perl n'est pas de celles-là. Elle a en horreur le scandale. Jusqu'à un certain point, évidemment. On n'est pas fait d'acier, et tout le monde a sa sensibilité. Ce qui fait – et c'est fréquent – qu'elle règle ses comptes avec lui en général dans l'intimité. Khanè-Perl n'est pas de celles-là. Elle a horreur du scandale...

On n'est plus surpris, maintenant, de ce que Yekhiel ait à ce point pris peur quand on est venu le chercher pour le mettre sur le gril afin qu'il dise toute la vérité sur ce qu'il savait du théâtre yiddish. Il s'éclaircit la voix, recoiffa sa mèche, et se mit à parler.

Yekhiel, quand il veut parler, il le peut. Rien ne l'en empêche. Mais cette fois-ci, cela n'a pas marché comme d'habitude. Peut-être est-ce parce que Khanè-Perl était là, tout près ? Il bafouillait : « Répétitions, auditions, auditions, répétitions, orchestrations, partitions », et à part cela il n'avait eu aucun rapport avec qui que ce soit, seules l'intéressaient les notes, les répétitions, les orchestrations... Et si par hasard ses petits camarades musiciens prétendaient qu'il avait été du dernier bien avec la *prima donna*, ils méritaient qu'on leur crache à la figure, tout cela n'était que pur mensonge, rien de vrai là-dedans, des inventions, un produit de leur imagination... On l'interrompit :

— *Kharasho, otchen kharasho !*

En ce qui concernait son intimité avec la *prima donna*, on en reparlerait plus tard. On avait le temps. Peut-être aurait-il l'amabilité de raconter ce qu'il savait du jeune couple dont on conjecturait qu'ils avaient pris la fuite cette nuit avec les acteurs du théâtre yiddish ?

Yekhiel jura ses grands dieux qu'il ne savait rien.

— Rien du tout ?

— Rien du tout, absolument rien.

— Même pas... ça ?

— Même pas ça.

— Peut-être que tu mens ?

— Que je meure sur place ! Que je sois changé en pierre ! Que de mon corps pousse un...

— *Sha !* Assez ! Assez !

Yekhiel pensait qu'il en était quitte. En réalité, on le conduisit dans une pièce séparée où on l'enferma seul en le priant de rester là tant qu'on ne le rappellerait pas en cas de besoin. Après quoi ce fut le tour de Nekhè l'aubergiste et de ses deux jeunes sœurs. C'est alors qu'un scandale éclata.

Comme notre lecteur s'en souvient, Nekhè, au début de notre roman, était qualifiée par Sholem-Meyer Murawtchik de « petit bijou ». Il était difficile de dire, au moment où Nekhè était emmenée pour l'interrogatoire, pourquoi elle avait l'air si bouleversée. Est-ce parce que c'était une âme si pure, si innocente, qu'elle ne puisse tolérer, Dieu l'en préserve, que la moindre tache vienne la souiller ? Ou est-ce pour une autre raison ? Toujours est-il que lorsqu'on lui demanda ce qu'elle savait à propos du jeune couple de fugitifs, elle se répandit en une cascade de malédictions et elle souleva une telle tempête qu'il fut impossible de la calmer. Elle déversa la poix et le soufre sur ses ennemis qui lui jalousaient le moindre croûton de pain, et sur tous ceux qui voyaient le mal en elle.

— Maître du monde, faites que leur bouche se tourne à l'envers, que leur langue tombe, que leurs yeux sortent de leur orbite, qu'ils perdent l'usage de tous leurs membres ! Qu'ils doivent marcher avec des béquilles ! Qu'ils perdent père et mère ! Qu'ils ne voient plus jamais la tombe de leurs chers disparus ! Qu'ils aillent mendier de maison en maison avec les enfants de leurs enfants de génération en génération, Dieu du ciel, notre Père à tous, aimant, généreux et clément !

CHAPITRE QUARANTE ET UN

COMME L'HUILE À LA SURFACE DE L'EAU

Mais les imprécations de Nekhè n'eurent malheureusement aucun effet. On lui fit savoir avec la plus grande fermeté et d'une manière définitive que si elle disait ce qu'elle savait, tant mieux, sinon, elle irait rejoindre le klezmer dans sa cellule... Elle prit peur et se mit à raconter, en russe autant qu'elle le pouvait, et le reste en yiddish, toute une histoire : elle n'était, selon ses dires, en tout et pour tout, qu'une veuve qui tenait une auberge. Ah, ah ! parlons-en, de cette auberge ! Une grange, oui, pas mieux ! Elle l'aurait fermée depuis longtemps, cette auberge, si son mari, paix à son âme, ne lui avait laissé une bombe...

La maréchaussée s'effraya :

— Une bombe ? Quelle bombe ?...

Ce qu'elle voulait dire, c'est qu'il lui avait laissé une maison, une vraie ruine, dont personne ne voulait, sauf à la donner gratuitement. Tous ceux qui venaient la visiter disaient que c'était une maison qui aurait pu être à peu près potable à condition qu'elle soit sur la place du marché. Il aurait peut-être fallu qu'elle la prenne sur les épaules, la maison, et qu'elle la transporte jusqu'au marché ?

— Non, non. Oublie la maison, ce sera pour une autre fois. Ma chère, raconte-nous plutôt ce que tu sais des acteurs qui avaient pris leurs quartiers chez toi.

Nekhè ne s'offusqua pas trop de ce qu'on l'interrompait dès l'exorde et entreprit de parler des acteurs.

Le soir du dernier *shabbess*, à peine avait-elle fini de réciter son « Dieu d'Abraham » et d'installer le samovar à l'intention des *shlimazels*, des acteurs, précisément, qu'arrive chez elle le drôle d'olibrius, celui qu'on appelle Sholem-Meyer, et qui lui fait, à elle, Nekhè :

— Combien voulez-vous de votre vieux burnous en poil de chat et de votre châle d'hiver ?

Elle le prend pour un fou :

— *Shlimazel*, dit-elle, qu'avez-vous besoin d'un châle de femme et d'un burnous en poil de chat en plein été ?

Il lui répond :

— C'est vos oignons ? Si on vous le demande, c'est qu'on en a sans doute besoin.

Comment vous dire, il a insisté, il ne l'a pas lâchée, que ses cauchemars à elle de cette nuit retombent sur ses ennemis ! La voilà donc qui va lui chercher son vieux burnous en poil de chat et son châle d'hiver. Alors il lui dit :

— Combien en voulez-vous, de ces guenilles ?

Alors elle lui fait :

— De deux choses l'une : si ce sont des guenilles, pourquoi les achetez-vous ?

Il lui dit :

— C'est vos oignons ?

Elle finit par lui donner un prix, il se met en colère :

— Vous êtes devenue folle ou quoi ?

Alors elle lui fait :

— C'est vous qui êtes fou, fou à lier.

Alors on commence à marchander, à se disputer. Lui :

— Vieilles guenilles.

Elle :

— Eh bien, n'achetez pas !

Lui :

— Petit bijou.

Elle :

— Drôle d'olibrius.

Tant et si bien qu'on finit par se mettre d'accord sur le prix et que l'argent fut sorti. Une fois l'argent encaissé, elle y repense :

— Dieu du ciel ! Pourquoi cet homme-là peut-il avoir besoin d'un vieux burnous de femme et d'un châle d'hiver ? D'un coup, comme ça, au beau milieu des préparatifs de départ ?

Elle se mit bien entendu à épier pour connaître la suite. Mais les *shlimazels*, les acteurs, étaient eux aussi arrivés du théâtre, avaient bu leur thé et payé leurs frais de pension, qu'ils soient affligés d'autant de plaies qu'ils lui ont arraché de demi-roubles en marchandant, puis étaient repartis vers la taverne de Henekh boire du vin.

C'était une drôle d'idée de s'en aller boire du vin juste avant le départ ? Elle s'en fichait, ce n'était pas son affaire. Qu'ils boivent tout leur soûl, ce n'était pas son argent. C'est autre chose qui la préoccupe. C'est le burnous et le châle qui lui torturent les méninges. Pourquoi ce *shlimazel* lui a-t-il soudain acheté en plein été un châle d'hiver et un épais burnous, de femme qui plus est ? Encore mieux, si au moins il avait emballé le tout avec le reste des bagages avant de partir, elle en aurait conjecturé qu'il voulait peut-être, qu'il aille au diable, rapporter un cadeau à quelqu'un. Si c'était le cas, elle commençait à regretter de les lui avoir laissés pour une bouchée de pain, le diable l'emporte ! À la fin des fins, que se passe-t-il ? Il attrape le châle et le burnous et lui fait :

— Qu'ils restent pendus au crochet chez vous jusqu'au dernier moment.

Non mais, vous entendez ? C'est seulement à point d'heure, vers minuit, qu'il réapparaît, le *shlimazel*, qu'il prend ses frusques et s'apprête à filer. Elle lui demande :

— Vers où ?

Il répond :

— C'est vos oignons ?

Elle fait :

— Allez-vous faire fiche !

Et s'en va se coucher. Comment peut-elle aller se coucher alors que les *shlimazels*, que le diable les emporte tous, sont dans la taverne de Henekh et qu'ils doivent encore venir faire leurs adieux ? Des hôtes, qui ont séjourné si longtemps... Comment peut-on partir sans même un au revoir ? Et c'est pourtant ainsi que cela s'est passé : bien après minuit, elle jette un œil, aha ! Une charrette, une autre, une troisième, qui est-ce ? Mais c'est eux, les *shlimazels*. La compagnie au complet ! C'est le départ, quoi !

— Au revoir.

— Bon voyage.

Elle guigne dans la troisième charrette, la dernière, celle de Shimen-Dovid. À l'intérieur, à la meilleure place, le singe, leur directeur, et tout près, une bonne femme emballée dans son vieux burnous en poil de chat et son châle d'hiver. On ne voit pas le visage, que les yeux... Des yeux qui lui sont familiers ! Dieu du ciel, qui cela peut-il être ? Leurs bonnes femmes, elle connaît leur tête, à toutes. Des laiderons ! Plus moches les unes que les autres ! *Tffu* !... Mais celle-ci, elle a l'air d'être jolie. C'est vrai qu'on ne voit pas le visage, juste les yeux, des petits yeux noirs de Tzigane, elle les connaît, elle les connaît. Qui cela peut-il être ? Si les *shlimazels* voulaient bien s'arrêter, ne serait-ce qu'une petite minute, elle arriverait bien à savoir qui c'est. Mais cela n'a duré qu'une seconde, et les voilà partis, à peine ont-ils dit au revoir. Ça y est, ils ont disparu. Toute la nuit elle s'est tournée et retournée dans son lit sans pouvoir trouver le sommeil. « Bon sang de bonsoir ! Qui est donc cette fille avec ces yeux familiers de Tzigane ? » Ce n'est que le matin, quand elle s'est rendu compte de l'agitation qui régnait en ville qu'elle s'est pris la tête à deux mains et qu'elle a crié à ses deux jeunes sœurs :

— Mais je suis bête à manger de la paille !...

Bref, le ciel et la terre s'étaient apparemment conjurés pour que rien ne reste dissimulé et que la vérité surgisse comme l'huile à la surface de l'eau. Aussi vrai qu'elle souhaitait que Dieu lui donne tout le bonheur possible, elle savait à l'avance que cela se terminerait comme ça. Pourquoi cela n'était-il pas arrivé à ses sœurs ? Est-ce qu'elles n'étaient pas allées au théâtre tous les soirs, ses jeunes sœurs ? N'avaient-elles pas fait de l'œil aux *shlimazels*, comme la fille du chantre ?

— Tais-toi, débauchée !!!

C'était un cri sauvage, celui d'une bête en furie, celui de Leyé la femme du chantre qui s'était jetée sur l'aubergiste. La malheureuse mère était prête à mettre cette femme en pièces pour les derniers mots qu'elle venait de prononcer... Une chance qu'on ait pu séparer à temps ces deux-là, faute de quoi il aurait pu se produire une catastrophe.

CHAPITRE QUARANTE-DEUX

LE CORPS EXPÉDITIONNAIRE À LA POURSUITE DES FUGITIFS

De tous ces témoignages et de cette enquête, on ne put établir qu'une certitude, dont un procès-verbal fut dûment rédigé, à savoir :

> Le fils de Béni Rafalowitch, Leybl, quatorze ans, et la fille du chantre, Reyzl Spivak, quinze ans, ont, dans la nuit de samedi à dimanche, pris la fuite avec une troupe de comédiens du théâtre yiddish en direction de la frontière roumaine. Le susdit fils de Béni Rafalowitch, Leybl, avait soustrait de la caisse du susdit Béni Rafalowitch la somme de tant et tant...

Dans ces conditions, il fallait se mettre immédiatement à leur poursuite, se lancer à leurs trousses en espérant les rattraper à temps.

On prit donc la décision de dépêcher du monde au plus tôt, et la décision reçut immédiatement exécution.

Le corps expéditionnaire se composait de deux personnes : le caissier de Rafalowitch, Joie et Jubilation, et un autre fils de Rafalowitch, Anshel.

Anshel était un séduisant jeune homme de vingt-deux ans, bien élevé, pâle, à la peau lisse, aux lèvres rouges bien dessinées, à la barbe noire bien taillée et à la chevelure noire, luisante et frisée.

On ne peut pas dire qu'Anshel n'était pas doué, mais il ne voulait pas étudier, à aucun prix.

— Paysan ! Que vas-tu devenir ? le tançait son père. Attrapeur de chiens ? Montreur d'ours ? Sois au moins capable de réciter le *kaddish* à la mort de tes parents ! Allez, dis après moi : « *Yisgadal veyiskadash* »...

À ce moment, la toute petite Beylkè fut incapable de se contenir et elle se mêla à la discussion :

— Fou que tu es ! Qu'est-ce que c'est que cette histoire de *kaddish* ? On est encore vivants, il me semble ?

— Tu es bête, répondit Béni, tu as bien le temps de mourir avant que ce bâtard sache dire le *kaddish* !

La conclusion de l'épisode fut que Béni le retira du *kheyder.*

— Tu ne veux pas étudier, tu es incapable de réciter le *kaddish*, occupe-toi au moins de garder les cochons.

Cela signifiait dans son langage qu'il voulait faire de lui un commerçant. Et Anshel se glissa aisément dans le costume d'un commerçant. Il montait bien à cheval, apprit à parler le valaque comme un vrai Moldave, devint un expert en maïs et, d'un seul coup d'œil, devant un arbre, il fut capable de dire combien celui-ci allait donner de bois de construction et combien de bois de chauffage, bref, il montra bientôt toutes les qualités d'un bon commerçant.

Béni venait de lui arranger un mariage, de promettre une dot et de lui donner une fiancée au teint olivâtre, laide, très laide, mais appartenant à une famille distinguée de Beltz. Le fiancé, Anshel, à son retour de Beltz où il était allé la rencontrer, était désespéré. De là à le dire à son père, il avait peur. Béni voulait à tout prix, fût-il élevé, acquérir des quartiers de noblesse. Et quand Béni voulait quelque chose, qui allait le lui contester ?

Anshel revint de Beltz le cœur brisé. Mais il se calma en trouvant consolation auprès de la nourrice qui vivait chez eux, une robuste belle plante... Il faut dire que la nourrice protesta vigoureusement, jura qu'elle allait faire un scandale en ville. Mais qu'importe à un fils de riche ce qui se dit en ville sur son compte ? Qui plus est à un garçon comme Anshel dont on pouvait dire qu'il n'y avait pas une seule fille en ville qui ne l'eût un jour giflé. Si Béni avait été au courant, c'en eût été fini du monde. Mais qui irait lui raconter pareilles histoires ? Si le scandale éclatait quelque part, il l'étoufferait à temps avant qu'il n'arrive aux oreilles de son père.

Il n'y avait qu'une personne, dans la maison des Rafalowitch, qui fût au courant de tous les malheurs, de toutes les calamités, mais qui se taisait et gardait pour soi tous les chagrins. Cette personne, c'était la pauvre mère, la petite, la silencieuse, la fragile Beylkè.

Elle porte sur ses faibles épaules toutes les misères de cette famille. La rougeur lui monte au front à cause de son Anshel. Elle préférerait être cent pieds sous terre, mais que faire ? Alors elle prie Dieu pour son enfant, elle prie pour qu'il lui envoie un mariage convenable, car dès l'âge de quinze ou seize ans, il lui est déjà poussé un peu de barbe. Et depuis qu'il a dix-huit ans, les problèmes n'arrêtent pas...

Tel est le portrait de Anshel, le frère du fugitif, que le père a envoyé à sa poursuite pour le rattraper et le ramener à la maison. Il lui a adjoint le caissier et lui a remis une confortable somme d'argent en lui disant :

– En route, et ramenez-le-moi, ce mioche !...

Et s'adressant spécialement au caissier, il ajouta qu'il ne faudrait pas lésiner sur les « troubles » (les roubles), en distribuer autant que nécessaire, et que s'il en fallait davantage, il n'y avait qu'à écrire, et on en enverrait...

Il leur remit des papiers, des « documents certifiés », qui leur permettraient, le cas échéant, d'enchaîner le fugitif pour le ramener...

– Usez plutôt de douceur, répéta Béni plusieurs fois à Anshel.

Et quand le corps expéditionnaire fut tout à fait prêt, c'est-à-dire quand Anshel et le caissier furent assis dans le coche qui s'ébranlait déjà, tiré par les chevaux, Béni leur cria :

– Rappelez-vous, de la douceur, de la douceur !...

CHAPITRE QUARANTE-TROIS

L'EXPÉDITION S'EMBALLE

Quand Anshel Rafalowitch et Joie et Jubilation arrivèrent à Iasi, le temps de se retourner, ils ne trouvèrent plus personne appartenant à la troupe d'acteurs. On leur dit qu'effectivement on avait vu traîner par ici une bande de jeunes gens aux bottes éculées et au visage glabre qui faisaient penser à des acteurs du théâtre yiddish. Quant à savoir où ils étaient passés, on l'ignorait. L'expédition en conclut qu'il fallait continuer et l'on se mit sans délai en devoir de mener la poursuite de plus en plus loin, jusqu'à atteindre finalement Bucarest.

Arrivés à Bucarest, Anshel entreprit de convaincre le caissier, avec force arguments, qu'il fallait descendre dans un hôtel convenable.

— Il faut savoir ce qu'on veut, dit-il. Cela coûte déjà tellement d'argent, eh bien cela ne fera qu'en coûter un peu plus.

D'autant que son père avait répété au moins cent fois « qu'il ne fallait pas lésiner sur l'argent, et que s'il en fallait davantage, il en enverrait ».

En outre, il faut savoir que pour Anshel c'était la première fois qu'il quittait la maison, et donc la première fois qu'il voyait une grande ville comme Bucarest. Ah ! Il y avait longtemps qu'il ressentait cette étrange attirance pour le vaste monde, le monde de la liberté, et qu'il rêvait d'une belle et grande ville... Depuis qu'on l'avait fiancé à cette fille olivâtre, cette fille de bonne famille de Beltz, il s'était juré qu'après le mariage, quand il aurait les coudées un peu plus franches, il s'arrangerait pour s'échapper vers la grande et belle ville de Bucarest pour voir le monde et vivre la vraie vie, comme Dieu l'avait prescrit...

Mais voilà qu'il y était, avant même le mariage et l'argent ne manquait pas, la liberté non plus. C'était donc du gâteau, et de quoi s'en payer une tranche !

Il y avait cependant un maillon faible, le caissier. Mais d'abord, qui s'en souciait ? Puis Joie et Jubilation n'était après tout qu'un homme, un célibataire, un employé qui plus est. Ce qui était bon pour le fils de son patron était donc bon pour lui. Ils avaient arrêté leur choix sur une des plus belles rues de Bucarest du nom de Strada Podemogashoy, et le célèbre hôtel *Dacia*. Ce qui conférait à l'hôtel sa célébrité, c'était que pendant la guerre russo-turque y avait logé, dit-on, le célèbre Osman Pacha. Célèbre, il l'était aussi grâce au café-chantant *Le Paradiso* où se produisait la célèbre chanteuse roumaine Marinesco-Milanesco avec son célèbre répertoire de chansons russes : *Duyut vietri buynie* (« Soufflent des vents déchaînés ») et *Ya khatchu vas raskazat, raskazat* (« Je veux vous raconter, raconter quelque chose »).

Loger dans un hôtel où se trouve le célèbre café-chantant *Le Paradiso*, n'est-ce pas le paradis ? Évidemment, qui pense « paradis » pense aussitôt « serpent », ça mord, ça coûte cher. Et Joie et Jubilation, le caissier, quand il apprit ce que coûtait une chambre, se prit la tête à deux mains. Mais Anshel le tranquillisa :

— Bêta, quand on est chargé d'une mission pareille, on ne peut pas vivre comme des radins...

Le caissier réfléchit : « Si c'est bon pour le fils du patron, c'est bon pour moi. » Il n'était après tout qu'un employé. Et tous les deux menèrent joyeuse vie. À l'hôtel, quand on vit ces deux jeunes « Russes » casser les billets de cent les uns après les autres, on les considéra comme deux jeunes nababs qui venaient de toucher un bel héritage et voulaient faire la fête. On leur présenta donc la première semaine une note au vu de laquelle le caissier frisa l'apoplexie. Mais Anshel le tranquillisa de nouveau :

— Espèce d'âne bâté ! On ne se préoccupe pas d'argent ici, mais d'un être humain, et plaise au ciel que nous trouvions celui que nous cherchons...

Ils se mirent donc au travail avec entrain, louèrent une calèche à l'heure, parcoururent toutes les rues, passant en revue tous les parcs, tous les monuments, les galeries, les théâtres, les cirques, les cafés-chantants et les cabarets. Anshel était d'avis que des artistes ne pouvaient fréquenter que de tels endroits.

— Café-chantant et théâtre, c'est du pareil au même.

Ce n'était pas l'âge qui comptait chez Anshel, mais l'astuce. Joie et Jubilation était éperdu d'admiration devant son jeune patron qui savait tout comme un ancien et qui, partout où il arrivait, était aussi à l'aise que chez lui à Holenechti...

De tous ces endroits, celui que préférait Anshel était le café-chantant *Le Paradiso.* Il avait dit au caissier :

— Je ne m'appelle plus Anshel si on ne met pas la main sur lui précisément ici... Asseyons-nous donc dans un coin, tiens, à cette table. C'est parfait. De là on peut tout voir...

Il avait raison. C'était parfait, de là on pouvait tout voir : la musique, la scène, les girls, toutes vêtues de la même manière, de courtes robes rouges ornées de franges d'or, chaussées de hautes bottines noires lacées jusqu'en haut, coiffées de petits béguins rouges rehaussés d'or et penchés sur le côté. Anshel commande à manger et à boire. Ils s'y attaquent allégrement. L'humeur est charmante, festive, joyeuse. Les gens vont et viennent. Tout n'est que scintillement. Tout le monde s'amuse.

Une mélodie emplit l'espace, une mélodie douce qui semble venir de tout un chœur de femmes. Il est difficile de se rendre compte que ce ne sont pas là des voix humaines mais des harpes, que ces sons ne sont pas produits par des gorges mais par des cordes, des instruments faits de bois, des harpes. Anshel contemple ces harpes qui chantent, et il prend du plaisir à regarder les musiciennes qui jouent de ces instruments, qui en pincent les cordes en s'accompagnant d'un mouvement de la tête et en souriant de leur regard. À qui sourient-elles ainsi ? Mais à lui, à Anshel.

— Regarde-moi ça comme elles sourient, non mais regarde ! dit Anshel au caissier en le secouant par la manche.

Mais cela ne l'intéresse pas, le caissier. C'est à peine s'il reste en place. Il irait bien dormir, et voilà qu'on l'ennuie avec des histoires de girls... Mais voici que paraît en scène la célèbre Marinesco-Milanesco, couverte de diamants. Elle commence à chanter en russe :

— *Ya khatchu vas raskazat, raskazat...*

Et le public reprend :

— *Kak mi snim pashli guliat, pashli guliat...*

Et la lumière, dans la salle, devient plus vive, le public s'ébroue encore plus joyeusement, c'est la fête, le paradis !

CHAPITRE QUARANTE-QUATRE

ILS SONT SUR LA PISTE

Le corps expéditionnaire poursuivit donc ainsi sa mission, avec une certaine constance, soir après soir, jusqu'à ce qu'il se produise un événement.

Cela se passait par une belle soirée au café-chantant *Le Paradiso*, et nos deux voyageurs étaient assis à leur table, dégustant de la *dulciatsa* (de l'eau avec une sorte de confiture) et écoutant la musique.

Anshel était ce soir-là d'excellente humeur tandis qu'au contraire, Joie et Jubilation, à son habitude, était profondément soucieux. Le cœur lui saignait de voir tout cet argent dépensé en pur gaspillage, sans qu'il en connaisse la raison. « Nous sommes là, à Bucarest, à essayer de retrouver les neiges d'antan, et les roubles s'envolent comme de la poussière au vent, misère, comment cela va-t-il finir ? »

Joie et Jubilation, comme nous le savons d'après le surnom qu'on lui a attribué par raillerie, est d'une nature mélancolique. Toute la vie est pour lui sombre, triste, voilée de noir, tandis qu'ici, les violons chantent, les gens s'amusent, c'est un plaisir à voir. On s'empiffre, on boit beaucoup, l'argent s'envole. Il faut croire que pour eux, l'argent ne compte pas.

Telle est l'inclination mélancolique des pensées de notre caissier qui, toutefois, ne manque pas de ses yeux globuleux et endormis de regarder la scène où se produit d'abord l'orchestre féminin, suivi de calamités d'un autre genre, toutes sortes de femmes à demi vêtues, puis d'autres « moins qu'à demi vêtues ». À la fin, comme qui dirait en dessert, apparaît la célèbre Marinesco-Milanesco. Ses yeux et ses diamants étincellent, elle se met à chanter :

— *Ya khatchu vas raskazat, raskazat...*

Et la salle s'anime encore davantage. Anshel entonne à sa suite :

— *Kak mi snim pashli guliat, pashli guliat...*

De la scène elle lui fait un clin d'œil. Anshel, au comble de la joie, lui retourne son clin d'œil. Dès qu'elle a terminé son numéro, elle passe devant leur table et Anshel se lève. Elle s'approche. Il lui fait une place entre lui et le caissier – c'est la première fois qu'ils sont si près. On entend le léger bruissement de sa robe de soie et les effluves de son parfum capiteux arrivent jusqu'aux narines de l'éternel enrhumé qu'est Joie et Jubilation. Comme son nez n'est pas habitué à pareilles senteurs, il est pris d'éternuements. Anshel le tance et il ne sait plus quoi faire de son nez qui s'est pris à éternuer sans crier gare.

— *Romnulu* ! s'écrie Marinesco-Milanesco brillant de tous ses diamants, en frappant de son éventail le poignet d'Anshel. Comment se fait-il qu'un *formosa Romanul* comme toi ne boive que de la *dulciatsa* ?

Traduit dans notre langue, cela donne : « Un beau garçon comme toi, et tu ne boirais que de l'eau ? »

La question qui se pose est la suivante : comment résister à pareille tentation, comment le cœur d'Anshel ne fondrait-il pas comme neige au soleil, à entendre pareil compliment ? Il appelle le maître d'hôtel en jetant à Marinesco-Milanesco un regard qui semble dire : « Quel est ton désir, belle princesse ? » La belle princesse désire du champagne. Anshel fait servir du champagne en jetant un regard qui semble dire : « Que désires-tu encore, belle princesse ? » La belle princesse désire encore un faisan rôti. Anshel passe la commande et la regarde dans les yeux : « Que désires-tu d'autre ? » Elle désire des liqueurs, et c'est elle-même qui commande, et du meilleur, chartreuse et peppermint, elle veut aussi se faire servir de l'ananas. Le maître d'hôtel répond qu'il n'y a plus d'ananas, qu'on en manque. Anshel se fâche :

— On en manque ? Mais ce n'est pas une excuse ! Si on commande des ananas, on sert des ananas, sinon !...

Joie et Jubilation le tire alors par la manche et le regarde de ses yeux globuleux : « Dieu du ciel, cela va coûter une fortune !... » Anshel éclate de rire :

— Vieille bête ! Tu vois les diamants qu'elle porte ? Tu sais combien ça vaut ?

Non. Il ne sait pas combien ça vaut. Mais il sait autre chose, il sait que leur caisse sonne creux... Il lui en a déjà parlé ce matin, à Anshel, qui l'a incendié :

— Idiot ! Pourquoi ne fais-tu rien ? Écris donc à la maison : s'il en faut davantage, on en enverra !

Joie et Jubilation est ainsi fait que si on lui dit d'écrire, il écrit.

Il interroge Anshel :

— Que dois-je écrire ?

— Écris qu'on est sur sa piste, qu'on se donne du mal, qu'on fait tout notre possible, qu'on n'en dort pas la nuit. On court par monts et par vaux et on cherche. Il y a de braves gens qui nous aident, mais cela coûte de l'argent ! Personne ne ferait cela gratis... Il faut donc envoyer encore de l'argent, et au nom du ciel, faire vite. Bien le bonjour, et au revoir, etc.

Une fois cette lettre expédiée, Anshel se sentit encore mieux. Il s'était débarrassé d'un poids. Quant au caissier, sa mélancolie empirait : « Misère, comment cela va-t-il finir ? » Anshel fait resservir du vin. Il emplit les trois coupes, boit à la santé de Marinesco-Milanesco et veille à ce que le caissier trinque lui aussi.

— Cela ne se fait pas, de rester planté comme une statue...

Le caissier, en dépit de sa mélancolie, finit tout de même par se réveiller un peu, la sueur perle à son front, sa grosse lèvre poilue se soulève en une apparence de sourire. Il ferme ses yeux endormis et savoure. C'est le signe qu'il est un peu gris.

On peut presque dire que c'est la première fois que Joie et Jubilation se conduisait de façon conforme à son surnom. La joie, le plaisir s'étaient tout à coup emparés d'eux. Ils se sentaient bien, tous les deux. Voilà tout. Anshel se sentait d'ailleurs si bien qu'il entoura Marinesco-Milanesco de ses bras, comme on fait d'une sœur. Le caissier ne se sentait plus de joie. Il tenait sa coupe vide et se tordait de rire. Il cessa brusquement de rire. Ses yeux endormis s'étaient soudain animés et son regard restait rivé à la porte. Tenant toujours sa coupe, il se figea sur place.

Quelle en était la cause ? Il venait de voir entrer deux personnages, l'un petit, l'autre plus grand. Il lui sembla que les nouveaux venus l'avaient regardé, puis avaient regardé Anshel et avaient rebroussé chemin. Mais le temps qu'il se retourne vers Anshel pour crier : « Le voilà, aussi vrai que je suis juif ! », il ne restait plus trace des deux personnages.

C'est en vain que Joie et Jubilation leur courut après comme un fou, c'est en vain qu'il jura sur tous ceux qui lui étaient chers et sur tout le bien qu'il se souhaitait, qu'il avait vu, de ses yeux vu Leybl, là, à l'instant, près de la porte ! Anshel ne le crut pas. Anshel prétendit qu'il avait rêvé, à cause du vin. Le champagne, ah, ah, ah !

CHAPITRE QUARANTE-CINQ

LES OISEAUX SE DÉPOUILLENT DE LEURS PLUMES

Non, Joie et Jubilation ne s'était pas trompé. Les deux personnages qui étaient entrés dans le café-chantant *Le Paradiso* pour en ressortir aussitôt étaient bien ceux que recherchait l'expédition qu'on avait mise sur pied. Il s'agissait du fugitif Leybl Rafalowitch et de notre vieille connaissance Hotzmakh – c'est ainsi que nous les nommerons tant qu'ils n'auront pas changé d'identité.

Nos deux héros s'étaient tout d'abord contentés d'admirer la belle et grande ville de Bucarest. Après tout, ils n'étaient que des êtres de chair, et Bucarest est une ville où il y a de quoi voir. Qui plus est, celui qui est doté d'une âme et d'un œil d'artiste, et qui se prépare à devenir directeur de théâtre, peut trouver à Bucarest matière à étudier et à se documenter.

— Il nous faut « étudier la scène », mon canari !

Voilà ce que disait Hotzmakh à son jeune ami.

— Il nous faut mettre la main sur un théâtre et nous occuper de le faire fonctionner. On ne peut pas continuer, mon ami, à mener une vie de patachon en gaspillant nos roubles. Il faut commencer à se préoccuper de faire de l'argent !

« Trop terre à terre, trop prosaïquement terre à terre ! » C'est ainsi que les propos de Hotzmakh résonnaient aux oreilles de notre jeune héros Leybl.

L'âme de Leybl était aussi irrésistiblement attirée par la scène, mais pas pour de l'argent : c'était quelque chose de plus élevé qui l'attirait, quelque chose que lui-même ne pouvait pas encore bien comprendre.

Il aurait tellement voulu monter sur scène, se grimer, jouer... jouer... enfin ! Mais si Hotzmakh dit qu'il faut « étudier la scène », il sait ce qu'il dit. Alors, ensemble, ils se mirent à « étudier la scène » de A à Z.

Ils s'y prirent de manière très pragmatique : dans les quartiers les plus déshérités, ils visitèrent les bouges les plus minables. Ensuite, progressivement, leur enquête s'étendit aux plus beaux théâtres, aux tréteaux, aux beuglants et aux cafés-chantants. Dans chacun de ces endroits, Hotzmakh découvrait quelque chose à savourer et, à chaque fois, il en tirait de nouveaux enseignements.

— Tu as vu ça, mon petit canari ? Tu as vu comment ces gens-là installent un plateau ? Tu as vu ces costumes, tu as vu ces parures, ces petites chaussures, ces bas si fins ? Le diable emporte l'argent !

Ce n'est pas pour rien qu'il est écrit : « L'or et l'argent sont de sacrés bâtards ! »

— « ... peuvent rendre purs les porcs eux-mêmes », le corrigea Leybl, faisant une citation erronée et commettant par là même une erreur qui montrait sa propre ignorance.

— Si tu veux, concéda Hotzmakh, et il se tâta les poches : les sous, c'est les sous, et il en faut pour se remplir la panse ! C'est une bonne chose de s'être amenés dans une ville pareille, ça nous sera bien utile. Tu ne vas pas tarder à voir quel théâtre je suis capable de monter, si Dieu le veut. Tout le monde m'enviera. Quel sacré coup pour Shtupak !

Mais Leybl tirait de tout ça un enseignement différent. Chaque artiste qu'il voyait sur scène, Leybl le mangeait des yeux, il buvait chacune de ses paroles et c'était comme si lui-même était là-haut, sur la scène.

Il s'enfiévrait et ses yeux le brûlaient ; tout ce dont il était capable, c'était de pousser des soupirs.

— Qu'est-ce qui t'arrive, Lioubeniou chéri ? lui demande Hotzmakh. Tu as toujours peur qu'on te reconnaisse ? Que ça me retombe dessus, si quelqu'un est capable de dire que tu es toi !

C'est par ces mots que Hotzmakh rassurait son jeune ami, et il avait raison. Il aurait été difficile de reconnaître Leybl. En fait, il aurait été pratiquement impossible de les reconnaître l'un ou l'autre, à tel point ils s'étaient travestis. Les oiseaux s'étaient dépouillés de leurs anciennes plumes, et s'étaient remis à neuf de pied en cap.

Dès leur arrivée à Bucarest, Hotzmakh s'était fait raser, était resté complètement glabre, ne laissant subsister qu'une paire de favoris qui, son miroir le lui disait, lui conférait beaucoup de charme. Puis il était entré dans un grand magasin de vêtements et s'était offert une garde-robe royale, comme une vraie gravure de mode. Il s'était pris un haut-de-forme, une belle canne à pommeau d'ivoire, des chaussures vernies et des gants beurre frais.

— Alors ? Qu'est-ce que tu en dis, mon canari ? Est-ce que quelqu'un pourrait dire que je suis Hotzmakh ?

— Personne au monde, lui répondit Leybl, qui se réjouissait à la vue de son ami ainsi remis à neuf.

Leybl était sincèrement fier de voir Hotzmakh complètement transformé. Hotzmakh ne fut pas peu fier non plus de Leybl quand il lui eut retiré sa petite lévite et sa petite calotte de Holenechti pour lui faire enfiler une petite redingote, le coiffer d'un petit feutre, et qu'il lui eut acheté à lui aussi une petite canne et des petits gants jaunes.

— Que la peste étouffe Shtupak si tu es toi, lui dit Hotzmakh en contemplant son jeune ami sous tous les angles. Et que je sois pendu si ça n'est pas un beau petit bonhomme que voilà ! Non, pas un petit bonhomme, un homme tout court, aussi vrai que je suis juif !

Ce jour-là, ils n'avaient plus l'impression de fouler le sol, mais de flotter dans les airs.

CHAPITRE QUARANTE-SIX

HOLZMANN – RAFALESCO

Un jour, alors qu'ils sont encore au lit à s'étirer dans tous les sens, sans s'occuper qu'il est déjà tard – près de midi – Hotzmakh interpelle ainsi Leybl :

— Si tu crois, mon âme, qu'on va rester là à traînasser !... Il faut se lever pour aller casser une petite croûte, se taper un bon petit café turc parfumé, avec des petits pains chauds. Au diable l'avarice !

Ils se lèvent donc tous les deux, font leur toilette, mettent leurs habits neufs et se préparent au travail, à savoir aller se balader dans Bucarest, regarder tous les beaux bibelots exposés dans les vitrines. Regarder seulement, admirer, pas acheter, Dieu les en préserve ! Ce serait péché de gaspillage ! « On n'est prodigue que d'argent mal acquis », comme dit Hotzmakh.

Après ça, on entrera dans un restaurant pour déjeuner. Hotzmakh voit d'avance tous les petits plats qu'on va leur servir, et il s'en pourlèche déjà. Hotzmakh a si souvent souffert de la faim dans sa vie que malgré les quantités qu'il ingurgite, cela lui paraît toujours insuffisant...

Après déjeuner, ils se reposeront un peu. Hotzmakh s'est si souvent éreinté au travail dans sa vie que, quel que soit le repos qu'il prenne, ce n'est toujours pas se reposer... Et ce n'est qu'à la tombée de la nuit qu'on se dirigera vers un théâtre, et de là vers un café-chantant, pour « étudier la musique, les arts et le théâtre ».

Pour ceux qui étudient la musique, les arts et le théâtre, il n'y a que les soirées qui soient propices. Et pour des gens comme Hotzmakh et Leybl, il est plus salubre de ne pas trop se promener dans les rues en plein jour. Leybl dit qu'il pourrait jurer que, pas plus tard qu'hier, il a vu passer une carriole dans laquelle se trouvaient son frère aîné Anshel avec Joie et Jubilation le caissier.

— Allons, allons, espèce de petit démon, s'écrie Hotzmakh, se moquant de lui. Tes frères, tes caissiers, c'est ton imagination qui te les fait voir. Foutaises ! Admettons qu'ils soient déjà là, il leur faudrait des yeux de lynx pour te reconnaître, et moi encore plus ! Maintenant, mon petit gars, sais-tu ce qui nous manque encore ?

— Quoi ?

— Des noms différents.

— Tu crois ?

— Je crois. Toutes les nuits, je suis dans mon lit et je pense à ce que nous allons devenir : on ne va tout de même pas continuer éternellement à se trimballer tout seuls, sans boulot, à vivre sur nos réserves ? Au bout du compte, on finira bien par réussir : monter une troupe, débarquer dans une bourgade juive et faire du théâtre. Alors, réfléchis un peu : quels noms faudra-t-il que nous portions à ce moment-là pour qu'ils puissent toujours s'esquinter la santé à essayer de nous reconnaître ? Moi, je peux toujours miser sur mon vrai nom, Holzmann, Bernard Holzmann : du diable si quelqu'un saura qui est ce Bernard Holzmann, puisqu'on ne me connaissait que sous le nom de Hotzmakh.

— C'est vrai, acquiesce Leybl, Holzmann, c'est bien plus beau que Hotzmakh !

— Tu vois bien ! Mais de toi, mon âme, qu'est-ce qu'on va faire ? Suppose qu'on commence notre tournée à travers le vaste monde, et qu'on tombe sur une ville où ton paternel est connu ? Tu comprends, ou pas ? Tu n'as pas intérêt à continuer de t'appeler Leybl Rafalowitch.

— Comment faut-il donc que je m'appelle ?

— Comment il faut que tu t'appelles ? C'est justement à cause de ça que je ne dors pas de la nuit. Je suis dans mon lit et je n'arrête pas de réfléchir. Alors, il me vient une idée : pourquoi est-ce que tu ne prendrais pas un nom roumain, avec... *esco* à la fin, comme tous les gens d'ici, en Roumanie ? Exemple : Margulies-Margalesco, Hazanovitch-Hazanesco, Rafalowitch-Rafalesco. Tu saisis, Lioubeniou chéri ? On arrive dans une ville, et je fais imprimer de grandes affiches : « Le premier théâtre yiddish roumain de Bernard Holzmann, avec le premier artiste yiddish roumain Rafalesco de Bucarest. » Alors, comment elle te plaît, mon idée, mon petit oiseau ? Il en a dans la cervelle, Hotzmakh, non ?

On comprend aisément que Leybl trouve cette idée très plaisante, comme toutes les autres trouvailles de Hotzmakh. Et Hotzmakh lui-même est si ravi de sa propre ingéniosité qu'il attrape son jeune ami par la main et qu'il l'entraîne dans un pas de danse en chantant sur l'air de *Koldounia* :

Notre Hotzmakh n'y voit pas clair
Que pourrait-on bien y faire
Notre Hotzmakh n'y voit pas clair
Je voudrais qu'on me le suggère !...

Depuis que Leybl connaît Hotzmakh, il le voit toujours comme quelqu'un de très vivant, qui ne connaît pas la tristesse. Toujours joyeux, toujours vif, gai, même dans les moments les plus difficiles de leur vie, les plus remplis d'amertume. Mais excité comme il l'est en ce moment, ça, Leybl ne l'a encore jamais vu. La vie jaillit littéralement de lui. Il en a même arrêté ses quintes de toux et ses insultes. Ce n'est que rarement qu'il laisse échapper une malédiction, quand lui reviennent en mémoire les noms de Shtupak et de Sholem-Meyer Murawtchik. Alors là, il faut bien qu'il lâche un : « Que la peste l'ét... ! » ou : « Qu'ils crèv... ! » ou tout simplement : « Que le diable les... ! »

— Rappelle-toi bien, mon petit canari, je ne m'appelle plus Hotzmakh. Désormais, je m'appelle Holzmann. Et toi, comment t'appelles-tu ?

— Rafalesco, répond Leybl.

— C'est comme ça que je t'aime, mon petit chat !

CHAPITRE QUARANTE-SEPT

QUI CHANGE D'ENDROIT CHANGE SON DESTIN

Ce même soir, nos deux héros, Hotzmakh et Leybl, ou plutôt, selon leur nouvelle identité, Holzmann et Rafalesco, partent dans Bucarest, non plus pour « étudier les arts, la musique et le théâtre », mais juste pour une petite balade.

Ils l'ont déjà étudiée de fond en comble, cette ville, pensent-ils, partout, dans tous les coins où fleurissent les arts, la musique et le théâtre.

En se promenant, ils se retrouvent par hasard sur la belle avenue Podemogashoy et tombent en arrêt devant une immense enseigne lumineuse aux lettres électriques géantes : *Le Paradiso.*

— *Paradiso* ? Chez nous, je crois que cela veut dire « le jardin d'Éden ».

— Qu'est-ce que tu dirais, Lioubeniou chéri, d'entrer une minute dans cet Éden-là ?

Holzmann a lâché ça tout à trac à son jeune ami, sans même penser à attendre une réponse, puisqu'il ne lui refuse jamais rien.

Pour Leybl Rafalesco, Hotzmakh, ou plutôt Holzmann, c'est un dieu, et les paroles de Hotzmakh, ce sont les Tables de la Loi.

Et tous les deux entament leur descente vers l'Éden.

Nous disons bien leur « descente », car entrer au jardin d'Éden, ce n'est pas aussi simple que ça. Avant d'arriver au paradis, il faut d'abord franchir les sept degrés de l'enfer. Il faut commencer par se munir de billets d'entrée : c'est comme ça dans tous les paradis du monde.

Ensuite, il faut prendre à gauche, monter quelques marches et remettre son manteau et sa canne au gardien, qui se fait payer pour ça. Après quoi, il faut descendre quelques marches, prendre un large corridor bien éclairé, et c'est là seulement que s'ouvrent les portes du jardin d'Éden.

En entrant, ils reçoivent en plein visage la clarté infernale diffusée par d'innombrables petites flammes électriques, et aperçoivent un public d'une rare élégance, des messieurs et des dames, assis autour de tables de marbre blanc qui mangent, boivent, rient et s'amusent comme il se doit dans un paradis.

Cette joyeuse atmosphère de café-chantant, nos deux héros y sont déjà un peu habitués, pas assez cependant pour se diriger tout de go vers un guéridon, s'installer, agiter la sonnette et donner de la voix : « Gar... çon... ! » comme c'est l'habitude pour un vrai gentleman, un habitué de ce genre d'endroit.

Ni leurs habits neufs ni leurs nouveaux noms ne peuvent effacer aussi vite leurs origines provinciales. La petite bourgade leur colle encore à la peau et cela se voit sur eux au moindre de leur mouvement.

Aussi n'y a-t-il rien de surprenant à ce qu'ils restent un moment au seuil du jardin d'Éden, interdits, à contempler les murs brillamment éclairés, les plafonds décorés, les loges tapissées de velours rouge, les guéridons de marbre blanc, et surtout le public animé et du dernier chic.

— Au diable l'avarice ! s'écrie Holzmann à l'adresse de son jeune ami, se dirigeant déjà vers un des guéridons pour y prendre place, quand tout à coup, Leybl terrorisé le tire par la main et lui dit d'une voix à peine audible :

— C'est eux !

— Qui ?

— Mon frère Anshel avec notre...

— Allez, esp...

Holzmann allait dire : « Espèce de petit démon ! » comme à son habitude. Mais quand il lève les yeux dans la direction désignée par son jeune ami, il aperçoit dans un coin, à l'écart, attablés devant des monceaux de bonnes choses, les deux gaillards que nous connaissons.

C'était le moment le plus intéressant, celui où Anshel – il l'avait reconnu – prenait fraternellement dans ses bras la célèbre chanteuse Marinesco-Milanesco. Il avait aussi remarqué quelqu'un d'autre : un garçon aux lèvres épaisses, qui se tenait les côtes et s'écroulait de rire.

Vite, plus vite encore qu'on peut l'imaginer, nos deux héros prennent la poudre d'escampette. Pendant une ou deux minutes, ils ne peuvent pas prononcer une parole. Cela leur a cloué le bec. Toutes leurs forces se sont concentrées dans leurs jambes, qui les emportent comme sur des roues caoutchoutées. Ce n'est qu'après le troisième tournant, une fois mêlés à la foule dense de la rue, et avec la sensation que tout danger est écarté que Holzmann s'exclame, tout fort, selon son habitude :

— Dis donc, ton frangin, c'est un drôle de client ! Que la peste étouffe le père de ton frère aîné ! Et qui c'est, l'autre aux grosses lèvres ?

— Tu ne l'as donc pas reconnu ? lui demande Leybl Rafalesco, et il en claque des dents. Mais c'est notre caissier Joie et Jubilation.

Là, instinctivement Holzmann se tâte les poches et prend ses jambes à son cou plus vite que jamais.

— Que la foudre l'anéantisse ! Tu sais ce que je vais te dire, mon petit canari ? Je n'ai pas du tout l'intention de les rencontrer, ni toi non plus, j'imagine. Alors, abandonnons-les ici à Bucarest, laissons-les se reposer dans le jardin d'Éden et nous, continuons notre chemin !

— Dans quelle direction ?

— Dans celle que nos yeux nous montreront. Comme il est dit dans les Écritures : « Changer d'endroit, c'est changer de place ! »

— Il est écrit : « Changer d'endroit, c'est changer son destin », le corrige Leybl Rafalesco.

— Si tu veux. Mais le principal, c'est de partir d'ici à toute vitesse. Je me soucie d'eux comme d'une guigne, et toi aussi, je présume, mais bon ! C'est juste que je n'ai pas envie de les rencontrer. Je n'aime pas tes Holenechtiens, que Dieu ne me punisse pas de ces paroles. Écoute-moi, Lioubeniou chéri, marchons un peu plus vite. Attends... Tu sais quoi ? Voici justement un fiacre. Sautons dedans et fouette cocher, à toute allure ! Au diable l'avarice !

* * *

À peine quelques heures plus tard, nos deux braves héros avaient déjà pris place dans le wagon d'un train express qui relie directement Bucarest à Budapest.

Et comme la nuit était fraîche et qu'ils étaient vêtus de manière un peu trop estivale, Holzmann ressortit son fameux vêtement qu'il appelait sa toge sacerdotale, et les en enveloppa tous deux, lui-même et Leybl Rafalesco.

— Emmitoufle-toi, mon petit canari, bien serré, sinon tu vas te mettre à trembler. Comment déjà dis-tu qu'il est écrit : « Changer d'endroit... » ?

— « Changer d'endroit, c'est changer son destin. »

— Très intelligent, ça, aussi vrai que je suis juif ! fit Holzmann. Il tâta ses poches intérieures, s'éclaircit la voix, et se mit à agonir Shtupak et Sholem-Meyer d'injures mortelles.

CHAPITRE QUARANTE-HUIT

EN GALICIE

Même si nos héros Hotzmakh et Leybl Rafalowitch avaient changé de noms et s'appelaient dorénavant Holzmann et Rafalesco, même si leur apparence aussi avait changé au point qu'on puisse à peine les reconnaître, il y avait un risque qu'ils ne voulaient pas courir : c'était de rester à proximité de Holenechti. Ils avaient donc quitté la Roumanie pour la Bucovine, puis la Bucovine pour la Galicie, traînant avec eux une troupe de comédiens que Holzmann recrutait de ville en ville en tant qu'artistes invités, et donnaient des représentations.

Sur les affiches, en grandes lettres, on pouvait lire : « Les célèbres tournées Bernard Holzmann and Co. ». Et en lettres plus grandes encore s'étalait le nom du célèbre jeune artiste : « Léo Rafalesco de Bucarest ».

— Qui est donc ce Rafalesco ? D'où sort-il ?

Cela, il n'y avait pas grand monde pour le savoir. Tous cependant avaient entendu parler d'une troupe yiddish qui tournait avec un nommé Rafalesco, que les gazettes encensaient, et donc que cela valait la peine d'aller le voir ; parce qu'à la façon dont les gazettes parlaient de lui, ce devait être une sorte de magicien qui « transforme la neige en fromage blanc ». Les Juifs n'étaient pas seuls, les chrétiens eux-mêmes ne tarissaient pas d'éloges à son propos (et quand les chrétiens se mettent à distribuer des éloges, il n'y a plus rien à dire).

Ils disaient de lui, et l'écrivaient dans les journaux, qu'il y avait en lui la promesse d'un nouveau Sonnenthal, un Barnaï, un Passart, un Irving, un Rossi et encore d'autres noms flatteurs, et on allait voir le célèbre magicien et on s'extasiait de voir cette brillante étoile monter au firmament de la scène juive.

Par quoi donc ce jeune artiste avait-il séduit le public ? D'après ce que les critiques du temps écrivaient, par une seule chose : il était partout et toujours simplement sérieux, candidement naïf, aussi véridique que la vérité elle-même, aussi naturel que la nature.

— Toute cette troupe yiddish, écrivait un critique, ne vaut pas tripette. Le théâtre yiddish sans Rafalesco est semblable à tous les théâtres yiddish, une farce, une fable de Pourim, sombre et mortel comme un tombeau. Mais à l'instant même où Rafalesco foule la scène, tout devient lumineux jusque dans tous les recoins – lumineux, chaleureux et familier – et tout cela revit, se remet en mouvement, ce n'est plus une scène, ce n'est plus un théâtre : c'est devenu la vie même.

Voilà ce qu'écrivaient de lui les chroniqueurs et les critiques. Et le public ? Qu'est-ce que le public en disait ? Le public juif qui, jusqu'à maintenant, n'était pas toujours gâté en ce qui concerne le théâtre, que ce soit par la qualité des pièces ou par le talent des acteurs, se précipitait pour voir cette étoile montante, ce magicien de Rafalesco. On assiégeait le théâtre, on se battait pour les billets et on applaudissait à tout rompre.

Et s'il est vrai que le public n'y accourait pas tant parce qu'il était connaisseur que parce que « tout le monde ne peut pas se tromper en même temps », il n'en est pas moins vrai que presque chacun de ceux qui s'asseyaient là dans le théâtre sentait qu'il lui était donné de voir quelque chose de neuf, une force énorme, une énergie extraordinaire et cachée.

— Voilà quelqu'un qui se présente devant vous, qui prononce des mots simples, semble-t-il, si ordinaires, si naturels, sans artifices, et cependant fait vibrer toutes les cordes de votre âme, éveille vos pensées les plus secrètes, vos sentiments les plus assoupis. Un léger frisson vous parcourt le corps et vous vivez ce qu'il vit, vous ressentez ce qu'il ressent et vous ne pouvez plus le quitter des yeux. Et quand il quitte la scène, vous ne pouvez retenir un cri : Bravo !

Ce n'est donc pas surprenant que le public ait voulu savoir qui était ce magicien, ce jeune artiste. D'où il venait ? Où il avait étudié ?

D'où tirait-il cette énergie colossale ? De quoi avait-il l'air dans la vie, quand il n'était plus sur scène ? Quel était son vrai nom ?

Il n'y a pas de limite à ce qu'un public juif a envie de savoir. Mais les curieux pouvaient bien se torturer les méninges, ils pouvaient bien se livrer à toutes les spéculations, ils ne pouvaient rien obtenir d'autre : à savoir que ce merveilleux artiste s'appelait Léo Rafalesco, qu'il venait de Roumanie, de Bucarest, et qu'il était encore un tout jeune homme de dix-huit, dix-neuf ans, et il leur était impossible d'en apprendre davantage.

Plus que nulle part ailleurs le succès de l'étoile montante Rafalesco se manifesta dans la capitale de la Galicie, à Lemberg.

À Lemberg il y a un théâtre yiddish depuis longtemps. Le patron de ce théâtre, le producteur en quelque sorte, a une certaine personnalité et nous devons faire sa connaissance.

Il porte un nom curieux : Getzl ben Getzl. Directeur du théâtre yiddish de Lemberg, Getzl ben Getzl est un directeur comme tous les directeurs de théâtre yiddish, il abreuve son public de drames à fendre le cœur, d'émouvantes tragédies qui portent des titres étranges : *Le Simple d'esprit à l'autodafé*, *La Sanglante Inquisition au temps de Sobieski* ou *Isabelle, arrache-moi la ceinture* et autres perles dramatiques composées à la va-vite par des coquins du genre de Shtupak et de son aide de camp Sholem-Meyer Murawtchik. Getzl ben Getzl n'est pas partisan du nouveau répertoire ni des drames modernes. Ce n'est que tout récemment qu'il a commencé à donner de temps en temps des pièces littéraires du genre *Hinke-Pinke*, *Shloyme grand gosier*, *Saute dans le lit*, *Velvl mange de la compote*. Mais ce n'est pas tous les jours qu'on peut représenter des pièces littéraires. Les Juifs, il ne faut pas trop les gâter : quoi qu'on leur donne, ils s'en lèchent les doigts comme du meilleur, battent des mains et vous font un triomphe.

Dès la première entrevue qui réunit les deux directeurs, Holzmann déclara que ce Benêt ben Simplet (c'est le nom qu'il lui donnait) n'arrivait pas à la cheville de l'ongle du petit orteil de Shtupak. Il dit que de sa vie il n'avait rencontré pareille bourrique. Déménager la ville entière de Lemberg aurait été plus facile que d'obtenir quelque chose de cet être monstrueux.

Mais Holzmann lui aussi était têtu. Ce n'était plus une question d'argent mais d'ambition. Il se laissa pressurer par cet être insensible, cet exploiteur de qui il accepta des conditions que dans aucun cas il n'aurait acceptées de quelqu'un d'autre, à moins d'avoir perdu l'esprit.

Une fois le contrat pour les trois premiers spectacles dûment signé par les deux parties, ils s'en furent se mettre quelque chose sous la dent au restaurant. Holzmann s'enquit alors le plus sérieusement du monde :

— Dites-moi, mon cher Getzl ben Getzl, est-ce qu'il arrive parfois que le choléra s'invite chez vous à Lemberg ?

— Jusqu'à maintenant, Dieu ne l'a pas permis. Pourquoi ?

— Dommage. Il y aurait au moins eu un petit espoir d'être débarrassé de vous !

Après tout, ce n'était pas grave. On était allé dans un restaurant juif, on avait vidé quelques verres de bon vin, on s'était régalé de petits foies d'oie et d'autres choses encore, on avait fumé des cigares bon marché Trafic et les deux directeurs avaient eu un entretien tout à fait cordial. Mais quand vint le moment de payer ces agapes, Getzl ben Getzl se rappela tout à coup qu'il n'avait pas sur lui le moindre heller et s'apprêta tout doucement à se faufiler vers la sortie du restaurant. Holzmann le retint :

— Mon cher *débecteur*, ne soyez donc pas gêné, ce n'est pas convenable pour le *débecteur* du théâtre yiddish d'une ville allemande de sortir par la porte de service.

Holzmann ne se contentait pas de mots pour lui rendre la vie impossible. Holzmann savait que le directeur ne l'oublierait pas de sitôt après le coup fatal qu'il lui préparait : la première apparition de son Rafalesco comme artiste invité.

Et Holzmann ne se trompait pas.

À Lemberg comme partout ailleurs, Rafalesco, dès sa première apparition, conquit le public pour de bon. Les spectateurs de Lemberg, finalement assez peu différents du public de Holenechti, n'arrivaient pas à s'expliquer en quoi ce Rafalesco les séduisait. Apparemment il n'y avait rien d'extraordinaire, tout était simple, on avait un acteur comme tant d'autres, pas de chansons, pas de danses, seulement la parole, mais si calme, si retenu et cependant si différent de tous les autres. Chacun de ses pas, chacun de ses mouvements, chacun de ses mots étaient si naturellement ordinaires ! Il ne parlait pas comme on parle sur scène, pas comme un acteur, mais comme tout un chacun, comme vous et moi. Et pourtant, étrangement, c'est lui seul qu'on voulait voir, lui seul qu'on voulait entendre parce que tous les autres, comparés à lui, avaient l'air de marionnettes, de mannequins, de vrais piquets.

– Qui est donc ce gaillard ? demandait le public.

– Du diable si je sais. Un certain Rafalesco de Bucarest.

Cela, c'était le premier soir. Le deuxième soir, le théâtre était plein comme un œuf, et pour la troisième soirée, impossible de trouver des places : les gens restèrent debout, serrés les uns contre les autres à un point tel que Getzl ben Getzl ne lâchait plus Holzmann et le conjurait de rester avec sa troupe pour encore au moins trois galas.

Il est plus que certain que les deux directeurs cherchaient à se débarrasser au plus vite l'un de l'autre. Mais voilà, comme deux vrais diplomates, chacun avait son plan pour tromper l'autre, l'escroquer, lui monter une embrouille.

CHAPITRE QUARANTE-NEUF

HENRIETTA SCHWALB

Voir le stupide public se précipiter à la queue leu leu vers son théâtre, comme des moutons, et payer en bons et beaux hellers le droit de voir et d'entendre une fois le « jeune homme solitaire », exige de Getzl ben Getzl plus que des nerfs d'acier. Chaque gulden qui entre dans la caisse le rend malade, bien que les trois quarts de la recette lui appartiennent, à lui Getzl ben Getzl.

Comme un voleur, il ne bouge pas de la caisse, à regarder le public en proie à la frénésie se battre pour les billets.

— Peut-être savez-vous si... ?

Et une fois toutes les places vendues, et tous les « sièges réservés » aussi, une fois le théâtre plein à craquer, comme un poulailler débordant de volailles, à en étouffer, notre Getzl ben Getzl est dévoré de curiosité pour ce qui peut bien à ce point « exciter l'enthousiasme de ces Juifs stupides ».

Il jette un coup d'œil des coulisses, et voit de nouveau ces « Juifs stupides » rayonnants se pourlécher et applaudir. Il ne sait pas pourquoi, mais il est pris de vertige, non pas à cause de la qualité du jeu, qu'il ne peut pas voir, mais à cause de la salle bondée. Il en a le souffle coupé. Depuis qu'il est directeur, il n'a pas le souvenir d'avoir vu son théâtre aussi plein... Et si le mérite en revient vraiment au seul « petit jeune homme de Bucarest », alors il faut se l'attacher sans plus attendre... Mais comment s'y prend-on ? Faut-il aller le trouver directement, et lui balancer un cachet – le diable l'emporte ? Mais voilà, s'il prend à ce morveux l'idée d'aller raconter ça à son directeur, c'est le scandale assuré. Un vrai démon, ce Holzmann. Lui rentrer dedans, ça ne le tente pas vraiment... Non, Getzl ben Getzl a un plan : il va se servir d'une autre arme, de sa nouvelle *prima donna*, Henrietta Schwalb. Qui est cette Henrietta Schwalb, et comment elle est devenue *prima donna*, cela peut se raconter en quelques mots.

Un beau jour, Getzl ben Getzl, le directeur, avait remarqué dans son théâtre « une jeune fille habillée avec simplicité, à la taille bien tournée et à la silhouette majestueuse », selon les termes mêmes du directeur. Il prit ses renseignements sur la jeune fille, une couturière, non, pas une couturière, une cousette, même pas une cousette, mais belle comme le jour.

— Si j'arrive à faire entrer cette jeunesse dans ma troupe, j'en ferai une *prima donna*, dit Getzl à l'un de ses fidèles. Essaye de te renseigner, et de trouver où elle travaille.

— Cette charmante ? lui dit l'autre. Où elle travaille, je n'en sais rien, mais je connais bien son frère. Schwalb, il s'appelle Khaïm-Itzik Schwalb. C'est un cigarettier, il colporte des cigarettes.

— Ce gaillard à la gueule rougeaude ? Ben, il n'y a pas une semaine, je l'ai giflé et viré du théâtre à cause de sa manie de se faufiler dans les coulisses et de proposer ses cigarettes aux acteurs, au moment où ils ne doivent penser qu'à leur jeu.

— Qu'est-ce que ça peut bien faire ? En tout cas, ça montre que vous êtes déjà de vieilles connaissances. Si vous voulez, je peux lui en toucher un mot.

— D'accord, parle-lui, mais qu'il ne croie pas que c'est arrivé, tu comprends ce que je te dis ?

— Comment ça, si je comprends ? Vous me prenez pour un idiot ?

Après cette conversation, on vint présenter Henrietta Schwalb – à l'époque elle s'appelait encore simplement Yentl – au domicile du directeur. Son frère, Khaïm-Itzik Schwalb, après les gifles qu'il avait reçues du directeur, avait peur d'entrer. Il s'était fait précéder par sa sœur. Quant à lui, il avait préféré rester tout seul dehors.

C'était pendant la journée, après la sieste, le directeur la reçut pieds nus et l'invita à s'asseoir. Elle refusa, elle pouvait rester debout. Il lui demanda chez qui elle travaillait. Elle se vanta d'avoir une bonne place, « bonne et bien avantageuse ».

Combien se faisait-elle ? Eh bien, elle se faisait au total quinze guldens par mois, à part le linge. Pour le linge, dix guldens en plus. Plus quelques bricoles, cinq, six, parfois sept guldens en tout.

— Et combien ça fait, tout ça ?

— Comptez.

Le directeur, pieds nus, se leva pour chercher un crayon et un morceau de papier. Il lui demanda ce qu'elle en penserait si, pour commencer, on lui proposait cinquante guldens par mois. Elle lui répondit que cinquante par mois, cela faisait une belle somme... mais cela dépendait pour quel travail.

— Aucun travail, seulement jouer au théâtre. Comment vous appelle-t-on ?

— Qui ça, nous ? Moi et mon frère ?

— Non, vous, vous toute seule.

— Moi toute seule ? Moi, on m'appelle Yentl, et mon nom de famille, c'est Schwalb.

— Yentl ? Pouah ! Ce n'est pas un nom, Yentl. Entl ?... Henrietta, c'est beaucoup plus joli. Henrietta Schwalb. Vous avez un frère, dites-vous ? Où est-il, votre frère ?

— Il est là dehors, devant la porte.

— Ah bon ?... Faites-le entrer. Dites-lui que je le prie d'entrer. Nous arriverons bien à nous entendre.

CHAPITRE CINQUANTE

KHAÏM-ITZIK SCHWALB

Le directeur, Getzl ben Getzl, se trompait lourdement en croyant qu'il s'entendrait aussi facilement avec le frère de Yentl. Il s'avéra que ce Khaïm-Itzik Schwalb n'était pas le genre de garçon à se laisser embobiner. Il y avait un hic supplémentaire. Depuis toujours, le colporteur de cigarettes était attiré par le théâtre. Faites-vous prophète, et allez donc deviner que ce Khaïm-Itzik Schwalb, ce garçon ventripotent et court sur pattes, dissimule en lui un artiste ! Allez imaginer que derrière cette face rougeaude s'abrite une âme lumineuse, éprise de théâtre, de musique, et de beauté en général...

Ce n'est pas pour rien que ce colporteur de cigarettes s'incrustait en permanence dans les coulisses, qu'il offrait aux acteurs jusqu'à son dernier paquet de dix cigarettes pour qu'on l'autorise à rester et à regarder, fût-ce de loin, comment on fait du théâtre. On ne peut sonder l'âme de personne, et on ne peut pas toujours juger les gens sur leur mine.

Quand Khaïm-Itzik Schwalb apprit de la bouche du directeur

ce qu'il demandait à sa sœur, il se dit : « Ça y est, le moment est arrivé !... » Et avec conviction, il souleva une objection de taille :

— Je ne te donnerai ma sœur pour en faire une actrice qu'à condition que tu me prennes moi aussi comme acteur.

— Quel genre d'acteur pouvez-vous être, avec une tête pareille ?

Khaïm-Itzik en eut le cœur déchiré. Il n'était pas rare qu'on lui dise qu'il avait la tête d'un vagabond, et les yeux d'un bandit de grand chemin. Alors, il baissa les yeux et demanda :

— Qu'est-ce qu'elle a, ma tête ?

— C'est une tête de... Moi-même je suis incapable de le dire.

Khaïm-Itzik poussa un soupir.

— Mais ce n'est pas comme ça que j'apparaîtrai en scène ! On me maquillera ! (Le colporteur de cigarettes leva les yeux sur le directeur.) Vous croyez que je ne m'y connais pas ? Même que j'ai déjà joué, une fois.

— Où avez-vous joué ?

— Où j'ai joué ? J'ai joué dans une farce de Pourim. En fait, je joue toujours, au moment de Pourim : je voudrais bien voir quelqu'un qui joue Haman aussi bien que moi !

Le regard furtif de Khaïm-Itzik se mit à lancer des éclairs, mais le directeur l'interrompit précipitamment :

— Possible. C'est bien possible. Mais la panse, qu'est-ce qu'on en fait ?

Khaïm-Itzik regarda son gros ventre sur ses courtes pattes.

— Je porterai un bandage pour la comprimer. Vous croyez que je n'y connais rien ? Dans les coulisses, chez vous, j'ai vu les mêmes choses que chez nous autres, acteurs de Pourim...

Le directeur, il n'aimait pas trop que l'on compare les coulisses de son théâtre aux tréteaux de Pourim. Il le coupa :

— Et pour la prononciation, comment ferez-vous ?

— Je crois que ma prononciation est aussi bonne que celle de n'importe qui.

— C'est ce que vous croyez. Si au moins vous ne parliez pas du nez !

— Qui parle du nez ? Moi, je parle du nez ?

— Et qui d'autre parle du nez ? Moi ?

— Vous dites n'importe quoi. (Le colporteur de cigarettes s'était levé, tout rouge). Vous avez bien le bonsoir ! Si je ne vous conviens pas comme acteur, ma sœur non plus ne sera pas une actrice.

Rien n'y fit. Le directeur Getzl ben Getzl tenait absolument à sa sœur comme actrice, il fut bien obligé de l'engager avec son frère le colporteur de cigarettes, et ce n'était pas une sinécure.

Henrietta, s'il est vrai qu'elle ne montra pas tout de suite des capacités particulières pour la scène, et que sa voix n'était pas encore posée, avait du moins « la taille bien tournée et une silhouette majestueuse ». Mais que faire d'une espèce d'idiot comme ce « cigarier » ! Si encore il avait accepté d'être un « Golem », un machiniste du théâtre, bon – que la fièvre le prenne –, ça n'aurait coûté qu'une dizaine de malheureux guldens par semaine pour avoir la sœur. Non, c'était la rampe qu'il voulait, la scène, et en plus les meilleurs rôles tragiques. Mais qu'est-ce qu'on ne ferait pas pour gagner sa vie ? Depuis quelque temps, les affaires de Getzl ben Getzl étaient au plus mal. Les gens n'allaient plus au théâtre, les eût-on traînés de force. Et si une actrice comme Henrietta Schwalb, avec « sa taille bien tournée et sa silhouette majestueuse », ne faisait pas redémarrer les affaires, c'était à croire que Dieu n'existait pas...

Voilà ce que pensait Getzl ben Getzl, et il fit passer des annonces disant qu'on attendait tout prochainement l'arrivée d'une célèbre chanteuse en provenance de Buenos Aires, dont la silhouette avait ensorcelé le monde entier... Il n'avait pas trop envie de rendre public le nom d'Henrietta Schwalb, à cause du frère Schwalb qui, hier encore, se baladait avec un petit éventaire à cigares. Quant à la ville de Buenos Aires, il l'avait choisie parce qu'il n'en connaissait pas de plus lointaine.

Dans le même temps, on entreprit d'enseigner à Henrietta comment on devient une actrice et une chanteuse, on lui fit répéter des rôles, chanter quelques chansons connues, quelques couplets à double sens, et surtout on lui montra la manière de s'habiller sans être habillée, d'être nue sans être nue...

Et quand on la lâcha pour la première fois sur scène, elle fit un tel triomphe que des galeries, on lui criait : « Schwälbele, petite hirondelle ! », « Petit oiseau ! », « Petite chatte ! », « Joli chaton ! » et autres gracieusetés... Le directeur Getzl ben Getzl était aux anges, se rengorgeait, faisait la roue.

Par contre, le frère était le fardeau de ses jours :

— Une tête de blasphème pareille, comment le faire monter sur scène ? disait-il à la troupe, et tout le monde était d'accord avec lui.

Il faut pourtant dire qu'ils n'avaient pas tout à fait raison. Khaïm-Itzik suait sang et eau, connaissait ses rôles par cœur, sans hésitation. Il est vrai que ça lui sortait de la bouche, comme on dit chez les acteurs, « comme si ça avait été mâché par un veau ». Si c'était sa manière de prononcer, est-ce que c'était sa faute ? Maintenant, ils s'en prenaient à sa manière de se tenir, à sa démarche. Est-ce que c'était sa faute, s'il était né comme ça ? Mais il se sentait très fort dans les grands rôles dramatiques. S'il avait à jouer un méchant, un tyran, ou un quelconque bandit, il devenait terrible, ses yeux malins s'injectaient de sang, comme chez un vrai voleur de grand chemin, et son visage rougeaud qui ressemblait toujours à celui d'un vagabond devenait terrible.

Ce n'était pas un hasard s'il avait connu un tel succès dans le rôle de Haman au temps où, ce qu'à Dieu ne plaise aujourd'hui, il jouait encore dans les farces de Pourim.

CHAPITRE CINQUANTE ET UN

LES NOMBREUX ADMIRATEURS DE LA PRIMA DONNA

En tout, il faut avoir de la chance. Khaïm-Itzik Schwalb, je vous le jure, n'est pas un si mauvais tragique. Il y en a des pires, un tas de bien pires que lui. Il y a des comiques qui se prennent pour d'excellents tragédiens, et des tragédiens qui se prennent pour de vrais comiques. Et, malgré tout, cela continue à fonctionner.

— Ma parole, on ne devrait pas avoir le droit de naître si l'on n'a pas la chance avec soi.

Ce sont les propres mots de Khaïm-Itzik. Il sait que ses collègues lui vouent une haine féroce. Ils le noieraient volontiers dans un verre d'eau. Ils se moquent de lui, l'appellent « le simplet », « la souche », « *khlamidnik* », « le niais », et encore d'autres surnoms persifleurs. Il n'y en a pas un pour l'aimer, mais plus que tout autre, c'est le directeur du théâtre yiddish de Lemberg qui le déteste.

Une fois, le directeur Getzl ben Getzl avait lâché à Khaïm-Itzik, les yeux dans les yeux :

— Étonnant ! Vous savez quoi ? Le frère et la sœur, issus d'une même mère ! Et pourtant, autant je peux adorer Henrietta, autant je ne peux pas supporter son vagabond de frère !...

Il n'en fallait pas plus à Khaïm-Itzik Schwalb. Il savait depuis longtemps que tous les autres acteurs faisaient bien plus grand cas de sa sœur que de lui-même, et c'est bien pourquoi il veillait avec une rigueur chatouilleuse à ce qu'Henrietta se conduise de façon décente, ainsi qu'il convient à une fille bien élevée. Cela voulait dire que, devant le public, elle avait le droit d'apparaître même à moitié nue. Sur scène, elle pouvait danser, sauter, se contorsionner comme une folle, mais à part ça : nada ! C'est à cela que ça sert un frère, un frère attentionné, « un peu trop attentionné même ». Cela, tout le monde le savait. Et celui qui n'était pas au courant, il se chargeait de le mettre au parfum pour qu'il passe le mot à tous les autres.

— Avec un type hargneux comme celui-là, elle pourrait vous faire arriver des histoires !

Voilà ce que pensaient tous les acteurs, mais cela ne les empêchait pas, du dernier des acteurs au directeur Getzl ben Getzl, d'être tout sourires avec Henrietta Schwalb, la *prima donna*.

Oui. Henrietta Schwalb était devenue *prima donna*. La *prima donna* précédente avait été contrainte, à regret, de lui céder sa place avec un pincement de cœur, pour la seule raison qu'Henrietta Schwalb était plus jolie – bien que lorsqu'il s'agissait de chanter, l'autre chantât bien mieux qu'elle, et lorsqu'il s'agissait de jouer la comédie, l'autre jouât la comédie bien mieux qu'elle, sans comparaison. Mais qu'est-ce qu'on y peut ? Aujourd'hui, dit-on, partout, même à Paris, ce sont les plus jolies qui prennent les plus grands rôles. Voilà ce que le monde est devenu. Rien à y faire.

Quoi qu'il en soit, voilà notre Yentl, ou plutôt Henrietta Schwalb, devenue la *prima donna* du théâtre yiddish de Lemberg. Et on ne la reconnaît plus, la Yentl d'avant. Il faut voir le chapeau qu'elle porte. Un vrai panama, avec un plumet. Et pas de l'imitation, Dieu nous en garde, mais du vrai, et pour ce qui est de la tenue, elle se conduit en véritable princesse. Pour ses prestations, on ne lui offre plus des oranges, comme au début – non. Mais de vrais présents, des cadeaux, qui peuvent atteindre la valeur de vingt guldens, ou vingt-cinq, et pourquoi pas trente guldens ? On dit qu'Henrietta entretient déjà une petite bonne qui la sert, et qui en plus lui apporte ses costumes au théâtre.

Il faut dire que, quand personne ne la voit, Henrietta s'installe avec sa bonne pour laver et repasser tout son fourbi.

Il faut dire aussi qu'il arriva un jour toute une histoire à cause de la disparition d'un petit col et d'une petite chemise, qui ensemble ne valaient guère plus d'une couronne et demie. Notre *prima donna* passa un savon à la petite bonne, l'accusant de la voler, et il s'ensuivit un scandale. Elles n'y allèrent pas de main morte. Henrietta sortit à la bonne qu'elle fricotait un peu trop avec son frère Schwalb. La bonne en fut gravement offensée, et dit à Henrietta des choses pires encore. On en vint presque aux mains. Heureusement, à l'arrivée de Schwalb, il s'avéra que le petit col et la chemisette disparus étaient en fait chez lui, Schwalb, au milieu des livrets et des partitions. Comment ils étaient arrivés là ? Sombre mystère !...

La petite bonne fondit en larmes. Khaïm-Itzik Schwalb lui demanda ce qu'elle avait tout à coup à se mettre à chialer. La petite bonne lui rapporta ce que sa sœur avait dit de lui. Alors se réveillèrent en notre Schwalb ses anciennes manières et il...

Non ! Nous envelopperons cette scène d'un voile de silence. Qui cela peut-il intéresser, de savoir comment les artistes vivent entre eux ?

CHAPITRE CINQUANTE-DEUX

MANŒUVRES EN COULISSES

« Quand on a besoin d'un voleur, on va le décrocher de la potence. » Le célèbre directeur du théâtre de Lemberg, Getzl ben Getzl, mit en œuvre ce proverbe ; il fit mander le vagabond, le frère de la *prima donna*, Isaac Schwalb (il ne s'appelait plus Khaïm-Itzik), s'enferma dans sa chambre avec lui, et les deux eurent une conversation intime, sans témoins.

Le même jour, devant sa sœur, Schwalb se répandit en louanges sur le compte du jeune artiste de Bucarest. Il voulait la convaincre d'entretenir les meilleures relations avec ce Rafalesco, d'être gentille avec lui, bien qu'il fût encore un gamin.

— Tu comprends, Henrietta ? Il faut lui tourner la tête, à ce gamin, de façon à lui ôter toute envie de partir d'ici. Ce sera mieux pour tout le monde... Dans quel but, ne me le demande pas. Tu comprendras plus tard... Et le reste, c'est à toi de le comprendre, si tu sais te servir de ta tête...

Les instructions de Schwalb étaient inutiles. Notre *prima donna* s'était déjà prise d'intérêt pour ce jeune homme au regard pensif et innocent et aux longs cheveux blonds, non pas parce que son talent la fascinait, mais tout bonnement parce qu'elle était vexée. Henrietta, habituée qu'elle était à ce qu'elle seule comptât, était vexée que ce garçon fût distant avec elle, comme s'il ne l'avait pas remarquée. Aussi avait-elle utilisé tous les moyens dont dispose une beauté pour ensorceler celui qu'elle veut ensorceler... Elle lui tournait autour, n'arrêtait pas de chanter et de danser. Elle lui lançait des œillades, lui faisait du charme, des moues. À tout propos et hors de propos, elle n'arrêtait pas de rire pour lui montrer ses belles petites dents blanches. Comme une abeille sur du miel, comme une mouche autour d'une lampe, comme une chauve-souris par une belle soirée d'été elle bourdonnait et scintillait autour de lui. Mais tout cela ne servait à rien. Inutile, inutile ! La vieille, vieille histoire se répétait, celle de la femme de Putiphar et de Joseph, mais en moins simple qu'on ne la raconte dans le Pentateuque, parce que Henrietta Schwalb n'était pas Putiphar, et Rafalesco n'était pas Joseph le Sage...

Tous, à l'exception du seul Rafalesco, étaient intéressés à ce qu'une idylle se noue entre ces deux jeunes gens, et chacun avait là-dessus un avis différent.

Le directeur Getzl ben Getzl, comme nous le savons déjà de manière certaine, n'avait sur le sujet qu'une opinion. Il voulait, grâce à la *prima donna*, amener par la ruse le jeune homme de Bucarest à rester dans sa troupe, parce que c'était une bonne solution à ses problèmes de caisse...

La *prima donna* Henrietta, elle, s'était mise à l'ouvrage, peut-on dire, davantage pour le sport, pour montrer de quoi une jolie *prima donna* est capable. Comment, comment ! Il y a tant de benêts qui se meurent pour elle, et elle ne pourrait pas venir à bout de ce gamin ! Cela voudrait dire que ni elle, ni ses beaux yeux, ni ses sourcils soyeux, ni sa chevelure superbe, ni sa taille, ni sa silhouette, ni son chapeau, ni ses plumes ne valaient plus que ça ? Ce serait bien le bout du monde !...

Alors, elle se remit à l'ouvrage avec une ardeur renouvelée.

Son frère Schwalb avait son point de vue personnel. L'idée de cette idylle lui plaisait bien. Il était temps que tous ces benêts aient fini de danser autour de sa sœur, et qu'il cesse, lui, d'être le perpétuel gardien bénévole et le mauvais garçon... Il était temps qu'Henrietta se range, car un petit sujet doté d'une jolie frimousse comme sa sœur, le diable sait entre quelles mains il pouvait tomber. C'est pourquoi il avait commencé par ne plus lâcher le directeur Holzmann, l'avait conquis en partie par la flatterie, et en partie grâce à une invitation à déjeuner, et ils avaient lié une amitié indéfectible.

Holzmann, qui était aussi intelligent qu'eux tous réunis, peut-être même un peu plus, voyait très bien ce qui se passait et s'amusait de toute cette intrigue. Ce qui est certain, c'est qu'il voyait plus loin que tous les autres. Ce qu'il voulait, c'était embarquer avec lui cette jolie *prima donna* et son frère Schwalb, plus quelques « choristes » du théâtre de Getzl ben Getzl. Pourquoi pas ? Pourquoi ce Benêt ben Simplet ne resterait-il pas avec ses seuls serviteurs ?... En plus, notre Holzmann, il faut bien l'avouer, avait un petit faible pour Henrietta. Si elle pouvait sympathiser un peu avec lui, qui pouvait savoir, avec le temps ?... Il ne resterait pas éternellement célibataire. Mais si elle se montrait un peu distante avec lui, il avait un remède. Une petite prime, un petit cadeau, et encore une petite prime, encore un petit cadeau, le principal, c'est que ça marche ! Au diable l'avarice, et les fils d'avaricieux !

Voilà ce que pensait notre directeur Holzmann, et il était ravi que cette beauté fasse du charme à son Rafalesco. Il n'y avait qu'une chose qu'il ne comprenait pas : pourquoi la fuyait-il, le jeune crétin, cette Henrietta Schwalb ?... Et d'une manière générale, qu'est-ce qui avait bien pu se passer ici à Lemberg, pour qu'il soit aussi renfermé sur lui-même, et qu'il semble plus soucieux que jamais ?...

CHAPITRE CINQUANTE-TROIS

BRAYNDELÈ LA COSAQUE

Le premier soir où Holzmann arriva à Lemberg pour donner le premier gala dans le théâtre de Getzl ben Getzl, il remarqua dans les coulisses une silhouette de petite taille qui lui sembla familière. Et comme les coulisses du théâtre yiddish de Lemberg ne sont pas, jusqu'à ce jour paraît-il, éclairées à l'électricité (seule une méchante lampe grésille terriblement), il n'arriva pas à mettre un nom dessus. Un instant, il pensa qu'il la reconnaissait. L'instant d'après, il crut que non. Mais la silhouette familière s'approcha un peu de lui, ouvrit grand la bouche et se mit à rire, signe qu'elle aussi l'avait reconnu. Il s'approcha d'elle encore davantage, la dévisagea et eut un sursaut :

— Brayndelè la Cosaque ?...

— Hotzmakh ?...

— Chut... Chut... Que personne ne sache que nous nous connaissons... Misère de moi, mais qu'est-ce qui vous arrive ? Vous êtes célèbre, maintenant ? Vous travaillez ici, chez ce Benêt ben Simplet ? Ça fait longtemps ? Et qu'est donc devenu notre Shtupak ? Et ce bâtard de Sholem-Meyer Murawtchik ? Que le choléra leur tombe dessus à tous les deux dans la même journée !...

— Amen ! lui répliqua dans un grand rire la silhouette qui s'appelait Brayndelè la Cosaque.

Et comme la sonnette tintait, que tous les comédiens se rassemblaient, et que le régisseur s'époumonait qu'il était temps de lever le rideau, sinon le public allait tout casser dans le théâtre, ils durent se séparer jusqu'à la fin du premier acte après être convenus qu'âme qui vive ne devait apprendre qu'ils s'étaient jamais rencontrés auparavant...

Et Holzmann partit voir son jeune ami Rafalesco dans le vestiaire pour lui glisser à l'oreille, en secret, qu'il venait tout juste de rencontrer, ici même, une des actrices de Shtupak, Mme Tcherniak, alias Brayndelè la Cosaque, avec qui il lui était arrivé de jouer dans le passé. Il se souvenait certainement d'elle, depuis Holenechti, courtaude et grassouillette... Et il répéta plusieurs fois à Rafalesco que, surtout, quand il la rencontrerait en coulisses, il fasse comme s'il la voyait pour la première fois.

Le vestiaire où Rafalesco était en train de se changer n'était pas mieux éclairé que les coulisses. De plus, Rafalesco se maquillait devant un miroir ébréché que la fumée ternissait. Il n'était donc pas surprenant que Holzmann ne remarque pas le changement subit qui s'était opéré chez son jeune ami. Un instant, celui-ci fut incapable de parler. Il eut la respiration coupée. Puis, d'un ton glacial, et sans arrêter de se maquiller, il demanda à Holzmann :

— Comment dis-tu qu'on l'appelait ?

— Brayndelè la Cosaque.

— Brayndelè la Cosaque ? Hum... Cela ne me dit rien... Tu me la présenteras, probablement... Comment trouves-tu mon maquillage ?

— Absolument parfait... Dès la fin du premier acte, on te présentera sans doute à tous les artistes, et à elle aussi. Tu n'auras qu'à faire comme si tu la voyais pour la première fois. Tu me comprends ? Personne n'a besoin de connaître nos tenants et nos aboutissants ! Tu comprends, ou pas ?

Il comprenait. Pourquoi n'aurait-il pas compris ? Quelle heure était-il ? C'était le moment ? À qui était-ce d'entrer en scène ? On y va !

— Du pied droit ! lui dit Holzmann en lui arrangeant la perruque.

Ce soir-là, Rafalesco joua mal. Comme jamais auparavant. Pourtant le public trouva son jeu excellent, parfait, merveilleux. D'ailleurs, les témoins ont relaté les tonnerres d'applaudissements, les bravos du public, les ovations extraordinaires que l'on avait réservés au jeune invité de Bucarest. Mais Rafalesco savait bien, mieux que quiconque, qu'aujourd'hui, il avait joué comme un cordonnier. On aurait dû lui briser bras et jambes, et l'envoyer se faire soldat. Il sautait des mots, en rajoutait. Il n'entendait pas le souffleur, se trompait beaucoup. C'est tout juste qu'il finit par expédier le premier acte. C'est à grand-peine qu'il s'arracha au public qui, comme par un fait exprès, pris de folie, n'arrêtait pas de crier : « RA-FA-LES-CO ! RA-FA-LES-CO ! » Il se précipita vers son miroir ébréché, les yeux lui brûlaient et il avait l'impression que son corps entier était en feu. On était terriblement à l'étroit, impossible de glisser une épingle. Toute la troupe du théâtre de Getzl ben Getzl s'était rassemblée. Ils le félicitèrent : les uns en cachant leur jalousie, les autres avec sincérité. On les lui présenta l'un après l'autre. Et voyant leurs visages, il avait l'impression de ne pas avoir en face de lui des êtres humains, mais des bêtes et des volailles. Celui-ci ressemblait très fort à une chèvre, celui-là à un coq, et cette autre, il jurerait que c'est un chat. Des yeux verts de félin, et elle se pourléchait, comme un chat...

Tout de suite, Rafalesco reconnut Brayndelè la Cosaque, et Brayndelè la Cosaque le reconnut, bien qu'il eût grandi, et malgré son maquillage. Combien de fois elle l'avait vu, là-bas, dans l'écurie, avec Hotzmakh, à l'époque où ils jouaient à Holenechti. « Ce serait donc lui ?... Oh là là !!! » En un éclair une pensée lui traverse l'esprit, en un éclair se font jour en elle toute une série de combinaisons qu'elle échafaude sur-le-champ. Au milieu de la bousculade, elle apostrophe Holzmann et le prend à part :

— C'est lui, ton Rafalesco de Bucarest ? Ah, ah, ah !... Mais c'est le môme du propriétaire, à Holenechti...

— Chut... Chut..., fait Holzmann en lui écrasant le pied. Plus un mot ! Parlons plutôt d'autre chose.

— De quoi, par exemple ? demande-t-elle en fixant son regard aigu et vif, tout en se disant : Comme les gens peuvent changer, tout de même ! Va-t'en croire que c'est ce même Hotzmakh qui, il fut un temps, cirait les bottes chez Shtupak, prenait des coups « comme un chien de boucher »...

— Et où est donc passé ce sacré Shtupak ? Que les noires années lui tombent dessus. Et Sholem-Meyer Murawtchik ? Et le reste de la bande ? lui demande-t-il encore sans s'arrêter.

Elle ne sait pas par où commencer, car avant qu'elle ait répondu à la première question il continue à en débiter une kyrielle. Et tout ça sans reprendre son souffle. Lui, c'est Shtupak qu'il a en tête, et encore Shtupak, mais elle, elle voudrait bien en apprendre davantage sur le môme. Et leurs yeux, à tous les deux, se tournent dans la même direction, vers Rafalesco... « Trop de monde autour du gosse, pense Holzmann, c'est dangereux de le laisser tout seul au milieu de cette horde de loups que sont les acteurs... » Tout en parlant avec Brayndelè la Cosaque, il ne quitte pas Rafalesco d'un œil. Et bien qu'il fasse un peu sombre, il peut voir comment tous se pressent autour de l'invité, le « jeune artiste de Bucarest ». Chacun veut le voir de près, lui serrer la main, entendre un mot de sa bouche. Mais l'invité n'a pas l'air trop disposé à parler ; il cherche quelqu'un des yeux. Qui ? C'est la courtaude, la grassouillette, celle qui s'appelle Tcherniak, alias Brayndelè la Cosaque. Et il l'aperçoit dans un coin, qui parle avec Holzmann, et il veut s'approcher, mais il se retient. Un instant, il est prêt à ôter son maquillage et à courir vers elle : « N'avez-vous pas vu, n'avez-vous pas entendu parler de quelqu'un qui s'appelle Reyzl ? Vous savez sûrement de qui je veux parler ; c'est la fille du chantre de Holenechti... » Et ce n'est pas à voix basse, pas seulement pour elle qu'il dira cela, mais il le lui criera très fort pour que tout le monde puisse l'entendre. Il sent que les mots lui restent dans la gorge, qu'ils l'irritent, qu'ils l'étouffent. Et il est là, cerné par ces têtes d'animaux et de volailles qu'il ne veut pas voir, et il entend des mots qu'il ne veut pas entendre. Parmi l'assistance, un homme s'approche de lui, un petit bonhomme avec des lunettes cerclées d'or, un crâne triangulaire, et de grandes dents blanches bizarres qui se chevauchent. Il a le visage luisant. Ses yeux brillent à travers les lunettes. Il fend la foule avec la dernière énergie. Les acteurs et les actrices l'aperçoivent de loin :

— Les enfants, voilà le docteur Léviathan !

Et lorsqu'il approche, ils lui font un chemin et s'exclament à haute voix :

— Manants, laissez passer le docteur Levius !...

CHAPITRE CINQUANTE-QUATRE

LE DOCTEUR LEVIUS-LÉVIATHAN

Holzmann, qui jamais ne quittait Rafalesco des yeux, n'avait pas arrêté, tout le temps qu'il parlait avec Brayndelè la Cosaque, de regarder dans la direction où se trouvait le môme. Et dès qu'il s'aperçut de loin qu'un bonhomme venu du dehors se frayait énergiquement un chemin vers Rafalesco, il laissa choir Brayndelè la Cosaque, s'interposa rapidement entre eux, dévisageant le bonhomme venu de l'extérieur de son regard vif et perçant :

— Qui demandez-vous ?...

Le bonhomme venu de l'extérieur, apercevant l'élégant directeur aux favoris, sortit sa carte de visite :

— Docteur Levius.

Holzmann jeta un coup d'œil sur la carte, contempla le docteur Julius Levius avec son crâne triangulaire, ses grandes dents blanches qui se chevauchaient, et se demanda : « Qu'est-ce que ça peut bien être que cette créature ? »

Un des acteurs le prit à part et lui révéla à l'oreille, en secret, que c'était le docteur Levius, qu'eux, les acteurs avaient surnommé « docteur Léviathan ». C'est un docteur célèbre, un érudit, un grand mécène, un amateur convaincu de théâtre yiddish, et en plus, un richard qui doit bien posséder un demi-million...

Ce n'est pas le titre de « docteur », ni le surnom de Léviathan, ni le fait qu'il fût un érudit, un mécène ou un amateur de théâtre yiddish qui impressionnèrent notre Holzmann, mais bien la dernière de ses qualités, à savoir que c'était un gros richard qui devait bien posséder un demi-million. À peine eut-il entendu les mots « un richard, qui doit bien posséder un demi-million », qu'illico il se précipita vers le docteur, le mécène, le grand amateur, et l'invita chaleureusement à « venir en paix », à « être le bienvenu », à un point tel que pour le docteur, et pour tous les autres, cela en devint un peu embarrassant.

Le docteur Levius, ou Léviathan, s'adressa alors très courtoisement à Holzmann en allemand en montrant ses dents bizarres qui se chevauchaient, et lui demanda s'il ne serait pas précisément l'imprésario du célèbre invité.

Il est possible que, ce jour-là, notre Holzmann entendait le mot « imprésario » pour la première fois de sa vie (que cela ne lui soit pas compté comme une honte !). En tout cas, il ne le comprit pas vraiment, et fit au docteur Levius une réponse incohérente. Notre Holzmann parlait au docteur Levius davantage en allemand qu'en yiddish, ce qui veut dire qu'il parlait « pointu », en raccourcissant les sons. Il lui dit que lui-même, Holzmann, était russe de « Rossia » donc, mais que le môme, le jeune homme, était originaire de Bucarest, c'est-à-dire pas de Bucarest même, mais à une heure et demie de distance de Bucarest...

S'apercevant que l'allemand de notre imprésario était un peu hésitant, le docteur Levius se mit à parler yiddish. Et quel yiddish, en plus ! Il y a des tas de gens dont c'est la langue maternelle, et qui voudraient bien parler le yiddish comme il le parlait. Mais voilà, ces Juifs allemands, ils vous sortent tout de suite leur allemand et vous en farcissent le crâne...

Entendant que le docteur Léviathan parlait le yiddish « comme tout le monde », il se sentit en terrain connu, et notre Holzmann se régala, tout feu tout flamme, à raconter des merveilles, à se vanter auprès du docteur que c'était lui, Holzmann, qui avait fait quelqu'un de ce môme. Comment cela s'était-il passé ? C'était à Bucarest... Il jouait au théâtre... Il a fait la connaissance d'un pauvre artisan... Il avait rencontré chez lui son jeune fils, un artisan aussi, qui lui avait plu au premier coup d'œil et il avait dit au père, à l'artisan : votre môme, moi je vais en faire un artiste... L'artisan l'avait regardé : qu'est-ce que ça veut dire, un artiste ? Qu'est-ce que c'est comme métier !... Ah !... Ah !...

Et Holzmann éclata d'un rire si franc, si joyeux, que le docteur Levius prit cela comme du bon pain (un Allemand reste un Allemand !). Il le dévisageait, et avalait le moindre mot. Notre Holzmann en racontait tellement qu'il en était déjà au roi Charles de Roumanie... Comment il s'en serait sorti, du roi Charles, il n'y a que le bon Dieu qui puisse le savoir. Heureusement, au même moment, entra le régisseur, tout en sueur, tout échevelé :

– Par tous les pires cauchemars !... Là-bas, on casse le théâtre en petits morceaux, et eux, rien ! Ils sont là à se régaler comme un soir de *shabbess*, après dîner !...

Et ce fut une bénédiction pour Holzmann. Il put enfin respirer à l'aise. Terminé. Débarrassé d'une catastrophe. En voilà une histoire avec le roi de Roumanie ! Pourquoi avait-il fallu qu'il s'en prenne justement à lui, Holzmann ?...

CHAPITRE CINQUANTE-CINQ

QUI ROULE ET QUI VA À PIED

Le premier gala des tournées Holzmann, Schwalb and Co. se termina au théâtre yiddish de Lemberg de la même façon que partout ailleurs. Un grand nombre de fois, on avait déjà baissé le rideau, puis remonté, puis baissé, puis remonté de nouveau, et les acclamations du public n'en finissaient toujours pas :

— Ra-fa-les-co ! Ra-fa-les-co !

Les acteurs avaient déjà retiré leur barbe de chanvre, l'un était à la recherche d'un col, l'autre de sa deuxième guêtre, tout en chantant ou en échangeant de vifs propos, tandis que là-bas, dans la salle, on entendait toujours :

— Ra-fa-les-co ! Ra-fa-les-co !...

— Criez donc à vous décrocher la mâchoire ! s'exclama un des acteurs à l'air rachitique qui se débattait pour enfiler son manteau.

La déchirure dans la manche l'en empêchait.

— J'y vais ? demanda à Holzmann le régisseur tout en sueur, le visage tout rouge, en prenant à deux mains la manivelle du rideau.

— Assez ! Ils en ont eu pour leur argent !..., répondit Holzmann qui détestait qu'on fît des cérémonies.

Mais rien n'y fit. Il fallait bien que l'invité de Bucarest se montre au moins encore une fois au public. Et le rideau remonta, Rafalesco apparut au public, salua, et malgré tout le public reprit son vacarme :

— Ra-fa-les-co, Ra-fa-les-co !...

— Terminé, maintenant je ne retourne plus en scène ! dit Rafalesco, comme un enfant capricieux, et il retira sa perruque, décolla ses petites moustaches et se démaquilla.

Son jeune visage était lisse, pâle et frais, encadré par de beaux cheveux blonds en désordre au-dessus d'un cou d'une blancheur de marbre. Les artistes l'observaient de leurs yeux curieux et avides et ils étaient jaloux de tout : de son succès extraordinaire, de son maintien tranquille, du tonnerre d'applaudissements enthousiastes du public pris de frénésie. Jaloux aussi de son jeune visage lisse et frais, de ses longs cheveux blonds en désordre, et de son cou d'une blancheur de marbre... Ils étaient jaloux, et ne comprenaient pas en quoi ce jeune acteur s'était tellement distingué, ni ce que signifiaient ces cris de « Rafalesco ! ». Plus tôt, avant que l'invité de Bucarest n'entre en scène, ils attendaient de lui... ils ne savaient pas quoi au juste. Ils croyaient qu'ils allaient entendre le rugissement d'un lion. Ils croyaient qu'ils allaient être les témoins d'une manière de jouer qui ferait trembler les murs. Et une langue, des mots pas ordinaires, voilà ce qu'ils s'apprêtaient à entendre de sa bouche. En définitive... rien du tout. Il entre en scène comme tout un chacun, se tient comme tout un chacun, s'assied, se lève, marche, se tient en scène d'une façon tranquille, calme, normale, normale, comme une personne normale, ordinaire. Ah... Ah... C'est ça, jouer ? Il ne parle même pas comme un acteur mais comme une personne ordinaire, normale ! Mais qu'est-ce que le public peut bien lui trouver, que le diable les emporte tous ! Y a-t-il de quoi mettre le monde sens dessus dessous, bande de crétins ? Moutons !... Veaux !... Ânes bâtés !...

Tout sur terre a une fin. Mêmes les rappels du public d'un théâtre yiddish finissent par s'éteindre. Voyant que le rideau ne se relevait plus, finalement, le public commença à vider les lieux. On commença d'éteindre les lampes. En quelques minutes, le théâtre fut vide.

Une seule personne était restée pour attendre les artistes, le docteur Levius, ou plutôt, comme l'avaient surnommé les acteurs, le docteur Léviathan. Il avait invité les deux troupes à aller prendre ensemble quelque chose dans un café, sur son compte.

Mais les artistes de Lemberg connaissaient bien notre mécène. Ils savaient bien que le docteur Léviathan n'avait pas la main large au point d'aller dispenser ses libéralités à des acteurs yiddish. Le docteur Levius était prodigue de mots gentils, de compliments, de tout, sauf de sa poche, de son porte-monnaie. Alors là, rien à faire.

Si le docteur Levius était prodigue de mots gentils en général, c'est sous un véritable flot de compliments qu'il noya notre jeune héros. Le docteur Levius se comportait en véritable mécène, après chaque acte il accourait auprès de Rafalesco dans le vestiaire. Il se frottait les mains, transpirait, montrait toutes ses dents qui se chevauchaient d'une manière si bizarre et remerciait le jeune invité et son imprésario Holzmann quasiment avec les larmes aux yeux. À la fin du troisième acte, notre mécène fut pris d'un tel enthousiasme qu'il serra le jeune artiste contre lui pour l'embrasser. Puis il prit à part le directeur Holzmann et commença à parlementer avec animation, portant continuellement la main à son cœur, comme quelqu'un qui dirait : « Par tout ce que j'ai de sacré, j'en prends l'engagement »...

Voyant l'Allemand prêt à tous les sacrifices pour le môme, Holzmann se mit à réfléchir : « Si cet Allemand pouvait nous faire un vrai cadeau... Sortir quelques milliers de couronnes ou – chut ! – peut-être même entrer en partenariat avec lui, Holzmann, pour louer un théâtre, mais alors ce qui s'appelle un théâtre avec *prima donna* et tout le barda, ou bien dire : “Écoute, Holzmann, Dieu t'a donné un trésor avec ton Rafalesco. À moi, Dieu m'a donné de l'argent. Soyons associés...” Pourquoi pas ? Où est le problème pour ce mécène de docteur, cet amateur de théâtre yiddish qui possède probablement un demi-million ?... »

Mais avec Rafalesco, il n'en allait pas de même. Ni les applaudissements bruyants du public ni les compliments du docteur Levius n'avaient si peu que ce soit tourné la tête à notre jeune héros et ne lui avaient fait oublier une minute la présence de Brayndelè la Cosaque, qui était la seule à pouvoir lui donner des nouvelles de la fille du chantre, de Reyzl.

Reyzl ! Reyzl ! Où qu'il soit, où qu'il aille, c'est Reyzl qu'il avait toujours devant les yeux, aujourd'hui plus distinctement que jamais. Il écoutait battre son cœur, avant même d'entendre de ses nouvelles...

Et il regardait autour de lui, cherchant des yeux la courtaude, la grassouillette, celle que l'on appelait Brayndelè la Cosaque. La voilà, au milieu de la foule. Elle le regarde étrangement, le fixe des yeux comme si elle savait quelque chose. Elle est bizarrement vêtue. Un ample manteau rouge, rouge et large. Sa personne tout entière a l'air bizarre, on dirait qu'à l'instant, là tout de suite, elle va se mettre à danser. Sa silhouette est celle d'un tonneau, les bras sont dodus et courts, les joues rebondies, les yeux tout petits, comme une Japonaise, mais avec des sourcils très épais, le visage tout blanc, et rond comme une assiette, comme une lune. Elle sourit tout le temps, montre une grande bouche et des dents saines. En la voyant, même si cela fait mal au cœur, on est obligé de sourire. Quelqu'un de bizarre et de ridicule, cette Brayndelè la Cosaque !

Mais aux yeux de Rafalesco, en ce moment elle avait l'air jolie et pleine d'attraits. Quelle envie il avait, notre héros, de voir les artistes des deux troupes disparaître sous terre ne fût-ce que pour un court instant, qu'un esprit mauvais les emporte afin qu'il puisse rester en tête à tête avec cette charmante et ridicule personne, et parler de Reyzl, de Reyzl, de Reyzl... Mais, la vérité c'est qu'ils restaient tous plantés là autour de lui, comme s'ils étaient payés pour ça, à le regarder, à l'attendre, lui seul, jusqu'à ce qu'il soit prêt à partir pour aller au café avec le docteur Levius. En patientant, on discute, on plaisante et on rit. Quelle joyeuse équipe !

— Pourquoi est-ce que tu es si long, aujourd'hui ? lui demande Holzmann en l'aidant à s'habiller, lui passant un cache-nez autour du cou pour qu'il n'attrape pas froid.

Ils s'en vont, suivis par toute la foule, dans un bruit, un tumulte et de grands éclats de rire, comme des enfants du *kheyder* qu'on viendrait juste de libérer de l'étude.

Au dehors, la nuit est claire et étoilée. À la porte du théâtre attend une carriole à chevaux, chose inhabituelle pour le théâtre yiddish de Lemberg. Les acteurs s'arrêtent :

— À qui est la calèche ? À qui sont les chevaux ?

C'est le docteur Levius qui a commandé cet équipage pour

lui-même, pour l'artiste invité Rafalesco, et bien entendu pour son imprésario Holzmann. Et tous les trois s'asseyent dans la calèche. Holzmann ne peut pas s'empêcher de dire :

— Au diable l'avarice et les fils d'avaricieux !...

Le docteur Levius demande à la foule :

— Eh bien, messieurs, au café *Monopole* ?

La foule regarde l'heureux Rafalesco avec envie et ils se récitent entre eux le verset « *Mi baesh ou mi ba maïm* », « Celui qui par le feu, et celui qui par l'eau »...

Et chez Rachi, cela donne : « Celui qui roule, et celui qui va à pied... »

CHAPITRE CINQUANTE-SIX

IL BOIT À LA SANTÉ DES ÉTOILES VAGABONDES

Quand les acteurs entrèrent dans le café *Monopole* ils s'installèrent à grand bruit, comme s'ils étaient prêts à manger et à boire tout ce qu'il y avait dans la maison. Aussitôt apparurent, comme sortant de terre, deux serveurs vêtus de courtes redingotes, avec de longs nez sémites, qui se postèrent en silence de part et d'autre des clients qui venaient d'entrer, comme pour dire : « Ces messieurs désirent... ? » Il s'avéra que pour l'instant, « ces messieurs » ne désiraient rien, car ils attendaient encore quelques personnes. Et l'on commença précisément à se gausser des personnes que l'on attendait, en réservant la meilleure part au docteur Léviathan. Quelqu'un imita sa manière de garder ses mains dans les poches, de regarder par-dessus ses lunettes et de postillonner entre ses dents. Un autre le singea en train d'applaudir Rafalesco des mains, des pieds et de tous ses membres. Un troisième montra comment il s'était précipité pour prendre le môme dans ses bras, et comment le môme s'en était effrayé. Et toute la bande se tenait les côtes de rire. Les acteurs en général sont une joyeuse confrérie. Ce n'est pas pour rien que chez nous on les appelle les « drôles d'olibrius ». Qu'il y ait matière ou pas, on rit !

— Notre Léviathan doit être en train de leur donner une conférence sur « l'art » dans le phaéton...

Comme s'ils y étaient. Le docteur Levius avait tout de suite enjoint au cocher de ne pas les conduire directement au café *Monopole*, mais d'abord de faire un petit tour en ville histoire de respirer l'air frais.

Un mécène, qui a de l'argent, ne fait pas trop de cérémonies avec de pauvres acteurs, surtout s'ils sont juifs de surcroît. Le docteur Levius avait l'habitude que les acteurs lui montrent une déférence sans faille. La puissance de l'argent. Dès leur entrée dans le café, toute l'assistance se leva comme un seul homme, et offrit au docteur avec les plus grands signes de respect la place d'honneur qu'il occupa de l'air de celui qui sait ce qui lui revient. Cette fois pourtant, il installa l'artiste invité Rafalesco à sa droite, et l'imprésario Holzmann à sa gauche, et l'assemblée prit aussitôt une allure joyeuse, et l'atmosphère se réchauffa.

Le docteur Levius donna un coup de sonnette, et les deux garçons en petite redingote et aux grands nez sémites se précipitèrent de nouveau, comme sortant de terre, tout droit vers le docteur Levius et le dévisagèrent avec respect et curiosité comme si ce que le docteur Levius était sur le point de leur dire aurait pour eux-mêmes, pour l'établissement, voire pour le monde entier, Dieu sait quelle valeur. Les deux garçons allèrent même jusqu'à faire une courbette, les bras ballants, et à retenir leur souffle aussi longtemps qu'il était possible de le faire à un être humain qui doit respirer. Mais le docteur Levius ne se pressa pas de prononcer les paroles qu'il avait à dire. Il caressa d'abord soigneusement son crâne triangulaire, son front plissé, ferma les yeux, puis fixa un point par-dessus ses lunettes comme quelqu'un qui serait sur le point de résoudre un problème planétaire. Les paroles furent prononcées. Le docteur Levius pria les deux garçons de bien vouloir apporter de la bière, une chope de bière pour chacun, et du saucisson *kasher* pour aller avec.

Les deux garçons se redressèrent, se mirent en mouvement avec une telle vigueur et des visages si animés qu'on aurait dit qu'ils voulaient annoncer au monde une grande nouvelle, qu'un de leurs amis très proches avait découvert le pôle Nord, ou à tout le moins que quelqu'un avait été libéré de prison. On servit la bière, on accueillit avec les honneurs le saucisson *kasher* pour lequel on avait débarrassé un coin, et le docteur Levius se leva comme un président, et avec un charmant sourire de ses lèvres épaisses qui découvraient ses drôles de grandes dents blanches qui se chevauchaient, il porta un toast en un long et brillant discours.

Naturellement, le docteur Levius s'exprima en allemand d'Allemagne, car dès lors que les circonstances sont officielles, il faut parler allemand. Nous relatons ci-dessous, en quelques mots, le contenu de son intervention.

Tout d'abord, le docteur Levius fit un rapide survol de l'histoire du théâtre en général, de la façon dont cet art s'était développé parmi les peuples de différents pays, depuis le temps du grand Shakespeare jusqu'à ce jour. Bien entendu, tout cela fut dit avec l'étalage d'une immense érudition, les titres de livres et les noms d'écrivains tombaient dru comme grêle sur la tête des acteurs affamés, qui jetaient des coups d'œil avides à la bière mousseuse qui jouait dans les verres, et souriaient avec gourmandise en direction du saucisson *kasher* qui embaumait la bonne viande fumée et l'arôme délicat de l'ail allemand. Certains avaient déjà commencé à faire les yeux doux à leur chope de bière, car ils avaient calculé que, d'après ce « rapide survol », d'ici à ce que le docteur Léviathan en ait terminé avec Shakespeare, ils avaient trois fois le temps d'expédier leur bière et leur saucisson *kasher*.

Mais le docteur Levius, semble-t-il, s'était rendu compte de lui-même que son « rapide survol » l'avait entraîné un peu trop loin, et d'un seul coup, adroitement, il sauta de Shakespeare au « père du théâtre yiddish », à Goldfaden et à ses épigones, pour en arriver en douceur aux artistes du théâtre yiddish ici même à Lemberg, et à tous les artistes de tous les autres théâtres, qui tournent de ville en ville et brandissent bien haut l'étendard de l'art juif. Un de ces artistes itinérants les plus significatifs, déclara l'orateur, était le jeune invité de Bucarest, le déjà célèbre *maestro*, le talentueux acteur Rafalesco, qu'ils avaient l'honneur de saluer ici, dans leur cercle très restreint de véritables artistes.

— Ce jeune artiste, mesdames et messieurs, dit le docteur Levius, s'adressant aux acteurs en désignant Rafalesco, ce jeune artiste nous est apparu de façon tout à fait inopinée comme apparaît quelquefois au firmament, de manière inopinée pour l'astronome, une comète lumineuse et brillante. C'est de façon tout aussi inattendue qu'est apparue chez nous cette étoile errante, ce Rafalesco, qui a illuminé tout le firmament de notre scène juive. Mais pas pour longtemps, mesdames et messieurs, hélas, pour très peu de temps, comme il en va pour toutes les grandes comètes qui, à peine sont-elles apparues, disparaissent aussitôt... Je lève mon verre, mesdames et messieurs, déclara le docteur Levius en manière de péroraison, je bois à la santé de notre comète juive. *Prosit !*

Un triple « *Prosit !* » fut lancé par les artistes des deux troupes, qui remercièrent l'orateur d'un solide contingent d'applaudissements, et l'on se jeta sur la bière et le saucisson.

— À notre étoile errante ! lui dit encore une fois le docteur Levius avec sa dernière gorgée de bière.

Il sonna le garçon, paya et s'en fut avec toute l'assistance jusqu'à la prochaine représentation, jusqu'au lendemain.

— Au revoir !

— Quand même !..., s'exclama quelqu'un de la bande, alors que le docteur Levius avait déjà franchi le seuil.

— Les plus courtes sont les meilleures, ajouta quelqu'un d'autre.

— Il n'y a rien d'éternel sous la lune, comme a dit Don Pedro.

— Idiot, quel Don Pedro ? C'est Moïse notre maître qui a dit ça.

— Penses-tu, c'est le roi Salomon.

— Va pour le roi Salomon. Les enfants, au boulot, la nuit n'attend pas.

Et l'assistance quitta les tables et se dirigea tranquillement vers la porte fermée de la pièce d'à côté, où l'on peut taper un petit carton.

CHAPITRE CINQUANTE-SEPT

LA PARTIE DE CARTES

Sait-on, quand les acteurs se dirigent vers le petit tripot du café *Monopole*, où le temps s'enfuit ? Quand on s'installe pour jouer aux cartes, il faut toujours quelqu'un qui serve de bouc émissaire, destinataire de la plupart des amabilités, et sur la tête de qui pleuvront la plupart des injures. Généralement, c'est Schwalb le bouc émissaire, notre fameux tragédien Isaac Schwalb.

Aujourd'hui, il s'échauffe plus que jamais sur les cartes. Il a une poisse noire. Il a beau tout essayer, les cartes ne lui sourient pas. Tous les deux, lui et sa sœur la *prima donna* Henrietta Schwalb, n'arrêtent pas de changer de l'argent et flambent à tout-va. Sa sœur le préoccupe davantage que lui-même. Il se met à la chapitrer devant tout le monde, lui disant qu'elle « brûle l'argent ». Elle lui réplique qu'elle brûle son argent à elle, pas le sien. Il lui lance :

— Va faire la lessive !

À quoi elle répond :

— Va rouler tes cigarettes !

Il lui dit... Elle lui rétorque... Un mot en entraîne un autre, cela devient du plus haut intérêt. L'assistance s'en mêle. Beaucoup prennent le parti de la *prima donna*. D'autres cependant défendent le frère, et prennent fait et cause pour lui. Il n'en est que davantage énervé, dit qu'il n'a pas besoin d'avocat et qu'il ne demande l'approbation de personne. On s'en amuse beaucoup et les rires fusent.

Progressivement, les deux directeurs sont attirés dans la partie. En tant que directeurs, ils sont d'abord restés à regarder jouer les gens : c'est intéressant de voir qui va gagner et qui va perdre. Puis ils mettent au pot, certes pas pour gagner, ah ça non ! Mais juste comme ça, pour s'amuser. On est curieux de voir qui aura la plus forte carte. Et comme d'habitude, les cartes retournées, on perd. Alors on veut se refaire. Et on s'enfonce encore plus. Si bien qu'on commence à s'échauffer, et on se prend si fort à la besogne qu'on finit par ne plus voir que trois choses au monde : le banquier, l'argent et les cartes.

Les cartes volent, les visages s'embrasent, les yeux brûlent, l'argent tinte, les cris enflent. On s'arrache les cartes des mains, on se bat pour une carte. Celui-ci rit, l'autre pas. Celui-ci jubile, l'autre pas. Excités, ils le sont tous. Chacun est prêt à piétiner son voisin, à l'avaler tout vif.

Seules deux personnes sont restées à l'écart de la bacchanale de la partie de cartes : notre jeune héros et Brayndelè Tcherniak, ou plutôt Brayndelè la Cosaque comme on l'appelle.

Oh ! Ce n'est pas parce qu'ils n'aiment pas les cartes. De Brayndelè la Cosaque les gens disent qu'elle serait capable de dépouiller trois hommes aux cartes. Lui gagner un sou, dit-on, c'est plus difficile que de tirer du vin d'un mur. Brayndelè la Cosaque, quand elle gagne, elle est capable de vous enlever la calotte de dessus la tête sans faire ouf. C'est ce que disent d'elle les comédiens. Et Brayndelè veille au grain : quand elle gagne, elle cache ses gains au plus profond de ses poches. Si elle voit que les cartes ne lui sourient pas, elle s'arrête de jouer. Voilà quel genre de personnage est Brayndelè.

Rafalesco lui non plus ne déteste pas taper le carton. Au contraire, on pourrait dire qu'il aime beaucoup ça. Mais voilà : sa façon de jouer n'a rien à voir. Cela ne l'intéresse pas, lui, de savoir qui gagne et qui perd. Ni le jeu lui-même. Pour lui, c'est le processus du jeu qui est en soi du plus haut intérêt.

– Ah, ah ! c'est la sixième fois que je mise sur le roi de pique, et croyez-vous qu'il soit sorti une seule fois ?...

Ou alors :

– Ah, ah !... Qu'est-ce que vous dites de ça ? J'ai encore perdu !

Les deux, Brayndelè la Cosaque et Rafalesco, n'attendent que le moment où le tumulte sera assez grand, et l'assistance hypnotisée, pour se diriger vers une encoignure. Et là, bientôt, une conversation intéressante se noue entre eux. Il lui semble, sauf erreur, qu'il l'a déjà vue dans le temps à Holenechti ?... Non, il ne fait pas erreur. Le visage rond de Mme Tcherniak s'empourpre, et sa lèvre supérieure s'emperle de sueur. Elle l'a tout de suite reconnu, bien qu'il ait forci... qu'il soit maintenant un grand... Et s'ils s'asseyaient un moment ?...

Ils s'asseyent à l'écart, à une petite table, et la conversation s'étire, s'étire : Holenechti... théâtre... la troupe... Shtupak... Il lui demande :

– Où est-il donc, maintenant ?

– Shtupak, où il est ?... Eh... Eh !... (Elle agite les deux mains.) Dieu ait son âne !

Rafalesco sursaute :

– Mort ?...

Mme Tcherniak rit élégamment, découvre toutes ses dents :

– Ah, ah, ah ! Shtupak, mort ? Shtupak n'est pas homme à faire une bêtise pareille. Il est au contraire en pleine santé, il fait feu des quatre fers, mais c'est la tête qui ne va pas chez lui, mais alors pas du tout ! Non content d'avoir toujours des histoires avec ses femmes, ce gredin se permet d'avoir trois femmes – que trois plaies le frappent à la gorge ! –, il s'est amouraché d'une nouvelle donzelle, qui lui donne du fil à retordre – que Dieu nous donne l'espoir de ne pas le voir revenir le jour de la résurrection des morts.

Mme Tcherniak se rapproche de lui encore davantage, et lui raconte avec émotion, avec chaleur et avec les mains, les histoires de Shtupak, comment le pauvre s'est mis dans les ennuis, les gros ennuis. Une paille ! Voilà un homme qui a rassemblé, mis en gage puis vendu tous les brillants qu'il possédait, jusqu'au dernier. Et qui connaît Shtupak et ses brillants sait ce que cela veut dire !... Et tout ça pour quoi ? Pour une jeunesse dont il croyait avec le temps qu'il allait faire son unique recours, son joyau et son tout. Une *prima donna*, qu'il voulait en faire, une *prima donna* grâce à qui – que la grâce du Seigneur l'oublie – il ferait fortune... En fin de compte, il y a quand même un bon Dieu au ciel. Qu'est-ce qu'il fit, le bon Dieu ? Il arriva que la jeune fille fut présentée pendant un concert à Marcella Embrich, la chanteuse mondialement célèbre, et quand Marcella Embrich l'entendit chanter, elle s'en enticha, l'emmena avec elle et la mit au conservatoire de Vienne. Alors, est-ce qu'il n'y a pas de quoi en crever, pour Shtupak de perdre une *prima donna* qui lui aurait permis de se refaire ? Aïe, pas une de ces *prime donne* qu'il avait trouvées, Shtupak ! Une jeune fille, de l'or pur... Mais encore une enfant... Le sang et le lait... Belle comme le jour, et une voix, un pur enchantement... Rosa, elle s'appelle, Rosa Spivak.

— Reyzl ?...

CHAPITRE CINQUANTE-HUIT

CERTAINES SONT JOLIES – ELLE, ELLE EST INTELLIGENTE

Brayndelè Tcherniak, ou plutôt Brayndelè la Cosaque, en entendant le cri de Rafalesco : « Reyzl », n'arriva plus à se contenir. Elle fit un grand geste des mains, et s'adressa à elle-même un compliment :

— *Oy, oy* !... Certaines sont jolies, moi, je suis intelligente !...

En effet. Elle pouvait se vanter d'avoir l'œil. Et quel œil, quel œil ! À l'instant même où elle avait repéré dans les coulisses ce Léo Rafalesco de Bucarest, elle avait compris que c'était « lui »... Lui qu'elle avait vu avec la petite Spivak. Elle ne l'avait pas vu qu'une seule fois, mais plusieurs fois, souvent. Et aussitôt elle s'était mise à se triturer la mémoire. Maître du monde ! Où avait-elle bien pu le voir avec Rosa Spivak ? Mais bien sûr, au théâtre à Holenechti ! Ce n'est qu'aujourd'hui que la certitude lui en était venue clairement, avec une clarté cristalline. D'un coup, cela lui fournissait la réponse à beaucoup de questions. D'abord, elle comprenait pourquoi cette Rosa Spivak s'était mise sens dessus dessous... Ah oui, un garçon pareil, il y a de quoi se languir ! Ah ! Savait-il seulement comment Rosa s'était languie de lui !...

— Langui ?...

Rafalesco sentit que le souffle lui manquait. Mme Tcherniak lui asséna un grand coup sur le bras :

— Regardez-moi ça, comme il joue les innocents !... Le pauvre ! Le pauvre ! Si jeune, et déjà capable de tromper son monde, *oy, oy, oy* ! Langui, qu'il demande ! Langui, comme ça ne s'est jamais vu !... Elle s'est éteinte, éteinte comme une chandelle ! Elle n'y tenait plus, cette petite...

D'où elle le savait ? Ah, ah, la belle affaire !

Elle et Rosa étaient comme les doigts de la main, comme deux sœurs, comme de vraies sœurs. Y avait-il une chose au monde que Rosa ne lui aurait pas confiée ? Une fois il est arrivé quelque chose... Attendez, où était-ce arrivé, déjà ? Elle ne s'en souvenait pas exactement. Où n'étaient-ils pas allés ? Comme des bohémiens, qu'ils s'étaient traînés partout avec Shtupak (qu'il soit traîné lui aussi Dieu sait où...). De pays en pays, de ville en ville, où on pouvait, on passait la nuit. Rester quelque temps au même endroit, ça ne lui convenait pas, à cause de femmes qui le pourchassaient, le harcelaient. Chaque fois, chaque fois une autre femme le rattrapait – que les plaies de Pharaon le rattrapent. Et la troupe qu'il avait à ce moment-là ! – qu'il lui arrive une année pareille ! –, tous plus mauvais les uns que les autres. Sans Brayndelè Tcherniak avec son talent de comédienne et sans Rosa Spivak avec sa voix, il était bon pour prendre une sébile et aller mendier, ou même pour y laisser sa peau. À toutes les deux, on peut dire qu'elles portaient le théâtre entier sur leurs épaules, grâce en particulier à Rosa et à ses chansons. Ça, ça s'appelle une voix, ça, c'est des chansons ! Mme Tcherniak avait été la première, déjà à l'époque, à prophétiser que cette petite allait devenir célèbre, parce qu'elle, Mme Tcherniak, elle s'y connaissait là-dedans... Tout ce qu'elle prévoyait déjà comme succès, *oy, oy, oy*... ! Combien de fois n'avait-elle pas dit à Rosa que sa place n'était pas ici ? Personne n'aurait pris le risque de lui parler aussi franchement qu'elle, et à aucune autre elle n'aurait pareillement ouvert son cœur, parce que personne, non, personne aussi bien qu'elle ne connaît Shtupak – que son nom soit effacé... Elle, elle savait de quoi il retournait. Une malheureuse...

encore une enfant... Le sang et le lait... Officiellement, on prétendait que cette Rosa Spivak était de la famille de Shtupak, une nièce qu'il avait ramenée de Varsovie. Une nièce de Varsovie ? Ah, ah ! Qu'il aille raconter ça à sa grand-mère, pas à elle ! Elle, Brayndelè Tcherniak, avait tout de suite reniflé que Rosa était sa nièce comme elle-même était l'impératrice, mais puisqu'il tenait à ce que ce soit sa nièce, que le diable l'emporte, va pour sa nièce... Alors elle a commencé à observer, à humer, à fouiller du côté de l'adjudant de Shtupak. Sholem-Meyer, il s'appelle, Rafalesco doit s'en souvenir... Oui, il s'en souvient très bien, pourquoi ne s'en souviendrait-il pas ? Un petit, un joyeux drille, un drôle d'olibrius...

— Un drôle d'olibrius ? l'interrompt Brayndelè la Cosaque. Un vagabond, un voleur, un déchet de la nature, un plus grand coquin encore que son maître. Il est dévoué à ce Shtupak comme un chien fidèle. Pourquoi ces deux-là – que le diable disperse leurs ossements – sont-ils toujours ensemble ? Ils poussent là où on ne les a pas semés...

Elle continua de déverser sur eux de la poix brûlante, et notre jeune héros buvait ses paroles : il aurait voulu qu'elle commence enfin à lui parler de Reyzl, et elle l'assommait avec Shtupak et encore Shtupak. Elle s'aperçut tout de même qu'elle dépassait la dose avec Shtupak, et elle s'interrompit d'elle-même. Oui, où en était-elle, au fait ? Toujours à Rosa Spivak... Elle vient la trouver un jour, Rosa, donc, pour lui demander si elle sait tirer les cartes. Pourquoi ça, tout à coup ? Elle répond que oui, elle sait, mais qu'elle connaît une diseuse de bonne aventure qui lit dans les cartes comme dans un livre... Alors, elle se jette à son cou, Rosa, donc : ma petite âme, mon petit cœur, ma chérie, qu'on l'emmène chez la diseuse de bonne aventure... Non, tout de suite, elle le veut...

— Pourquoi est-ce que tu t'entêtes comme cela, mon petit oiseau ?...

C'est ce qu'elle veut. Une enfant capricieuse, cette petite Spivak. Ardente, tout feu tout flamme. Subitement, elle pouvait fondre en larmes, enfouir sa tête dans l'oreiller, arrêter de manger, de boire, de tout. Elle pouvait aussi tout à coup l'attraper par la taille et se mettre à danser, comme ça, sans prévenir. Comme ça, sans raison... Une folle, une démente... Elle pouvait aussi se mettre à chanter, chanter, chanter, comme un vrai rossignol. Une capricieuse, cette petite Spivak... Bref, où en était-elle ? Oui, elles vont chez la diseuse de bonne aventure. Futée, la sorcière, une qui en connaissait un bout. Elle la regarde dans les yeux, étale les cartes, retourne l'as de cœur, « l'amour », ça veut dire. Puis le roi de carreau, « un jeune homme blond »... Puis un six, chaque fois un six différent, « un voyage », ça veut dire... « L'amour », « un jeune homme blond », « un voyage ». Bien. Elle ne la lâche pas des yeux, la tireuse de cartes, et elle lui explique que le « jeune homme blond » pense continuellement à elle. Sans arrêt... Nuit et jour, il ne pense qu'à elle. Il est tendu vers elle, de toutes ses forces, corps et âme. Elle dit qu'il veut la rencontrer, qu'il s'étiole, qu'il en perd le sens, et qu'il ne sait comment faire...

— Parce que, dit-elle, vous êtes tous les deux en voyage, toujours en voyage. Toujours et encore en voyage, lui par ici, toi par là... Vous vous aimez, dit-elle, vous vous aimez. Il t'aime et tu l'aimes. Vous êtes portés l'un vers l'autre, tendus l'un vers l'autre, mais vous errez, vous errez... Vous errez. Comme les étoiles, dit-elle, comme les étoiles dans le ciel...

La sorcière lui a encore dit autre chose qu'elle a répété, répété, mais elle ne se souvient plus quoi. Elle se souvient seulement que quand elles sont sorties de chez la tireuse de cartes, Rosa lui a sauté au cou, l'a prise dans ses bras et l'a embrassée en pleurant de joie... Une enfant capricieuse, a-t-elle alors pensé, une enfant capricieuse... À présent, elle a compris des tas de choses, finit par dire Brayndelè la Cosaque en chantonnant, et son visage rond et gras s'éclaire d'un sourire satisfait.

CHAPITRE CINQUANTE-NEUF

IL A ENVIE DE CHANTER

Minuit était passé depuis longtemps quand les acteurs des deux troupes s'arrêtèrent enfin de jouer aux cartes et se séparèrent, chacun allant de son côté, l'un avec ses regrets, l'autre avec son dépit. Tel était content, tel soucieux et tel autre carrément en colère après lui-même, après les autres, après le monde entier.

Comme par un fait exprès, il n'y avait pas de fiacre dans la rue. Holzmann et Rafalesco furent obligés, pour rejoindre leurs pénates, de parcourir à pied avec tous les autres les rues de Lemberg depuis le café *Monopole*.

C'était une nuit d'automne, une de ces nuits dont on dit : « Ni l'hiver ni l'été, ni chaud ni froid. » Pourquoi donc notre jeune héros est-il si bien, si aimable, si guilleret ? Pourquoi le ciel lui sourit-il ainsi ? Pourquoi les étoiles lui font-elles signe ? Pourquoi les rues chantent-elles ? Qu'est-ce qui le fait planer ainsi ? Pour quelle raison a-t-il tellement envie de chanter aujourd'hui ? Pour quelle raison a-t-il envie de serrer dans ses bras son ami, son cher et fidèle ami, et de l'embrasser, là, au milieu de la rue ? Non, il faut qu'il l'embrasse, il l'aime. Il l'aime, quoi !...

— Qu'est ce qui t'arrive aujourd'hui, mon cher canari ?

Holzmann s'en veut terriblement. Ce soir il a joué comme un vrai habitué des cartes. Un démon l'a poussé à se frotter à la banque, le démon du mal, que le diable l'emporte !

En voyant la soupière pleine, l'envie l'a saisi. La peste soit de l'argent !... En fait, il avait gagné.

— Attrape donc le chapeau plein de noix, espèce de galeux, et rentre chez toi !

Non, il lui en faut encore, et encore. Il a les yeux plus gros que le ventre. En plus, il ne peut pas refuser une partie au directeur Getzl.

— Que le choléra l'emporte, et ma toux avec.

Mauvais signe. Holzmann, quand il se met à tousser et à maudire sa toux, c'est qu'il est mal disposé. Mais Rafalesco, lui, est bien disposé. Bien disposé ? Heureux. Pas heureux non plus. Il n'y a pas de mot adéquat. Que cette nuit soit bénie ! Que ce monde soit béni, ce monde si beau, si doux, si aimable. Sur tout le chemin entre le café *Monopole* et leur logement, il ne fait que parler, rire et chanter. « Qu'est-ce qui se passe avec ce môme ?... » Le directeur Holzmann le regarde bien en face, son visage resplendit, ses yeux brillent. « Allons, les compliments du docteur Léviathan lui ont complètement tourné la tête... »

Au petit jour, à peine arrivés à leur logement, ils se déshabillent pour se mettre au lit, et Rafalesco n'arrête pas de parler et de rire. Holzmann a l'impression qu'aujourd'hui, son jeune ami parle d'une drôle de façon. Les phrases sont incohérentes... Non, elle lui plaît, dit-il, la ville de Lemberg ! Lemberg, une ville : un vrai bonheur. Le nom même, un vrai bonheur ! Lem-berg. Et les gens ? Des gens en or, dit-il. Et le théâtre aussi lui plaît, dit-il. Et les artistes aussi, tous des gens extraordinaires !

— Et le directeur Getzl ben Getzl ? l'interrompt Holzmann.

— Pourquoi pas ? C'est quelqu'un de très bien, ce Getzl.

— Qu'une année qui lui ressemble lui tombe dessus, sans compter la noirceur ! lui rétorque Holzmann, qui s'apprête à éteindre la chandelle, il est temps de dormir. Mais Rafalesco l'en empêche, il a encore envie de parler un peu.

— Mais tu es fou à lier. Il va faire jour.

— Juste un tout petit peu, lui demande Rafalesco en riant de lui-même.

— De quoi as-tu envie de parler ? lui demande Holzmann.

D'abord, il veut parler du docteur Levius.

— Mais qu'y a-t-il donc à dire sur le docteur Levius ? Un mécène, un Allemand, qui parle autant qu'une bonne femme...

Non, il veut savoir ce qu'il pense de Vienne.

Qu'est-ce qu'il peut bien en penser, Holzmann, de Vienne ? Est-ce qu'ils peuvent tout laisser tomber et partir pour Vienne ? Qu'est-ce qu'ils ont, eux, ils sont pleins aux as, ou quoi ? Le docteur Léviathan n'a qu'à participer aux frais du voyage, rien ne l'en empêche. Il possède pas loin d'un demi-million, il a de quoi participer aux frais...

Rafalesco réfléchit : participer ? Sûr, qu'il participera aux frais. Pourquoi ne donnerait-il pas ? Un type en or, ce docteur, un vrai diamant.

— Avec toi, tous les gens sont des types en or, tous des diamants. Pour le moment, il faut dormir. Dormir ! Dormir !

Holzmann allonge son cou maigre hors des draps, souffle, éteint la chandelle, ferme les yeux, veut s'endormir, mais Rafalesco l'en empêche :

— La courtaude, la grassouillette, cette Brayndelè la Cosaque, quelle gentille personne !

Holzmann sursaute, s'appuie sur le coude pointu de son bras décharné et plante son regard vif et perçant dans l'obscurité, qui n'est traversée que par le faible rayon bleuté de l'aube.

Jusqu'à cet instant, Holzmann avait presque oublié Brayndelè la Cosaque. Maintenant, il vient de se rappeler qu'elle est restée assise toute la nuit auprès du môme. De quoi ont-ils bien pu parler ? Qui sait ?... Dans ce monde, il ne manque pas de bâtards médisants... Non, il ne se pardonne pas de s'être laissé entraîner à jouer par cette équipe, presque au point d'oublier de faire attention au môme. Il ne recommencera plus...

Holzmann ne peut plus dormir. Il tousse, et demande à Rafalesco d'une voix à moitié endormie de quoi il a bien pu parler aussi longtemps avec cette Brayndelè la Cosaque.

La voix de Rafalesco le tranquillise : de quoi peut-on parler ? De rien ; rien de rien. On a seulement discuté, bavardé, raconté n'importe quoi...

— Mais encore ?...

Rafalesco lui raconte de quoi ils ont bavardé. Il lui invente des histoires à dormir debout, des coquecigrues, et rit tout seul de voir avec quelle aisance les mensonges lui viennent, comment ils coulent facilement, comme de l'huile. Et plus il en rajoute, mieux ça sonne.

Rafalesco sent qu'il ne dit pas ce qu'il devrait dire et s'interrompt de lui-même :

— Cette Brayndelè la Cosaque, ma parole, qu'elle est gentille. Une bonne âme. Une personne qui n'a pas de fiel. En plus, il semble qu'elle soit bonne comédienne. Tous les artistes, ici, jouent magnifiquement. Quoi, ce n'est pas vrai ?

Pas de réponse. Holzmann doit déjà dormir ? Oui, il dort déjà.

Holzmann a le sommeil difficile. Quelque chose remue tout le temps dans sa poitrine, ça gargouille, ça lui remonte douloureusement de bas en haut, par la gorge, et ça n'arrive pas à sortir. Le gargouillis empêche Holzmann de dormir. Alors, il tousse à chaque instant, et la toux l'étrangle, et il jure dans son sommeil :

— Le choléra...

Il se retourne de l'autre côté, se rendort, se remet à gargouiller jusqu'à ce que la toux le réveille de nouveau. Un instant, il recommence à la maudire du choléra, puis se rendort.

Comment peut-on dormir par une nuit pareille ? Rafalesco ne le comprend pas. Une nuit étrange. Une nuit presque hivernale, mais si revigorante. « Que cette nuit soit bénie !... » Et il se lève de son lit. Il ouvre la fenêtre. Il se penche, le corps à moitié dehors et aspire autant d'air frais qu'il peut. Il embrasse le ciel d'un seul regard. Les étoiles se sont éteintes. De côté, bien haut, est suspendue une lune pâle qui ne va pas tarder à se coucher. La voilà qui disparaît. Le bleu de la nuit finissante devient gris, c'est l'aube. Dans un instant, sans qu'on s'en aperçoive, le jour plein de tumulte va se lever. Pour notre jeune héros, c'est tout un. Il peut bien faire jour, faire nuit : qu'importe, le monde de Dieu est si beau. Un monde si doux, si beau, si bon. Que ce monde soit béni ! Comment peut-on dormir, quand l'âme est si heureuse, comment peut-on dormir quand le cœur est si rempli et qu'on a envie de chanter ?

Il a envie de chanter, de chanter...

CHAPITRE SOIXANTE

DIPLOMATES

Holzmann, avec son nez pointu et aiguisé, avait reniflé que le directeur du théâtre yiddish de Lemberg, Benêt ben Simplet, avait jeté l'œil sur son môme ; Dieu soit loué, Holzmann avait l'œil vif. Il avait vu que tout le monde dansait autour de Rafalesco, et le regardait comme un chat regarde un fromage. Mais il faisait semblant de ne s'apercevoir de rien. « Dansez, mes petits, dansez. Vous dansez à vos propres noces. » Voilà à quoi songeait Holzmann, en plaçant ses pièces l'une après l'autre.

Première habileté, il commença par manipuler le frère de la *prima donna*, qui d'après lui tournait un petit peu trop autour du môme et lui souriait avec son air de « carcasse mal nettoyée ». Vous imaginez bien qu'un type comme ce Schwalb-la-bedaine, Holzmann pouvait en mettre dix dans sa poche, et pas un de moins.

Un jour, Holzmann invita le tragédien Isaac Schwalb au restaurant, et devant un verre de bière et du saucisson, il se mit à chanter ses louanges à tous vents, en jurant ses grands dieux que Schwalb était un bien meilleur acteur que tous ses collègues. Quant à Benêt ben Simplet, que les tourments l'épargnent aussi peu qu'il mérite d'avoir avec lui un tragédien comme Schwalb !

Par ces mots, Holzmann l'avait complètement conquis. Il l'avait gratté là où cela le démangeait. Et Schwalb lui avoua, en secret naturellement, qu'il y avait longtemps qu'il avait l'intention de faire de cet exploiteur sa propre victime expiatoire, mais que d'abord il lui était encore lié par contrat pour trois bonnes années. Ensuite, il « manquait de galette »... S'il avait seulement de quoi, hé, hé... où s'en irait-il dès maintenant ? Il était certain que Lemberg ne ferait même plus attention à Getzl ben Getzl – qu'il pourrisse sur place. Il serait déjà parti, mais où aller avec une mignonne *prima donna* comme sa petite sœur ? Londres, dit-on, est une ville un peu plus grande que Lemberg, non ?...

— Un peu, lui concéda Holzmann en sirotant sa bière.

— Et on dit aussi qu'il y a là-bas un théâtre un peu plus beau qu'ici, non ?

— Je crois bien, admit Holzmann en prenant une gorgée de bière.

Non, bien plus beau. Schwalb a un frère là-bas, à Londres, un frère de sang. Lui aussi, c'est un cigarettier. Enfin... c'est avant qu'il l'était, cigarettier, aujourd'hui c'est un businessman. Il y a peu de temps, il a envoyé sa photo. Un jeunot, avec un ventre comme ça, avec une chaîne en or, avec une bague en diamant – méconnaissable. Il lui écrit, son frère donc, au nom du ciel, de s'amener à Londres avec sa sœur, et là, ils verront ce que c'est que la belle vie !

Holzmann l'écoute jusqu'au bout : quel gros malin, ce frère ! Lui aussi, Holzmann, est-ce qu'il n'a pas envie de se précipiter là-bas, à Londres avec le môme ? Ça le travaille depuis longtemps, de partir pour Londres. Une gentille petite ville que Londres, dit-on. Il sent qu'on peut y faire fortune. Le principal, c'est d'arriver à monter une salle avec tout ce qu'il faut. Pour sa compagnie, il lui manque encore un vrai tragédien, pour les vrais grands rôles, et une belle *prima donna*. Ces deux-là, s'il arrive à mettre la main dessus, le diable emporte le monde entier et son père !

Une demi-heure plus tard, quand nos deux hommes, Holzmann et Schwalb, sortirent du restaurant avec au bec de gros cigares qui sentaient fort, des Trabuco, ils se serrèrent très fort les mains, bizarrement, se sourirent l'un l'autre, toujours bizarrement, comme des gens qui s'étaient compris à demi-mot, et s'étaient liés d'une amitié qui n'était pas de la rigolade.

Voyant que « le malfaisant » (Holzmann) s'était très fort acoquiné avec « la bedaine » (Schwalb), tous rapportèrent les faits dans le creux de l'oreille du directeur :

— Voilà, notre Itzik est devenu un peu trop intime avec le fortiche de Bucarest...

Le directeur Getzl ben Getzl, crédule, écouta jusqu'au bout tous les rapports, vira au jaune, puis au vert, s'emporta très violemment contre le vagabond, et fit mander Schwalb le cigarettier.

Quand Schwalb entra, le directeur alla fermer portes et fenêtres en regardant de tous côtés, et eut avec lui une longue conversation, intime, les yeux dans les yeux, et doucement, tout doucement, il fit :

— Pourquoi je fais ça ? Imagine que quelqu'un colle son oreille à la porte ? Un monde d'hypocrites, d'intrigants, de bons à rien...

Après cette conversation chuchotée, quand Schwalb ressortit du cabinet de son directeur, son visage rougeaud « luisait comme un incendie et transpirait comme un castor ».

Il faut croire qu'il a reçu une fameuse portion ! pensèrent ses collègues, et ils se trompaient lourdement.

CHAPITRE SOIXANTE ET UN

HOLZMANN PLACE SES PIONS L'UN APRÈS L'AUTRE

Les artistes du théâtre de Lemberg se trouvaient devant une nouvelle difficulté. Ils se trituraient les méninges... Comment se faisait-il que le directeur de Bucarest ait tissé des liens aussi intimes avec Brayndelè la Cosaque ? À leur manière habituelle, ils commencèrent à se moquer du couple, à affûter leurs petites langues et à se répandre en plaisanteries piquantes :

— La vie qu'ils mènent, des vrais tourtereaux.

— Regarde-moi ça, on dirait des fiancés.

— Meilleurs vœux, et bonne chance.

— Que Dieu leur donne du bonheur.

— Que tout s'annonce bien pour eux.

Qui aurait pu penser qu'à travers cette beauté, ce qu'il lorgnait, c'était la *prima donna* Henrietta Schwalb ? Il fallait le nez de

Holzmann, et surtout le flair de Holzmann pour renifler en peu de temps que Brayndelè la Cosaque était le meilleur ambassadeur. Il se mit au travail avec intelligence, astuce et énergie, avec ambition, comme il se doit.

Cela commença par une conversation, une promenade, une visite chez elle, en vieilles connaissances. Plus ça allait, plus ils devenaient amis. Cela lui faisait plaisir de la voir. C'était seulement dommage que Shtupak ne soit pas là aussi.

— Qu'est-ce qui se serait passé ? demanda-t-elle en le regardant de ses petits yeux japonais, cherchant à comprendre ce qu'il voulait dire.

— Eh bien, il en aurait crevé d'une attaque.

— Amen, et que le Maître du monde vous exauce, que vos propos tombent directement de votre bouche dans l'oreille du bon Dieu !...

Elle avait failli dire « de ta bouche », et s'était rattrapée. Cela lui était si embarrassant de lui dire « vous » ! Maître du monde, ce que les gens peuvent changer ! Si Shtupak était là, et qu'il puisse voir son « Hotzmakh », c'est vrai qu'il en crèverait d'une attaque... Voilà à quoi songeait Brayndelè la Cosaque en regardant Holzmann sans pouvoir se rassasier. Elle écoutait ses paroles, et elle n'en avait jamais assez. Ce n'est plus le même homme, ma parole, il ne parle plus le même langage. Le voilà qui parle d'« efficacité », d'« affaires », de « capital ». Hotzmakh et le « capital », ah, ah !... Il se vante d'avoir un peu d'argent, grâce à Dieu... Il n'est pas un gros capitaliste, dit-il, mais avec Shtupak, il règlera ses comptes. L'autre a des brillants, lui, il a de l'argent liquide. Les espèces trébuchantes, ça vaut mieux que des brillants, que le diable emporte l'argent.

— Laissez donc tomber Shtupak, l'interrompit Brayndelè la Cosaque. Aujourd'hui, c'est des regrets qu'il a, plus de brillants.

— Je ne le croirai pas tant que je ne l'aurai pas vu de mes yeux, et je ne le tiendrai pas quitte tant qu'il n'aura pas nettoyé mes bottes. Que le choléra l'emporte en même temps que ma toux !

Dès qu'il parle de Shtupak, il s'énerve, et dès qu'il s'énerve, il se met à tousser. Une fois la quinte finie, il passe les pouces dans son gilet et se met à arpenter de ses longues jambes maigres la petite chambre de Mme Tcherniak de long en large, regarde la pointe de ses pieds et continue à se vanter devant elle de ce qu'il a, de ce qu'il possède.

Tout à coup, il s'arrête et commence à se justifier devant elle, lui disant qu'il ne faut pas être surprise de l'origine de son argent. C'est tout simple, il l'a gagné, amassé, économisé et caché. Ça ne fait rien, il s'est tout de même assez éreinté pour pouvoir arriver enfin à quelque chose de plus sérieux, il est temps que Dieu vienne un peu à son aide.

– Amen, qu'il en soit ainsi, pourquoi pas ? admet Mme Tcherniak.

Elle ne comprend pas qu'il y ait là matière à se justifier. Il serait donc honteux d'avoir de l'argent ? La honte, c'est d'être un gueux, un pauvre diable, un traîne-misère comme tous ces bêtas qui se trimballent, sauf votre respect, sans même des sous-vêtements sur le corps, ne savent que jouer aux cartes, courent les filles et ne survivent que si quelqu'un leur consent un prêt à fonds perdu !... Elle ne peut pas les voir, ces gens-là, pour l'unique raison que l'argent leur fond dans les mains. Des paniers percés. Et alors, on ne pourrait pas être un bon acteur, et savoir s'occuper de son argent ? Un homme sans argent, qu'est-ce qu'il est, le pauvre ? Quoi ?

– Comme un corps sans âme, intervient-il sur le même ton.

Il se souvient encore qu'au temps de Shtupak elle avait toujours sa « tirelire ». Dans la troupe, les gens disaient qu'elle avait accumulé l'argent et les années. Mais il y avait un défaut, prétendaient-ils : pourquoi Dieu n'accomplissait-il pas un miracle en l'expédiant sous la terre, comme le riche Korah, et qu'eux-mêmes puissent hériter ?...

Ainsi va leur conversation, amicale, intime, jusqu'à ce que, tout doucement, petit à petit, on en vienne aux choses importantes. Il commence à parler sérieusement, d'affaires, de projets d'avenir. Combien de temps lui faudra-t-il encore rester sans feu ni lieu, se vendre à cette espèce de bête sauvage de Benêt ben Simplet ? Ne serait-il pas mille fois plus sensé, par exemple, que, la main dans la main elle le rejoigne, lui, Hotzmakh ? Deux personnes comme eux, ils arriveraient bien à grimper, à réaliser quelque chose de solide en ce bas monde, non ? Des gens comme eux, ma parole, des chevaux de retour... Ils savent bien, eux, comment ça marche... Quant à l'argent, ce n'est pas à eux que l'on apprendra comment on en fait. Faire de l'argent, c'est tout un art. L'argent, le principal, c'est de savoir l'amasser. Gagner un sou, ce n'est pas si difficile, c'est de le garder qui est dur. Un sou, il faut s'en occuper. Il y a trop de gens qui ont l'œil dessus. Non ?...

Il y en a trop, Brayndelè la Cosaque en tombe d'accord.

Ainsi défile leur conversation, intime et pratique, jusqu'à ce qu'il aborde vraiment le sujet qui le démange : la *prima donna*.

— Il nous faut embarquer sa belle génisse, à ce Benêt ben Simplet.

— La belle génisse, ah, ah..., répète Brayndelè la Cosaque, et sur sa grosse face de lune toute ronde s'épanouit un épais sourire qui découvre ses dents blanches.

Elle est ravie, semble-t-il. D'abord, parce qu'elle a trouvé de qui il voulait parler. Ensuite, parce qu'il a appelé la *prima donna* par son vrai nom. Et enfin, elle est tout simplement ravie de toute cette conversation... Holzmann la fixe de son regard aigu et perçant, et lui explique, mi-sérieux mi-comique, la raison pour laquelle il leur faut embarquer la belle génisse.

— Une belle *prima donna*, vous comprenez, ça peut bien être un veau, c'est bon pour la recette.

— Bon pour la recette, ah, ah... ! acquiesce Brayndelè la Cosaque.

— C'est un remède du rabbin, fait Holzmann sur le même ton mi-sérieux mi-comique.

— Un remède de rabbin ! s'exclame Brayndelè la Cosaque en lui donnant avec coquetterie une grande tape de sa petite main courte et grasse, et son gros visage rond de pleine lune en transpire de délectation.

Et ses petits yeux japonais deviennent encore plus petits, si petits qu'on ne les voit presque plus.

CHAPITRE SOIXANTE-DEUX

LES IDYLLES DE BRAYNDELÈ LA COSAQUE

Que pouvait signifier pour Brayndelè la Cosaque cette proposition de Holzmann de « marcher avec lui la main dans la main » ? Et comment ne pouvait-elle pas se réjouir, elle, cette pauvre créature, malheureuse, errante, sans feu ni lieu, ballottée qu'elle était depuis tant d'années de ville en ville, de pays en pays, de théâtre en théâtre ?... À l'époque où Holzmann était chez Shtupak et qu'il s'appelait encore Hotzmakh, c'était autre chose. Mais maintenant que Hotzmakh s'appelle Holzmann, qu'il dirige sa propre troupe et qu'il s'est dégotté un petit « cédrat », un oiseau rare comme ce môme Rafalesco que tout le monde se dispute, et qui par-dessus le marché possède même un petit capital, ça change tout... À eux deux, s'ils marchent, comme il dit, « la main dans la main », et qu'ils réussissent vraiment à embarquer la belle génisse Henrietta, et qu'ils se lancent tous les quatre, avec la *prima donna* et le môme par le vaste monde, alors là, réellement, que peut-elle se souhaiter de mieux ?

C'est habitée par ces douces pensées que Brayndelè la Cosaque se mit à l'œuvre, avec astuce et détermination, comme un vrai diplomate. Grâce à Dieu, elle obtint un magnifique succès. Cette dinde d'Henrietta avec son mignon visage se laissa convaincre, se laissa prendre à toutes les merveilles et à tous les privilèges qu'elle lui faisait miroiter. Ce qui la séduisit le plus, c'est que Mme Tcherniak lui expliqua qu'ainsi elle serait tout près du môme, de Rafalesco... Henrietta la regarda de ses beaux yeux bleus et rougit comme un coq. Brayndelè la Cosaque s'en aperçut et poussa son avantage. Elle ne comprenait pas pourquoi elle devrait être gênée. Est-ce que ce n'arrivait pas à n'importe qui ?... À elle, il ne fallait pas lui raconter d'histoires, elle comprenait tout... N'était-il pas évident qu'Henrietta en pinçait pour lui, et lui pour elle ?...

Henrietta Schwalb est dévorée de flammes infernales : lui pour elle ? D'où le sait-elle ?...

Oh ! Elle le sait. Mme Tcherniak sait tout. Il n'y a rien que Mme Tcherniak ne soit pas capable de faire. Qu'on le lui demande comme il faut, et ça se fera en deux coups de cuillère à pot. Un, deux, trois, et en avant pour le dais nuptial !

— Brayndelè ! Mon petit cœur !

— Lioubeniou, ma chérie !

Henrietta lui sauta au cou, enfouissant son joli visage brûlant dans le corsage rouge de Mme Tcherniak.

Ce n'est pas pour rien que la *prima donna* avait hérité de surnoms du genre : « la belle génisse », « la petite dinde » ou « la nigaude ». On aurait dit qu'Henrietta Schwalb s'était mis en tête de prouver au monde que l'on peut posséder un mignon petit visage et pas plus de bon sens que ça. C'est par douzaines que Brayndelè la Cosaque pouvait les mettre dans sa poche, leur raconter des bobards, aux ravissantes idiotes comme la *prima donna* du théâtre de Lemberg. Et qui n'a pas vu Brayndelè la Cosaque à ce moment-là n'a jamais vu personne d'heureux de sa vie. Chacun a son étoile au ciel, et pour chaque créature vient un jour le moment. Le moment était venu pour qu'enfin Mme Tcherniak, ou plutôt Brayndelè la Cosaque, trouve une juste compensation. Le temps était venu qu'enfin son cœur s'éveille de son sommeil perpétuel, et se mette à battre et à tressaillir de la chaude émotion du véritable bonheur.

Pourtant, ce n'était pas la première fois, ce n'était pas sa première idylle, et probablement pas la dernière...

Combien de fois elle s'était déjà brûlée dans sa vie, combien de coups elle avait reçus de la part de ces « créatures mauvaises, hypocrites et dépravées que sont les hommes », et pourtant elle n'en avait pas tiré la leçon !

Il y avait eu une époque où Shtupak avait eu besoin d'elle et lui avait proposé le mariage. Elle l'avait cru et pour finir il ne lui était plus resté que les yeux pour pleurer... Aujourd'hui encore, elle ne pouvait toujours pas supporter d'entendre son nom, pourtant elle l'évoquait trois fois par jour.

Après Shtupak, un autre lui conta fleurette : notre bonne connaissance, Sholem-Meyer Murawtchik, l'aide de camp de Shtupak, le drôle d'olibrius.

Ce personnage se conduisit avec elle comme en pays conquis, et il est vraisemblable que les choses en étaient déjà au point où il ne restait plus qu'à passer sous le dais nuptial. Et cela, Sholem-Meyer Murawtchik ne voulait pas en entendre parler. Par nature, l'acteur a horreur du mariage. Une jeune fille, une fiancée, une promenade, un petit cadeau, un dîner, un badinage, une petite danse, tout cela, d'accord, mais pas le mariage : « Le meilleur des mariages vaut la pire des morts. »

L'idylle de Brayndelè la Cosaque avec Sholem-Meyer Murawtchik s'était terminée comme toutes ses autres idylles avant et après lui. C'est-à-dire que cela avait commencé par un prêt sans intérêts, puis un autre, puis d'autres encore, et cela s'était terminé par un scandale silencieux, un cœur déchiré et une haine pour ces « créatures mauvaises, hypocrites et dépravées que sont les hommes ». Mais quelle est la blessure que le temps ne guérit pas ? L'argent prêté à Sholem-Meyer Murawtchik, elle ne le revit pas, et Mme Tcherniak resta Mme Tcherniak (le titre de « madame », c'était elle-même qui se l'était donné du fait de sa stature imposante et de son âge).

Elle n'avait cependant pas perdu toutes ses espérances. Tôt ou tard viendrait celui qui la comprendrait, qui l'apprécierait à sa juste valeur. Il devait venir, il fallait qu'il vienne. Elle le ferait entrer chez elle. Elle lui ouvrirait ses malles, et il contemplerait ses trésors. Il verrait du linge. Il verrait de beaux vêtements. Il verrait des bijoux. Tout était préparé pour lui... et il n'en savait rien !... Et son cœur aussi, elle l'ouvrirait pour lui, elle lui dévoilerait son âme. Ah, peut-être n'était-elle pas aussi jolie que d'autres, peut-être n'était-elle pas aussi jeune que d'autres. Mais ce qu'un cœur comme celui-là pouvait être riche de fidélité et d'amour ! Quel pieux dévouement, quel attachement pur et sincère cette âme abritait en secret !...

Holzmann était à présent celui qui tenait entre ses mains le destin de Mme Tcherniak, celui qui avait conquis son cœur, qui y régnait en maître, tant qu'il aurait besoin d'elle. Plus tard, quand on en fut venu aux choses sérieuses, il s'avéra qu'ils ne s'étaient pas compris. Qu'est-ce donc que cela signifie, aller la main dans la main ?... Pour lui cela voulait dire tout simplement prendre des parts dans l'affaire, devenir son associée dans la troupe. D'accord, pourquoi pas ? Qu'elle y mette donc un peu d'argent, elle est la bienvenue !...

Y mettre de l'argent ?... Prendre des parts ?... Était-ce donc à cela qu'elle pensait, Mme Tcherniak ?...

Les hommes, tous mauvais, hypocrites et dépravés ! Pauvre Mme Tcherniak !

CHAPITRE SOIXANTE-TROIS

EN VISITE

Un jour, en pleine représentation, le mécène de Lemberg, le docteur Levius-Léviathan, approcha le directeur Bernard Holzmann et l'invita « fort courtoisement » avec le jeune *maestro* Rafalesco à venir déjeuner chez lui. Il était convaincu – ainsi s'exprima le docteur Levius avec un charmant sourire qui laissait voir ses dents qui avaient poussé si bizarrement – qu'ils ne refuseraient pas.

— Refuser un tel déjeuner ? s'exclama Holzmann en faisant à Rafalesco un clin d'œil qui signifiait : « Qu'est-ce que tu dis de cet imbécile d'Allemand ? » Surtout pas, au contraire, nous serions très honteux, je veux dire très heureux...

Pour notre Holzmann, cette visite était jour de fête, une fête solennelle, une fête à laquelle on doit se préparer.

— Par le diable et son train ! De deux choses l'une : si on décide de se rendre à une telle invitation à déjeuner, alors il faut y aller comme des gens bien.

Il alla donc faire les magasins et s'acheta tout spécialement un costume flambant neuf, échangea des insultes avec les Allemands de Lemberg, marchanda jusqu'à l'os et finit par emporter le morceau, une superbe affaire, c'est le moins qu'on puisse dire.

— Que la peste épargne le directeur Benêt ben Simplet si chez nous on trouve un beau costume comme ça à ce prix-là. Qu'est-ce que tu en dis, Lioubeniou chéri ?

— Une affaire, un vrai cadeau !

— Ce n'est pas vrai, peut-être ?

— Qui dit le contraire ?

— Qu'est-ce qui te fait rire ?

— Et alors, je devrais pleurer ?

— Qui parle de pleurer ? Hein, mon petit imbécile de pivert ? fit Holzmann, et tous les deux éclatèrent d'un bon rire puis commencèrent à se préparer à la visite solennelle.

Holzmann s'installa pour « raser au quart de poil » son visage desséché, jaune-vert et brillant, ne laissant subsister, pour l'esthétique, qu'une paire de favoris noirs. Les favoris seyaient d'ailleurs particulièrement à ses joues maigres et creuses, à son cou étiré qui émergeait d'un col dur blanc comme neige et entouré d'une lavallière artistement nouée. Une paire de chaussures vernies noires, à laçage large, un haut-de-forme luisant et astiqué de frais sur son crâne pointu ajoutaient encore du charme à sa silhouette pointue, à tel point que son jeune ami Rafalesco ne put se retenir de lui faire un compliment, lui disant que de jour en jour il rajeunissait et embellissait.

— Embellir, peut-être, mais rajeunir, Dieu seul le sait, lui dit Holzmann tout à fait sérieusement en penchant sa tête vers lui. Tu vois, mon petit oiseau, ces cheveux blancs ? Que le choléra s'en prenne à Shtupak, c'est à lui que je les dois.

Rafalesco aussi s'était habillé à la dernière mode pour cette invitation. Des manches de son smoking sortaient ses mains blanches, longues, étincelantes et étonnamment belles, son smoking qui avait l'air un peu court et étroit pour lui, car Rafalesco à ce moment-là était en pleine croissance. La belle et large chemise, d'une blancheur de neige, sous l'échancrure de gilet, concurrençait la blancheur du cou. Toute son apparence dégageait tant de jeunesse et de fraîcheur qu'il faisait véritablement plaisir à voir. C'est bien pourquoi la *prima donna* Henrietta Schwalb avait tourné le dos à tous ses chevaliers servants et ses prétendants, et s'était mise sérieusement à « faire la conquête de ce morveux ». Quoi donc ? Ou bien il avait un cœur de Tatar, ou bien il n'avait pas les yeux en face des trous, ou bien encore, il était tout simplement encore neuf comme un concombre vert...

Henrietta Schwalb, qui avait l'habitude que tous soient « prêts à s'immoler pour elle », n'arrivait pas à comprendre ce qui se passait avec ce jeune homme. Parce qu'elle, Henrietta, n'arrêtait pas de lui tourner autour, elle se parait pour lui. Elle venait il y a peu de s'acheter une robe de velours, modèle Réforme, décorée de strass. Elle faisait tout son possible, remuait ciel et terre, et lui : rien ! Un garçon étrange, une chose incroyable, incroyable ! Tantôt il vous a un air joyeux, il saute, chante et danse... Tantôt, il vous a un de ces airs tristes, il erre comme un ange perdu dans ses rêves... « Ce petit jeune, il faut le prendre en main ! »

Le « petit jeune » (Rafalesco) ne pensait en fait même pas à la *prima donna* Schwalb. Sa tête et son cœur étaient à présent tournés entièrement vers une seule direction : Vienne. La nuit dans ses rêves, et le jour dans la réalité, il ne voyait que Vienne, encore Vienne, toujours Vienne. Vienne était le jardin d'Éden auquel aspirait son âme. À Vienne, il y avait deux personnes par qui il était attiré comme par un aimant. « Ah, les voir toutes les deux, et puis mourir... »

Que Reyzl était en ce moment à Vienne, cela, il l'avait appris de Brayndelè la Cosaque. Qu'il la trouverait certainement à Vienne, il n'en doutait pas une seconde. La vraie question était : le reconnaîtrait-elle ? Et elle, à quoi ressemblait-elle maintenant ? Et comment se passerait leur première rencontre ? Quels seraient les premiers mots qu'il prononcerait ? Il ne se ferait pas reconnaître, non. Qu'elle trouve donc elle-même...

Elle le reconnaissait tout de suite, sans hésiter. Et ils tombaient dans les bras l'un de l'autre, sans un mot. Ils se taisaient, à part deux mots : « Reyzl... », « Leybl... ».

À ces rêves dorés s'ajoutait un autre rêve : Sonnenthal... Difficile de dire lequel de ces deux rêves l'ensorcelait davantage, lequel occupait la plus grande place dans son cœur : Reyzl, qu'il divinisait, ou Sonnenthal, Dieu en personne ?... Bon, le voilà arrivé à Vienne. Mais savez-vous ce qu'est Vienne, en quoi Vienne se distingue des autres villes ? Vienne, c'est l'endroit où Sonnenthal a sa résidence, et qu'est-ce que Vienne sans Sonnenthal ?...

Le cœur battant, il franchit le seuil de Sonnenthal.

Avec un visage d'ange, et un sourire qui ressemble à une belle matinée d'été, Sonnenthal le regarde, Sonnenthal, le dieu des acteurs et des comédiens, le grand Sonnenthal. Il le prend par la main, l'emmène avec lui jusqu'au plus profond de son magnifique palais, le fait asseoir sur une chaise en face de lui. Il l'écoute jouer, puis le couvre de louanges au point que la tête lui tourne. Non, ce n'est pas dans de pareils rôles qu'il doit se produire, lui dit Sonnenthal avec les mêmes mots et sur le même ton que le docteur Levius avait employés le jour où ils avaient fait connaissance. Non, un tel talent, à ce point béni de Dieu, doit s'exprimer dans des rôles plus sérieux, des classiques... Exactement ce que lui avait dit le docteur Levius, mot pour mot.

« Docteur Julius Levius », c'était l'inscription que nos deux héros purent lire sur la petite plaque du haut portail qui clôturait une splendide cour entourée de grilles métalliques, plantée de grands arbres, des peupliers, à travers lesquels on apercevait un mur épais, une maison bourgeoise, une maison de riche avec un air respectable, majestueux même, que l'on croyait entendre vous dire : « Ici, il fait bon, ici on est à l'aise, ici, on est au calme »...

– Au diable l'avarice et les fils d'avaricieux !

Holzmann n'avait pas pu se retenir. Il se moucha soigneusement dans un mouchoir tout neuf qui crissait encore, et tira la sonnette.

CHAPITRE SOIXANTE-QUATRE

LE MÉCÈNE DE LEMBERG

En entrant chez le docteur Levius, nos deux invités, Holzmann et Rafalesco, le reconnurent à peine. Où était passé le large sourire qui ornait son visage cordial ? Qu'était devenue sa façon de parler sans jamais s'arrêter ni s'interrompre ? Chez lui, il avait l'air plus respectable, posé, sévère, réservé. En plus, on aurait dit qu'il avait curieusement rapetissé, qu'il avait raccourci d'une tête. Plus rien à voir avec le mécène du théâtre. Plus du tout, mais plus du tout le même docteur Levius que dans la rue.

On ne pouvait pas dire que le docteur Levius ne les avait pas accueillis chaleureusement. Au contraire. Il les aida personnellement à se débarrasser de leurs vêtements, les conduisit dans un somptueux cabinet, plein de livres du sol au plafond. Il les installa dans de grands fauteuils moelleux et leur fit la conversation sur des sujets sans aucun intérêt : est-ce que la ville de Lemberg leur plaisait ? que pensaient-ils du temps qu'il faisait ? et autres sujets oiseux, du genre de ceux qu'on aborde par commodité dans toute maison aristocratique, quand vous êtes invité à déjeuner, que la table n'est pas encore servie et qu'il vous faut rester là, affamé et qu'on n'a rien à se dire. Dans ces cas-là, l'hôte vous regarde comme la onzième plaie d'Égypte et se dit : « Quel invité ennuyeux, il faut s'occuper de lui sans arrêt... » Et l'invité regarde son hôte et se demande : « Quel démon m'a poussé à venir jusqu'ici mourir de faim ? Comme si je n'avais pas de quoi déjeuner chez moi, bon sang de bonsoir ?... » Vous ne commencez à vous radoucir un peu que quand votre hôte se lève tout à coup et vous invite à passer à côté, où la table est servie, vous présente à l'hôtesse en grande tenue qui vous sourit aimablement et que l'on vous prie de vous asseoir à la place d'honneur, que l'on vous sert le premier verre, que l'on pousse vers vous les amuse-gueule, que les bonnes choses vous font de l'œil dans les plats et embaument, et que finalement vous entrez dans votre rôle.

Au bout d'une demi-heure passée en propos insipides et insignifiants, le docteur Levius se leva avec ses invités, les conduisit à travers une enfilade d'immenses pièces, larges et hautes, somptueusement décorées de meubles de prix, de lourdes tentures et de grands miroirs étincelants et les guida vers la table qui était servie. Mais au lieu d'une hôtesse en grande tenue qui leur souriait aimablement, ils trouvèrent, assise à la place d'honneur, une créature chenue au visage jaune et ridé qui ressemblait à une compote de pruneaux bien rance.

— Ma petite maman, leur présenta le docteur Levius, après s'être approché d'elle et lui avoir baisé la main.

La « petite maman », une Juive à perruque, vêtue d'une robe de soie noire, avec des boucles d'oreilles en diamant et un grand collier de perles, leur fit tout juste l'aumône d'un regard. C'était un regard si froid qu'il leur glaça le sang. « Quelle vieille sorcière », fit comprendre Holzmann d'un coup d'œil à son jeune ami. Puis tous deux, mourant de faim, se mirent à table sans se faire prier et entreprirent de calmer leur appétit, tout en scrutant sans arrêt la physionomie du docteur Levius qui venait de prendre encore un aspect complètement différent. Oui, il y avait bien une espèce de sourire sur son visage, mais qui ressemblait à la crispation de quelqu'un qui s'apprête à se faire arracher une dent. On aurait dit qu'il rassemblait toutes ses forces, secouait la tête, fermait les yeux et ouvrait la bouche : « Vas-y, tire, empoigne, arrache, fais ce que tu veux »...

Voilà à quoi ressemblait le docteur. Et la « petite maman » ? Ils imaginaient ce qu'elle pensait : « Pourquoi m'a-t-il amené ces pauvres types ?... » Non, il n'y avait vraiment pas de sujet de conversation. Les paroles que l'on prononçait n'avaient aucun sens. N'était le tintement des fourchettes et des couteaux sur les assiettes, on aurait pu entendre chaque bouchée qui faisait s'étouffer les invités, tellement le repas se déroula dans le silence. Ce fut véritablement un soulagement et une joie quand le docteur se leva de table, baisa la main de sa « petite maman », et retourna avec eux dans son cabinet.

Là, le maître de maison ouvrit la serrure du tiroir de son beau secrétaire et en sortit trois cigares différents, provenant de trois boîtes différentes. Holzmann, de son regard perçant, les évalua au premier coup d'œil. Les cigares étaient de trois sortes différentes : le meilleur, le moins bon, et le franchement mauvais. Le « meilleur », le maître de maison se le prit pour lui. Le « moins bon », il le donna à Rafalesco. Et le « franchement mauvais », il l'apporta à Holzmann.

Il s'avéra que Holzmann était un fin connaisseur en matière de cigares. Pendant qu'ils fumaient, il grimaça violemment et une quinte de toux le saisit au point de l'étouffer. Si Holzmann n'était pas venu là dans une intention particulière, et avec une perspective bien précise, eh !... eh !..., notre mécène n'aurait sans doute pas échappé aux civilités de Holzmann, qui ne se serait pas gêné de lui demander où il avait déniché des cigares aussi malodorants et qui vous empestaient, qu'on vendait dans les rues pour servir de tue-mouches. Mais comme cette visite avait un but déterminé, il fallut bien que Holzmann s'efforçât de fumer son cigare de la troisième sorte, qu'il se mît à tousser à en étouffer, et par-dessus le marché endurât jusqu'au bout la longue conférence de notre mécène sur « l'art » qu'il avait décidé de prononcer de nouveau au bénéfice de son jeune ami Rafalesco.

« Encore la même chanson, ça commence à me porter sur la vésicule, pensait Holzmann. L'art, encore l'art, et les rôles classiques, et Vienne – chez nous à Vienne... et Sonnenthal, notre Sonnenthal... » Tout juste s'il arrivait à l'écouter, cet Allemand. Et le môme, ce bêta, qui était suspendu à ses lèvres, qui prenait ça comme les Dix Commandements. Cela pouvait durer jusqu'à demain. Il allait falloir y aller à coups de masse dans la devanture pour que ça s'arrête.

— Ne prenez pas tant de peine, monsieur l'Allemand, je ne suis qu'un homme ordinaire, et je ne comprends pas les subtilités. Vous dites que le môme ne doit pas jouer les rôles très forts qu'il a joués jusqu'à présent, qu'il doit étudier. Il doit voir Vienne, dites-vous. Soit, vous avez probablement raison. Mais la question se pose : comment fait-on passer le chat de l'autre côté de l'eau ? Vous connaissez sans doute le proverbe : « Quand on n'a pas de doigts, on ne peut pas attraper de figues !... »

En prononçant ces mots, Holzmann fit un clin d'œil à son jeune ami pour lui demander de venir à son secours.

Mais Rafalesco, soit qu'il n'avait pas compris, soit qu'il faisait semblant de ne pas avoir compris, ne venait pas à son secours. Envolés, les espoirs que Holzmann avait placés dans notre mécène... Et le mécène se leva d'un seul coup, comme s'il s'était brûlé :

— Mille pardons, vous voulez parler de la lettre que je vous avais promise pour mon ami Sonnenthal ? À l'instant même, tout de suite.

C'est en vain que Holzmann essaya de le rassurer, lui disant que la lettre pouvait attendre, en vain qu'il essaya plusieurs fois de revenir à son sujet, en vain qu'il multiplia les allusions, disant que « le voyage coûterait un argent fou... », qu'ils n'auraient « pas assez de galette... », que chez eux, « on comptait sou par sou... ». Le docteur Levius restait sourd à toutes ces allusions, sourd comme un mur.

Voyant que ça ne passait pas, Holzmann fit une tentative en parlant tout crûment. Mais vraiment rien qu'une tentative. Car avant même qu'il ouvre la bouche pour parler d'argent, le docteur Levius lui tendit la lettre qu'il venait d'écrire, lui pressa la main, sonna le domestique, fit signe que « ces messieurs » voulaient partir, se leva et les reconduisit fort courtoisement jusqu'à la porte :

— Aujourd'hui, c'est votre dernier gala. Aujourd'hui, on se voit au théâtre. Certainement, on se verra. Là, on discutera de tout ça. De tout. Adieu. *Auf Wiedersehen.* Je vous remercie beaucoup, beaucoup de votre visite. Adieu. *Auf Wiedersehen.*

CHAPITRE SOIXANTE-CINQ

LE DERNIER GALA À LEMBERG

La dernière représentation que donna la célèbre troupe de Bucarest avant son départ de Lemberg se déroula avec encore plus de succès, avec plus de splendeur et d'éclat. Le spectacle fut particulièrement réussi et d'une rare qualité. Tous les acteurs étaient en place. Le régisseur n'avait pas à transpirer, le chef n'avait pas à se mettre en quatre, le souffleur n'avait rien à faire. Tout baignait dans l'huile. C'était comme si les acteurs des deux troupes ne formaient plus qu'un seul chœur, et qu'au-dessus de leurs têtes, puissant et majestueux, planait l'esprit du jeune artiste.

Rafalesco lui-même avait l'impression que ce soir il était dans son jardin. Aussi nulle et stupide que fût la pièce, on sentait dans le jeu une rare cohésion... Les vrais esthètes en tiraient du plaisir. Les gens un peu moins connaisseurs étaient ravis. Et le grand public n'en pouvait plus et cassait tout dans le théâtre :

— Ra-fa-les-co !... Ra-fa-les-co !...

Et Rafalesco se conforma aux désirs du public, revint saluer encore et encore. Mais pas seul, avec la célèbre *prima donna* de Lemberg qui partageait avec lui le triomphe de cette soirée. Chaque fois que Rafalesco la prenait par la main, elle sentait un frisson lui parcourir le corps : « Ce garçon ne m'échappera pas. Je vais l'emmener chez moi... » Telles étaient les pensées d'Henrietta Schwalb tandis qu'elle souriait de toutes ses dents blanches et que scintillaient toutes les pierres de pacotille qu'elle s'était achetées récemment.

En la regardant, son frère le tragédien se rengorgeait. Devant cet homme-là, c'était une mine d'or qui s'ouvrait. Tous les bonheurs lui arrivaient en même temps : d'abord, il se voyait débarrassé de Getzl ben Getzl, ce suceur de sang ; ensuite, il avait topé là avec le directeur Holzmann, ils allaient s'associer pour monter à deux leur propre affaire et ouvrir un théâtre sous leurs deux noms : « Holzmann, Schwalb and Co. » ; enfin, cela n'avait pas de prix d'être débarrassé d'une bosse dans le dos, il voulait dire de sa sœur Yentl, ou Henrietta, qui avait, semblait-il, tourné la tête du môme de la plus belle façon. « Pas mal, comme couple, pensait-il en essuyant des deux mains son visage rougeaud. Mes collègues, les assistants, vont en éclater de jalousie et mon directeur Benêt ben Simplet, comme Holzmann l'appelle, va en attraper la *poplexie*... »

— Qu'est-ce que vous avez tout le temps à regarder par la fente du rideau, qui cherchez-vous ? fit Schwalb à son nouvel associé Holzmann qui tournait en rond dans les coulisses d'un air absent et regardait à chaque instant dans la salle en cherchant quelqu'un des yeux.

— Je cherche les jours d'antan, lui répondit Holzmann sans s'arrêter de scruter le parterre.

C'était le docteur Levius qu'il cherchait, le docteur Levius qui leur avait promis d'assister à la dernière représentation, et qui n'était pas là. Notre Holzmann était tellement dépité de la chose que, durant toute la soirée, il ne cessa d'invoquer le choléra et toutes les tortures de l'enfer et d'autres calamités sur la tête de tous les docteurs, de tous les Allemands, de tous les mécènes et du monde entier.

— Qui donc bénissez-vous aussi allégrement ? lui demandèrent les acteurs avec curiosité.

— Je viens de me rappeler un de mes oncles, un tailleur, qui jusqu'à son dernier jour est resté un pauvre diable, bien qu'il gardât toutes les chutes de tissu pour lui... Il est maintenant du côté du monde véritable, que le mérite gagné à rapiécer des pantalons lui soit d'assistance.

Mais pour la bande de comédiens, l'explication n'en était pas une. Ils rapportèrent donc aux oreilles de leur directeur qu'il se passait quelque chose de pas clair, que le « fortiche » de Bucarest (Holzmann) était devenu hystérique, complètement bouleversé, quoi. Qu'est-ce que ça pouvait bien être ?...

Getzl ben Getzl, ayant du mal à retenir un sourire, les écouta en baissant les yeux. « Hystérique ? pensait-il. Vous n'êtes qu'une bande de veaux ! Hystérique, c'est demain qu'il le deviendra, au moment de partir. Demain, je vous promets un beau spectacle... »

Le lendemain, il y eut un beau spectacle, comme on n'en avait encore jamais vu à Lemberg, depuis que Lemberg était une ville, qu'il y existait un théâtre yiddish, et que le directeur en était Getzl ben Getzl. On lui avait pris tout son théâtre, on l'avait mis sur la paille. Par la ruse, on lui avait d'abord enlevé sa *prima donna*, et quelle *prima donna* ! et dans la foulée, on lui avait aussi enlevé son frère, le vagabond, plus un autre acteur, Béni Gosier, un si bon souffleur ! Et même Mme Tcherniak, Brayndelè la Cosaque, qui avait disparu avec eux, le diable sait où !...

— Qu'est-ce qu'il me reste à faire, maintenant ? se plaignit amèrement Getzl ben Getzl en larmes devant le peu d'acteurs qui lui restaient. Mettre la clef du théâtre sous la porte, ou bien aller crever tragiquement dans un coin !

— Rien d'autre à faire, lui dirent en guise de consolation les acteurs qui étaient restés.

Puis en proie à un grand chagrin ils s'en furent au café *Monopole* pour une petite partie de cartes.

Et le directeur du théâtre de Lemberg prit ses jambes à son cou et se lança à la poursuite des fugitifs vers Vienne et Bucarest. Et de là, s'il fallait continuer, il continuerait. Qu'il ne s'appelle plus Getzl ben Getzl s'il n'arrivait pas à leur mettre la main dessus ! Ou alors, il n'y avait pas de bon Dieu...

CHAPITRE SOIXANTE-SIX

LA BIOGRAPHIE DES SCHWALB

L'association de nos deux célèbres partenaires Holzmann et Schwalb fut allégrement scellée et fêtée dans la belle et joyeuse ville de Vienne.

Cela eut lieu dans un de ces cafés-restaurants viennois qui, bien qu'étant loin de mériter la qualification de « grande classe », permettent néanmoins, dans une pièce séparée et devant un verre de bière de Pilsen accompagné de petites saucisses, de s'entretenir fort agréablement.

Nos deux associés s'étaient retrouvés là en tête à tête pour examiner tous les détails et négocier toutes les conditions, point par point.

1. Holzmann et Schwalb décident d'ouvrir un théâtre sous l'appellation « Holzmann, Schwalb and Co. ».

2. Les directeurs du théâtre seront eux-mêmes, Holzmann et Schwalb.

3. Apport personnel dans l'association : pour Schwalb, sa sœur Henrietta en tant que *prima donna* ; pour Holzmann, le célèbre acteur Léo Rafalesco comme jeune premier.

4. Tous les bénéfices qui resteront après paiement des frais et charges seront partagés par moitié entre les deux directeurs, autant pour toi, autant pour moi.

5. Les deux directeurs ne sont pas astreints à jouer la comédie, seuls les acteurs le sont, sauf si

l'un des acteurs tombe suffisamment malade pour qu'il lui soit impossible d'entrer en scène. Dans ce cas, le cachet de l'acteur malade deviendra la propriété des directeurs.

6. Tous les acteurs seront payés aux points : une fois que les directeurs en auront retiré la première moitié, l'autre sera divisée en parts qui seront réparties entre les acteurs, à chacun la sienne selon son mérite, à l'exception de Rafalesco et de la *prima donna*, qui recevront chacun deux parts.

7. Aucun des acteurs ne doit avoir la moindre idée de ce que gagnent les directeurs ou, ce qu'à Dieu ne plaise, de ce qu'ils perdent.

8. Le caissier de l'entreprise devra être...

À ce point surgit entre les directeurs une petite querelle. Chacun des deux voulait naturellement être au plus près de la gamelle. Mais ce conflit fut vite réglé grâce à une trouvaille de Holzmann : comme à la caisse du théâtre il fallait laisser Schwalb, parce qu'il était difficile à remuer, alors il fallait que tous les frais, toutes les espèces, tous les comptes et toutes les factures passent par les mains de Holzmann.

Puis l'on élabora encore quelques points d'importance mineure. Et tout cela avec minutie, bon sens et décision. Pour élaborer des points, on pouvait s'adresser à Holzmann. Il avait eu un fameux maître, en la personne d'un certain Shtupak, que son nom soit effacé !

Quand il en eut terminé avec tous les points, Holzmann donna un coup de sonnette, se fit apporter un encrier, une plume et une feuille pour établir un contrat, et s'adressa à son associé sur un ton jovial :

— Bon, maintenant, on va s'asseoir pour mettre tout ça sur le papier !

— Moi ? se récria Schwalb avec véhémence en repoussant la plume et l'encre. Moi, aussi vrai que vous me voyez, et aussi vrai que je suis juif, depuis que je suis né, je n'ai encore jamais tenu une plume entre mes doigts.

— Vraiment ? Pas possible ? s'enquit Holzmann, l'air très étonné. Comment quelqu'un peut-il être incapable d'écrire ne seraient-ce que quelques mots dans notre langue, je veux dire en bon vieux yiddish ?

— D'où cela me viendrait-il ? répliqua Schwalb avec beaucoup de gravité, voulant se disculper vis-à-vis de son associé.

Et comme il en était déjà à son troisième verre de bière, sa langue se délia et il se prit à exposer à Holzmann son intéressante biographie, que nous rapportons ici très brièvement :

Où il était né, il n'en savait rien, il avait grandi en orphelin, il ignorait de qui. En fait, ils étaient trois orphelins : lui-même, un frère aîné, Nissl, celui qui est à Londres, et à part ça, une petite sœur, Yentl, oui, la *prima donna*, celle qu'on appelle maintenant Henrietta. Alors, voilà : ils avaient traîné à gauche à droite, chacun dans son jus, jusqu'à ce que de bonnes gens les prennent en pitié, et on les avait placés l'un ici, l'autre là. Lui, on l'avait mis avec son frère chez un boulanger, pour vendre à la sauvette des *bagels* aux œufs. Le métier ne les emballait pas, alors ils avaient préféré se mettre aux cigares. Avec les cigares, on gagne davantage. En fait, avec les cigares, on gagne aussi des clopinettes. Encore heureux que lui, Isaac Schwalb, depuis toujours, il ait eu un talent de comédien. Quand venait Pourim, il se faisait de l'or... Bref, d'une façon ou d'une autre, à tous les deux, ils arrivaient à s'en sortir. Nus et sans chaussures, censément, et la faim au ventre, par-dessus le marché, mais ils pouvaient faire la nique au monde entier. Par contre, ce qui n'allait pas, c'était le crampon, la petite sœur. Qu'est-ce qu'on peut faire d'une fille ? Alors, ils l'avaient placée chez des patrons, comme bonne, quoi. Pour un quignon de pain, mais surtout pour s'ôter une épine du pied. Mais elle leur avait donné bien du souci. Toutes les trois semaines elle changeait de place. Tout ça, et c'était bien leur veine, parce que depuis toute petite, elle avait toujours été une fillette douée. Enfin, douée, moins pour la comprenette que pour la beauté. Et la plupart des bourgeois, que la peste soit sur eux, quand ils voient une jolie fille, ils se moquent du reste... Si au moins son frère aîné Nissl était resté à la maison, il aurait pu régler ses comptes avec eux. Cela leur aurait donné une leçon pour toute leur vie – « Parce que mon frère Nissl, regardez-moi bien, je ne vaux pas un clou à côté de lui ! » Mais le frère Nissl, voilà-t-il pas qu'il lui prend l'envie, que le diable l'emporte, de partir pour Londres, à pied en plus, promettant d'écrire une petite lettre chaque semaine. Finalement, ni vu ni connu, il est parti en oubliant de dire au revoir. Et quand s'est-il souvenu d'écrire ? Hé !... Hé !... Seulement après que lui, Isaac Schwalb, est devenu acteur, et joue les grands rôles tragiques, et sa sœur *prima donna* chez ce Benêt ben Simplet. Alors, voilà la question : quand est-ce que lui, Schwalb, aurait eu le temps d'apprendre à écrire ?...

Une fois cette intéressante biographie exposée avec franchise par son associé, notre Holzmann fut obligé de lui avouer qu'il avait tout à fait raison. Lui-même, Holzmann donc, savait écrire, mais seulement quand on ne le regardait pas. À bien y réfléchir de nouveau, à quoi bon savoir écrire ? Là-dessus, Holzmann déchira en deux la feuille blanche, et apostropha son associé :

— Maudits soient tous les papiers et toutes les écrivasseries ! « Ce n'est pas la lettre de change qui paie, c'est le bonhomme qui paie ! » Topons là, et jurons-nous que tout ce que nous venons de décider sera parole sacrée. Prenons donc un autre verre de bière et embrassons-nous le museau. Santé ! À la vie ! Que Dieu nous accorde la chance et la réussite !

— Santé ! Santé ! À la vie ! Que Dieu nos accorde succès et prospérité.

— Amen.

— Amen. Amen.

CHAPITRE SOIXANTE-SEPT

LA PREMIÈRE VISITE CHEZ LE GRAND SONNENTHAL

Une fois sortis, nos deux associés, légèrement gris, ne dirent à personne qu'ils avaient passé entre eux un accord aussi sérieux. Seulement, ils entreprirent d'étudier Vienne pour chercher un local où monter un théâtre yiddish. Mais leurs efforts se révélèrent rapidement infructueux. Vienne n'était pas une ville, et les Juifs de Vienne n'étaient pas des Juifs. Des Juifs – comme disait Holzmann – qui peuvent se passer complètement d'un théâtre yiddish, qui se précipitent pour écouter Sonnenthal ou bien se satisfont d'un cabaret, ou d'un bouge quelconque où l'on entend chanter des chansons comme *Ève* ou *Le Vendredi soir* en applaudissant à tout rompre et en se léchant les doigts, des Juifs comme ça, on devrait les pendre à un arbre ou les fusiller.

Ainsi récriminait Holzmann, usant de ses invectives habituelles. Ils décidèrent, avec son associé Schwalb, de cracher sur Vienne l'élégante, et de repartir plutôt pour la province, pour les petits bourgades de ces régions bénies qu'étaient la Galicie, la Bucovine et la Roumanie, où le public accourait encore au théâtre yiddish, comme on accourt par exemple voir un ours, un éléphant ou un singe...

Une seule chose retenait Holzmann à Vienne, c'était Sonnenthal. « Un artiste qui possède un million mérite, rien que pour lui, une journée supplémentaire passée à Vienne », voilà ce que disait Holzmann. Non pas qu'il fût impressionné par un million. Que Dieu l'en garde ! Des millionnaires, il en avait déjà vu des tas dans sa vie, il avait déjà parlé avec eux, roulé avec eux dans la même carriole, et si vous voulez savoir, il avait même mangé à la même table qu'eux (c'était un clin d'œil au docteur Levius-Léviathan de Lemberg). Holzmann était d'avis qu'un acteur qui a réussi à se faire un million, sans le gaspiller, sans le boire et sans le perdre aux cartes, eh bien, celui-là, il mérite qu'on aille le voir.

Holzmann soigna sa tenue, lissa son haut-de-forme, s'acheta une nouvelle paire de gants, un parapluie neuf en pongé, prit la lettre que le docteur Levius leur avait donnée, et apostropha le môme :

— Allons-y, mon petit canari, et du pied droit...

Schwalb, l'associé, se manifesta, disant que lui aussi aurait bien voulu les accompagner chez Sonnenthal.

— Le fait que nous soyons associés n'a rien à voir, lui dit Holzmann pour couper son élan. Attention ! Faire des affaires ensemble, ça ne veut pas dire qu'on soit des frères. D'accord, une association, c'est une association. Encore faut-il savoir s'y tenir...

Schwalb ne comprenait pas cet entêtement. Quoi, ça ne coûterait pas plus cher d'y aller à trois ? Il ne le lui mangerait pas, son Sonnenthal ! Holzmann lui répondit par une parabole :

— Chacun doit connaître la place qui est la sienne. Si tu laisses entrer un cochon chez toi, il grimpera sur la table...

Schwalb se vexa et lui fit bien comprendre que la *prima donna* Henrietta Schwalb était sa sœur, et que lui Schwalb se trouvait être son frère... Holzmann, quant à lui, s'échauffa, fut pris d'une quinte de toux, et se mit à lui parler dans la langue des Écritures :

— « Ni de ton aiguillon, ni de ton miel... », « Ne me grimpe pas dans la soupente, et ne fais pas sur l'échelle. »

Ni Rafalesco ni Holzmann ne pouvaient comprendre pourquoi quelqu'un d'aussi célèbre que Sonnenthal n'avait pas sa propre maison mais habitait à l'hôtel. « Bon, un type comme nous, qu'il se trimballe sur tous les tas d'ordures, qu'il fasse la connaissance de toutes les poules et de tous les canards, de toutes les maîtresses de maison et de toutes les punaises, passe, nous ne sommes que de misérables comédiens juifs. Mais Sonnenthal ? À Vienne ? Ça, il faut le faire ! »

Telles étaient les réflexions de Holzmann tandis qu'ils se rendaient chez Sonnenthal en brillant équipage. Dès qu'ils arrivèrent devant le somptueux hôtel où habitait Sonnenthal, et qu'à leur rencontre sortit une espèce de créature en livrée à boutons dorés, il changea instantanément d'opinion, et déclara à son jeune ami :

— Au diable l'avarice et les fils d'avaricieux !

Puis il informa la créature aux boutons dorés qu'ils désiraient voir Sonnenthal. Les boutons dorés dévisagèrent nos deux personnages de haut en bas et les informèrent qu'on ne pouvait pas voir Sonnenthal.

— Pourquoi ça, par exemple ?

— Parce que Sonnenthal ne reçoit pas.

— Qu'est-ce que cela signifie : il ne reçoit pas ?

Question que les boutons dorés laissèrent absolument sans réponse, vu qu'il avait déjà tourné les talons pour s'en aller. Alors Holzmann intervint fièrement, disant qu'ils avaient pour Sonnenthal une lettre d'un très haut personnage, dont la fortune valait peut-être bien autant que celle de son maître. Qu'il ne croie pas qu'il avait affaire à n'importe qui. Du reste, eux-mêmes étaient des artistes...

Là, Holzmann attrapa son haut-de-forme, retira un de ses gants, le remit et gratifia la créature aux boutons dorés d'une grande claque dans le dos. Un tel comportement troubla quelque peu les boutons dorés, qui leur prit la lettre, remonta, fit attendre nos visiteurs dans l'escalier un bon moment et revint avec une information précise, à savoir que Sonnenthal s'excusait fort, mais qu'il était précisément en train d'étudier un nouveau rôle. S'ils voulaient absolument avoir un entretien avec lui, ils pouvaient passer ce soir au théâtre dans les coulisses, pendant les entractes...

Impossible de tirer un mot de plus de cet individu, car, avant même qu'ils aient pu ouvrir la bouche, la créature aux boutons dorés leur fit voir qu'elle portait dans le dos les mêmes boutons dorés que par-devant.

— Que tous mes cauchemars de cette nuit, de la nuit d'avant, et de toutes les nuits de toute l'année retombent sur la tête de tous les Sonnenthal, de tous les docteurs Léviathan, de tous les mécènes de la Création ! Alors, mon petit canari ? Mais basta !...

Tels furent les propos que Holzmann tint à Rafalesco sur le chemin du retour, et ils avaient tous deux le visage en feu.

CHAPITRE SOIXANTE-HUIT

VAINES ESPÉRANCES

À leur retour de cette visite solennelle, plutôt abattus, nos deux héros furent reçus chaleureusement par les acteurs venus à leur rencontre, et qui leur firent un accueil enthousiaste :

— Alors ?

— Alors quoi ?

— Quelles sont les nouvelles du grand Sonnenthal ?

— Que peut-il y avoir comme nouvelles ? fit Holzmann avec une grimace indifférente et niaise. Quel homme, croyez-vous, ce Sonnenthal !

Et Holzmann entreprit de leur narrer avec vivacité ou plutôt de les bassiner en leur contant monts et merveilles sur Sonnenthal, comment il était magnifiquement logé, quel être exquis c'était, comment il les avait reçus avec égards en leur offrant du thé, de la bière et des cigares, « des cigares gros comme ça ! ».

Et Holzmann montra d'un geste de ses deux mains la grosseur des cigares qu'on leur avait offerts là-bas, tant et si bien qu'une de ses mains atterrit en plein dans le visage rougeaud de Schwalb. Schwalb qui, comme on le sait, était un spécialiste en matière de cigares, ne put s'empêcher de faire remarquer que des cigares comme ceux dont parlait Holzmann, ça n'existait tout simplement nulle part, car qui mieux que lui pouvait connaître cet article, puisqu'il en avait fait commerce toute sa vie ?

— Ma parole, l'interrompit Holzmann, c'est vraiment une calamité que tu aies changé de métier. Si seulement tu t'en étais tenu aux cigares, la scène yiddish aurait eu un ringard de moins.

Cette remarque était peut-être un peu trop incisive pour un artiste comme Schwalb. Son visage rougeaud devint plus rouge encore, et il se mit à transpirer. Schwalb n'était pourtant pas homme à se fâcher trop fort et à garder longtemps une rancune dans son cœur. Il n'est donc pas surprenant que la paix revînt très vite entre eux, et que l'on décidât sur-le-champ qu'on prendrait une loge au Burg Theater le soir même pour aller tous ensemble entendre Sonnenthal. Enfin, tous ensemble, façon de parler ; ils iraient à cinq : les deux directeurs, Rafalesco, Henrietta et Brayndelè la Cosaque.

— Et les autres ?

— Les autres, décréta Holzmann, ils peuvent très bien rester à la maison à réciter les Psaumes. Mais en cas de nécessité, s'ils le veulent vraiment, ils peuvent toujours, sans que cela leur soit un affront, grimper à la galerie supérieure. D'abord, ça coûtera bien moins cher, ensuite, ils seront plus près du bon Dieu.

En un mot, Holzmann ne montra aucun signe de mécontentement. Au contraire, ce matin-là, il fut plus animé et plus bavard que jamais, faisant toutes sortes de grimaces et de singeries, chantant et dansant tout seul comme s'il venait d'avoir un coup de veine.

Par contre, l'attitude du deuxième visiteur, Rafalesco, était toute différente. Autant Holzmann était vif et joyeux, autant lui avait l'air triste et préoccupé, errant comme s'il avait perdu la tête. Toutes ses douces pensées étaient tombées à l'eau, et ses rêves dorés avaient fondu comme neige d'antan.

Son premier rêve, c'était sa rencontre à Vienne avec Reyzl, la fille du chantre, ou plutôt Rosa Spivak, qui l'empêchait de dormir la nuit... Et le deuxième rêve, c'était l'accueil qu'il avait pensé recevoir du grand Sonnenthal.

C'était sans aucun but précis qu'il avait rêvé d'aller à Vienne chez la célèbre cantatrice Marcella Embrich, où séjournait sa Reyzl. Après de multiples recherches et de nombreuses enquêtes, il n'avait appris qu'une chose avec certitude : que ni Marcella Embrich ni Rosa Spivak n'étaient à Vienne. Mme Tcherniak, qui lui avait garanti que Rosa était à Vienne, et s'était engagée à la rechercher et à la retrouver sans difficulté, commençait à user d'un langage un peu différent.

Chaque fois, elle arrivait avec une information différente : on venait de lui raconter que Rosa Spivak s'était séparée de Marcella Embrich, et qu'elle était partie avec un artiste pour Berlin... Une autre fois, elle revint porteuse d'une nouvelle, comme quoi Rosa était à Paris et étudiait au conservatoire aux frais d'un riche mécène, un certain Jean Rescot, un chrétien, qui était tombé amoureux fou de la chanteuse juive... Plus tard encore, elle débarqua dans son long manteau rouge, attira Rafalesco dans un coin pour lui révéler en secret à l'oreille qu'elle savait de source sûre que Rosa était en ce moment à Londres, qu'elle donnait des concerts avec un célèbre violoniste, un jeune Juif, Grisha Stelmakh, dont le nom était sur toutes les lèvres. On disait que ce Grisha pouvait être son fiancé, ou même qu'elle l'avait déjà épousé.

— Pures calomnies ! ne put s'empêcher de s'exclamer Rafalesco.

— Qu'est-ce que ça veut dire, pures calomnies ? lui demanda Mme Tcherniak en lui jetant un regard de ses petits yeux japonais, tandis que sur son visage de pleine lune s'affichait un sourire qui s'épanouissait sur sa large bouche en découvrant ses grandes dents blanches et saines.

Oh ! Si Rafalesco n'avait eu honte, il aurait bien levé la main sur la vieille sorcière, tant elle lui paraissait affreuse en ce moment, avec son visage rond et ses petits yeux japonais, et sa silhouette sautillante dans son long manteau rouge, alors qu'il n'y a pas si longtemps, il la trouvait pleine de charme... Non, ce n'était plus la même Brayndelè la Cosaque qu'avant. Non, plus du tout !

CHAPITRE SOIXANTE-NEUF

CET HOMME N'A PLUS TOUTE SA TÊTE

La loge que notre compagnie occupait au Burg Theater de Vienne se composait de cinq personnes différentes, et chacune des cinq réagit à sa manière personnelle à la représentation et à la prestation du grand Sonnenthal.

Holzmann, lui, n'avait d'yeux que pour le public et les décors. « Voilà qui s'appelle un théâtre ! » Mettons par exemple que Dieu lui vienne en aide pour ouvrir un petit théâtre comme ça, ne serait-ce que d'ici trois ans, il montrerait au monde de quoi Holzmann était capable. Le diable les emporterait tous, eux et leurs pères. Parce qu'il ne fallait tout de même pas se raconter des histoires : Holzmann, il n'était pas moins malin que ces Allemands. De l'argent, il y en avait un peu. Et des forces, Dieu soit loué, on n'en manquait pas non plus. Une chose cependant : où prenait-on chez nous un public pareil ?...

Et le regard de Holzmann s'abaissa de la loge jusqu'au parterre, sur la foule des têtes luisantes du public élégant et brillant qui était venu au théâtre. Et son invective habituelle s'échappa de sa bouche : « Que le choléra... » sans qu'on sache précisément à qui elle s'adressait. Aux Allemands, qui avaient rempli ce théâtre à craquer, ou aux Juifs, qui préféraient ne pas venir dans le théâtre que lui, Holzmann, avait eu dans l'idée d'ouvrir ici même, dans cette ville maudite ?

« Pouah ! se dit Holzmann. Vienne, une ville pareille ! Il faut déménager d'ici au plus vite pour une bourgade, une petite ville juive. Tout ce public aux têtes nues, creuses et chauves ne rachèterait pas un seul Juif de Holenechti... »

Les pensées de Mme Tcherniak allaient à peu près dans le même sens, mais d'une autre manière. Brayndelè la Cosaque avait en peu de temps appris à connaître Holzmann et son idéal, qui était aussi son idéal à elle. Elle ne pensait qu'au moment ineffable où Holzmann lui expliquerait que, désormais, il était prêt à marcher avec elle « la main dans la main » pour de bon, c'est-à-dire à faire dresser le dais nuptial. Alors, oui, quel beau théâtre ils pourraient bâtir à eux deux !...

Et pendant un moment ses pensées la submergent et l'emmènent bien loin d'ici. Quelque part dans une bourgade de Galicie, ou en Bucovine. Là, elle se voit déjà en Mme Holzmann, la femme du directeur Holzmann. Ils sont devenus, avec l'aide de Dieu, propriétaires de leur théâtre, de leurs propres décors, de leur propre troupe de vrais acteurs célèbres, avec parmi eux ce garçon, le jeune Rafalesco et la *prima donna* Henrietta, qui ne s'appelle plus Henrietta Schwalb mais Henrietta Rafalesco... Oui, Henrietta Rafalesco ! Mme Tcherniak en personne y veillerait, à ce que ce mariage se fasse. Une fois le mariage fait, Holzmann cesserait de regarder la *prima donna* comme un chat regarde un pot de crème, et il n'aurait plus d'idées bizarres à lui trotter dans la tête, que la calamité soit sur lui !...

Brayndelè la Cosaque surveillait de ses petits yeux japonais chacun des faits et gestes de Holzmann, et voyait bien qu'il tournait autour de la *prima donna* Schwalb pas seulement à la façon dont on tourne autour d'une *prima donna*... « Il va falloir sans tarder marier cette idiote au joli minois à ce curieux garçon... », se dit-elle en se mettant à l'ouvrage de toute son énergie. Avant tout, il fallait lui sortir de la tête, à ce curieux garçon, la pensée de cette petite Rosa Spivak, qu'il l'oublie, et ensuite on s'occuperait du frère de la *prima donna*, le vagabond, et lui faire entrer dans le crâne que son idiote de sœur au joli minois devait épouser quelqu'un d'approprié (que pouvait-il y avoir de plus approprié que ce petit couple ?) et arrêter de faire tourner la tête de gens qui lui convenaient comme la malaria...

Et Brayndelè la Cosaque jette un œil sur le vagabond, qui regarde la scène, l'esprit complètement ailleurs « Un bon petit verre de bière, avec une petite saucisse, voilà qui me conviendrait bien maintenant », pense Itzik Schwalb. Et ses pensées le conduisent vers le buffet, vers les tables nappées de blanc, vers les petits verres et les flacons, les assiettes et les fourchettes, toutes les bonnes choses... En même temps, il fait mine d'être absorbé par le jeu et enthousiasmé par le grand Sonnenthal au point d'en être complètement transporté !

Et sa sœur Henrietta regarde la scène, mais n'est préoccupée que d'elle-même. Ce soir elle a mis tant de soin à sa toilette que c'en est vraiment un plaisir à voir. Elle s'est fait coiffer à la dernière mode chez un perruquier. Elle a revêtu ses plus beaux atours et s'est parée de toutes ses pierres, vraies et fausses. Ce n'est pas tant pour le grand Sonnenthal qu'elle s'est ainsi élégamment parée, que pour le jeune Rafalesco, qui pour le moment n'est pas encore tout à fait à elle.

Mais il y a un peu d'espoir pour que... Oh !... Faites-lui confiance. Elle sait, Henrietta. Elle a de l'expérience dans ces choses, Henrietta. Ce garçon, il faut d'abord le faire un peu languir... Lui rendre les choses un peu difficiles... Et ensuite, quand il viendra vers elle, comme tous ceux à qui elle a fait mordre la poussière, alors là, elle saura bien ce qui lui reste à faire...

Mais que lui arrive-t-il à présent ?... Henrietta se tourne vers Rafalesco, il est méconnaissable. Il est penché au-dehors de la loge jusqu'à mi-corps, il est entièrement là-bas, sur la scène, et tellement absorbé par le jeu d'acteur, qu'il n'entend ni ne voit plus personne. Rien n'existe pour lui, ni personne à part Sonnenthal, le grand Sonnenthal. Il en tremble de tous ses membres, il a le visage en feu. Les yeux lui brûlent. Les doigts lui brûlent, et à chaque instant il laisse échapper un profond soupir de son cœur. Henrietta le regarde et n'arrive pas à comprendre ce qui se passe. S'il pouvait au moins quitter la scène des yeux un instant ! Voilà un homme qui est assis dans la même loge qu'elle, et il ne prononce même pas une parole. Comment peut-on ne pas lui faire au moins l'aumône d'un simple regard ? Que vienne la fin de l'acte, elle le retiendra, et elle lui dira. Elle lui dira que... Chut ! Le premier acte vient de se terminer, et Rafalesco est encore complètement égaré. Les larmes aux yeux, il serre les mains de tout le monde, de Holzmann à Brayndelè la Cosaque. Quand vient le tour du tragédien Schwalb, il le prend dans ses bras et l'étreint :

— Voilà qui s'appelle jouer ! C'est comme cela qu'on doit jouer !

Henrietta Schwalb se tient à l'écart, et en le contemplant se dit à elle-même :

— Non, ce garçon est dérangé... Cet homme n'a plus toute sa tête...

CHAPITRE SOIXANTE-DIX

ENCORE RÊVEUR

Dès la fin du premier acte, Holzmann alla négocier avec les huissiers du Burg Theater, afin de pouvoir entrer dans les coulisses voir Sonnenthal. Il s'avéra alors que Sonnenthal ne pouvait recevoir que l'un d'entre eux, le plus jeune, celui dont le docteur Levius de Lemberg parlait dans sa lettre.

— Et moi, alors ? En voilà un dialogue de sourds ! Que tous mes cauchemars de cette nuit et de la nuit dernière...

Ainsi s'exclama Holzmann dans son langage habituel, mais il dut aussitôt s'interrompre, car il venait d'apercevoir toute la bande des acteurs, avec Brayndelè la Cosaque au milieu. Si une tombe s'était ouverte devant lui, il s'y serait précipité tout vif. Il avait honte devant tous ces gens qui commençaient à se regarder en silence, en particulier devant son associé Schwalb qui l'observait d'un œil rusé, l'air de dire : « Ma parole, comment est-ce possible, après des cigares comme ça ?... » Dans l'intervalle, le temps ne s'était pas arrêté, les minutes étaient courtes, et l'huissier attendait. Alors, Holzmann saisit Rafalesco par le bras, l'entraîna à l'écart et lui livra un secret qu'il venait d'apprendre aujourd'hui même, ici au théâtre, une information toute chaude : voilà, ce Sonnenthal avait un fils à lui, un bâtard, un gredin de ceux qui méritent une vie aussi courte que pleine d'ennuis, un vrai vaurien ! Et ce rejeton n'arrêtait pas de signer des reconnaissances de dettes, et le père n'arrêtait pas de payer.

— Alors, méfie-toi, tenta de le convaincre Holzmann de toute la persuasion de ses membres pointus, prends garde que cela ne se passe pas comme avec le mécène de Lemberg, puisse-t-il disparaître ! Avec lui il faudra parler clair et net, lui dire que deux et deux font quatre... Et ne te laisse pas embobiner, parce que tant qu'à manger du porc, mieux vaut que ça vous coule le long de la barbe. Tu comprends ?...

Seulement là se produisit quelque chose chez notre jeune héros qui fit que Holzmann ne put en croire ni ses yeux ni ses oreilles. Il est difficile de dire comment cela arriva : soit que Holzmann l'avait tellement ennuyé avec ses recommandations à propos de « deux et deux font quatre », soit qu'il était encore sous le choc du matin, quand Sonnenthal avait refusé de les recevoir chez lui, soit encore tout simplement parce qu'il était très en colère, au moment où il semblait prêt à monter avec l'huissier dans les coulisses, il se retourna brusquement vers Holzmann et s'adressa à lui en termes brefs et cassants :

— Non, je n'y vais pas.

— Hein ? Quoi ?

— Je n'y vais pas.

— Comment ça, tu n'y vas pas ?

— Comme ça.

Holzmann se frotta les yeux, examina le visage de son jeune ami à la lueur vive des lampes électriques. Mais que lui arrivait-il donc ? Comment se pouvait-il que le môme ne veuille plus lui obéir, à lui, Holzmann ? C'était le premier non qu'il ait jamais entendu de sa bouche. Mais dans ce non, et surtout dans le ton sur lequel il avait été prononcé, il y avait tant de fermeté et de décision que Holzmann s'interdit de lui redemander : pourquoi non ? Il se contenta de le regarder de nouveau dans les yeux, de biais, et fut saisi d'effarement. Holzmann à ce moment-là dut ressentir à peu près la même impression que Bilam quand son âne se mit à parler et à prononcer des paroles humaines.

— Bien, si c'est non, c'est non, répondit-il à Rafalesco, avec un sourire que démentait son attitude.

On peut dire que dans l'instant Holzmann se trouva rejeté dans une autre condition, qu'il vieillit de plusieurs années, que son nez pointu s'allongea bizarrement. Ses épaules pointues se voûtèrent, il fut même sur le point d'être pris d'une quinte de toux. Alors, on entendit la sonnette qui marquait la fin de l'entracte et le public s'en fut reprendre place dans le théâtre et nos deux héros reprirent eux aussi le chemin de leur loge.

Après le théâtre, nos artistes de la nouvelle troupe Holzmann, Schwalb and Co. se rassemblèrent, les cinq de la loge avec le reste de ceux qui étaient aux galeries, et se mirent à arpenter les rues de Vienne en parlant tous en même temps et avec les mains, selon leur habitude. On confrontait les impressions que le théâtre viennois avait faites, on prononçait une sentence d'expert, une critique. Chacun essayait de convaincre l'autre, agitait furieusement les mains, riait, faisait du vacarme et chahutait. On entendait fréquemment des mots comme : « ringard », « balourd », « empoté », « crâneur », « mâchonneur de Psaumes », « bouffeur de patates » et autres mots vexants du même genre, ceux que l'on peut entendre chez les acteurs yiddish. À qui étaient destinés ces surnoms cinglants et ces épithètes acérées, il est difficile de le dire. Mais on s'amusait bien. Les cris portaient loin, les rires encore plus loin. On aurait dit qu'un flot de gens nouveaux, parlant une langue nouvelle, avait envahi la vie quotidienne de Vienne ; il y avait, je pense, plus d'un Allemand à s'arrêter pour contempler avec étonnement ce petit groupe insolite qui par son comportement inusité mettait en émoi plus d'une rue de cette ville tranquille, chaleureuse et hospitalière.

Seules deux personnes ne prenaient aucune part à ce tapage. Il s'agissait du directeur Holzmann, et du jeune premier de la troupe, Rafalesco. Tous les deux étaient préoccupés de leurs propres cogitations et de leurs propres sentiments. Holzmann, qui marchait aux côtés de Brayndelè la Cosaque, semblait prêter l'oreille à son bavardage, mais n'arrêtait pas de penser au môme qui, pour la première fois de sa vie, lui avait dit non. Et le môme marchait à côté de la *prima donna* Schwalb. Elle lui parlait et riait, ses yeux brillaient, ses dents blanches étincelaient, et lui faisait semblant d'écouter, ne répondait qu'à un mot sur dix, mais il avait l'esprit ailleurs, bien loin de là. Il se voyait sur scène, dans le même rôle que Sonnenthal, et il se jura à lui-même : qu'il ne s'appelle plus Rafalesco si un jour il ne jouait pas comme Sonnenthal !

Et notre jeune rêveur se prit à imaginer un nouveau jardin d'Éden, à concevoir de nouvelles chimères : comment lui, Rafalesco, s'était mis à l'étude de nouveaux rôles, les mêmes rôles que jouait Sonnenthal. Comment il était invité à Vienne, au Burg Theater, pour y donner des galas. Comment Sonnenthal, le grand Sonnenthal était là, au parterre, avec tous les autres, à l'écouter. Comment Sonnenthal, pâmé, sautait en scène, l'étreignait et reconnaissait à voix haute devant la terre entière qu'il était battu, surclassé par ce jeune artiste, Rafalesco...

CHAPITRE SOIXANTE ET ONZE

OÙ TOUS DEUX RIENT

Cette nuit avait été difficile pour Holzmann. Il était resté longtemps sans pouvoir s'endormir. Il avait le cœur lourd comme une pierre. Des pensées l'assaillaient, des pensées tristes et pesantes. « Qu'est-il donc arrivé au môme ? se demandait-il, toussant et se retournant sans cesse dans son lit. C'est la faute de cette ville, qu'elle s'abîme dans les flammes ! Depuis que nous sommes arrivés à Vienne, le môme a changé du tout au tout. Il est devenu capricieux comme un fils unique. Il nous faut déguerpir d'ici au plus vite... »

Tel était le jugement de Holzmann, débordant d'aversion à l'égard de Vienne et de ses habitants. Cette ville pleine de charme et de gaieté lui apparaissait sombre et ténébreuse, triste, et ses habitants laids, hypocrites et malveillants. Et tout ce qui lui venait à l'esprit durant cette nuit lui apparaissait bien pire que cela n'était, bien pire que cela ne pouvait être. Tous ses beaux projets étaient partis d'un coup en fumée. Les gens sur lesquels il comptait l'avaient mené en bateau de vilaine manière, l'avaient trahi en long et en large. Ce qu'il craignait le plus s'était produit : il était assiégé de tous côtés, on lui tendait des embuscades, on voulait lui enlever, lui souffler sous le nez toute sa fortune, son Rafalesco.

Il faut faire attention au môme, pensait Holzmann, le surveiller comme la prunelle de ses yeux... Trop d'instigateurs... Qui sait à quoi ils peuvent le pousser ?

Qui peut connaître les pensées de ce Schwalb, et quelles intentions sa sœur, son Henrietta, abrite dans son cœur ? Et quel serpent Brayndelè la Cosaque est-elle en train de réchauffer ?... Tout seul, contre une telle horde de loups !...

Et Holzmann s'assied dans son lit, s'appuie sur son coude pointu, tousse et s'adresse à son jeune ami qui occupe le lit d'à côté :

— Mon petit Rafalesco, tu dors ?

— Non, qu'y a-t-il ?

— Il m'est venu une idée.

— Par exemple ?

— Tu entends comme je tousse ?

— Et alors ?

— Je crois que c'est la fin. Il faut se préparer à partir. Renoncer à ces quelques guldens, et se diriger vers où mon père, qu'il repose en paix...

Rafalesco s'assied à son tour sur son lit, et jette sur Holzmann un regard effrayé de ses grands yeux :

— Tu es fou ? Tu as perdu la tête, ou bien c'est la fièvre qui te fait divaguer ?

Holzmann, content que Rafalesco ait été pareillement inquiété, éclate de rire et se met à tousser et à jurer :

— Espèce de petit sot ! Qu'autant de calamités s'abattent sur la tête de Shtupak que je vais encore vivre d'années, si Dieu le veut ! C'était juste histoire de parler... Si je tousse moins, j'ai l'intention de faire sortir ma mère et ma sœur de leur pays perdu...

Holzmann tousse longuement, reprend son souffle, se tourne contre le mur et s'endort. Et il rêve qu'il n'est plus à Vienne, mais à Lemberg. Il se promène sur la Karl-Ludwig Strasse, et il aperçoit de loin le directeur Getzl ben Getzl qui marche à côté du môme et le croise sans même lui faire l'aumône d'un regard. Il en ressent une brûlure, il est mortifié, il se précipite et appelle, d'abord tout doucement :

— Rafalesco !

Rien ! Il n'entend pas. Encore une fois :

— Rafa-lesco !...

Plus l'autre s'éloigne, plus il crie fort :

— Ra-fa-les-co !... Ra-fa-les-co !...

L'autre ne veut même pas se retourner, fait comme s'il ne le connaissait pas !... Holzmann ne peut en supporter davantage. Chez le meilleur des hommes, pareil tourment peut faire exploser la vésicule. Eh ! on verra bien ! Il va s'avancer vers ce bâtard de Benêt ben Simplet, le saisira brusquement par son cou de cochon d'une main, et de l'autre lui balancera sur la gueule une de ces baffes... Une, deux... Bing, bang !...

À moitié mort, Rafalesco saute de sa couche et se précipite vers le lit de Holzmann où le spectacle suivant s'offre à sa vue : la petite table de nuit, à la tête du lit de Holzmann, gît à terre, les pieds en l'air, avec la carafe d'eau brisée, un verre en petits morceaux et un bougeoir tordu. La montre, la montre en or de Holzmann, qu'il s'est achetée il y a peu de temps ici même à Vienne, gît aussi brisée parmi les ruines.

— Que s'est-il passé ? demande Rafalesco à Holzmann.

En plein désarroi, les yeux dans le vague, Holzmann regarde Rafalesco qui se retient de rire à grand-peine, puis le désastre qu'il vient de provoquer.

Heureux que le rêve ne soit qu'un rêve, il s'exclame joyeusement, comme à son habitude, à l'adresse de son jeune ami :

— On dirait que j'ai rêvé à des bandits, enfer et damnation ! Regarde-moi ces dégâts ! Que le choléra m'emporte cette nuit même !...

Et tous les deux se tiennent les côtes de rire. Ils rient longtemps, longtemps, jusqu'à ce que de la chambre d'à côté on cogne au mur pour leur demander d'arrêter de rire.

Ils riaient tous les deux, mais leur rire n'était pas le même. L'un riait aux éclats, de bon cœur, tandis que l'autre riait pour faire bonne figure, tout en se disant : « Non, ce n'est plus le même môme qu'avant... Même son rire n'est plus le même rire qu'avant... Il faut faire attention à lui... Il faut faire venir ma mère et ma petite sœur. Il nous faut décamper de Vienne, direction le diable vauvert... »

CHAPITRE SOIXANTE-DOUZE

UN HOMME AVEC DE L'ÉDUCATION

Le seul artiste de la troupe Holzmann, Schwalb and Co. à avoir de l'éducation était le souffleur, Béni Gosier, celui que Holzmann avait enlevé par la ruse au théâtre de Lemberg pour l'attirer chez lui. Le directeur Getzl ben Getzl s'était maintes fois vanté de ce que personne n'avait un souffleur comme lui, car « aucun souffleur, c'est moi qui vous le dis, n'est une personne avec de l'éducation ». Et c'est pour cela justement que Holzmann l'avait « embarqué » avec lui en même temps que la *prima donna* ; Holzmann se justifiait :

— Du diable si je sais pourquoi j'ai besoin d'un type comme ça, qui n'a pas l'air de valoir un kopeck, mais bon, que le diable l'emporte, une « personne avec de l'éducation » arrivera toujours à gagner son quignon de pain !...

Holzmann avait raison. À le voir, vous ne lui auriez même pas donné un kopeck, à ce personnage : un garçon noiraud, fluet, desséché, avec un nez majuscule, le cou maigre, une grosse pomme d'Adam dans le gosier, qui montait et descendait en parlant comme s'il avalait. Vêtu de haillons, un petit chapeau cabossé, et des cheveux : une vraie charrette de foin ! S'il avait enduit ses cheveux avec un produit, ou si au moins il les avait simplement coiffés tous les jours, cela n'aurait été que demi-mal. Mais notre souffleur n'était pas homme à se préoccuper de telles futilités. Une « personne avec de l'éducation » a, bien entendu, autre chose à faire. Ainsi donc, il faut lui pardonner s'il portait un col crasseux et une cravate bizarre, dont il était difficile de dire à quoi elle pouvait ressembler quand elle avait fait son apparition en ce monde pour la première fois. Tout cela mis ensemble, vous pouvez facilement imaginer l'espèce de monstre dont Holzmann avait dit dès le début – en privé, s'entend – qu'un calamiteux pareil vous coupait l'appétit. En plus, voulant ignorer qu'il s'agissait d'une « personne avec de l'éducation », Holzmann l'affublait à chaque occasion d'un nouveau surnom : d'abord, « le calamiteux », ensuite « la créature », et encore, tout simplement, « Kuni-Lemel »...

Il y a une règle qui veut que plus une personne est instruite, plus elle se considère comme une personne ordinaire. C'est pourquoi, sans doute, notre souffleur ne se fâchait jamais, se laissait commander par tout le monde et accomplissait pour Holzmann un travail de forçat. La théorie de Holzmann, si vous me suivez, c'était qu'un homme avait beau être instruit comme tous les diables, dès lors qu'il vivait chez autrui et mangeait son pain, il devait en gagner chaque morceau. Lui-même, Holzmann, n'en faisait-il pas sa part ? Pourtant, il aurait pu se souvenir de l'époque où, à Dieu ne plaise aujourd'hui, il travaillait pour trois, besognait comme un diable pour manger, cirait les bottes chez Shtupak, que son nom et son souvenir soient effacés où qu'il se trouve !...

C'est ainsi que Holzmann se justifiait intérieurement, et notre pauvre souffleur, l'« homme avec de l'éducation », portait en silence le joug de l'exil, ne se plaignait jamais, ne laissait jamais sa langue s'emporter contre quiconque, comme si cela avait été tout naturel.

Mais à chacun vient son temps, sa chance, son étoile au ciel. Il vint enfin un temps pour notre « homme avec de l'éducation » où son étoile se mit à briller, et où, d'un coup, il s'éleva à la face de tous, et en particulier de son directeur, Holzmann.

Cela se trouva au temps où la troupe Holzmann, Schwalb and Co. avait quitté Vienne-la-désolée pour s'en aller courir le monde et « jouer du théâtre » selon les anciens fondements : des opérettes, des mélodrames, des pièces banales, mille fois jouées, « ainsi que Dieu l'avait prescrit ».

Puis il advint un jour, au cours d'une répétition, alors que Rafalesco devait entrer en scène, que « l'enfant avait disparu », que le jeune premier était introuvable. Rafalesco introuvable, introuvable le souffleur, l'« homme avec de l'éducation ». Où pouvait être le jeune homme ?

Comment Holzmann ce jour-là ne fut pas frappé d'apoplexie, c'est un miracle du ciel. Le sang bouillonnait en lui, et il commença d'envisager toutes les éventualités, les unes plus affreuses que les autres. Après le non qu'il avait entendu de la bouche du môme au Burg Theater à Vienne, on pouvait s'attendre à tout... C'est ce que pensait Holzmann, et il se mit en colère pour de bon, d'une colère à tout casser. Mme Tcherniak prit peur en voyant son nez qui s'était curieusement allongé dans un visage creusé comme celui d'un défunt, et son regard aigu qui s'était tout à coup éteint. Alors elle se mit à tournicoter autour de lui, lui parlant avec son cœur, le conjurant de s'allonger un tout petit peu, elle lui ferait une compresse d'eau vinaigrée. Là, il lui colla une sorte de compresse dont elle dirait encore des nouvelles aux enfants de ses enfants. Il lui dit tout ce qui lui passait par la bouche. Il lui demanda qui l'avait priée de mettre sa langue où il ne fallait pas ? Il l'appela « Brayndelè la Cosaque », « face d'illuminée », « demi-lune », « Mazeppa » et autres gracieusetés du genre de celles que Mme Tcherniak, ces derniers temps, avait dû s'habituer à entendre de sa part en silence. Car que pouvait-elle faire de plus que toutes ces pauvres femmes folles amoureuses ? On essuie ses larmes, et l'on se tait... Dans l'intervalle, on était accouru avec une information : *Mazel tov*, bonne nouvelle ! Le fauteur de troubles avait été retrouvé ! Où ça ? Où ça ? Ils s'étaient réunis à l'auberge, Rafalesco et le souffleur, dans une pièce séparée, pour lire un petit livre.

Holzmann, saisissant son haut-de-forme et sa canne, accourut plus mort que vif, pâle, hors d'haleine :

— Qu'est-il arrivé ?

— Un trésor, on a trouvé un trésor !

Et Rafalesco prend Holzmann dans ses bras, l'étreint, l'embrasse :

— Un trésor, un trésor !

Holzmann le regarde comme s'il était devenu fou :

— Quel trésor ? Quelle perle ?

Uriel Acosta, la même pièce qu'ils avaient vu jouer par le grand Sonnenthal à Vienne, elle était là, entre les mains du souffleur, traduite mot à mot dans notre langue, en yiddish ! Terminé. Rafalesco ne jouera plus d'autres rôles que Uriel Acosta. Terminé, plus d'opérettes, plus de mélodrames, plus de farces de Pourim. Fini, fini !...

Holzmann, avec son haut-de-forme et sa canne, se laissa tomber sur un tabouret bancal et fut pris de sueurs froides. Qu'est-ce que c'est que ces paroles ? Quelle est cette langue ? Dans quel langage s'exprime le môme, à présent ? Qu'est-ce que cela signifie, qu'il ne jouera plus d'opérettes ? Et lui, Holzmann, le directeur, il n'a plus son mot à dire ? Et que vont devenir les décors ? Les costumes ? Les livrets ? Les partitions ? Les affiches ? Qu'est-ce qui se passe ici ? La fin du monde ?

Holzmann était prêt à déchirer le souffleur en petits morceaux. Regardez-moi ce qui lui était tombé dessus, un « homme avec de l'éducation » !

CHAPITRE SOIXANTE-TREIZE

LEQUEL DES CHATS MANGE LE BEURRE

À partir de ce moment, un nouveau chapitre démarra : *Uriel Acosta*. Partout, quelle que soit la ville où la troupe Holzmann, Schwalb and Co. arrivait, après les deux ou trois premières représentations, on donnait *Uriel Acosta*, et si l'on représentait la pièce une fois, il fallait la représenter de nouveau, et puis encore. Parfois, on exigeait même de ne plus avoir d'opérette du tout, mais seulement cette pièce. Par exemple à Paris, où la compagnie avait donné douze spectacles, aucune autre pièce que *Uriel Acosta* ne fut donnée. Comme le disait Holzmann, ils faisaient « un malheur » : on cassait tout dans le théâtre. Dans les gazettes, selon le compte rendu qu'on en fit à Holzmann, on comparait Rafalesco à tous les plus grands comédiens, on prédisait qu'il dépasserait le grand Sonnenthal et toutes les plus brillantes étoiles du monde.

Bien sûr, notre Holzmann jubilait, buvait du petit-lait, se gonflait d'aise qu'un navet pareil – que Dieu ne lui tienne pas rigueur de ces propos – ramène dans la caisse presque autant d'argent que les plus belles opérettes, bien qu'il n'y ait là ni danses, ni chants, ni couplets comiques. Comme les temps changent, c'est le monde à l'envers, qu'il aille au diable ! Voilà qu'ils préfèrent les œuvres pieuses aux couplets. Ils préfèrent voir sur scène un demi-débile comme cet Acosta plutôt que la plus ravissante des *prime donne* ! Va comprendre aujourd'hui !... Mais c'est toujours la même histoire : tant pis si ça vient d'un cosaque, pourvu qu'on en vive...

« Que la bonne santé soit sur ce calamiteux de souffleur qui a dégotté ce petit livre. Ah, ah, à propos, pour une "personne avec de l'éducation", ça ne va pas. Il faut lui faire cadeau d'un complet-veston usagé, ce Kuni-Lemel doit mettre un col blanc et une cravate neuve, et tant qu'à faire, qu'il se fasse aussi un peu couper les cheveux, il ressemble à un diacre de village, par tous les diables... »

Voilà ce que pensait Holzmann. Alors il augmenta le souffleur, lui rendit la considération qu'il méritait, et cessa de l'appeler « le calamiteux », « la créature », « Kuni-Lemel » ou par d'autres amabilités.

— Si c'est la volonté de Dieu, même un balai peut tirer des balles, disait Holzmann en retroussant ses moustaches d'un air triomphant, façon Guillaume II, ou en déambulant les mains dans les poches en faisant jouer sur son gilet blanc sa double chaîne en or, tout en rendant grâce à Dieu, béni soit Son Nom, de l'avoir fait réussir sans mécènes et sans artistes célèbres, qu'ils aillent tous errer en enfer en compagnie de Shtupak, que son nom et sa mémoire soient effacés...

Une seule chose manquait à notre Holzmann : une bourgeoise. En fait, si l'on veut, il en avait une, de bourgeoise, et pour rien, en plus. C'était Mme Tcherniak.

Elle lui tenait son ménage, veillait sur son argent jusqu'au moindre sou, prenait soin de la maison, lui était fidèle comme un chien. Elle reprisait son linge, raccommodait ses chaussettes. Tantôt elle lui préparait un lait chaud avec du miel, tantôt un lait de poule, pour qu'il cesse de tousser. C'en était arrivé au point où les acteurs entre eux ne l'appelaient plus Mme Tcherniak, ni Brayndelè la Cosaque, mais Mme Hotzmakh. Une chance que Holzmann n'en sache rien. Sinon, il eût été doublement contrarié : d'abord, que l'on se souvienne de son nom d'autrefois, ensuite qu'on lui prête pareille mésalliance. Holzmann avait en tête un autre hyménée. Holzmann voulait une jeune fille, et belle en plus. Tiens, précisément comme cette friandise de *prima donna* Henrietta. Et pourquoi pas ? Qu'y aurait-il eu là d'extraordinaire ? Elle n'avait peut-être pas inventé le fil à couper le beurre, du moins était-elle jolie, le diable l'emporte. Le problème c'est qu'elle était un peu trop fringante, qu'elle frétillait comme le chantre à la prière de *shabbess*. « Mais ce n'était pas encore le temps des vendanges, que je lui passe seulement la bague et je lui expliquerai les principes du respect, moi, comme Dieu les a édictés !... »

Un jour, c'était un *shabbess* d'après-midi, il s'était vêtu comme un dandy. Ces derniers temps, il était d'ailleurs toujours tiré à quatre épingles. « Habillé comme pour un enterrement », disaient les comédiens en le voyant. Il s'était soigneusement rasé, avait retroussé ses moustaches, s'était inondé de parfum, avait pris sa canne et avait proposé à la *prima donna* une petite promenade. Elle le contempla de la tête aux pieds, et le mortifia d'un refus : si jamais elle se languissait de lui, elle l'enverrait chercher... Holzmann en était resté tout interdit, et avait avalé l'affront.

Une autre fois, il avait eu une conversation avec elle, carrément à propos de mariage. Il était temps pour elle, lui dit-il, de cesser de gambader comme un cabri et de commencer à penser aux choses sérieuses... Henrietta lui répondit avec une certaine grossièreté, pas comme on répond à un directeur. Que ne s'occupait-il de lui-même, de son vilain visage de carême ?... Holzmann avala le distique sans broncher, et lui demanda : d'où savait-elle qu'il ne pensait pas précisément à lui-même ? Peut-être envisageait-il de se marier bientôt ?

— Ah, vraiment ? lui demanda-t-elle avec un petit rire insolent. Ah, ah, ah... Et avec qui, je vous prie, avec l'ange de la mort ?...

Notre Holzmann se mit à chercher, à enquêter pour savoir qui diable était fautif dans cette affaire, jusqu'au moment où il trouva la solution. C'est Brayndelè la Cosaque qui vint à son secours. Elle lui éclaira la cervelle, lui fit comprendre qu'il était un gros niais. S'il avait, lui dit-elle, les yeux du bon côté de la tête, il verrait tout seul quel chat mangeait le beurre...

Cette histoire mit un peu de baume au cœur de Mme Tcherniak, pour toutes ses nuits sans sommeil et toutes ses larmes versées. Brayndelè la Cosaque ne craignait plus personne. Pour elle il était clair comme le jour que le mariage entre la *prima donna* et Rafalesco était une affaire faite, si ce n'était aujourd'hui, ce serait demain. Il fallait crever l'abcès. Après quoi, Holzmann, elle en faisait son affaire. Aucun doute là-dessus.

CHAPITRE SOIXANTE-QUATORZE

HOLZMANN A DE LA VISITE

L'insinuation de Brayndelè la Cosaque, selon laquelle une idylle était en train de se nouer entre la *prima donna* Schwalb et Rafalesco, fut pour notre Holzmann comme un coup de massue sur le crâne. En effet, outre qu'il perdait ainsi avec la *prima donna* un délicieux bijou, cela réduisait à néant l'un de ses plus beaux rêves, un projet magnifique et d'une importance capitale, sur lequel il avait érigé toute une construction.

Ce projet lui était venu tout d'un coup, un beau matin, grâce à une lettre qu'il avait reçue de chez lui, de sa mère Sorè-Brokhè, la veuve. Nous transcrivons cette lettre *verbatim*, telle qu'elle avait été écrite :

À mon très cher et très fidèle fils Hersch-Ber Holzmann, qu'il vive longtemps.

Je t'écris cette lettre, mon très cher et très fidèle fils Hersch-Ber, par l'intermédiaire du jeune fils de l'instituteur, Itzik, pour te dire premièrement que je me porte le mieux du monde, Dieu fasse que je n'apprenne de toi de plus mauvaises nouvelles, amen. Deuxièmement je t'écris, mon très cher et très fidèle fils Hersch-Ber, pour te dire qu'il y a très longtemps que je n'ai pas eu de lettre de toi, et je ne sais plus quoi penser. Alors je te prie, mon très cher et très fidèle fils Hersch-Ber, de m'écrire de ta santé, et comment tu vas et te salue bien ta sœur Zlatkè, qu'elle vive et que le mauvais œil l'épargne comme elle est devenue une grande fille que si tu la voyais tu ne la reconnaîtrais pas tellement elle a grandi, que le mauvais œil s'écarte, et belle comme le jour, que le mauvais œil s'écarte, et je ne dis pas ça parce que je suis sa mère mais tout le monde dit pareil, quand je la regarde ça me fait mal au cœur, il est temps de se faire du souci, où est l'intérêt de rester jour et nuit avec l'aiguille en main à ravauder les caftans des autres, on doit commencer à se préoccuper de penser à la marier, des fiancés pour elle j'en ai plus qu'il n'en faut, mais voilà, ils sont tous bons à mettre au feu, l'un c'est Yossel, le plus jeune fils du menuisier Fischl, l'autre est un garçon boucher, Rouven qu'il s'appelle, mais elle n'en veut pas, elle dit qu'il sent la peau de bête, et Yossel le fils du menuisier, lui, il en crève d'envie, mais c'est un mauvais garçon, un coquin et le diable sait quoi d'autre, il n'a même pas, c'est pour dire, une paire de bottes convenables, il passe son temps à vous tourner autour comme un hibou, même que je l'ai déjà averti plusieurs fois qu'il oublie le nom de ma fille, sinon je le jetterai dehors, mais les garçons d'aujourd'hui sont pires que des porcs, on leur fait prendre la porte, ils reviennent par la fenêtre, évidemment, si ton oncle Zalmen, qu'il repose en paix, était encore là, il se serait occupé de ce voyou d'une autre façon, qu'est-ce que je peux faire, moi, tu penses, une veuve, et pauvre, en plus ? Si je pouvais lui donner une dot juste suffisante pour clore le bec d'un fiancé, ne serait-ce que dans les cent cinquante roubles, il y a déjà longtemps que je l'aurais fiancée ! Les prétendants, ce n'est pas un problème, fasse le ciel que j'aie aussi peu de soucis qu'il ne manque pas de prétendants, plus qu'il n'en faut, parce qu'elle embellit de jour en jour, si tu la voyais, tu ne la reconnaîtrais pas, que le mauvais œil s'écarte, elle t'embrasse très affectueusement et je t'en supplie, mon cher et fidèle Hersch-Ber, au nom du ciel écris-moi tout de suite comment tu vas et surtout la santé, car je ne sais plus quoi penser, et porte toi bien et beaucoup de satisfactions de ta part comme te le souhaite ta maman Sorè-Brokhè Holzmann.

Cette lettre avait pénétré le cerveau de Holzmann, en particulier les mots : « que le mauvais œil l'épargne comme elle est devenue une grande fille que si tu la voyais tu ne la reconnaîtrais pas ». Et ça n'arrêtait pas de lui trotter dans la cervelle : « Si elle est vraiment aussi jolie que l'écrit ma mère, peut-être que ce serait une bonne idée que la vieille me rejoigne ici avec elle, qu'elle fasse la connaissance du môme, et si elle lui plaît, l'affaire est dans le sac, on brise des assiettes en signe de prospérité, on fait les fiançailles, et en deux temps, trois mouvements, quatre piquets, on dresse le dais nuptial ! Et alors là, je fais la nique au monde entier. Le tour est joué, amen... »

Et Holzmann s'enferma en grand secret avec le souffleur et lui dicta une lettre dans les termes suivants :

— Écoute-moi bien, mon cher, voici ce que tu vas écrire :

> À ma très chère mère, la très pieuse et très honorée Sorè-Brokhè, qu'elle vive, et à ma très chère sœur, la très pieuse et très honorée Zlatkè, qu'elle vive. Sachez que grâce à Dieu, je suis en parfaite santé, et que je ne fais plus l'acteur, mais que j'ai déjà, grâce à Dieu, mon propre théâtre et ma propre troupe, et que, grâce à Dieu, je gagne bien, grâce à Dieu, je vis comme quelqu'un de bien, que je m'habille comme quelqu'un de bien, que je sors comme quelqu'un de bien, et que, grâce à Dieu, je me suis fait une petite réputation dans le monde. Il n'y a qu'une chose, c'est que je suis sans feu ni lieu, je n'ai pas de foyer. C'est pourquoi, ma très chère mère, j'ai pensé à te demander d'emmener Zlatkè avec toi et de venir me rejoindre sans délai, tu seras la maîtresse de maison, et tu auras des satisfactions dans tes vieux jours. C'en est assez pour toi de faire la cuisine pour les autres. Il est temps que tu donnes du repos à tes vieux os, et que tu profites un peu. Et ne te fais aucun souci pour Zlatkè. J'ai pour elle un parti qui vaut largement mieux que Yossel le fils du menuisier ou Rouven le garçon boucher. Prends donc soin, ma très chère mère, dès que tu recevras cette lettre, au nom du ciel, de ne pas tarder à emmener Zlatkè et à venir me rejoindre ici, moi ton fils, Bernard Holzmann, directeur du théâtre Holzmann, Schwalb and Co.

Une fois la lettre expédiée, Holzmann commença à guetter ses invitées tous les jours. Mais c'est en vain qu'il guettait : au lieu des invitées attendues, il reçut une lettre de sa mère, comme quoi elle avait bien reçu sa lettre et que, grâce à Dieu, elle était en parfaite santé, et que Zlatkè aussi, grâce à Dieu, était en parfaite santé, que le mauvais œil s'écarte, une jeune fille que s'il la voyait, il ne la reconnaîtrait pas, et à propos de ce qu'il écrivait qu'elle vienne le rejoindre, elle aurait certainement volé vers lui si elle avait eu des ailes, mais comment pouvait-elle venir, avec le prix que ça allait coûter, les frais de route pour deux personnes, et le passage de la frontière, et que si elle avait possédé la somme que coûteraient seulement les deux billets de chemin de fer, il y a longtemps qu'elle aurait marié Zlatkè, les prétendants, ce n'était pas le problème, plus qu'il en fallait, que le mauvais œil s'écarte, une jeune fille que s'il la voyait, il ne la reconnaîtrait pas..., etc.

Cela agaça tellement Holzmann qu'il lui expédia aussitôt de l'argent, et une lettre où il lui écrivait sur un ton sans réplique qu'elle arrive immédiatement, qu'elle ne se risque pas une minute de plus à parler de mariage, mais qu'au nom du ciel, elle emmène Zlatkè et qu'elle vienne tout de suite le rejoindre !

Après cette lettre, il y en eut une autre, puis une autre encore, et finalement Dieu lui vint en aide. Un jour, par une soirée de fin d'été, dans le théâtre – c'était dans une petite bourgade de Galicie, juste avant le lever du rideau – on entendit un vacarme venu de l'extérieur. Que se passait-il ? Une bonne femme, une pauvresse avec une jeune fille, qui demandait après Holzmann, et voulait s'introduire dans le théâtre sans payer. On les en empêchait.

— Que l'esprit malin souffle sur la tombe de vos pères ! Bande de bâtards, ce sont mes invitées ! hurla Holzmann à l'adresse de ses collègues en se précipitant dehors.

— Tes invitées ? Mais alors, tu as droit à des félicitations. Dieu te garde, toi et tes invitées ! lui répondirent ses collègues en sortant sur ses talons pour aller jeter un coup d'œil sur les invitées de Holzmann.

CHAPITRE SOIXANTE-QUINZE

PAUVRE BRAYNDELÈ LA COSAQUE

Dehors, c'était une nuit d'automne, lumineuse et fraîche. La lune n'avait pas encore quitté son refuge pour venir éclairer la terre. Mais les étoiles qui commençaient à apparaître l'une après l'autre suffisaient à dissiper l'obscurité, juste assez pour permettre de distinguer les silhouettes des visiteuses de Holzmann.

Ce que l'on découvrait au tout premier coup d'œil, c'était une Juive de haute taille, desséchée, maigre et osseuse qui ressemblait à une haridelle étique et fourbue. Vêtue de haillons, chargée de literie, d'édredons, d'oreillers, de couvertures, et tout bonnement de vieilles guenilles, elle dévisageait tout le monde, cherchant parmi ce groupe lequel était son fils. À côté d'elle, comme un petit poulain, accrochée à son tablier, se tenait une jeune fille, quasiment une enfant, aux petites joues fraîches et roses, un petit nez enfantin légèrement pointu, des sourcils épais au-dessus de ses yeux timidement baissés. Elle portait une petite robe de calicot et un chemisier beige, et par-dessus, un petit manteau jaune mal ajusté qui laissait apparaître des formes arrondies, signe que ce n'était plus une enfant, mais une vraie jeune fille qui se tenait là.

La bande des acteurs, qui s'étaient précipités au-dehors un instant pour voir les visiteuses de Holzmann, ignorèrent la vieille, qui avait finalement reconnu son fils parmi eux à ses yeux ; elle s'était jetée sur lui en sanglotant et lui avait débité d'une voix masculine une grossière harangue :

– *Oy*, le feu du ciel m'a foudroyée ! *Oy*, la calamité est sur moi ! *Oy*, le malheur et la misère sont sur ta pauvre mère ! C'est donc bien toi, Hersch-Ber ? Mon fils, mon fils bien-aimé...

Les acteurs s'occupèrent plus volontiers à examiner la belle jeune fille qui se tenait à l'écart dans son petit manteau trop serré et attendait son frère.

Elle leur paraissait très séduisante, cette petite personne simplement vêtue, avec ses joues roses couleur de pêche et ses sourcils épais au-dessus des yeux baissés. Toute son apparence évoquait la jeunesse, la fraîcheur et l'innocence. De toute la clique, personne n'osa prononcer un mot, à l'exception du seul Schwalb, l'associé de Holzmann, qui lâcha dans sa barbe, comme si les mots sortaient de son gros ventre :

— Quel petit bijou, ça m'irait bien !...

Cette fois-ci, la sortie de Schwalb passa inaperçue, comme si personne ne l'avait entendue. Là où on ne rencontre d'habitude que des visages fanés, ridés, fardés, des fausses dents, des sourcils maquillés, des cheveux postiches, des poitrines qu'un corset remonte de façon artificielle, des lèvres peintes qui sourient hypocritement, là, dis-je, si l'on aperçoit un frais visage, une silhouette jeune, fraîche, saine et naturelle, telle que sa mère l'a mise au monde, on reste confondu. On regarde, on contemple, on s'émerveille. Et l'on se rappelle que soi-même on a peut-être été jeune, frais et naturel, tel que notre mère nous a mis au monde...

Mais malgré l'excellente impression qu'avait apparemment faite sa petite sœur sur toute l'équipe des acteurs, Holzmann était de fort méchante humeur. Il ne trouvait pas digne de lui, le directeur de la troupe, qui « vivait comme quelqu'un de bien, s'habillait comme quelqu'un de bien et sortait comme quelqu'un de bien », reçoive des visiteuses venues le rejoindre, sa mère et sa jeune sœur, qui avaient l'air de traîne-misère. Et voilà que, comme par un fait exprès, toute la clique s'était rassemblée, et restait là à regarder ce qui lui tombait dessus. Il en fut vexé, se mit à invectiver les acteurs, les traitant plus bas que terre, et montrant par la même occasion à ses invitées que grâce à Dieu il était le patron, le directeur de la troupe, et que tout le monde filait doux devant lui. Et il n'y avait pas que les acteurs que Holzmann était capable de houspiller et d'invectiver. Holzmann, quand il voulait, il pouvait aussi passer un savon à son associé Schwalb. Il hurla donc à son adresse :

— Dis donc, espèce d'âne bâté, espèce de grosse bedaine, de bouche impure, alors te voilà aussi avec toute cette bande d'abrutis !...

En une minute, toute la clique prit la poudre d'escampette. Pour la soirée, Holzmann confia la régie du spectacle à son associé Schwalb, et lui-même, emmenant ses visiteuses avec leurs paquets, leurs édredons, leurs oreillers, leurs couvertures et leurs guenilles, s'en fut rejoindre ses quartiers.

Le lendemain, après la représentation, Holzmann réunit toute la compagnie et leur offrit de la bière en l'honneur de ses invitées, qui avaient déjà revêtu leurs habits de fête. La vieille, avec son fichu de cérémonie en laine, avait l'air d'un vieux cheval recouvert d'un voile. Quant à la sœurette, Zlatkè, les cheveux lavés et bien coiffés, elle les charma tous, pas tant par ses atours que par ses petites joues fraîches, ses épais sourcils, ses petites dents et ses yeux timides.

— Un petit bijou ! s'écria une nouvelle fois Isaac Schwalb, et cette fois-ci, toute l'assistance partit dans un fou rire.

Ils étaient deux à ne pas rire. Ils n'avaient pas le cœur à ça. C'étaient la *prima donna* Schwalb et Mme Tcherniak (Brayndelè la Cosaque). Toute la matinée, elles n'avaient pas été dans leur assiette, faisant de drôles de têtes. Henrietta Schwalb était furieuse, tout simplement parce qu'il y avait une autre jolie fille sur la terre, et pestait contre Rafalesco parce qu'il regardait cette petite dinde de villageoise, avec ses mains rouges et son petit nez pointu... Henrietta Schwalb voyait en cette jeune fille une concurrente. Quelle que fût l'obstination qu'elle mettait à lui trouver des défauts, à part les mains rouges et le nez un peu pointu, elle n'arrivait finalement à lui en trouver aucun autre. Et cela l'agaçait encore davantage.

Si Henrietta Schwalb était furieuse après les invitées de Holzmann, il faut dire que le spectacle qu'offrait Mme Tcherniak aurait mérité que Dieu la prenne en pitié. Sur son visage rond et lunaire étaient apparues des taches rouges, et dans ses yeux japonais brillaient des larmes, bien qu'elle fît face hardiment, redressât la tête et parvînt même à sourire.

La pauvre Mme Tcherniak sentait bien que ses sept années de vaches grasses étaient terminées, qu'on allait bientôt lui reprendre les clefs pour les remettre à cette vieille sorcière, à qui elle souhaitait de tout son cœur une prompte fin et une mort douce.

Mme Tcherniak connaissait déjà le goût de l'exil. Ce n'était pas la première fois qu'on la jetait dehors comme un ustensile dont on n'a plus l'utilité, comme une vieille robe démodée, ou tout simplement comme un vieil objet qui a fini par lasser. « Ce faux jeton de Hotzmakh, se disait-elle, il ne va pas tarder à faire le mort. Il va tout oublier de ce que nous avions mis au point, et quand je le lui rappellerai, il va se mettre à tousser pendant une demi-heure... »

Pauvre Brayndelè la Cosaque ! Comme son cœur le lui avait dit, Holzmann était un homme qui détestait qu'on fasse des cérémonies. Avec lui, tout se faisait en cinq sec. Il ne la remercia même pas pour les soins qu'elle avait consacrés au ménage, ni pour le soin qu'elle avait pris de sa santé, ni pour quoi que ce soit. Le matin, quand il vit qu'elle se préparait à lui dire quelque chose, il porta vivement la main à son cœur, et fut assailli de telles quintes de toux qu'il en fut saisi de soubresauts. En silence, vers midi, Mme Tcherniak se transporta avec armes et bagages dans ses nouveaux quartiers, sans même verser une larme. Une fois les malles faites, elle se réconforta, revêtit son long manteau rouge, et souriant de ses grandes dents, en sautillant comme à son habitude, elle quitta pour toujours le logement de Holzmann. « Moi, je devrais supporter la présence d'une bonne femme chez ce Hotzmakh ? Plutôt crever, et manger les pissenlits par la racine ! » se disait Brayndelè la Cosaque pour se consoler, en marchant toute seule dans la rue derrière la charrette, enveloppée dans son long manteau rouge.

CHAPITRE SOIXANTE-SEIZE

IL LEUR ENSEIGNE LE RESPECT

Les premiers jours, tant que la vieille Sorè-Brokhè et sa fille Zlatkè furent auprès de Holzmann en tant qu'invitées, il se conduisit avec elles comme avec des hôtes de marque. Il veillait à ce qu'elles mangent, qu'elles boivent et qu'elles ne manquent de rien. Il fit étalage de ses richesses et de sa grandeur, les emmenait tous les soirs au théâtre, les faisait asseoir aux places d'honneur, au premier rang. Zlatkè, bien sûr, était au septième ciel pendant les représentations, tellement qu'elle en avait le vertige. Même la vieille Sorè-Brokhè, qui par principe détestait le théâtre autant qu'un Juif pieux peut détester le porc, se faisait une douce violence, un œil sur la scène, l'autre sur les spectateurs, riait aux éclats, et insultait les « baladins » de bon cœur d'une voix qu'on entendait dans tout le théâtre : « Allez donc au diable, espèces d'imbéciles ! » ou bien : « Que tous mes ennuis leur retombent sur la tête ! » ou bien encore : « Dieu du ciel, brisez-vous les quatre membres ! », à tel point que Holzmann était obligé de lui faire signe de la scène, d'un regard, de la calmer d'un geste de la main : « Chchchch !... » Bref, la mère et la fille se régalaient.

Plus tard, quand l'esprit d'hospitalité de Holzmann se fut un peu rafraîchi, il se mit à leur enseigner les usages : comment elles devaient marcher, comment elles devaient se tenir, comment elles devaient être assises dans le théâtre, comment elles devaient « se conduire en société ». À sa petite sœur, il fit porter des gants, afin d'éviter qu'on voie ses mains rouges, il lui acheta un petit chapeau avec une grande plume, presque comme celui de la *prima donna*, et la vêtit comme « une princesse ». On ne peut pas dire que Zlatkè tenait beaucoup à ces habits de princesse, au contraire. Elle s'y sentait à l'étroit, comprimée et engoncée. La tête lui faisait mal, elle en avait le tournis, il lui semblait qu'elle n'avait plus le nez au milieu de la figure, et que tout le monde s'en rendait compte. C'est avec plaisir qu'elle aurait remis sa petite robe de calicot, son petit chemisier beige et ses vieilles chaussures éculées. Dieu lui en soit témoin, elle se sentait tellement plus à l'aise dedans que dans ses chaussures neuves, étroites, pointues et avec de si hauts talons qu'on croyait marcher sur des échasses. Mais qu'y pouvait-on, puisque c'était son frère qui avait décidé ?... Et Holzmann examinait sa sœurette dans ses nouveaux atours, la comparait à la *prima donna* Schwalb et trouvait qu'elle était loin d'être laide. Sauf qu'elle était encore un peu farouche, timide et trop silencieuse. Il fallait la faire « gazouiller », l'humaniser, c'est-à-dire la former, la rendre plus bavarde, plus vive, en bref, il fallait en faire une « mam'zelle » civilisée... Alors, il regardait le môme qui parlait avec Zlatkè, et Zlatkè baissait les yeux et rougissait comme une pivoine. Holzmann, d'un froncement de sourcils, lui enjoignait de baisser les mains et de relever les yeux. Zlatkè rougissait encore plus et Holzmann, entrant dans une rage folle, et resté seul avec sa sœur, lui aboyait dessus :

— Pourquoi as-tu peur de regarder les gens droit dans les yeux, tu as donc volé quelque chose ?...

Ou bien :

— Regarde-moi les mains que tu as...

À sa mère aussi, Holzmann se mit à enseigner les bases du savoir-vivre. Il voulait lui faire une petite garde-robe, pour qu'elle soit « l'égale des autres ». Ce n'était pas convenable, lui expliqua-t-il avec force arguments, que la mère du directeur se promène habillée comme une voleuse de poules. Il n'en fallait pas davantage. Sorè-Brokhè n'était qu'une bonne femme ordinaire, mais elle était sincère : ce qu'elle avait sur le cœur, elle le disait sans détour. Elle l'écouta, puis lui répondit de sa voix masculine que si elle ne lui plaisait pas avec son fichu, et qu'il avait honte de sa vieille mère, elle pouvait très bien, pour lui faire plaisir, tourner bride et partir avec sa fille rejoindre ses pénates le jour même si nécessaire.

Sans plus attendre, elle s'attaqua énergiquement à ses paquets, ses édredons, ses oreillers et ses couvertures en apostrophant sa fille :

— Viens, ma fille ! Qu'avons-nous à faire, nous autres voleuses de poules, à rester parmi ces grands seigneurs et ces grandes dames ! Nous risquerions, à Dieu ne plaise, de leur salir leurs nobles parures...

Bien entendu, Holzmann essaya aussitôt de se rattraper, jura ses grands dieux à sa mère, se traîna à ses pieds et réussit à faire admettre à la vieille que ce qu'il venait de dire, il n'en pensait pas un mot.

Holzmann allait au-devant d'une belle collection d'ennuis quand il décida de faire de sa sœurette une actrice. La vieille Sorè-Brokhè se planta là comme un cheval récalcitrant. Non, c'est non ! Elle préférait crever que de laisser sa fille se faire danseuse de corde avec tous ces cabots. Plutôt la voir morte et lui recouvrir les paupières avec des tessons !... Bref, bon gré mal gré, rien n'y fit. Holzmann se mit à ruisseler de sueurs froides, et finit même par cracher du sang en toussant...

En voyant le sang, la vieille prit peur. Malheur à elle ! La calamité soit sur elle ! Le feu du ciel la foudroyait ! Elle finit par donner son accord à la seule condition, et son fils fut obligé de jurer, de toper là en présence de deux témoins, qu'il marie Zlatkè d'abord. Il s'engagea à ce qu'en moins de six mois, on lui aurait trouvé un fiancé et dressé le dais nuptial, ainsi que Dieu l'avait prescrit...

CHAPITRE SOIXANTE-DIX-SEPT

TERTL-MERTL

Czernowitz, capitale de la Bucovine. Au beau milieu de la place du marché, de ses fenêtres donnant sur les étals, se dresse en majesté et très satisfait de lui-même un grand hôtel à l'enseigne du Coq noir, dans l'attente des clients. Dieu l'a béni de ses faveurs : avec la troupe itinérante Holzmann, Schwalb and Co., *Le Coq noir* ne manquera pas de besogne. Toute la troupe occupe au total trois ou quatre chambres ; pour manger, les acteurs fréquentent une cantine juive, enfin seulement ceux qui ont de quoi payer... Quand arrivent les fins de mois, que les jours impurs sont là, on vit de l'apprentissage des rôles, on répète, et on joue à Tertl-Mertl. C'est une sorte de jeu de cartes qui en possède toutes les qualités : on n'a pas besoin de se concentrer, on n'a pas besoin d'un nombre déterminé de personnes pour se lancer dans une partie, et on peut jouer comme on veut, même debout. C'est pourquoi il est tant apprécié des acteurs, des musiciens et en général des gens qui n'ont pas le temps mais qui veulent quand même jouer, à la sauvette, « sur un pied ».

La pièce où les acteurs jouent à Tertl-Mertl est si enfumée que l'on reconnaît à peine ceux qui s'y trouvent, bien qu'il fasse grand jour et que le soleil brille.

Au bout de la table, devant une grande assiette, est assis le banquier. Cette fois, c'est l'associé de Holzmann, Isaac Schwalb, qui tient la banque. Il est entièrement rasé, avec un visage étonnamment rouge qui le fait ressembler à un écorché vif. En plus, il est très énervé. Il s'échauffe dangereusement. Il retourne les cartes, l'une après l'autre, série après série, et la terre l'engloutit soudain, « comme Korah ». Presque toutes les cartes le battent, « comme une bête ». Non content de devoir payer à chacun deux fois la mise, trois fois, quatre fois, neuf fois la mise, il est abreuvé d'insultes autant qu'il peut en avaler. De tous côtés, on tend la main vers lui, les invectives et les injures volent par-dessus sa tête.

— Schwälbele, ma petite hirondelle ! Deux couronnes pour moi, deux beignes pour ton vilain museau tout rouge !

— Aboule, Schwälbele, pour la dame de pique, quatre fois la mise !

— Schwalb, avec moi tu ne t'en tireras pas sans une pinte de ton sang !

— Moi, c'est la mort que je te donnerai, la mort !

— Ah, bâtard ! Tu es battu ? Fais briller les thunes !

Plus Schwalb se fait injurier, plus il s'échauffe, plus il perd, s'enflamme et s'embrase « comme un toit de chaume ».

— Espèce de choléra ! Arrête ! Fais passer la main ! Tu vois bien, espèce de teigneux, que les cartes sont contre toi.

C'est Holzmann qui lui donne ces conseils, comme on fait avec un associé ou pour un bon ami, mais il ne récolte de son associé Isaac Schwalb qu'une bordée d'injures :

— Fiche le camp, chien galeux, espèce de vieux garçon, qui t'a demandé ton avis ?...

Et le banquier Isaac Schwalb s'embrase, brasse les cartes, regarde l'assiette, voit que la caisse est en baisse, s'amenuise et se réduit de plus en plus. Avec un profond soupir, il porte la main à sa poche intérieure et en sort péniblement un épais portefeuille plein de billets, tandis que parmi l'assistance l'atmosphère s'anime encore davantage :

— Tu pars visiter « la fric », Itzik ? Pars, pars, voleur, et qu'on t'enterre là-bas au plus vite.

C'est ainsi que l'apostrophe un acteur décharné et à la pomme d'Adam proéminente, après quoi la sœur du directeur, Zlatkè Holzmann, éclate de rire. Tout le monde la regarde, elle est gênée et rougit jusqu'au bout de son petit nez, et croit se consumer sur place. Rafalesco la prend en pitié, et lui propose de s'associer pour miser à deux sur une carte, l'as de carreau.

— Aujourd'hui, c'est le carreau qui est bon.

Elle rougit encore plus, lui jette un coup d'œil reconnaissant, le cœur prêt à fondre. Ah, s'il voulait, une supposition, s'approcher d'elle, s'installer à côté d'elle, là, tout près, pense Zlatkè. Rafalesco, comme s'il avait deviné ses désirs, s'approche d'elle et s'installe tout près. Elle peut presque respirer le parfum de ses longs cheveux blonds, qui lui fait presque perdre la tête.

« Mon Dieu ! Existe-t-il un autre ange du ciel comme ce garçon aux longs cheveux blonds qui sentent bon et aux beaux yeux pleins de douceur ? Non, il n'y en a pas, et il n'y en aura jamais !... » Chaque fois qu'il se tient près d'elle, elle croit que son cœur va jaillir de sa poitrine, elle se perd, ne sait plus où elle est, tout ce qu'elle saisit lui échappe des mains. Sa mère, Sorè-Brokhè, s'en aperçoit et lui lance à haute voix :

— Qu'est-ce qui t'arrive, ma fille ?

Elle rougit encore plus, et se maudit elle-même. Mais elle est heureuse de respirer le même air que ce beau jeune homme aux cheveux blonds qui sentent si bon. Et que dire, quand il lui offre un regard, un seul regard de ses beaux yeux lumineux, plein de douceur et de bonté, qui brille comme le ciel, et vous réchauffe comme le soleil !... Et que lui importe, à la pauvre Zlatkè, si ce regard se pose sur elle de la même façon que sur tous les autres ? Tant que le ciel est pur et beau, que le soleil éclaire et réchauffe...

Le banquier Isaac Schwalb a vendu plus de la moitié d'un sabot de cartes, et ratisse l'argent éparpillé pour le mettre dans l'assiette, et tout doucement, lentement, il commence à retourner les cartes du deuxième sabot l'une après l'autre, l'assistance regarde avec des yeux avides quelles sont les gagnantes, le vacarme grandit, les injures volent, les rires montent jusqu'au ciel et Schwalb transpire et paie. L'as de carreau sort dans la quatrième série. On s'exclame :

— Qui a l'as de carreau ?...

Rafalesco ! Qui d'autre aurait l'as de carreau ?...

— Rafalesco, pourquoi ne dis-tu rien ? Encaisse ton argent !...

— Nous avons gagné, annonce Rafalesco à Zlatkè.

Elle est au septième ciel, Zlatkè. Pas tant d'avoir gagné que de ce que Rafalesco lui parle à elle, Zlatkè. Rafalesco montre sa carte au banquier, tout le monde le regarde avec envie :

— Quelle chance il a ! Dis donc, quel veinard ! Il est né coiffé...

Et les acteurs déversent leur amertume sur Schwalb le banquier :

— Schwälbele ! L'as de carreau... Quatre fois la mise... Aboule le fric, Itzik, donne, donne !...

— Je donne, je donne ! répond le banquier Schwalb en prenant l'argent dans l'assiette pour compter à Rafalesco quatre fois la mise dans la main.

Et cela lui fait plaisir. Car Rafalesco n'est pas comme les autres. Rafalesco n'est pas impressionné quand il gagne, ne fait pas de scandale quand il perd. Rafalesco est complètement différent, il ne ressemble pas aux autres. Rafalesco, tous les acteurs et toutes les actrices l'adorent, sans exception. Et plus que n'importe qui, c'est la jeune sœur du directeur Holzmann, la pauvre Zlatkè, qui l'adore.

CHAPITRE SOIXANTE-DIX-HUIT

UNE DÉPÊCHE DE LONDRES

Zlatkè, la jeune sœur du directeur Holzmann, ne tirait aucun plaisir de toute cette histoire. Elle-même ne comprenait rien à ce qui lui arrivait. Apercevait-elle Rafalesco qu'aussitôt elle n'était plus elle-même. Elle en perdait bras et jambes. Que dire de ce qui se passait au théâtre, à peine le voyait-elle, l'entendait-elle parler qu'elle était complètement perdue au point qu'il aurait fallu la transporter hors de scène. Plus d'une fois, elle s'était fait copieusement houspiller par son frère le directeur. Holzmann était un régisseur sévère, même pour sa jeune sœur. Devant tout le monde, il lui disait en face :

— Eh bien, Zlatkè, aujourd'hui, tu as joué comme une vraie vache !... Tu mériterais qu'on te coupe bras et jambes pour avoir joué comme ça !...

Zlatkè s'en rendait bien compte toute seule qu'elle aurait mérité qu'on lui coupe bras et jambes pour avoir joué comme ça. Était-ce sa faute, à elle, si elle était tombée amoureuse de ce beau jeune homme aux longs cheveux blonds qui sentaient si bon, aux yeux lumineux pleins de douceur ? Elle était tombée amoureuse à la minute même où elle était arrivée avec sa pauvre mère... Quel besoin avait-elle, d'ailleurs, de venir jusqu'ici ?... Qu'est-ce qui lui manquait à la maison, dans son petit village ?... Elle apprenait à coudre des petits chemisiers, et commençait déjà petit à petit à gagner de l'argent. Non, il avait fallu que son frère se mette à la harceler de lettres, une lettre après l'autre. Il avait aussi envoyé de l'argent, pour qu'elles viennent, au nom du ciel, qu'elles viennent ! Bon, alors elles étaient venues. On l'avait tout de suite mise au travail. D'abord comme soubrette. On lui avait fait mettre une petite robe courte, et de petits souliers si étroits que les yeux lui en sortaient de la tête. On lui teignait les joues en rouge, on lui maquillait les yeux de noir, on lui apprenait comment se tenir, comment marcher, comment se tourner, comment battre des cils. Et qui donc lui apprenait tout cela ? Son frère, son propre frère !... Elle était allée se plaindre à sa mère. Sorè-Brokhè, sa mère, lui avait répondu :

— Imagine, ma fille, que tu serves chez des étrangers, et qu'on t'ordonne de monter au grenier : ce serait mieux ?...

Puis son frère avait voulu en faire une *prima donna*, mais elle n'avait pas de voix pour chanter. Son frère s'était mis dans une colère terrible. Il s'était moqué de sa manière de chanter :

— Tu miaules, sœurette, comme un chat auquel on aurait marché sur la queue...

Ce n'est que plus tard que les choses lui étaient apparues sous un jour plus plaisant, quand son frère lui avait donné à apprendre le rôle de Judith dans *Uriel Acosta*. Ce n'est pas que le rôle qu'elle jouait lui plaisait particulièrement, mais voilà, le rôle d'Acosta, lui... il était joué par ce jeune homme aux longs cheveux blonds, au regard lumineux et plein de douceur, qu'on appelait Rafalesco. Ah, quel beau nom, Rafalesco... Rafalesco... Rien que pour lui, cela valait la peine de souffrir en apprenant des rôles et en répétant comme un perroquet des mots bizarres auxquels elle ne comprenait rien, de monter sur scène, et pourtant, que Dieu qui connaît la vérité lui en soit témoin, comme elle avait cela en horreur ! Oh, qu'elle les avait en horreur, la scène, le théâtre, les artistes. Elle détestait toute la compagnie, et plus que n'importe qui d'autre elle détestait l'acolyte de son frère, Isaac Schwalb. Elle ne pouvait pas le voir, ce rougeaud, parce qu'il la poursuivait dans les coulisses, quand personne ne le voyait. Il la harcelait, la pinçait, lui arrachait des lambeaux de chair entiers, et en plus lui demandait si elle l'aimait :

— Mon petit bijou, tu m'aimes, bijou ?

Zlatkè se taisait. « Puisse Dieu l'aimer autant que moi, cette espèce d'enflure, avec son visage rougeaud ! » se disait-elle en s'enfuyant.

Elle se serait enfuie n'importe où, mais elle avait peur de son frère. Elle aurait craché sur le théâtre, n'était Rafalesco avec ses longs cheveux blonds et son regard lumineux plein de douceur. Ah, Rafalesco ! Rafalesco ! Ce doux nom bien-aimé, elle l'avait tout le temps sur les lèvres. Ce doux nom bien-aimé, elle en rêvait la nuit. C'est souvent que la nuit, au creux de son lit, elle étreint le coussin froid qui lui sert d'oreiller, le presse contre sa jeune poitrine tiède, se remémore son rôle, le rôle de Judith, et se parle à elle-même :

— Qu'est-ce qui me retient de le presser avec ardeur sur ma poitrine ?...

Et elle presse l'oreiller froid sur sa tiède poitrine de jeune fille, et de ses tendres lèvres de jeune fille répète en chuchotant dans l'obscurité le doux nom bien-aimé :

— Rafalesco ! Rafalesco !...

Le matin, quand sa mère la réveillait, c'était la première pensée qui venait à l'esprit de Zlatkè, le doux nom bien-aimé de Rafalesco. Bientôt, elle le verrait. Bientôt, elle serait de nouveau avec lui en répétition. Bientôt, elle monterait de nouveau avec lui sur scène. Et bientôt, avec une sensation qu'elle seule pouvait connaître, elle serait à côté de lui, tout près, tout près. Elle boirait ses paroles, ses douces paroles bien-aimées :

— Judith, Judith, ce sont des larmes brûlantes qui inscrivent sur chaque pétale de tes fleurs ce que nous sommes devenus l'un pour l'autre !...

Et son cœur se met à battre : Rafalesco ! Rafalesco !...

À peine l'apercevait-elle qu'elle était toute retournée. Bras et jambes l'abandonnaient, elle passait par toutes les couleurs, se dissimulait le visage pour que personne ne s'en aperçoive.

Personne dans l'assistance ne s'en rendait compte. On était trop absorbé par les cartes. Il n'y en avait qu'un, Holzmann, qui voyait sans regarder et entendait ce qui n'était pas dit. Il voyait tout, entendait tout, et pensait en son for intérieur : « Que le mauvais œil s'écarte, que le mauvais sort nous épargne, le môme est cuit... Si Dieu nous juge dignes, avec sa volonté, en moins de deux on pourra faire la nique au monde entier, et amen. »

— Âne bâté, que restes-tu là à ne rien faire ? Distribue les cartes ! dit Holzmann à son associé.

— Je distribue, je distribue ! lui répondit Schwalb.

Il se mit à donner, le visage toujours en feu. Au même instant, on entendit frapper à la porte : toc, toc, toc.

— Entrez ! répondirent-ils tous en chœur.

La porte s'ouvrit : une dépêche.

— Pour qui la dépêche ?

— Pour Isaac Schwalb.

— D'où vient la dépêche ?

— De Londres.

— Quel genre de dépêche ?

— Attendez, laissez-le lire.

— D'où Schwalb saurait-il lire ? Dieu l'en garde !

D'abord, Schwalb redistribua aux joueurs l'argent de la banque, et cela prit un peu de temps, car il faut une tête de ministre pour se rappeler la mise de chacun. Pendant ce temps, un joli lot d'injures s'abattit sur la tête du banquier, et les insultes volaient, comme il se doit.

Après avoir partagé l'argent, Schwalb se précipita dehors un instant, pour aller avec le télégramme voir le patron de l'hôtel, afin qu'il lui dise ce qu'il contenait, et toute l'assistance resta en suspens. Quel genre de secret Schwalb pouvait-il avoir à l'égard de son associé Holzmann ?... Holzmann était encore plus tendu que les autres. Cela ne lui plaisait guère, cette histoire, d'avoir dû rester là avec tout le monde, tenu à l'écart, et il était pris d'une fureur noire contre le grossier personnage avec qui il s'était associé : « Que le choléra s'en prenne à ce fabricant de cigares ! »... À ce moment-là, Schwalb revint, le visage brillant et s'exclama à l'adresse de toute l'assistance :

— Les enfants, nous partons pour Londres !

Il est difficile d'imaginer ce que déclencha cette annonce parmi les acteurs. L'un d'entre eux sauta sur une table, leva la main droite :

— *Oy*, Londres ! Londres ! Londres ! Vive Londres !

Un autre se tapa sur les cuisses :

— Il y a longtemps que j'étais attiré par Londres, que le diable m'emporte !

Un troisième, un échalas d'acteur, maigre, avec des pantalons à carreaux, s'étira de toute sa longueur, fourra ses mains dans ses poches, roula furieusement des yeux et se mit à parler en anglais, en chantonnant :

— *Aôh, yes, yes, my dear, my beer, my cake, my steak, my ring, my king !*

Un quatrième allongea une bourrade dans le dos du cinquième et se mit tout bonnement à danser au son d'une chanson polonaise qu'il chantait d'une voix enrouée et dont Dieu seul savait d'où elle sortait :

— *E, bouv ta nema, ta poyihav do mlina* (« Il était là, il n'y est plus, il est parti au moulin »).

— Silence là-dedans, bande de bâtards ! leur cria Holzmann sur le ton d'un homme qui sait qu'il est le patron, en frappant du poing sur la table. Regardez-moi ça, on prend du bon temps ! On se moque de la grand-mère ! Il n'y a plus le moindre respect pour les aînés, que la peste vous étrangle ! Que la gale vous défigure, que le choléra vous tombe dessus !...

Il apostropha Schwalb :

— Dis donc, Schwälbele, montre un peu cette dépêche.

— Que je te montre la dépêche ? fit Schwalb d'un ton hésitant. Te montrer la dépêche ? Oui. Bien sûr. Pourquoi je ne la montrerais pas ? Je te la montrerai, je te la montrerai. Pas tout de suite, un peu plus tard, peut-être. Il faut d'abord que je te raconte quelque chose. Viens, si tu veux, on va aller à la cave. Là-bas, je te ferai voir.

Schwalb se retourna vers toute la compagnie :

— Qui m'accompagne jusqu'à la cave ?

— Comment ça, qui ? Tout le monde !

— À la cave ! À la cave !

Il y eut du vacarme et de la bousculade parmi toute cette équipe, et l'on se dirigea tous ensemble vers la cave.

CHAPITRE SOIXANTE-DIX-NEUF

DANS LA CAVE

En fait, il ne s'agissait pas d'une vraie cave, mais d'un cabaret, pas vraiment d'un cabaret, mais d'un marchand de vin, pas vraiment d'un marchand de vin, mais d'un estaminet. Seulement, à Czernowitz, on l'appelait « la cave ». Si l'on disait à quelqu'un : « Viens, on va faire un tour à la cave », il savait que cela signifiait chez Meyer-Bechel. C'était le nom du propriétaire de la cave, Bechel comme son père – qu'il repose en paix – qui lui aussi était cabaretier.

C'est dans cette cave que pénétrèrent nos artistes. Chacun passa sa commande, qui une petite compote de fruits, qui un petit bouillon avec des cornichons salés, qui rien que des cornichons, selon l'état de sa bourse après la partie de Tertl-Mertl, et c'est Schwalb qui offrit le vin.

— Aujourd'hui, c'est ma tournée ! s'était-il écrié.

Après son premier verre de muscat, la langue d'Isaac Schwalb se délia, et il entreprit de raconter toute l'histoire à son associé Holzmann, du début à la fin, toute la vérité et rien que la vérité. Dieu lui soit témoin qu'il n'allait pas lui cacher quoi que ce soit, même une vétille. Pourquoi raconterait-il des mensonges, alors qu'il pouvait très bien se contenter de la vérité ? L'affaire était toute simple. Lui, Isaac Schwalb, il avait depuis longtemps remarqué que sa présence auprès de lui, Holzmann, était superflue. Complètement superflue. Mais il avait fait semblant de ne pas s'en apercevoir, et avait gardé le silence. Pour quelle raison ? Uniquement pour sa sœur, la *prima donna*. Mais depuis quelque temps, la *prima donna* elle-même avait commencé à se sentir hors du coup. Car depuis qu'on avait laissé tomber les plus belles opérettes au profit de *Uriel Acosta* et d'autres pièces affligeantes, avait commencé une litanie : Rafalesco, encore Rafalesco, toujours Rafalesco. Bah ! Lui, Schwalb donc, il s'en fichait. *Uriel Acosta* ? Va pour *Uriel Acosta*. Mais il y avait sa sœur. Qu'est-ce qu'elle devenait, sa sœur ? Elle aussi, disait-elle, elle voulait des applaudissements. Alors il lui vint l'idée d'écrire une lettre à son frère Nissl, à Londres, pour lui raconter toute l'histoire, avec tous les détails. Lui, Isaac Schwalb, il faisait tout le temps comme ça. S'il avait un problème, hop ! une lettre à son frère Nissl de Londres : « Crétin ben Butor, lui répondit son frère Nissl de Londres, combien de temps encore vas-tu te traîner par monts et par vaux ? Prends donc ta sœur, et arrivez tous les deux ici, à Londres. J'ai une affaire pour vous, qu'il écrit, une affaire en or. On a ici, qu'il écrit, un théâtre, un vrai bijou, le Pavilion Theater, qu'on l'appelle. Tu parles d'un théâtre ! Et les artistes, qu'il écrit, pas un pour racheter l'autre : des ringards, des piquets, des souches, et malgré tout, on ramasse l'argent à la pelle. Car par ici, qu'il écrit, le public n'est pas blasé. Tout ce qu'on lui présente, il se jette dessus et s'en lèche les doigts. J'ai déjà parlé à qui de droit, qu'il écrit, et on m'a répondu : qu'il arrive, ton frère, avec la *prima donna*, et on va lui dérouler le tapis rouge, qu'on m'a dit. On a entendu parler d'elle, on a lu des articles. Une bonne réputation, ça circule. » Et il en remet une couche, son frère Nissl de Londres, il en rajoute. Lui – Isaac Schwalb s'entend –, hop ! il lui balance une autre lettre : « Voilà, un voyage, ça ne se fait pas tout seul. Il faut savoir où l'on va : les conditions, les garanties, les contrats... » Alors, il reçoit une nouvelle réponse de son frère Nissl de Londres : « Espèce d'âne bâté ! qu'il écrit. Si je te dis de venir, il faut croire que tout est déjà prêt : les conditions les garanties et les contrats. » Alors lui, Isaac Schwalb, hop ! il lui expédie une nouvelle lettre, ainsi conçue : s'il touche tant et tant, et sa sœur tant et tant, qu'il lui tape une dépêche, et ils arrivent tous les deux. Et voilà, c'est cette dépêche qu'il venait de recevoir.

— Alors, qu'est-ce que tu dis de mon frérot ? fit Schwalb à son associé en lui mettant sous le nez son visage rougeaud.

— Qu'est-ce que j'ai à dire ? lui répondit Holzmann avec le plus grand calme en se regardant les ongles. Il y a longtemps que je te dis que ton frangin est un brave gars, et que tu ne vaux pas la semelle de ses souliers. Sûr que c'est pas mal d'avoir un frère à Londres quand on est là à Czernowitz, il n'y a rien à dire. J'aimerais bien jeter un coup d'œil à cette dépêche.

Schwalb sirote une gorgée :

– Tiens, tu sais lire ?

– Je ne veux pas lire, je veux seulement jeter un coup d'œil.

– Qu'est-ce qu'il te faut ? C'est une dépêche qui ressemble à toutes les dépêches, fit Schwalb en lui montrant la dépêche à la lueur de la vitre.

Avant même que Schwalb ait pu réagir, la dépêche était déjà entre les mains de Holzmann. Aussitôt, on fit mander le secrétaire de Holzmann, la « personne avec de l'éducation » qui, sans attendre, lut la dépêche :

Si venez, venir seulement avec Rafalesco.

Le directeur Holzmann ne fit pas de long discours à son associé, il ne prononça même pas un mot. Il se contenta de saisir la dépêche et de lui en barbouiller son visage rougeaud bien comme il faut de long en large.

CHAPITRE QUATRE-VINGT

QUI EST CET INDIVIDU ?

La célèbre troupe itinérante Holzmann, Schwalb and Co. était déjà prête à quitter Czernowitz et à s'en aller plus loin sur les chemins d'exil des baladins. Nissl Schwalb leur avait même expédié de Londres un journal yiddish, où à la une était imprimée une immense affiche en caractères énormes et tapageurs :

!!! SENSATIONAL !!!
INFORMATION STUPÉFIANTE
Léo Rafalesco, la plus grande star yiddish
qui a enthousiasmé le monde entier.
Bientôt à Londres, au Pavilion Theater !

On avait même déjà commencé à faire les bagages. Il ne restait plus qu'une seule représentation à donner à Czernowitz, au bénéfice de Rafalesco. Ce bénéfice était impatiemment attendu par la jeunesse de Czernowitz, l'association des étudiants en tête. Les billets avaient été vendus jusqu'au dernier par l'association, vers Czernowitz avait afflué la jeunesse des petites bourgades environnantes où le théâtre yiddish n'était encore jamais allé se perdre depuis la Genèse.

Une salle comble est pour un artiste une garantie de succès. En particulier pour un artiste comme Rafalesco, qui pratiquement à chaque représentation s'animait de la même flamme dont il avait brûlé la première fois qu'il était monté sur scène, et voulait montrer au public l'étendue de ses dons. Cela faisait longtemps que Rafalesco ne s'était pas senti aussi bien comme ce soir-là. Il avait consacré toute la puissance de son jeune talent à composer un Uriel Acosta superbe, en philosophe silencieux et solitaire, un véritable Spinoza. Rafalesco ne l'avait pas fait intentionnellement, cela s'était fait tout seul, par instinct. Son naturel exceptionnel avait permis de faire découvrir ce qu'était vraiment la victoire, que ce n'était pas celui qui remportait une victoire sur les autres qui était un héros, mais celui qui était capable de mener un combat contre lui-même, et de se vaincre.

Peut-être qu'ailleurs, cette manière de jouer n'aurait pas convaincu comme elle avait convaincu à Czernowitz, car à la représentation assistaient des personnes qui menaient une guerre silencieuse contre les puissances des ténèbres. Ces héros inconnus gagnent rarement, plus souvent ils sont abattus, comme Uriel Acosta avait été abattu. Le théâtre croulait sous le tumulte des applaudissements et des ovations assourdissantes. La jeunesse étudiante porta le bénéficiaire

Rafalesco en triomphe, le couvrit de fleurs, lui offrit des cadeaux que les autres comédiens admirèrent et que Holzmann mit à l'abri. Quelques jeunes gens lurent des messages que personne n'entendit, sauf le petit noyau d'étudiants, en un mot ce fut un triomphe, de ceux que même un artiste aussi adulé que Rafalesco rencontre rarement.

Après le premier acte, Holzmann, qui veillait au grain, remarqua parmi la jeunesse qui aime à se presser dans les coulisses un drôle de type, de haute taille, un visage endormi et des yeux globuleux qui ne lui étaient pas inconnus. Dès l'instant où il l'avait repéré, ce type n'avait pas plu à Holzmann. Il n'avait pas aimé le voir traîner en coulisses, se pousser et se faufiler pour arriver précisément à Rafalesco. Holzmann le pria donc de bien vouloir reculer :

— Mon oncle, lui dit-il d'un ton raffiné, ne faites pas la bête, n'essayez pas d'aller où il ne faut pas...

Au deuxième acte, même manège : le type à l'air endormi et aux yeux globuleux était en train de se faufiler vers Rafalesco. Holzmann lui fit voir la sortie, en ajoutant quelques paroles acérées :

— Monsieur est un cochon, on lui demande ce qu'il a à rôder, il fait le mort.

Après le troisième acte, Holzmann l'attrapa carrément sur le seuil, à deux pas de Rafalesco. Il le saisit alors derrière le col, et le jeta tout bonnement dehors, sans cérémonie, en l'accompagnant d'une bénédiction : que le choléra lui prenne le côté gauche du ventre à lui et à tous ces gêneurs qui piétinent là, le diable seul sait pourquoi !...

Ce n'est que plus tard, tout à fait à la fin, quand les artistes étaient en train de se changer, que Holzmann s'aperçut que le type à l'air endormi avait réussi à se faufiler et à s'introduire carrément dans le vestiaire, auprès de Rafalesco. Excité comme un tigre, Holzmann ne fit qu'un bond. Mais avant même qu'il ait pu l'atteindre et le saisir par la nuque, le type était déjà dans les bras du môme et tous les deux s'étreignaient et s'embrassaient comme des frères de sang.

Holzmann resta bouche bée, les yeux écarquillés, et s'immobilisa sur place, pétrifié. Il n'aurait pas été plus surpris si son propre père avait surgi de sa tombe. En cet instant, Holzmann ressemblait à un bloc de pierre, à une statue inachevée où le sculpteur aurait voulu représenter la terreur sans y être parvenu. Son curieux visage maigre était bizarrement comique, et son regard acéré disait :

— Juifs ! Mettez-moi en pièces, jetez les lambeaux de ma chair aux chiens ! Mais dites-moi d'abord qui est cet individu qui se tient embrassé avec le môme ?

CHAPITRE QUATRE-VINGT-UN

LA MÈRE EST MORTE

Qui se souvient du caissier de Béni Rafalowitch à Holenechti, le garçon léthargique et mélancolique aux yeux globuleux qui s'était acquis le beau surnom de Joie et Jubilation ? C'était lui, l'individu qui se tenait embrassé avec Rafalesco.

Que faisait-il à Czernowitz ? D'où venait-il, et pour qui ? Quelles étaient les nouvelles de Holenechti ? Comment allaient Yisroeli le chantre, Leyé sa femme et leur jeune fille Reyzl ? Tout cela, Joie et Jubilation devait le raconter toute la nuit durant à Rafalesco.

Tous deux, après leur sortie du théâtre, une fois arrivés à l'auberge du Coq noir, s'enfermèrent dans la chambre de Rafalesco, et demandèrent à Holzmann s'il était possible qu'on les laissât seuls.

— Oh, mais avec le plus grand déplaisir ! répliqua Holzmann en jetant un coup d'œil à notre mélancolique phénomène aux yeux globuleux.

Puis il les laissa seuls, après avoir averti bien haut qu'il ne fallait les déranger sous aucun prétexte. Et notre directeur Holzmann – que cela ne lui soit pas retenu à charge – s'installa dans la chambre d'à côté, juste derrière la porte, prêta l'oreille et écouta consciencieusement, ne laissant pas échapper un mot de la conversation qui se déroulait entre le môme et le personnage à l'air endormi et aux yeux globuleux de Holenechti.

— Écoute bien, mon âme, mon Leibeniou, mon petit Leybl, tout ce que j'ai à te raconter, commença Joie et Jubilation de sa voix monotone devenue un peu plus vivante pour la circonstance. Trois jours et trois nuits n'y suffiraient pas, tu m'entends ? D'abord, Holenechti. Plus rien à voir avec le Holenechti d'avant. C'est Odessa, Varsovie, Paris ! Les gens, plus rien à voir avec les gens d'avant. Et tout ça grâce à qui ? Uniquement grâce au théâtre yiddish. Tu te rappelles ? Depuis l'époque du théâtre, tout a changé chez nous. Changé, tu m'entends, complètement transformé ! Ce qui a changé, je suis incapable de le dire moi-même, mais ça a changé. Quant à votre maison, on n'en parle même pas ! Votre maison, c'est carrément devenu un amas de ruines ! D'abord, le maître de maison, ton père, quoi. Tout de suite après ta disparition, pendant cette fameuse soirée de *shabbess*, tu te rappelles, il a déclaré une fois pour toutes qu'il fallait partir à ta recherche et te ramener, mort ou vif, mais qu'on te ramène ! Alors on est partis tous les deux, moi et ton frère Anshel, par le vaste monde, à la recherche des neiges d'antan... Les indices et les témoins m'ont fait voir la vérité aussi clairement que l'huile qui remonte à la surface de l'eau, ils m'ont montré que ce ne pouvait être que l'œuvre de Shtupak, et qu'il n'avait pas d'autre issue, ce Shtupak, que la Roumanie. Alors, nous aussi, nous sommes partis pour la Roumanie. C'est ainsi qu'il en advint. Arrivés à Iasi, tu m'entends, on commence à s'enquérir auprès des Juifs : n'avez-vous pas croisé des comédiens juifs comme ceci et comme cela, des paumés, des drôles d'olibrius, l'un a la tête de travers et tout ridé, l'autre, un petit bonhomme avec des yeux de bâtard, qui sautille en marchant ? On nous informe, tu m'entends, qu'on a croisé beaucoup d'acteurs juifs, tous des paumés, des drôles d'olibrius avec des têtes de travers et des yeux de bâtards. Mais il y a un hic : s'ils marchent en sautillant, ou s'ils sautillent en marchant, ça, disent-ils, ils n'ont pas fait attention. La prochaine fois, si Dieu le veut, tu m'entends, ils promettent de mieux regarder. Qu'est-ce que tu dis de ces bonnets à poils de Moldaves ? Écoute donc ce qui s'est passé ensuite. Vu qu'à Iasi, les carottes étaient cuites, mauvais, ça, que pouvait-on faire ? Alors, on s'est remis en route, tu m'entends, toujours plus loin, jusqu'à ce qu'on finisse par arriver en Bucovine. En route, ton frère Anshel, ton frère, me dit qu'il veut bien ne plus s'appeler Anshel s'il ne vous met pas la main dessus ! Je lui réponds : « Si seulement tes paroles pouvaient tomber directement de ta bouche dans l'oreille du bon Dieu », et c'est ainsi qu'il en advint. Une fois arrivés à Bucarest, ton frérot, Anshel, quoi, se met à mener la grande vie – que le Tout-Puissant protège tous les Juifs ! De l'argent, on nous en avait donné un plein chapeau, où était le problème ? Tous les théâtres, tous les cafés, tous les bistrots, tu m'entends ? Alors, je lui fais des reproches : « Anshel, j'y dis, au nom du ciel, j'y dis, tu brûles, j'y dis, l'argent de ton père ! » Alors il me fait : « C'est pas tes oignons ni ceux de ton père, alors, ferme-la ! » Mauvais, ça. Qu'est-ce que je peux faire ? Je la ferme. Deux ou trois jours se passent, l'argent fond comme neige au soleil, il n'y a bientôt plus de pépètes. Alors, il me fait : « Écris à mon père qu'il envoie de l'argent. » Alors, je lui fais des reproches : « Anshel ! Au nom du ciel, j'y dis, comment tout ça, j'y dis, va-t-il finir ? » Alors il me fait : « C'est pas ton affaire, on te dit d'écrire, écris ! » Mauvais, ça. Qu'est-ce que je peux faire ? J'écris. Pendant ce temps, un jour on se retrouve dans une espèce de théâtre, ou un bistrot, qui s'appelle *Le Paradiso*, où il y a des filles qui jouent, qui chantent et qui dansent, avec une certaine Marinesco-Milanesco, c'est comme ça qu'on l'appelle, une beauté, il faut dire, tu m'entends, et futée comme une bohémienne pour te soutirer de l'argent.

Ici, la lèvre supérieure de Joie et Jubilation se releva un peu, comme pour rire, pour la première fois de la soirée.

– Qu'est-ce que je vois debout tout près de la porte ? Deux silhouettes familières, toutes les deux en habits de fête. Je regarde bien. J'aurais pu jurer que c'était toi, Leybl donc. « Oui, c'est lui, je me dis, c'est lui, aussi vrai que je suis juif ! » Je me lève d'un coup, et je crie à Anshel : « Anshel, j'y dis, tu vois, j'y dis, il est là, j'y dis ! » Il me fait : « Qui ça ? – Leybl », j'y dis. Alors il me fait : « Tu rêves, il me fait, tu es en train de dormir. » Oui, non, bref, il finit par se mettre à courir. En moins de deux, tu m'entends, il n'y a plus personne. Mauvais, ça, qu'est-ce qu'on fait ? Entre-temps, arrive une lettre de Holenechti qui dit que ta maman est très malade, qu'Anshel doit revenir au plus vite à la maison. Alors j'y dis : « On repart ? » Il me fait : « Écris que nous tenons une piste, qu'ils envoient encore de l'argent. » Alors j'y dis : « Anshel, que je dis, ou bien on rentre à la maison, ou bien on va plus loin. — Mêle-toi des affaires de ta grand-mère... On te dit d'écrire, tu écris ! » Mauvais, ça, qu'est-ce qu'on fait ? Alors j'écris une lettre à Holenechti, à ton père donc, tu m'entends, mais en douce. Je lui écris : « Voilà, l'affaire est comme ça, que vous sachiez, que j'y écris, que notre voyage c'est du gaspillage, on cherche les neiges de l'an passé, ça ne fait que coûter de l'argent, en pure perte, et en fait, nous ne faisons rien. Et ce que je vous ai écrit jusqu'à présent, que j'y écris, qu'on remue ciel et terre, je ne vous l'ai écrit, que j'y écris, que parce que Anshel m'a dit d'écrire comme ça. Qu'est-ce que je peux faire, j'y écris, je ne suis qu'un employé ! On me dit d'écrire, j'écris. Alors vous n'avez plus, j'y écris, qu'à arrêter d'envoyer de l'argent, et quand il n'y aura plus d'argent, à la fin des fins, on sera bien obligés de rentrer », j'y écris. Voilà la lettre que j'ai écrite en douce, qu'est-ce que je pouvais faire d'autre ? Dis que j'ai eu tort, peut-être ? Écoute la suite. Moins de huit jours après, tu m'entends, nous parvient une dépêche à Bucarest, courte, mais bonne, trois mots en tout : « Arrive. Mère décédée »...

À peine Joie et Jubilation eut-il prononcé ces mots que Rafalesco le saisit par les mains :

— Hein ? Que dis-tu ? Maman ?...

— Que le séjour au paradis lui soit lumineux. Mon pauvre enfant, comment pouvait-il en être autrement ? Ce n'est pas rien, tout ce qu'il lui a fallu subir ! Même avant, qu'elle me pardonne, elle n'avait guère que la peau sur les os, c'est à peine si l'âme lui restait chevillée au corps, et la vie de luxe qu'elle avait eue avec ton père, il ne faut pas l'oublier. Et puis tout à coup, une bombe après l'autre. Je ne sais pas lequel des deux elle préférait, toi ou Anshel ? Car tout le temps qu'il était à Bucarest, elle n'avait qu'un espoir, de le voir revenir avec toi. Mais dès qu'elle a appris, tu m'entends ?...

Non, Rafalesco ne l'entendait plus. Il tomba la tête dans ses bras, comme on tombe en prière, et se mit à pleurer et à sangloter comme un petit enfant. Joie et Jubilation était perdu. Consoler, réconforter, prononcer des mots apaisants, il n'était pas fait pour cela. Alors, il se tordit les mains et se parla à lui-même :

— Mauvais, mauvais, ça, qu'est-ce qu'on peut faire ?

Mais des autres chambres on avait entendu les sanglots de Rafalesco, et on était accouru, d'abord Holzmann, puis la vieille Sorè-Brokhè, suivie de Zlatkè, il s'était ensuivi un grand émoi, un tumulte et une grande effervescence.

— Qu'y a-t-il ? Que s'est-il passé ? demandèrent-ils tous les trois à leur entrée.

— Ma mère est morte ! s'écria Rafalesco, s'abattant en sanglots sur la poitrine de Holzmann, qui ne put s'empêcher de faire une grimace comme celle d'une femme prête à pleurer.

En le voyant, Zlatkè elle aussi fondit en larmes, et la vieille Sorè-Brokhè se tordit les mains et commença à se lamenter, à gémir et à psalmodier comme pour la prière aux morts.

— Malheur à moi, misère de misère, le tonnerre m'a foudroyée ! Une mère avec des enfants, pauvres petits poussins, petits oiseaux ! Qui les nourrira, à présent ? Qui veillera sur eux ? Qui aura le souci de ces pauvres orphelins, comme abandonnés en pleine mer ? Car tant que la mère est une mère, le père est un père, mais dès que la mère s'en va, mieux vaut ne pas voir ça...

— Silence ! Regardez-moi ces pleurnicheries !

Holzmann s'en prit à sa mère, et houspilla également le grand et mélancolique caissier aux yeux globuleux, pour la bonne nouvelle qu'il avait annoncée au môme.

— Espèce de crétin ! Qui vous l'avait demandé ? Pourquoi a-t-il fallu que la langue vous démange ? Des nouvelles de ce genre, c'est par un *goy* qu'on les fait annoncer...

Joie et Jubilation était resté coi, comme rejeté. Rafalesco prit sa défense. Il leur fit clairement savoir que Joie et Jubilation était son hôte, et qu'il entendait bien qu'on le laisse tranquille ce soir, seulement ce soir... Holzmann comprit le message, bien qu'il n'eût pas du tout envie de laisser le môme tout seul avec ce demeuré, mais il n'avait pas le choix. Les temps avaient changé, maintenant, quand Rafalesco disait quelque chose, il n'y avait pas à revenir dessus... Et Holzmann déversa toute son amertume sur sa mère et sa sœur :

— Qu'est-ce que vous êtes venues faire ici, quel mauvais vent vous a amenées ? Qui vous a demandé de venir ? Regardez-moi ces pleurnicheries ! Qui vous a demandé de faire les pleureuses ?

Ainsi répétait-il en les refoulant, tout en se glissant lui-même précautionneusement hors de la chambre pour se réinstaller à son poste derrière la porte et tendre l'oreille. Rafalesco resta de nouveau avec Joie et Jubilation seul à seul, et pria le caissier de tout lui raconter en détail et avec précision : comment sa mère était morte, quand elle était morte, s'il l'avait revue avant sa mort, et comment était l'enterrement. Il fallut que Joie et Jubilation lui raconte tout, et pas seulement une fois, mais plusieurs fois, de nombreuses fois !

CHAPITRE QUATRE-VINGT-DEUX

DES NOUVELLES DE HOLENECHTI

De toute la nuit, leurs yeux n'avaient pas connu le sommeil. Joie et Jubilation avait donné des nouvelles de Holenechti et Rafalesco avait écouté sa voix monotone, qui ressemblait au son d'une cloche fêlée et s'étirait, s'étirait comme un miel épais, sans trêve ni répit, seulement interrompue par des « Écoute la suite », des « Tu m'entends ? » ou des « Mauvais, ça, qu'est-ce qu'on peut faire ? ». Holzmann non plus n'était pas allé se coucher. Il ne pouvait pas quitter la porte, ni se lever de son tabouret, de peur qu'on entende un craquement. Holzmann se maudissait lui-même : il y avait des moments où, comme par hasard, une quinte de toux était prête à l'étouffer. Il se retenait de toutes ses forces, et c'est dans des douleurs atroces qu'il écoutait, en même temps que Rafalesco, les nouvelles de Holenechti.

Cette nuit-là, on peut dire que tous deux, Rafalesco et Holzmann, avaient appris davantage de nouvelles de Holenechti que pendant leurs longues années d'errance à travers le vaste monde.

D'abord, à propos de Béni Rafalowitch. Misère de misère, ce qu'il avait pu advenir de la maison de Rafalowitch ! Un champ de ruines ! Une dévastation ! À commencer par la femme de Rafalowitch, Beylkè. La petite, la silencieuse, la fragile Beylkè s'était éteinte comme une bougie. Sans bruit, sans se plaindre à personne, elle avait quitté ce monde où elle avait tant souffert par la faute de ses enfants, sans avoir eu une seule journée de bonheur. Beylkè la silencieuse avait voulu mourir en silence, comme elle avait vécu. Alors, elle n'avait voulu dire à personne ce qu'elle avait. Quand elle avait fini par aller très mal, et que tout le monde s'en était aperçu, Béni avait envoyé des chevaux sur toutes les routes pour ramener les meilleurs médecins, avait remué ciel et terre, demandé qu'on lui prenne jusqu'à sa chemise, pourvu que sa Beylkè retrouve la santé. Mais il était trop tard. Comme une boule de coton, ou comme un tout petit enfant, la petite, la silencieuse Beylkè gisait dans son grand lit, les lèvres toutes serrées, les joues creusées et blanches, blanches. Toute seule dans sa grande alcôve et son lit trop grand. Personne, pas âme qui vive à ses côtés. Béni était occupé avec les médecins. Les fils aînés, dans le magasin. Les filles, à la cuisine. Anshel et Leybl étaient absents. Seule, Batsheva, la cadette des filles, restait assise dans un coin à pleurer en silence, de peur d'éveiller la mère. La mère avait déjà beaucoup dormi. Ses yeux clos dans son visage blanc, trop blanc, ressemblaient à deux petits trous. Ses sourcils blonds, autrefois si beaux, que l'on apercevait sous son front pâle enveloppé d'un linge blanc, donnaient à son petit visage l'air d'un enfant pensif. Une de ses mains, une petite main blanche d'enfant, un peu trop blanche, pendait sur la couverture. Tout paraissait normal, comme si elle avait été dans un profond sommeil. Ce cœur, qui avait tant aimé, et qui pour cela avait tant souffert, venait d'arrêter d'aimer, de souffrir et de se battre. Tout était calme, d'un calme terrible, sacré. C'était le calme de la mort. Beylkè était morte.

Beylkè était morte, mais la vieille grand-mère, la mère de Béni Rafalowitch, celle qui hochait la tête en faisant « non, non », elle vivait, elle. Elle était déjà sénile et complètement aveugle, mais elle vivait, allez comprendre !... Tous les enfants, les fils, les filles, les brus, les gendres, et même les petits-enfants s'étaient éparpillés de par le monde. Béni Rafalowitch n'avait jamais pu vivre en bonne entente avec les enfants. Mais depuis que Beylkè l'avait laissé veuf, il était devenu... – que Dieu nous protège !... Il avait marié Anshel. Précisément avec ce parti de Beltz. Une petite épouse à faire peur, mais de bonne provenance. Il n'avait pas le droit de paraître devant son père, qui ne lui pardonnerait jamais son voyage à Bucarest. Alors, Anshel restait à Beltz. Il tenait une petite boutique de tabac, et il était devenu, disait-on, un tel rustre qu'il en était méconnaissable. Une des filles, la puînée, qui s'appelait Perl, avait divorcé et était restée à l'état de femme répudiée. L'autre, Yokhevet, avait épousé, au grand dam de son père, le frère du musicien Yekhiel, lui aussi musicien. Quant à la cadette, Batsheva, elle devait faire des études de sage-femme, et Béni Rafalowitch, exprès, l'avait mariée à lui-même, c'est-à-dire Simkhe le caissier. À ce moment, Joie et Jubilation avait baissé les yeux et entrepris de se justifier. Il avait avoué que depuis longtemps il avait l'œil sur Batsheva, mais qu'il n'avait jamais osé se déclarer, quoique, si l'on y regardait à deux fois, en quoi la lignée du frère de Yekhiel le musicien était-elle plus prestigieuse que la sienne ? Au moins, Simkhe, lui, faisait partie de la famille. Un parent éloigné, mais un parent. Quant à Batsheva, on ne peut pas dire qu'elle avait été enthousiasmée à l'idée de ce mariage. Au contraire, pendant un temps, elle s'était obstinée, rebellée, avait pris des poses, avait beaucoup pleuré, disant qu'elle en finirait avec elle-même... Lui, Simkhe donc, ça n'était pas dans sa nature non plus. D'accord, Batsheva était gentille, la meilleure de toutes sans doute, mais il ne voulait pas s'imposer par la force. Béni Rafalowitch, lui, s'était entêté pour de bon. Bref, ils s'étaient mariés, et grâce à Dieu, ça s'était arrangé, ils avaient déjà deux petits enfants, et un troisième s'annonçait... On pouvait dire que tout ne se passait pas si mal pour eux, s'il n'y avait eu ce nouveau malheur qui les avait frappés.

— Quel malheur, encore ? avait demandé Rafalesco avec inquiétude, et Joie et Jubilation s'empressa de le rassurer :

— En réalité, ce n'est pas vraiment un malheur. Le maître de maison, mon beau-père je veux dire – qu'il vive longtemps –, ton père donc, sur ses vieux jours, probablement à cause de ses malheurs, tu m'entends, il est devenu bigot. Mais bigot, crois-tu ? D'une dévotion intraitable ! Il s'est plongé dans le judaïsme. Jour et nuit, il ne fait que prier et réciter les Psaumes. Bon, prier et réciter des Psaumes, ça n'aurait encore pas été si grave, s'il n'y avait eu un autre souci. Quel souci, me demanderas-tu ? Le Rebbe... Tout à coup, le maître de maison est devenu un adepte du Rebbe, un adepte convaincu, tout feu tout flamme, et il s'est mis, tu m'entends, à faire des voyages pour aller chez le Rebbe. Et pas seulement des voyages, mais à rester là-bas, à y résider, à ne pas vouloir décoller de la maison du Rebbe... Au début, c'était le Rebbe de Shtepanesht, Reb Mattityahou, maintenant, c'est celui de Boïan, voilà plus de six mois qu'il s'est installé à Boïan, chez son Rebbe, et qu'il ne veut pas revenir à la maison. Il était parti là-bas pour les fêtes, et depuis, on a bien le bonjour. Quand je me suis rendu compte que c'était une histoire qui n'en finissait pas, je lui ai écrit, au beau-père donc, lettre après lettre : « Bonté divine, mon cher beau-père, soyons sérieux ! Ce qui reste de vos affaires s'en va à vau-l'eau ! » Comme si je parlais à un mur. Il ne veut savoir qu'une chose, tu m'entends, que je lui envoie de l'argent de la maison. Qu'est-ce qu'il croit, que j'ai une source, une fontaine ? Même une fontaine, ça finit par s'épuiser ! Mauvais, ça, que peut-on faire ? Alors j'ai réfléchi, tu m'entends, et j'ai couru jusqu'à Boïan, pour voir le beau-père et discuter avec lui. On ne peut tout de même pas l'abandonner... Mais va-t'en parler à un mur, quand l'autre n'a en tête – sa tête, tu parles – qu'une seule chose : le Rebbe, le Rebbe, et encore le Rebbe ! Lui parler de la maison, de Holenechti, impossible. Il ne veut rien savoir. Lui rappeler les enfants, interdit. Quant à prononcer le nom d'Anshel ou de Leybl, « *loï izkor ve loï iapoked* » (« que leurs noms ne soient plus rappelés ni évoqués »). Anshel, il l'a surnommé « l'ange de la mort ». C'est ce même ange de la mort qui a frappé sa mère. Sans Anshel et son voyage à Bucarest, le beau-père ne serait pas resté veuf. Ça, c'est clair comme le jour. Écoute la suite. J'arrive à Boïan chez le Rebbe, chez le beau-père donc, et je le trouve, tu m'entends, dans un état que je souhaite à tous mes ennemis. Il souffre du cœur. Si tu le voyais, il n'est plus que l'ombre de lui-même. Son ventre pend, ses joues se sont creusées. Vieilli, grisonnant. J'en ai même pleuré. Et lui, tu crois qu'il demanderait seulement comment vont les enfants ? Rien, pas ça ! Il fallait que j'aille avec lui, tu m'entends, voir le Rebbe, et tout de suite... Je te dis, dur comme de l'acier. Un exemple à prendre. Je veux commencer à parler un peu avec lui, lui donner des nouvelles de la maison, lui demander ce qu'il compte faire. Pas question. Demain, dit-il, demain. Aujourd'hui, tu m'entends, il faut qu'il aille chez le Rebbe. Et c'est comme ça jour après jour. Dans l'intervalle, à l'auberge, j'entends des jeunes gens qui parlent de Czernowitz... de théâtre yiddish... d'un gala qui doit être joué par un comédien célèbre de Bucarest tout jeune encore, un régal, un certain Rafalesco... Le nom de Rafalesco, la ville de Bucarest, et les mots « un comédien », « un tout jeune », « un régal », tout cela, tu m'entends, s'est mis à me tourner et à me retourner dans la tête : ne serait-ce pas notre Leybl ? que je me demande. Il y a quelque chose qui colle là-dedans : Bucarest, Rafalesco... théâtre yiddish... Alors je réfléchis : de toutes façons, j'ai déjà des frais de voyage, ça me coûtera quelques hellers de plus, mais il faut, tu m'entends, que je voie ce tout jeune acteur de Bucarest. Mais d'abord, il faut en parler au patron, au beau-père je veux dire, et voir ce qu'il en pense. Par quoi commencer ? Par le théâtre yiddish. Par le théâtre yiddish de Czernowitz... En entendant les mots « théâtre yiddish », il s'est mis dans un état, comment dire ? On en a enterrés pour moins que ça. Il s'est mis à trembler, a empoigné sa canne, tu m'entends, et a menacé de me fendre le crâne si je disais encore un mot !... Mauvais, ça, que peut-on faire ? J'ai fini par sortir dans la rue, j'ai loué une voiture directement pour Czernowitz, et j'ai payé comme un marchand de Brod. Parce qu'il ne faut pas se raconter d'histoires, même si j'avais su que ça me coûterait disons Dieu sait combien, même si j'avais dû marcher à pied je ne sais pendant combien de temps, quelle différence ? Ça n'a pas de prix pour moi, le simple fait de te revoir vivant. Et puis la façon dont on t'a honoré au théâtre… Tu me croiras ou pas, quand il y a eu les applaudissements et les cris « Rafalesco ! », et que les jeunes t'ont porté en triomphe, les larmes me sont venues aux yeux, aussi vrai que tu me vois et que je suis juif ! Je me suis rappelé, tu m'entends, misère, mais c'est notre Leybl, celui qui dormait avec moi, dans la même alcôve, lit contre lit !…

Là, Joie et Jubilation essuya une larme et, d'un seul coup, sa voix changea, son visage et son ton changèrent, et il s'adressa à Rafalesco avec une voix sucrée et l'air coquin :

— Tu te rappelles, ma petite âme, comme nous dormions ensemble, dans la même alcôve, lit contre lit ?… Je rangeais toujours mon pantalon avec les clefs à la tête du lit, près de moi. Tu crois que je n'ai pas entendu, quand quelqu'un est venu vers mon lit, a tâté mon pantalon, puis est allé fourrager dans le tiroir ?… J'ai entendu, que j'entende toujours de bonnes nouvelles. Mais je n'ai pas pu me décoller les paupières… Où est passé l'argent qui… à l'époque… dans le tiroir… ? Je veux dire : qui l'a gardé, quelqu'un à la tête de travers et au visage tout ridé ? Ou bien cet acteur sautillant, aux yeux de bâtard ? Ou bien tout simplement ce choléra de gringalet, qui autrefois s'appelait Hotzmakh et que maintenant on appelle Holzmann ?…

CHAPITRE QUATRE-VINGT-TROIS

LA CHUTE DE LA MAISON RAFALOWITCH

Le jour allait se lever. Le marché de Czernowitz, qui s'ouvre tous les matins en face du *Coq noir*, commençait déjà à s'installer, à montrer des signes d'activité, tandis que nos deux vieilles connaissances, Rafalesco et Joie et Jubilation, continuaient encore de parler. En fait, c'était Joie et Jubilation qui parlait, et Rafalesco qui l'écoutait, extrêmement tendu, ne l'interrompant que rarement d'un sursaut ou d'une exclamation : « Vraiment ? » ou : « Qu'est-ce que tu racontes ? » ou bien : « Pas possible ?... » Joie et Jubilation le rassurait, lui affirmait que tout ce qu'il racontait était aussi vrai que la Loi divine, jurait sur sa foi juive – que la Providence lui permette de venir chez lui voir de ses propres yeux sa femme et ses petits enfants – et autres serments, comme si Rafalesco n'avait pas voulu le croire sans qu'il jurât. C'était si comique que Holzmann – qui se tenait toujours derrière la porte dans la chambre voisine, regardait chez Rafalesco par le trou de la serrure et ne perdait pas une miette de la conversation – n'arrivait pas à s'empêcher de rire, et s'étranglait en silence. Quand il fut question de la mère, et que tout à coup Joie et Jubilation demanda à Rafalesco ce qu'il était advenu de l'argent qui avait disparu du tiroir à Holenechti, notre Holzmann colla son oreille encore plus fort à la porte, impatient de savoir ce que le môme allait lui répondre. Mais au même instant, le tabouret sur lequel Holzmann était assis fit entendre un craquement, et tous trois prirent peur : Rafalesco et Joie et Jubilation furent effrayés du simple craquement qui, dans le silence de la nuit, avait semblé beaucoup plus fort qu'il n'était en réalité.

Holzmann, lui, avait eu peur qu'on s'aperçoive que pendant tout ce temps il était resté derrière la porte à écouter une conversation privée. Sa frayeur pourtant se calma après quelques instants de silence, et Holzmann put reprendre la même position sans être autrement gêné. Malheureusement, il n'avait pas entendu le plus intéressant. Non pas qu'il entendait mal, bien au contraire, il ne perdait pas un mot à travers la porte. Mais c'était pour une autre raison : à la question de l'argent, Rafalesco n'avait tout simplement pas voulu répondre. Il s'était levé, avait arpenté plusieurs fois la chambre en long et en large. Il s'était ensuite arrêté, et au lieu de répondre à la question de son tout récent beau-frère, avait préféré lui demander :

— Et que devient donc mon ancien maître le chantre ?

« Le môme n'est pas sot, se dit Holzmann : il lui répond à côté, noie le poisson avec son maître et son chantre. Si c'est comme ça, je peux aller me coucher. Il fait déjà grand jour. Que le Malin l'emporte, ce mélancolique. Que le choléra lui envahisse la partie gauche du ventre !... »

Sur ces mots, notre Holzmann se dirigea en silence vers son lit, se déshabilla, tira sa couverture par-dessus ses yeux, et s'endormit aussitôt. Et nos deux beaux-frères, Rafalesco et Joie et Jubilation, continuèrent leur conversation :

Joie et Jubilation : Tu me demandes des nouvelles de Yisroeli le chantre ? Eh, eh... Heureux ! Heureux comme tout !

Rafalesco : C'est vrai ?

Joie et Jubilation : C'est vrai, il a fait fortune !

Rafalesco : Fortune, Yisroeli le chantre a fait fortune ?

Joie et Jubilation : Un vrai richard ! Il n'enseigne plus, il n'est plus chantre. Tss, tss... ce n'est plus du tout le même Yisroeli. Et Leyé, la femme du chantre, tu te souviens de Leyé, la femme du chantre ? Elle porte son collier de perles les jours de semaine, s'habille, tu m'entends, comme une femme de riche, et s'en va partout chantant les louanges de sa fille. Où qu'elle aille, quoi qu'elle fasse, c'est « ma Reyzl » par-ci, « ma Reyzl » par-là. Avec sa Reyzl, elle a réussi à *reyzler* la tête de tout le monde. Ce n'est pas rien, sa Reyzl. Maintenant, elle ne s'appelle plus Reyzl. Aujourd'hui, elle s'appelle Rosa, et c'est une chanteuse célèbre. En ce moment, elle est à Londres. Tu te souviens encore d'elle, ou pas ? Il y a peu de temps, elle est venue en visite chez nous, à Holenechti avec toute une bande d'acteurs et de chanteurs venus de Londres qui battaient la campagne en voiture ou à vélocipède, tu m'entends, tralala, la grande vie ! On peut tous les deux se souhaiter de gagner ce que le voyage a dû leur coûter. Qu'est-ce qu'on dit ? On raconte qu'elle a un fiancé qui possède un million, tu entends, un million tout entier ! Elle a fait perdre la boule à Holenechti. On lui courait après dans la rue. Il y avait de quoi ! D'abord, elle est devenue éblouissante, c'est à ne plus pouvoir la regarder. Grande, belle, saine, et elle chante, dit-on, à mettre le monde sens dessus dessous. Maintenant, elle est riche, pleine aux as. Tu comprends ça, toi, la fille d'un chantre qui gagne assez pour vouloir s'offrir, tu m'entends, notre logement, je veux dire le logement du beau-père, et pour qui, crois-tu ? Pour elle-même ?

Tu n'y es pas ! Pour le chantre ! Le chantre, lui, ne voulait rien savoir, sa femme non plus. Ils disaient : à quoi bon une si grande calotte ? Ils auraient préféré acheter le logement de Nekhè, la veuve. Alors la fille, Reyzl, quoi, s'est entêtée, tu m'entends, c'était justement le logement de Rafalowitch qu'elle voulait ! Et pas seulement le logement, mais toute la cour, l'écurie avec, et l'affaire entière. Qu'est-ce qu'il te faut de plus ? Même le chien Terkush, tu t'en souviens ? Elle s'était toquée de lui. Tant qu'à faire d'acheter, alors on achète le tout. Les ambitions de cette petite fille de chantre, ah, ah !...

C'était la deuxième fois que Joie et Jubilation avait ri ce soir-là. Voyant que Rafalesco ne partageait pas son hilarité, mais qu'au contraire il était devenu curieusement absorbé et soucieux, Joie et Jubilation entreprit de se justifier avec ses mots à lui :

— Je n'avais pas du tout l'intention de vendre ce logement. Mais si le bon Dieu t'envoie un client pareil ! Alors, j'ai réfléchi, tu m'entends, je me suis dit : si elle paie un bon prix... Dis voir que j'aie eu tort ?... Mais qu'est-ce qui t'arrive, mon petit Leybl ? Pourquoi as-tu changé tout à coup ? Peut-être que tu regrettes que nous ayons vendu le logement ? Crois-moi, Leybl mon petit cœur, à moi aussi, ça m'a fait mal au cœur, pas moins qu'à toi, peut-être même davantage. Mais que pouvait-on faire d'autre, vu que les affaires allaient à vau-l'eau ? Le patron, mon beau-père, je veux dire – qu'il vive longtemps – il campe chez son Rebbe. Les enfants sont partis, l'un pour Lissy, l'autre pour Strissy, éparpillés à gauche à droite, tu m'entends, parmi les sept mers. Qui restait-il à la maison ? Seulement la vieille grand-mère, qui est gâteuse, et ma Batsheva avec les enfants, sans me compter... De quoi ai-je besoin ? Moi, tel que tu me vois, je n'ai besoin de rien. Je continue, tu m'entends, à vivre comme j'ai toujours vécu. Un autre, à ma place, ah, ah, ah... !

Joie et Jubilation avait prolongé son « ah, ah, ah... » d'un sifflotement et d'un geste de la main. L'exégèse de ce « ah, ah, ah... » et le commentaire de ce geste de la main étaient difficiles à formuler.

CHAPITRE QUATRE-VINGT-QUATRE

ILS FONT LEURS BAGAGES

La justification que Joie et Jubilation avait tentée devant son jeune beau-frère était inutile : l'esprit douloureux et le cœur souffrant de Rafalesco, toute sa personne, étaient bien loin de tout cela. Un mélange de sentiments agitait son cœur : le remords, la nostalgie, les regrets, la curiosité, l'amour, jamais encore notre jeune héros n'avait vécu tant d'émotions que pendant cette nuit-là. En une seule nuit, peut-on dire, il avait perdu père et mère, frères et sœurs, toute la maisonnée, en plus du logis où il était né, de la ville où il avait grandi, tout ce qu'il avait jadis aimé et chéri, il avait tout perdu cette nuit, tout perdu pour toujours ! Il lui semblait que tout ce qu'autrefois il avait eu de proche était à présent loin de lui, très loin, comme si désormais il en était séparé par tout un monde, une éternité. Et tout lui apparaissait comme dans un rêve, sombre et enveloppé d'un voile épais, recouvert d'un ciel nocturne et chargé, chargé de secrets. Seule une étoile brillait pour lui dans ce ciel sombre et l'appelait : Reyzl...

Rafalesco songeait à tout ce qu'il venait d'entendre, et aurait bien voulu avoir une réponse. Pour quelle raison aller acheter leur maison pour ses parents, pourquoi justement leur maison, et pas une autre ? Quelle pouvait avoir été son arrière-pensée ? Ne faisait-il pas erreur ? N'était-ce pas à cause de lui ? N'était-ce pas parce qu'elle aimait cette maison, où il était né et avait été élevé ? N'était-ce pas parce qu'elle ne l'avait pas encore oublié ? Parce qu'elle n'avait pas oublié le serment qu'elle lui avait fait autrefois, à Holenechti, pendant la nuit de l'incendie de la rue de Dieu et qu'elle avait pris à témoin le ciel rougeoyant de flammes qu'ils resteraient toujours, toujours ensemble ? Que, quoi qu'il puisse leur arriver et quelle que soit la forme sous laquelle elles puissent revivre, leurs âmes ne se sépareraient jamais ? Qu'elles resteraient toujours et partout ensemble ?

Et lui revint en mémoire la nuit de l'incendie, cette nuit magique, d'une magie extraordinairement belle, heureuse, inoubliable où Reyzl se tenait devant lui, enveloppée d'un voile rougeoyant, si belle qu'elle ressemblait à une princesse de la nuit enchantée...

Toc, toc, toc ! On frappait à la porte.

— Qui est-ce ? demanda Rafalesco, comme se réveillant.

— C'est moi, Bernard.

La porte s'ouvrit, Holzmann entra, et avec lui un grand souffle d'air frais que le matin naissant apportait.

En entrant, il jeta un coup d'œil, de son regard vif et acéré, sur le môme étendu tout habillé sur le sofa, l'air bizarrement absorbé et pensif, puis sur son hôte mélancolique, qui ressemblait à un bedeau ensommeillé pendant la prière du matin, et Holzmann fut tout à coup saisi d'une irrépressible envie de saisir sur-le-champ ce courtaud de Bessarabien par sa nuque cramoisie, de lui balancer un marron soigné par-devant, de lui appliquer quelques coups de pied choisis par-derrière, et de l'envoyer dévaler l'escalier d'une traite jusqu'en enfer. Mais Holzmann sait ce qu'on peut faire et ce qu'on ne peut pas. Ce n'est pas tous les jours qu'on peut se permettre de donner libre cours à sa colère. Alors, il se retint, jeta en passant un coup d'œil aux lits intacts, et s'exclama en souriant :

— Regardez-moi ça, on n'a pas du tout dormi ?

— Non, pas dormi, lui répondirent-ils ensemble.

Holzmann sentit que ce n'était pas ce qu'il avait voulu dire, et reprit avec le même sourire affecté :

— On ne s'est même pas couché ?

— Même pas couché.

— On est resté toute la nuit assis à bavarder ?

— Toute la nuit.

— Hum... Il est temps de se préparer au départ, dit Holzmann à Rafalesco en le regardant dans les yeux.

— Je suis prêt, lui répondit Rafalesco en se levant du sofa, et son visage brillait, illuminé par le soleil qui venait de se lever et pénétrait agréablement dans la chambre par la fenêtre.

« Le môme reste le môme », pensa Holzmann. Dieu merci, il ne lui a pas pris l'idée d'observer, là, tout de suite, les sept jours de deuil après la mort de sa mère. Ou bien, qu'aurait-il dit, par exemple, si Rafalesco avait décidé de faire un saut à Boïan, chez le Rebbe, pour voir son père, le pécheur repenti ? Ou bien que serait-il arrivé si, à Dieu ne plaise, il avait fait une crise de *mancolie*, et tout bonnement voulu aller jusqu'à Holenechti ? Va savoir, avec ce môme...

De toute la matinée, Holzmann ne lâcha pas d'un œil ni Rafalesco ni son hôte. Il le fit avec beaucoup d'adresse, s'arrangeant, à chaque fois qu'ils étaient seuls tous les deux, pour s'immiscer entre eux. À chaque fois, il avait un nouveau prétexte. Mais les efforts de Holzmann étaient sans objet. Rafalesco lui-même se sentit l'âme plus légère quand son tout nouveau beau-frère fut assis dans la voiture, après qu'il l'eut embrassé et chargé de transmettre ses « plus chaleureuses salutations ».

— Transmettez des salutations également de ma part ! s'écria Holzmann dans son dos.

— Les plus chaleureuses, répliqua Joie et Jubilation en se retournant, les traits tirés et endormis, vers la voiture bondée de passagers au coude à coude.

C'étaient là nos « amateurs d'art » qui repartaient tous ensemble d'où ils étaient venus, le cœur plein d'amertume. Dieu seul savait si de leur vie ils auraient de nouveau une chance de voir et d'entendre un véritable artiste tel que Rafalesco !...

— *Be shem aloki Yisroel*, au nom du Dieu des Juifs, la tête six pieds sous terre, leur cria Holzmann en guise de bénédiction.

Puis, se retournant vers la troupe des acteurs :

— Les enfants, au boulot !

Les acteurs commencèrent à faire leurs bagages, sous la surveillance de Holzmann le directeur, qui, le haut-de-forme rejeté en arrière, épongeait la sueur de son visage émacié et leur distribuait les ordres exactement de la même façon qu'autrefois, à l'époque de

Shtupak, à Dieu ne plaise que ce soit encore le cas, c'était à lui qu'on distribuait les ordres.

— Pas comme ça... Oui, comme ça... D'abord la petite malle, ensuite la grosse malle. Je veux dire le contraire : d'abord, la grosse malle, ensuite la petite malle... Comme ça... Espèce de Golem, pourquoi restes-tu les bras ballants ? Prends donc la droite, et lui prendra la gauche. Je veux dire le contraire : prends la gauche et lui prendra la droite... Voilà... Dis donc, toi qui ne fais que parler, qu'est-ce que tu as à me regarder comme ça ? Regarde plutôt comment tu emportes le trône du roi Salomon, que tu sois emporté toi-même ! Doucement, la couronne de Napoléon Bonaparte ! Bâtard, si tu me casses la couronne de Napoléon, je te casse la tête !...

C'est ainsi que Holzmann distribuait ses ordres, bousculait les gens et les agonisait d'injures. Chaque mot qu'on prononçait lui fournissait l'occasion d'une injure. Par exemple, si l'on venait lui annoncer qu'on était à court de ficelle, il répondait :

— À court de ficelle ? Qu'on te pende haut et court !

— Où est-ce que je mets ça ?

— Mets-toi dans ta tombe.

— Je pense qu'il faut une charrette de plus pour tout emporter.

— Que t'emporte une mort pénible !

— Il veut encore qu'on lui donne de l'argent.

— Que Dieu te donne une âme de rechange !...

L'un d'eux eut les honneurs, de la part de Holzmann, d'une toute nouvelle injure, certes un peu longue, mais tranchante :

— Je te souhaite autant d'aphtes sur la langue qu'il y a eu de petits trous dans tous les pains azymes que les Juifs ont faits depuis qu'ils sont sortis d'Égypte, espèce de bâtard !...

Comme par un fait exprès, la chance voulut qu'à ce moment-là s'amène sa vieille mère Sorè-Brokhè avec toute sa literie.

— Ça y est ? Te voilà avec tes vieilles guenilles ? Je vais finir par te découdre un édredon et éparpiller toutes les plumes !

— Va ! Que Dieu te donne autant de cervelle ! répliqua la vieille mère, la seule créature à n'avoir pas pour notre insupportable directeur le moindre respect.

Holzmann cracha, et la vieille s'en fut, mais pour revenir aussitôt. Qu'y avait-il encore ? Rien, elle voulait juste que son fils mange quelque chose, qu'il se mette quelque chose dans le bec :

— Tel qu'il est, il est déjà maigre à faire peur... Les démons, dit-elle, ont le visage de ce qu'ils mangent... On lui voit les dents à travers les joues... Les forces, dit-elle, c'est dans la gamelle qu'on les trouve... Manger, c'est pas un danger...

On aurait dit que la vieille Sorè-Brokhè avait entrepris de réciter tout ce qui dans la sagesse populaire avait trait à la nourriture. Mais Holzmann n'était pas de bonne humeur ce jour-là et il l'interrompit au milieu de sa litanie :

— Regardez-moi ça ! Qu'est-ce qu'elle peut radoter, la vieille sorcière ! C'est fini, oui ou non ?

De colère, Holzmann fut pris d'une quinte de toux, et les acteurs faillirent s'étouffer de rire. On avait peur de rire tout fort. Holzmann pouvait vous le faire regretter amèrement.

Non, ce jour-là Holzmann n'était pas dans de bonnes dispositions. Pas du tout dans de bonnes dispositions. Ce voyage pour Londres lui était comme une arête dans le gosier : impossible à avaler, impossible à recracher... Il ne comprenait lui-même pas pourquoi, mais il avait le cœur lourd. Cette nuit, il avait rêvé de vieilles femmes :

— Que cela retombe sur leurs têtes !...

DEUXIÈME PARTIE

SANS FEU NI LIEU

CHAPITRE PREMIER

MR KLAMMER

Le quartier de Whitechapel à Londres est une sorte de Berditchev, de Vilna, ou de Brod, ou des trois ensemble, ou peut-être même de Jérusalem. Nulle part ailleurs, on ne sent battre autant le pouls de la judéité. L'allure des gens, c'est notre allure, la langue, notre langue. Courir, se bousculer, écrire, parler avec les mains, tout se fait comme chez nous. Même le commerce, les moyens d'existence, sont les mêmes. Ce qui signifie, je veux dire, que là-bas, les Juifs n'ont rien inventé. Ils tirent leur subsistance les uns des autres, s'arrachent les choses des mains, que dis-je des mains, ils s'arrachent le pain de la bouche. Bref, une fois là-bas, vous êtes chez vous, vous n'avez plus à vous préoccuper d'un gîte juif, d'une synagogue, ni de cuisine juive.

À propos de cuisine, il nous faut vous recommander un restaurant juif au beau milieu de Whitechapel, à l'enseigne du café National. Ce n'est pas seulement un restaurant yiddish, c'est un club yiddish, car, quel que soit le moment où vous y entrez, vous y verrez une foule bigarrée de toutes sortes de Juifs : des courtiers, des docteurs en philosophie, des commis voyageurs, des missionnaires, des colporteurs, des artistes du théâtre yiddish, des marchands de diamants, des employés, des journalistes, des joueurs d'échecs, des vendeurs, des sionistes, des territorialistes, et puis des jeunes gens dont on ignore complètement qui ils sont et ce qu'ils font, mais qui crient et font du vacarme, qui fument et rient, si bien qu'on n'entend plus qu'eux dans le club. Mais plus que n'importe qui, celui qui crie, qui fume et qui fait du vacarme, c'est le patron lui-même, Mr Klammer, que nous avons l'honneur de vous présenter ci-dessous.

Mr Klammer est un Juif galicien, un homme de raison, à l'allure imposante, avec une barbe à la Herzl, et qui de ce fait se prend pour un fort bel homme et pour un sioniste. En fait, ses opinions le porteraient plutôt vers le territorialisme, mais il n'est pas vraiment territorialiste non plus. Il est plutôt contre les associations et les partis, parce que Mr Klammer, voyez-vous, est par nature un sceptique. Il ne croit en personne d'autre qu'en lui-même. Cependant, quand on lui dit en face, les yeux dans les yeux, que sa barbe ressemble jusqu'au dernier poil à celle du docteur Herzl, il prend quasiment sa carte chez les sionistes, mais à une condition : si M. Zangwill trouvait un territoire convenable pour les Juifs, lui, Mr Klammer, ne trouverait rien à y redire. Bien sûr, le docteur Herzl est un grand homme, un gentleman, mais Mr Klammer n'est pas un petit garçon non plus. *Leben und leben lassen*, « vivre et laisser vivre », voilà le principe de Mr Klammer. Mr Klammer est donc avant tout un homme de principes, il parle anglais, et croit qu'il le parle comme un véritable Britannique. En outre, il se prétend savant, tout entier versé dans les livres, et il n'existe rien au monde qu'il ne connaisse déjà. Son affaire, je veux dire son restaurant, il le déteste autant qu'un Juif observant peut haïr le cochon, il s'en occupe à peine, mais quand vient le moment de l'addition, il consent à vous prendre de l'argent, à condition qu'on lui en donne. Si on ne lui en donne pas, eh bien tant pis. « Que celui qui a faim entre et mange. » Les Juifs débarquent, s'empiffrent, s'abreuvent, et partent pour l'Amérique. Va leur courir après. L'ennui, c'est que c'est Mr Klammer lui-même qui fait cette interprétation du verset. Mr Klammer parle trop de lui-même, de sa connaissance du monde et de son bon cœur. D'ailleurs, Mr Klammer parle trop en général. Pourquoi ne parlerait-il pas, puisqu'il n'a pas d'autre travail ? Le travail du restaurant, c'est sa femme, Mrs Klammer, qui s'en occupe, une Juive harassée par le labeur aux fourneaux, une femme triste et sombre, qui ne voit le ciel enfumé et noyé de pluie de Londres que le *shabbess*. Quand vient le *shabbess*, elle met son *hat*, une belle *dress*, et se transforme en *lady*. Mais elle veille à ce que son mari, Mr Klammer, ait son *breakfast* et son *dinner* en temps et en heure. Après manger, il lui faut s'allonger un peu, faire une petite sieste, après quoi on peut le voir déambuler dans son club, ou alors, assis à une table comme un client, devant un verre de bière, un cigare à la main, se lamenter sur son triste sort : Quel chagrin, quelle pitié de le voir lui, Mr Klammer, obligé de vendre des nouilles ! Mais que peut-on faire, il faut bien vivre ? Ou comme dit l'Anglais : « *You must work for your living* »...

Non, Mr Klammer déteste le restaurant, il ne peut pas supporter ce travail. Il préfère de loin les affaires communautaires, se mêler des œuvres de bienfaisance londoniennes, ou donner des avis sur les émigrants russes, qu'il n'appelle pas autrement que les *Russki* ou les *shnorrers*. Si on l'écoutait, tous les Juifs russes, il faudrait les pendre haut et court. Peut-être pensez-vous que Mr Klammer, à Dieu ne plaise, est un très méchant homme ? Ou peut-être pensez-vous que les Juifs anglais ont davantage de qualités à ses yeux ? Eh bien vous faites erreur. Si son humeur l'y pousse, Mr Klammer peut aussi (en général dans leur dos) dire le plus grand mal de tous les richards de Londres, ces lords juifs, les traîner dans la boue. Mr Klammer est un homme qui a de l'amour-propre : si vous le reprenez d'un mot, il vous en tiendra rigueur toute sa vie. Ceux qui le connaissent s'en méfient. Par contre, il n'hésite pas à se mêler à une conversation entre les hôtes, et à interrompre brusquement quelqu'un au beau milieu d'une causerie, réclamant son droit à la parole :

— Juifs, laissez-moi parler ! Je vais vous dire franchement : vous ne connaissez rien à rien.

Parler, ça ne coûte rien, ou comme dit l'Anglais : « *Talk is cheap* »... Voilà comment s'exprime Mr Klammer en caressant sa barbe à la Herzl :

— Au fait, de quoi est-ce que vous parliez ?...

Un jour se produisit un événement. Un type bizarre débarqua chez Mr Klammer, et il oublia un paquet qui contenait des écrits, un véritable trésor... Mais rapportons plutôt les mots mêmes que Mr Klammer employa pour décrire ce type, bizarre, la manière dont il l'avait rencontré, et quel était ce trésor qui lui était indûment tombé entre les mains.

— Ce paquet que vous voyez là, j'en ai hérité d'une espèce de mendiant, un de ces artistes yiddish, un court sur pattes, enroué, avec des yeux de bâtard, dont je ne connaissais rien, ni qui il était, ni ce qu'il faisait, ni d'où il venait. C'est un principe chez moi, tant qu'on me laisse tranquille, je ne bouge pas, chacun a son propre paquet à porter, ou comme dit l'Anglais : « *Stick to your guns* »... Bref, pendant deux semaines, il a bouffé et éclusé, en disant qu'il connaissait ici une actrice célèbre qui gagnait des millions, et qu'il était du dernier bien avec elle. Il disait qu'elle était très difficile à joindre. Mais dès qu'il y serait parvenu, l'argent lui pleuvrait dessus comme les grains d'orge sur un fiancé. *All right !* Chez moi, c'est un principe : si quelqu'un me dit quelque chose, c'est probablement qu'on peut lui faire confiance, ou comme dit l'Anglais : « *Seeing is believing* »... Un jour, le pauvre type débarque chez moi, pour que je lui prête quelques shillings. Il faut, me dit-il, qu'il fasse un saut jusqu'à Brighton, un petit endroit pas loin de Londres où se retrouvent tous les lords et les plus gros richards. C'est là-bas, me dit-il, que se trouve en ce moment sa fameuse chanteuse, ou actrice. Il en profite pour me confier par la même occasion une espèce de paquet, ou comme on appelle ça en anglais, un *handbag*, pour que je lui garde et que je lui mette sous clef, parce qu'il contient des papiers très importants, qui valent Dieu sait combien. Alors, je lui balance quelques shillings, et je lui prends son *handbag* et je monte le mettre sous clef chez moi, dans mon bureau. Et puis j'attends le pique-assiette une journée, deux, puis trois jours, une semaine, un mois, un an – je ne le vois pas revenir plus que vous, jusqu'à aujourd'hui, va lui courir après, ou comme dit l'Anglais : « *Catch me if you can* »... Un beau jour, son *satchel* me revient en mémoire : ça vaut le coup d'aller voir ce qu'il y a là-dedans comme merveilles. Je regarde : des papiers écrits en yiddish ! *All right*, je pense, qu'il aille se faire voir ! Qu'est-ce que j'en fais ?... À quoi que ça me sert ? Qu'est-ce que ça peut bien valoir ? Comme dit l'Anglais : « *Trash* et vieilleries ! »...

Voilà ce que raconte Mr Klammer à propos du trésor que Dieu lui a envoyé et qui se compose d'un paquet de papiers écrits en yiddish. Comme ces papiers ont un rapport étroit avec notre roman, nous en donnons ci-dessous une transcription fidèle, dans l'espoir que le lecteur trouvera de lui-même par qui ils ont été écrits, et à qui ils sont destinés.

CHAPITRE DEUX

UN PAQUET DE LETTRES

Première lettre

Je t'écris une lettre, mon très cher, et je me demande pourquoi je le fais. Est-ce que je sais donc où tu te trouves, ce que tu fais, et ce que tu deviens ? Mais il me reste l'espoir, et si ce n'est pour aujourd'hui, alors ce sera pour demain. Chaque jour, à chaque heure, à chaque minute, j'espère finir par apprendre où tu es, c'est pourquoi j'ai quand même décidé de te raconter tout ce qui m'est arrivé depuis que j'ai quitté Holenechti. Tandis que je t'écris, il me semble que tu es là, assis près de moi, et que je te raconte toute cette longue histoire. En fait, je serai sans doute incapable de tout te raconter avec la même précision, ni aussi bien que si je pouvais le faire de vive voix, car comment saurais-je écrire ? Le peu de yiddish que je sais, c'est à mon père le chantre que je le dois. Il me disait toujours : « Tous les petits garçons écrivent. Écris donc aussi. En quoi cela peut-il te gêner de savoir ? Rappelle-toi, ma fille, un jour cela te rendra bien service !... » Aujourd'hui, je me rends compte à quel point il avait raison...

Par quoi veux-tu, mon très cher, que je commence ? Par cette soirée de *shabbess*, tu te rappelles ? *Oy*, ce soir de *shabbess*, si je ne suis pas morte de frayeur, c'est un signe que je vivrai longtemps. Quand l'horloge a fini par sonner minuit, c'est tout juste si je n'avais pas déjà senti mon cœur jaillir hors de ma poitrine. Chaque minute me semblait une heure. Que dis-je une heure ? Une journée, une année. Quand les douze coups ont sonné à l'horloge, je me suis levée tout doucement, tout doucement j'ai ouvert la fenêtre, et j'ai regardé dehors : catastrophe, il faisait nuit noire ! Personne ! Que n'ai-je imaginé à ce moment-là ? Les plus mauvaises pensées me venaient à l'esprit. Plus que tout le reste, c'est pour toi que j'avais peur, mon très cher. Je craignais que par malheur il te soit arrivé quelque chose... Mais j'entendis alors un coup de sifflet, puis un autre – comme nous en étions convenus avec cet homme à la voix enrouée (celui que l'on appelait Sholem-Meyer Murawtchik)... Mon cœur battait comme une montre : tic-tac, tic-tac. Bras et jambes étaient saisis de tremblements, un froid étrange s'empara de moi. « Reyzl, ferme la fenêtre ! Reyzl, couvre-toi jusqu'aux oreilles, et bonne nuit ! » Voilà ce que je pensai alors, puis je me rappelai aussitôt notre plan... Je me souvins du serment que nous avions échangé et de la poignée de main qui l'avait scellé pendant cette nuit d'incendie. Te souviens-tu encore de cette nuit d'incendie ?... Je me levai instantanément : « Au revoir, chers parents ! Au revoir, Holenechti ! C'est le dernier salut que vous adresse la fille du chantre... Il n'y a plus de Reyzl... L'oisillon s'est envolé du nid... » C'est ainsi que je me séparai de mes quatre murs, que j'embrassai mon oreiller. Le cœur me saignait, et je m'attendrissais sur mon pauvre père : que dirait-il le lendemain matin ?... Cela ne dura qu'une minute, peut-être moins d'une minute, et me voilà pourtant de l'autre côté de la fenêtre. La rue de Dieu était morte. Nous allions comme deux ombres, moi et l'enroué. Je courais, et lui me courait après. C'est à peine s'il arrivait à respirer. Ce n'est qu'au coin, près de la maison brûlée du boulanger Osher, que nous nous arrêtâmes tous les deux, moi et l'enroué. Il me regarda, je le regardai, puis il éclata de rire :

— Fillette, me dit-il, tu cours si vite que j'ai eu du mal à te rattraper.

Et il se mit à défaire une sorte de paquet, où se trouvait un burnous déchiré en poil de chat et un vieux châle.

— Qu'est-ce que c'est que ça ?

— Ça, me dit-il, c'est pour toi, ma petite chatte, il faut que tu te déguises, pour qu'on ne t'attrape pas. Même avec dix-huit paires d'yeux, du diable s'ils te reconnaissent. Enveloppe-toi bien dans le châle, mon petit oiseau, voilà, comme ça, et sois aussi muette qu'une carpe, me dit-il. Tant que nous ne serons pas arrivés à la gare, me dit-il, tu ne prononceras pas un mot. Tu entends, ma chérie, pas un souffle !...

Passe une carriole à trois chevaux. L'enroué arrête l'attelage. Sur le siège est assis Shimen-Dovid le cocher, je le reconnais malgré l'obscurité. De la carriole saute le directeur (Shtupak), très excité. Il prend l'enroué à l'écart et ils se mettent à chuchoter. Ce qu'ils se disent, je n'en sais rien. Je n'entends que l'enroué, qui apostrophe le directeur : « Idiot ! » et je reste là, aux cent coups, enveloppée dans mon burnous et mon châle, et les deux autres n'arrêtent pas de chuchoter. Ensuite, ils s'approchent du cocher, le font descendre de son siège, l'emmènent et se mettent à chuchoter tous les trois. Maître du monde, qu'est-ce que c'est que ces secrets ?... Le cocher, Shimen-Dovid veux-je dire, les admoneste dans son parler moldave. J'arrive à surprendre quelques mots :

— Ça n'a rien à voir !... Il n'y a aucun rapport !... Où est Faleshti, et où est Novosselitz !...

Ne devrais-je pas ôter mon burnous en peau de chat et mon châle, pensé-je, et prendre mes jambes à mon cou pour rentrer à la maison pendant qu'il est encore temps ?... Tout à coup, j'entends une voix enrouée :

— Madame Lechat ! Madame Lechat !...

Qui appelle-t-on de la sorte ? On dirait que cela s'adresse à moi. Il m'a affublée d'un nouveau nom : Mme Lechat.

— Pourquoi restez-vous là ? continue-t-il, montez, je vous prie, dans la carriole...

Et nous nous serrons tous les trois dans la voiture, moi et le directeur à l'avant de la carriole. Le directeur est sombre et soupire. Il sent le vin. L'enroué donne un ordre au cocher :

— En route !

Shimen-Dovid fouette les chevaux, et nous voilà partis.

Quelle distance nous parcourons ainsi, je l'ignore. Tout à coup, j'entends que le cocher immobilise les chevaux d'un sonore « *Trrrr* ! »

et nous voilà arrêtés juste devant la maison de la veuve Nekhè. Je me dis : malheur à moi si la veuve Nekhè me voit dans mon déguisement !... C'est ce qui se passe. Avant que j'aie le temps de m'en apercevoir, Nekhè la veuve se tient déjà à sa porte avec ses deux petites sœurs, à moitié dévêtues, et Shimen-Dovid se lance avec la veuve dans une conversation à propos des « matous » (il veut sans doute parler des acteurs) : il veut savoir s'ils sont déjà tous partis pour Faleshti et depuis combien de temps. Ensuite, il lui fait des reproches concernant les deux jeunes gens qu'il lui a ramenés de la gare il y a peu de temps ; il prétend qu'elle ne l'a même pas remercié... Là-dessus, la veuve Nekhè lui répond que des jeunes gens comme ça, on gagnerait à les semer serré pour en récolter le moins possible. Ce disant, Nekhè jette un regard dans la carriole, et ses yeux tombent juste sur moi... Je jurerais qu'elle m'a reconnue... Je sens que je vais défaillir... Je m'enveloppe dans ma capuche et mon châle, de plus en plus serré... Une minute de plus, et j'étouffe. Longue vie à l'enroué. Il se met à houspiller le cocher, il le pousse de la voix et du geste :

— En route ! En route !

Il fait ses adieux à Nekhè :

— Au revoir.

— Bonne route.

Shimen-Dovid fait claquer son fouet :

— Hue, hue !

Et il lance ses chevaux à une telle allure qu'il s'en faut de peu que nous versions.

— Pourquoi roulez-vous si vite ? Sommes-nous poursuivis par le diable ? lui demande le directeur dont on entend les dents claquer.

Mais Shimen-Dovid ne répond pas. Il fouette les chevaux de plus en plus fort, et je me prends à penser : peut-être qu'en effet nous sommes poursuivis ?... Peut-être que c'était cela, le secret que les trois hommes se chuchotaient à l'oreille ?... Tandis que ces pensées m'assaillent, je vois devant notre voiture, courant au rythme des chevaux, votre chien Terkush. Mauvais signe. Que fait là votre Terkush ?... Probablement, les gens de ta maison te courent après, et c'est moi qu'ils vont attraper... C'est fichu ! Nous sommes fichus tous les deux... J'imagine déjà comment on nous attrape, comment on nous reconduit en ville avec les honneurs, et attachés, attachés ensemble. Peut-être y a-t-il encore une solution, me dis-je, si je me jetais de la voiture et que je sois tuée ? – Tout plutôt qu'un déshonneur pareil...

— Stop ! Arrêtez ! s'écrie Shimen-Dovid qui s'arrête de nouveau, cette fois en plein champ, et se met à discuter avec un autre cocher dans son parler moldave.

Je jette un œil dans la deuxième charrette, une voiture – une voiture pleine de caisses, et sur les caisses sont assises deux personnes. L'une, me semble-t-il, est Hotzmakh, l'autre – c'est toi !... Je t'ai reconnu tout de suite, bien que comme moi, tu sois enveloppé dans un vieux manteau. Un instant, il me semble que tu me regardes. Soudain, tu te lèves, tu me fais un signe de la main, et tu m'appelles par mon nom. C'est à grand-peine que je me retiens de sauter de la voiture. Mais cela n'était qu'une illusion et n'a pas duré, m'a-t-il semblé, plus d'une demi-minute. Puis Shimen-Dovid d'un mouvement des rênes a fait reculer la voiture, fait claquer son fouet, et nous voilà repartis.

Grâce à Dieu, voilà un autre moment de frayeur que nous avons surmonté. Restent d'autres questions. Où allons-nous ? Où vont les autres ? Pourquoi le directeur est-il si sombre ? En quoi consistait le secret ? Pourquoi l'enroué avait-il appelé le directeur « idiot » ? Tout cela, je te le dirai dans ma prochaine lettre. Maintenant il est tard. Il est temps d'aller dormir. Bonne nuit.

Deuxième lettre

Mon seul ami,

Les infortunes que je t'ai décrites dans ma première lettre, toutes les peurs et les frayeurs que j'ai endurées cette nuit-là ne sont qu'un lit de roses à côté de ce que j'ai subi ensuite. Ce furent alors de véritables infortunes, des malheurs, des souffrances infernales, la géhenne, tout ce que tu veux. Figure-toi, mon très cher, que ce n'est qu'une fois la frontière franchie que j'apprends que nous ne sommes pas du tout en Roumanie comme il était prévu. Ce que j'ai ressenti, et ce que j'ai pensé, faut-il que je te le décrive ? S'il y avait eu une rivière, je m'y serais sûrement jetée. Je me suis pris la tête à deux mains, je me suis arraché les cheveux et je me suis mise à pleurer comme jamais de ma vie je n'avais encore pleuré. À tel point que tous les deux, l'enroué et le directeur, ont fini par avoir bien peur pour moi. L'un après l'autre ils ont essayé de me calmer par de beaux discours. Mais plus ils me parlaient, plus je sanglotais. Je déchirais mes vêtements, ma chemise, je voulais briser les fenêtres. Le directeur a pris peur pour de bon, et il s'est enfui. Peut-être est-ce l'enroué qui l'avait éloigné sans rien dire... Il avait compris, semble-t-il, qu'avec son visage de travers et tout ridé, ses méchants yeux rouges sans sourcils, le directeur me faisait peur...

Une fois seule avec l'enroué, celui qu'on appelle Sholem-Meyer Murawtchik, c'est là que j'ai vraiment commencé à pleurer. Alors, il a essayé de me consoler, m'a juré sur sa vie, sur le ciel, sur Dieu lui-même, qu'il ne m'arriverait rien. Je me suis jetée à ses genoux, je lui ai embrassé les mains, en le suppliant de me dire la vérité, la vérité vraie... Alors il m'a de nouveau juré qu'il me raconterait tout, dans les moindres détails, et que sinon, il voulait bien être ceci et cela. Ce qu'il m'a raconté, je te le rapporte ici en quelques mots.

C'est bien pour la Roumanie que nous devions partir, mais les plans avaient été changés à la dernière minute, justement par la faute du directeur. Il s'était avéré que le directeur était en possession de deux épouses à lui seul. Il prétendait que l'une d'elles avait été répudiée depuis longtemps. Il y avait, disait-il, des gens pour en témoigner. Mais elle, l'épouse répudiée donc, criait au mensonge et à la calomnie. L'autre, celle qui n'était pas répudiée donc, lui avait demandé le divorce, et lui n'avait pas voulu le lui accorder. Pourquoi ? Il exigeait d'elle qu'elle lui rende tout l'argent, les bijoux et la garde-robe, plus tous les frais qu'il avait engagés pour elle, une véritable fortune. Elle prétendait au contraire que toutes les plaies d'Égypte lui tombent dessus, qu'elle-même avait engagé beaucoup plus de frais que lui. Qui avait raison, c'était difficile à savoir. L'enroué disait qu'ils avaient raison tous les trois, et comme ils avaient raison tous les trois, il ne fallait absolument pas, disait-il, les laisser s'approcher l'un de l'autre, sinon il pourrait arriver malheur – ils y perdraient tous leur nez, disait-il.

Toujours est-il que quelques jours avant son départ de Holenechti le directeur reçut une lettre d'un de ses amis, qui lui disait que sa première femme, la répudiée, avait appris où il se trouvait et se préparait à venir lui rendre visite à Holenechti. Il en fut très affecté, car elle lui faisait partout de tels scandales qu'il était obligé de chercher secours dans la fuite. Il y avait longtemps que la Roumanie et Bucarest sa capitale l'attiraient, mais quand il reçut cette joyeuse nouvelle, il se prépara à partir avec toute son équipe. Alors cette espèce de guignol, au lieu de partir en douce, non, ne voilà-t-il pas qu'il s'avise, le directeur donc, d'écrire d'abord à sa deuxième femme, la non-divorcée : « Sache que, etc., etc., je m'apprête à partir pour la Roumanie. Il est temps que nous en terminions, dans un sens ou dans l'autre. Si tu veux rester avec moi, tu peux venir me rejoindre directement à Bucarest. » Qu'est-ce qu'elle fait, la non-divorcée ? Elle lui fait la réponse suivante : « Ceci cela, mon cher mari, termines-en donc d'abord avec ta première femme, ensuite, tu pourras penser à la seconde. » Et à l'autre, la divorcée, elle lui écrit une autre lettre : « Sache que, ceci cela, si tu veux en terminer avec Shtupak, tu n'as qu'à partir le plus vite possible pour Bucarest... » Alors l'autre, la répudiée donc, fait ses paquets et part aussitôt pour Bucarest. Le directeur est mis au courant par un type, un acteur, qui vient de recevoir une lettre d'un de ses amis, acteur lui aussi. Et quand cet acteur lui fait-il voir la lettre ? Juste une demi-heure avant le départ, dans la cave de Henekh le marchand de vin. Voilà toute l'histoire. Voilà quel était le secret de cette fameuse nuit de *shabbess* en plein vent, et voilà pourquoi l'enroué avait traité le directeur d'idiot.

— L'histoire que vous venez de me raconter, dis-je à l'enroué, est en effet une bien belle histoire, mais elle est un peu courte. Qu'est-ce qui va se passer maintenant ?

— Maintenant, dit-il, tout va s'arranger. Là-bas, à Bucarest, dit-il, avec l'aide de Dieu, les femmes vont se crêper le chignon, et nous,

nous allons louer un théâtre, écrire à toute la bande, ils sont à Iasi, dit-il, que ceux qui ont de quoi viennent nous rejoindre, et que ceux qui n'ont pas de thunes restent où ils sont ou alors qu'ils aillent se faire voir là où le saint *shabbess* se retire.

— Et alors, et Hotzmakh ? lui dis-je.

— Eh bien quoi, Hotzmakh ? me fait-il, tu te languis de lui ?...

— Non, lui dis-je, c'était juste comme ça. Je viens de me rappeler la façon qu'a Hotzmakh de danser une petite danse hassidique.

— Qu'il danse donc avec l'ange de la mort, ton Hotzmakh ! À quoi bon nous encombrer de ce ringard aux longues jambes ? Des comiques comme Hotzmakh dit-il, on en trouvera à la pelle...

Tu comprends bien, mon très cher, que cette tirade m'a glacé le sang... Mais je me suis retenue autant que j'ai pu, et j'ai fait bonne figure. Mon cœur me disait que je réussirais mieux par la douceur, et qu'il fallait ruser avec cet enroué. Alors, je me suis mise à le supplier, et à lui expliquer que tant que le reste de la troupe ne serait pas là, je ne serais pas tranquille. Et s'il voulait être gentil avec moi, qu'il fasse le nécessaire pour que toute la troupe arrive, et spécialement le ringard de Hotzmakh.

— C'est là seulement que je me sentirai chez moi, comme si j'étais à la maison, à Holenechti...

Il me regarde, se met à rire et me dit :

— Bon, je leur écris qu'ils viennent tous, et spécialement ce ringard de Hotzmakh, que le diable l'emporte !

Voilà ce que me dit l'enroué, Sholem-Meyer Murawtchik donc, puis il me prie, au cas où j'aurais besoin de quelque chose et quand j'aurai besoin de quelque chose, de m'adresser à lui, et rien qu'à lui, et qu'il pourvoirait à mes besoins... Il s'en va courir les magasins et me rapporte tout un tas de vêtements neufs pour que je puisse choisir ce que je veux et ce qui me va. Des chaussures, il m'en a rapporté trois fois, avant que j'en choisisse une paire qui m'allait. J'ai fait ma toilette, et je me suis vêtue de pied en cap. Quand je me suis vue dans le miroir, je ne me suis pas reconnue. Où étaient passées les larmes ? J'ai commencé à avoir de l'appétit. Et pas seulement de l'appétit, j'ai aussi eu envie de chanter ! Et je me suis mise à chanter comme un rossignol, comme si le monde entier m'appartenait.

Troisième lettre

Avec tout ce que je t'ai raconté dans mes premières lettres, tu dois sans doute penser que je suis arrivée à la fin de mes tourments. Non, mon très cher, c'est précisément à ce moment-là que commence pour moi une nouvelle saison de larmes, de regrets, d'humiliations, de vexations et de chagrins, en veux-tu en voilà ! L'année a trois cent soixante jours. La journée a vingt-quatre heures. L'heure a soixante minutes. Et chaque minute apporte son lot de nouvelles souffrances, de nouveaux chagrins et de nouvelles douleurs... Le résultat, c'est que je continuais à vivre dans l'erreur. Je croyais que devenir une actrice, c'était un jeu d'enfant. On se change, on monte sur la scène, c'est tout. Il s'avère qu'il y a loin de la coupe aux lèvres. On doit d'abord faire toute une école, on doit franchir les sept cercles de l'enfer. On ne naît pas artiste, disent-ils. Patti, la célèbre Patti, disent-ils, quand elle était jeune fille, allait chanter sous les fenêtres une sébile à la main. C'est ce que me racontaient le directeur (Shtupak) et mon protecteur (Murawtchik). Pour m'habituer à la scène, ils commencèrent par me donner à chanter des petits couplets et des chansonnettes, et m'apprirent à danser.

Aussi longtemps que je vivrai, je n'oublierai pas ma première apparition en scène. Pourtant, la seule chose que j'avais à faire, c'était de chanter une petite chanson. Le directeur (Shtupak) prétend que la chanson est de lui. C'est lui-même, dit-il, qui l'a composée. L'enroué dit qu'il mérite qu'on lui crache au visage... Qui l'a composée, je n'en sais rien. Ce que je sais, c'est qu'elle commence par ces mots :

Quand vient le vendredi soir
Chaque Juif se sent devenir un roi
Tout se met à respirer la joie
Tous les cœurs sont pleins d'espoir

Le plus important, ce n'étaient pas les paroles, mais la mélodie. Et encore, pas tant la mélodie que le maquillage, le costume. On m'avait déguisée en jeune *khosid*, on m'avait collé des papillotes, vêtue d'un pantalon d'homme en satin, d'un caftan de soie, et coiffée d'un petit feutre. La musique jouait, et moi, je chantai jusqu'au bout mon *Quand vient le vendredi soir* tout en faisant une petite danse hassidique. Le résultat, comment te dire ? Le théâtre croulait sous les bravos, on me faisait une ovation, on criait : Dieu la garde ! Je croyais que, d'une seconde à l'autre, le plafond allait me tomber sur la tête. Les acclamations montaient jusqu'au ciel : Spivak ! Rosa Spivak ! (c'est le nom que je portais déjà sur les affiches). La terre s'ouvrait sous moi. Les murs et les lampes se mirent à vaciller. Je ne savais pas ce que je devais faire. Dans les coulisses, le directeur d'un côté, l'enroué de l'autre, me poussaient pour que je revienne devant le public. Alors, je suis revenue. Le vacarme n'a fait que croître. Il a fallu que je revienne, encore et encore. J'ai dû bisser *Quand vient le vendredi soir* et la petite danse hassidique. Je dansais, et tout dansait en même temps : le plafond, les murs, les lampes, le public. Quand ce fut terminé, je suis revenue en coulisses et me suis affalée comme une souche, en sanglots.

— Tu pleures, ma petite chatte ? Tu devrais te réjouir ! Tu te rends compte d'un succès, mon petit oiseau, tu te rends compte de la fureur, du triomphe ? Patti, c'est de la gnognote – que Dieu veuille me donner chance et réussite !...

Mon protecteur, l'enroué, me consolait ainsi. Quant au directeur, il se tenait à l'écart (je ne le laissais jamais m'approcher à moins de quelques pas). Il se rengorgeait, faisait la roue. On s'en rendait compte à ses petits yeux humides et à son rire, qui ressemblait davantage à un sanglot qu'à un rire.

— Ces couplets, je vous assure, un véritable miel, ou je ne m'appelle plus Albret...

Ainsi babillait-il en faisant étinceler ses diamants.

À compter de ce jour, on ne parla plus que de Rosa Spivak. Soir après soir, après cette représentation, en guise de dessert, il fallait servir au public *Quand vient le vendredi soir* par Rosa Spivak, et présenter la petite danse. Il faut croire que le dessert plaisait davantage au public juif que tous les autres petits plats de toute la représentation. J'ai moi-même entendu de mes oreilles deux bourgeois juifs qui discutaient à haute voix dans le théâtre et que toute la salle pouvait entendre, s'exclamer :

– Mais quand va-t-on voir la fin de cette farce de Pourim, pour qu'on nous montre enfin notre Rosa Spivak ?...

Au début, j'avais envie de me cacher sous terre à entendre de tels compliments. Non, il faut le comprendre : la manière dont ces hommes scrutaient sous mon gilet... La façon dont ils m'examinaient sous toutes les coutures, ainsi vêtue de mon pantalon d'homme... Leurs yeux, tandis qu'ils échangeaient entre eux des propos lestes... Et puis les yeux courroucés de leurs épouses... Maître du monde, toutes les maladies que j'ai pu leur souhaiter, toutes les malédictions que j'ai pu imaginer à leur intention ! Je maudissais la gent masculine, les épouses, le théâtre yiddish, toi-même, et le jour de ma naissance. Mais comme tu vois, j'ai survécu à tout cela et je peux maintenant, Dieu merci, te le raconter avec le sourire. Et sais-tu grâce à qui ? Uniquement grâce à toi, mon très cher, mon seul ami ! Car jamais, pas une seule minute, je n'ai perdu l'espoir que tu allais arriver, que j'allais revoir ton visage lumineux, que nous allions nous prendre par la main pour partir ensemble par les chemins du vaste monde, comme nous l'avions décidé, comme nous en avions fait le serment. Mon protecteur (l'enroué) me promettait tous les jours que le reste de la troupe ne tarderait pas à arriver, et avec eux, « mon Hotzmakh » (c'est comme cela qu'il me taquinait). Mais les jours et les semaines passaient et... rien, aucune nouvelle !

La seule à apparaître de l'ancienne troupe fut Mme Tcherniak, une actrice fort laide, mais à l'air comique, que l'on appelait Brayndelè la Cosaque. Tu dois te souvenir d'elle, à Holenechti. Une courtaude, grassouillette, avec de grandes dents blanches. C'est d'elle que j'ai appris que mon protecteur (Murawtchik) s'était moqué de moi, cruellement moqué de moi. Il n'avait pas écrit la moindre lettre au reste de la troupe à Iasi pour les faire revenir. C'étaient des mensonges, du début à la fin !... Cette Brayndelè la Cosaque m'a raconté des histoires qui m'ont fait dresser les cheveux sur la tête. Les décors, disait-elle, on les avait emportés, mais la troupe des acteurs et des actrices, on l'avait laissée sur place, comme sur une île déserte, en pays étranger, sans pouvoir parler la langue, et sans un sou vaillant. Sans elle, ils seraient morts de faim. Dans toute la mesure du possible, c'est elle qui les a entretenus. Ensuite, raconta-t-elle, ils ont vendu tout ce qu'ils possédaient, puis ils se sont éparpillés, ont fondu comme neige au soleil.

— Et alors, et Hotzmakh ? lui demandai-je.

— Hotzmakh ? C'est comme s'il était mort et enterré...

Elle continuait à me raconter des histoires affreuses à propos des acteurs, comment ces malheureux avaient été roulés, chaque fois je l'interrompais :

— Et alors, et Hotzmakh ?

Et chaque fois j'obtenais la même réponse :

— Hotzmakh, c'est comme s'il était mort et enterré.

Mais un jour, Brayndelè la Cosaque laissa échapper qu'elle avait entendu dire par un acteur yiddish, qui lui-même l'avait entendu dire par quelqu'un d'autre, un acteur yiddish lui aussi, qu'il avait aperçu Hotzmakh avec un tout jeune homme, se promenant en voiture dans Bucarest... Tu peux imaginer comme mon cœur s'est mis à battre en entendant ces mots !... Rien que pour cela, je l'ai prise dans mes bras et couverte de baisers. De ce jour-là, avec Brayndelè la Cosaque, nous sommes devenues comme deux sœurs. À y réfléchir, elle a véritablement été une sœur pour moi.

Brayndelè la Cosaque, je lui dois beaucoup, énormément. Elle m'a ouvert les yeux sur le compte du directeur (Shtupak) et sur celui de l'enroué (Murawtchik). Elle m'a appris la vie. Elle m'a fait voir des choses que j'aurais pu, sans grand dommage, n'apprendre qu'un peu plus tard... Mais c'est à elle que je dois de m'être sauvée à temps de toute cette boue. Elle a été la première à me montrer que ma place n'était pas là, parmi les comédiens... Sans elle, peut-être que je serais encore à traîner Dieu sait où avec la troupe de Shtupak. Sans elle, peut-être que je me produirais encore dans les tavernes, vêtue de pantalons d'homme, et que je continuerais à chanter *Quand vient le vendredi soir* en dansant ma petite danse hassidique.

Mon cher, mon très cher ! Quand je repense à cette époque, je rougis encore de honte, et je brûle encore de colère, pas tant contre le directeur ni contre mon protecteur, qui tentaient de tirer de moi le plus d'argent possible, cela se pratique encore chez tous les entrepreneurs de spectacles. Ma colère, elle est dirigée contre ces bourgeois replets et ventripotents qui venaient me voir chanter *Quand vient le vendredi soir* ou danser ma petite danse hassidique et se régalaient, se léchaient les babines comme un chat devant un pot de crème, qui me faisaient un triomphe et cassaient tout dans le théâtre : Spivak ! Rosa Spivak !... Amoureux du théâtre yiddish, voilà le nom qu'ils se donnaient, et ils venaient soir après soir dans le théâtre de Shtupak pour guigner dans les coulisses :

— Quand allons-nous enfin voir la jeune fille en pantalons d'homme ?...

Il y a un de ces amoureux du théâtre yiddish que je voudrais te faire connaître, car il y a beaucoup à raconter à son sujet, mais il est déjà très tard, nous remettrons donc cela à la prochaine fois. Bonne nuit, mon très cher, dors bien !

Quatrième lettre

Une fois, c'était par une chaude journée d'été, nous étions tous en répétition. À l'époque, j'avais déjà commencé à travailler les grands rôles. Arrive quelqu'un qui annonce au directeur qu'une personne le demande. Chaque fois que le directeur (Shtupak) entendait qu'on le demandait, il mourait de peur. Toujours à cause de ses femmes... Mme Tcherniak, celle que l'on appelle Brayndelè la Cosaque, dit qu'en fait, grâce à Dieu, Shtupak n'a pas deux femmes, mais trois... Bref, on l'informe qu'une personne demande à le voir personnellement, il s'affole et se met à chercher son conseiller :

— Sholem-Meyer ! Où est-il fourré, ce choléra de Sholem-Meyer ?

La « personne », apparemment, n'a pas pu attendre davantage et débarque dans les coulisses où tous les deux, en se voyant, se sautent au cou :

— Stelmakh !...

— Shtupak !...

Au même moment accourt l'enroué, et pour tous les trois, c'est une embrassade, une liesse, une vraie fête. Des frères de sang qui se seraient perdus de vue pendant une vingtaine d'années ne se réjouiraient pas autant que ces trois-là. C'est tout juste si la « personne », celui qu'on appelle Stelmakh, n'en fond pas de plaisir, comme neige au soleil, d'avoir l'honneur de revoir Shtupak et son bras droit, Sholem-Meyer Murawtchik l'enroué.

Un petit Juif court sur pattes, noiraud, poilu, déjà d'un certain âge, mais bien enveloppé, avec un petit ventre rond, un visage net, des petits yeux larmoyants, et un sourire très très mielleux qui envahit complètement son visage en permanence, (on dirait que cet homme-là est content de lui, de Dieu, de l'humanité et du monde tout entier) – voilà le portrait du personnage que l'on nomme Stelmakh. Il possède une qualité : il ne joue pas les grands seigneurs. Bien qu'il dise lui-même – que le mauvais œil s'écarte – que tout va très bien pour lui, et qu'il est – que le mauvais œil s'écarte – très riche, il se conduit de manière ordinaire, toute simple. Il déteste chez les autres qu'ils fanfaronnent. Il déteste, dit-il, faire l'important. Au contraire, il aime bien, à chacun en particulier et à n'importe quel moment, raconter sa biographie. Raconter sa biographie ne le fatigue jamais. Il parle tout doucement, c'est à peine si on l'entend, avec un petit soupir et un petit sourire, tout en se lissant les mains, ou bien il vous attrape par le revers, pour que vous ne partiez pas, et défilent alors et s'entremêlent des exploits de légende, des histoires des *Mille et Une Nuits*. Je ne suis pas sûre de réussir, mais je vais essayer de te raconter sa biographie avec ses propres mots.

À l'origine, il était – à Dieu ne plaise que ce soit aujourd'hui, à Dieu ne plaise qu'il en soit de même pour vous ni pour personne

– c'est ainsi qu'il entame le récit de sa biographie, avec un petit soupir et un petit sourire, et son visage brille –, à l'origine donc – à Dieu ne plaise que ce soit aujourd'hui, à Dieu ne plaise qu'il en soit de même pour vous ni pour personne –, il était un pauvre Juif, un indigent, un crève-la-faim, affligé d'une marmaille en plus, il n'avait réellement pas le moindre morceau de pain. Il végétait quelque part dans une petite bourgade, Dieu sait où, un désert, une désolation, pas loin de Berditchev, du nom de Makhnovka, ou Iakhnovka (j'ai déjà oublié le nom) et gagnait sa vie en cousant des chapeaux, des petits chapeaux en agneau pour les *goyim*, s'y reprenait à trois fois pour apporter sa marchandise à pied sur les foires, dans l'espoir de gagner quelques sous. Les bottes – à Dieu ne plaise que ce soit aujourd'hui, à Dieu ne plaise qu'il en soit de même pour vous ni pour personne –, les bottes, il les rafistolait avec de la ficelle, de peur que les semelles s'en aillent. Il portait une petite fourrure, un vrai tamis, rien que des trous. Le gel brûlant, la neige qui crisse, le vent qui vous fouette le visage, le cœur qui défaille. À la maison – à Dieu ne plaise aujourd'hui, ce n'est souhaitable ni pour vous ni pour personne –, à la maison gît une femme malade, avec des petits enfants. À l'époque, l'aîné n'avait pas encore six ans. En ce temps-là, on l'appelait Herschèlè. Depuis sa petite enfance, c'était un gosse doué, en or. Jour et nuit on pouvait le voir tenir deux baguettes à la main et jouer, jouer, jouer.

— Herschèlè, qu'est-ce que tu fais ?

— Je joue du violon, disait-il.

Par curiosité, un jour, le père lui rapporta un violon *goy*, tout ordinaire, qui valait trois guldens. En voyant le violon, le petit garçon éclata en sanglots. Où avait-il vu un violon ? Qui lui avait montré comment on en joue ? Que le Grand Cric me croque si j'en sais quelque chose ! Toujours est-il que le gosse, dit-il, a commencé à s'escrimer, à s'escrimer, à s'escrimer encore jusqu'à ce qu'il arrive à jouer des mélodies. Dieu avait voulu que dans cette même petite bourgade habite un seigneur, un comte ou un prince, je ne sais plus exactement. Le village lui appartenait en propre. Le seigneur vint à entendre que dans son village, chez un pauvre petit casquettier juif, vivait un fils prodige, qui jouait du violon à se pâmer. Il faut croire que le seigneur fit mander le petit Juif, son fils et le violon. Quand c'est un ordre du seigneur, pas question de refuser, il faut y aller. Ils y allèrent donc, avec le fils et le violon. On installa le fils sur la table, et il se mit instantanément à jouer. Le seigneur fut aussitôt conquis, et la noble dame serra l'enfant dans ses bras et le couvrit de baisers. On fit apporter sur-le-champ du thé, du café et une collation : des œufs, des petits pains, de la confiture, tout ce qu'un Juif a le droit de manger.

— Assieds-toi, lui dit le seigneur, assieds-toi, pourquoi restes-tu debout ? Sais-tu ce que tu possèdes là ? Tu possèdes une pierre précieuse. Tu es, lui dit-il, millionnaire. L'ennui, c'est que tu es un homme du commun, et que tu n'y vois rien. Tu serais le dernier des derniers, lui dit-il, si tu laissais cet enfant grandir tel quel, sans l'envoyer à la ville pour étudier la musique !...

Le père lui répliqua :

— Seigneur mon maître, c'est facile à dire, pour toi, étudier la musique ! Je ne suis, Dieu vous l'épargne, et qu'il l'épargne à tout le monde, je ne suis qu'un pauvre Juif, un indigent, un crève-la-faim, et affligé d'une marmaille en plus !...

Le seigneur lui répondit :

— Ne t'en soucie pas. Tu n'as qu'à me le confier, et j'en ferai quelqu'un de bien...

Ainsi parla le seigneur, tandis que la noble dame hochait la tête en signe d'approbation. Mais, le Stelmakh, il n'était pas de ceux qu'on trouve treize à la douzaine, et il réfléchit : en attendant, d'ici à ce que le seigneur fasse de son fils « quelqu'un de bien », lui, le père, resterait avec un enfant en moins, et le peuple juif avec un Juif de moins... Non, mon doux seigneur, ça ne peut pas aller, lui dit-il. Dis-moi plutôt d'atteler les chevaux, prête-moi quelques roubles pour les frais, et je file aussitôt avec l'enfant à Berditchev. Une grande ville – que le mauvais œil s'écarte –, beaucoup de Juifs. Des gens riches...

Et c'est ainsi qu'il en fut. Arrivé sain et sauf à Berditchev, il se met aussitôt à courir la ville avec l'enfant. Quelle métropole ! Ça bouillonne comme dans un chaudron. Les Juifs courent dans tous les sens, dans le tumulte et la bousculade. Personne ne regarde autour de soi. Le pauvre gosse a faim. Comme par un fait exprès, c'est l'été : les pommes, les poires et les prunes se vendent pour trois fois rien. Le gosse meurt d'envie de manger des prunes, et lui, il n'a pas le moindre centime. Alors, il arrête quelqu'un, puis quelqu'un d'autre, pour demander conseil :

— Que dois-je faire, Juifs ? Voilà l'histoire : je possède une pierre précieuse, voyez-vous, qui vaut un million !...

Ils le regardent comme s'il était devenu fou : pensez, un Juif en haillons, qui traîne un petit garçon déguenillé et les pieds nus, et qui dit qu'il possède un million. Alors il entreprend de leur expliquer, de leur raconter ce que le seigneur a dit, et il veut leur faire voir de quoi le petit est capable. On s'esclaffe, on l'envoie paître. Il en prend ombrage. Il s'adresse alors à des jeunes gens, à l'un puis à l'autre, leur raconte ce que le seigneur a dit, et supplie qu'on laisse jouer l'enfant, pour qu'il montre de quoi il est capable... Une fois qu'il a joué, les gens l'interpellent :

— Où voulez-vous en venir, qu'est-ce que vous voulez, mon bon ?

Ce qu'il peut vouloir ? Au moins quelques roubles, pour pouvoir rentrer chez lui... Quelqu'un s'exclame :

— Attendez ! Vous savez quoi ? On va vous organiser un concert !

Le père se dit qu'il veut bien être pendu s'il y comprend quelque chose, du diable s'il sait ce que c'est qu'un concert ! Mais s'ils disent « concert », va pour un concert...

Bref, il plaît à tout le monde. Les gens louent une salle, font imprimer des affiches, et vont vendre des billets. Personne n'achète. Mauvais, ça, que va-t-il se passer ? Ne vous faites pas de soucis, lui disent-ils, il y a encore loin d'ici au concert. Arrive le soir du concert. Il est déjà huit heures. Puis neuf heures, neuf heures et demie – personne. Ce n'est que vers onze heures qu'arrivent quelques jeunes gens, à peine le quorum pour la prière. On s'inquiète : où est le petit garçon ? Le petit garçon s'est endormi. À peine réveillé, on l'installe sur un tabouret. Le petit garçon se met à jouer. *Oy, oy, oy* !...

Quel concert ! On entoure l'enfant, on le presse, on l'embrasse, on l'étouffe presque. Mais à quoi bon, s'il n'y a même pas de quoi payer la salle ? Ils rentrent chez eux, c'est-à-dire à l'auberge, épuisés, brisés, affamés. Pour manger, dit la patronne, il est trop tard... Pour ce qui est d'un lit où dormir, le patron veut se faire payer d'avance. Pas gai ! Alors on étale la petite fourrure par terre, on se met le poing sous la tête. L'enfant s'endort – un enfant reste un enfant – et lui, le père donc, reste là à réfléchir, à se creuser les méninges : comment faire pour se tirer de là ? Il sent bien, son cœur le lui dit, que là, sur la fourrure mitée, gît une fortune. Un million. Mais à quoi bon crier dans le désert : « Je suis le roi Salomon ! » ? Sur ces pensées, il s'endort, le père donc, et il rêve, il fait un rêve étrange : au centre de la ville, il y a un arbre, avec des prunes. Tout en haut, à la cime de l'arbre, il y a son fils qui secoue, secoue l'arbre et de l'arbre tombent autour de lui, le père, non pas des prunes – mais des millions ! Un million après l'autre, un million après l'autre. Lui, le père donc, se baisse à terre, regarde de tous côtés, ramasse les millions et les fourre dans ses poches. D'en haut, le fils lui demande :

— Papa, encore ?

— Encore, encore ! répond le père, qui ne se lasse pas de ramasser les millions.

Tout à coup, au loin, on entend un vacarme, un tumulte.

— Arrête de secouer ! dit-il à son fils en se relevant.

À ce moment-là, il se voit étendu par terre avec l'enfant, avec sa fourrure sous la tête, et la salle est pleine de monde. La patronne se tord les mains, et pleure : ses perles ! Ses perles !... Il se lève, il s'approche de la porte, on s'interpose :

— Excusez-nous, monsieur, mais il faut d'abord qu'on vous fouille...

— Comment-ça, qu'on me fouille ?

— On va vous déshabiller, disent-ils, vous et votre enfant, vous mettre nus et vous fouiller au cas où, pendant la nuit, par erreur, les perles de la patronne auraient atterri chez vous...

(Ici, il se trouve qu'il manque quelques pages, car la suite de l'histoire nous montre que Stelmakh et son fils sont déjà à Saint-Pétersbourg, que l'enfant ne s'appelle plus Herschèlè, mais Grisha, et qu'il est déjà bénéficiaire d'une pension.)

On arrive à Saint-Pétersbourg, la ville est en ébullition. Ça n'arrête pas : ici un déjeuner, là un dîner, là encore un souper. L'enfant, on lui déroule le tapis rouge. Que ce soit un bal, un concert, une soirée, on n'entend que Grisha Stelmakh par-ci, Grisha Stelmakh par-là. Les étudiants, les professeurs, les chrétiens, les dames, tous n'ont qu'un nom à la bouche : Grisha Stelmakh ! L'ébullition, le bouillonnement ! D'argent il n'est même pas question. Dès qu'on parle de pension, c'est autre chose. À vrai dire, la pension lui a coûté bien du sang et de la sueur, des humiliations, des démarches chez les uns et les autres. Tout cela à cause d'un chrétien, un mauvais homme, un ennemi des Juifs – il y aurait beaucoup à en dire. Une année passe, puis une autre. L'enfant grandit, sa réputation plus encore. Dieu merci, il n'y a plus de professeur pour lui. Terminé. Il a épuisé la liste des professeurs de Saint-Pétersbourg. Il les a tous dépassés. Que faut-il faire maintenant ? Il est temps de se préoccuper de choses sérieuses. La pension qu'on lui donne n'est pas éternelle. Il est temps de commencer à gagner de l'argent par soi-même. Il faut s'en aller avec l'enfant de par le vaste monde. Et faire vite. Car tant que l'enfant prodige est un enfant, c'est un prodige que tout le monde veut voir. Dès qu'il aura abandonné ses culottes courtes, l'enfant ne sera plus un enfant, et le prodige – plus un prodige. Dieu sait ce qu'un enfant peut devenir en grandissant, et entre quelles mains il peut tomber... En tous cas, mieux vaut engranger pendant qu'il est temps... Voilà quel était le calcul du père, et c'est ce qu'il fit... Mais c'est plus facile à dire qu'à faire. Partir par le vaste monde, ça coûte de l'argent, et de l'argent, il n'y en a pas. Que faut-il faire ? Il faut trouver une solution, chercher un associé... Et Dieu y pourvoit : il tombe sur un amateur, un Allemand du nom de Schultz.

— Ma marchandise, ton argent...

L'Allemand prend les frais à sa charge, et pour le reste, *fifty-fifty*. Mais voilà, il y a un détail : il veut un contrat de dix ans...

— Eh, l'Allemand, tu es fou, tu n'as plus ton bon sens ? Dix ans ? Assez d'un an, de deux ou trois ans ! C'est tout !

Il a beau pester, tempêter. Quel obstiné, cet Allemand ! En attendant, le temps ne s'arrête pas. Les frais continuent à courir. De chez lui on lui réclame de l'argent. Cahin-caha, on finit par se mettre d'accord à grand-peine avec l'Allemand, pour cinq ans. On établit le contrat, comme il convient, et on se lance pleins d'espoirs, sur les routes du vaste monde. On commence à donner des séries de concerts, l'un après l'autre, et Dieu merci, le succès est au rendez-vous. Où que l'on arrive, c'est la panique : Pour entendre Grisha Stelmakh, les gens accourent comme s'il y avait le feu, nombreux comme les grains de sable, comme les étoiles du ciel. Des richards, des magnats, des chrétiens, des aristocrates, ils tombent tous comme des mouches, comme des mouches, et l'argent afflue de tous côtés, mais c'est frustrant d'avoir à partager avec l'Allemand ! En quel honneur lui revient-il autant d'argent ? Qu'a-t-il donc investi ? L'héritage de son père ? Ou bien toute sa science ? Pour ce qui est des concerts, Dieu soit loué, Stelmakh a déjà tout appris du métier par lui-même, la belle affaire ! On arrive dans une ville, on commence par informer les journaux, c'est-à-dire qu'on paie des annonces, et ils proclament à grands sons de trompe : « Grisha Stelmakh arrive ! », « Grisha Stelmakh est en route ! », « Grisha Stelmakh est là ! ». On loue une salle ou un théâtre, on colle des affiches, on fait imprimer des billets, et le tour est joué ! Là où le bât blesse, c'est avec l'Allemand ! Une calamité ! Mais quand on est coincé, y a-t-il une solution ? Tant pis ! On se console un peu en se disant que les cinq ans ne vont pas tarder à se terminer, que le contrat sera caduc, et alors là, l'Allemand, il pourra aller se faire pendre ! Là, qui sera son égal ?

— Ma marchandise, mon argent...

Stelmakh termine ainsi le récit de sa biographie, le visage brillant, il se tapote le ventre, demande à Shtupak quelles sont les nouvelles, et comment se porte le théâtre yiddish en général. Le théâtre yiddish, dit-il, est son seul petit plaisir. Les concerts de son fils, pour lui, c'est les affaires. Mais quand il veut se distraire, il va au théâtre. Il tient le théâtre yiddish en très haute estime, et de ce fait, il connaît tous les artistes yiddish. C'est comme cela qu'il s'est lié d'amitié avec Shtupak. Quand il arrive dans une ville, dit-il, la première chose qu'il demande, c'est où on peut manger *kasher*, et s'il y a un théâtre yiddish. La carpe juive et le théâtre yiddish, que peut-il y avoir de meilleur ? Avant même d'arriver, il a entendu dire qu'il y avait du nouveau chez Shtupak, une petite nouvelle, une certaine Rosa Spivak, dont on dit grand bien...

— La voici, lui fait Shtupak en me désignant de ses yeux rouges sans sourcils.

Stelmakh me tend la main, une main tiède et molle, comme un coussin, une main poilue, avec de gros doigts poilus, et son visage est près de fondre de plaisir.

— Vraiment, dit-il, et qui est-elle donc, et d'où vient-elle ?

— C'est une petite nièce à moi, de Varsovie, une petit orpheline, sans père ni mère, lui ment effrontément Shtupak en pinçant les lèvres d'une grimace.

— La pauvre ! dit Stelmakh avec un petit sourire, l'air compatissant.

Il me serre la main, prend congé, et déclare qu'il viendra ce soir, qu'il viendra sans faute pour m'entendre chanter.

— Avec le gosse ? lui demande Sholem-Meyer Murawtchik.

— Dieu m'en garde ! lui répond Stelmakh en sursautant comme s'il s'était brûlé. Qu'est-ce que vous croyez, que mon Grisha va entrer dans un théâtre yiddish, ah, ah, ah ?... Que je me montre seulement avec lui en compagnie de Juifs, et c'est la fin de tout ! Morte, la poule aux œufs d'or... Non pas que je ne le tienne pas pour juif, à Dieu ne plaise ! Au contraire. Mais voilà, il faut comprendre, c'est un matériau noble... (De ses gros doigts boudinés, Stelmakh montre alors de quel genre de matériau noble il s'agit.) Vous plaisantez, avec mon Grisha ? Quand il voyage, c'est uniquement en première classe, où il n'y a pas de Juifs, uniquement dans les meilleurs hôtels. Et pour aller au concert, même si c'est à deux pas, pas question d'y aller autrement qu'en voiture, en calèche fermée, en plus. On ne peut pas le voir comme ça, sans payer, ah, ah, ah... Si on veut le voir, il faut d'abord passer par l'Allemand. Pour un Allemand, on a du respect, même si cet Allemand-là, que cela reste entre nous, est en fait aussi un Juif, bien qu'il s'appelle Schultz, seulement il ne veut pas que ça se sache... Ce n'est pas convenable... Si quelqu'un s'adresse à moi pour voir mon fils, pour lui demander une faveur, ou même simplement pour faire sa connaissance, je l'envoie chez l'Allemand, ah, ah, ah... Chez l'Allemand...

Voilà qui est Stelmakh. Voilà l'homme à qui je dois toute ma carrière, et peut-être la vie. Mais cette lettre est déjà un peu trop longue, elle a dépassé les limites, alors je reprendrai la prochaine fois. Au revoir, mon très cher !

Cinquième lettre

Mon très cher ami,

L'amoureux du théâtre yiddish, Meyer Stelmakh, ne quittait pratiquement plus notre théâtre. Soir après soir, il restait planté là, revoyait trois fois de suite les mêmes pièces sans se lasser. Il s'asseyait toujours aux meilleures places, paradait au premier rang, en général gratuitement, car un amoureux du théâtre yiddish ne paie jamais. Moyennant quoi, il applaudissait toujours avant tout le monde, plus fort que tout le monde, et plus longtemps que tout le monde. Il raffolait pratiquement de chacun des artistes, sans parler de moi et de mes chansons, que, comme disait Sholem-Meyer Murawtchik, il adorait. La première fois, mon *Quand vient le vendredi soir* l'avait fait dérailler au point qu'il était accouru en coulisses et que, les yeux humides de larmes, il avait étreint le directeur (Shtupak) et l'avait embrassé.

Plusieurs fois, mon directeur lui avait laissé entendre qu'il aurait bien voulu entendre jouer son Grisha. Il faisait la sourde oreille, et gardait bouche cousue. Mais les allusions de Shtupak étaient si grossières qu'il avait bien été obligé de faire bonne figure, si bien qu'un jour il s'amena, porteur de trois billets : un pour le directeur, un pour l'enroué et un pour moi, pour une matinée-concert. Il donna force détails sur ce qu'allait être ce concert extraordinaire. Quel concert ce serait ! dit-il, son Grisha jouerait, l'Allemand l'accompagnerait, et Marcella Embrich chanterait. Vous voulez sans doute, dit-il, savoir qui est Marcella Embrich ? C'était, dit-il, une nouvelle Patti. Que dis-je, elle valait dix fois Patti, cent fois, mille fois ! La première fois que Patti l'avait entendue, elle lui était tombée dans les bras en lui disant : « Nous sommes deux étoiles, je suis l'étoile qui pâlit, toi, tu es l'étoile qui se lève », et elle s'était mise à sangloter. Naturellement, la Embrich n'aurait jamais accepté, pour tout l'or du monde, de se produire en concert avec un autre que son Grisha – là, c'était autre chose... Commença alors la litanie : Grisha, Grisha – Grisha, Grisha... Ce Grisha, je commençais sérieusement à avoir l'envie de le voir, de l'entendre, de découvrir cette merveille.

Avec l'aide de Dieu, j'ai fini par le voir et par l'entendre. Et je dois te dire, mon très cher ami, qu'il m'a été donné de voir deux Grisha. Je veux dire que j'ai vu un Grisha, et que j'en ai entendu un autre. Le Grisha que j'ai vu au premier abord était un beau jeune homme, un adolescent assez grand déjà, malgré ses culottes courtes, il avait un visage joufflu, du duvet sur les joues, des taches de rousseur et des yeux qu'on distingue à peine. Bref, un petit jeune homme ordinaire, comme on en voit mille dans la rue et qu'on laisse passer sans les remarquer. La seule chose qui sautait aux yeux, c'étaient ses chaussures vernies à larges lacets, qui semblaient un peu trop grandes pour lui – un bien grand pied pour un enfant prodige, et le grand col rond et blanc que nouait un ruban trop large dont les deux pointes pendaient. Il n'avait rien d'autre de remarquable. Mais quand il saisit son violon, et de son archet glissant sur les cordes fit sonner les quatre premiers accords, le garçon au duvet sur les joues et aux taches de rousseur disparut aussitôt pour céder la place à une personne différente. Une tout autre allure. Un tout autre maintien. Des yeux différents, grands, bleus, des yeux sublimes. Étrange, où étaient-ils donc, ces yeux, tout à l'heure ? Ou peut-être n'était-ce qu'une impression ? Car quand il s'arrêta de jouer, et que le public commença à applaudir frénétiquement, j'eus de nouveau sous les yeux le même garçon joufflu, avec son grand col et son ruban à longues pointes. Il restait calme devant le public, calme et froid comme la glace, c'est à peine s'il salua. On lui fit peut-être une dizaine de rappels. À chaque fois qu'il revenait, il marchait d'un pas assuré, les pieds solidement plantés, mais calme et froid comme quelqu'un qui sait que cela lui est dû...

Dès qu'il eut fini de jouer, ce fut au tour de Marcella Embrich d'entrer en scène. Son talent, je renonce à le décrire. Quand Marcella Embrich chante une note, elle coule directement jusqu'au cœur, comme un baume, et envahit tous les membres. Tu l'entends, tu es sous le charme, et tu t'émerveilles : d'où tient-elle donc cette aisance, cette douceur et cette force ? Elle chante sans aucun effort, sa voix coule d'elle-même. Tu es là, et il te semble que tu entends non pas une voix, mais un violon qui joue. Marcella Embrich, quand elle chante, chante avec tout ce qui l'entoure, avec le monde entier. Tu oublies où tu es, et qu'il existe ailleurs un autre univers que son chant harmonieux, suave, céleste. Voilà comment chante Marcella Embrich ! Je peux dire que ce matin-là, j'étais comme dans un nuage, comme dans un rêve, dans un autre monde. Car tout de suite après elle, le jeune garçon remonta sur scène, le jeune garçon aux joues duveteuses et au visage plein de taches de rousseur. De quelques traits de son archet, il recommença à faire parler son violon, à le faire chanter, pleurer comme un être humain, puis de nouveau se leva et disparut. À sa place se tenait de nouveau un autre Grisha Stelmakh. Sur l'estrade, c'était un magicien qui ensorcelait et séduisait toute l'assistance. Non, je suis bien incapable de te faire partager ne serait-ce qu'un dixième de ce que j'ai vécu ce matin-là, ou de te décrire le concert. Il est difficile de dire qui était le plus enthousiasmant, de Grisha Stelmakh ou de Marcella Embrich. Tu peux imaginer que le public ne fut pas avare d'applaudissements. Mais il me semble que c'est à lui qu'on a réservé l'accueil le plus chaleureux, à lui que sont allés le plus grand nombre d'applaudissements. Quand il eut terminé le dernier morceau au programme, le public devint littéralement enragé.

Comment peut-on à ce point déifier quelqu'un ? Il faut dire que ce qu'il a joué ensuite en bis était une chose véritablement divine, plus encore que divine.

Sixième lettre

Mon très cher, très tendre ami,

Dans ma dernière lettre j'ai commencé à te raconter comment j'avais fait connaissance avec Marcella Embrich, et j'ai été un peu trop bavarde à propos du concert. C'était le premier concert sérieux que j'entendais de ma vie. Plus tard, j'ai entendu quantité de grands concerts sérieux, mais celui-là je ne l'oublierai jamais, jamais. Peut-être parce qu'il m'avait changée, qu'il avait transformé ma vie, comme tu vas pouvoir en juger...

C'est comme quelqu'un qui renaît, emplie de nouvelles pensées et de nouvelles espérances, que je suis sortie du théâtre en même temps que le reste du public. À mon oreille résonnaient encore les douces harmonies, les accords bénis, les chants célestes. Je ne voyais plus personne que Marcella Embrich et Grisha Stelmakh. Je n'entendais plus rien que la voix de l'une et le violon de l'autre. Une grande partie du public stationnait devant le théâtre, attendant probablement qu'ils sortent tous les deux. Moi aussi, je suis restée à attendre. Arriva une automobile. Trois personnes y prirent place : Marcella Embrich, Grisha Stelmakh et l'Allemand. Le père de Grisha, Meyer Stelmakh, se tenait à côté, plié en une courbette, et souriant de tout son visage. Ils sortirent du théâtre sous les échos des applaudissements du public, qui augmentèrent encore quand ils furent dehors. Ils partirent tous trois dans l'automobile, comme en rêve, et moi je restai là, envoûtée, continuant à regarder dans la direction où ces deux bienheureux venaient de disparaître. Je dois avouer qu'une sotte pensée m'a alors assaillie : deviendrais-je moi-même un jour une Marcella Embrich ? M'accompagnerait-on moi aussi sous les applaudissements ?... Je devais à tout prix, dussé-je pour cela remuer ciel et terre, m'introduire auprès de Marcella ! Je voulais qu'elle m'entende chanter, peut-être me dirait-elle ce qu'il fallait faire pour devenir une Marcella Embrich !...

Au même moment, arriva mon protecteur et ange gardien, Sholem-Meyer Murawtchik.

— Nous partons déjeuner, dit-il, tous ensemble.

Comment ça, tous ensemble ? Moi-même, lui, le directeur, ainsi que Stelmakh père, que Shtupak avait invité dans un restaurant juif pour manger de la carpe farcie avec du raifort. L'amoureux du théâtre yiddish adorait tellement la carpe farcie, surtout si c'était l'autre qui payait !... « Tout se présente pour le mieux, pensai-je, juste ce qu'il me faut. Il faut que je m'arrange pour que l'amoureux du théâtre yiddish me présente à Marcella Embrich. Mais comment faire pour que mon directeur ne s'en aperçoive pas ?... »

Bien entendu, l'amoureux du théâtre yiddish et des spécialités culinaires juives était tellement absorbé par sa carpe à la juive et son raifort juif qu'il en transpirait, sans que cela l'empêche de raconter monts et merveilles de son Grisha et de Marcella Embrich. Marcella Embrich est la seule chanteuse, rien que ça, à chanter pour l'empereur François-Joseph. Elle qui, même pour un million, ne se produirait avec personne d'autre en concert l'a pourtant elle-même proposé à Grisha. Et la chansonnette a recommencé : Grisha, Grisha – Grisha, Grisha ! À croire que cet homme-là était envoûté ou détraqué, et que sa folie, c'était Grisha !

Après avoir guetté l'instant où mon directeur et l'enroué seraient occupés à payer le repas, je me levai de table pour sortir avec Stelmakh. Tout en marchant, il n'arrêtait pas de me seriner : Grisha, Embrich – Embrich, Grisha. Tout à coup, je l'interrompis :

— *Panie* Stelmakh, j'ai une requête à vous faire.

En entendant le mot « requête », Stelmakh se transforma subitement. D'un seul coup, il jaunit, puis verdit, le sourire abandonna son visage, ses yeux séchèrent, il devint froid, glacial. Il faisait pitié à voir.

— Une petite requête, corrigeai-je, une toute petite requête : je voudrais que vous me présentiez à la Embrich, pour qu'elle m'entende chanter.

En entendant ces mots, il fut soulagé. Son visage se transforma de nouveau. Son sourire réapparut, le jaune puis le vert disparurent, et ses joues rosirent derechef.

— Ah, me dit-il avec un soupir, pourquoi pas ? Avec le plus grand plaisir !

— Il n'y a qu'une difficulté, lui dis-je à voix basse, cela doit se faire en secret. Dans mon entourage, personne ne doit être au courant. Vous me comprenez ?...

— Je comprends, très chère, pourquoi ne comprendrais-je pas ? Je comprends parfaitement... Mais, dit-il, comment s'y prend-on pour faire traverser la rivière au chat ?

Puis il réfléchit un moment, et soudain se frappa le front. Ça y est, il a trouvé : ce serait parfait, me dit-il, si, avec l'aide de Dieu, je pouvais venir chez lui demain matin, autour d'onze heures. Personne n'en saurait rien...

Réussir à aller chez Stelmakh sans que mon directeur le sache, voilà qui me paraissait un peu difficile. Pouvait-on espérer que Shtupak me lâche d'une semelle ?

Et son bras droit, l'enroué, qui me surveillait comme un chien fidèle... Alors, je trouvai une solution : quand on a besoin du voleur, on le décroche de la potence, nécessité fait loi ! Sholem-Meyer Murawtchik lui-même ne m'avait-il pas demandé naguère, si j'avais besoin de quoi que ce soit et quand j'aurai besoin de quelque chose, de m'adresser à lui, et rien qu'à lui, et qu'il pourvoirait à mes besoins... Alors, je me décidai à lui confier que je ne souhaitais qu'une chose, c'était d'entendre ce qu'une grande chanteuse pensait de ma voix, et je réussis. Mon petit chat ! me répondit-il à sa manière, y avait-il une chose au monde qui lui soit difficile pour me faire plaisir ? À travers le feu et les flammes ! Que Dieu lui accorde autant de réussite et de succès !

Un type bizarre, cet enroué ! Il est fidèle à son patron comme un chien peut l'être, il se ferait découper en petits morceaux pour lui, et pour moi, il est prêt à le rouler dans la farine trois fois par jour. Un type bizarre !

Le lendemain du concert, vers onze heures, comme convenu avec l'amoureux du théâtre yiddish, voilà mon protecteur (Murawtchik) qui déclare à mon directeur, Shtupak, qu'il doit sortir avec moi pour acheter quelques bricoles.

— Quel genre de bricoles, tout à coup ? lui demande Shtupak en le regardant de ses petits yeux rouges sans sourcils...

— Est-ce que je sais, moi ? lui répond l'enroué. Des babioles, des bêtises, des broutilles.

Shtupak ne s'en laisse pas conter, et redemande :

— Quelles babioles, quelles bêtises, quelles broutilles, comme ça, tout à coup ?

— Espèce d'entêté ! réplique Murawtchik, en haussant le ton, si on te dit qu'on en a besoin, est-ce que ça te regarde ?...

Ils font une curieuse paire, ces deux-là ! On dirait que le directeur peut l'injurier, le harceler, le traiter comme un laquais, mais sitôt que l'enroué élève un peu la voix, il serre ses lèvres de travers et se tient coi. Car si ça lui chante, l'enroué peut lui lancer un « Idiot ! » à faire tinter les vitres.

Bref, nous voilà partis, moi et l'enroué, pour aller voir notre amoureux du théâtre yiddish. Le cher Stelmakh nous fit un accueil des plus chaleureux, nous fit asseoir, et entreprit, comme d'habitude, de nous parler d'abord de son Grisha, puis de lui-même, de nous raconter toute sa biographie depuis le début, un conte des *Mille et Une Nuits*, l'affaire de trois heures d'horloge. C'est alors que l'enroué vint à mon aide en l'interrompant au beau milieu pour lui dire que nous avions très peu de temps. Nous étions venus pour voir la Embrich... Stelmakh se leva, commença à se dandiner drôlement d'un pied sur l'autre et à bafouiller. Comment peut-on faire ? Comment y arriver ? En ce moment, chez elle, il y avait justement l'Allemand, et son fils aussi... Il ne pouvait pas entrer maintenant... Il aurait bien voulu, mais il ne pouvait pas... Pendant tout ce temps, l'amoureux du théâtre yiddish se faisait si petit qu'à la fin mon protecteur n'y tint plus et l'apostropha :

— Alors, vous ne savez pas ce qu'il faut faire ?

— Non, que faut-il faire ?

— Eh bien, il ne vous reste plus qu'à crever sur place !...

Stelmakh, apparemment, prit cela pour une plaisanterie, car il se tordit de rire en se tenant les côtes. Mais mon protecteur ne le laissa pas rire longtemps.

— *Panie* Stelmakh ! lui dit-il, écoutez-moi bien : laissez tomber cette comédie, dites-nous plutôt oui ou non. N'ayez aucune crainte pour votre Grisha, on ne va pas vous le manger. Quant à votre soi-disant Allemand de Berditchev, qu'il aille au diable. On n'en a rien à faire. Si vous voulez venir avec nous, d'accord, sinon, nous allons de ce pas, tout seuls, voir cette beauté, sur-le-champ – que Dieu veuille me donner autant de réussite et de succès...

Entendant ces paroles sans équivoque, notre amoureux du théâtre yiddish changea de nouveau de contenance. Même ses lèvres se desséchèrent. Il se rassit, se releva, tripota les boutons de sa veste, essaya de sourire sans y parvenir, et nous pénétrâmes tous les trois dans un salon élégamment meublé, au sol parsemé de coussins moelleux, où le bon Stelmakh nous fit asseoir. Sur la pointe des pieds, il s'approcha de la porte de la pièce d'à côté, y colla son oreille, puis frappa de ses doigts boudinés :

— C'est moi, moi, Stelmakh...

À cet endroit s'interrompt de nouveau le récit, et c'est malheureusement par cette lettre inachevée que se termine la série de documents qui étaient arrivés entre les mains de Mr Klammer de Londres et nous ignorons par conséquent l'accueil que fit Marcella Embrich à notre héroïne.

En fait, nous avons fort peu de renseignements sur ce qui lui est arrivé durant toute la période qui a suivi. Ce n'est qu'un peu plus tard que nous retrouvons le nom de Rosa Spivak, dans les rues de la trépidante ville de Londres, maladroitement imprimé en gros caractères sur des affiches gigantesques, accolé au nom de Grisha Stelmakh...

Cela se passait dans le quartier de Londres occupé par la haute aristocratie, et que l'on appelle le West End. Dans les bas quartiers de la ville, l'East End, à Whitechapel, étaient aussi affichés à la même époque de grands posters, imprimés en lettres énormes qui annonçaient :

> Au théâtre yiddish du Pavilion, pour la première fois à Londres, tournée de gala des grands artistes du Continent, le célèbre Léo Rafalesco de Bucarest et l'adorable *prima donna* Henrietta Schwalb de Buenos Aires.

C'était la première fois que nos jeunes nomades, le fils de riche et la fille du chantre, se retrouvaient dans la même ville, la première fois depuis qu'ils avaient quitté leur ville natale de Holenechti et qu'ils avaient commencé, comme errent les étoiles, à errer à travers le vaste monde, pour se lancer sur les voies malaisées du théâtre itinérant.

CHAPITRE TROIS

DES AUSPICES DÉFAVORABLES

Ce n'est pas sous les meilleurs auspices que notre troupe vagabonde Holzmann, Schwalb and Co. était arrivée à Londres. Le directeur de la troupe, Bernard Holzmann, avait l'impression d'être enseveli dans un tombeau obscur, ou d'être tombé dans un chaudron bouillonnant, dont il n'était guère facile de s'extraire. Tout lui paraissait sombre, sinistre, obscur. Tout lui paraissait redoutable et inquiétant. Les gens, et leur langue, lui paraissaient complètement insensés. Le bruit, le tumulte et le brouhaha le frappaient de stupeur. Il avait pris en exécration cette ville tumultueuse, son ciel nuageux et noyé de pluie, et le pays tout entier l'écœurait, depuis la minute, peut-on dire, où il avait posé le pied sur le territoire anglais, jusqu'au moment où son nez avait reniflé les remugles de Whitechapel.

À leur arrivée à Londres, en plein midi, ils furent accueillis par une obscurité inquiétante, pareille à la plaie d'Égypte. Les ténèbres étaient réellement d'une consistance à toucher du doigt. Non content de voir la malédiction divine qui avait ôté le soleil à cette ville, Holzmann de son côté aurait voulu qu'elle s'abîme dans les flots. Il souhaitait, comme jadis Heinrich Heine, que la mer l'engloutisse pour la recracher ensuite ; il y ajoutait en annexe : qu'elle se transforme en un bloc de sel, comme il était autrefois arrivé à la femme de Loth.

Non, notre Holzmann ne se sentait pas bien, mais pas bien du tout à Londres. Bien plus mal que naguère, à Dieu ne plaise aujourd'hui, à Holenechti. Ce n'est pas pour rien qu'il était si énervé et si peu enthousiaste quand il en était encore à se préparer à la traversée, avec la troupe, à Czernowitz.

Dès la première rencontre, les ennuis commencèrent. Le frère de Schwalb était venu à la rencontre de la troupe, accompagné d'un autre personnage, que Nissl Schwalb avait présenté aux voyageurs comme étant Mr Hodgkins en leur soufflant en yiddish que c'était un chrétien, et que malgré cela, il était le propriétaire et le « manager » du Pavilion Theater, le grand théâtre yiddish de Londres. Ce propriétaire et manager de théâtre ressemblait plutôt, pour Holzmann, à quelqu'un qui vendrait des oranges et de l'eau glacée pendant les entractes. « Une espèce de voyou *goy* blondasse, pensa Holzmann, au crâne rasé et au visage grêlé... »

Le manager était vêtu d'une drôle de redingote, qui n'avait pas été coupée à sa taille, de pantalons à carreaux qui s'arrondissaient en arc de cercle, larges du haut, étroits du bas, qui tombaient sur des chaussures rutilantes à hauts talons. De son long cou rouge ressortait une pomme d'Adam aiguë, que ne pouvaient masquer ni la superbe lavallière ni l'épingle en brillants. Quand on lui présenta les arrivants, Mr Hodgkins tendit deux doigts, montra trois dents en or, et d'un air fatigué, se contenta d'un seul mot : « *All right* » ; puis il fit voir aux invités le côté de sa personne qu'on évite généralement de montrer, adressa un signe de la main à quelqu'un, et à l'émerveillement de toute la troupe, une superbe automobile s'approcha. Le personnage que l'on appelle le manager et qui se nomme Mr Hodgkins sauta dans l'automobile, et disparut dans l'épais, le gris, le lourd brouillard de Londres.

Tout différent était l'aspect du frère de l'associé de Holzmann, Nissl Schwalb. Il avait beaucoup plus fière allure que le manager qui venait de disparaître, Mr Hodgkins. Lui, il avait bien l'air d'un propriétaire, à qui aurait appartenu non seulement le théâtre londonien, mais la ville tout entière avec sa banlieue.

Large et gros comme une barrique, il était deux fois plus grand que son frère. Entièrement glabre, un éternel cigare entre les dents, un petit chapeau porté sur le côté, l'air content de soi, de vous et du monde entier, avec un rire sonore, il donnait ses ordres aux visiteurs, comme si c'était chez lui qu'ils venaient, et non pour faire du théâtre.

Pour commencer, il étreignit chacun séparément pour l'embrasser, n'en omettant aucun, comme s'il les connaissait tous et qu'il était leur ami depuis Dieu sait quand. Ensuite, de ses propres mains, il descendit tous les paquets du wagon, loua lui-même un *carriage* et se mit à donner ses ordres aux invités.

— Toi, Isaac, mets-toi devant, là, avec Rafalesco et coincez Henrietta entre vous, voilà. Moi et ton associé, on va se glisser en face.

En même temps, il posait sur les épaules maigres et pointues de Holzmann une grosse main dodue et potelée. D'un œil, Holzmann regardait le frère de son associé, et de l'autre, la main du frère de son associé : « Quelle paluche ! Qu'est-ce qui lui prend, de commander comme ça ? Lui, il le fait asseoir ici, l'autre là, coincer Henrietta au milieu ! Et moi, alors ? Je vais lui dire, à mon associé, que j'ai horreur de ça... La première des choses, avant tout, c'est de lui couper les ailes, à ce butor, pour qu'il sache à qui il a affaire... Un cochon, il faut lui cogner sur la gueule !... »

Voilà ce que notre Holzmann se proposait de lui dire. Au lieu de cela, il se tourna vers son associé :

— Dis donc, Itzik, le frangin, quel costaud !

Son associé lui répliqua, en regardant fièrement son frère avec amour, le visage luisant de transpiration comme un pâté bien gras :

— Costaud, tu dis ? Peuh ! On est tous des armoires, chez nous !...

— Je vois ça ! lui répondit Holzmann en pensant : « Mais où étiez-vous donc tous au temps de la vache enragée ?... »

En moins de temps qu'il ne faut pour le dire, rapide comme la flèche, le *carriage* emporta les visiteurs par les rues bruyantes de la ville. Pendant tout ce temps, notre directeur Holzmann se sentait à l'étroit. Impossible de respirer, à côté de ce « butor », comme il appelait le frère de son associé, qui n'arrêtait toujours pas de donner des ordres, même plus tard, quand ils furent arrivés à bon port, à Whitechapel. À leur arrivée, Nissl Schwalb les fit descendre un par un, les portant presque, et les accompagnant à chaque fois d'un « hop là » et d'un petit rire qui soulevait le cœur de Holzmann.

Non, l'arrivée de Holzmann à Londres ne s'était pas déroulée sous les meilleurs auspices. Quelque chose lui disait, dans son cœur, que là, prisonnier de l'étroit horizon du ciel gris de Londres, son étoile allait pâlir, son étoile qui jusqu'alors avait brillé d'un tel éclat... Comme à chaque fois, toute l'amertume de son cœur se déversait sur sa vieille mère, Sorè-Brokhè, la pauvre, et sur sa sœur, l'innocente Zlatkè, et même sur les acteurs et les actrices. Il s'énervait, se disputait avec l'un ou l'autre, se fâchait, accablait tout le monde d'imprécations telles que, pour peu qu'il en ait eu le temps et qu'il ait su écrire, il eût pu en faire tout un livre, en les classant par ordre alphabétique.

CHAPITRE QUATRE

UN BON GARÇON, UN FRÈRE – NISSL SCHWALB

Il existe une communauté de destin entre la cuisine et, sauf votre respect, les hommes. Ce qui plaît à l'un ne plaît pas forcément à l'autre. Nissl Schwalb déplaisait autant à Holzmann qu'il suscitait de sympathie chez Rafalesco. Sympathie, ne serait-ce que parce qu'il était de caractère gai, jovial, qu'il n'arrêtait pas de rire, très fort en plus, qu'il distribuait des tapes sur les épaules, et vivait en bonne entente avec tout le monde. En un mot, c'était un bon copain, point final.

Depuis toujours, notre jeune héros aimait bien les gens au caractère gai. Holzmann lui-même, du temps où il était encore à Holenechti, s'appelait Hotzmakh et travaillait chez Shtupak, avait été, comme nous l'avons appris, quelqu'un de jovial et plein de vie. Or, depuis qu'il était directeur de sa troupe de théâtre yiddish, il devint un être souffrant, mélancolique, soupçonnant tout le monde d'avoir des visées sur le môme (Rafalesco) et de vouloir le ruiner.

Ici, dans cette tumultueuse ville de Londres, ses souffrances, sa mélancolie, ses soupçons n'avaient fait que croître. Il avait ses raisons, comme nous n'allons pas tarder à le voir. De ce fait, l'estime que lui montrait Rafalesco avait beaucoup baissé. Plus Holzmann se moquait du frère de son associé et le couvrait d'insultes, et plus Rafalesco se sentait attiré par lui, si bien que, au grand dam de Holzmann, il avait fini par nouer avec Nissl Schwalb une connivence.

Rafalesco, dès la première minute, s'était pris d'intérêt pour le personnage, ses mimiques, ses grimaces, et même pour sa manière de s'exprimer. Nissl Schwalb, quand il parlait, mangeait les mots, c'était à peine si on le comprenait ; et comme par nature il n'était pas la moitié d'un menteur (il était agent de société, et la majorité des agents, je leur demande cent fois pardon, sont de fieffés menteurs), il passait son temps à faire de curieux serments : « Aussi vrai que vous me voyez en train de nager ! » ou bien : « Aussi vrai que je convoite le bien des autres ! » ou encore : « Si je mens, que la table vous étouffe ! »... et autres protestations du même tonneau, qu'il prononçait si vite, sans reprendre son souffle, que vous n'aviez pas le temps de comprendre avec votre cerveau ce qui avait échappé à votre oreille.

Les premiers temps, Nissl Schwalb avait entrepris de montrer à notre jeune héros ce que Londres représentait. Il s'était engagé à lui faire visiter la ville entière en une seule journée.

À vrai dire, visiter en un jour toute la ville de Londres, c'était un peu exagéré. Mais quoi ? Est-ce que demain il ne ferait pas jour ? Et après-demain ? Le principal, c'est que Nissl Schwalb connaissait Londres comme sa poche. Et à circuler avec lui, à pied ou en voiture, on ne s'ennuyait pas. Sa langue n'était jamais en repos. Partout, à chaque coin de rue, presque à chaque maison, il avait à raconter une histoire, une anecdote, un scandale. Et pas seulement une histoire, une anecdote ou un scandale, mais une aventure vécue, dont il avait été le témoin oculaire et souvent le protagoniste. Aussi vrai que vous le voyiez en train de nager, aussi vrai qu'il convoitait le bien d'autrui.

Nissl Schwalb, quand il vous raconte quelque chose, il vous hypnotise : il vous tient la main, ou vous saisit par le revers de la veste, vous regarde au plus profond des yeux, vous pointe le doigt sur le cœur, et vous débite son histoire avec tous les détails, toutes les précisions.

En voici, par exemple, une bien bonne : il y a quelque temps, dans Hyde Park, il avait rencontré un grand homme, presque un lord, avec qui il avait eu des mots : « Vous, vous êtes un ceci, un cela — non, c'est vous qui en êtes un... » Un mot en entraîne un autre... Bien que vous soyez certain que toute l'histoire n'est que pure invention, et comme Nissl déploie tant d'ardeur et rit de bon cœur, vous finissez par vous dire : « Va savoir, et si c'était vrai ?... »

Notre jeune héros s'était donc lié d'amitié avec cet oiseau-là, en avait fait son *alter ego*, avait inventorié en sa compagnie jusqu'au moindre trou de souris, plus spécialement les théâtres, les opéras et les salles de concerts. Du temps, ils en avaient à revendre, car les tournées Holzmann, Schwalb and Co. n'étaient prises que deux fois par semaine au Pavilion Theater.

Avec son nouvel ami, Rafalesco se sentait à Londres comme un poisson dans l'eau. Il se serait senti encore mieux si l'idée n'était pas venue à Nissl Schwalb d'emmener aussi sa sœur, la *prima donna* Henrietta Schwalb. Nissl Schwalb voulait que sa petite sœur entende aussi de la musique.

— Ce n'est pas mal, cela lui sera bien utile un jour, disait-il, mais il avait autre chose en tête.

Dès le premier jour, son frère Isaac lui avait expliqué qu'il s'agissait de marier le môme à sa sœur, Henrietta. Sinon, le coq asthmatique (il voulait parler de son associé Holzmann) le fiancerait à sa propre sœur...

— À qui ? À cette groseille encore verte ? se récria le frère en faisant les cent pas dans la chambre.

— Une groseille verte, tu dis ? Une petite pomme d'amour, oui ! répliqua Isaac Schwalb en tournant vers lui son visage rougeaud.

— Rien à se mettre sous la dent ! lui répondit son frère Nissl, sans cesser d'arpenter la chambre à longues enjambées.

Dans la tête de Nissl, c'était visible, mijotait un plan, une combinaison.

CHAPITRE CINQ

UN COMBINARD

Nissl Schwalb est un combinard. Son principal métier, c'est agent de société. Mais à Londres cela ne suffit pas pour vivre. Il faut donc combiner. C'est pourquoi Nissl Schwalb échafaude des combines sur tout ce qui se présente. En toute justice, il faudrait lui tresser des lauriers à ce combinard, car si ses combines, au début, paraissent bizarres, tordues, voire complètement délirantes, tout finit par s'arranger aux petits oignons. Et si par malheur, ça ne s'arrange pas, eh bien après tout, il n'est qu'un homme, et l'erreur est humaine.

Nissl lui-même raconte qu'avec ses combines il a réussi à embrouiller plus d'une société, à y semer la pagaille. Mais ce n'était pas sa faute, la preuve : si on l'avait écouté jusqu'au bout, tout se serait passé autrement. Tout le problème, explique-t-il, c'est qu'on ne l'écoute pas, parce qu'on ne le comprend pas. C'est bien simple, dit-il, les gens sont du bétail, des veaux, des chevaux, des ânes bâtés. Personne ne s'y entend comme lui aux affaires, et personne ne sait ce qu'est une combine...

Le fait que le théâtre yiddish du Pavilion soit tombé dans l'escarcelle d'un chrétien, cela aussi c'était l'effet d'une combine de Schwalb, comme l'avait été naguère le fait que le seul journal en yiddish de Londres, le *Courrier yiddish*, soit, contre toute attente, édité par un chrétien, et non par un Juif. Pour quelle raison ? C'est Nissl Schwalb qui l'avait voulu, et c'est ainsi qu'il en fut.

En vérité, le *Courrier yiddish* ressemblait à un torchon de cuisine pour essuyer la vaisselle, et le pauvre éditeur chrétien en fut pour ses frais et y laissa des plumes. L'affaire lui avait coûté, en livres sterling, exactement tout ce qu'il possédait. S'il en avait eu davantage, ça lui aurait coûté davantage.

Mais à qui la faute ? À cette tête de *goy*, qui n'avait pas voulu obéir au plan de Schwalb, qui consistait à sortir deux éditions quotidiennes du *Courrier yiddish*, comme faisaient les journaux anglais. Matin et soir. Se pose alors une question hautement dialectique : si les Juifs londoniens se refusent à acheter une gazette une fois par jour, ils l'achèteront d'autant plus difficilement deux fois par jour. Réponse : au contraire, c'est justement à cause des deux éditions quotidiennes qu'ils achèteront, curieux de savoir ce qu'une gazette yiddish peut bien avoir à dire deux fois par jour.

Les événements qui amenèrent le Pavilion Theater à tomber entre les mains d'un chrétien sont si intéressants que nous nous proposons de les narrer en bref ci-dessous, pour le bénéfice de nos lecteurs.

Nissl Schwalb, comme son frère Isaac Schwalb, est un grand amateur de théâtre. Il semble que ce soit chez eux une disposition familiale. Dans le passé, il s'y était déjà intéressé de près, comme nous allons le voir bientôt. C'est pourquoi il était un spectateur habituel, un visiteur assidu, un résident presque, du théâtre yiddish du Pavilion. Mais pendant que le public des Juifs londoniens restait au théâtre comme un troupeau de moutons, écoutant toutes les idioties à vous porter sur la vésicule et prêtant l'oreille à des chanteuses à vous faire frémir, Nissl Schwalb avait la tête farcie de combines.

« Pourquoi, se disait-il, le public londonien n'aurait-il pas droit à un vrai théâtre, je dirais même, pas à un théâtre unique, mais à trois théâtres : un premier pour les drames, un autre pour les opérettes, enfin un troisième pour les opéras sérieux ? Avec trois théâtres, on serait les rois. Même l'aristocratie juive, voire Rothschild lui-même, trouverait un tel théâtre fréquentable. Ce qui comptait, c'était d'avoir un beau bâtiment, et de vrais artistes. Le bâtiment, que fallait-il de mieux que le Pavilion Theater ? Une petite couche de peinture, et c'était le paradis. Et les artistes ? Quelle question !... Et l'Amérique, alors ? Ils manquaient de stars, en Amérique ? Avec de l'argent, on pouvait faire venir non seulement Adler de New York, mais même Sarah Bernhardt de Paris. Pour le moment, et faute de mieux, on pouvait aussi se contenter des histrions locaux, qu'on mélangerait avec sa jeune sœur, la *prima donna* de la troupe Holzmann, Schwalb and Co., et le jeune artiste Léo Rafalesco de Bucarest, dont le nom se répandait partout.

Cela se passait au moment même où les deux frères étaient en pleine correspondance à propos des galas qu'ils devaient venir donner à Londres. À cette époque, Nissl Schwalb avait abandonné la plupart de ses affaires pour s'occuper exclusivement de ses trois théâtres. Le courrier ne cessait de circuler vers son frère en Autriche, vers l'Amérique, vers la Russie, sans oublier Johannesburg et Buenos Aires. Il n'omettait aucun endroit où pouvaient se trouver un théâtre yiddish ou une célébrité juive. Et de partout lui parvenaient des réponses favorables. L'idée faisait son chemin. Restait cependant une question à régler, un détail : où prenait-on l'argent ?

Mais notre combinard n'était pas homme à s'arrêter au milieu du gué. Nissl Schwalb était un homme qui marchait d'un pas ferme, qui détestait changer d'avis, et par-dessus le marché, un homme chanceux. En voici une belle illustration.

CHAPITRE SIX

IL FAUT AVOIR DE LA CHANCE

Une fois, par une journée de brouillard et de nuages comme il s'en produit à Londres, et où la ville ressemblait à l'Égypte au temps de la plaie des Ténèbres, au point que même les réverbères allumés en plein jour n'empêchaient pas les piétons de se cogner les uns aux autres, notre génial combinard s'en fut au comptoir de la Hodgkins Bros Limited dans la City de Londres. C'est là que Nissl Schwalb avait son emploi principal d'agent en machines à coudre, vélocipèdes, automobiles, etc. La maison Hodgkins Bros Limited appartenait à deux frères très riches, les frères Hodgkins, dont l'un, l'aîné, passait le plus clair de son temps en Suisse à escalader les hautes montagnes alpines sans avoir jusque-là réussi à se tuer, et le cadet, que nous avons déjà rencontré à la gare, menait, lui, l'affaire.

Nissl Schwalb le trouva devant un grand *desk*, occupé à examiner le courrier. Après lui avoir dit « *good morning* », Schwalb le pria aussitôt de laisser ses affaires de côté, et de l'écouter. Il lui apportait un bizness, une chance comme il ne s'en trouve qu'une fois tous les sept cents ans.

Nissl Schwalb lui fit un long discours, en langage choisi et en termes colorés, pour lui décrire la situation du théâtre yiddish en général, et du Pavilion Theater en particulier. Ensuite, il lui exposa tout un plan, concernant trois théâtres, un pour les opéras sérieux, un pour les opérettes, et un pour les drames. Il fit preuve d'une rare expérience en matière de théâtre, d'art et de musique. Puis il lui montra toute une liasse de lettres et de dépêches de différents artistes, et de coupures de presse. Il traduisit tout cela du yiddish en anglais et pour finir, en une computation exhaustive, lui montra combien de livres sterling cela rapporterait.

D'après ce calcul lumineux, il suffisait de quelques années pour que l'on puisse s'offrir, en toute propriété, non seulement le Pavilion Theater, mais aussi cette maison, plus une autre, plus encore trois autres dans la City de Londres.

Tout le temps que Nissl Schwalb parlait, Mr Hodgkins était resté là, à essayer de comprendre quel pouvait bien être le rapport entre Hodgkins Bros Limited et toute cette conversation. Dans un théâtre, on n'a pas besoin de machines à coudre, encore moins de *bicycles* ; à la rigueur, d'une automobile... Allons, tant de discours pour une seule automobile ?!

Pendant tout ce temps, Mr Hodgkins regardait par la fenêtre donnant sur la rue, bien qu'on n'y vît rien, et tapotait du doigt ses trois dents en or. Il attendait que son agent s'arrête enfin. Comme l'autre parlait sans discontinuer, Mr Hodgkins se retourna vers lui et le regarda dans le blanc des yeux, l'air de dire : « Que pouvons-nous inférer de ces prémisses ?... »

Nissl Schwalb, qui avait apparemment compris ce regard, lui expliqua avec concision ce qu'il voulait. Il voulait, voyez-vous, que Mr Hodgkins entre dans la combine. En même temps, Nissl Schwalb le regardait bien en face, pour voir quelle impression cette combine avait faite sur lui. Mais ce visage froid ne laissait absolument rien transparaître, ne fût-ce qu'un signe. Il demeurait froid comme le mont Blanc et impassible comme la mer de Glace. Mr Hodgkins poussa un soupir, se leva, d'un doigt se gratta la proéminence que faisait sa pomme d'Adam sur son cou rouge, dit d'une voix ensommeillée : « *All right* », et tendit à son agent deux doigts de la main droite en lui disant de revenir le lendemain à midi moins le quart chercher la réponse à propos de la combine.

La réponse que fit Mr Hodgkins, inutile de la donner. Seul un veinard comme Nissl Schwalb pouvait réussir à mettre au point une combine aussi délirante.

Pas besoin d'intelligence, ami lecteur, pas besoin de connaissances, ce qu'il faut, c'est de la chance.

CHAPITRE SEPT

UNE FAMILLE MUSICALE

— Aujourd'hui, nous allons rendre visite au chantre, dit un jour Nissl Schwalb à son nouvel ami, le jeune Rafalesco.

Au mot « chantre », Rafalesco sentit un coup au cœur, et se leva d'un bond. Il revoyait tout à coup son vieux maître d'autrefois, Yisroeli, le chantre de Holenechti et c'est le cœur battant qu'il demanda à son nouveau compagnon :

— Quel chantre ?

— Le chantre de Lomza, celui qui est venu au théâtre avec toute cette bande. Tu as déjà oublié ?

(Il y avait longtemps que Nissl Schwalb tutoyait son nouvel ami.)

— Aaah ? fit longuement Rafalesco, et il se rappela que récemment, au Pavilion Theater, pendant un entracte, Nissl Schwalb lui avait amené dans les coulisses un Juif, une espèce de rouquin avec du coton dans les oreilles, escorté de toute une ribambelle d'enfants, des garçons et des filles. Combien d'enfants il y avait, il ne se rappelle pas, mais ce dont il se souvient, c'est qu'il y avait davantage de rouquins que de bruns, qu'ils avaient tous des frimousses rieuses et des yeux espiègles.

Nissl lui présenta toute l'équipe et, devant eux, se répandit en louanges sur la petite famille, exagérant à plaisir, en rajoutant, criant au scandale puis s'excitant et jurant selon son habitude. Mais à l'époque, dans le brouhaha du théâtre, toutes ces histoires n'avaient fait qu'entrer dans l'oreille de Rafalesco pour ressortir par l'autre. Rafalesco avait déjà l'habitude, et savait que Nissl avait des histoires à raconter sur chacun, et que pour lui, toute histoire devait se terminer par un scandale.

Tout en s'apprêtant à aller faire cette visite, Nissl Schwalb lui expliqua de nouveau quelle famille musicale c'était : une maisonnée uniquement composée de chanteurs et de d'instrumentistes. Depuis le père, le chantre, jusqu'au plus jeune des enfants, qui n'avait pas encore quatre ans, tous chantaient et jouaient de tous les instruments.

— Tu crois peut-être que quelqu'un leur a appris ? Ah, ah... Chez ce chantre, quand les enfants sortent du ventre de leur mère, ils sont déjà des musiciens accomplis – aussi vrai que je convoite le bien d'autrui !

Sur ces propos, Nissl Schwalb entra dans un magasin juif, et se fit donner du pain, des petites saucisses de Varsovie et du salé en plus. Nissl Schwalb jeta un coup d'œil aux salaisons, et l'eau lui vint à la bouche.

— Pourquoi tout ça, tout à coup ? lui demanda Rafalesco surpris.

— La réception, lui répondit Nissl Schwalb très sérieusement. Il faut bien que ces gens-là aient de quoi nous recevoir. Et puis, cela leur fera quelque chose à manger à eux aussi. Des pauvres gens, des fauchés, mais alors là, fauchés !... Si on ne les aidait pas, par la grâce de Dieu, ils pourraient mourir de faim, ici, en plein Londres. Ce n'est pas rien, que le mauvais œil s'écarte, une maisonnée pareille ! Nombreux pour la becquée, mais Dieu soit loué, pas un à ramener de l'argent. Mais c'est provisoire, tant que les enfants sont petits. Attends qu'ils se tiennent debout tout seuls, et ils rouleront sur l'or, aussi vrai que tu me vois en train de nager... Attention où tu mets les pieds. Il fait sombre, et ça glisse terriblement. Tu pourrais bien y laisser ta peau, Dieu t'en garde.

C'est ainsi que Nissl Schwalb s'adressa à Rafalesco, en frottant allumette sur allumette, et ils descendirent tous deux avec prudence dans un genre de cave, ou mieux encore, une fosse, et entrèrent dans une espèce d'appartement où l'on ne savait pas très bien où l'on était. Une cuisine qui ne ressemblait pas à une cuisine, une chambre qui ne ressemblait pas à une chambre, longue et large, avec des petits lits – un vrai dortoir d'hôpital. Aux murs étaient suspendus toutes sortes d'instruments de musique. Au milieu de la pièce était ouvert un vieux piano fatigué, et une petite fille de six, sept ans, peut-être huit (d'après Schwalb elle n'en avait pas quatre, alors va pour quatre), avec une tignasse rousse tirait de l'instrument des sons inquiétants. En tout cas, des sons différents de ceux que souhaitait l'enfant. Il ne fallait cependant pas lui en tenir rigueur, à cet ancêtre de piano. Il était arrivé au bout de ce qu'il pouvait jouer. À son âge, un autre serait déjà bien loin, abandonné dans quelque grenier...

Apercevant les visiteurs, la petite fille de six, sept ans, peut-être huit mais qui n'en avait pas encore quatre, abandonna son ancêtre de piano, et se précipita dans les bras de Nissl Schwalb en s'écriant :

— L'oncle Nissl est arrivé ! L'oncle Nissl !

Comme au théâtre, des personnages firent leur apparition l'un après l'autre par une porte dérobée : des garçons et des fillettes. Combien, impossible à savoir. Mais davantage de rouquins que de bruns. Les mêmes que Rafalesco avait vus chez lui, dans les coulisses, avec leurs frimousses rieuses et leurs petits yeux espiègles. À leur suite le père fit son entrée, le chantre de Lomza en personne, un rouquin qui commençait à grisonner. D'ici deux ou trois ans, ses cheveux ne laisseraient même plus deviner qu'ils avaient autrefois été roux. Mais il se tenait encore ferme et droit, propre comme un sou neuf. Ses yeux brillaient et ses mains tremblaient, comme chez tous ceux qui connaissent la faim, mais il n'était pas question que le visage permette d'entrevoir ce qui se passait dans l'estomac...

— Commençons par nous mettre quelque chose sous la dent, annonça Nissl Schwalb en se frottant les mains et en se régalant d'avance. Je crève de faim, aussi vrai que vous me voyez en train de nager. Tout en parlant, il défit les paquets de provisions, et il se mit à l'œuvre le premier, avec un appétit qui aurait pu faire croire qu'il sortait d'un jeûne.

— Pourquoi restez-vous plantés là comme des beaux-parents qui se seraient trompés de noce ? s'écria-t-il à l'adresse de la maisonnée de musiciens.

Le premier à se lever, avec ses yeux faméliques et ses mains tremblantes, fut le chantre de Lomza, comme s'il agissait par souci des convenances. Quand on est invité, on ne peut tout de même pas se montrer grossier… Ensuite vint la ribambelle des enfants, dont il était visible que l'appétit n'était pas en défaut. L'atmosphère se réchauffa progressivement, le travail allait bon train, à telle enseigne que notre Rafalesco lui-même se laissa aller à la gourmandise.

— Assieds-toi, tranche, découpe, mâche, avale, ne te gêne pas ! Tu es comme chez toi, en famille, l'encourageait Nissl Schwalb, tandis que toute l'équipe regardait le jeune artiste d'un œil si chaleureux et impatient qu'il commençait effectivement à se sentir comme chez lui, en famille. D'où lui venait ce soudain appétit ? Pourquoi se sentait-il aussi libre, aussi joyeux, pourquoi avait-il si chaud au cœur ? Quelle curieuse, curieuse maisonnée !

Pendant tout le temps qu'ils mangeaient, Nissl Schwalb, lui, n'arrêtait pas de parler et de plaisanter. Il avait une plaisanterie et un surnom pour chacun. Nissl Schwalb parlait, et sans cesser de manger, toute la bande se tenait les côtes de rire. Seul le père, le chantre de Lomza, s'appliquait consciencieusement, s'essuyait de temps en temps les lèvres et se remettait à manger. Non, depuis qu'il était sur les routes, notre jeune héros ne s'était jamais senti aussi bien que dans cette petite maisonnée. Ni aussi bien, ni aussi à l'aise, ni aussi libre, ni dans une ambiance aussi chaleureuse et vivante.

À la fin du repas, Nissl Schwalb fit un signe au chantre de Lomza qui, après s'être essuyé les lèvres comme il faut et avoir ôté le coton de ses oreilles, enjoignit à sa troupe de prendre les instruments, car en l'honneur des visiteurs, on allait donner un petit concert.

CHAPITRE HUIT

JOUEZ UNE COMPLAINTE POUR LE FIANCÉ (... mais lui, il a autre chose en tête)

Le « petit concert » que donna la nichée musicale ne fut pas un « petit » concert, mais un vrai, un exceptionnel concert, un de ceux que l'on n'oubliera jamais. À part le fait qu'il y avait là toutes sortes d'instruments : violon, flûte, violoncelle, piano, contrebasse, harpe et grosse caisse, et qu'ils en jouaient avec une virtuosité et une maîtrise extrêmes et un ensemble parfait, l'orchestre familial composé d'enfants à demi nus et sans chaussures émut notre jeune héros aux larmes. Contemplant cette cohorte bénie de Dieu, mais misérable, une foule de pensées lui venait en tête. Depuis qu'il était sur les routes, sans feu ni lieu, en avait-il vus, de ces talents gaspillés ! Personne ne s'intéressait à eux, personne ne les regardait. « Il n'y a chez nous aucun mécène », pensait-il en se rappelant le mécène de Lemberg, le docteur Levius-Léviathan, qui possédait peut-être un demi-million. Le docteur, au début, s'était présenté comme un amateur d'art, un mécène, mais quand il avait fallu passer aux actes, que Holzmann avait seulement fait allusion à des subsides, le visage du docteur s'était transformé, il avait promis de venir au théâtre pour les voir, et puis, vous avez bien le bonsoir, on ne l'avait jamais revu... « Moi, pensait Rafalesco, pour peu que je devienne indépendant et que je commence à gagner ma vie tout seul, une nichée pareille, je la sors de cette fange et je leur fais voir du pays... »

Rafalesco, comme toujours, faisait des rêves dorés, et l'orchestre aux pieds nus continuait à déployer des merveilles. Tandis que l'orchestre jouait, et que Rafalesco s'émerveillait et rêvait, Nissl Schwalb restait assis dans un coin, en compagnie de la mère de ces bienheureux enfants, une Juive portant perruque rousse, qui donc ne grisonnerait jamais, et il parlait, racontait des histoires et se répandait en serments, « aussi vrai qu'on le voyait en train de nager » et « aussi vrai qu'il se souhaitait de posséder le bien d'autrui »...

Il était déjà tard dans la soirée quand Nissl Schwalb quitta cette famille musicienne pour s'en retourner chez lui avec son jeune ami. Le quartier de Whitechapel était encore éclairé par les réverbères. Mais à part le grand *policeman* aux longues jambes, on ne voyait plus personne. Notre jeune héros, qui était d'une nature silencieuse, mesurée, réfléchie, ne s'était pas échauffé depuis longtemps autant que ce soir-là. Du coup, il était devenu bavard :

— Tu te rends compte, non mais tu te rends compte ? Des enfants aussi comblés de grâces, avec des mains aussi douées, les voir là se traîner dans la fange, végéter dans cette cave ! Comment se peut-il que dans une ville comme Londres, on ne puisse pas trouver parmi les Juifs au moins un mécène pour subventionner une pareille famille de musiciens ?

— Qu'est-ce que tu racontes, enfant, un mécène ? lui rétorqua Nissl Schwalb et sa voix résonna dans la nuit de Whitechapel. Je m'en vais t'en raconter une meilleure, qui va te rendre malade ! Chez nous, il y en a un que tu appellerais un mécène. C'est un Juif russe. Dans le temps, que le mauvais œil s'écarte, c'était un loqueteux, aujourd'hui, il est millionnaire, puisse-t-il nous en arriver de même à tous les deux ! Stelmakh, il s'appelle, ce mécène.

— Stelmakh ?

Rafalesco resta interdit. Il lui semblait qu'il le connaissait, qu'il avait déjà entendu ce nom-là, qui avait quelque chose à voir avec Reyzl. Mais il n'arrivait pas à se rappeler où il l'avait entendu... Voyant que Rafalesco était resté coi, Nissl Schwalb l'apostropha :

— Regarde-moi ça, je n'ai même pas encore commencé à lui raconter l'histoire, et il perd déjà la boule ! Écoute plutôt la suite. Ce Stelmakh, j'ai fait sa connaissance il n'y a pas très longtemps, précisément au Pavilion Theater. C'est un spectateur assidu, un grand amateur de théâtre yiddish, qui s'y connaît en musique parce que son fils Grisha Stelmakh est un violoniste célèbre, un enfant prodige. Il a déjà très souvent joué à la cour du roi. Et c'est grâce à lui, au fils je veux dire, qu'il est devenu si riche.

Du coup, Rafalesco se rappela qui était ce Stelmakh, et quel rapport son fils avait avec Reyzl. Et l'histoire du mécène que lui racontait Nissl Schwalb prit un intérêt tout particulier, si bien qu'il demanda à son nouvel ami :

— Mais où se trouve-t-il donc, ce... je veux dire, ce célèbre violoniste ?

— Laisse-moi le temps ! lui dit Nissl Schwalb. Je n'en suis pas encore au fils, pour le moment j'en suis au père, à ce mécène donc, et à la manière dont nous avons fait connaissance. J'ai fait la connaissance de ce zigoto au buffet, pendant un entracte. Je remarque un drôle de petit Juif qui me tourne autour et qui me regarde de tous ses yeux tout en mangeant. Il me regarde, je le regarde. Bref : « D'où vient un Juif comme vous ? lui dis-je, il me semble que je vous connais. — Je suis Stelmakh, me dit-il. — *Oy*, fais-je, vous seriez donc Stelmakh en personne ? Dites-moi donc, Mr Stelmakh, de quelle branche des Stelmakh êtes-vous, à proprement parler ?... » Il me regarde comme si j'étais idiot et me fait, avec un petit sourire agacé : « Comment ça, de quelle branche des Stelmakh ? Vous n'avez donc jamais entendu parler de Grisha Stelmakh ? me dit-il. Ah, ah... Un Juif à Londres qui ne connaît même pas l'existence de Grisha Stelmakh, qui a déjà joué je ne sais combien de fois à la cour du roi !... — Qu'il y ait à Londres un Grisha Stelmakh qui joue à la cour du roi, lui dis-je, je le sais, bien que je ne sois pas un visiteur très assidu à la cour. Mais, lui dis-je, qu'est-ce qu'il a à voir avec vous ? » Il éclate de rire encore plus fort, et au milieu de son hilarité, me lance : « Qu'est-ce que j'ai à voir avec lui ? Ah, ah... Il se trouve que je suis son père. — Mes félicitations, lui fais-je, le fils est bien heureux, qui a un père pareil. » Et c'est ainsi que nous avons pris langue. C'est une façon de parler, parce que la langue, c'est plutôt ce bouffon qui a fait marcher la sienne. Il déteste que ce soit l'autre qui parle. Il préfère parler tout seul. En particulier quand il commence à parler de son Grisha, tu ne pourrais pas l'arrêter, fût-ce par la force de dix chevaux. Bla-bla-bla, bla-bla-bla ! Grisha, le roi, concerts, musique... Une histoire sans fin ! Alors je l'interromps : « Je vois, dis-je, que vous êtes grand connaisseur et amateur en matière de musique. Si vous voulez écouter un peu de vraie musique, lui dis-je, je peux vous emmener dans un coin où vous pourrez entendre, sans bourse délier, une musique, je ne vous dis que ça !... » Il me répond : « Ah, mais avec le plus grand plaisir, le théâtre yiddish, la musique et d'autres choses du même genre me sont si chers, que je ferais bien trois *miles* à pied. » Parfait ! pensé-je, c'est le bon Dieu qui t'envoie, espèce de gros lourdaud ! Peut-être était-il écrit que c'était grâce à tes mérites que cette famille se verrait exaucée ?... Bref, nous convenons d'un jour, j'embarque ce type, et je le conduis chez le chantre de Lomza, une fois, deux fois, et puis une troisième. Mon Stelmakh ne se tient plus. Il est tout près d'en attraper une attaque ! Chaque fois qu'il va là-bas, il n'a pas envie de repartir. Il reste là au milieu de tout le monde, mange avec tout le monde, raconte les exploits de son fils, monts et merveilles, la sortie d'Égypte... Alors, je commence à me dire : si tu es vraiment le brave type que tu prétends être, Mr Stelmakh, pourquoi ne songeriez-vous pas à faire quelque chose pour cette famille ? « Ces enfants pourvus de toutes les grâces, il faut, lui dis-je de façon déguisée, les placer au conservatoire, en faire des gens bien. » Il me regarde comme un ahuri, cligne des yeux et ne comprend rien, le pauvre, à ce qu'on lui dit... Alors, je lui mets les points sur les *i* : « Mr Stelmakh, ce qu'il faut, lui dis-je, c'est de l'argent !... » Au mot « argent », voilà notre Stelmakh qui devient, comment te dire ? Ah, ah... On en voit en meilleur état qu'on met en terre, aussi vrai que tu me vois en train de nager ! À quoi bon te raconter, il s'est prestement défilé, et depuis ce jour-là, plus de Stelmakh ! Je le guette au théâtre un soir, puis un autre, puis un troisième – mon oiseau s'est envolé. Alors je me dis : « Des clous ! On n'échappe pas à Nissl Schwalb ! » Je me renseigne pour savoir où il perche, ce misérable, et me voilà parti chez lui. Quand je frappe à la porte, j'entends une voix à l'intérieur – c'est sa voix, je la reconnais : « Regarde qui frappe. Si c'est un grand et gros, dis-lui que je ne suis pas là ! » Ce sont ses propres mots, ah, ah... aussi vrai que tu me vois en train de nager ! Alors je me dis : bon, tu veux te débarrasser de moi, eh bien il t'en cuira !

Ainsi va le récit de Nissl Schwalb qui invente de toutes pièces une intrigue, un scandale, deux, trois scandales, qui retient son jeune ami par le bras, s'échauffe, et finalement, comme à son habitude, éclate d'un grand rire et lâche un serment :

— Ah, ah... aussi vrai que je me souhaite le bien d'autrui !

Rafalesco fait mine de s'intéresser et de s'étonner. En réalité, de toute l'histoire, il n'a entendu que la fin : « Ah, ah... aussi vrai que je me souhaite le bien d'autrui. » Mais Rafalesco a l'esprit occupé de tout autre chose. Le nom de Grisha Stelmakh lui a vrillé le cerveau. C'est bien lui, Grisha Stelmakh, le fiancé de Reyzl !... Il est donc sur la bonne voie... Il ne lui reste plus qu'une chose à faire : il faut qu'il fasse connaissance avec ce Grisha Stelmakh.

CHAPITRE NEUF

ILS PARTENT POUR L'AMÉRIQUE

La brillante combinaison des trois théâtres yiddish à Londres, que ce génial combinard de Nissl Schwalb avait concoctée, ne réussit pas parfaitement.

Non seulement les trois théâtres qui constituaient les plans de Nissl Schwalb mais même l'unique et minuscule Pavilion Theater n'allaient pas fort. Il est vrai que le public londonien s'était précipité pour voir le célèbre Léo Rafalesco de Bucarest et la célèbre *prima donna* Schwalb de Buenos Aires. Le théâtre était bondé de bas en haut, à ne pas pouvoir déjà glisser une aiguille. Le problème, c'est qu'il s'agissait du même public que d'habitude. Le même Whitechapel avec ses habitants, les mêmes femmes enceintes avec les mêmes nourrissons qui emplissaient le théâtre de leurs vagissements, les mêmes jeunes gens et jeunes filles qui se battaient à coups d'épluchures d'oranges, parlaient si fort et riaient avec tant d'entrain, que le Pavilion Theater ressemblait davantage, si je peux me permettre, à la cour d'une synagogue de village par une chaude après-midi de fête où l'on sort la Thora, qu'à un théâtre. Les Juifs de l'Ouest, les aristocrates juifs de Londres, Lord Rothschild en tête, sur lesquels en fait Nissl Schwalb avait compté comme sur un carré d'as, n'avaient même pas mis le nez au théâtre de Whitechapel, comme ils ne l'avaient jamais fait jusque-là, et comme ils ne le feraient jamais jusqu'à la venue du Messie. Un rabbin orthodoxe de Londres se convertirait, et un révérend moderne apprendrait à prier plus facilement qu'un Juif de l'Ouest londonien ne consentirait à débarquer dans Whitechapel, dans un théâtre yiddish de *shnorrers*, où les Juifs parlent le yiddish, jouent en yiddish, chantent en yiddish et dansent en yiddish.

En un mot, les affaires n'allaient pas très fort. Les maigres bénéfices étaient mangés par les tournées Holzmann, Schwalb and Co. et il ne restait plus de quoi entretenir les comédiens locaux. Le capitaliste et chrétien Mr Hodgkins était presque arrivé à l'extrême bout de la somme en livres sterling qu'il était disposé à sacrifier, et il était prêt à se retirer en pleine saison.

Il est facile de comprendre que notre combinard de Nissl Schwalb en était furieux. Un *goy* reste un *goy*. Il ne voulait pas comprendre la théorie de Schwalb selon laquelle plus grand est le chapeau, plus grande est la tête, et plus grande la marmite, plus grande la flamme.

Schwalb prétendait qu'il ne fallait pas perdre le moral, et qu'on n'avait pas le droit d'arrêter. Au contraire, il fallait agrandir le théâtre. L'agrandir, l'élargir et l'embellir. Il fallait faire venir Adler d'Amérique. Il fallait faire une tournée dans toute l'Angleterre. Il ne fallait pas économiser. Il démontra, comme deux et deux font quatre, que chaque livre sterling que Mr Hodgkins investissait dans le théâtre lui rapporterait plus tard trois livres, dix livres, vingt livres, un nombre infini de livres !

Mais Mr Hodgkins restait sourd à toutes ces merveilles à venir. Il préférait s'en tenir à sa théorie de *goy* : « *Less cry, more wool* », ou comme on dit en yiddish : moins il y a de convives, plus grand est le festin.

Mr Hodgkins fut bref et concis. Il n'éprouvait pas le besoin de convaincre son volubile agent. Mr Hodgkins l'écouta cependant jusqu'au bout, en tapotant de son ongle ses trois dents en or et en regardant par la fenêtre. Quand l'autre eut terminé, il se leva avec un soupir, tendit deux doigts glacés et lâcha d'un ton froid et endormi :

– *All right*, plus un shilling.

Qu'est-ce que Nissl Schwalb pouvait y faire ? Il ne pouvait pas mettre sa cervelle juive dans le crâne de cet Anglais desséché, et se suicider pour une affaire pareille, ça n'en valait pas la peine. « Tant pis ! Le ciel ne nous est pas tombé sur la tête. Le bon Dieu est encore le bon Dieu, et Londres est encore Londres. Si cette affaire ne marche pas, c'est une autre embrouille qui se présentera... » Telles étaient les pensées de Nissl Schwalb, et son génial cerveau ne connut pas de repos jusqu'à ce qu'il ait mis au point une nouvelle combine.

Cette combine consistait en un mot, un seul. Mais ce mot possédait une telle force d'attraction, un tel magnétisme, une telle magie, qu'il suffisait qu'on le prononce pour que chez nous autres un endormi se réveille, un paresseux s'active, que le pire des incrédules et le plus désespéré des sceptiques s'emplissent de foi et d'espérance.

Ce mot, c'était... « l'Amérique ».

Si je devais faire des comparaisons, établir des parallèles, je dirais que l'Amérique, c'est un océan où se jettent tous les fleuves, un rêve doré qui ne se réalise pas à chaque fois, un point extrême, au-delà duquel il est impossible d'arriver, un ultime remède dont on peut dire que s'il échouait, même un sorcier tatar ne vous serait d'aucun secours...

Nissl Schwalb, notre ardent combinard, était déjà depuis longtemps attiré par l'Eldorado. Il en rêvait depuis l'enfance. Il fallait qu'il soit riche, et riche, on ne peut le devenir qu'au pays du dollar. À certaines époques, il avait même commencé à *save* de l'argent pour un billet de bateau, mais il y avait toujours une nouvelle combine pour le retenir, et chaque fois que telle ou telle de ses combines capotait, il se précipitait tout droit dans une agence, pour commander un *ticket* sur le premier bateau en partance pour New York. Tout en se précipitant vers l'agence, voilà qu'une nouvelle combine lui venait en tête. Il rebroussait chemin et se mettait à l'œuvre, jusqu'à ce qu'elle échoue. Il se précipitait alors de nouveau pour prendre un *ticket*, puis rebroussait chemin de nouveau. Et ainsi de suite, plusieurs fois.

Mais cette fois, il avait pris une décision ferme, inébranlable. Il pouvait bien pleuvoir des pierres, c'était un décret divin. Depuis quelque temps, toutes les conditions étaient réunies pour lui ouvrir le chemin et favoriser son départ pour New York.

Le projet doré de partir pour le pays doré était né dans cette cave, chez la famille de musiciens que nous connaissons. Le chantre de Lomza venait de recevoir une lettre d'Amérique qui lui enjoignait, au nom du ciel, d'arriver avec tous ses enfants, et qu'on les couvrirait d'or, lui et les enfants. Chansons et musique, lui écrivait-on dans cette lettre, étaient un genre d'articles qui faisait défaut là-bas, et que l'Amérique était obligée d'importer d'Europe. Le moindre petit musicien ambulant, continuait-on, qui toute sa vie s'était promené, sauf votre respect, en pantalons et bottes déchirés, devenait en Amérique, en moins de quinze jours, un professeur...

Tandis que le chantre de Lomza lui lisait cette lettre, Nissl Schwalb s'administra une grande claque sur le front, et réserva la claque de l'autre main au dos du chantre de Lomza.

— Nous partons pour l'Amérique ! Aussi vrai que je me souhaite le bien d'autrui, nous partons pour l'Amérique ! J'ai une combine, vous m'entendez, une combine magnifique, imparable ! On se voit demain ou après-demain. Tout va s'arranger. *Good bye* !

En un instant, Nissl Schwalb fut dans la rue. Il se mit à arpenter Whitechapel à grandes enjambées, l'air heureux, enjoué et joyeux. Avec son petit chapeau sur le côté, en sifflotant une chanson, il se fraya de ses larges épaules un chemin parmi la foule compacte de Londres qui se pressait en nuées épaisses sur les deux trottoirs, tel un flux sans commencement ni fin.

— Quelle ville ! pensait Nissl Schwalb tout en sifflotant, c'est un bonheur, un enchantement de vivre sur cette terre, aussi vrai que je convoite le bien d'autrui !...

CHAPITRE DIX

BRAYNDELÈ SÈME LE TROUBLE

Le lecteur se souviendra que notre directeur, Bernard Holzmann, s'était autrefois conduit de façon peu aimable avec la pauvre Brayndelè la Cosaque. Celle-ci s'était promis, et avait fait le serment devant Dieu, qu'elle tirerait un jour vengeance de ce *débecteur* qui avait trop fait le difficile. Il avait déjà oublié, ce chien galeux, que dans le temps, il s'appelait Hotzmakh et qu'il cirait les bottes chez ce bon vieux Shtupak. Mais qu'aurait-elle bien pu lui faire, la pauvre, elle qui n'était qu'une misérable femme sans feu ni lieu, qui n'avait été créée, pensaient les autres, que pour être d'abord exploitée et ensuite humiliée ?... Elle avait si longtemps erré de par le vaste monde, la malheureuse, avait reçu encore bien des coups d'une « gent masculine hypocrite et versatile » avant de voir son errance se terminer en Amérique. Et grâce à Dieu, elle n'avait pas à le regretter. On ne l'appelait plus Brayndelè la Cosaque, elle avait retrouvé son ancien nom de Mme Tcherniak. Elle avait un très bon *job*, comme elle l'écrivait dans une lettre à Henrietta, écrite en gros caractères arrondis comme des *bagels* tressés. À dire vrai, elle n'était plus actrice, car ici, au pays béni de Christophe Colomb, écrivait-elle, chaque profession devait avoir son *Union*, les acteurs yiddish avaient leur propre *Union*, et interdisaient aux comédiens de l'extérieur l'accès à la scène. C'est pourquoi elle avait maintenant un autre *job*, une autre situation, tout aussi respectée, et toujours dans le théâtre yiddish...

De la nature de ce *job*, il n'était pas question dans la lettre. Elle écrivait encore que grâce à Dieu, elle gagnait déjà sa vie, qu'elle avait abandonné tout espoir en ce qui concernait un changement éventuel dans sa manière de vivre, et enchaînait avec cette bénédiction : que la mort s'abatte sur tous les mâles, et pour commencer, sur ce directeur asthmatique, s'il était encore de ce monde...

« Vous ne pouvez imaginer ma joie, continuait Mme Tcherniak, quand j'ai appris que vous étiez à Londres, la dernière escale européenne avant l'Amérique. Ah, comme ce serait bien, ai-je pensé, si vous veniez en Amérique ! C'est là qu'est votre vraie place. J'ai même déjà pris la liberté de toucher quelques mots de vous à plusieurs managers de théâtres yiddish d'ici. Ils m'ont écoutée très attentivement, et m'ont demandé des *pictures* de vous. Quand je leur ai montré votre *picture*, ils ont failli en avoir une attaque. Ils m'ont demandé, suppliée, de leur donner votre adresse. Ils vont sans doute vous écrire, vous ont peut-être déjà écrit, probablement même engagée comme *prima donna*. Un bon conseil : ne leur faites pas connaître vos conditions, ne leur répondez même pas, mais mettez-vous en route sans délai. Combien de temps resterez-vous encore ainsi sans feu ni lieu ? Pour d'autres acteurs, je ne dis pas, c'est un peu dur, à cause des *Unions*. Mais des stars comme vous, ou par exemple comme Rafalesco, si vous débarquez ici, c'est sûr qu'on vous fera un triomphe. Mais attention, cela doit rester un secret. À part votre frère et Rafalesco, pas âme qui vive ne doit être au courant... Et en particulier, cet asthmatique de directeur, qui vous embrouillera tant et tant, que vous n'arriverez jamais à vous sortir de ses pattes... N'oubliez pas, n'écrivez à personne, ne parlez à personne, et au nom du ciel, venez ! J'ai déjà fait savoir à quelques personnes que vous arriviez, elles n'ont pas perdu de temps, et ont fait imprimer la nouvelle dans les gazettes, avec votre *picture*. Je vous joins les gazettes en question, et vous prie de croire que vous avez, de ce côté-ci de l'océan, une amie fidèle et dévouée qui se nomme : Brayndelè Tcherniak »

C'est ainsi que Brayndelè la Cosaque entreprit de faire chuter son ennemi mortel, Holzmann. Mais elle ne se satisfaisait pas de ce seul coup. Se contenter de lui enlever sa *prima donna*, pensait-elle, c'était trop peu. Il fallait lui arracher des mains ce qu'il possédait de mieux, la seule chose qui lui permettait d'exister. Il fallait lui enlever le môme Rafalesco, comme il avait lui-même jadis enlevé au *débecteur* Getzl ben Getzl de Lemberg sa *prima donna*, et comme on avait enlevé à son deuxième ennemi, Shtupak, sa deuxième poule aux œufs d'or, Rosa Spivak.

Voilà ce que se disait Brayndelè la Cosaque, et c'est Dieu lui-même qui lui vint en aide.

CHAPITRE ONZE

DEUX D'UN COUP

De toute sa vie « au pays », Brayndelè la Cosaque n'avait certainement jamais lu le centième de ce qu'elle lisait depuis qu'elle s'était installée au pays béni de Colomb. Là-bas, au vieux pays, elle avait déjà eu de l'attirance pour la chose imprimée. Mais quand ? On mettait la main sur un petit livre une fois tous les trente-six du mois, un roman du plus haut intérêt, et on passait des nuits entières à pleurer dessus en silence afin que personne ne le remarque. Ici, dans le pays béni de Colomb, on n'a pas besoin de chercher un livre. À peine tu sors dans la *street*, qu'on t'apporte un *paper*, puis un autre *paper*, et encore un autre *paper*. Chacun de ces *papers* est grand comme un drap de lit, ne coûte qu'un *cent*, et il est rempli de choses délectables. Dieu du ciel, que n'y trouve-t-on pas ? Les toutes dernières nouvelles du pays et du monde entier, et des titres si beaux qu'on les voit à un *mile* de distance. Et quels romans on y imprime ! Dans chaque *paper*, à l'année, paraissent en permanence deux romans, l'un plus beau que l'autre – un vrai paradis !

Un beau soir, dans l'un de ces *papers*, notre Brayndelè la Cosaque, à la rubrique « Théâtre-Arts-Musique », apprit que dans l'Ouest new-yorkais, dans Uptown, le quartier aristocratique, étaient attendus, en provenance de Paris, deux artistes de passage, deux grandes stars : le violoniste de la cour royale d'Angleterre Grisha Stelmakh, et la chanteuse du siècle, celle qui dépassait Patti, la mondialement célèbre Rosalia Spaïvak.

— Rosalia Spaïvak ? s'interrogea Brayndelè la Cosaque.

Elle se frappa soudain les joues des deux mains :

— *Gevalt !* Bon sang, mais c'est Rosa, Rosa Spivak !

Mme Tcherniak était au septième ciel. Pas possible, Rosa, c'était Rosa Spivak qui arrivait ! Toutes sortes d'idées et de rêveries se donnèrent libre cours dans sa tête. Ah, quelle joie ce serait quand Rosa la verrait ! Elles se sauteraient au cou, s'embrasseraient : c'est bien vous ? Vous êtes depuis longtemps dans le pays ? Dans quel théâtre travaillez-vous ? Quels rôles jouez-vous ? Ah, quels rôles !... Elle travaillait bien dans un théâtre, mais il n'y était plus question de rôles. Ici, dans le pays béni de Colomb, chaque profession avait son *Union*, et l'*Union* n'autorisait pas les acteurs étrangers à jouer... Elle travaillait bien dans un théâtre yiddish, mais pas sur la scène. Elle avait un autre *job*. Elle coiffait la *missis*, elle l'aidait à changer de *dress*. Quelle importance ? Pourvu qu'on gagne sa vie, et qu'on en profite. Quoi ? Pas vrai ? Bien sûr que si, bien sûr que si ! lui répondrait Rosa en la regardant de ses yeux de braise pareils à ceux d'une Tzigane... Mme Tcherniak comprenait ce regard. Elle connaissait la petite par cœur. Elle était sûrement en train de se dire : « Pourquoi Mme Tcherniak ne viendrait-elle pas plutôt avec moi ?... » Certainement : pourquoi irait-elle travailler chez des étrangers, alors qu'elle peut très bien avoir un *job* chez quelqu'un de la famille, une amie avec qui elle a vécu autrefois comme avec une sœur ?...

La pauvre Brayndelè la Cosaque passa ainsi une nuit entière dans des rêves de bonheur, à tel point qu'elle en fut saisie de fièvre. Ne pouvant plus attendre qu'il fasse jour, elle enfila sa robe de chambre, et s'installa pour écrire à « Léo Rafalesco, Pavilion Theater, Whitechapel, Londres » une lettre rédigée en gros caractères arrondis qui ressemblaient à des *bagels* tressés, et lui tint ce langage :

Mon cher Léo Rafalesco !

Vous n'avez sûrement pas oublié votre vieille connaissance et dévouée amie Tcherniak, qui fut jadis votre compagne d'errance, qui travaillait dans la même troupe que vous, et partageait vos heurs et malheurs... Ah, c'était le bon temps ! Bien sûr, nous ne manquions pas de soucis, chacun en avait son paquet... Mais ne parlons plus du passé. Pensons plutôt au présent. Dans les *papers* d'ici, j'ai lu que votre troupe se trouvait actuellement à Londres, et que vous y remportiez le plus grand *success*. Vous ne pouvez imaginer la joie que cela m'a causé, si bien que je me suis tout de suite installée pour vous écrire une *letter* et vous envoyer mes salutations très très chaleureuses du lointain pays où je me trouve maintenant et où je mène une vie agréable. Je n'ai aucun regret d'avoir quitté Holzmann et la compagnie, et j'espère bien, Dieu m'en préserve, ne jamais en avoir. L'Amérique est un pays de rêve pour le théâtre yiddish. Je suis sûre que si vous veniez ici, on se mettrait en quatre pour vous recevoir. À vrai dire, ce n'est pas tous les acteurs que l'on accueille volontiers. Ici, c'est le pays béni de Colomb et pour chaque profession, il y a déjà une *Union*. Les acteurs aussi ont leur *Union*, qui n'accepte aucun étranger sur scène, sauf s'il arrive une star. Par exemple, si vous, vous veniez, il ne serait pas question d'*Union*. J'en ai la preuve. J'ai posé la question à des managers de théâtres d'ici, de savoir ce qui se passerait si une star, mettons comme Rafalesco, venait ici donner des galas. Ils m'ont ri au nez... « Si seulement il acceptait de venir, on le soignerait aux petits oignons ! » Je vous rapporte leurs propres paroles, et je pense que Londres n'est pas l'endroit idéal pour vous. Votre place est ici, dans ce pays doré, où vous ne serez pas qu'un hôte de passage, mais une des plus grandes stars, éternellement et pour toujours, avec des milliers et des milliers d'admirateurs, parmi lesquels à la toute première place

votre amie très dévouée :

Brayndelè Tcherniak

Oui, je viens de me rappeler : on dit que ces jours-ci doit arriver de Paris mon amie d'autrefois, Rosa Spivak, vous ne l'avez pas oubliée ?... Ici, dans les *papers* où l'on reproduit sa *picture*, on ne l'appelle plus Rosa Spivak mais Miss Rosalia Spaïvak, et elle est encore plus belle qu'avant. Je vous joins une coupure du *paper* avec la *picture* de Rosa Spivak, ou plutôt, comme on l'appelle aujourd'hui, de Miss Rosalia Spaïvak. Il va sans dire que ma lettre doit rester un secret absolu, pas un être vivant ne doit savoir. Sauf moi, vous, et Dieu. Si vous souhaitez me répondre, je vous envoie mon adresse.

Brayndelè Tcherniak

CHAPITRE DOUZE

QUE SE PASSE-T-IL AVEC LE MÔME ?

Brayndelè la Cosaque avait visé juste, et avait tapé dans le mille. En plus, elle avait bénéficié d'un coup de chance. Avec ses petites lettres à Henrietta Schwalb et à Rafalesco, elle avait réussi à tomber pile au moment où le Pavilion Theater de Londres était sur le point de fermer, et la Holzmann, Schwalb and Co. sur le point de se désagréger. En outre, sa lettre à Rafalesco avait littéralement dessillé les yeux de celui-ci.

À peine quelques jours avant que Rafalesco ne reçoive cette lettre, en se promenant dans Londres avec Béni Gosier le souffleur, dans l'une des rues *fashionable* du quartier aristocratique, il avait aperçu un grand *poster* où s'étalait en caractères énormes le nom de Rosalia Spivak ou Spaïvak, accompagné d'un autre nom, Grisha Stelmakh. En voyant cela, il était resté coi, et avait porté la main à son cœur.

— Qu'y a-t-il, tu as des visions ? lui avait demandé le souffleur, qu'est-ce que tu as vu de si terrible ? Une vieille affiche, qui date d'avant l'époque de Khmielnitzki ?

— Attends un peu, voyons ce qu'il y a d'écrit, lui avait répondu Rafalesco.

Ils s'étaient arrêtés, et en lisant l'affiche, avaient compris que deux ou trois mois auparavant avait eu lieu, dans un des plus grands *halls* de Londres, un concert réunissant deux célébrités : Miss Rosalia Spaïvak et Mr Grisha Stelmakh...

Une tempête s'était levée dans le cœur de notre jeune héros : à la même époque, lui, Rafalesco, se trouvait déjà à Londres. Comment avait-il pu laisser passer une occasion pareille ? Être dans la même ville que Reyzl et ne pas la voir. Et qui sait, peut-être se trouvait-elle encore à Londres ?...

Le premier à qui il pensa poser la question était son nouvel ami et guide dans Londres, Nissl Schwalb. Il va de soi qu'il ne l'avait pas abordé naïvement avec une question pareille. Rafalesco l'avait attaqué sous un angle complètement différent : il lui avait demandé de lui citer nommément tous les acteurs célèbres, les chanteurs et les chanteuses qu'il avait vus dans sa vie.

Nissl Schwalb, en véritable homme de théâtre, ne s'était pas fait prier longtemps, et avait commencer à énumérer sur ses doigts une liste de noms, mais en telle quantité que c'en était surprenant.

À dire vrai, parmi cette liste, beaucoup de noms appartenaient à la « légende », c'est-à-dire que Nissl Schwalb venait tout juste de les mettre au monde. Il s'était avéré que Nissl Schwalb était lié à beaucoup de célébrités, lié de près, par des liens solides, par exemple avec Patti...

— Laisse tomber Patti ! l'avait interrompu Rafalesco. Dis-moi plutôt si tu as déjà entendu parler de Spivak.

— Quel Spivak ? Il y a deux Spivak.

— Deux Spivak ?

Rafalesco ne s'attendait pas à un tel mauvais coup. Il avait lancé à son ami :

— Elle s'appelle Rosa, ou Rosalia Spivak.

— Ah, ah, ah..., fit Nissl Schwalb avec son grand rire, qui pouvait signifier soit qu'il connaissait cette Spivak mieux que personne, soit qu'il n'y avait personne à connaître.

Après avoir ri, il avait entamé une longue histoire, toujours à propos de Patti : comment il avait fait sa connaissance, et comment il avait failli être mêlé à un scandale à propos d'une petite-fille de Patti...

— Une petite-fille de Patti ?

— Mouais, elle a déjà des arrière-petits-enfants, et des arrière-arrière-petits-enfants !...

Ce jour-là, Rafalesco n'avait pas pu trouver de repos. À la maison, il ne tenait pas en place une minute. Il avait besoin de sortir. Il n'entendait rien à ce qu'on lui disait.

— Que se passe-t-il avec le môme ? avait demandé Holzmann à son associé Isaac Schwalb.

— C'est ton môme à toi, pourquoi me poses-tu la question ?

Holzmann l'avait laissé, puis était allé voir sa mère.

— Qu'est-ce qui se passe avec le môme ?

Sorè-Brokhè se dirigeait vers la cuisine pour préparer le déjeuner. Elle l'avait interrompu :

— Laisse-moi tranquille avec le môme ! Il faut que j'aille à la *kitchen* pour plumer deux *chickens* et préparer le *dinner*, et il vient me *bother* avec le môme !

(*Nota bene* : la vieille Sorè-Brokhè, malgré toute l'aversion qu'elle portait à cette ville de Londres si sombre et désolée, avait tout de même grignoté quelques mots d'anglais.)

Holzmann avait craché :

— Voilà que toi aussi tu t'es mise à parler la langue de la reine anglaise ?

Puis il s'en était pris à sa sœur :

— Que se passe-t-il avec le môme ? lui avait-il demandé.

Zlatkè avait tellement pâli que Holzmann en avait oublié le môme, tant il s'était effrayé de voir sa sœur. « Qu'a-t-elle eu à pâlir comme ça ?... » Il avait fermé la porte, pris sa sœur par la main et l'avait regardée au plus profond des yeux :

— Zlatkè, qu'est-ce que tu as ?

— Rien du tout, avait répondu la pauvre Zlatkè.

Puis elle s'était effondrée, le visage contre la table, et avait fondu en larmes comme un petit enfant, avec des sanglots silencieux, mais tellement, tellement brûlants.

CHAPITRE TREIZE

LA NOUVELLE COMPAGNIE

Le président de la firme Hodgkins Bros Limited à Londres, qui était entré dans la combine de son agent Nissl Schwalb à propos du théâtre yiddish du Pavilion, tint parole, comme un vrai Anglais. Il tira un trait sous la dernière ligne, calcula combien de livres sterling il avait perdues dans ce bizness, gratifia son agent d'un « *all right* » glacial et endormi, sans même l'honorer, comme à chaque fois, de l'extension de ses deux doigts gelés, mais en se retournant pour lui montrer, sauf votre respect, son côté pile, il s'engouffra dans son automobile – et s'en fut.

Il se peut qu'en d'autres temps Nissl Schwalb en eût conçu du chagrin, et qu'il ait pris les choses à cœur. Cette fois-ci, cependant, il n'y accorda pas une minute de plus. Il était trop préoccupé par sa nouvelle combine pour se soucier d'un Anglais au cœur froid qui, par entêtement, avait répandu quelques centaines de livres sterling sur le théâtre yiddish, puis avait tout arrêté ! Non, un *goy* n'est pas un Juif. Un Juif, s'il y avait mis le doigt, tant qu'à faire, il y aurait mis tout le bras. De deux choses l'une : ça passe ou ça casse... Qui donc a dit qu'un Anglais y comprenait quelque chose en affaires ? Il n'en a pas la moindre notion. Vous croyez peut-être que Nissl Schwalb ne le lui a pas dit en face ? Il l'a dit, aussi vrai que vous le voyez en train de nager.

— Mr Hodgkins, lui a-t-il dit, Dieu me bénisse, il y a plus de sens commun dans ma botte gauche que sous votre chapeau...

Ce furent ses propres mots, ah, ah... Aussi vrai qu'il convoite le bien d'autrui...

C'est en ces termes que Nissl Schwalb se vanta auprès de ses amis, puis il entreprit de mettre au point la nouvelle combine qu'il avait concoctée, qu'il imaginait à voix haute, d'après laquelle il débarquait en Amérique avec une compagnie qui avait tout pour elle : les meilleurs artistes (ici, il pensait à Rafalesco), les meilleures chanteuses (cela, c'était pour sa sœur, la *prima donna*), les meilleurs musiciens (là, il pensait au chantre de Lomza et à toute sa maisonnée). Mais où était Nissl Schwalb, dans tout ça ? Vous croyez peut-être qu'il n'avait plus de relations avec le théâtre yiddish ? Ah, ah ! Et quelles relations, encore ! Le fait est que dans le temps, à Dieu ne plaise que ce soit encore le cas, au Pavilion Theater de Londres, Nissl Schwalb était *usher*. Et Nissl Schwalb expliqua ce qu'était un *usher* :

— Chez vous, cela s'appelle un contrôleur, chez nous, c'est un *usher*. Son travail, voyez-vous, se passe davantage à l'extérieur qu'à l'intérieur. Mais on ne peut pas se passer de lui. Le contrôleur, ou l'*usher*, se tient exactement à l'entrée du théâtre, il prend les billets, désigne les sièges, veille à l'ordre, en un mot c'est sur les épaules de l'*usher* que repose tout le théâtre, de même que par exemple, c'est sur les épaules du *policeman* que repose toute la ville de Londres. Essayez de retirer le *policeman* des rues de Londres, et vous m'en direz des nouvelles...

Sur cette comparaison, Nissl Schwalb continua sans relâche :

— Et moi, vous pouvez m'en croire, j'étais un fameux *usher* parmi les *ushers*, un seul *usher*, tout seul pour tout le Pavilion Theater, aussi vrai que vous me voyez en train de nager ! Oh ! Avec moi, on ne jetait pas d'épluchures d'oranges depuis les loges ! Avec moi, les nourrissons du parterre ne pleuraient pas ! À la moindre broutille, la main au collet, en avant, marche, dehors ! Un jour, il y a eu un scandale...

Nissl Schwalb retroussa ses manches, et se mit à relater, avec animation, avec ardeur, selon son habitude, quel genre de scandale il lui était arrivé. Cela aurait pu être une bien belle histoire, le problème, c'est qu'elle ne contenait que fort peu de vérité. Nissl Schwalb venait de l'inventer, du début à la fin, l'avait adaptée, plutôt, tout en se répandant en serments du genre : aussi vrai qu'il convoitait le bien d'autrui, si ce n'était pas vrai, que cette table vous étouffe !...

Après le récit du scandale, Nissl Schwalb en revint immédiatement à ses projets dorés dans le pays doré, dépeignant les merveilles de l'Amérique sous les couleurs les plus chatoyantes, leur fit de leur vie là-bas une description digne du paradis. Vous pensez, une compagnie qui avait tout pour elle ! (Il refit, en comptant sur ses doigts, le décompte de toute la liste.)

— Vous vous rendez compte, mais vous vous rendez compte d'un théâtre ! Un théâtre qui dispose de son propre orchestre, ses propres artistes, ses propres musiciens, ses propres *ushers*, tout, tout en propre ! Tout ce qu'on gagne, on le partage à égalité. Personne qui reçoive plus, et personne moins. Une sorte de commune. Quoi ? C'est pas vrai ?

Comme cette conversation avait lieu dans la cave de la famille de musiciens, c'est le chantre de Lomza qui réagit le premier, disant qu'il était prêt, dans l'instant, à signer des deux mains un contrat pour aussi longtemps qu'on voudrait, même pour l'éternité.

Dans le contrat, dit-il, on pouvait inscrire en toutes lettres que ses enfants auraient l'obligation de jouer quand on voudrait, où l'on voudrait, aussi longtemps que l'on voudrait, et que les bénéfices, tous les bénéfices, seraient partagés en parts égales...

Mais à cet instant, Isaac Schwalb émit une protestation. Il déclara, le visage rougeaud luisant de sueur, que le projet n'était pas tout à fait équitable. Comment pouvait-on comparer, mettons Rafalesco ou sa sœur la *prima donna*, avec le premier venu ?... Il fallait en tout de la mesure, et des limites...

Son frère Nissl bondit alors, et lui balança son paquet :

— Tu es un pauvre esclave ! Un valet, voilà ce que tu es ! À ce que je vois, tu t'es fait le laquais des grands entrepreneurs ! Tu en as pris ton parti, vois-tu, des exploiteurs comme Getzl ben Getzl, Bernard Holzmann et autres gens du même acabit. Mais moi, je ne suis ni Getzl ben Getzl ni Bernard Holzmann, du genre à me faire transporter sur les épaules des autres. Moi qui ai d'abord le sens de la justice, de l'équité, de l'humanité, moi, que j'aille me tuer au travail en Amérique pendant un ou deux ans, trois, quatre, cinq ou six ans pour le seul bénéfice d'un autre, aussi vrai que je convoite le bien d'autrui ?...

Évidemment, ce fut Nissl Schwalb qui l'emporta. L'idée de commune fut adoptée à une écrasante majorité, et c'est ainsi que fut fondée une nouvelle compagnie pour l'art, la musique et le théâtre.

CHAPITRE QUATORZE

LE CAPITALISTE

Restait une chose : où prenait-on l'argent pour transporter la nouvelle compagnie avec armes et bagages jusqu'en Amérique ? Mais cette question fut résolue bien plus facilement et bien plus rapidement qu'on pouvait l'imaginer.

Le lecteur, qui commence à se familiariser un peu avec notre génial combinard, sait que pour Nissl Schwalb l'argent n'est jamais l'obstacle principal, pourvu qu'on ait une bonne combine.

— L'argent, disait-il, c'est le dernier de mes soucis. Je n'ai jamais eu à chercher de l'argent, c'est l'argent qui me cherche.

Cette fois encore, ce fut l'argent qui vint à sa rencontre, et d'une manière peu ordinaire.

Cela se passait au café National, chez notre vieille connaissance Mr Klammer.

Mr Klammer, comme on sait, était l'ami de chacun en particulier, et l'ami du genre humain en général, comme il le disait lui-même. Mais en ce qui concerne Nissl Schwalb c'était une amitié vieille de longues années qui les liait, on peut même dire un amour ancien. Nissl Schwalb n'avait pour Mr Klammer aucun secret. Toutes ses combines, c'était à Mr Klammer que Nissl Schwalb les révélait en premier, avant de les révéler au monde entier.

Devant un verre de bière, Nissl Schwalb fit part à Mr Klammer de son brillant projet concernant la nouvelle compagnie qui avait tout pour elle et qui était prête à partir pour l'Amérique dès le lendemain, sauf qu'une chose le retenait encore : il n'avait pas d'argent pour les billets, ni pour les malles, ni pour les faux frais. Ce n'était pas rien, une tribu considérable, que le mauvais œil l'épargne !

Pendant tout le temps que Nissl Schwalb parlait, Mr Klammer restait là à lisser sa barbe qui le faisait ressembler si fort au docteur Theodor Herzl. Puis quand l'autre eut terminé, Mr Klammer s'adressa à lui d'un ton calme :

— *All right*, dites-moi donc, Mr Schwalb, avez-vous autre chose à dire, ou bien est-ce tout ? Si c'est tout, je ne vous poserai qu'une question : admettons que je vous procure un capitaliste, seriez-vous prêt à partager tous les bénéfices avec lui sur la base de la moitié ?

Par nature, Nissl Schwalb était ennemi d'une réflexion prolongée. Il était d'avis que si on levait un lièvre dans le bois, point n'était besoin de s'arrêter pour réfléchir de quel côté on allait le tirer. Pif paf, terminé. Mais pour la forme, il se frotta le front, comme quelqu'un qui financerait une affaire. Après une ou deux secondes de réflexion, il déclara fermement :

— Avec le plus grand plaisir, le plus grand honneur, et les plus sincères remerciements.

— *All right*, votre main, je vous prie, et que la Providence nous soit favorable. Votre capitaliste, c'est moi.

À ces mots, Mr Klammer se désigna lui-même du geste, et gratifia son ami d'un sourire si aimable, si doux, si auguste, et en même temps si imbu de sa propre importance, qu'à supposer que Lord Rothschild lui-même ait été à sa place, son sourire n'aurait pas pu être plus aimable, plus doux, ni plus auguste.

Nissl Schwalb en resta pétrifié de surprise, au point qu'il en oublia de tendre la main pour sceller l'accord. Ce n'était pas d'hier qu'il connaissait Mr Klammer. Il savait donc que c'était un sioniste, un territorialiste, un pilier de la communauté, un brasseur d'air, un ami sincère, un patron d'auberge, un homme de bon conseil, et tout ce que vous voudrez. Mais que ce fût un capitaliste, cela, c'était une information inattendue, presque incroyable. Mr Klammer, de son côté, lut dans les pensées d'Isaac Schwalb et reprit, avec le même sourire auguste :

— Ne soyez pas surpris de me voir entrer dans cette affaire, comment dit-on, comme un débutant, à l'aveuglette. Je ne suis pas le bleu, le naïf que vous imaginez. Je n'amène pas la totalité de mon capital. Je laisse ma boutique pour ma *Missis*. Il y a longtemps que cela m'exaspère de vendre des nouilles. Chacun doit connaître sa place, ses capacités. Comme dit l'Anglais : « *Every one in his place* »... Mr Schwalb, donnez-moi votre main et topons là, tant que je ne regrette encore rien. Moi, j'ai un principe : si je fais quelque chose, je vais jusqu'au bout, ou comme dit l'Anglais : « *If you want to do a thing* »...

Ce soir-là, il y eut dans la cave du chantre de Lomza de telles réjouissances que les voisins, habitués qu'ils étaient à la musique perpétuelle, au bruit et au vacarme continuels que faisait cette famille de musiciens, coururent tous au-dehors pour regarder dans la cave par les fenêtres sans rideaux, et virent chez le chantre de Lomza une foule d'invités assis à boire, et une espèce de grand et gros personnage, debout un verre à la main, qui faisait un speech. Ensuite, toute la petite famille se saisit des instruments, le grand et gros personnage se débarrassa de sa *jacket*, et se lança dans un pas de danse comme ne peut en exécuter qu'un père comblé aux noces de sa fille cadette.

CHAPITRE QUINZE

LE CHIEN MÉRITE LE BÂTON

La nouvelle de la fermeture du Pavilion Theater atteignit notre Holzmann comme un coup de pistolet en plein cœur. Il s'en prit à son associé, Isaac Schwalb, lui reprochant de l'avoir entraîné dans une sale affaire et de le laisser tomber. Il l'agonit d'autant d'injures que l'autre pouvait en entendre.

Mais Isaac Schwalb était doté d'une nature affable, d'un caractère en or. Vous pouviez lui dire son fait qu'il ne remuait même pas la langue. Il vous regardait comme un coupable, et se taisait. Cette fois-ci, pourtant, il ne pouvait plus se taire. On avait touché à l'honneur de son frère, Holzmann l'avait appelé d'un nom malsonnant, et pour son frère Nissl, il était prêt à aller jusqu'au sang.

Irrité par les mauvaises affaires de Londres, agacé par cette ville bruyante obscurcie par la brume, le brouillard, le *fog*, par ses murs gris, sombres et froids, par ses habitants gris et froids, et surtout rendu hargneux par sa vieille toux, qui le torturait à Londres plus qu'elle ne l'avait fait partout ailleurs, notre pauvre directeur ne cessait de harceler et de tarabuster son associé. Il soulageait un peu son cœur à force de malédictions :

— Que cette ville de Londres n'a-t-elle été engloutie par les flots avec vous avant que j'y vienne ! J'aurais mieux fait de me casser une jambe, les deux jambes, de me rompre le cou ! Comme si un associé ne me suffisait pas, maintenant j'en ai deux sur le dos !

— Qu'as-tu à toujours me seriner que tu as deux associés ? lui demanda Schwalb.

— Ce que j'ai ? Puisque le théâtre disparaît, notre association disparaît aussi. Qu'est-ce que j'ai à faire de deux bouches à nourrir comme toi et ton frangin ?

— Bien vrai ? Sitôt dit, sitôt fait ! fit Schwalb en se levant. À propos, nous partons pour l'Amérique.

— Tu pars pour l'Amérique ?

Holzmann le regarda droit dans les yeux.

— Pars en bonne santé, tu peux même partir te faire enterrer !

Schwalb fit quelques pas, puis s'arrêta. Il se retourna, montrant à son associé son visage rougeaud :

— Ma sœur part avec nous...

Holzmann fit claquer ses doigts, fit semblant de se prendre la tête à deux mains, et grimaça :

— Ouh là là ! Attends, je vais déchirer ma chemise en signe de deuil, et m'asseoir en plein Whitechapel pour pleurer sur tes années et tes jours !

Déjà sur le pas de la porte, Schwalb lui répondit :

— Mais tu vas pleurer, sois-en sûr, si Dieu le veut, et avec tes deux yeux, encore, car il y a quelqu'un d'autre qui part avec nous...

Du coup, Holzmann passa par toutes les couleurs de l'arc-en-ciel. Ses yeux perçants lancèrent des éclairs :

— Ça, il ne le verra pas de son vivant, ton frère, cette espèce de gros veau !...

Quelle injure particulière pouvait bien se cacher dans l'expression « gros veau » ? Est-ce que Holzmann ne le traitait pas quotidiennement de « butor » ou de « buffle » ? En quoi un « gros veau » est-il pire qu'un « butor » ou qu'un « buffle » ? Mais allez donc raisonner avec un type comme Isaac Schwalb. En entendant l'expression « gros veau », il s'enflamma. Son visage perpétuellement rougeaud en devint vert. Le regard assassin, il s'approcha tout près de son associé, et lui jeta à voix basse, mais brutalement :

— Écoute-moi bien, espèce de choléra ! Si tu prononces encore une fois cette expression, je te jure que tu ne sortiras pas vivant de mes mains !

— Pas vivant ?

— Mort ! Bon à enterrer !

Holzmann ne fut que modérément effrayé par les menaces de son associé Schwalb. Il éclata de rire, en même temps qu'il fut saisi d'une quinte de toux :

— Moi ? Tu me ferais passer de vie à trépas, de tes propres mains ? Ah, ah... Hé, hé... Animal !... D'ici que tu arrives à te remuer avec ta carcasse d'ours, je te promets que je t'aurai claqué ta gueule rougeaude, et que j'en aurai fait une omelette !

Il n'y a pas à douter que la plus grande partie de ce qu'ils s'étaient ainsi mutuellement promis serait arrivé, tant ils étaient tous deux convaincus. Mais soudain entre eux apparut, avec ses épaules maigres et osseuses, la vieille Sorè-Brokhè qui rendit son arbitrage : elle emporta son rejeton, jeta dehors son associé, et ferma la porte à clef.

Ce fut le moment où, pour notre Holzmann, s'ouvrirent véritablement les portes de l'enfer. C'est au plus profond du cœur que lui avaient pénétré les mots : « Mais tu vas pleurer, sois-en sûr, si Dieu le veut, et avec tes deux yeux encore, car il y a quelqu'un d'autre qui part avec nous... » Des mots tout simples, des paroles sans équivoque. Fallait-il y ajouter des commentaires ?

Maintenant, il comprenait pourquoi le môme était si mal dans sa peau. Les frères l'avaient détourné du droit chemin. La sœur lui avait tourné la tête. C'était clair comme le jour. Peut-être que le môme n'était pas complètement d'accord, c'est pour cela qu'il était mal à l'aise. Est-ce que cela ne se voyait pas ? Oh si ! Cela se voyait très bien.

— Hotzmakh, va te faire pendre ! Où avais-tu les yeux ?

C'est ainsi que Holzmann se parlait à lui-même, et il ne se ménageait pas les malédictions. Mais les malédictions ne suffisaient pas, il aurait voulu se gifler, ou qu'on lui brise les os.

— Hotzmakh, c'est bien fait pour toi ! continuait Holzmann *in petto*, en faisant les cent pas dans la chambre comme une bête enragée, ses yeux perçants lançant des éclairs. Tu l'as bien mérité, Hotzmakh ! Le chien mérite le bâton !

De chagrin, et de colère contre soi, il balança un coup de pied à un innocent tabouret qui se trouvait là, appuyé au mur.

Le bruit fit accourir la vieille Sorè-Brokhè de sa cuisine, à moitié morte de peur :

— Qu'y a-t-il encore ? Qu'est-ce qui a fait ce bruit, que j'ai entendu jusque dans ma *kitchen* ?

Sorè-Brokhè n'était pas entrée seule. Dans les mains elle tenait un *chicken*. Une volaille presque complètement plumée. La volaille agitait sa petite tête morte et pâle et son cou renversé en arrière, et semblait regarder de ses yeux vitreux droit sur Holzmann. Tous contre lui ! Tous contre lui !

Une telle colère le saisit alors qu'il crut que son cœur allait se déchirer. Il tomba sur la vieille, les poings ouverts, et s'écria avec une voix toute changée :

— Dans ta *kitchen* ! À la *kitchen* ! À la *kitchen* !

La vieille Sorè-Brokhè resta un instant sans bouger, cracha, et avec sa volaille presque complètement plumée, s'en retourna dans sa cuisine.

— Tu ne l'as pas volé ! se répéta Holzmann. Le chien mérite le bâton !

CHAPITRE SEIZE

LA CATASTROPHE APPROCHE

Holzmann avait pressenti depuis longtemps, dès avant son arrivée, que cette maudite ville de Londres, avec ses brumes perpétuelles et son *fog*, verrait s'amonceler sur lui les nuages. Ce qu'il ignorait, c'était de quelle direction viendrait la catastrophe. Dès le début, il n'avait pas aimé la complicité qui s'était installée entre le gros veau (Nissl Schwalb) et le môme (Rafalesco). Mais qu'y pouvait-il ? Le môme avait tellement grandi, était devenu tellement sérieux, qu'il en était méconnaissable. Qui aurait pu se douter, par exemple, que cet agneau innocent, qui, il y a peu, semblait incapable de compter jusqu'à deux, qui n'avait aucun souci en tête, comme on dit, se transformerait bientôt en homme fait, avec ses ambitions, une situation sérieuse, ses conceptions personnelles et des aspirations nouvelles pour la culture, la connaissance, l'apprentissage des langues étrangères, et autres choses du même genre ?

À qui la faute, sinon à Holzmann lui-même ? Un mauvais génie lui avait fait enlever à l'époque, à Lemberg, de chez le directeur Getzl ben Getzl, en même temps que la *prima donna*, deux autres personnages calamiteux : Brayndelè la Cosaque et le souffleur, Béni Gosier, ou plutôt celui que parmi les acteurs on appelait une « personne avec de l'éducation ».

Il est vrai que, concernant Brayndelè la Cosaque, quand il avait remarqué qu'elle faisait des mamours au môme et qu'elle avait des secrets et des confidences à partager avec lui, il lui avait montré la porte, et s'était ainsi débarrassé d'une bonne à rien.

Mais cela ne s'était pas passé de la même manière avec le deuxième bon à rien, le souffleur. La « personne avec de l'éducation », qui était le seul confident de Holzmann, lui avait été encore plus funeste qu'il n'aurait pu l'imaginer. La « personne avec de l'éducation » avait transmis au môme tout son savoir, en totalité, tout ce qu'il possédait, et cela le torturait, le torturait comme avec un couteau. De quoi avait-il l'air, à présent, Holzmann, le directeur, aux yeux de son môme, alors que l'autre connaissait les langues étrangères, qu'il lisait des livres, qu'il déclamait des passages entiers de Shakespeare par cœur et rêvait d'un monde libre, sous des cieux nouveaux ?

Il l'entendait parler un charabia, où il était question d'« indépendance », il lui parlait d'un nouveau théâtre réformé, avec un nouveau répertoire, de nouvelles pièces, où tout était nouveau, nouveau, nouveau !... Et alors, que faisait-on de l'ancien ? Bon à jeter aux chiens ? Et qui les monterait, ces nouveautés ?... Étranges discours ! Tout cela, il le gobait avidement de la bouche de la « personne avec de l'éducation » – que le choléra lui tombe dessus aujourd'hui même, Seigneur, et sur le gros veau avec !

Après cette bénédiction, Holzmann resta un instant pensif, puis ses idées sombres et mélancoliques le reprirent, lui faisant oublier le môme pour le ramener à sa sœur, à Zlatkè...

Sa sœur ! Sa sœur ! Elle lui donnait bien du souci ! Il la voyait, la pauvre Zlatkè, se consumer en silence, s'éteindre comme une bougie – et à qui la faute, sinon à lui encore, rien qu'à lui ? Qui donc lui avait écrit de venir ici avec sa vieille mère, sinon lui ? Qui donc l'avait arrachée à sa maison, à son travail, en avait fait une actrice sans feu ni lieu, et lui avait donné des espérances, de fausses espérances ?... Inutile avait été sa peine, vain tout son travail pour les rapprocher, elle et le môme... Il entrevoyait le mariage, et pour finir... Qu'allait devenir sa petite sœur si un beau matin le môme décidait, comme le disait Schwalb, de partir pour l'Amérique ?...

Holzmann s'angoissait, imaginait le pire... Puis ses pensées changèrent brusquement de cours : Allons ! Bêtises que tout cela ! Comment était-ce possible ? Comment Rafalesco pouvait-il les laisser tomber, et s'en aller tout seul jusqu'en Amérique ? Bêtises ! Bêtises ! Il avait trop bon cœur, un caractère trop doux, une âme trop honnête pour faire quelque chose de semblable... Tant qu'à partir, c'est tous ensemble qu'ils partiraient. Pas vrai ?...

Ainsi se consolait Holzmann, mais ses pensées s'assombrirent de nouveau : « Cette toux, que le choléra l'emporte, et le gros veau avec !... »

Oui. L'état de santé de Holzmann, dans cette sinistre ville de Londres, s'était tellement aggravé que Dieu seul savait quand il pourrait entreprendre un aussi long voyage. Les docteurs lui prescrivaient au contraire, si c'était possible, de partir pour la Suisse, ou l'Italie... L'air pur, disaient-ils, un chaud soleil. Ah, ah, ah... les imbéciles, les crétins, les idiots !... À quoi bon l'air pur, le chaud soleil, je vous le demande, s'il n'y avait pas le théâtre et la scène, ah, ah, ah... ?

D'anxiété, probablement, Holzmann fut saisi d'un si grand éclat de rire, et d'une telle quinte de toux, que la vieille Sorè-Brokhè ressortit précipitamment de sa cuisine, manches retroussées, cette fois-ci non plus avec un *chicken* à la main, mais une grande louche :

— Encore cette sale toux ?...

Sorè-Brokhè sentait l'oignon et le poivre, ce qui ne fit qu'aggraver le besoin de tousser de Holzmann, Mais il résista de toutes ses forces, se retint de tousser, et la renvoya à sa *kitchen*, à ses oignons, fit semblant de rire, grimaça bizarrement, cracha dans son mouchoir qu'il enfouit profondément dans sa poche afin que la vieille ne voie pas qu'il crachait rouge... Rien à faire ! On ne trompe pas Sorè-Brokhè. Une mère sait voir. Elle se rendait parfaitement compte de son malheur. Elle se tordit les mains : quel chagrin était le sien, quel coup du sort. Malheur à la pauvre mère ! De force, elle mit son fils malade au lit, et vite envoya Zlatkè chercher le docteur. Effrayée, plus soucieuse, plus jaune et pâle que jamais, semblait-il, les yeux gonflés de larmes, Zlatkè saisit sa petite capuche et courut chez le docteur.

En chemin, parmi les rues bruyantes et agitées de Londres, des pensées agitaient son cœur : on dirait l'enfer ! Quelle quantité de chevaux, de tramways, d'automobiles qui vont et viennent. Ah, si quelqu'un voulait la prendre en pitié, quelqu'un qui voudrait bien l'écraser, et qu'elle en meure !...

Les nuages s'amoncelaient au-dessus des Holzmann, des nuées sombres et épaisses s'accumulaient sur leurs têtes. Toute proche, et inévitable, une catastrophe.

CHAPITRE DIX-SEPT

DES PASSAGERS HEUREUX

Le grand bateau blanc *Atlantic* ressemblait à un gigantesque animal posé sur la mer. Avec une étonnante obstination, la créature arpentait les eaux, luttait de toutes ses forces, combattait le vent, fendait les vagues hostiles de l'océan Atlantique et poursuivait toujours plus loin son chemin sur la route de Southampton à New York.

Les passagers tout étourdis, qui s'extasiaient de cette grandiose traversée, et qui au début, ne pouvaient s'arracher au spectacle de la beauté de cette nature divine, et n'avaient pas de mots pour s'enthousiasmer des merveilles de Dieu que la mer offrait à voir, commençaient à sentir leur esprit s'embrumer, et cessèrent peu à peu de contempler l'infinitude des profondeurs et de l'horizon faite de ciel et d'eau, d'eau et de ciel, sans commencement ni fin.

Progressivement, les gens se séparèrent, s'isolèrent, chacun dans sa cabine, s'allongèrent, chacun sur sa couchette, la tête lourde, comme si l'on y eût coulé du plomb, et restèrent seuls avec leurs pensées mélancoliques. Rares, très rares étaient ceux qui s'efforçaient encore de se promener en long et en large sur le pont supérieur, ou qui se formaient en groupes occupés à boire de la bière dans des grandes chopes et à fumer d'énormes cigares, à parler et à rire très fort, à raconter des histoires, des anecdotes, des balivernes, des bêtises, comme s'ils n'étaient pas concernés.

Parmi les rares passagers heureux se trouvaient quelques-uns de nos amis : Mr Klammer, avec sa barbe à la Theodor Herzl, son associé Nissl Schwalb, l'ex-agent devenu patron, manager, entrepreneur, régisseur et caissier de la nouvelle troupe théâtrale : Klammer, Schwalb and Co.

Oui, ami lecteur, plus de Holzmann, Schwalb and Co. On avait jeté aux orties le nom de Holzmann et on l'avait remplacé par celui de Klammer, ce qui n'avait ému personne, à part Holzmann. Cela ne doit pas nous étonner si peu que ce soit. Le monde est une armée qui part pour la guerre. Une armée tout entière ne va pas s'arrêter si l'un de ses soldats tombe en chemin. Celui qui tombe a le choix : si Dieu lui en donne la force, il se relèvera, sinon, on l'ignorera. Il sera foulé aux pieds, écrasé par les bottes et les brodequins, sans que cela éveille même le chant d'un coq. C'est vrai, c'est assez triste. Mais à qui la faute, si la toux a tellement pris possession de Holzmann que les docteurs ne le laissent plus sortir de son lit, lui prennent le pouls, la température, et lui interdisent de parler ? Ne plus parler ? La belle affaire ! Quelle serait alors la différence entre l'homme et la bête ? Non, rien à faire, il va nous falloir provisoirement faire nos adieux à Holzmann, lui souhaiter un complet rétablissement, et continuer notre chemin avec notre nouvelle compagnie, que le bateau emmène de Londres au pays vers lequel se tournent les yeux du monde entier, depuis que Colomb l'a découvert il y a plus de quatre cents ans.

Les deux compères que nous avons mentionnés plus haut étaient assis seuls à une table, tels deux tourtereaux, buvaient de la bière, fumaient des cigares, et n'arrêtaient pas de parler, parler, parler encore. Leur langue n'était jamais en repos. De quoi devisaient-ils donc ? De rien. On aurait dit qu'ils cherchaient à savoir lequel allait réussir à parler plus que l'autre, et lequel sortirait le plus grand bluff.

Mr Klammer racontait de vieilles histoires sur son café National, sur les *shnorrers* russes, sur les *charities* de Londres, dont il était membre de toute éternité, et de simples anecdotes relevées d'une parabole ou d'un mot d'esprit, « comme dit l'*Englishman* ».

Pour Nissl Schwalb cependant, ces historiettes et ces anecdotes n'étaient pas nouvelles. Au contraire. À chaque anecdote que lui contait Mr Klammer, Nissl Schwalb disait qu'il la connaissait depuis longtemps. Que non seulement il la connaissait, mais qu'il en avait lui-même été le témoin. La preuve : on avait même frôlé le scandale. Écoutez donc :

Et Nissl Schwalb raconta le scandale avec fougue et avec chaleur, selon son habitude, en terminant par un serment : « Aussi vrai qu'on le voyait en train de nager, et aussi vrai qu'il convoitait le bien d'autrui », tandis que les vagues de l'océan qui cernaient le bateau comme des bêtes sauvages cognaient en cadence, s'élevaient de plus en plus haut, étaient prêtes à submerger le pont, à balayer, à retourner et à avaler le bateau avec tout ce qu'il contenait. Mais nos deux compères s'en fichaient. Ils s'occupaient de leurs propres affaires : boire de la bière, fumer des cigares, et parler, parler, parler sans trêve ni repos.

Ah, les heureux passagers !

CHAPITRE DIX-HUIT

ENTRE LE CIEL ET L'EAU

Un autre personnage était resté sur le pont supérieur de l'*Atlantic*. Mais il ne buvait pas de bière, ne fumait pas de cigares, mais restait simplement assis, ou plutôt allongé, tout seul, dans une *chair* (un transat), emmitouflé dans une chaude fourrure, et recouvert d'une couverture rouge. C'était un jeune passager, au visage sympathique et tranquille. Les vagues déchaînées qui comme des bêtes sauvages cernaient le bateau étaient devenues plus fortes, plus furieuses, plus menaçantes.

À chaque vague qui arrivait, on pouvait croire que c'était celle-ci ou peut-être la suivante qui allait déferler, tout retourner, tout submerger, avaler le bateau avec tout ce qui s'y trouvait.

À la pâleur de son visage, on devinait que ce jeune homme avait, depuis un moment déjà, l'esprit embrumé. Il gisait, soutenant à deux mains sa tête cotonneuse, les yeux à demi ouverts fixés sur un horizon tout proche, comme fondu dans la mer, où l'on distinguait difficilement la limite entre le ciel et l'eau. Le ciel semblait pur, le soleil brillant. Pas un nuage, pas un souffle de vent. Pourquoi donc la mer rugissait-elle ainsi ? Pourquoi cette divine colère ? Pourquoi le bateau roulait-il et tanguait-il ainsi ? Mais peut-être n'était-ce qu'une impression ? Pourquoi ne pouvait-il soulever la tête, remuer ne serait-ce qu'un doigt ? Pourquoi se sentait-il de plus en plus mal, prêt à s'évanouir ? S'évanouir ? Il aurait mieux valu dire mourir, mourir, mourir !

Il s'efforçait de mettre de l'ordre dans son esprit embrumé, et cherchait à se rappeler depuis combien de jours on était ainsi suspendus entre ciel et mer – impossible. Impossible même de se rappeler d'où il venait, où il allait. Bien plus. Il avait même oublié comment il s'appelait. Il savait bien qu'on l'appelait Rafalesco, mais son vrai nom – on aurait pu lui couper la tête. *Oy*, la tête ! La tête !

— Tu ne te sens pas bien ? Tu veux peut-être aller t'allonger chez toi, sur ta couchette ? Viens.

C'est Nissl Schwalb qui lui parlait ainsi en se penchant sur lui et en le regardant avec sollicitude. Mais Rafalesco le regardait comme s'il ne le reconnaissait pas. Qui lui parlait donc ainsi ? Qui se penchait au-dessus de lui ? Il voulut s'asseoir, n'y parvint pas. Il fouillait dans sa mémoire avec la dernière énergie. Maître du monde ! Que lui arrivait-il ? Où était-il ? Pourquoi n'arrivait-il pas à se souvenir de son propre nom ? C'était pourtant le nom dont se servaient jadis ses camarades au *kheyder*, ses frères et sœurs à la maison, et ses parents... Ses parents ? Où pouvaient-ils être en ce moment ?

— Un petit verre de cognac ? Écoute-moi, juste une petite goutte, ça ira mieux.

Rafalesco ne comprenait toujours pas qui se penchait ainsi au-dessus de lui. Qui le regardait ainsi dans les yeux. Le visage lui semblait familier, les yeux aussi... Mais qui était-ce ?... Pourquoi sa tête était-elle si lourde ? Qui gémissait ainsi ? C'était le bateau qui gémissait. Qui sifflait ainsi ? C'était le vent qui sifflait. Et les vagues se précipitaient l'une derrière l'autre. Elles se soulevaient plus haut que des maisons, s'abattaient ensuite comme du sable en petites gouttelettes. Soudain éclata un coup de tonnerre, et un éclair jaillit sous ses yeux. Mirage ! Ce n'était pas le tonnerre, mais la mer qui grondait ainsi. Le rugissement des vagues qui s'élevaient pour s'écrouler ensuite. Ce n'était pas un éclair, mais le soleil qui avait réussi à darder un rayon lumineux sur la surface agitée d'une mer aux eaux furieuses et déchaînées.

— Écoute-moi, te dis-je, suce un morceau de citron, ça va te ragaillardir...

Ah, ah... Ça y est ! Il sait qui c'est. C'est Holzmann ? Mais pourquoi son visage est-il si rouge, si luisant, si frais ? D'une main, il tient un petit verre de cognac, de l'autre un citron, et supplie Rafalesco de prendre quelque chose :

— Écoute-moi donc, prends un petit morceau de citron. Ou alors, donne-moi le bras, appuie-toi sur moi, et je t'aiderai à descendre dans ta cabine...

— Eh ! Mr Klammer ! s'écria Nissl Schwalb en se retournant vers son compagnon.

Parti... Envolé !... Mr Klammer a déjà rejoint le frère de Nissl, Isaac, sa sœur Henrietta, et toute la petite famille musicale du chantre de Lomza. Ils sont tous affalés, chacun sur sa couchette, à gémir, prêts à rendre l'âme et à voir en face l'ange de la mort. Il n'y a que lui, Nissl Schwalb, à se tenir sur ses jambes. Nissl Schwalb est le seul de toute la nouvelle troupe itinérante qui part pour l'Amérique à être resté vif, frais et allègre.

Et la mer continue de gronder, les vagues de mugir. Une tempête s'élève, la pluie, la neige, le vent fouettent les visages, et finissent d'éparpiller ceux qui étaient restés sur le pont, à l'exception des stewards et des matelots, qui en ont vu d'autres, et du capitaine qui, la pipe à la bouche, contemple avec un sourire désabusé la mer furieuse, d'un air cynique. Et l'énorme créature blanche, que l'on appelle un bateau, et qui porte le nom d'*Atlantic*, poursuit avec une étonnante obstination sa route dans l'infini des profondeurs de l'horizon fait de ciel et d'eau, d'eau et de ciel, sans commencement ni fin.

CHAPITRE DIX-NEUF

UNE MAIN DE FEMME

S'éveillant peu à peu de sa léthargie, son esprit s'éclaircissant progressivement, il sentit plutôt qu'il ne vit qu'il était sur une couchette, dans sa cabine, dévêtu, et qu'une main tâtait son front, une main fine, chaude, féminine. Mais à qui appartenait cette main, qui était cette femme, cela il l'ignorait.

Il était sur l'eau, cela il le sentait d'après les grondements de la mer furieuse et le mugissement des vagues, qui, jouant comme des bêtes sauvages dans la lumière du brillant soleil, continuaient à bousculer le bateau, à le projeter plus haut que des maisons, à frapper au hublot de Rafalesco pour lui dire de se lever, de sortir sur le pont, d'aller contempler les merveilles de Dieu : « Assez, c'en est assez de rester allongé », semblaient lui dire les vagues de la mer, et il essaya de rassembler le peu de souvenirs qui lui restait, le peu d'idées claires, et se demanda ce qui lui était arrivé.

Il lui semblait que, quelques instants auparavant, il était encore sur le pont supérieur, installé si confortablement dans un transat, à contempler la divine nature, à se réchauffer aux rayons d'un soleil caressant qui se reflétait dans l'écume des vagues bondissantes qui se pressaient des deux côtés du bateau, à admirer l'infinité des profondeurs et de l'horizon fait de ciel et d'eau, d'eau et de ciel, sans commencement ni fin. Il voulait s'asseoir, mais craignait que tout se brouille de nouveau dans sa tête, le bateau, la mer, le ciel et l'univers tout entier. Il soupira lourdement :

– *Oy*, ma tête, ma tête !

– Toujours la tête ?..., entendit-il venant d'une voix féminine, une voix qu'il connaissait, mais dont il ignorait à qui elle appartenait.

Il sentit qu'une main douce, chaude, une main de femme lui caressait le front, écartait ses cheveux en désordre. Qui cela pouvait-il être ?... À qui était cette main ? Il se rappela qu'une fois, mais il ne se souvenait plus quand, il avait senti une main toute pareille, une main de femme, lui caresser le front de la même manière et lui écarter les cheveux.

C'était alors la main de Zlatkè, la jeune sœur de Holzmann... C'était arrivé un soir. Rafalesco était dans sa chambre, allongé sur son canapé, et il était plongé tout éveillé dans ses doux rêves dorés occupés comme toujours par la fille du chantre, Reyzl.

Il n'y avait personne alors dans la pièce, il s'en souvient, seulement lui et Zlatkè. Jamais encore son cœur n'avait été aussi amer que ce soir-là. Une étrange nostalgie, il s'en souvient, avait envahi son âme, qui l'étreignait, l'oppressait, le serrait comme dans un étau. Il avait envie de pleurer.

S'il avait pleuré, il ne s'en souvenait pas. Il se rappelait seulement que, tout à coup, Zlatkè était apparue à côté de lui, peut-être l'avait-il lui-même appelée, elle s'était assise près de lui, et lui avait caressé le front, comme on le lui caressait en cet instant, et lui avait écarté les cheveux, comme on le faisait en ce moment. Une étrange tiédeur avait alors envahi ses membres. Il l'avait ressentie, c'est ainsi qu'il se le rappelait, comme la douce chaleur de la main d'une sœur fidèle, et avait pour cela une reconnaissance éternelle. Il l'avait entourée de son bras, l'avait attirée à lui, avait enfoui sa tête dans son giron, et pleuré, longtemps pleuré, déversé toute l'amertume de son cœur, lui avait ouvert son Saint des Saints, lui avait dévoilé son secret le plus sacré. Il lui avait raconté qu'une femme existait, une femme qu'il aimait de toute son âme, pour qui il était prêt à affronter l'eau et le feu, qu'il ne pouvait oublier ni le jour ni la nuit... Comment s'appelle-t-elle ? Où est-elle ? lui avait alors doucement demandé Zlatkè, et, il s'en souvenait, sa voix avait tremblé, elle-même avait tremblé de tout son corps. Comment elle s'appelait, il n'avait pas voulu le dire. Quant à savoir où elle était, ah ! S'il l'avait su lui-même ! Il aurait depuis longtemps quitté cette troupe itinérante... Sans doute qu'il aurait abandonné la vie vagabonde qu'il menait, pour s'envoler vers elle, il aurait tout abandonné et serait parti la rejoindre, car depuis longtemps, alors qu'ils étaient encore enfants, ils s'étaient fait la promesse, « où qu'ils soient et quoi qu'il puisse leur arriver, d'être toujours ensemble, toujours et pour l'éternité ! »...

Non. Il ne savait pas où elle était. Il savait seulement qu'elle était célèbre, qu'elle était considérée, qu'elle était riche, et que sa voix enchantait le monde entier.

— Tu connais le nom de Patti ? Eh bien, elle est plus grande encore que Patti !

— Plus grande que Patti ?

— Et de loin !

C'est ainsi, il s'en souvenait, qu'il avait chanté à Zlatkè les louanges de Reyzl, qu'il l'avait encensée, ne ménageant pas les fioritures. Un ange, un ange du bon Dieu !... Il était heureux, se souvenait-il, d'avoir trouvé quelqu'un auprès de qui vanter sa bien-aimée. Car qui d'autre que Zlatkè l'aurait ainsi écouté ? Ne voyait-il pas que le moindre de ses mots était sacré pour elle, comme un commandement divin ? Ne sentait-il pas battre son petit cœur ? Ne la sentait-il pas palpiter entre ses mains comme un petit oiseau ?...

Mais Rafalesco ignorait quelles avaient été les souffrances de la pauvre Zlatkè ce jour-là. Que lui importait ? L'important, c'était d'avoir pu épancher son cœur auprès d'elle, d'avoir pu lui révéler son secret. Il avait soulagé son cœur.

Ayant dévoilé son secret le plus sacré à Zlatkè, il lui avait d'un même mouvement confié ce qu'il comptait faire désormais. Il lui avait révélé tous ses projets cachés, comment il retrouverait un jour sa glorieuse bien-aimée, comment il finirait par la rencontrer et ne la quitterait plus jamais. Plus jamais. Plus jamais ! En parlant, se souvenait-il, il avait entouré Zlatkè de ses deux bras, l'avait serrée fort, très fort sur son cœur, et lui avait promis que quand il aurait retrouvé Reyzl (il avait finalement laissé échapper son nom – tant pis !), il la prendrait elle aussi, Zlatkè, avec lui, car il avait senti qu'elle lui était fidèle, dévouée comme une sœur, une sœur de sang.

— N'est-ce pas que tu m'es fidèle comme une sœur ? lui avait-il demandé en l'étreignant avec fougue, beaucoup plus de fougue que n'en met un frère à étreindre sa sœur.

Mais Zlatkè se taisait. Rafalesco ne comprenait pas pourquoi Zlatkè se taisait. Il l'avait serrée encore plus fort, et lui avait demandé pourquoi elle ne répondait pas. Peut-être s'était-il trompé ? Peut-être ne l'aimait-elle pas ?

— Moi, je ne t'aime pas ?...

Et Zlatkè s'était serrée contre lui, l'avait étreint, couvert de baisers, tandis que les larmes jaillissaient de ses yeux.

— Pourquoi pleures-tu, petite sotte, pourquoi pleures-tu ? Pourquoi pleures-tu ?

Depuis lors, se souvient-il, il aimait souvent rester seul avec Zlatkè, pour parler un peu de Reyzl. Cela ne lui était pas trop difficile, car Holzmann, semblait-il, mettait tout en œuvre pour qu'il puisse rester seul avec Zlatkè. C'est l'impression qu'il avait. Peut-être se trompait-il ? Non. Il ne se trompait pas. En effet, pourquoi Holzmann s'en allait-il soudain en le laissant seul avec sa sœur, puis revenait-il voir s'ils étaient ensemble, puis repartait-il de nouveau ? Ah, Holzmann, Holzmann ! Comme cela avait été dur de le quitter, si dur !...

— Il est temps de se lever, très cher ! On voit déjà la terre... Nous arrivons en Amérique, mon cher, mon très cher, mon bel ami !...

Une voix familière. Une voix de femme... Qui parlait donc au-dessus de lui ? Qui donc l'appelait « mon très cher », « mon bel ami » ?... Mais il avait encore peur de s'asseoir, il craignait de retomber. Il craignait encore d'ouvrir les yeux, de peur que la tête ne lui tourne de nouveau, et que ne se mêlent de nouveau le bateau, la mer, le ciel et l'univers tout entier. Il sombra de nouveau dans ses douloureuses pensées. Il revécut les difficiles instants de ses adieux à Holzmann. Et le remords l'envahit.

CHAPITRE VINGT

AU REVOIR, BERNARD

C'était un matin, un de ces matins froids et nuageux, un matin de pluie et de *fog* glacé, comme peut en connaître la ville froide, venteuse et enfumée de Londres. Les bagages de Rafalesco étaient déjà bouclés, et lui-même était prêt pour le voyage, tout à fait prêt : il avait mangé, s'était habillé, avait fumé un havane, avait commandé un *cab*, et il était accouru un instant pour faire ses adieux à Holzmann.

— Au revoir, Bernard !

— Bon voyage, lui répondit Holzmann d'un regard, puisqu'il lui était interdit de parler, formellement.

Ah, s'il avait eu le droit de parler, Holzmann aurait au moins pu lui dire quelque chose de sévère, se fâcher, le sermonner comme il le méritait, faire un de ces éclats dont il était coutumier, et cela aurait sans doute rendu les choses plus faciles à Rafalesco. Non. Holzmann n'avait fait que pointer sur lui son regard aigu et tranchant. Ah, quelle douleur, quelle douleur infinie il y avait dans ce regard ! Holzmann lui tendit simplement une main, une main amaigrie et trop chaude, trouva Rafalesco.

Rafalesco n'avait jamais ressenti aussi farouchement cette envie de quitter Holzmann... Et rien ne l'empêchait de partir, de sauter dans le *cab* et au revoir... Mais au lieu de se diriger vers la porte, après les adieux, il se rassit sur une chaise près du lit où gisait Holzmann, recouvert de sa fameuse cape, en proie à la fièvre, et d'où provenait une forte odeur de médicaments, une odeur de médicaments, de pharmacie et d'agonisant...

Depuis que Rafalesco connaissait Holzmann, il ne l'avait jamais vu aussi mal en point qu'aujourd'hui. La mort était sur ses lèvres, transparaissait dans son regard éteint, s'étendait jusqu'aux oreilles désormais sans vie et planait sur toute la chambre. Rafalesco se représenta alors son ami une fois étendu par terre, les pieds tournés vers la porte, entièrement recouvert de sa toge sacerdotale. Alors on ne pourrait pas voir le visage sans vie, seules les pointes de pieds seraient visibles. Une bougie brûlerait près de l'endroit où reposerait la tête. De chaque côté, assises par terre, sa mère Sorè-Brokhè et sa sœur Zlatkè se lamenteraient, se tordraient les mains et clameraient leur affliction sur une mélopée incantatoire :

— Mon fils bien-aimé ! Mon frère si cher, si loyal ! En quelles mains nous abandonnes-tu-u-u-u ? !...

Il se souvenait encore de cette triste mélopée, depuis l'époque de Holenechti. Leyé, la femme du chantre, avait ainsi pleuré sa mère, morte à plus de soixante-dix ans. Il eut l'impression qu'il ressentait la présence de la mort, elle sentait le médicament, la pharmacie, l'agonie, et il voulut partir sur-le-champ, s'enfuir n'importe où.

Mais au lieu de s'enfuir, il resta là, se pencha au-dessus de

Holzmann et lui parla avec tendresse et affection, le réconforta, lui disant qu'aussitôt arrivé en Amérique, il lui écrirait, qu'il lui écrirait tous les jours. Et aussitôt que lui, Holzmann, quitterait le lit – et cela ne saurait tarder –, il fallait qu'il se mette en route, avec sa sœur et sa mère pour venir le voir à New York, pour venir le rejoindre...

Rafalesco regardait la pointe de ses chaussures. Il avait conscience de rougir, car il venait de dire un mensonge, un gros mensonge : Holzmann ne retrouverait jamais la santé. Il ne partirait jamais pour l'Amérique. Et même s'il retrouvait la santé, et qu'il puisse entreprendre le voyage, la nouvelle compagnie ne le reprendrait sûrement pas ; c'était un mensonge de bout en bout, un mensonge éhonté ! Mais comme Rafalesco avait commencé à mentir, il continua sur sa lancée. Bien sûr, dit-il, ce serait mieux si sa sœur partait maintenant, avec toute la compagnie, mais elle ne pouvait pas, comment aurait-elle pu abandonner son frère tout seul à Londres ?...

C'est à ce moment que Holzmann lui saisit une main, son regard aigu s'enflamma et son cœur frémit :

— Une orpheline... une pauvre orpheline...

Holzmann ne put en dire davantage. Les sanglots l'étouffaient...

— Au revoir, Bernard ! lui répéta Rafalesco une dernière fois, heureux de passer enfin la porte et de ne plus voir Holzmann à demi mort, de ne plus sentir l'odeur âcre des médicaments, de la pharmacie, de l'agonie... Il regarda autour de lui, remerciant Dieu de lui avoir épargné de rencontrer en cet instant Zlatkè ou la vieille Sorè-Brokhè. Mais où étaient-elles ?... Devait-il les attendre ? Non. Il préférait partir devant. Il avait envie de courir, de sauter, mais il se retint, marcha à pas mesurés, prit lentement place dans le *cab* haut sur roues qui l'emmena à toute allure vers la gare. Là, il retrouva toute la compagnie : les deux frères Schwalb, leur sœur la *prima donna* et le chantre de Lomza avec toute sa petite famille musicale...

— Pourquoi si tard ? Il ne faudrait pas manquer le bateau...

C'est seulement là qu'il respira un peu plus librement, une fois arrivé sur le pont supérieur de l'*Atlantic*, et que le bateau quitta Southampton plein de calme allégresse, de fierté et de splendeur.

Même le temps était beau, ici. Fini, les nuages froids et le *fog* épais qui recouvraient la froide ville de Londres. Un aimable soleil brillait dans un ciel pur. La mer était calme et lisse comme un miroir. Le bateau glissait sur l'eau, il effleurait à peine les vagues qui commençaient tout juste à ployer et à s'incliner pour transmettre le salut de la vaste mer qui, toujours en mouvement, était pourtant là de toute éternité. Une chaleur bienfaisante envahissait les membres de Rafalesco. Il se sentait libre. Il était en route pour aller retrouver sa bien-aimée, son unique bien-aimée... Tout à coup surgit tout près de lui Henrietta Schwalb, comme toujours en grande toilette, comme toujours ornée de tous ses brillants, des vrais comme des faux. Elle lui donna le bras, et ils partirent tous deux se promener sur le pont supérieur. Henrietta était suspendue à son bras, le regardait droit dans les yeux, et riait aux éclats, de son rire plein de coquetterie, en montrant au monde entier la blancheur de ses petites dents pareilles à des perles. Et le monde entier scrutait le jeune couple, cherchant à savoir qui ils étaient : frère et sœur ? fiancé et promise ? ou tout bonnement mari et femme ?...

Telle fut la séparation de notre héros d'avec ses amis, ses amis les plus proches, d'avec Holzmann, qui lui avait été fidèle comme un frère, d'avec la jeune sœur de Holzmann, qui lui avait été dévouée comme une sœur, plus qu'une sœur... « Au revoir, Bernard » – voilà tout ce que Rafalesco avait eu à dire à son ami Bernard Holzmann.

CHAPITRE VINGT ET UN

UN BAISER MALADROIT

Si Rafalesco se comportait comme un frère vis-à-vis de la jeune sœur de Holzmann, il ne savait comment se comporter à l'égard de la *prima donna* Schwalb. Depuis toujours, Henrietta lui dansait autour, minaudait, faisait la coquette de mille façons. Elle savait bien, en son for intérieur, qu'il était à son endroit froid comme la glace, mais pour les autres, elle s'efforçait de faire croire qu'il était amoureux fou, et qu'elle était sa fiancée officieuse.

Cela, tout le monde le savait. On avait déjà formé le projet de briser de la vaisselle pour une heureuse union, et de dresser le dais nuptial. Mais comment y arriver ? Il y avait un problème, qui avait pour nom Holzmann. Les frères Schwalb sentaient bien que, tant que Rafalesco serait auprès de son ami et imprésario, Holzmann ne laisserait pas le môme tomber entre les mains de leur sœur. Ils avaient alors cherché le moyen de se débarrasser de ce « calamiteux d'asthmatique » (Holzmann). Dieu les avait entendus, et ils avaient réussi, au-delà de leurs espérances. Ils n'avaient même pas eu besoin de convaincre Rafalesco de partir avec eux pour l'Eldorado, c'est Rafalesco lui-même, qui en apprenant qu'ils se préparaient à partir pour l'Amérique, leur avait pratiquement proposé de partir avec eux. Les frères Schwalb étaient aux anges. Il était bien pincé, le môme ! se réjouissaient les deux frères. Les imbéciles ! Ils ignoraient à qui ils en étaient redevables. Ils ne savaient pas que Brayndelè la Cosaque, celle-là même qui avait appelé leur sœur à New York, avait aussi attiré Rafalesco en lui faisant savoir que s'y trouvait aussi en ce moment sa bien-aimée, la fille du chantre de Holenechti. Les frères Schwalb avaient décidé qu'aussitôt arrivés en Amérique, on allait « planter les quatre pieux du dais nuptial », et que ce serait une bonne chose de faite. Mais il fallait que tout cela reste secret, que personne au monde n'en sache rien.

Bien entendu, le secret n'était pas pour tout le monde. Pour certains, cela devait rester secret, pour d'autres, non. Par exemple, comme nous le savons, Nissl Schwalb n'avait aucun secret pour Mr Klammer. Mr Klammer avait été le premier à qui Nissl Schwalb avait confié son brillant projet. Comme d'habitude, Mr Klammer l'avait écouté les yeux clos, en caressant de ses doigts sa barbe à la Herzl. Quand l'autre eut terminé, Mr Klammer lui dit qu'il n'y avait là-dedans rien de nouveau pour lui, qu'il était au courant depuis longtemps, et qu'il n'avait rien à redire à ce mariage. À une réserve près cependant : il fallait battre le fer tant qu'il était chaud, comme disait l'Anglais, « *Slow at start, fast at end* ». Il fallait s'occuper dès à présent de briser de la vaisselle et de dresser le dais nuptial, et tout serait *all right*. Parce que, avec des oiseaux comme ça (il voulait parler des acteurs), aïe, aïe, aïe...

Mr Klammer sortit ses quatre doigts de sa barbe à la Herzl et les agita trois fois en l'air, aller-retour, pour bien faire voir ce qu'étaient ces oiseaux-là.

Pour ce qui était de dresser le dais nuptial, ils avaient l'approbation de leur troisième compagnon, le chantre de Lomza, avec qui Nissl Schwalb s'était enfermé dans une pièce à part, dans la cave, pour lui confier en grand secret son projet mirifique. Mais comme cette pièce était la *kitchen*, là même où la femme du chantre de Lomza préparait le *dinner*, l'affaire n'était déjà plus un secret pour la femme du chantre ni pour les enfants du chantre, et toute la petite famille musicale attendait avec impatience le moment où l'on allait briser la vaisselle et dresser le dais nuptial. Il n'y avait qu'une seule personne à ne pas être au courant, c'était Léo Rafalesco. Il n'avait pas la moindre idée de ce qui se tramait. Sa tête et son cœur se trouvaient auprès de la fille du chantre, la désormais célèbre Rosa, ou plutôt Rosalia Spaïvak, celle vers qui toutes ses forces étaient tendues, celle qu'il voyait en songe la nuit et dans ses rêves éveillés, celle pour qui il avait abandonné sur son lit de mort son vieil ami Holzmann qui s'était sacrifié pour lui, et sa jeune sœur, qui s'éteignait comme une bougie, au point de n'avoir pas pu lui faire ses adieux... Ah ! Quelles ignominies il avait commises ces derniers temps – il ne pouvait se le pardonner.

Là, gisant seul sur sa couchette où il commençait peu à peu à se remettre, il se demandait comment il avait pu tomber si bas, se conduire de façon aussi détestable envers ses meilleurs amis, ces gens simples et innocents...

Comme un triste kaléidoscope aux images plus sombres les unes que les autres, il passait en revue toute l'existence qu'il avait menée jusqu'alors, sans y trouver le plus faible rayon de lumière. Ce n'étaient que ténèbres, avilissement, crimes, oui, crimes : il avait volé son père... s'était enfui de la maison... avait causé la mort de sa mère... menti à

Holzmann... trompé Zlatkè, honteusement il avait joué les frères, lui avait promis l'amour, avait brisé son jeune cœur innocent. Et voilà qu'il partait pour un pays lointain et inconnu, pour toujours ! Il était plus qu'abject. Il méritait qu'on le haïsse, comme il se haïssait lui-même à cet instant. Il reconnaissait ses fautes, et n'avait pour lui-même que dégoût, dégoût, dégoût !

— Oh, ma tête, ma tête !

— Toujours la tête ?...

C'est une voix familière qui l'interroge, la voix d'une femme assise, penchée au-dessus de sa couchette, qui caresse son front en mettant de l'ordre dans ses cheveux ébouriffés et qui porte sur lui un regard si chaleureux, si tendre et si bienveillant. Qui cela peut-il être ? Il perçoit des effluves de poudre et de parfum, un parfum familier. Il jurerait que c'est Henrietta Schwalb. Il ouvre un œil, puis l'autre, et aperçoit là, tout près, un visage connu, parfumé et poudré, aux lèvres maquillées de rouge. Oui, c'est bien Henrietta Schwalb. Son visage poudré et parfumé est là tout près du sien. Ses yeux regardent profondément les siens. Ses lèvres écarlates murmurent tout doucement à son oreille :

— Mon chéri ! Mon chéri ! Mon chéri !...

Instantanément, il oublie tout. Il oublie le remords qui l'agitait il y a un instant. Il oublie même le but de son voyage, et pour qui il est parti, où il est, qui il est. Il ne sent que la main qui le caresse, ne voit que les yeux qui le regardent, n'entend que les lèvres qui murmurent : « Mon chéri, mon chéri ! » L'instant d'après, il la serre dans ses bras. L'instant d'après, les lèvres rouges s'approchent encore plus près des siennes, et leurs bouches se fondent en un long, très long baiser.

On peut craindre que ce baiser ne restera pas sans conséquences fâcheuses pour notre héros. Car s'il ne s'agissait pas d'un baiser mis en scène à l'intention de témoins, quelle est donc la raison qui fit alors apparaître sur le pas de la porte trois personnages : Nissl Schwalb, Mr Klammer et le chantre de Lomza ?...

CHAPITRE VINGT-DEUX

AMERICA ! AMERICA !

De tous les passagers qui débarquèrent ce jour-là à New York de l'*Atlantic*, nul ne se pressait aussi fort sur la passerelle, nul n'était aussi excité, nul ne s'énervait autant, nul ne perdait davantage son sang-froid que nos frères, enfants du peuple d'Israël. Cela se comprend aisément. La plupart des passagers juifs sont du genre qu'on appelle « émigrants ». Il s'agit donc de gens qui arrivent en Amérique pour y trouver une nouvelle patrie, en lieu et place de l'ancienne, qui les a si honteusement traités et les a si impitoyablement chassés... Ils ont donc pour ce pays les yeux qu'ils auraient pour le Messie. Ils se serrent les uns contre les autres comme des moutons. Le cœur s'embrase, le pouls bat à cent vingt pulsations. Maître du monde, Dieu du ciel ! Qu'est-ce qui les attend donc ici, dans cette contrée bénie ?...

Rares, très rares sont ceux qui n'ont pas à New York un fils ou une fille, un mari ou une épouse, un garant ou un ami, une personne de connaissance qui les attende sur le quai, prêt à les « récupérer » au bateau, de manière à leur alléger les souffrances qu'il leur faut subir à leur première étape, à laquelle on a donné là-bas un joli nom : « l'île aux larmes ».

Pour les émigrants juifs, il s'agit là d'une sorte d'épreuve, d'une expiation, d'une antichambre de l'enfer par où doivent passer les âmes des pécheurs avant de pouvoir accéder au Paradis. Autrefois, cette antichambre de l'enfer s'appelait Kessel Garden. Aujourd'hui, on l'appelle Ellis Island. Le nom a changé, mais les chagrins et les souffrances, les soupirs et les larmes, les humiliations et les avanies sont restés les mêmes, et sans doute, avec l'aide du Très-Haut, resteront les mêmes encore longtemps, tant que des hommes auront du pouvoir sur d'autres hommes, tant que des hommes laisseront encore s'exprimer la bête qui est en eux...

Parmi tous les autres passagers qui étaient montés sur le pont supérieur pour contempler, à distance pour le moment, leur Eldorado, se trouvaient également les artistes errants de notre troupe itinérante Klammer, Schwalb and Co. Ils faisaient plaisir à voir, les membres de cette joyeuse troupe d'immigrants, qui s'étaient tous mis sur leur trente et un, chacun à sa manière et selon sa condition, pour se préparer comme il convient à faire la connaissance du pays doré de Christophe Colomb, dans la joie et l'allégresse.

Les frères Schwalb avaient revêtu leurs plus beaux habits de cérémonie, après s'être soigneusement *shaved*, de façon à ne pas laisser sur leur visage la moindre trace de pilosité : qui parle de barbe ? de moustache ? Glabres et lisses comme des assiettes. Pourtant leurs visages étaient différents. Le premier (Nissl) ressemblait à un Allemand, un bouffeur de saucisses endimanché, et l'autre (Isaac) avait l'air d'un caporal russe tout juste libéré du service militaire qui se serait juré d'arrêter de boire de la gnôle et de se mettre à la bière.

Mais Mr Klammer les avait surpassés tous les deux. Il avait soigneusement peigné sa barbe à la Herzl en la partageant, un peu à la manière du général Skobeliev. Sa chemise immaculée et sa cravate blanche sous son smoking largement échancré étaient censés lui donner l'air d'un vrai gentleman, s'ils ne l'avaient fait ressembler à un chef sommelier d'un grand hôtel. En traversant le *dining room* tapissé de miroirs, il jeta un coup d'œil à son reflet et s'arrêta un instant, l'air visiblement satisfait. Il était convaincu d'être l'homme le plus séduisant du bateau. Bien plus, voyons ce qu'allait en dire New York. Peut-être qu'en Amérique, il y en avait de plus beaux que lui, et peut-être pas... Mr Klammer ne put s'empêcher de s'exclamer, pour lui-même et avec un sourire entendu :

— Mr Klammer ! Vous êtes *all right*...

Il en allait tout autrement du quatrième actionnaire de la troupe. Nous voulons parler du chantre de Lomza. Le chantre de Lomza, bien qu'il ait quitté la Pologne depuis longtemps, et qu'il ne lui reste plus trace des papillotes rituelles, si vous me promettez le secret, je vous dirai qu'à la naissance de sa barbe... Mais à quoi bon être mauvaise langue ? Bref, il avait ressorti son vieux caftan qu'un chantre revêt les jours de fête ainsi que sa ceinture de soie. Il avait boutonné son gilet jusqu'en haut, et avait pris une mine si pieuse que les deux Schwalb et Mr Klammer s'écrièrent d'une seule voix :

– Qu'est-ce que c'est que ça ?

– L'Amérique ! leur répondit d'un seul mot le chantre de Lomza, puis il leur expliqua : l'Amérique, voyez-vous, ce n'est pas l'Europe, et New York n'est pas Londres. L'Amérique, c'est l'un ou l'autre : si on est artiste, on est artiste. Si on est chantre, on est chantre. Vous pigez ?

S'ils avaient pigé ou pas, on l'ignore. Toujours est-il que le chantre de Lomza avait adopté une attitude pragmatique : jusqu'au moment où ses enfants commenceraient à gagner de l'argent en Amérique, jusqu'au moment où les comédiens commenceraient à ramasser l'argent à la pelle dans cet Eldorado, rien ne l'empêchait de se faire un petit office chanté (on approchait des Jours Redoutables), précisément à l'intention de ses compatriotes, les Juifs de Lomza, eux qui l'avaient fait venir ici avec toute sa petite famille musicienne. Dieu merci, il s'en sentait encore la force. En mer, il n'avait rien perdu de ses moyens. Au contraire, il avait l'impression que la traversée en bateau lui avait fortifié la voix, et il ressentait des frémissements dans la gorge, son gosier le démangeait, et il n'avait pas cessé de chanter de toute la matinée, depuis que l'on avait aperçu la terre. En un mot, le chantre de Lomza s'était remis dans la peau d'un chantre, s'était vêtu comme un chantre, avait repris la physionomie d'un chantre, comme il convient à un chantre à l'aube des Jours Redoutables.

La femme du chantre aussi avait revêtu ses habits de fête. Sur la tête, par-dessus la perruque jaune, un fichu de soie noué à deux pointes, mais laissant apparaître les deux oreilles, de façon que, premièrement, on puisse voir les boucles en argent plaqué or qui lui pendaient aux oreilles depuis son mariage, et deuxièmement, pourquoi ne laisserait-elle pas entrapercevoir un peu de ses propres cheveux blonds ? Que savait-elle de l'Amérique ? Fallait-il y avoir l'air modeste, ou délurée ? Peut-être qu'il y fallait les deux ? Allez savoir, avec l'Amérique !...

Par contre, leurs enfants, la petite famille musicienne, étaient habillés entièrement à l'européenne. Tous, du plus grand au plus petit, portaient des vêtements d'enfants : culottes courtes, jupes épaisses, petits gilets, petits chapeaux sur les cheveux longs. Les culottes courtes et les cheveux longs, tous les enfants prodiges en portaient : Huberman, Fidelman, Grisha Stelmakh, aussi longtemps qu'il était possible de camoufler la barbe et les moustaches : et c'est bien connu, on peut toujours essayer de les couper, de les raser, d'y faire ce qu'on veut, ces engeances finissent toujours par poindre et se développer.

Quoi qu'il en soit, c'était bien la petite famille musicienne qui était la plus contente de ce voyage. L'Eldorado avait pour eux des promesses qu'il n'avait pour aucun autre. Quand on leur avait annoncé la bonne nouvelle que la terre était en vue, ils étaient tous sortis sur le pont supérieur, s'étaient embrassés, s'étaient tous pris par la main, et, comme si cela avait été décidé entre eux à l'avance, s'étaient mis à chanter une petite chanson américaine, dans le tempo des vagues dont la fureur s'apaisait déjà, mais qui continuaient à battre au même rythme :

— America, A-me-ri-ca !!...

CHAPITRE VINGT-TROIS

LA MER EST CALME

La mer était calme sur les côtes de l'Amérique quand le bateau fut près de New York. Pas silencieuse, mais calme.

Quand la mer furieuse se calme, elle halète comme une énorme bête fatiguée. Immense est la mer quand elle joue à éclabousser de toutes ses vagues, belle est la mer quand elle se calme. Majestueusement belle, naturellement belle.

Toute une gamme de couleurs, toute la variété des couleurs dont peut disposer une nature débonnaire, se reflétait maintenant en elle, pour le plus grand plaisir de l'œil des passagers revivifiés, comme pour les récompenser des angoisses qu'elle leur avait infligées pendant les quelques jours pénibles de cette difficile traversée. Et tous avaient le cœur débordant de reconnaissance pour cette divine nature, et d'enthousiasme pour cette puissance éternelle qui avait créé un monde si vaste, si beau, si plaisant, où la vie était si douce. Ils pardonnaient à la mer, lui pardonnaient de tout leur cœur, et s'étaient de nouveau rassemblés sur le pont supérieur du bateau, pour pouvoir de nouveau contempler à loisir l'œuvre divine et s'en extasier, de nouveau exprimer leur contentement, leur ravissement, comme si rien ne s'était passé.

Si toutes les personnes qui se trouvaient sur le bateau étaient heureuses de voir approcher les côtes américaines, il faut dire que le jeune couple qui se tenait tendrement enlacé sur le pont supérieur était un couple particulièrement heureux, sinon le couple le plus heureux du bateau. En tout cas, c'est ce qu'il semblait. C'était un beau couple, beau, jeune, frais, éclatant de santé, heureux. Quel couple heureux !

Qui donc était ce jeune couple ? Évidemment, il ne pouvait s'agir que de la *prima donna* Schwalb et de son cher Léo Rafalesco. Si Rafalesco était heureux, nous n'en savons rien – mais qu'Henrietta fût au septième ciel, cela, c'était certain.

Heureuse, heureuse Henrietta – elle avait réussi ! Le temps lui avait paru si long, depuis qu'elle avait passé à poursuivre le beau jeune homme de ses assiduités dès le premier jour où elle l'avait connu, à Lemberg, jusqu'à ces tout derniers temps, à Londres. Et ce n'est finalement qu'ici, sur ce bateau, qu'elle avait réussi, qu'elle s'en était emparée – il était à elle, à elle !...

Le prix de cette victoire, elle était la seule à le connaître. La victoire faisait rayonner son regard, resplendir son visage de bonheur, le bonheur le plus pur, le plus intense. Tout son corps criait : « Vous voyez ce beau jeune homme, aux yeux si doux et caressants, aux belles boucles blondes : n'y touchez pas, il est à moi, à moi, à moi !... »

Elle s'appuyait encore plus fort à son bras, se serrait encore plus fort contre lui, levait les yeux pour scruter son regard encore plus profondément pour y lire la signification de la petite flamme qui y brûlait, pour deviner à qui il pensait en ce moment. À qui ? Ah, ah... mais à elle, bien sûr, à qui d'autre ? Allons, faites un effort, parcourez donc le bateau en long et en large, traversez toutes les classes, et essayez de trouver une jeune fille aussi jolie qu'Henrietta Schwalb, avec un visage aussi clair, des lèvres pareilles à des cerises, un regard plein d'éclairs d'une myopie affectée, de petites dents semblables à des perles qui, quand elle sourit, rendent fous tous les hommes ! Allons, trouvez-en une sur ce bateau qui porte aussi élégamment la toilette, dont la coiffure soit aussi magnifiquement apprêtée, dont le petit chapeau soit aussi bien coordonné à la chevelure, dont le petit col encadre aussi joliment la petite gorge, dont le petit gant habille aussi délicatement la petite main. Qui d'autre possède autant de bijoux, de pierreries ?

Ah, il se peut que sur ce bateau voyagent des dames qui possèdent de plus belles pierres qu'elle, par exemple cette grande Anglaise maigre et sèche aux dents en or, qui porte des bijoux dont la moitié pourrait à elle seule suffire au bonheur d'Henrietta. Au cou, des perles, aux oreilles des émeraudes, un médaillon serti d'émeraudes, à chaque doigt des brillants, des saphirs, des rubis et des émeraudes, des émeraudes, des émeraudes ! Mais à quoi donc ressemble-t-elle, cette dame ? De quoi tout cela a-t-il l'air sur elle, la pauvre ? Alors que si c'était elle, Henrietta, qui portait ces émeraudes ! Ah, mais elle en aura, des émeraudes ! Elle en aura. Qu'on les laisse seulement pénétrer dans cette fameuse Amérique, qu'on leur donne le temps de se retourner et de faire le point. Que Rafalesco puisse seulement paraître sur une scène... Qu'il puisse se produire dans quelques galas, que le public puisse se rendre compte de quel trésor il s'agit, et alors là, il y en aura, des brillants, des saphirs, des rubis et des émeraudes...

— Ça te plaît, les émeraudes ?

Henrietta se pelotonne contre Rafalesco, sans quitter l'Anglaise de son regard de myope.

— Quelles émeraudes ? demande Rafalesco.

— Espèce de taupe ! Ah, ah... Tu ne vois donc rien ?

Non, il ne voyait rien. Ni l'Anglaise, ni les émeraudes. Il ne regarde même pas dans la direction qu'elle lui montre. Quel distrait, ah, ah...

Henrietta se met à rire, non qu'il y ait quoi que ce soit de risible, mais pour faire admirer de nouveau ses petites dents pareilles à des perles. Elle contemple Rafalesco de son nouveau regard qu'elle vient de mettre au point devant son miroir.

Ce regard, elle l'a chipé à Londres, les derniers temps, d'une dame myope avec une lorgnette. Cette dame lui avait paru fort séduisante, quand de ses yeux terriblement myopes, elle regardait par sa lorgnette, les paupières à demi closes et les sourcils complètement froncés. Depuis lors, c'était devenu une marotte.

— Yentl, qu'est-ce qui t'arrive ? lui avait un jour demandé son frère Isaac en lui jetant un coup d'œil.

— Quoi, qu'y a-t-il, Isaac ?

— Qu'est-ce qui te prend de te mettre à rouler des yeux, à chaque fois que tu regardes quelque chose ?

Henrietta avait rougi, avait envoyé promener son frère, mais n'avait pas cessé d'imiter le regard de myope de la dame de Londres.

Cela se passait au temps, pas si lointain du tout, où Rafalesco ne lui appartenait pas encore, et qui était loin de lui appartenir. Il y avait un obstacle sur sa route : Zlatkè, cette jeune fille obstinée au museau pointu. Henrietta ne voyait rien, mais son frère Isaac et son frère Nissl lui avaient ouvert les yeux... Ses yeux brillaient trop fort quand elle l'apercevait. Ses joues rougissaient trop quand Rafalesco la regardait, et puis ils restaient trop souvent en tête à tête... C'est son frère Isaac qui le lui avait fait remarquer. Une fois, il lui avait dit :

— Viens voir, petite sotte, je vais te montrer quelque chose...

Il l'avait prise par la main, l'avait conduite jusqu'à la porte, et lui avait dit de regarder par le trou de la serrure. Mais ce qu'Henrietta avait alors vu était précisément le contraire de ce à quoi s'attendait son frère. Elle avait vu Rafalesco, la tête basse, faire les cent pas dans la pièce, à grandes enjambées, les mains dans les poches, et la jeune fille obstinée au museau pointu assise sur une chaise, en larmes.

— Son frère est très malade, leur avait-il dit plus tard. Le docteur dit que Holzmann est dans un état critique...

— Va raconter ça à ma grand-mère, s'était exclamé Isaac Schwalb, qui les observait comme un véritable espion. Le frère est à l'article de la mort, et c'est pour ça que la sœur doit s'asseoir sur les genoux d'un garçon et pleurer à chaudes larmes ?...

— Tu mens comme un chien ! lui avait jeté Henrietta en claquant la porte.

Pourtant, le ver avait pénétré profondément dans son cœur, et avait commencé à la ronger en silence. C'était un feu intérieur qui la dévorait, la dévorait, la dévorait !... Dieu merci, elle était maintenant sortie de l'enfer. Elle était à présent seule avec lui. Il n'y avait plus personne pour se mettre en travers de son chemin, personne, personne !...

La première chose à faire en arrivant à New York, avait décidé Henrietta par-devers elle, c'était de se faire photographier seule avec lui, dans différentes poses. Pose numéro un : ils sont tous les deux en promenade, se tenant serrés par le bras. Lui, dans son élégante et longue cape, elle, un boa autour du cou, son petit chapeau sur le côté... Pose numéro deux : ils sont assis de part et d'autre d'une table ronde, il tient sa menotte dans sa main et regarde devant lui, tandis qu'elle a les yeux mi-clos, et les sourcils complètement froncés, exactement comme la dame myope à la lorgnette. Pose numéro trois : sur fond lumineux, deux têtes, la sienne et celle de Léo, serrées l'une contre l'autre. Là, il fallait qu'elle ait les yeux complètement ouverts, tournés vers le ciel, comme une madone... Pose numéro quatre... Mais quand arriverait-on donc enfin en Amérique ?...

— C'est encore loin, l'Amérique ?

Il n'entend pas. Rafalesco n'entend rien de ce que lui dit Henrietta Schwalb, et elle retourne à ses pensées, à son projet de se faire photographier aussitôt qu'ils atteindraient New York. Son frère Nissl dit même que la première chose à faire en arrivant à New York, c'est de dresser le dais nuptial – aussi vrai qu'il convoite le bien d'autrui. Ce n'est pas l'avis d'Henrietta. Henrietta veut d'abord se fiancer, rester au moins quelques semaines fiancée. Qu'est-ce qui la presse ? Il y a déjà si longtemps qu'elle attend. Pourquoi ne ferait-elle pas durer le plaisir ?

— C'est encore loin, l'Amérique ? lui redemande-t-elle.

Mais il n'entend pas. On dirait qu'il est dans un autre monde. Oui, un autre monde. Sans qu'il s'en aperçoive, il est arrivé là où il désirait, près de ce qu'il avait désiré presque toute sa vie. Sans qu'il s'en aperçoive, le moment est arrivé où il ne va plus tarder à revoir celle dont le souvenir ne l'a jamais quitté, ne fût-ce qu'un instant. Comment leur première rencontre va-t-elle se passer, dans ce pays et après tant d'années ? Le reconnaîtra-t-elle ? Lui, il en est sûr, il la reconnaîtra. Il a sa photo, que Mme Tcherniak lui a envoyée il y a peu de temps. Il la conserve dans sa poche, tout contre sa poitrine... Et quand il pose la main sur cette poche, Henrietta croit que c'est pour elle – qui d'autre, sinon elle ?... Elle s'appuie encore plus fort contre lui, plus serrée, et le regarde dans les yeux en se pelotonnant comme une chatte :

— Alors, bientôt nous serons arrivés en Amérique ? lui demande-t-elle pour la troisième fois en lui taquinant le nez de son doigt, puis elle rit : Ah, ah, ah... !

Rafalesco la regarde. Il ne sait pas pourquoi elle rit. On vient de l'interrompre dans ses plus douces pensées... Il avait oublié en cet instant celle qui se pend à son bras. Elle vient de se rappeler à lui, alors il baisse les yeux sur elle et se demande : « À quoi bon ce flirt !... Pourquoi me suis-je si tard amouraché de cette femme ?... Échapper ainsi à une calamité pour tomber dans une calamité nouvelle... »

Malgré lui, il retrouve le souvenir de Zlatkè, son air toujours mélancolique, ses yeux que gonflent les larmes. Malgré lui, il repense aux dernières paroles de Holzmann, difficilement prononcées d'une voix rauque et haletante au moment des adieux : « Une orpheline... une pauvre orpheline... » Il voudrait oublier, mais ne le peut. Il aurait bien voulu que tout son passé, les quelques années où il a erré sans feu ni lieu, reste de l'autre côté de l'océan, dans l'Ancien Monde, pour lui permettre de débarquer dans ce monde neuf en nouveau-né, pur, sans tache, innocent, comme il l'avait été autrefois, il y a longtemps, dans ses jeunes années pures et sans tache... Mais comme par un fait exprès, il ne peut pas oublier, et ce qui lui revient à la mémoire de façon lancinante, ce sont justement les pensées les plus amères, les plus tristes.

Pour chasser ces images et ces pensées, il se plonge dans la contemplation de l'océan. De nouveau, il ne peut en arracher son regard. Tous les passagers sont revenus sur le pont supérieur. De nouveau, leur reflet joue avec l'océan. De nouveau, ils ne peuvent se rassasier du spectacle de sa splendeur et de son éclat. Aucune limite à son immensité quand il se met en furie, rien ne se compare à sa beauté quand il se calme.

Calme était la mer près des côtes de l'Amérique. Pas silencieuse, mais calme.

CHAPITRE VINGT-QUATRE

LE CHANTRE DE LOMZA EST « IN TROUBLE »

On le sait, l'entrée au paradis n'est pas chose facile : il faut tout d'abord se purifier en franchissant les sept degrés de l'enfer. Il en va de même, pardon de la comparaison, pour le Paradis céleste de l'au-delà et pour le paradis d'ici-bas, j'ai nommé l'Amérique. Leurs portes ne sont pas ouvertes à tous, et l'entrée n'en est pas permise à chacun.

Ceux qui connaissent le secret, et rares sont ceux qui l'ignorent, prennent toutes les mesures nécessaires en temps et en heure, avant même de quitter la maison, et se garantissent grâce à toutes les protections possibles. Cela n'empêche pas le cœur de cogner bien avant d'arriver à New York. On est agité de fièvre brûlante et de frissons glacés. On claque des dents. On bâille nerveusement, on s'étire, on s'époussette, on se regarde les uns les autres, et l'on prie Dieu qu'il vous épargne de chanceler, d'être *troubled* pendant l'audition, que la cérémonie de purification se passe rapidement pour qu'une fois franchis les sept degrés de l'enfer, de « l'île aux larmes », on puisse enfin passer sain et sauf les portes du paradis, c'est-à-dire de l'Eldorado.

Nos artistes errants de la troupe itinérante Klammer, Schwalb and Co. se moquaient bien de tout ce cérémonial. L'Amérique, la belle affaire ! Ils auraient pu, disaient-ils, y entrer trois fois, en ressortir trois fois, et y entrer de nouveau. C'étaient des imbéciles qui avaient inventé les difficultés, des difficultés il n'y en avait aucune. Il suffisait d'être jeune et en bonne santé, alerte et joyeux, d'être vêtu décemment, de pouvoir produire quelques thalers, de pouvoir citer les noms de quelques connaissances : foutaises, pures foutaises !

Par exemple, est-ce que cela l'impressionnait, l'Amérique, un gentleman comme Mr Klammer, lui qui portait un si élégant smoking, et qui parlait l'anglais ? Et un géant comme Nissl Schwalb, qu'avait-il à craindre ? Et Isaac Schwalb ? Si tous les immigrants pouvaient être pareils !

Quant à notre couple d'artistes, Rafalesco et Henrietta, n'en parlons pas. Pour des personnes aussi jeunes, belles, saines, élégamment vêtues, toutes les portes étaient ici grandes ouvertes. Il n'en allait pas de même avec le chantre de Lomza et sa famille musicienne.

Ce qu'un homme peut avoir de misères ! Il faut dire que tout aurait pu bien se passer. Ils étaient tous, grâce à Dieu, forts et éclatants de santé, et ils étaient dotés, Dieu soit loué, d'un appétit tel qu'on aurait pu leur souhaiter d'avoir toujours de quoi le satisfaire. Mais il arriva un malheur au chantre, et de ce malheur, il était le seul responsable. Il aurait dû savoir qu'avec une ribambelle d'enfants comme la sienne, que le mauvais œil s'écarte, il lui aurait fallu s'arranger à temps avec ses compagnons pour qu'ils le munissent de quelques thalers qu'il puisse produire au cas où on le lui demande...

Sa défense, c'est qu'il ne savait pas. Il pensait, disait-il, que l'Amérique, c'était l'Amérique. En réalité, et que Dieu ne le punisse pas pour de telles paroles, c'était pire qu'à Lomza. Par exemple, est-ce qu'à Lomza quelqu'un s'aviserait de demander à tous les pauvres hères qui débarquent qui a de l'argent et qui n'en a pas ? Aucun risque !

Le pauvre chantre transpirait fort, bien plus fort, pardon de la comparaison, qu'à son lutrin. Imaginez ça, on prend un Juif et on lui demande comme ça, de but en blanc, sans préavis, de montrer la *money*. Quelle *money* ? Des thalers, ils veulent dire, des dollars américains. Mais si ce sont des livres anglaises, ce n'est pas grave. Mêmes les roubles russes, c'est aussi de l'argent. Pourvu que ce soit de l'argent. Voilà ce qu'on lui expliqua après, plus tard. Il devait faire voir, lui exposa-t-on, des espèces sonnantes et trébuchantes, s'il en avait, bien entendu, assez pour subsister les premiers temps sans obliger autrui à le prendre en charge.

— Des étrangers ? Dieu m'en garde ! s'était défendu le pauvre chantre, du mieux qu'il avait pu, moitié en anglais, moitié en allemand.

Il avait expliqué en s'aidant des deux mains que, Dieu merci, il n'était pas tout seul, et, que le mauvais œil s'écarte, qu'il était là avec toute une troupe...

S'il en était ainsi, lui avait-on demandé, qu'il veuille bien faire savoir de quelle manière il comptait subvenir aux besoins de toute cette troupe.

Bref, plus le temps passait, plus notre chantre s'enfonçait. Il s'en fallait de peu pour qu'on lui fît tâter de l'Éternel Retour.

C'est en vain que le malheureux chantre se confondit en balbutiements mi-anglais, mi-allemands, en vain qu'il fit des gestes avec les mains, en vain qu'il fronça les sourcils et qu'il eut recours à son associé Mr Klammer, qui parlait l'anglais.

Mr Klammer faisait semblant de ne rien voir, Mr Klammer était un as comme donneur de conseils à Whitechapel, chez lui, au café National, mais pas ici, à la descente du bateau, sur le sol américain, « où les maudits *shnorrers* russes » menaient un vacarme et un tumulte à vous rendre fou ! Notre Mr Klammer se détourna lentement, défroissa un pli de son smoking, sépara en deux sa barbe à la Herzl, moitié d'un côté, moitié de l'autre, façon Skobeliev, et s'en fut, comme dit l'Anglais : « *I disavow him bag and baggage* », ce qui dans la langue des *goyim* de chez nous, ne se traduirait pas autrement que : « *Moya khata skrayu* », c'est pas mes oignons !

Heureusement qu'à bord, il y avait un autre associé, Nissl Schwalb, l'homme à combines. Subodorant de loin que le chantre était *in trouble*, notre génial combinard comprit immédiatement ce qui se passait. Il prit alors la femme du chantre à part, chuchota un moment en secret avec elle, fit force clins d'œil, et lui fourra quelque chose dans son corsage. Puis, de l'œil, il lui fit signe, ainsi qu'à ses enfants : « Venez ! »

Vous imaginez bien qu'en d'autres temps, et dans d'autres circonstances, notre combinard aurait reçu de la part de la femme du chantre une bonne volée de bois vert.

D'accord, disons-le, c'est avec une troupe d'artistes que la femme du chantre de Lomza, mi-bigote, mi-émancipée, se rendait dans un pays appelé l'Amérique. C'est vrai. Mais il ne faut pas oublier que ce n'est pas pour autant, Dieu la préserve, qu'on pouvait la prendre pour une choriste, une danseuse, une chanteuse, ou même pour une *prima donna* (ça, c'était pour la sœur, Henrietta), qui échange des baisers avec le premier garçon venu (ça, c'était pour Rafalesco) dont on ne savait pas s'il était son fiancé, ou pour va-t'en savoir qui ?... Elle était quand même la femme du chantre de Lomza, dûment mariée et légitime, et un bonhomme comme Nissl Schwalb devrait connaître les bonnes manières... Mais là, dans la panique, et en plus avec son mari qui était *in trouble*, elle n'eut même pas le temps de se rendre compte. Le bonhomme Schwalb l'empoigna par le bras, la conduisit tout droit vers la petite table, et là, en homme qui s'exprime parfaitement en anglais, se présenta comme le défenseur du chantre de Lomza, de sa femme, et de toute leur famille musicienne, en prononçant les paroles suivantes (que nous traduisons ci-dessous en bon vieux yiddish) :

— Messieurs, je suis habilité à représenter devant vous l'épouse de monsieur ici présent. Ni l'un ni l'autre ne parlent un traître mot d'anglais. Vous voyez toute cette troupe (il désignait du geste toute la petite famille) ? Il s'agit là, grâce à Dieu, d'une famille de purs musiciens, doués et talentueux. Tous, autant qu'ils sont, du père jusqu'au plus petit des enfants, sont capables de gagner leur morceau de pain, leurs monceaux d'or, devrais-je dire. Il n'y en a qu'une (et il désignait la femme du chantre), et elle est la seule, à ne rien gagner. Elle se contente d'être une épouse fidèle, une mère pour ses enfants, une bonne maîtresse de maison, et une caissière. Tout le contenu de la caisse, c'est toujours elle qui le conserve sur elle, en un endroit approprié... Soutirer un *cent* à cette femme, m'entendez-vous, est un exploit aussi rare que de fendre en deux la mer Rouge !...

Voilà les paroles qu'il prononça en anglais, à l'intention de ces messieurs. Quant à la femme du chantre, il lui lança, s'en tenant cette fois au yiddish :

— Sauf votre respect, ma bonne dame, dégrafez donc votre corsage, et passez la monnaie !...

Ce n'est qu'une fois qu'il eut mis le pied à terre, sur le sol américain, que le chantre de Lomza se rendit compte par quel danger il venait de passer, et à quels ennuis il avait échappé. Alors, il étreignit son protecteur, son sauveur, pour autant qu'il était possible d'étreindre un homme de la dimension de Nissl Schwalb, et se mit à le serrer, à l'embrasser, à l'étouffer, à le remercier avec des sanglots.

— Mon petit père, mon petit cœur, ma petite âme, quel sage parmi les Juifs vous êtes !... Un vrai roi Salomon !... Un ange de Dieu !... Un... Un... Je ne sais même plus quoi dire !

Il essaya encore de l'embrasser.

— Ça suffit ! Ça suffit, je vous dis, s'exclama Nissl Schwalb en s'arrachant à l'étreinte du chantre. Mais qu'est-ce qu'il me veut, ce Juif ? Il va finir par m'étouffer, ce Juif, là, sur le sol américain, aussi vrai que je convoite le bien d'autrui !

CHAPITRE VINGT-CINQ

BÉNI SOIT CE PAYS

Pendant l'instant émouvant où le chantre de Lomza avait étreint son protecteur et sauveur pour l'embrasser, et où celui-ci s'était dégagé des deux mains, Nissl Schwalb avait aperçu une créature qui avait l'apparence d'une femme, vêtue d'un long manteau rouge, au large visage de pleine lune, arborant un gras sourire et une quantité de dents blanches.

Il vit la créature commencer par se jeter sur sa sœur Henrietta. Ensuite, elle embrassa affectueusement son frère Isaac. Enfin, elle s'élança sur Rafalesco, l'entoura de ses bras courts et gras, l'étreignant et l'embrassant comme une sœur, comme une mère, comme une mère aimante.

– Mais qu'est-ce que c'est que ce monstre ? s'enquit Nissl Schwalb étonné, tout d'abord auprès du chantre, puis de sa femme.

Mais le chantre et sa femme étaient eux-mêmes tombés entre les mains d'un groupe de personnes, des Juifs de Lomza avec leurs épouses. Ils se précipitèrent d'abord sur le chantre, puis sur la femme du chantre, puis sur toute la troupe, leur sautant au cou, les embrassant et les serrant très très fort contre leur cœur.

Parmi ces Juifs se trouvaient toutes sortes de spécimens : certains s'étaient acclimatés depuis longtemps en Amérique, d'autres avaient encore l'air d'immigrants de fraîche date, qui avaient conservé jusqu'au moindre détail leur apparence de Juifs traditionnels, et n'avaient même pas renoncé au mouchoir rouge autour du cou.

Leurs épouses aussi se répartissaient en différentes catégories : certaines, entièrement ou à demi yankee, qui se faisaient déjà appeler *missis* ou *lady*, portaient de vastes *hats* sur la tête et des dents en or dans la bouche, et d'autres, qui n'avaient pu se séparer de leur perruque, qui se portait avec une raie blanche au milieu du crâne, exactement comme à la maison, à Lomza – de vraies « Yentl-Mirl »...

Toutes ces variétés de personnages que nous venons d'énumérer, les immigrants de fraîche date ou les acclimatés, les *missis* ou les « Yentl-Mirl », se réjouissaient fort en revoyant leurs concitoyens, le chantre de Lomza et toute sa famille. Ils poussaient de hauts cris, faisaient du vacarme, avec de grands gestes des mains, exactement comme s'ils ne se trouvaient pas à New York, mais à Lomza dans le quartier juif.

Les Juifs de Lomza et leurs épouses tombaient tout bonnement sur leurs concitoyens, le chantre de Lomza et sa famille musicienne, leur faisaient une sorte de pogrom, se les arrachaient, qui pour le *breakfast*, qui pour le *dinner*, qui pour le *supper*.

— Au nom du ciel, venez chez moi !

— Non, chez moi ! Et sans faute !

Le chantre de Lomza et toute sa maisonnée étaient comme ensorcelés. Tout se passait comme dans un rêve : depuis qu'ils avaient quitté Lomza, depuis qu'ils avaient commencé à errer de par le monde, et pendant tout le temps où ils avaient battu le pavé de Whitechapel, jamais nulle part ils n'avaient eu pareille réception, pareil accueil, pareils vœux de bienvenue qu'ici, sur le sol américain, ni même en rêve. Bien plus, à Lomza même, jamais ils n'avaient été des hôtes aussi appréciés qu'ici même, dans ce pays heureux et libre, le pays doré de Christophe Colomb. Au contraire, là-bas, chez eux, on leur faisait amplement comprendre que leur famille était trop grande. Même Mr Klammer, qui faisait déjà presque partie de la famille, un associé pouvait-on dire, leur avait plus d'une fois demandé, sur le bateau, en souriant gentiment toutefois, pourquoi ils avaient emmené avec eux leur smala au grand complet, sans laisser derrière eux à Lomza quelques-uns de leurs enfants, pour faire souche... Et là, les voilà soudain transformés en hôtes si distingués, si chers, qu'on se les arrache presque, qu'on est près de se battre pour les avoir ! Béni soit ce pays ! Béni soit ce pays !

Le chantre et sa femme se regardaient, la larme à l'œil. La petite famille musicienne se gonflait d'aise. Ils marchaient sur un nuage. Ils ne savaient à qui répondre en premier. Ils voulaient, avec l'aide de Dieu, aller partout, mais comment faire ? Ils voulaient, avec l'aide de Dieu, aller chez tout le monde. Chez celui-ci pour le *breakfast*, chez cet autre pour le *dinner*, chez cet autre enfin pour le *supper*. On ne peut pourtant pas se couper en morceaux. Mais avec une famille pareille, ah, ah ! avec l'aide de Dieu, ça finirait par s'arranger ! Ça finirait par s'arranger !

Nissl Schwalb contemplait la scène, et son cœur se réjouissait. Qui mieux que lui savait à quel point cette petite famille était pauvre et misérable à Londres ? Tout à coup, voilà qu'ils se retrouvaient avec tant d'amis, de bons amis ! Mais quoi, ne le savait-il pas d'avance, que cela se passerait ainsi ? Il le savait, aussi vrai qu'il convoitait le bien d'autrui, il le savait. C'était pour cela que l'Amérique existait. Béni soit ce pays ! Dommage qu'il n'ait pas le temps d'aller chez ces gens si hospitaliers, pour les remercier au nom du chantre de Lomza, et en même temps en profiter pour faire plus ample connaissance avec eux, discuter avec eux de la douce Amérique, des dollars yankees et du pays de Christophe Colomb... Quel dommage ! Mais l'esprit de Nissl Schwalb était pour l'instant préoccupé, du diable s'il savait pourquoi, par cette espèce de calamité, ce long manteau rouge, qui avait commencé par se jeter sur sa sœur, puis sur son frère, et à présent sur Rafalesco – et qui l'embrassait, l'embrassait, l'embrassait, d'abord sur une joue, puis sur l'autre, puis sur les lèvres. De nouveau sur une joue, sur l'autre joue, sur les lèvres, interminablement.

Nissl Schwalb n'y tenait plus. Il s'approcha du long manteau rouge, l'éloigna de Rafalesco :

— Mais qu'est-ce que c'est que ce monstre ?

En fait, Rafalesco était content d'être libéré de l'étreinte importune. Il arrangea ses cheveux en désordre et son chapeau froissé, puis les présenta l'un à l'autre :

— Mon ami Schwalb... Ma chère vieille amie, Brayn... Mme Tcherniak.

Rafalesco avait failli laisser échapper son vrai nom : Brayndelè la Cosaque.

Car c'était elle.

CHAPITRE VINGT-SIX

À SONS DE TROMPE ET DE CORNE DE BÉLIER

Le moment qu'avait choisi notre commune artistico-musicale, la troupe itinérante Klammer, Schwalb and Co., pour arriver en Amérique était véritablement le meilleur, le plus animé, je dirais volontiers le véritable moment de la moisson dans le quartier juif de la ville assaillie par le tumulte, l'agitation, la trépidation, saisie par la fièvre du bizness qu'était New York.

C'était le mois où la vie juive aux *United States* d'Amérique, après les longues semaines d'assoupissement des *vacations* d'été, s'éveille de son sommeil. Le temps où la pulsation juive dans les grandes villes se fait sentir plus fort que jamais, où la rue juive devient plus juive que jamais, où les gazettes juives explosent quasiment d'annonces tapageuses et de gigantesques réclames. Ce sont généralement des annonces qui vous appellent à la synagogue, qui parlent de chantres, d'assemblées de prière, de cornes de bélier, de branches de palmiers et de cédrats, de cartes de vœux de bonne année, et de bien d'autres choses saintes qui ont à voir avec Dieu. Bref, c'était la période des fêtes de l'année nouvelle, qu'il suffit de ces mots pour caractériser : le son de la trompe et de la corne de bélier.

Tout comme chez nous dans le Vieux Monde, ces journées, dans le Nouveau Monde, sont celles qui marquent le passage de l'année juive finissante à la nouvelle, de l'été à l'hiver, le temps où l'on liquide tout ce qui est vieux et usé, où l'on nettoie tout ce qui est fané et défraîchi, où l'on change employés et serviteurs, où l'on retouche les vêtements et raccommode les chaussures, où l'on choisit précepteurs ou *kheyders*, ou l'on pense à déménager, ou plutôt comme on dit là-bas, à *moving* d'un appartement à l'autre. Bref, le monde reste le monde, le même partout. Cette période porte là-bas le nom de saison.

« Saison », c'est un mot agréable, un mot qu'on aime, un mot pareillement apprécié de chacun dans ce pays de travail : de celui qui donne de l'ouvrage comme de celui qui cherche de l'ouvrage, de celui qui transpire comme de celui qui fait transpirer, de celui aux yeux de qui le *nickel* représente une somme comme de celui aux yeux de qui un dollar ne vaut rien, de celui qui est à la recherche d'un morceau de pain comme de celui qui est à la recherche du plaisir, de celui qui, avec femme et enfants, se contente de vivre tout là-haut au *top floor* ou tout en bas dans le *basement*, sans air ni lumière, comme de celui qui a passé tout l'été dans une datcha, c'est-à-dire là-bas dans les Catskills, sans cesser jour et nuit de jouer au poker ou au pinochle qui est un jeu à peu près aussi intelligent que notre *oké* ou notre *stukelke*, ou bien encore à un autre jeu que nous autres nous appelons *floït* et eux flirt et qui consiste à séduire en douce la femme d'un autre, ou à s'échanger les épouses au su et au vu de tous, ce qui est à moi est à toi et inversement, sans vergogne...

La saison, c'est aussi le moment du réveil, du renouveau et du changement pour le théâtre en général, et le théâtre yiddish en particulier qui, si l'on en croit la presse, occupe une place de choix dans la vie du quartier juif de New York. Pendant cette période, la presse juive devient *busy*, les journaux yiddish ont de la matière.

Pour commencer, paraissent des séries d'articles sous le titre générique : « Nouvelles du monde du théâtre yiddish ». En général, ce sont des potins que l'on colporte, des informations que l'on a décrochées au passage, d'innocents mensonges de coulisses, des inventions pures et simples, des rumeurs. Exemple : tel manager de théâtre arrive la semaine prochaine d'Europe avec les plus grandes chanteuses de l'Opéra de Paris, tel manager a loué tel ou tel théâtre, tel manager a réussi à attirer chez lui, c'est-à-dire à débaucher telle ou telle star, telle ou telle *prima donna* célèbre quitte la scène yiddish pour le théâtre américain, tel ou tel auteur connu, qui s'est immortalisé par ses œuvres musico-réalistico-dramatiques, a écrit pour la saison trois pièces réalistico-musico-patriotico-mélodramatiques, qui dépassent tout ce qu'on a pu voir jusqu'à ce jour dans le pays. Le tout assaisonné d'une cajolerie à l'adresse de telle ou telle star, d'une flatterie à l'adresse de telle ou telle *prima donna*, d'un peu de pommade passée à tel ou tel manager de théâtre, et d'une risette à l'adresse de tel ou tel auteur. Bref, ce ne sont pour le moment que des bavardages que la presse s'autorise à la veille de la saison, alors que l'été est tout juste en train de se terminer.

Il en va tout autrement avec la presse dès que la saison théâtrale a commencé, et qu'elle bat son plein. À ce moment-là, quand vous ouvrez une gazette yiddish, vous saute au visage toute une foule d'articles tapageurs aux manchettes énormes et pleines de noms différents. À longueur de colonnes, là-bas on dit *columns*, miroitent devant vous, en caractères gigantesques, des mots enjôleurs, une prose retentissante qui coulent comme de l'huile et se lisent comme on boirait du petit-lait, qui parlent du plaisir céleste qu'un manager a préparé à votre intention, et de la jouissance paradisiaque que vous procurera tel théâtre. Ces articles pleins d'une onctuosité de miel sont rédigés de façon si astucieuse et présentés de façon si séductrice que le lecteur ordinaire et naïf en reste bouche bée. Il ne sait pas s'il s'agit d'un article de fond, ou comme cela s'appelle là-bas, d'un *editorial*, écrit par le rédacteur en chef lui-même, ou s'il s'agit d'une critique, un alléluia, un chant de louanges qu'a composé un journaliste enthousiaste de la rubrique théâtrale. Jamais, au grand jamais, il ne lui viendra à l'esprit qu'il s'agit là d'une publicité dûment monnayée, ce qu'on appelle là-bas un *advertisement*, d'une page payante où le manager d'un théâtre peut faire imprimer ce qui lui chante. Il y proclame la renommée, la gloire et le rayonnement de son propre théâtre à grands sons de trompe et de corne de bélier.

« Voulez-vous voir un spectacle de haut niveau, tel que vous n'en avez jamais vu jusqu'à présent ? ainsi se répand l'un d'entre eux dans un journal en susurrant d'une voix de rossignol. Voulez-vous passer ne serait-ce qu'une heure délicieuse et tranquille au paradis ? Voulez-vous savoir ce que signifie le plaisir céleste ? Voulez-vous entendre l'écho de pures chansons juives, voulez-vous verser de purs sanglots juifs comme dans *Cœurs brisés* ? Voulez-vous rire de bon cœur au pur humour juif comme dans *All-rightniks* ? Voulez-vous rassasier votre regard de riches *sceneries* et de décors à l'allure patriotique comme dans *La Quintessence du Juif* ? Voulez-vous admirer de merveilleuses danseuses comme on n'en a encore jamais vu ? Accourez donc voir, tous les soirs et en matinée pendant toute la durée des fêtes, *Les Quatre Pieux du dais nuptial*, la plus belle, la plus somptueuse opérette tragi-comique, mélodramatico-patriotique qui ait jamais été représentée sur la scène yiddish ! »

« Parmi toutes les pièces qui sont données dans tous les théâtres yiddish pour ces fêtes, *Le Chandelier* brille d'un tel éclat que toutes les autres pièces qui ont pu être montées jusqu'ici en sont ternies et disparaissent complètement », proclame avec assurance un deuxième manager, d'un autre théâtre. Il poursuit avec un rare aplomb :

> *Le Chandelier* émerge de ces productions tel un géant parmi des nains. Il nous a déjà été donné dans ce pays de voir sur scène des larmes, des larmes de veuves esseulées, de malheureuses orphelines, des larmes d'enfants abandonnés et de bambins assassinés. On a pu voir couler le sang de vierges juives souillées, d'épouses outragées dans la bestialité des pogroms. Il nous a été donné d'entendre dans nos théâtres les francs éclats de rire que provoquent l'humour et l'esprit juifs. Il nous a été donné d'écouter les chansons et les suaves mélodies de célèbres *prime donne*. Il nous a été donné de voir les évolutions de certaines des plus grandes danseuses du monde. Mais de spectacle aussi surprenant, d'un niveau aussi élevé, on n'en a jamais vu de tel à New York !

Un troisième manager de théâtre s'installe tout à son aise, comme un propriétaire, dans son *paper*, et se met tout bonnement à raconter l'histoire que voici : il a consacré ses *vacations* d'été à un brillant séjour en Europe, s'est rendu dans toutes les grandes villes où il a fréquenté tous les théâtres, il a tout observé, tout écouté, a fait son miel en butinant un peu partout, et en a tiré l'idée qu'il se devait de présenter au public juif new-yorkais une pièce pour les fêtes qui, en même temps qu'elle enchanterait les spectateurs grâce à des costumes nationaux tels qu'on n'en avait jamais encore vu ici, gonflerait leur cœur de vraie fierté juive et de patriotisme, une pièce qui donnerait à voir les personnages juifs les plus emblématiques et exemplaires de l'histoire du judaïsme en même temps que les modernes bandits du xxe siècle, une pièce qui traiterait des plus purs sujets bibliques, accompagnés de splendides mélodies nationales juives et de chansons patriotiques ainsi que des plus récentes chorégraphies des ballets de Paris. Le tout, poursuit notre manager-dramaturge, lui a valu pas mal de soucis et coûté pas mal d'argent. Ce n'est qu'après bien des tracas, un travail sans relâche et des frais énormes, une fois la pièce terminée, qu'il se trouva plongé dans la plus grande perplexité : le titre. Il n'avait pas de titre adéquat. Figurez-vous que dans une œuvre dramatico-musicale, le plus difficile, ce n'est pas la musique, ce n'est pas le traitement dramatique, ce ne sont pas les personnages, ce ne sont ni les décors ni la mise en scène, c'est le titre. Un drame musical doit avoir un titre qui sonne comme un carillon, qui joue comme un violon, qui chante comme une *prima donna*. Mais grâce à Dieu, il avait compris que le titre le plus adapté à cette œuvre colossale, cette tragi-comédie musico-dramatique et patriotico-nationale ne pouvait être autre que *Moyshé*.

CHAPITRE VINGT-SEPT

« MOYSHÉ »

Le nom de « Moyshé » est très populaire dans les milieux du théâtre en Amérique.

« Moyshé », entre guillemets, c'est le nom que l'on donne là-bas à la quasi-totalité du public du théâtre yiddish.

« Moyshé », c'est le symbole du personnage naïf, vulgaire, mal dégrossi.

« Moyshé », c'est le type même du simple quidam, que l'on traite sans cérémonie. On peut lui donner à brouter du foin, qu'importe, « Moyshé » a l'estomac solide, il est capable de tout digérer.

On suppose, et c'est plus que vraisemblable, que le créateur de ce nom de « Moyshé » ne serait autre, qu'il veuille bien me pardonner, que celui qu'on a surnommé le père du théâtre yiddish, le bienheureux Goldfaden.

Si je dis : « qu'il veuille bien me pardonner », c'est que le nom de « Moyshé » est généralement suivi d'un autre mot qu'il est impossible d'imprimer mais que le plus grand poète juif américain n'éprouve pas de pudeur à faire rimer avec *kedoukhès*[*]...

C'est vrai qu'il s'est trouvé là-bas des gens pour ne pas être satisfaits de ce nom. Un beau jour, quelqu'un avait même fait paraître dans la presse une protestation incendiaire contre ce grossier blasphème de ghetto, cette profanation de la figure historique la plus sacrée que nous ayons. Rien n'y fit. On avait lu la protestation, on avait beaucoup ri, et le nom de « Moyshé » était resté jusqu'à ce jour, non seulement là-bas, mais s'était propagé jusque chez nous,

* C'est-à-dire *toukhès*, le « derrière ».

au vieux pays, escorté de son mot d'accompagnement, si bien que depuis, si l'un de nos acteurs du théâtre yiddish prononce le nom de « Moyshé », on connaît la suite...

Bref, avec ce titre, *Moyshé*, l'auteur de la pièce dramatico-musicale et patriotique avait visé juste, et avait atteint son but mieux encore. Dans la pièce, dévolu à la *prima donna*, se trouve un air patriotique qui est vraiment le fin du fin. La *prima donna* le chante avec tant de charme, sur une mélodie si suave et fraîche qu'il vous envahit tous le corps et lui vaut la plus belle des ovations. L'air n'est pas chanté par la seule *prima donna*. Le théâtre tout entier, comédiens, choristes et public compris, lui apporte son soutien.

Le titre de la chanson, c'est *Moyshé*, et voici comment on la chante.

La *prima donna* paraît, comme il se doit c'est une créature de rêve, vêtue comme il se doit d'un uniforme d'officier, et elle entonne d'une agréable voix de mezzo-soprano :

Dites, avez-vous vu mon Moyshé ?
Moyshé ? Moyshé ? Moyshé ?
C'est mon héros, j'en suis amourachée !
Amourachée, amourachée
À l'aide, Juifs mes frères, Moyshé !
Dites, avez-vous vu mon Moyshé ?

À ce moment-là, les yeux de la *prima donna* se portent vers l'honorable assistance et la scrutent de tous côtés : le parterre, les loges, la galerie.

On entend alors une voix, venant de l'honorable assistance, venant du parterre, des loges ou de la galerie :

— Moi, je m'appelle Moyshé !

La *prima donna* lui répond en minaudant :

— Non, tu n'es pas mon Moyshé à moi !

Une seconde voix se fait alors entendre, venant du parterre, des loges ou de la galerie :

— Moi, je m'appelle Moyshé !

C'est alors que termine la *prima donna*, avec l'aide du chœur et de l'honorable assistance :

> Moyshé par-ci, Moyshé par-là,
> On n'entend plus que ce nom-là !

Dès les deux ou trois premières représentations, la chanson *Moyshé* fut un succès et se répandit à travers le neuvième district de New York, on la chanta chez soi ou dans la rue, dans les *kitchens* et dans les *shops*, dans tous les restaurants juifs, dans les *stores* et dans les *factories*, partout on n'entendait chanter que *Moyshé, Moyshé, Moyshé.* On ne pouvait espérer plus grand triomphe, tant il est vrai que quand on donne une pièce nationalo-musico-dramatico-patriotique, si l'honorable public en conserve une ritournelle, c'est la meilleure indication que la pièce tout entière aura, si Dieu le veut, une longue et belle carrière. Le manager du théâtre pouvait déjà être certain que son *Moyshé* ne serait pas retiré du répertoire aussi longtemps que « Moyshé » ne se lasserait pas de chanter *Moyshé*... Que les critiques éreintent autant qu'ils veulent, que les chroniqueurs ironisent autant qu'ils veulent sur les pièces de fin d'année en les surnommant « la semaine de la bêtise », les managers de théâtre yiddish prétendent qu'eux seuls connaissent les préférences de « Moyshé » et savent ce qu'il faut donner à « Moyshé ». Et s'il s'agit de savoir, disent-ils, qui du théâtre ou de la presse gâte le plus le goût de l'honorable public, qu'on feuillette donc les journaux yiddish d'Amérique et l'on verra quels romans à quatre sous ils y impriment, à l'intention de « Moyshé »... La polémique enfle dans les gazettes, on assiste à un sanglant combat entre les porte-parole des deux grandes puissances de la plus importante communauté juive du monde, la presse yiddish et le théâtre yiddish, et tout cela en l'honneur de « Moyshé »... Quant à « Moyshé », il lit ce qu'on écrit sur lui dans les journaux, et n'y prête aucune attention. Quand donc aurait-il le temps, dans ce pays du *hurry up* et du *help yourself* de se préoccuper de stupidités pareilles, de philosophie ? Et le public, assailli par le tumulte, l'agitation, la trépidation et la fièvre du bizness, fatigué, épuisé par sa journée, et qui voit enfin arriver le soir, descend dans la rue juive où on lui propose des billets, se presse au parterre, dans les loges et la galerie pour se laisser inonder par *Moyshé*, la suave chanson patriotico-romantique que la *prima donna* chante avec tant de séduction en scrutant le public des yeux :

> À l'aide, Juifs mes frères, Moyshé !
> Dites-moi, où est Moyshé ?

Et l'honorable assistance de reprendre en chœur :

> Moyshé par-ci, Moyshé par-là,
> On n'entend plus que ce nom-là.

CHAPITRE VINGT-HUIT

LA COMMUNE SE DÉSAGRÈGE

Les fêtes se terminaient. La semaine de la bêtise avec ses pièces de fin d'année sans finesse tirait à sa fin. Les théâtres yiddish de New York se remettaient au pire des répertoires, celui des pièces purement littéraires. Dans la *street*, sur de grandes affiches, et en deuxième page des journaux, on pouvait lire les noms des célébrités du monde théâtral juif américain. La presse parlait de nouvelles pièces dramatiques, donnait des noms nouveaux à des productions anciennes, qui, parties du Vieux Monde, avaient franchi l'océan, et que l'on avait astucieusement rafistolées, savamment adaptées au modèle américain, *fixed* et déjudaïsées, de façon à ce qu'on ait beau faire, on ne puisse pas voir d'où cela venait. Bref, tout était *all right*.

C'est avec un grand sérieux que les critiques commentaient ces nouvelles *plays*, y consacraient de pleines pages, et distribuaient aux auteurs les qualificatifs les plus aimables. On en avait surnommé un Sudermann, un autre Hauptmann, un troisième avait été gratifié du nom d'Ibsen et le quatrième avait été sacré Shakespeare, le Shakespeare juif, plus grand encore que Shakespeare !...

Bien entendu, tous les chroniqueurs n'étaient pas du même avis, et toutes les chroniques n'étaient pas identiques. Comme cela se pratique là-bas parmi les gens éclairés, les opinions étaient partagées. Très partagées. Là où le critique d'un journal tressait des guirlandes et chantait des louanges, portait un auteur aux nues, un autre critique d'un autre journal se montrait d'une sévérité impitoyable, foulait la pièce aux pieds, en réduisait l'auteur en cendres, démontrait par $a + b$ que, depuis que Christophe Colomb avait découvert l'Amérique, on n'avait encore jamais écrit d'aussi piètre littérature. Bref, la saison brillait de tous ses feux, et « Moyshé » tenait plus que jamais le haut du pavé sur la rue juive. Le manager du théâtre où se donnait *Moyshé*, les mains dans les poches, ne cessait de se plaindre que ça n'allait pas, mais pas du tout : son théâtre était trop petit pour accueillir tout le public qui chaque soir se précipitait pour voir son *Moyshé*. Il avait la mine d'un Rockefeller malheureux de ne savoir que faire des millions et des millions que, telles des pierres, le ciel faisait pleuvoir sur sa tête.

On peut facilement imaginer la jalousie qui dévorait les autres managers. C'est en vain qu'ils s'agitaient dans tous les sens, en vain qu'ils ressortaient de leurs malles la meilleure marchandise des meilleurs dramaturges du monde, en vain qu'ils écrivaient sur leur propre compte que c'était chez eux que se trouvait le « vrai foyer de la dramaturgie juive ». « Moyshé » leur brouillait l'esprit, faisait vaciller leur raison, consommait leur défaite. Les pauvres propriétaires de théâtres étaient plongés dans le plus grand désespoir quand tout à coup, un beau jour, se manifesta une source d'espérance renouvelée, de renaissance possible. Une source qui leur fit ouvrir les yeux, les réveilla, et pour ainsi dire les ressuscita.

Cette source n'était autre que notre commune bien connue, la troupe Klammer, Schwalb and Co.

La compagnie itinérante, depuis que son errance l'avait amenée à New York, n'avait rien fait, se contentant d'observer de loin et de s'étonner de ce qui se passait dans le théâtre yiddish au pays de Christophe Colomb. Quelqu'un qui pose le pied pour la première fois sur un nouveau territoire, en pays étranger, se trouve dans la situation d'un nageur dans des eaux inconnues. Il doit commencer par s'orienter, observer les habitudes, prêter l'oreille à la langue, s'acclimater.

Mais rester longtemps sans rien faire n'est pas une solution. Notre compagnie errante Klammer, Schwalb and Co. risquait bien d'y laisser tout le pécule que Mr Klammer avait apporté de Londres. Chaque livre sterling que Mr Klammer devait changer en dollars américains lui arrachait des gémissements pitoyables, il reprochait amèrement à ses associés de ne pas se mettre au travail avec un peu plus d'ardeur, laissait entendre, généralement sans ambiguïté, que ses poches laissaient passer le jour, et que bientôt, avant qu'on ait pu faire ouf, comme dit l'*Englishman* : « *No pay – no show* »...

Évidemment, pour les autres compagnons, de telles allusions répétées n'étaient pas si agréables à entendre, et plus que tout autre, celui qui avait du mal à les supporter était le cerveau et le chef de la compagnie, j'ai nommé Nissl Schwalb. Tous les yeux se tournaient vers lui, attendant quel exploit il allait accomplir, quelle combine il allait concevoir. Nissl Schwalb se montra à la hauteur devant ses associés, et sa réputation, Dieu merci, ne fut pas mise à mal. Il leur demanda seulement de la patience, et leur prouva, comme deux et deux font quatre, qu'ils allaient ramasser de l'argent à la pelle, qu'ils allaient faire fortune, qu'ils seraient plus riches que Jacob Schiff, qu'ils pourraient faire la pige à trois Rockefeller, aussi vrai qu'il convoitait le bien d'autrui. C'est que Nissl Schwalb, de son œil exercé, avait remarqué que dans ce pays qu'on appelait l'Amérique, les lois du Vieux Continent étaient lettre morte, que ce qui était considéré comme le bien en Europe menait en Amérique à l'abattoir. Il s'était avisé, grâce à son cerveau de combinard, que si la compagnie se présentait au complet comme il avait pensé le faire, cela pouvait mener à un échec retentissant, et qu'elle risquait de s'y rompre les os. Il serait nettement plus sain pour la compagnie de ne se manifester que peu à peu, individuellement. Bien sûr, la compagnie pouvait rester une commune, comme elle l'était, mais elle devait se séparer, ses forces devaient être réparties en petites unités, de telle sorte que chacune d'entre elles puisse faire parler d'elle, éveiller l'intérêt et provoquer des événements *sensational*. Nissl Schwalb montrait ainsi qu'il ne se contentait pas d'être un génial combinard, mais qu'il était aussi un commerçant avisé, ou comme on dit en Amérique, un bon businessman. Il avait, comme le dit Rachi, « *kederekh hatagorim* », une démarche commerciale. Un commerçant astucieux, quand il montre sa marchandise, fait d'abord voir ce qu'il a de pire. Ce n'est qu'ensuite qu'il montre le meilleur. Nissl Schwalb s'occupa en premier de promouvoir la *prima donna* Henrietta et son frère Isaac le tragédien.

En ce qui concerne Isaac, le frère, il faut bien reconnaître que cela n'alla pas tout seul. Outre le fait qu'Isaac Schwalb n'obtint pas la reconnaissance en tant que tragédien de la part du milieu théâtral juif new-yorkais, outre le fait que les connaisseurs, en parlant de lui, disaient qu'il était plutôt fait pour être *butcher* que comédien, qu'il aurait mieux valu qu'il soit laitier ou qu'il transporte des *barrels* d'*ice cream* sur la tête plutôt que d'être *actor* et d'interpréter des rôles tragiques au théâtre, outre toutes ces qualités, cela se passait au plus mal avec les *Unions* du pays yankee. Il était exclu qu'un acteur étranger ait voix au chapitre, quelles que soient ses protestations. Isaac Schwalb n'eut d'autre solution, en attendant, que d'accepter un autre poste, un autre *job*. En quoi consistait ce job, nous le verrons plus loin. Pour l'instant, intéressons-nous à sa sœur Henrietta, la célèbre *prima donna* de Buenos Aires.

CHAPITRE VINGT-NEUF

L'ÉTOILE DE BUENOS AIRES

Brayndelè la Cosaque n'avait pas exagéré dans les lettres qu'elle avait écrites à Henrietta en lui disant qu'en Amérique, non seulement on la couvrirait de fleurs, mais encore que les managers des théâtres yiddish se battraient pour elle comme pour une pierre précieuse. Il suffisait que Nissl Schwalb paraisse dans un théâtre avec sa sœur, puis dans un autre, pour attirer sur eux les regards de tout le public du parterre. Henrietta était alors, peut-on dire, dans tout l'éclat et l'épanouissement de sa beauté. De plus, elle était vêtue avec tant d'élégance, son chapeau du dernier cri et ses pierres, parmi lesquelles il y en avait davantage de fausses que de vraies, lui donnaient une telle séduction, que quand son frère la conduisait en coulisses pour la présenter aux acteurs et aux actrices, au parterre on savait déjà qu'elle était une *prima donna* célèbre, une nouvelle étoile montante au firmament de la scène yiddish. Qui elle était, d'où elle venait, cela, personne ne le savait encore. On ne l'apprendrait que plus tard, quand commenceraient à paraître dans les journaux d'abord des articles, puis des annonces, à grands sons de trompe et de corne de bélier et en caractères gigantesques, proclamant que dans tel théâtre faisait son apparition une nouvelle étoile venant de Buenos Aires et portant le nom d'Henrietta Schwalb, dont l'allure charmante et la svelte silhouette allaient faire pâlir toutes les beautés qui avaient jusqu'alors foulé non seulement la scène yiddish, mais toutes les scènes du pays, voire de la terre entière. Et tant qu'à parler de beauté, le manager se permettait d'ajouter quelques mots, pour signaler qu'au concours de beauté de Paris, Henrietta Schwalb avait remporté le premier prix.

Ça suffit. On pouvait s'épargner l'énumération de qualités supplémentaires. De toutes façons, le théâtre croulait déjà sous le public venu accueillir l'étoile de Buenos Aires, la célèbre Henrietta, qui avait remporté le premier prix. Il faut ajouter que l'honorable public, qui jusqu'à présent était habitué à ce qu'on essaie de le bluffer, c'est-à-dire de lui faire prendre des vessies pour des lanternes, était cette fois-ci satisfait au plus haut point, et accueillit l'étoile de Buenos Aires avec un tonnerre d'applaudissement tel qu'on ne peut l'imaginer que dans un théâtre yiddish de New York.

On imagine aisément sur quel ton Nissl Schwalb s'adressa au manager du théâtre quand, venu à la seconde représentation pour discuter des conditions, il aperçut au-dessus de la caisse un écriteau qui disait : « Complet ». Mais Nissl Schwalb avait simplement oublié que l'histoire du premier prix au concours de Paris, c'était le manager lui-même qui l'avait sortie de sa propre imagination, alors il se lança, selon son habitude, avec animation et chaleur dans le récit d'une geste fabuleuse sur la manière dont sa sœur avait remporté ce prix, sur la jalousie sans merci qui avait alors submergé toutes les autres beautés présentes, sur l'agacement de la direction en apprenant qu'il s'agissait d'une jeune fille juive, comment on avait alors failli lui retirer le premier prix. Heureusement, lui, Nissl Schwalb, était venu à la rescousse et avait menacé tout le monde d'un scandale. En fait, il ne s'en était pas tenu aux menaces, il avait réellement fait un scandale, leur avait dit leur quatre vérités, et patati et patata...

Nissl Schwalb dut s'interrompre au beau milieu, car il avait senti qu'un pied écrasait le sien, mais avec une telle force qu'on aurait pu croire qu'il s'agissait du pied d'un soldat de la garde. En fait, il ne s'agissait que du pied de Brayndelè la Cosaque. Elle lui avait écrasé le sien pour le ramener un peu au sens de la mesure. Mais qu'est-ce qu'elle faisait là, Brayndelè la Cosaque ? Il faut bien reconnaître que c'est elle qui avait été l'entremetteuse en chef de la *prima donna* Schwalb, c'était elle qui avait fait venir de Londres l'étoile de Buenos Aires, et maintenant qu'on discutait des conditions, elle serait restée à l'écart ? Impossible ! Nissl Schwalb était moins ébahi de sa propre imagination débordante que du fait qu'une bonne femme puisse avoir le pied aussi lourd.

Heureuse Henrietta ! Depuis qu'elle était sur les planches, depuis qu'elle était *prima donna*, jamais au grand jamais elle n'avait reçu pareil accueil qu'à New York.

Depuis qu'elle était au monde, jamais elle n'avait entendu pareils tonnerres d'applaudissements. Non, ces applaudissements ne pouvaient pas avoir été produits par des mains humaines. Des mains humaines auraient-elles eu la puissance de faire entendre des sons aussi retentissants ? De pareils coups de tonnerre, on ne les entend habituellement que quand on bat des oreillers ou des tapis, ou quand l'été, en plein soleil, on dépoussière les fourrures à grands coups de solides bâtons, ou bien alors quand on donne à quelqu'un deux planchettes de bois en lui disant :

— Vas-y, cogne ! Fends ! Frappe jusqu'à plus soif !...

Il nous faut bien maintenant avouer un secret : tout en haut, dans la galerie, il y avait justement des gens munis de tels « instruments », et qui provoquaient cette tempête à chaque fois que l'étoile de Buenos Aires faisait une entrée ou une sortie. Le théâtre croulait littéralement sous un tel tonnerre, une telle tempête. Le public d'en bas levait les yeux avec inquiétude, pour voir d'où venait ce vacarme, et prêtait lui-même la main à ce tonnerre, à cette tempête. C'est dans la nature du public de n'attendre que le premier signal. Qui doit savoir d'où vient ce signal ? Qui va aller imaginer que là-haut, quelque part, il y a des gens, avec des « instruments » dans les mains, prêts à faire un triomphe à la *prima donna*, et que parmi cette claque se trouve précisément son propre frère ? C'était vrai. Le premier de cette claque n'était autre que notre tragédien bien connu Isaac Schwalb, et tel était précisément le *job* que son frère Nissl lui avait procuré en attendant, pour les débuts de son séjour en Amérique.

Sic transit gloria mundi, dit un proverbe latin. En bon vieux yiddish, dans une traduction un peu libre, cela donnerait à peu près : « C'est ainsi qu'on passe de la tragédie à la claque. »

CHAPITRE TRENTE

LE ROSSIGNOL DE LOMZA

Les portes de l'Amérique s'ouvraient en grand pour notre commune Klammer, Schwalb and Co. Dans le même temps que l'étoile de Buenos Aires se hissait au firmament de la scène yiddish, se faisait entendre dans la presse yiddish un chant à la gloire d'un « rossignol de Lomza » que les gazettes avaient découvert et dont elles répandaient le nom à travers toute l'Amérique à grand renfort de roulements de tambour.

« *Hakol talouy bemazal* » – « Tout est question de chance ». À Londres, le chantre était oublié dans un coin, végétait dans une cave, et à Dieu ne plaise qu'il en soit de même aujourd'hui, il pouvait crever de faim trois fois par jour, obligé qu'il était de s'en remettre aux *charities* et aux braves gens comme Mr Klammer. Ici, à New York, il était devenu célèbre du jour au lendemain, sa stature avait pris trois têtes de plus et sa réputation retentissait d'un bout à l'autre de la ville.

Cette saison-là, on pouvait voir, imprimée dans tous les journaux et affichée à tous les coins de rue, la même annonce qui claironnait :

Venez dès ce soir entendre dans notre théâtre
chanter le « Kol Nidré » par le rossignol de Lomza
et son ensemble, qui ont enchanté le roi George !

Comment le chantre de Lomza avait-il fait son apparition au théâtre ? Que venait faire là-dedans le roi George qui n'en pouvait mais ? Ami lecteur, voilà des questions qu'il est inutile de vous poser. Qu'il vous suffise de garder à l'esprit que notre commune ne se trouve pas à Yéhoupetz, mais dans l'Eldorado de Christophe Colomb, ce grand pays libre et heureux qu'on appelle l'Amérique.

On peut dire ce qu'on voudra de nos frères dans cet Eldorado. Par exemple qu'ils sont un peu trop avides concernant le bizness, qu'ils se jetent dans la vie américaine avec une cupidité phénoménale, qu'ils s'américanisent rapidement, qu'ils veulent avoir l'air encore plus américains que des Américains, et autres choses du même genre, qui chez l'un passent pour des défauts et chez l'autre sont des qualités, toujours est-il qu'il faut bien leur reconnaître au moins un mérite, celui de n'avoir pas oublié le vieux verset de notre vieille Thora : « *Veahavtem et hager* » – Tu aimeras l'étranger, car toi aussi tu as été étranger. Ce verset, ils ne l'oublient pas, et ne l'oublieront jamais, dussent-ils d'immigrants de fraîche date devenir des vieux de la vieille. Si j'étais certain qu'on ne m'accuse pas d'exagérer, je dirais qu'au regard du commandement d'hospitalité, il y a un peu de notre père Abraham dans chaque Juif de là-bas. Un hôte, même pas un parent, un simple habitant de leur ville d'origine, est pour eux un don du ciel. Tout Juif américain, qui a lui-même été persécuté et qui a connu le goût de l'émigration, n'a de cesse, à peine s'est-il fait une petite situation, de faire venir toute sa famille restée au vieux pays. S'il pouvait, il ferait bien venir toute la population de son village, avec armes et bagages, rabbin, abatteur rituel et chantre compris, et les installerait dans sa nouvelle demeure bénie pour que tout le monde soit témoin de sa prospérité dans l'Eldorado de Christophe Colomb, et qu'eux aussi partagent cette prospérité.

Il ne faudrait pas cependant croire que tous nos congénères méritent des dithyrambes et des chants de louanges, ni qu'on puisse les poser tous en parangons de toutes les vertus. Après tout, partout et toujours, les hommes ne sont rien d'autre que des hommes. Quand un concitoyen débarque, on le reçoit avec la plus chaleureuse hospitalité. Les premiers temps, on ne sait pas quoi faire pour lui faire plaisir. On se réjouit, on est fier de lui. On lui prodigue les meilleurs conseils, on lui montre la voie. Souvent on lui offre le secours de quelques dollars, du mieux qu'on peut. Mais tout cela, c'est dans l'ardeur des débuts. Le temps ne s'arrête pas. Ils ont un dicton, un dicton plein de sécheresse : « *Time is money* » – Le temps, c'est de l'argent. Une fois passée l'ardeur des débuts, on lui dit :

— Maintenant, *mister*, au travail ! Le pays t'a ouvert ses portes, va, petit frère, et gagne ta vie…

Et le nouvel arrivant, après s'être reposé et avoir pris ses repères, se retrouve dans l'effervescence de la rue et en reste tout abasourdi.

Pour quelle raison ?

Dans ce pays d'agitation et de tumulte, où règne le *hurry up*, où personne n'a le temps et où chacun est pris dans le tourbillon du bizness du matin au soir, quand débarque un nouvel arrivant, il ne doit pas s'attendre à ce qu'on l'arrête dans la rue, qu'on l'accable de grandes protestations et de civilités, qu'on lui offre une prise de tabac et qu'on lui demande : « À qui ai-je l'honneur ?… » Sinon, il peut attendre longtemps. Non, nous sommes dans un pays où règne l'indépendance, un pays où chacun est son propre maître, un pays qui a érigé en principe de fer la devise : « *Help yourself* » – Aide-toi toi-même. Dans notre langue, cela pourrait se traduire à peu près par : « Eh, m'sieur, restez pas planté là », « Eh, m'sieur, remuez-vous, faites votre trou ! » ou bien : « M'sieur, vous n'avez qu'à crever, si vous n'avez rien à manger ! » Non, dans un pays pareil, il ne faut pas vous attendre à de la considération, ni espérer des miracles. C'est vous, au contraire, qui devez vous efforcer d'interpeller chacun, et d'y aller de votre petit discours :

— *Sir*, voilà qui je suis, et voilà ce que je sais faire : peut-être manquez-vous de bras ?…

Les bras, voilà l'important ! Il n'y a pas d'hommes, mais des bras qui s'offrent, des bras qui parlent, des bras qui crient : « Des bras ! Des bras ! » et plus vous crierez fort : « Des bras ! », mieux ce sera pour vous.

Mais il ne faut pas être naïf, et penser que vous devez vous-même aller arpenter les *streets* en criant : « Des bras, des bras ! » Non pas. C'est précisément pour cela que la *press* existe, c'est pour cela qu'ont été inventés les journaux, à l'intention du grand public, des journaux remplis, bourrés à craquer d'*advertisements* colorés, pleins de haut en bas d'annonces bariolées qui claironnent, battent le tambour, sonnent de la trompe et de la corne de bélier ! Celui qui dans ce pays veut trouver le bonheur, celui qui veut être assuré que dans cette Amérique libre et dorée il ne restera pas là à crever tout doucement de faim dans son coin, celui-là doit en passer par le secours de la *press*. Qu'il le veuille ou non, il devra passer ses *advertisements* dans toutes les gazettes, chanter ses propres louanges et celles de sa marchandise, carillonner, claironner, battre le tambour, sonner de la trompe et de la corne de bélier !

Le chef de notre commune avait aussitôt compris la situation. Son flair lui avait fait sentir, ses yeux lui avaient montré qu'il ne s'agissait pas de tergiverser, qu'il fallait prendre les rênes d'une main et le fouet de l'autre, et en avant ! Concernant le chantre de Lomza, c'est à la fois la période qui lui avait été favorable, et la chance qui lui avait souri. La période, comme nous le savons, était celle des fêtes, pendant laquelle en Amérique les chantres sont un article très demandé. Quant à la chance, ce fut que précisément au moment de leur arrivée, une certaine *Society* de New York vint à manquer de chantre. Malgré la surabondance de cette marchandise en Amérique, et bien qu'à la parution de la première annonce ainsi libellée : « On recherche un chantre pour la période des fêtes », une pléthore de chantres se soient précipités de toutes parts, et que notre chantre de Lomza ait eu à subir un concours extrêmement serré, ses concitoyens de Lomza s'en mêlèrent, et notre chantre de Lomza fut *all right*.

Mais cela ne fut qu'un intermède, une introduction à la carrière de notre rossignol de Lomza. Une *Society* américaine a besoin d'un chantre pendant les fêtes, mais ce n'est pas qu'avec la seule période des fêtes que l'on peut gagner sa vie. C'est là que notre combinard de Nissl Schwalb donna toute la mesure de son talent et de son esprit d'entreprise. Il loua un *hall*, et fit passer dans toutes les gazettes une annonce ainsi rédigée :

> Il chante comme un rossignol, sa gorge module les sons d'une clarinette, ses cordes vocales sont pareilles aux cordes d'un violon. Tel est le chantre de Lomza, célèbre dans le monde entier, avec son propre chœur. Il chantera le « Kol Nidré » dans tel

music-hall, accompagné de son propre orchestre
composé de tous les instruments, tel qu'il a joué
pour le roi George.

Le premier concert fut aussi le dernier, car dès le lendemain matin, notre Nissl Schwalb et son commanditaire se retrouvèrent devant un verre de bière, un havane aux lèvres, en compagnie d'un manager de théâtre yiddish, pour la signature d'un *agreement* concernant trente représentations qui stipulait que le rossignol de Lomza et son orchestre chanteraient tous les soirs le « Kol Nidré » dans la célèbre opérette dont le titre était précisément *Kol Nidré.*

À peine l'*agreement* signé, et une fois que le manager l'eut enfoui dans sa poche, Mr Klammer fut saisi de remords concernant l'affaire et s'en prit à son compagnon Nissl Schwalb, lui reprochant d'avoir, dans sa précipitation, laissé partir une marchandise pareille à un prix ridicule. La preuve, c'est qu'après les premières représentations, le même manager leur signa un nouvel *agreement* pour trente autres représentations, et ce pour un prix exactement trois fois supérieur. Ce qui conduisit les deux associés, Mr Klammer et Nissl Schwalb, pour la première fois sur le sol américain, à se chicaner, à avoir des mots, à échanger toutes sortes d'épithètes qu'il est absolument impossible de reproduire ici, tant elles étaient inconvenantes pour de pareils gentlemen. Cet échange aurait pu se terminer par un vilain scandale, car l'un des deux protagonistes (Nissl Schwalb) était déjà prêt à ouvrir la boîte à gifles pour son compagnon (Mr Klammer). Heureusement, le chantre et sa femme s'interposèrent, et séparèrent à temps les compagnons échauffés, en leur rappelant qu'il leur restait à réaliser un important travail, sinon le plus important : pourvoir au cas de Rafalesco. La femme du chantre prépara un magnifique *supper* pour la commune tout entière, invita Mme Tcherniak (Brayndelè la Cosaque) ainsi que quelques concitoyens de Lomza, qui promirent de venir avec leur *missis* passer une soirée avec leur compatriote le rossignol de Lomza, faire connaissance avec ses compagnons, et faire la fête, comme il se doit et selon les prescriptions divines.

CHAPITRE TRENTE ET UN

UNE CURIEUSE BIOGRAPHIE

« Pourvoir au cas de Rafalesco » n'était pas une tâche aussi facile qu'il y paraissait pour nos deux associés de la commune. D'abord, depuis qu'on était arrivés en Amérique, il était quasiment impossible de le rencontrer. Il se promenait avec Mme Tcherniak pendant des journées entières. « On se demande ce qu'il peut bien avoir à raconter à cette espèce de monstre. » Le soir venu, on ne le voyait plus du tout. Il allait à tous les concerts, fréquentait tous les théâtres du New York aristocratique *goy*, qu'on appelle Uptown, exactement comme s'il était venu pour les *goyim*, et pas pour les Juifs, comme si le théâtre yiddish ne présentait pour lui aucun intérêt, comme s'il refusait d'être un artiste yiddish, une étoile errante du théâtre yiddish itinérant, un enfant du ghetto juif.

Les premiers temps, les membres de notre commune n'y firent pas trop attention. Pour eux, un jeune homme qui, pour la première fois, se trouve en pays étranger, il est bien normal qu'il vadrouille un peu. Ce n'est que plus tard qu'ils commencèrent à le regarder de travers, à lui poser des questions sur ce qu'il faisait et où il allait, se mirent à lui reprocher de ne pas s'intéresser à ce qu'il faudrait, de ne pas étudier plutôt la scène yiddish dans la partie juive de New York, qu'on appelle Downtown, et de ne pas se préoccuper de savourer ce qu'il y avait à découvrir chez les célèbres stars du théâtre juif américain.

Rafalesco répondait à cela qu'il pouvait se passer d'étudier la scène juive, vu qu'il la connaissait déjà par cœur, et quant à savourer, il n'était possible de le faire que « parmi les nations », c'est-à-dire dans le grand théâtre américain.

Mais tout cela n'était que prétextes et faux-fuyants. Ce qui occupait Rafalesco à New York, c'était son propre bizness, comme nous allons bientôt le voir. Les membres de la commune ne pouvaient évidemment pas y trouver leur compte. Ils tenaient absolument à ce que Rafalesco, leur vitrine, fasse au plus tôt son apparition devant le public juif new-yorkais, afin de lui montrer qui il était et ce qu'il était.

Bien sûr, Nissl Schwalb faisait ce qu'il pouvait. Il commença par communiquer à tous les journalistes de la presse yiddish un résumé de la biographie de Léo Rafalesco. Il leur confia, à chacun en particulier et sous le sceau du secret, que Rafalesco venait d'une famille juive très en vue de Bucarest. Son père, Samuel Rafalesco, était l'un des plus riches banquiers de Roumanie, qui avait reçu la citoyenneté des mains mêmes du roi. Mais cela lui avait coûté une petite fortune ! Dès l'enfance, le jeune Rafalesco avait fait preuve d'extraordinaires dispositions artistiques et rêvait de faire des études d'art. Mais les parents, des fanatiques, ne voulaient pas en entendre parler. Il vint alors à l'idée du jeune Léo de se présenter à la reine de Roumanie, l'illustre auteur dramatique Carmen Silva…

— Carmen Silva n'écrit que des nouvelles, l'interrompit le journaliste.

Mais Nissl Schwalb ne se laissa pas désarçonner. Il répliqua :

— Et c'est ça qui l'empêche d'être experte en art dramatique, peut-être ? Bon, voilà notre Léo qui se présente à elle et lui récite quelques monologues. La reine en est tellement enthousiasmée que, sur ses propres fonds, elle l'envoie étudier dans les plus grands théâtres roumains. Mais le jeune Rafalesco était sans cesse attiré par la scène yiddish. « Je suis, disait-il, un fils du peuple juif, et je me dois de servir mon peuple, ma langue, et pas une autre. » Et, un beau matin, le voilà parti avec une troupe juive itinérante qui en ce temps-là parcourait les routes de Roumanie, allant de ville en ville. Le directeur de cette troupe était un artiste, un dramaturge érudit, un certain Holzmann, Bernard Holzmann, le célèbre auteur de la célèbre pièce *Uriel Acosta*…

À ces mots, il fallut bien que le reporter l'interrompît :

— *Excuse me*, Mr Schwalb, mais l'auteur de *Uriel Acosta* n'est pas Holzmann, mais Karl Gutzkow.

Nissl Schwalb n'était pas du genre à se laisser avoir. Il répliqua :

— Je sais bien que l'auteur, c'est Karl Gutzkow. C'est du traducteur en yiddish dont je parle.

— *I beg your pardon* ! intervint de nouveau le journaliste obstiné. Le traducteur de *Uriel Acosta*, ce n'est pas Holzmann, mais Yoysef Lerner.

Nissl Schwalb poursuivit, impavide :

— Je sais bien que c'est Lerner. Lerner a été le premier traducteur. Mais comme Holzmann n'était pas satisfait de la traduction, un beau matin il s'est attaqué à une nouvelle version qu'il a réalisée en une nuit, retraduisant l'œuvre entière tout spécialement pour Rafalesco, et ce fut un succès. Personne n'a encore jamais traduit *Uriel Acosta* comme Holzmann, et personne n'a encore jamais joué le rôle comme Rafalesco. C'en est assez pour vous faire comprendre pourquoi un jour, à Vienne, Sonnenthal, le grand Sonnenthal, après avoir vu Rafalesco jouer le rôle d'Uriel Acosta, a fondu en larmes comme un enfant, et a déclaré, de façon définitive, que c'était terminé : plus jamais il ne reprendrait ce rôle. Et que pensez-vous qu'il arriva ? Eh bien, il a tenu parole, il n'a jamais repris le rôle, et il ne le reprendra jamais, devrait-on lui passer sur le corps, aussi vrai que je convoite le bien d'autrui...

On n'impressionne pas des reporters américains comme des enfants. Ils savent ce que c'est que le bluff. Ils se contentèrent de *fixer* un peu, d'arranger les informations de Nissl Schwalb. C'est-à-dire qu'ils en retirèrent un peu, qu'ils en rajoutèrent un peu, et il en résulta une merveilleuse biographie.

Le lendemain, quand Rafalesco ouvrit le journal, il y trouva sa propre biographie, coiffée d'une énorme manchette en caractères gras :

UNE NOUVELLE ÉTOILE SUR LA SCÈNE YIDDISH
CARMEN SILVA ENTHOUSIASTE
LA REINE COURONNE LA JEUNE STAR
SONNENTHAL SANGLOTE

Notre jeune héros fut pris d'un tel fou rire que ce n'est qu'à grand-peine qu'on put le secourir.

CHAPITRE TRENTE-DEUX

LA KIBBITZIÈRE

« Kibbitzer » est un mot américano-yiddish, né sur le sol américain, dans les sphères de la presse yiddish et du théâtre yiddish.

Si je veux traduire ce mot dans notre langue, il me faut recourir à un tas de périphrases et d'approximations, et dire cela signifie : balancer des vacheries, colporter des ragots, être mauvaise langue, harceler jusqu'à l'écœurement, piquer au vif, farcir les oreilles, remuer le couteau dans la plaie, mettre du sel sur les blessures, fouailler les entrailles, jouer sur les nerfs, faire cailler le sang, rendre la vie impossible, rendre cinglé, faire de l'autre un bouc émissaire, l'assassiner en ayant l'air de l'embrasser – ah ! Dieu soit loué, notre yiddish ne manque pas de richesses.

Pourtant, toutes ces notions prises ensemble sont encore inaptes à rendre le seul mot de « kibbitzer », qui n'a pu germer et s'épanouir spécifiquement que sur le sol américain. C'est pourquoi je crains qu'il me soit difficile de vous expliquer ce que j'entends par l'expression « la kibbitzière ».

La kibbitzière, c'est une espèce de club, une sorte de café, dans le dix-neuvième district de New York, où se tiennent les assises d'une certaine intelligentsia littéraire, théâtrale et politique.

La plupart des membres sont des gens qui appartiennent à des camps différents, à toutes sortes de partis, le plus fréquemment des concurrents, souvent des adversaires, et presque sans exception des ennemis acharnés, qui se détestent, qui ne peuvent pas se sentir, et que le seul nom de l'autre fait frémir. Bref, des ennemis si irréductibles que si, par malheur, l'un d'entre eux venait à passer l'arme à gauche, l'autre se ferait un plaisir d'aller danser sur sa tombe.

Ces personnages, à une heure donnée, se réunissent à la kibbitzière, occupent des places définies, chacun à sa petite table, entouré de ses partisans et de ses affidés. On se fait apporter de quoi se sustenter, on allume des cigares et l'on commence à kibbitzer, autrement dit, avec une bonne humeur affectée, on commence, d'une table à l'autre, à s'envoyer des compliments, des piques, des sarcasmes, des traits d'esprit, des ragots, des plaisanteries et des boutades. Une pilule amère se paie d'une critique exagérée et un peu trop acerbe ou d'un trait d'humour forcé. En passant, on cogne là où ça fait mal, on jubile à voir l'autre changer de couleur, sursauter, friser l'apoplexie, et tout cela le plus élégamment du monde, comme par plaisanterie, avec un aimable sourire ou un énorme éclat de rire.

La kibbitzière est une sorte d'enfer ouvert à tous, où les gens rôtissent dans les flammes, une sorte de bain de vapeur où l'on se fustige mutuellement. À la kibbitzière se révèlent les extrêmes, se forgent opinions et réputations, se décident les carrières d'écrivains, de comédiens ou d'artistes. La kibbitzière dicte son premier arrêt avec force et concision, favorable ou défavorable. La kibbitzière rend son verdict, de vie ou de mort. La kibbitzière appose son sceau : « *All right* » ou « Au diable ».

Maintenant que vous savez un peu mieux quel genre d'endroit est la kibbitzière, nous allons vous y emmener faire un tour.

C'était à l'automne, par une de ces journées embrumées, une journée où le ciel invisible de New York, masqué par les malencontreuses constructions qu'on appelle là-bas des gratte-ciel et par les trains aériens qu'on appelle *elevators*, se noie de pluie et de fumée, et se prend à ressembler au ciel de Londres.

C'était l'heure qui précède midi, l'heure où la deuxième ville du monde est en pleine ébullition : tout y est *busy*, en d'autres termes tout le monde s'agite, travaille, court, achète, troque, fait des affaires. Bref, c'est un chaudron qui bouillonne.

Malgré l'heure de pointe, la kibbitzière était comble. Toutes les tables étaient occupées. À ne pas pouvoir y glisser une aiguille. Une fumée bleue à couper au couteau. Tout le monde parlait, discourait, jacassait. En un mot, le kibbitzage battait son plein.

Autour d'une des petites tables étaient assis trois personnages devant un verre de bière, tellement absorbés par leur conversation qu'ils ne se rendaient pas compte que, précisément à cet instant, tout le monde parlait d'eux, et qu'ils étaient l'objet d'un kibbitzage en règle de la part de l'assistance. Les trois personnages n'arrêtaient pas de surenchérir l'un sur l'autre, de raconter leurs exploits, de se vanter, et de mentir comme des arracheurs de dents. Parmi ces trois personnages qui se répandaient ainsi en bobards il y en avait deux qui nous étaient déjà bien connus, depuis le temps du Vieux Monde, le temps de Londres.

Ce n'étaient autres que nos deux amis, Mr Klammer et Nissl Schwalb. Il ne nous reste maintenant qu'à faire la connaissance du troisième personnage, qui ne venait pas de Londres, mais qui était, lui, un véritable Américain. Un Américain, cela se reconnaît à cent lieues. Une allure différente, une langue différente, un maintien différent, une manière différente de se mouvoir. Alors que l'Anglais est un être soucieux, sombre, mélancolique, l'Américain est un alerte Yankee, joyeux, le regard intelligent et vif, les manières avenantes et libres, avec des dents artificielles, mais en or.

Le personnage que nous allons vous décrire était un Juif américain, un manager de théâtre du nom de Nickel.

Nickel est l'une des personnalités les plus populaire du New York juif. Il fait partie de ces gens sympathiques, du genre de ce qu'on appelle en Amérique « *a good boy* ». Chez nous, on dirait quelque chose comme « un brave type ». Mais quel brave type ! Une heureuse nature ! Il vous donnerait sa chemise ! En toute occasion, il arbore un sourire chaleureux dans un visage plein de jeunesse et de cordialité. Il a toujours un mot gentil. Souvent, il vous dépanne, à condition qu'il soit en fonds. Il ne l'est pas toujours. C'est bien souvent que Nickel cherche lui-même quelqu'un pour le dépanner. Il est toujours fauché, parce que c'est sa *missis* qui porte la culotte. L'homme c'est elle, tout le monde est au courant. À la kibbitzière, ses ennemis les concurrents en profitent autant qu'ils peuvent. Vous imaginez bien qu'ils en rajoutent trois fois autant. Mais il s'en fiche. Si Nickel prenait tout à cœur, il n'y aurait plus qu'à tirer l'échelle !

Nickel sait qu'on le tient pour le plus grand bluffeur de tout New York.

Nickel sait qu'à la kibbitzière, si l'on entend circuler une fanfaronnade quelconque, quelqu'un va demander :

— Qui est-ce qui raconte ça, Nickel ?

Nickel sait qu'à la kibbitzière, on invente sur son compte des histoires qui n'ont pas le moindre rapport avec la vérité.

Par exemple, on raconte que lui, Nickel, aurait prétendu avoir une fois traversé les chutes du Niagara en roulant en automobile sur la glace, en plein été, par un froid sibérien.

Mais laissons tomber ce que la kibbitzière peut inventer ! Tous des bavards ! Des bons à rien ! Des malfaisants ! Des concurrents ! Rien d'étonnant ! N'empêche, qu'on lui fasse voir un autre de ces managers de théâtre qui puisse se vanter de remporter des succès pareils aux siens, qu'on lui en fasse voir un qui soit capable, comme lui, Nickel, d'emmener sa troupe en tournée, à travers la *country*, en donnant douze représentations dans huit villes différentes, en faisant deux fois l'aller-retour Chicago-Philadelphie !

Ainsi se faisait mousser notre nouvelle connaissance, Mr Nickel, en présence de nos deux vieux amis, Nissl Schwalb et Mr Klammer, qui lui répondaient chacun du tac au tac avec sa propre histoire, et que n'impressionnaient pas la tournée de Nickel à travers la *country*, ni ses huit villes visitées en une semaine, ni ses deux allers-retours Chicago-Philadelphie.

Ils étaient là tous les trois, tels des imposteurs, à se répandre en bluff et en *humbug*, chacun essayant d'en remontrer à l'autre.

CHAPITRE TRENTE-TROIS

BLUFF ET HUMBUG

Le bluff et le *humbug* sont également des mots et des concepts typiquement américains, qui ne se laissent pas facilement traduire dans une autre langue.

Bluffer, ce n'est pas que dire un gros mensonge, mentir comme un arracheur de dents, inventer des salades, proférer des affabulations complètes, sans aucune raison, juste pour le plaisir de mentir – pouah ! Les Américains ont horreur de ça ! Ils ont là-bas pour cela une expression de leur cru : on dit d'un menteur qu'il vous « tape sur la théière », et c'est un vrai crime, et une bêtise de surcroît.

Non. L'Américain est trop intelligent, trop businessman pour ça. L'Américain, quand il repousse son petit chapeau en biais, qu'il passe les deux pouces dans son gilet et qu'il vous balance un mensonge, c'est un beau mensonge tout rond et tout lisse, paré d'innocence, et, qui plus est, parfaitement adapté à son objet, le bizness.

Voilà donc les trois personnages décrits ci-dessus attablés à la kibbitzière, kibbitzant de concert, mais pas, Dieu nous en garde, comme nos bons à rien de palabreurs de synagogue, qui n'ont rien d'autre à faire que de rester assis à discuter. Non, kibbitzer, c'est tout un travail, c'est une véritable occupation ou plutôt, comme on dit là-bas, un bizness.

Donc, ce matin-là, Nissl Schwalb, Mr Klammer et Nickel étaient attablés à la kibbitzière, et s'entretenaient de bizness de première importance, et c'est précisément pour le bizness qu'ils bluffaient. Nos vieilles connaissances, les deux bluffeurs du Vieux Monde, étaient cependant bien obligés d'admettre dans leur for intérieur que, pour ce qui était de bluffer, ils n'étaient que des débutants comparés à leur nouvel ami.

Avec ses histoires et ses vantardises, Nickel leur en mettait tellement plein la vue, leur farcissait la tête et leur embrouillait la cervelle à un point tel qu'ils en étaient désarmés, et que finalement, ils en restèrent bouche bée. Le sujet était d'importance : Nickel venait d'engager dans son théâtre la célèbre jeune star de Bucarest, celui-là même que la reine de Roumanie avait sacré comme le plus grand tragédien du monde.

C'était à qui, de Nissl Schwalb et de Mr Klammer, conterait les plus grandes merveilles, rapporterait les plus grands exploits du jeune artiste. Chaque fois que Mr Klammer se mettait à raconter comment Rafalesco avait enthousiasmé le public londonien, comment il avait réussi à charmer un homme tel que lui-même, Mr Klammer, lui qui auparavant n'avait jamais mis les pieds au Pavilion Theater de Londres pour voir ces petites actrices tziganes, Nissl Schwalb l'interrompait régulièrement :

— Qu'est-ce qu'il vous faut de mieux ? Même les vrais Anglais, les chrétiens, n'avaient pas assez de mots pour le glorifier. Irving, disaient-ils, ne vaut pas un clou, comparé à lui, aussi vrai que je convoite le bien d'autrui !

Mais Nickel ne les entendait pas. Pendant que les deux autres continuaient à bluffer, lui, il souriait en montrant ses dents en or, tout en réfléchissant à de nouveaux exploits, à de nouvelles prouesses dont il était le héros avec sa troupe, qui occupait maintenant la première place aux *United States of America*. Qu'un autre directeur de théâtre yiddish, disait-il, essaie seulement de faire croire qu'on a vu chez lui, dans une loge, le président des *United States* applaudir le spectacle ! Il n'y avait que chez lui qu'une chose pareille puisse arriver. Lui seul, Nickel, avait eu l'honneur de paraître devant Roosevelt, qui lui avait serré la main devant tout le public, et lui avait donné une claque dans le dos :

— Nickel, tu es *all right* !

Et devant tout le public, Teddy avait décroché sa *watch and chain* en or et la lui avait offerte en souvenir. Sur ce, voilà Nickel qui sort une vieille montre en acier et s'excuse : la montre et la chaîne en or que le président lui a offertes, il ne les porte jamais pendant la semaine. *Never !*

Nickel continuait à pérorer, sans voir ce qui se passait dans son dos. Dans son dos, il y avait une bande de persifleurs, et l'on kibbitzait ferme à propos du directeur Nickel et de sa compagnie. On se moquait de son oiseau de Bucarest, et on faisait des prédictions sur son compte avant même de l'avoir vu jouer. Ici, à la kibbitzière, on affublait déjà notre Léo Rafalesco de toutes sortes de sobriquets, comme : « *greenhorn* », « oiseau de poix », « Khaïm-Yankel », « petit pâtre roumain », « curieux garçon », et autres surnoms qui laissaient à penser que les gens y trouvaient un intérêt.

Il s'agissait de gens qui étaient soit des fidèles d'autres théâtres qui n'avaient pas réussi à s'attacher la jeune star de Bucarest, soit des représentants de la *press* appartenant aux troupes rivales et qui ne pouvaient supporter l'idée que le camp ennemi ait été le premier à détecter la nouvelle étoile montante et l'ait portée aux nues. Ou peut-être s'agissait-il de jeunes comédiens concurrents, qui étaient à New York depuis des années à attendre que l'*Union* veuille bien les prendre en pitié et les accueillir en son sein. Et voilà que s'amenait un blanc-bec, un jeunot, un certain Rafalesco, que l'on s'arrachait comme un trésor, qui obtenait les meilleurs engagements, que la *press* portait aux nues. Alors, n'y avait-il pas de quoi vous donner la jaunisse ? Et il aurait fallu se priver de le kibbitzer à tire-larigot ?

En fait, kibbitzer ne suffisait pas. Il fallait organiser un complot contre pareille injustice. Il fallait s'arranger pour que le *greenhorn* fasse un bide monumental, qu'à sa première apparition il soit sifflé de la plus belle manière, en un mot qu'il subisse la défaite d'Haman, et que l'envie le prenne dans les meilleurs délais de quitter le pays de Christophe Colomb pour s'en retourner à Bucarest.

Ah ! L'Amérique est une contrée bénie, où tout est possible. Quelqu'un peut y être porté au pinacle, propulsé au firmament, sinon, c'est le royaume de l'ombre qui l'attend. La voie médiane, le juste milieu, ça n'existe pas.

Pauvre Rafalesco ! Il ignorait tout des surprises qui l'attendaient dans l'Eldorado. De toutes façons, Rafalesco n'entendait rien, accaparé qu'il était par Dieu sait quoi, dans les beaux quartiers de New York, sur la Cinquième Avenue. C'est là qu'habitait celle dont la gloire se répandait à travers toute l'Amérique, la célèbre cantatrice du Grand Opéra de Paris, Miss Rosalia Spaïvak.

CHAPITRE TRENTE-QUATRE

QUELQUES INFORMATIONS À PROPOS DE L'HÉROÏNE DU ROMAN

Notre héroïne, qui dans ses années de jeunesse, quand elle était presque encore une enfant, avait suivi les pérégrinations de la troupe ambulante d'Albert Shtupak, et qui avait réjoui le cœur du public juif en lui chantant *Le Jour de Shabbess*, *Oy, oy, oy Hava !*, *Quand vient le vendredi soir* et autres jolies ritournelles, était alors loin d'imaginer qu'un jour son nom occuperait une place de choix parmi les chanteuses les plus célèbres de la planète. On peut même penser que dans ses rêves, elle n'avait jamais imaginé qu'un jour viendrait où elle occuperait à elle seule toute une suite dans un des plus riches hôtels, situé sur une des rues les plus huppées, la Cinquième Avenue, de la ville la plus riche du monde, New York. Ni qu'elle sortirait dans sa propre automobile, avec un *black driver in front*. Ni que les reporters des plus grands journaux de la presse mondiale seraient des douzaines à mettre le siège devant chez elle, avec des appareils photographiques, pour avoir une chance de lui parler ne serait-ce que deux ou trois minutes.

Comment atteint-on une gloire pareille ? Un tel changement n'est pas l'affaire d'un instant. La célébrité n'arrive pas du jour au lendemain. La vie de tous ceux qui ont conquis la renommée, qu'ils soient acteurs, chanteurs, artistes, peintres, écrivains ou multimillionnaires, ressemble à l'ascension de celui qui se hisserait au sommet d'une montagne. C'est un long chemin, difficile, ardu, qui n'est pas toujours semé de fleurs, mais le plus souvent d'épines. S'il était possible de mettre dans la balance les souffrances de notre jeune héroïne, les déceptions qu'elle avait subies, les larmes silencieuses qu'elle avait versées sur sa couche en grand secret, afin que personne n'en sache rien, il est bien possible que leur poids l'emporterait de loin sur l'éclat de son succès d'aujourd'hui, sur les ovations qu'un public raffiné lui fait si généreusement, sur le parfum des fleurs dont on la couvre de la tête aux pieds, sur les cadeaux somptueux qu'on lui offre dans le grand monde...

Ce que nous nous apprêtons à rapporter ici est tiré de différents journaux américains, en anglais ou en yiddish. Le lecteur pourra faire lui-même le tri entre la vérité et la part de bluff qu'exige la publicité :

> Née dans une petite bourgade de Bessarabie, de parents pauvres et fanatiques (le père était rabbin en même temps que chantre), Miss Rosalia Spaïvak, encore enfant, fut kidnappée par une de ces troupes de comédiens ambulants, des Tziganes juifs qui errent dans ce pays de ville en ville, et qui ont pour occupation d'enlever des jeunes filles pour en faire des actrices. Pour éviter de se faire pincer, ils franchirent la frontière avec elle, puis la forcèrent à chanter des chansons de rues, tout d'abord réellement dans la rue, et ensuite dans tous les cabarets, les cafés-chantants et les music-halls. La carrière de Miss Spaïvak aurait pu s'achever en un triste épilogue comme pour toutes les chanteuses de rues, si un heureux hasard ne l'avait mise en présence de Marcella Embrich, la chanteuse mondialement célèbre, qui s'intéressa à ses ravissantes chansons tziganes ainsi qu'à son brûlant regard de Tzigane. Cette chanteuse exceptionnelle, grâce à sa voix envoûtante, suscita alors un grand enthousiasme auprès de la cour d'Autriche, si bien que François-Joseph lui-même lui octroya une pension pour étudier la musique. Après avoir brillamment

réussi, en un temps record, au conservatoire de Vienne, on l'envoya à Berlin, aux frais d'un magnat hongrois, et de là pour deux ans à Paris, où elle fit la connaissance d'un mécène français, un certain Jacques Rechocq, qui l'introduisit au Grand Opéra de Paris, où dès sa première apparition dans le nouvel opéra *Elektra*, sous la direction de Richard Strauss, elle remporta un tel succès qu'elle fut aussitôt engagée pour trois mois, avec un cachet d'un demi-million de francs. Un peu plus tard, nous la retrouvons à Vienne, puis à Budapest, où elle gagne déjà dix mille couronnes par soirée. Un peu plus tard encore, elle est engagée à Londres, au cachet de deux cents livres par soirée, et enfin maintenant à New York, où elle touche deux mille dollars à chacune de ses apparitions, une somme que seule avait pu obtenir la plus grande chanteuse du monde, la célèbre Melba.

Nous allons maintenant rapporter ci-dessous quelques lettres de différents protagonistes, écrites à des époques variées. Nous espérons que ces lettres, qui concernent directement la vie intime de notre héroïne, nous en diront bien davantage que n'importe quelle biographie ou coupure de presse.

CHAPITRE TRENTE-CINQ

DE ROSA SPIVAK À MARCELLA EMBRICH

Marcella, ma chère petite mère,
Voilà déjà trois mois que je suis dans ma ville natale et que je ne

vous ai pas encore écrit une seule lettre. C'est très mal de ma part, et cela mérite punition. Ma punition sera de vous écrire une longue lettre. Ma chère petite mère, je vais tout vous raconter. Je vous dirai toute la vérité, rien que la vérité. Ma petite mère le sait, je n'ai pas de secrets pour elle, comme je n'en ai pas pour moi-même. Je commencerai par le commencement, mon chez-moi.

J'ai retrouvé mon chez-moi comme je l'avais laissé. La même pauvre petite bourgade. Mais j'avais le cœur qui battait, qui battait très fort quand mon regard s'est de nouveau posé sur la pauvre vieille bourgade tant aimée. Mon pouls cognait allégrement à plus de cent vingt en entendant le doux nom de Holenechti.

Ho-le-nech-ti !... Le croirez-vous, ma petite mère ? J'étais prête à m'agenouiller pour baiser la terre noire, la poussière grise des rues non pavées, non entretenues. Je l'aurais sûrement fait, sans aucun doute, si j'avais été seule, sans toute cette bande, sans mon *maestro* Salfonini, et sans mes amies. Pourquoi donc n'étais-je pas venue seule ? À quoi me servait toute cette agitation ? Je dois bien vous l'avouer, ma petite mère, si abominable que cela puisse être, que je rougis de gêne devant eux quand mon père et ma mère m'étreignirent pour m'embrasser. Maman riait et pleurait à la fois, n'arrêtait pas de parler, elle aime bien parler. Papa était pâle comme la mort et ses mains tremblaient. Je ne comprenais pas ce qui m'arrivait, mais je n'arrivais pas à me sentir à l'aise. Peut-être était-ce parce qu'ils étaient vêtus à l'ancienne, comme tout le monde dans nos campagnes, ou peut-être parce qu'ils ne comprenaient pas d'autre langue que le yiddish ? N'empêche que c'est la réalité, ma petite mère ! Je sais à quel point cela peut paraître méprisable, mais c'est pourtant comme cela que les choses se sont passées : j'avais honte. Honte de mes chers parents qui, de mon fait, avaient dû subir tant d'avanies, tant de chagrins, tant d'humiliations, tant de souffrances et de crève-cœur. En vérité, je suis repentante, c'est de toutes mes forces que je veux être maintenant leur soutien. Mais à quoi bon ? La satisfaction et les quelques petites joies que je peux à présent leur faire partager ne pèsent même pas la centième partie de la douleur que je leur ai causée quand je me suis enfuie avec la troupe errante du théâtre yiddish. C'est un crime que je ne pourrai jamais effacer, même si je me montrais dix fois plus affectueuse, tendre et douce que je ne le suis avec eux. Chaque billet de cent ou de mille que je dépense pour eux crie à mes oreilles : « Trop tard ! Trop tard !... » Quand je regarde mon pauvre père malade, que j'aimais si tendrement autrefois, j'ai l'impression que ses grands yeux noirs me demandent : « Où étais-tu, ma fille, pendant les longues nuits obscures où je ne pouvais pas fermer l'œil, et où je priais Dieu de m'accorder la mort ?... La moindre petite lettre de toi, une seule de tes lignes, un simple mot gentil m'aurait rendu la joie de vivre ! » Quand je me souviens, ma petite mère, qu'une fois j'ai voulu vous cacher que j'avais des parents, et de la manière dont vous me l'avez plus tard reproché, j'en rougis encore de honte, et il me semble qu'il n'y a pas au monde plus grande pécheresse que moi. Je crois qu'il n'y a pas de sacrifice au monde que je ne serais prête à offrir à l'intention de mes parents offensés. J'aurais souhaité les prendre avec moi, mais ce n'est pas possible. Papa est malade, et maman ne le laisserait pas seul ne serait-ce qu'une journée même si, dit-elle, on remplissait d'or sa maison et qu'on y rajoutait la couronne de la reine d'Angleterre. S'il en est ainsi, me suis-je dit, je pourvoirai à leurs vieux jours. Je leur achèterai une maison, je leur constituerai un petit « patrimoine ». C'est le vœu de chaque chef de famille, si pauvre soit-il, de devenir propriétaire, d'avoir un « patrimoine ». Là non plus, je ne m'y suis pas prise avec mes parents de manière tout à fait convenable. Je l'ai fait davantage pour moi que pour eux, exactement comme pour mon voyage : j'étais revenue à la maison plus pour moi que pour eux, car une seule chose m'y attirait, une seule personne...

Ma petite mère Marcella sait de qui je veux parler... Non seulement je ne l'ai pas trouvé ici, mais j'ai été incapable de découvrir où il avait pu passer. Il ne reste ici aucun souvenir de lui, aucune trace. Toute la famille est partie à vau-l'eau. La mère est morte, le père a perdu l'esprit. Frères et sœurs se sont éparpillés. Ne reste que la cour. La cour, qui autrefois me semblait si grande et si belle et la maison qui me semblait autrefois si riche, si claire, si animée d'un esprit de fête, avec la maison où j'étais autrefois entrée comme dans un inaccessible jardin d'Éden, la maison autrefois si vivante, si bouillonnante, si gaie et joyeuse. Elle m'apparaissait aujourd'hui petite, basse, pauvre, commune et triste. De tout le grouillement de jadis ne sont demeurés qu'une vieille grand-mère gâteuse, un beau-frère idiot, et un vieux chien borgne qu'on appelle Terkush.

Je me suis dit alors que cette cour, je devais l'acheter pour mes parents : en fait, c'est à moi seule que je pensais. Non pas qu'elle me plaisait tellement, à quoi diable aurait-elle pu me servir ? Non, ce n'était qu'un caprice, le caprice d'une bohémienne comme moi... Dès le début, quand j'avais franchi le seuil pour la première fois, avec mes souliers déchirés, j'avais été jalouse d'eux, d'une jalousie inexpiable, je leur en voulais de cette lumière, de cette gaieté et de cette richesse. Pourquoi fallait-il qu'eux, les riches, en aient autant, et nous autres les pauvres rien du tout ? Voilà ce que j'avais alors pensé au plus profond de mon cœur, et je m'étais promis que si Dieu me venait un jour en aide, cette maison et cette cour devaient être à moi, à moi, à moi !... Après tout, peut-être que cette maison m'est chère parce qu'elle a vu naître et grandir celui qui pour la première fois a allumé la petite flamme sacrée dans mon cœur... Celui que je ne peux pas, que je suis incapable d'oublier...

Quoi qu'il en soit, il ne m'a pas fallu de longs marchandages pour acheter la maison, malgré les protestations énergiques de ma mère. « Qu'ai-je besoin de ces soucis ? ronchonnait-elle. Qu'ai-je à faire de tous ces embarras ? » Bien entendu, c'est moi qui ai gagné. La maison est à moi. À moi ! Voilà ce que je me disais, et j'oubliais presque que je l'avais achetée pour mes parents comme patrimoine, comme garantie pour leurs vieux jours. J'ai fait appel à des artisans pour remettre la maison en état, nettoyer la cour, replanter le jardin, faire des travaux pharaoniques. Maintenant, je commence presque à regretter toute cette affaire. Ma mère n'avait-elle pas raison : « Qu'ai-je à faire de tous ces embarras ? » Moi-même, je ne sais pas à quoi bon tous ces embarras. Ce n'est pas pour rien que ma petite mère Marcella m'appelle la bohémienne. Je ne peux pas rester en place, comme une bohémienne, et je suis pleine de chimères, comme une bohémienne. En plus, je passe mon temps ici comme une bohémienne. Toute la ville (y compris mon père et ma mère) me regarde comme si j'étais folle. Pendant des journées entières, mes amies et moi, nous courons les routes en automobile. Souvent, nous allons pique-niquer dans le petit bois tout proche. Nous chantons des chansons tziganes. Nous dansons des danses tziganes. Nous en faisons tant et tant que la police locale nous a déjà à l'œil. Mais qui se préoccupe de la police ? Pendant la journée en automobile, le soir en barque. Ah, nos soirées d'été en Bessarabie – qu'y a-t-il d'aussi agréable ? Peu à peu, comme de petites bougies, les étoiles s'allument dans l'immense voûte céleste. Au-delà de la forêt s'élève la lune qui argente la petite rivière et les roseaux, et tout le petit village qui dort, si paisible, si innocent, comme ne peuvent dormir que de pauvres gens, misérables, qui n'ont besoin que de peu de chose, à qui il suffit d'un peu de ce plat rustique qu'on appelle ici *mamaliga*. Il n'y a que nous, les saltimbanques du vaste monde, les Tziganes d'au-delà les frontières, bien nourris, abreuvés, plus que rassasiés de tous les plaisirs et de tout le luxe, pour troubler la quiétude sacrée de la nuit avec le battement de nos avirons dont les échos arrivent du petit bois tout proche. C'est le moment du silence, le moment de contempler le ciel pour y chercher de petites étoiles connues ou inconnues, qui errent à l'aventure... C'est le moment où naît la nostalgie pour celui que l'on ne rencontre qu'une fois dans sa vie, c'est le moment pour mon *maestro* Salfonini de me parler d'amour à l'envi. Hélas, je crains bien que ce soit là mon vingt et unième amoureux transi ! Mais je veux espérer que comme les vingt premiers, on ne le retrouvera pas, Dieu nous en garde, noyé dans la rivière, et que le vingt-deuxième n'aura pas moins de chance. Ainsi va la vie chez nous, dans la quiétude, la vertu et la pauvreté, loin du vaste monde plein de richesses et de frivolité.

J'embrasse ma petite mère Marcella très très fort !

Votre amie très dévouée,

La bohémienne Rosa

CHAPITRE TRENTE-SIX

DE MEYER STELMAKH À L'UN DE SES BONS AMIS

Mon cher ami !

Pouvez-vous imaginer le plaisir et la joie que j'ai eus à recevoir votre aimable lettre ? La joie tout d'abord, d'apprendre que vous êtes en vie, Dieu merci, bien que je n'aie pas eu de vos nouvelles depuis si longtemps. Depuis que je suis à Londres, je n'ai pas reçu une ligne de vous. Secundo, lire une de vos lettres est pour moi un plaisir sans mélange. Je suis persuadé que personne n'écrit de façon aussi savoureuse, aussi fluide, aussi intelligente ni aussi chaleureuse que vous. On a envie d'en baiser chaque mot. Vous n'ignorez pas que je suis depuis toujours un amoureux de notre jargon, à plus forte raison quand il vient d'un excellent ami comme vous, avec qui l'on a, comme on dit, partagé mille misères, subi les mêmes avanies dans l'honneur et la richesse, partagé un hareng et un morceau de pain, bu dans le même verre, dormi dans le même lit. *Oy*, il y a si longtemps ! Vous souvenez-vous, au moins ? Moi, je me souviens parfaitement, et je ne manque jamais de l'évoquer à chaque occasion et à tout moment. Je déteste dissimuler aux gens qui je suis et ce que je suis. Je suis comme je suis, voilà tout. Quelqu'un de tout à fait ordinaire. Je suis sans malice, et je hais le mensonge. Je raconte mes origines à qui veut les entendre. Quand il m'arrive des correspondants de gazettes, et qu'ils me posent des questions, qu'ils essayent de savoir qui est Grisha, ce que fait Grisha, comment est Grisha, je leur réponds : petits frères, Grisha n'est pas Grisha, Grisha – c'est moi. Sans moi, il n'y aurait jamais eu de Grisha. Autrement dit, il aurait pu y avoir un Herschel, un Yankel, un Yossel ou un Mottel, mais pas de Grisha Stelmakh qui joue si bien, qui soulève tant d'enthousiasme que la *queen* (c'est ainsi qu'on appelle ici la reine) l'invite chez elle pour un concert, lui serre la main, et s'enquiert auprès de lui des moindres détails : a-t-il ses parents, a-t-il des frères et sœurs, et autres choses du même genre. Oui, je peux bien en être fier : c'est moi seul, avec mon gros bon sens, avec la force que Dieu m'a accordée et la parcelle de chance dont il m'a gratifié, moi seul qui suis parvenu à ce que villes et pays s'arrachent mon fils, qu'ils le réclament tous d'une même voix : Grisha Stelmakh, Grisha Stelmakh ! N'est-ce pas inouï qu'en une semaine nous ayons des invitations pour huit villes différentes aux quatre coins de la planète : Paris, Manchester, et Vienne, et Saint-Pétersbourg, Anvers, Leipzig, et Chicago ? On ne sait plus à qui il faut répondre en premier, il faudrait se couper en morceaux ! Et moi, comme par un fait exprès, voilà que je me retrouve tout seul. Mon ancien associé, l'ex-directeur dont je vous ai déjà parlé dans une lettre, Dieu merci j'en suis débarrassé. L'échéance était arrivée. En fait, il aurait bien voulu signer un contrat pour cinq ans. Mais j'y ai mis le holà : voilà assez longtemps qu'il me suçait le sang. Son rêve est terminé jusqu'à la fin de ses jours, car il n'y a au monde qu'un seul Grisha Stelmakh. Me voilà donc mon propre patron. C'est mon mariage, c'est moi qui mène la danse. On fait ce que je décide, on écoute ce que je dis. J'ai fixé la règle depuis le début, vous pouvez m'en croire : le père, c'est le père, et l'enfant reste un enfant. Je ne suis pas sûr que tout ce que j'ai porté sur mes épaules, toutes les peines que j'ai endurées pour que mon Grisha devienne le Grisha Stelmakh que vous connaissez, un autre s'y serait soumis. Un autre à ma place en aurait depuis longtemps eu assez. Mais tout cela, personne ne le sait, ni ne veut le savoir. Les gens croient que ça vient tout seul, une étoile comme Grisha Stelmakh, et ils m'envient un peu. En fait, ils sont jaloux. On me montre du doigt : « Regardez-moi ce Stelmakh, comme il ramasse l'argent à la pelle ! »

Il y en a qui viennent me voir, comme de bons amis, me donner des conseils, me tenir des beaux discours, qui se préoccupent de mon fils, qui me demandent pourquoi je ne l'envoie pas étudier. Mes bons amis, où étiez-vous donc à l'époque où mes enfants crevaient de faim trois fois par jour, et que moi-même je pleurais des larmes de sang parce que mon Grisha n'avait même pas une paire de bottes entières à se mettre ? Pourquoi, à l'époque, ne vous êtes-vous pas préoccupés de mon enfant, tandis que j'errais, la faim au ventre, découragé, dans la rue juive, avec un diamant, et que je hurlais : « *Ani Shloyme*, je suis le roi Salomon ! Juifs, je possède un million ! » Qui donc m'entendait, à l'époque ? Oh, je les connais, les Juifs ! Je peux me vanter d'avoir parcouru le monde – il n'existe pas, vous m'entendez bien, il n'existe pas un peuple au monde comme nos Juifs, que la Providence les garde en bonne santé, et que Dieu ne me punisse pas pour ce que je dis. Il y a déjà chez nous tant de richards, de nababs, de rupins, qui jettent l'argent par les fenêtres, qui gaspillent des milliers, des centaines de milliers de roubles allez savoir comment, juste pour faire la cinquième roue du char, pour singer les *goyim* – et il ne s'en trouve pas un seul pour réagir quand un talent se manifeste. Il pourrait s'agir de Moïse notre Maître lui-même, s'il porte des bottes déchirées, rien à faire. Bien entendu, aujourd'hui, toutes les portes nous sont ouvertes, et c'est un grand honneur pour eux quand mon fils leur accorde un regard. Le plus grand des magnats s'estimerait maintenant heureux si mon fils déclarait qu'il souhaite prendre sa fille pour épouse. On le couvrirait d'or de la tête aux pieds. À moi aussi, on m'offrirait un plein chapeau d'or pour un simple clin d'œil d'acquiescement. Mais il y a déjà un bon Dieu au ciel, et vous allez en apprendre une bien bonne. Je vais vous la raconter pour épancher un peu mon cœur auprès d'un véritable ami. C'est toute une histoire.

Vous souvenez-vous que je vous ai une fois raconté l'histoire d'une jeune fille, une beauté, une actrice du théâtre yiddish, du nom de Rosa Spivak ? C'est chez Shtupak que j'avais fait sa connaissance. Il prétendait que c'était une jeune nièce à lui, de Varsovie. Possible... Si c'est lui qui le dit, va pour une petite nièce de Varsovie. Quelle importance ? En tous cas, la petite m'a plu dès le premier instant. Comment vous dire ? Elle m'a vraiment beaucoup plu ! D'abord, c'est une belle fille, une beauté aux yeux de braise. Le teint mat, il est vrai, mat comme celui d'une bohémienne. Mais si charmante ! Loin d'être une petite sotte, on peut dire que c'est une personne raisonnable, vive, impétueuse, pleine de flamme et de fougue. Quant à sa voix, à son talent de chanteuse !... Vous me connaissez, vous savez que je suis passionné de musique et de théâtre yiddish, et que depuis le temps que je baigne là-dedans, des chanteurs et des chanteuses, j'en ai entendu sans doute pour le restant de mes jours, à en être écœuré. Mais une voix comme celle de cette Rosa Spivak, je n'en ai jamais entendu, et je n'en entendrai jamais. Elle vous pénètre l'âme ! Que vous dire ? La petite m'a emballé. À sa façon de parler, j'ai compris qu'elle n'était pas née actrice, qu'elle ne pouvait être la nièce de Shtupak, qu'elle devait avoir des parents. J'avais raison. Toute cette histoire s'avéra n'être qu'un tissu de mensonges. La petite n'était pas la nièce de Shtupak, elle n'était en aucune manière de sa famille. Elle n'était pas davantage de Varsovie, mais d'une petite bourgade de Bessarabie, et la fille d'un chantre. Cela, je ne l'ai appris que plus tard. Quand Shtupak se trouvait là-bas avec sa troupe et l'avait entendue chanter, sa voix lui avait tellement plu que, par fourberie, il avait réussi à lui faire quitter la maison, en lui assurant un pont d'or, en lui promettant qu'il lui ferait étudier le chant à l'étranger, et autres balivernes. En définitive, une fois la frontière franchie avec elle, c'est lui qui se mit à lui enseigner la musique, qui lui apprit à chanter en public *Hava*, *La Préparation du shabbess*, *Quand vient le vendredi soir* et autres chansonnettes du même style, avec en prime quelques danses... Dieu sait ce qui serait advenu d'elle si je ne lui avais touché deux mots, et si je ne l'avais pas présentée à la célèbre chanteuse Marcella Embrich, qui donnait des concerts en compagnie de mon Grisha. Une chance pour cette petite, de s'être adressée à moi pour me prier de la présenter à la Embrich. La Embrich, elle, dès qu'elle eut entendu la petite chanter, s'attacha à elle, et ne voulut plus la lâcher. C'est elle, la Embrich, qui l'arracha des mains de Shtupak pour l'emmener avec elle et la faire étudier au conservatoire de Vienne, qui engagea les meilleurs professeurs et en fit l'une des toutes premières chanteuses du monde. Il faut bien reconnaître qu'aujourd'hui, des Embrich, elle en met trois dans sa poche ! À quoi bon vous en dire davantage, sachez seulement qu'elle donne à présent des concerts avec mon Grisha, et qu'elle touche presque autant que mon Grisha. On se l'arrache, comme on s'arrache mon Grisha, et tout cela, c'est à moi qu'elle le doit. Vous pensez peut-être qu'elle ne m'en a pas de reconnaissance ? Et quelle reconnaissance ! Écoutez plutôt. C'est une histoire avec une dulcinée, une belle histoire. Mais avant de vous raconter cette histoire de dulcinée, il faut que je vous dise quelques mots de mon Grisha.

Il me semble que je n'ai encore rien dit de mon Grisha, ni quel genre d'oiseau il est. Un drôle d'oiseau en effet, si célèbre qu'il soit aujourd'hui, il reste si modeste et si peu fier en privé. Modeste, pas fier, et discret. Il ne connaît que le violon et les concerts, les concerts et le violon – il ne s'intéresse à rien d'autre. Demandez-lui, fût-ce au prix de son âme immortelle, combien son concert a rapporté, combien il a fallu retirer pour les frais, combien il est resté de bénéfice. Cela ne l'intéresse pas. Il ne pense qu'au violon, et à rien d'autre. Vous croyez peut-être, Dieu nous en garde, que c'est un gosse demeuré ? Je nous souhaite autant de chance qu'il a d'esprit. Mais bon, ces choses-là l'indiffèrent. En fait, comme disent les Litvaks, il est « mal marié » avec le monde. Que lui faut-il de plus ? Les affaires, le bizness comme on dit ici, il y a quelqu'un pour s'en occuper. C'est à cela que sert un père. Pour le reste, il y a la mère. Le principal, c'est le violon, le reste, quelle importance ? Allez prévoir qu'une fille de chantre va s'en mêler, une Rosa Spivak, une drôlesse, une dulcinée !...

Moi, quand j'ai appris cette histoire – je l'ai apprise grâce à une petite lettre d'elle, tombée par miracle entre mes mains, c'est-à-dire que je l'avais subtilisée au facteur... – j'ai été pris d'une colère noire contre elle, cela m'a véritablement fait bouillir de rage. Comment ça ! C'est moi qui te présente à la Embrich, c'est grâce à moi, comment dire, que tu réussis à forcer les portes de la célébrité, grâce à moi que tu accèdes à la gloire, et voilà que tu me fais cette crasse, que tu te conduis avec mon fils de façon éhontée, que tu deviens sa dulcinée ?... Sans hésiter, je me mets à l'ouvrage, et je lui balance une lettre bien tassée, écrite en jargon : je lui dis ses quatre vérités, je lui mets les points sur les *i*, je lui fais la morale, bien comme il faut, bref, je lui dis tout ce que j'ai sur le cœur. Je ne suis pas un faiseur de lettres, mais quand un père souffre, les faiseurs de lettres peuvent toujours s'aligner. Devinez ce que me répond la donzelle ? Je vous le donne en mille, vous ne trouverez pas ! Primo, elle me passe un savon à propos de la lettre qui m'était tombée entre les mains par miracle. Cette lettre, dit-elle, était adressée à quelqu'un d'autre. Si c'était à moi qu'elle avait voulu écrire, elle connaissait mon adresse. Deuxio, dit-elle, qu'est-ce qui m'autorise à penser (non, mais vous entendez ce langage ?), qu'est-ce qui m'autorise à penser, dit-elle, qu'elle ait des vues sur mon fils ? « Toutes vos pensées ne font que tourner autour d'un seul point, qui s'appelle Grisha Stelmakh, et vous vous trompez lourdement si vous croyez que ce point qui s'appelle Grisha Stelmakh est le centre du monde autour de quoi gravite tout ce qui vit et tout ce qui pense. Il existe pourtant des gens, dit-elle, et ils sont nombreux, qui le regardent tant qu'il est sur l'estrade et que son violon, entre ses mains, parle un langage que peu de gens sont capables de parler. Mais, dit-elle, à l'instant même où il abandonne son violon et quitte la scène, il ne reste de lui pour le public guère plus, et peut-être moins, qu'un beau rêve. »

... Alors, ça vous plaît, ce genre de langage ? Elle poursuit encore : comment suis-je si sûr que la lettre que je lui ai écrite n'est pas une réponse à une lettre de lui ? Peut-être n'est-ce pas la première, ni la seule lettre ? La seule différence, dit-elle, c'est que les lettres de mon fils lui arrivent directement, alors qu'apparemment, ses lettres à elle doivent franchir une certaine censure... Si c'était bien le cas, dit-elle, elle veillerait désormais, en y consacrant toutes ses forces, à ce que ses lettres atteignent bien leur destinataire, et à ce qu'il ne se produise plus de miracles... « Je le ferai, dit-elle, non pas tant à cause de l'importance capitale que pourrait avoir pour moi le fait de correspondre avec votre fils, mais plutôt pour vous prouver, bien que je ne sois, comme vous dites, qu'une petite Bessarabienne, que votre despotisme paternel, qui prend sa racine dans une trop grande dévotion, ne me fait pas vraiment peur, et que toute chose en ce monde a ses limites. » Alors, que dites-vous d'un culot pareil ? Non, écoutez plutôt ce qu'elle m'écrit encore : « Je vous garantis, dit-elle, que si j'éprouvais pour votre fils les mêmes sentiments que lui pour moi, et avec la même intensité, nous vous aurions déjà prouvé que vous ne nous gêniez pas, et que nous serions tous deux *all right*... »

Qu'est-ce que vous en dites ? Voilà maintenant qu'elle se met à me parler en « yinglish » !

Je ne m'étendrai pas davantage, cher ami : j'ai répondu à sa lettre, elle a répondu à la mienne, ainsi s'est engagé entre nous un échange de correspondance, tant et si bien que nous avons fini par devenir une paire d'amis, mais alors ce qui s'appelle des amis. À tel point, par exemple, que quand elle est venue à Londres pour un concert – concert qu'elle donnait d'ailleurs avec mon fils –, moi et ma chère femme, nous nous sommes mis en quatre pour obtenir qu'elle vienne nous rendre visite. Que ne feraient pas des parents pour leur enfant ? Et puis, à supposer que nous nous obstinions à refuser, cela vaudrait-il mieux ? Quand c'est d'amour qu'il s'agit, cela ne sert à rien...

Depuis ce moment, comment vous dire ? La petite nous est devenue si proche, si chère, elle a si bien trouvé sa place dans nos cœurs, que nous nous serions estimés heureux que le mariage finisse par se faire, et que tout cela se termine. Eh bien non ! Ni elle ni lui n'en veulent. Ah, les enfants d'aujourd'hui ! En plus, on ne peut pas leur dire les choses simplement. Il ne s'agit pas de n'importe quel garçon, ni de n'importe quelle jeune fille ! Ce sont deux véritables étoiles ! Des comme eux, il n'y en a pas des tas ! Si l'on a le malheur de parler mariage devant eux, Dieu nous protège ! Que vous dire ? Il est même interdit de prononcer devant eux le mot de « fiançailles », alors... Alors, il faut attendre un peu, que faire d'autre ? Mais ma femme, puisse-t-elle rester en bonne santé, s'impatiente : elle voudrait bien, dit-elle, pouvoir se réjouir un peu... Je lui réponds : « Attends donc, tu as bien le temps... » Mais moi aussi, je sens que je n'y tiens plus. Moi, ce n'est pas tant à me réjouir que je pense, je ne suis pas une bonne femme, mais bon, se réjouir, après tout pourquoi pas ? Moi, c'est autre chose qui me tracasse. Je ne suis pas sûr de réussir à vous l'expliquer : mon fils, voyez-vous, c'est un artiste, un grand artiste, mais il est resté un enfant, un agneau innocent, et sa dulcinée est redoutable. C'est une jeune fille qui est trop jolie, trop intelligente, trop vive ; il y a un dicton : « L'excès en tout est un défaut »... En ce moment, ils courent tout Londres. Pas à pied, Dieu nous en garde, mais en *motor car*, c'est-à-dire en automobile, et on fait des achats, des achats, des achats ! Vous croyez que l'argent, ça compte, pour eux ? Encore heureux que je sois là, et que je veille au grain. Sinon, c'est une fortune qui y passerait ! C'est qu'on se prépare à partir. Il est possible, si Dieu le veut, que nous partions très bientôt pour l'Amérique. Ils ont tous les deux un engagement pour la saison complète, dans des conditions que l'on souhaiterait à tous ceux que nous aimons, que Dieu veuille seulement continuer à leur accorder la même santé et la même réussite, et qu'il leur prête longue vie à tous deux, et que nous en soyons les témoins pour nous en réjouir, car nous les considérons tous deux aujourd'hui de la même manière, sans faire aucune différence. Vous pouvez m'en croire, elle nous est aussi chère que si elle était notre propre enfant. Plus chère encore, peut-être. Quoique, à la vérité, elle ne soit pas complètement raccommodée avec moi. Probablement toujours à cause de ma première lettre... Moi, comme on dit, je suis aux petits soins avec elle, et elle, elle est à couteaux tirés avec moi. Elle ne peut pas souffrir que je parle d'argent. Elle me prend pour un grippe-sou. Que les enfants sont bêtes ! Ils ne se rendent pas compte que tout ce que l'on fait, c'est pour eux. Par exemple, elle a l'impression que je n'ai rien de plus précieux que l'argent. C'est elle-même qui le dit. De façon détournée, bien sûr. Elle croit qu'elle me connaît... Alors on a des mots, souvent. Cela me fait rire, mais mon fils en souffre, et cela m'est désagréable... Allez, ça s'arrangera probablement avec le temps. Tous les enfants sont pareils. Ils croient qu'il n'y a rien de pire au monde que leurs parents. Que peut-il y avoir de pire que des parents ?... Mais j'ai l'impression que ma lettre traîne en longueur, je n'ai bientôt plus de papier. Cela fait du bien de s'épancher un peu. Bien entendu, je ne me serais jamais autant confié à quelqu'un d'autre. Mais vous, ce n'est pas pareil. Vous savez garder un secret. Tout cela restera entre nous.

Gardez-vous en bonne santé, faites de bons bizness, et écrivez-moi souvent de bonnes lettres, comme vous seul savez le faire.
Votre vieil ami,
Meyer Stelmakh

P.-S. : Ma femme me prie de vous transmettre ses salutations, et mon fils demande s'il vous arrive encore de taquiner le violon.
Meyer Stelmakh

CHAPITRE TRENTE-SEPT

DE SHOLEM-MEYER MURAWTCHIK À ROSA SPIVAK

À mon amie très chère et très honorée Rosa Spivak qu'elle soit en bonne santé qu'est-ce que je vous ai fait pour être traité comme un étranger et que vous ne répondez même pas à toutes les lettres que je vous ai écrites qu'est-ce que j'ai fait de mal je crois que j'ai eu assez d'ennuis à cause de vous alors je ne mérite pas d'être mis au rancart parce que sans moi vous seriez encore chez Shtupak que le diable l'emporte vu qu'il n'a pas voulu me payer ce qu'il me devait à cause de vous parce qu'il dit que c'est moi qui lui en dois vu que sans moi c'est ce qu'il dit vous n'auriez jamais connu la Embrich et que lui ne serait pas resté le bec dans l'eau il jure que c'est de votre faute s'il est fauché comme les blés voilà ce qu'il m'écrit et il pleure toutes les larmes de son corps on sait bien qu'il est faux comme un jeton mais quand un type se roule par terre allez savoir peut-être qu'il dit la vérité tout ce que je sais c'est que son médaillon s'est évaporé et qu'il y a aussi quelques bagues en diamant qui manquent à l'appel et que sa montre en or il doit l'avoir bazardée quelque part et tout ça c'est à cause de vous j'ai l'impression que ce type croyait qu'il allait toucher le gros lot et en plus s'est fourré dans la tête cet idiot que Dieu l'aidera à se refaire et que si Dieu veut il sera débarrassé de ses femmes et qu'après il pourra vous baratiner avec ses diamants et que tout ira sur des roulettes pour l'instant il en bave et il arrête pas de dire que c'est rien que ma faute et moi qui suis resté dans la panade les quelques sous que j'ai reçus de vous au début ça m'a juste suffi à boucher une dent creuse et j'ai une pauvre sœur que j'ai dû expédier en Amérique vu qu'elle était dans les ennuis et puis j'ai été malade pendant un bon bout de temps même que j'ai failli voir de près l'ange de la mort sans vous et sans la petite aide que vous m'avez apportée j'en serais déjà à manger les pissenlits par la racine alors je vous dis un grand merci mais pourquoi que vous n'êtes pas gentille avec moi et que vous répondez pas à mes lettres, même quelques mots je crois que j'ai pas mérité d'être obligé de vous courir après comme un chien de Paris à Londres de Londres à Paris et après à Anvers et que vous voulez même pas me recevoir mais le bon Dieu lui il connaît la vérité il sait que j'étais toujours là quand vous étiez dans le besoin quand vous me disiez Murawtchik vas-y j'y allais quand vous me disiez Murawtchik cours je courais je ne parle même plus des débuts quand vous êtes sortie des griffes de Shtupak et que vous êtes allée chez Natalia vous vous rappelez que je vous ai jamais refusé un coup de main et quand il a fallu mettre dehors ce pauvre type qui voulait se tirer une balle dans la tête qui est-ce qui s'y est collé si c'est pas Murawtchik et maintenant vous ne savez même plus qui c'est Murawtchik combien de fois j'ai essayé de vous voir une fois je suis resté à attendre dans votre salon trois heures d'horloge et je vous entendais parler avec un type, un Français, et pour finir quelqu'un est sorti pour me dire que vous n'étiez pas chez vous alors j'ai cru que j'allais tomber dans les pommes c'est tout juste si j'ai trouvé la poignée de la porte pauvre de moi pauvre Sholem-Meyer qu'est-ce que je suis devenu je me disais à moi-même quand quelqu'un réussit dans la vie faut-il qu'il se conduise de cette manière où sont vos belles paroles quand vous me promettiez de ne jamais m'abandonner et pour finir quand je vous ai couru après jusqu'à votre datcha de Londres et que je vous ai vue passer à toute vitesse dans une automobile avec le fiston à Stelmakh que j'ai retiré mon chapeau et que vous avez fait semblant de pas me voir alors je vous ai écrit une fois deux fois trois fois et vous me répondez pas je sais pas pourquoi mais cette fois-ci j'espère que vous allez me répondre vu que j'ai une petite affaire à vous proposer voilà il y a un type qui possède un paquet de lettres de vous le type est venu me trouver il s'est fait mousser et m'a demandé beaucoup d'argent vraiment le gros paquet il dit qu'il sait qu'à présent vous faites partie de la crème et vu que là-dedans il y a toutes sortes de choses vous ne voudrez sûrement pas que vos lettres se baladent partout alors je lui ai dit vous savez quoi mon petit père je vais tout de suite lui faire une petite lettre alors il me fait écoute à quoi bon vous raconter des salades ce qui m'intéresse c'est pas le récit de la Pâque mais les *kneydlekh* qu'on mange pendant la fête alors je vous prie mon amie très chère et très honorée Rosa de m'écrire tout de suite une lettre si vous voulez récupérer vos papiers si vous en avez besoin j'irai voir ce type j'espère avec l'aide de Dieu que j'arriverai à l'asticoter écrivez-moi à mon nom aux bons soins du directeur du théâtre yiddish de Paris Waksmann et dites-moi combien je dois lui proposer vu que lui-même il ne sait pas combien il doit vouloir Dieu veuille lui envoyer la maladie de la part de votre très dévoué serviteur qui vous souhaite beaucoup de bonheur et de réussite avec ses salutations respectueuses Sholem-Meyer Murawtchik.

CHAPITRE TRENTE-HUIT

DE ROSA SPIVAK À MARCELLA EMBRICH

Très chère et très honorée petite mère Marcella,

Cette fois, je vais vous voler un peu plus de votre temps que d'habitude, car il y a longtemps que je ne vous ai pas écrit, et que dans l'intervalle se sont produits tant de faits nouveaux que je ne sais pas par où commencer. Tout d'abord, comme vous pouvez vous en rendre compte, je ne suis plus à Paris. Terminé, Paris. Terminé, le Grand Opéra. De nouveau libre comme l'oiseau. De nouveau comme une bohémienne, de nouveau sans feu ni lieu par les routes du vaste monde, et comme vous pouvez le voir d'après les coupures de presse ci-jointes, je recommence à donner des galas avec un immense succès, et pas en solitaire, mais en duo avec notre célèbre ex-enfant prodige, aujourd'hui plus célèbre virtuose encore, Grisha Stelmakh, dont j'avais d'ailleurs fait la connaissance à votre concert, ce concert inoubliable qui a si complètement transformé ma vie. Ah ! C'est tout un roman ! Je vais essayer de vous le raconter aussi brièvement que possible, d'abord parce que je ne veux pas abuser de votre temps, ensuite parce que j'écris cette lettre sur le bateau qui m'emmène en Amérique. Dès après-demain, nous serons à New York.

Si je dis « nous », c'est que je ne voyage pas seule, mais à deux... Cela se passe comme je l'ai voulu, comme je le désirais depuis longtemps. C'est là ma victoire, mon triomphe. Ah ! Comme je voudrais en ce moment pouvoir vous prendre dans mes bras, vous serrer sur mon cœur pour vous embrasser, ma chère, très chère petite mère ! Mais vous devez certainement penser que je suis ivre ? Je le suis, ma petite mère, mais je ne suis pas enivrée par l'amour, non. Vous pouvez me traiter de bohémienne, de fille romanesque, d'aventurière, me traiter de ce que vous voudrez, au moins écoutez-moi jusqu'au bout, peut-être arriverez-vous à me comprendre. Vous seule, il n'y a que vous pour me comprendre. Ce que je m'en vais vous raconter à présent est un épisode de ma vie que je ne vous ai pas encore révélé, car dans cet épisode, c'est vous qui jouez le rôle principal. Cela s'est produit le jour de votre fameux concert en matinée, que je n'oublierai jamais. Ce matin-là fut celui du plus beau jour de ma vie, celui du début de ma carrière.

C'est l'esprit en ébullition, tout enfiévrée, ensorcelée par votre voix et par son violon que je fus comme emportée hors de la salle par le flot des spectateurs, et que je demeurai avec une grande partie du public auprès de la porte pour attendre les deux héros du jour, la célèbre Marcella Embrich et le célèbre Grisha Stelmakh.

Combien dura l'attente – une minute, une heure, une journée –, je ne m'en souviens pas, car mon âme était alors dans un monde différent, un monde de voix célestes et de divines mélodies. Tout à coup, on entendit un tonnerre d'applaudissements, et la mer formée par les têtes des spectateurs se mit à tanguer. Je levai les yeux pour voir arriver une automobile rutilante. Vous êtes alors passés tous les deux devant moi avec la fulgurance d'un éclair, vous d'abord et lui ensuite, et vous vous êtes engouffrés dans l'automobile avec un troisième personnage, puis, comme dans un rêve, au milieu des applaudissements, vous avez disparu dans une rumeur de triomphe.

Mais dans mon souvenir ce moment ne s'était pas effacé. Il me suffisait de fermer les yeux un instant pour voir de nouveau défiler ce beau rêve, où vous étiez la reine et lui le prince, et où moi et tous les humains qui peuplent la terre n'étions que vos créatures, vos serviteurs, et où tous les deux, vous aviez sur nous tous pouvoirs.

Depuis longtemps déjà, le public s'était dispersé comme une fumée après le départ de l'automobile. Seuls restaient là quelques rares familiers. Je demeurai sur place, toujours sous le charme, perdue dans mon rêve, pleine de chimères qui m'emportaient sur leurs ailes, m'emmenaient m'asseoir à votre place, ma radieuse souveraine, aux côtés du prince charmant, et tout à coup, moi, la petite, la malheureuse, la misérable Rosa, je contemplai mon propre triomphe et j'entendis mon nom avec celui de Grisha Stelmakh et je fus prise de frissons. Une tempête s'éleva dans ma tête, mon cœur s'enflamma, et je me dis : « Ce rêve doit devenir réalité ! »

Comme vous le voyez, le rêve est devenu réalité. Il s'est réalisé de la façon la plus favorable qui soit. Je ne me suis pas contentée d'obtenir ce triomphe immérité, il m'est arrivé quelque chose de mieux encore : le jeune prince a grandi. L'enfant prodige qu'il était est devenu un grand artiste, et ce grand artiste est désormais à moi, entièrement à moi !

Mais vous désirez peut-être savoir si je suis heureuse ? Si je suis satisfaite ? Ah ! Ma très chère, ne me posez pas la question ! Je ne mérite pas l'amour que me portent les gens. Je ne mérite pas le centième de ce dont vous, ma petite mère, m'avez comblée. J'ai le cœur mauvais. Mon âme est pernicieuse. Je n'aime personne, personne ! Je ne fais que ce qui me plaît dans l'instant, ce que me dicte mon caprice. Les peines des autres, je m'en moque. Les tragédies des autres, je m'en amuse. Un mauvais génie s'est emparé de moi. Un démon malin s'est installé dans mon âme. Rien ne me satisfait. Plus la vie me comble, plus je suis exigeante. Plus elle me gâte, plus je suis capricieuse. Ma vie se résume à des instants, de courts instants, d'une intense élévation : ceux où mon prince, mon magicien, est sur l'estrade. Ah ! Comme il est grand, comme il est fort, comme il est beau dans ces moments-là ! D'une beauté céleste, divine. Personne ne peut lui être comparé, sauf... Ah ! Mais pourquoi donc n'est-il pas l'autre, celui que vous savez ? !...

Dites-moi, petite mère, que dois-je faire pour être en paix ? Dites-moi où je dois chercher mon bonheur. Dites-moi si mon bonheur, je vais le trouver dans le Nouveau Monde, vers quoi je me dirige à présent. Dites-moi seulement si le bonheur existe. Dites-moi si je n'ai pas raison quand je vous dis de moi que je suis un être malfaisant, une âme corrompue. Je suis et je demeure, toute corrompue, débauchée et capricieuse que je sois,

Votre bohémienne,

Rosa

CHAPITRE TRENTE-NEUF

DE MEYER STELMAKH À SON BON AMI

Mon très cher ami !

L'impatience m'a empêché d'attendre votre réponse, aussi je vous écris de nouveau. Croyez-le ou non, je sens comme un besoin, c'est une espèce d'aimant qui me force à venir vers vous pour épancher mon cœur. D'abord, vous êtes pratiquement le seul être au monde à me comprendre vraiment. Vous m'aviez dit autrefois que d'avoir élevé un fils comme le mien était déjà la preuve que je n'étais pas l'homme ordinaire que les gens voient en moi. Ces paroles n'étaient pas tombées dans l'oreille d'un sourd. De telles paroles venant d'un connaisseur tel que vous étaient pour moi un véritable baume au cœur, vous le comprendrez sans peine. Deuxio, j'ai tout simplement du plaisir à m'entretenir avec vous, car avec vous, je peux m'exprimer ouvertement, et vous raconter tout ce qui m'arrive, comme on le fait avec un frère. Je vous considère, et je vous l'ai déjà dit, comme l'homme le plus discret du monde, un véritable coffre-fort, et j'ai la certitude qu'à part vous, pas âme qui vive n'aura connaissance de mes lettres...

Devinez à présent d'où je vous écris cette lettre ? Du bateau, mon cher ami, c'est du bateau que je vous écris. Nous partons pour l'Amérique. Nous – c'est-à-dire moi, Grisha, Rosa et le « manager », un drôle d'oiseau, un Américain, qui s'est engagé, moyennant un minimum et à ses frais, en première classe cela va sans dire, à nous organiser une tournée à travers toute l'Amérique. Ce minimum, il est garanti. En d'autres termes, pas question de descendre en dessous de cette somme, et tout ce qui sera en plus – on partage. Vous avez pigé ? En bon vieux yiddish, on pourrait dire qu'il nous a embauchés, ou plutôt soyons francs, qu'il nous a achetés pour une période déterminée, point final... Appartenir à quelqu'un, mon cher ami, être vendu, ce n'est pas du gâteau, surtout pour moi qui suis déjà un vieux cheval de retour, échaudé que j'ai été par mon Allemand, que son nom soit effacé ! Mais que faire ? Le minimum est un si beau minimum, et l'attrait de l'argent est si fort, alors au diable ! Au début, je ne voulais pas entendre parler de minimum – *shminimum*. Moi, me laisser mener par le bout du nez ? Pour qui me prenait-il ? Il croyait peut-être que je ne connaissais pas le boulot ? Mais ce drôle d'oiseau d'Américain s'est alors accroché bec et ongles, pour de bon, voulant savoir combien j'escomptai de « net profit », autrement dit de bénéfice, quel était mon minimum, le minimum minimorum, d'après mes propres estimations. Qu'est-ce qu'on peut répondre à un oiseau pareil ? Voyant que j'hésitais, il me dit : pas besoin de me répondre tout de suite. J'avais, me dit-il, encore vingt-quatre heures pour lui faire part de ma réponse. Qu'est-ce que vous en dites ? Il me donnait pour ainsi dire un ultimatum de vingt-quatre heures. Bien entendu, je n'ai pas fermé l'œil de la nuit. J'ai passé mon temps à calculer dans tous les sens, à demander l'avis de ma femme, à discuter avec les enfants. Mais qu'est-ce qu'ils y connaissent, les enfants ? Tenez, le mien, comme je vous l'ai déjà dit, il s'en fiche. Mais si vous croyez que cela veut dire qu'il ignore tout des problèmes d'argent... alors là, pas du tout, il sait bien que plus il y en a, mieux ça vaut, mais il ne s'en mêle pas. Il se repose sur son père. Il sait pertinemment, voyez-vous, que son paternel ne se laissera pas tondre la laine sur le dos. Il faut dire qu'elle, Rosa, par contre, elle a beaucoup plus l'esprit pratique que mon fils. Bon, c'est vrai qu'à elle aussi l'argent lui file entre les doigts, que pour ce qui est de le dépenser, de le gaspiller, de le jeter par les fenêtres, elle n'est pas en retard sur mon fils, elle est capable de faire largement mieux que lui. Mais elle s'y entend en affaires, il faut voir comme elle aime l'argent, et comment elle est capable d'exiger des cachets à vous faire tourner de l'œil ! Mais je suis de son avis. Chacun doit connaître sa propre valeur. Ce qui m'étonne, c'est d'où elle peut tenir ça. En plus, si vous l'écoutez, c'est moi qui aime l'argent !...

Bref, les vingt-quatre heures ont passé, et voilà mon oiseau, l'Américain, qui se pointe. Rasé de près, tiré à quatre épingles, boutonné jusqu'au col, il attend ma réponse. Alors je lui balance un de ces tarifs minimum, que si je vous dis la somme, vous allez me traiter de menteur. Et vous croyez que ça lui a fait peur ? Je ne suis pas sûr qu'une demi-minute se soit écoulée, et le voilà qui me tend sa main à toper, et me fait : « *All right* », ce qui dans notre langue se traduirait par : « Bonne chance ! Que Dieu bénisse... » Alors là, vous imaginez, j'en ai été tout retourné. Ce type-là m'avait coupé les pattes. Si au moins il avait fait mine de vouloir en rabattre aussi peu que ce soit ! Mais toper comme cela tout de suite, sans marchander... Puis j'ai repris mes esprits et je lui ai dit que je voulais que le minimum soit garanti, c'est-à-dire qu'il devait bloquer les fonds à la banque à mon nom. Vous croyez que ça l'a surpris ? Pas du tout. « *All right* », a-t-il répété en se levant pour aller « câbler », je veux dire télégraphier à New York qu'on lui envoie de l'argent – et c'est comme ça que l'affaire s'est faite.

Naturellement, Rosa s'est moquée de moi : pourquoi lui avais-je demandé si peu ? Écoutez ça : elle me dit que j'avais des ambitions mesquines, ce qui me manquait, c'était de savoir cogner fort. Qu'est-ce que vous dites d'un culot pareil ? Non seulement cet Américain me mettait les chairs à vif, en plus il fallait qu'elle me verse du sel sur les plaies. Je faillis lui répondre qu'il n'y avait rien d'étonnant à ce que je ne sache pas cogner fort, je n'avais pas été à l'école d'Albert Shtupak, moi... Et puis, je me suis dit : « Laissons tomber ! » Je ne voulais pas que mon fils connaisse l'histoire de Shtupak ni tout ce qui s'était passé autrefois. Après tout, était-ce sa faute à elle, si Shtupak l'avait autrefois exhibée comme un Tzigane montre un ours, et qu'il avait gagné de l'argent sur son dos ? Si l'on y réfléchit, où est le mal ? Comme on dit, pauvreté n'est pas vice. Moi-même, quand j'étais sans feu ni lieu, à Dieu ne plaise qu'il en soit de même aujourd'hui, et que j'errais sans bottes aux pieds avec mon Grisha de ville en village parmi les Juifs, est-ce qu'il ne fallait pas jouer six morceaux, avec un bis, pour un malheureux billet de trois roubles, et en plus les écouter raconter monts et merveilles au sujet d'un gars de chez eux, qui s'appelait Moyshé-Noyekh, et qui savait jouer *La Valaque*, que c'en était un vrai bonheur ! Non, mon cher ami, je n'ai pas honte du passé. Au contraire, si Dieu m'est venu en aide, et me permet de le raconter aujourd'hui dans la joie, c'est un honneur pour moi. J'aime bien, quand toute la famille est rassemblée, leur raconter des histoires de jadis, quand, à Dieu ne plaise qu'il en soit de même aujourd'hui, un quignon de pain nous faisait saliver, qu'un verre de thé avec du sucre nous était un festin, qu'un quart de poulet, on ne le voyait qu'en rêve, et que pour une pomme ou deux prunes, Grisha était capable de vous jouer la plus belle des musiques !

C'est Rosa qui est la plus avide d'entendre ces histoires. Ses yeux s'allument alors, elle en devient encore plus belle et se met elle aussi à raconter des histoires du passé. Elle aime les raconter dans leurs moindres détails. Ce qu'elle raconte de son village, Holenechti, c'est à mourir de rire. Elle imite les bonnes femmes du marché, contrefait un chantre enroué et chante de ces airs, je ne vous dis que ça, cher ami, c'est mieux qu'au théâtre. Les éclats de rire s'entendent à trois rues d'ici. Seulement voilà, elle n'est pas toujours d'humeur. Je crois vous avoir déjà écrit que la demoiselle est de nature capricieuse. C'est selon : un jour, elle est gaie et pleine d'entrain, elle va se mettre à chanter et à danser tant et si bien que toute la maison va entrer dans la danse avec elle. Un autre jour par contre, pour peu qu'un nuage l'ait effleurée, elle va s'enfermer seule dans sa chambre pour toute la journée. Elle peut aussi se mettre à écrire des lettres, des lettres, mais tant et si bien qu'on se demande comment elle trouve autant à écrire. Ou bien alors, elle va s'en chercher Grisha, pour qu'il lui joue du violon, même si lui n'en a pas la moindre envie. Mais quand Rosa a décidé, comment faire autrement ? Elle peut aussi bien se lever en pleine nuit et lui demander de jouer ! Quand il s'agit d'amour, rien d'autre ne compte ! Alors, il attrape son violon, elle s'assied en face de lui, se met la tête entre les mains et ne le quitte plus des yeux. Dans ces moments-là, je vous assure, elle ressemble à un ange sur un tableau. Si vous la priez de chanter, jamais elle n'acceptera. Tout au contraire, plus vous le lui demanderez, moins elle chantera. Mais si cela vient d'elle, elle peut se mettre à chanter comme un vrai rossignol. Vous croyez peut-être qu'elle va chanter des arias, des mélodies de concert ? À Dieu ne plaise ! Non, justement : des chansons tziganes, des airs valaques, ou même des ritournelles yiddish. Pour l'entendre chanter une chanson hassidique, je peux vous le dire, vous viendriez jusqu'ici à pied. Comme je sais que vous êtes un grand amateur de chansons yiddish, voici la transcription d'une de celles qu'elle chante, sur une mélodie gaie. Dommage que je ne connaisse pas le solfège, et que je puisse que transcrire les paroles. Les voici :

De Khaslavitch à Lubavitch
Aïe, qu'ai-je à faire de vous écouter ?

De Lubavitch à Khaslavitch
Aïe, je perds mon temps, vous m'amusez !
J'ai mon baluchon et ma canne à bout ferré
Aïe, à quoi bon vous écouter ?
Dans leur p'tit sac mes phylactères sont bien rangés
Aïe, à rien vous ne me servez !
De Khaslavitch à Lubavitch, etc., etc.
Aïe, qu'ai-je à faire de vous écouter
Aïe, je perds mon temps, vous m'amusez
J'ai une femme et sept marmots
Aïe, à quoi bon vous écouter
J'ai une chèvre et sept chevreaux
Aïe, à rien vous ne me servez !
De Khaslavitch à Lubavitch, etc., etc.
Ma maison n'a pas de toit
Aïe, à quoi bon vous écouter ?
Ma *sukè* est faite en bois
Aïe, à rien vous ne me servez !
De Kaslavitch à Lubavitch, etc., etc.
S'engouffre la pluie par la croisée
Aïe, à rien vous ne me servez !
La misère geint dans la cheminée
Aïe, je perds mon temps, vous m'amusez !
De Khaslavitch à Lubavitch, etc., etc.
Mon cœur est plein de chagrin
Aïe, à quoi bon vous écouter ?
C'est chez mon rabbin
Que m'en viens de Khaslavitch
Aïe, à rien vous ne me servez
Aïe, de Khaslavitch à Lubavitch
À quoi bon vous écouter ?
De Lubavitch à Khaslavitch
Aïe, je perds mon temps, vous m'amusez !

Je vous dis, moi, mon cher ami, que je donnerais cent symphonies et autant de concertos pour l'entendre chanter une seule chansonnette yiddish comme celle-là ou bien l'écouter imiter la manière de tous les chantres célèbres de par le monde, comme Nissi Belzer, Yeroukham le Jeune, Pinye Minkowski, Razumne, Kwartin, Karmiol, Sirota et combien d'autres ! Elle est capable de vous sortir tous les chants liturgiques avec toutes leurs inflexions, leurs trémolos, leurs fioritures et cela avec un tel esprit qu'elle vous ferait mourir de rire, c'est moi qui vous le dis. Un vrai pitre ! En plus, il faut entendre comme ça parle allemand, et français ! Vous voulez de l'anglais ? Ça parle aussi anglais. Douée, je vous dis, comme ce n'est pas permis. Allez donc détester quelqu'un comme ça ! Elle n'a qu'un défaut, elle est susceptible, mais susceptible !...

Il faut surveiller tout ce que l'on dit, le moindre regard, sinon, on risque le pire. Elle est capable d'exploser ! Alors, on se surveille. On lui cède. Et tout ça pour lui, pour mon fils, je veux dire... Dieu merci, c'est une égale qu'il nous a ramenée. Quoique, à bien y réfléchir, il aurait pu prétendre à n'importe qui. Il y a des magnats qui auraient été ravis. Ils m'auraient couvert d'or ! Mais tant pis. Probablement était-ce un effet de la Providence, comme on dit, un couple prédestiné. Mais Dieu fasse qu'on nous montre enfin du concret, à voir et à entendre. Pour le moment, il n'y a rien. Rien du tout. Rien que l'amour... Dommage, cher ami, que vous ne soyez pas là. Si je vous avais sous la main, nous aurions de quoi parler. Pendant des jours entiers, et des nuits, nous aurions pu rester à parler, et je vous en aurais raconté, des histoires, à propos de ce petit couple... Je vous dis, il y a de quoi faire un roman ! Mais il me faut terminer cette lettre, car on sonne déjà. On sonne pour le dîner, et il faut dire que pour ce qui est de manger, à bord on mange fort bien. Et les gens ont un tel appétit, Dieu soit loué, qu'avant d'entendre la sonnerie espérée, il leur faut par deux fois se mettre un petit quelque chose sous la dent. Dommage que vous ne soyez pas sur le bateau avec nous ! Je vous promets, si Dieu le veut, qu'aussitôt arrivé à New York, je vous écrirai plus longuement encore. Dieu fasse que nous arrivions à bon port. En attendant, au revoir, gardez-vous en bonne santé et écrivez-moi. Écrivez-moi à mon adresse de New York, que je vous joins, écrivez souvent, et de bonnes lettres.

Votre meilleur ami,

Meyer Stelmakh

P.-S. : Notre oiseau américain a fait figurer au contrat une clause qui a failli faire capoter toute l'affaire. Tenez, vous allez voir de quoi ces Américains sont capables ! Ni mon fils ni Rosa, tant qu'ils sont dans le pays, n'auront le droit d'avoir le moindre contact avec qui que ce soit à son insu. En d'autres termes, si quelqu'un veut les inviter, il devra savoir qui. S'ils veulent aller quelque part, il devra savoir où. Même les lettres, s'ils en recevaient, il devra connaître leur provenance. Qu'est-ce que vous dites d'une prétention pareille ? Bien entendu, après avoir un peu renâclé, j'ai fini par signer le contrat avec toutes ses clauses. Mais cette clause précise, je l'ai cachée aux enfants, car imaginez, Dieu nous en garde, que Rosa vienne à l'apprendre, ça aurait fait une de ces histoires !... Vous voudrez bien garder le secret. Je ne l'aurais confié à personne d'autre qu'à vous. Pas question !...

Meyer Stelmakh

CHAPITRE QUARANTE

DE SHOLEM-MEYER MURAWTCHIK À SON AMI ALBERT SHTUPAK

Mon cher ami Albert je t'écris cette lettre pour te dire que je suis à Londres pour la deuxième fois Dieu soit loué et comme tu es à Odessa je t'écris à Odessa pour que tu saches que ça ne va pas du tout, mais alors pas du tout comme dirait l'autre la tartine est tombée du côté du beurre il n'y a rien à faire qu'à s'arracher les cheveux de la tête j'ai des remords pareils que des chiens qui me dévoreraient de ne pas être rentré avec toi à la maison maintenant c'est trop tard c'est la faute au mauvais sort il n'y avait que des misères qui m'attendaient je suis d'abord resté coincé à Vienne ensuite à Paris et maintenant à Londres tout ça à cause de notre toute belle je croyais que j'allais réussir un gros coup pour finir tout ce que j'ai réussi c'est à attraper froid et à me faire envoyer paître parce que depuis qu'elle est revenue d'Italie c'est tout juste si je ne suis pas tombé d'apoplexie quand je l'ai entendue chanter parce que pour ce qui est de chanter Albert elle chante comme ni toi ni ta grand-mère ni la grand-mère de sa grand-mère n'ont jamais entendu chanter personne même en rêve il faut voir comme elle est célèbre il faut voir les brillants qu'elle porte si tu la voyais se promener en voiture tu serais bon à te faire enterrer trois fois à qui la faute si tu t'es conduit avec elle comme un idiot et que je suis resté en rade à cause de toi tout juste si je n'ai pas crevé de faim heureusement qu'à Paris il y a un théâtre yiddish c'est Waksmann le directeur un sale type avec une troupe qui vaut autant que la chance que je lui souhaite j'ai fini par rassembler quelques sous et me voilà de nouveau en route pour Londres mais il se trouve que l'oiseau s'est envolé et qu'elle est à Anvers et à Bruxelles alors il faut bien partir pour Anvers et Bruxelles mais il n'y a plus un rond quoi faire alors j'ai laissé ma serviette en gage chez un type à Londres, un certain Klammer il tient un café et maintenant je viens récupérer ma serviette et voilà que ce Klammer n'est pas là le diable l'a emporté jusqu'en Amérique et la Rosa Spivak elle était déjà partie bien avant pour l'Amérique devine avec qui justement avec le garçon à Stelmakh Grisha Stelmakh elle chante et lui joue du violon on raconte qu'ils se font tellement d'argent qu'on pourrait se souhaiter à nous-mêmes d'en ramasser autant en trois mois qu'il en tombe dans leur poche en une seule soirée et pour moi c'est une grosse perte parce que dans ma serviette j'ai des papiers des papiers à elle justement très importants je ne les ai pas lus mais j'ai bien compris que c'étaient des papiers importants vu qu'elle m'a écrit dans une lettre Rosa je veux dire pour que je lui récupère ces papiers tout de suite et que l'argent n'était pas un problème c'est bien ma veine que ces papiers se baladent depuis trois mois chez Waksmann que le choléra lui tombe dessus je voulais lui claquer le museau mais j'ai eu peur qu'il ne me paie pas ce qu'il me devait alors qu'est-ce que tu dis de ça c'est bien ma veine d'arriver à Londres juste au moment où ils viennent tous de fondre comme neige au soleil maintenant voilà la question je ne sais pas quoi faire comment me retourner à qui m'adresser sinon à toi mon cher Albert pour que tu me fasses confiance et qu'au nom du ciel tu m'envoies tout de suite un billet de cent ici à Londres tu as mon adresse pour que j'aie de quoi me traîner jusqu'en Amérique une fois là-bas il n'y a plus de problème je m'amène chez cette espèce de Schminder Bagetz je récupère ma serviette avec les papiers tu sais bien que ce que j'ai gagné chez toi vaut largement plus qu'un billet de cent alors rappelle-toi Albert et ne ressemble pas au portrait que les méchants font de toi et envoie-moi au plus tôt ces quelques sous au nom du ciel. Je ne t'ai pas embêté jusqu'à présent parce que je n'étais pas dans le besoin maintenant je suis dans la misère et je suis sur le point de partir pour l'Amérique il y a déjà longtemps que ma sœur y est elle m'a écrit une lettre elle dit qu'ils sont tous en Amérique même Brayndelè la Cosaque est là-bas tu peux être sûr avec l'aide de Dieu que je te renverrai ton argent avec un grand merci de ma part en plus et que Dieu m'accorde la chance et la réussite comme je n'ai pas besoin de ce qui t'appartient et quand tu m'écriras une lettre dis-moi exactement comment vont les affaires pour toi là-bas et si tu as une bonne troupe et qu'est-ce qu'on joue à Odessa et comment se passe tout le reste et comment vont tous les autres de la bande Hotzmakh tu te rappelles on dit qu'il est ici à Londres avec une troupe à lui qu'est-ce que tu dis de ça on raconte qu'il est malade ce Juif je le déteste comme du cochon mais que le diable l'emporte il faudra bien lui faire la visite qu'on doit aux malades au revoir et toute ma considération Sholem-Meyer Murawtchik.

CHAPITRE QUARANTE ET UN

D'ALBERT SHTUPAK À SHOLEM-MEYER MURAWTCHIK

Mon très honoré Sholem-Meyer que tous mes cauchemars des dernières nuits s'accomplissent sur ta tête non mais t'es fou ou malade tu crois que je vais me mettre sur la paille pour t'envoyer des billets de cent si tu te prends pour mon fils unique ou si tu t'imagines qu'il en pousse dans mon jardin des billets de cent j'en ai autant que tu as de chances d'être mon fils vu que tous les enfants du bon Dieu tous autant qu'ils sont me soutirent de l'argent on m'étripe on me mord on me ronge de tous les côtés on me broie les os je ne suis pas encore débarrassé des fléaux d'avant à chaque instant il y a une autre histoire mais celle à qui j'en veux le plus c'est ta fille de chantre celle qui m'a fait des ennuis par ta faute c'est pas seulement qu'elle m'a mis sur la paille et qu'elle m'a coûté une fortune en plus elle m'a vexé devant mon ami Stelmakh quand elle m'a traité d'ignare si elle m'avait traité de voleur d'escroc de bandit ou d'assassin ou de n'importe quel autre nom d'oiseau ça ne m'aurait pas gêné autant qu'ignare je ne l'oublierai jamais même quand je serai étendu par terre les pieds tournés vers la porte tu dis que tu veux aller la retrouver en Amérique ton projet me plaît je peux participer aux frais mais pas pour la totalité des cent roubles vu que je ne les ai pas mais à une condition je t'envoie les reconnaissances de dettes qu'elle m'a laissées peut-être que tu réussiras à lui faire lâcher ce qu'elle me doit si elle gagne autant d'argent que tu le dis pourquoi elle ne me rembourserait pas de la perte que j'ai eue quand elle m'a laissé tomber à l'improviste je veux bien passer sur les intérêts et oublier qu'elle m'a traité d'ignare Dieu m'en garde je ne suis pas du genre à garder une rancune dans mon cœur et j'espère qu'avec l'aide de Dieu tu réussiras bien là-bas tu sais Dieu me préserve que je n'ai rien contre toi on dit que c'est un pays doré pense à écrire une petite lettre de temps en temps au lieu de rester comme jusqu'à présent sans le moindre mot tu restes muet comme une carpe pourquoi n'as-tu pas écrit plus tôt espèce de bâtard tu as attendu le dernier moment peut-être que si tu avais écrit un peu plus tôt j'aurais pu t'envoyer la totalité des cent roubles en ce moment je ne peux pas Dieu m'est témoin que je ne peux pas t'envoyer plus d'un billet de cinquante vu que la concurrence est forte et que les frais augmentent et à chaque instant il y a de nouveaux ennuis et de nouvelles calamités j'espère qu'avec l'aide de Dieu tu me rembourseras c'est de l'argent durement gagné Dieu m'est témoin qu'il faut trimer pour gagner cinquante roubles et quand tu la reverras tu n'auras qu'à lui rappeler les petits soupers les pâtisseries les chocolats les compartiments réservés en deuxième classe et les petites robes neuves qu'il lui fallait sans arrêt elle m'a dépouillé jusqu'à la chemise encore heureux que j'aie réussi à atteindre Odessa c'est de là que je suis dans le temps j'y faisais de bonnes affaires enfin je ne peux pas me plaindre même à présent s'il n'y avait pas cette concurrence trois théâtres dans la même ville mais c'est mon théâtre le meilleur vu que j'ai ma propre clique et une claque à moi tous à ma solde le seul problème c'est qu'il y a trois troupes et que l'époque est pourrie jusqu'à l'os et le choléra plus fort que jamais et la peste en dessert et le gouverneur d'Odessa est une espèce d'Haman pire que le choléra et la peste réunis malgré tout je fais des recettes magnifiques *Pintele* reste à l'affiche en permanence Dieu soit loué *Hinke-Pinke* fait un tabac avec *Velvl mange de la compote* je me régale j'ai toutes les autorisations que je veux grâce à Dieu je me suis fait un nom ici à Odessa on me considère comme une huile j'ai racheté mes quelques brillants j'ai donné à la synagogue un rouleau de la Thora à mon nom recopié à mes frais les autres peuvent bien tous crever j'aurais pu aussi avoir déjà une maison à moi s'il ne m'arrivait pas à chaque fois de nouvelles tuiles on ne se sent jamais en sécurité et j'ai beaucoup d'ennemis y en a-t-il pas un qui vient trouver ma femme celle de maintenant pour lui raconter une histoire à dormir debout comme quoi j'aurais une maîtresse à l'étranger la fille d'un chantre qui me coûterait les yeux de la tête va t'expliquer comme s'il me fallait une maîtresse en plus je n'ai pas d'autres nouvelles à t'écrire porte-toi bien et dis-moi ce qu'il en est des cinquante roubles que je t'envoie et raconte-moi comment les papiers se sont retrouvés en ta possession elle les avait bien perdus Rosa est-ce que tu les as trouvés dans mon tiroir fermé à clef je sais bien que tu étais son informateur une sorte de secrétaire tu crois que j'ai oublié les cachotteries que vous vous racontiez dans mon dos enfin salue-la quand même de ma part et aussi Brayndelè la Cosaque que le diable l'emporte tu peux lui transmettre mes salutations et si jamais tu vois Hotzmakh dis-lui que la peste l'étouffe avec toute ma considération Albert Shtupak directeur.

CHAPITRE QUARANTE-DEUX

DE LEYÉ LA FEMME DU CHANTRE À SA FILLE ROSA SPIVAK

À ma très chère fille la très sage très illustre et très honorée Reyzl,

D'abord je viens te dire que grâce à Dieu je me porte bien, Dieu fasse que j'aie de toi de pareilles nouvelles et qu'elles me procurent joies et satisfactions. Amen.

Deuxièmement, sache, ma très chère fille, que je n'ai pas voulu te plonger dans la douleur en t'annonçant la triste nouvelle du malheur qui m'a frappée comme la balle d'un fusil ou comme le foudre du ciel, Dieu m'est témoin que même à présent je ne t'aurais pas écrit, parce qu'il ne faut pas te déranger dans ton travail. Quel que soit le poids de l'amertume et de la tristesse qui m'accablent en faisant de moi une malheureuse veuve à l'âge qui est le mien, je sais très bien qu'il te sera mille fois plus pénible d'apprendre que tu es désormais orpheline, que tu as perdu un pareil père, que tu aimais autant qu'il t'aimait, lui qui jusqu'à ses derniers instants ne cessait de répéter ton nom, Reyzelè, Reyzelè. On n'y peut rien, Dieu ne l'a pas voulu, les choses sont ainsi, depuis le jour où tu nous as quittés, il a été bouleversé comme si le monde s'était écroulé. Tout lui était devenu indifférent, manger, ne pas manger, dormir, ne pas dormir, malgré toutes les paroles de consolation : s'il arrive qu'un enfant, Dieu nous en garde, perde la vie, on souffre mille fois plus, car lorsqu'un enfant s'en va, Dieu peut encore vous venir en aide et le faire revenir, mais lorsqu'un enfant meurt, à Dieu ne plaise, il ne revient plus jamais, car pour ceux que la terre recouvre, il est trop tard. Vois donc notre richard de Rafalowitch, qui ne veut même pas qu'on lui parle de son admirable fils, il interdit qu'on mentionne sous son toit le doux nom de Leybl – que la bénédiction soit sur lui. En quoi sa mère a-t-elle mieux agi, la malheureuse, d'avoir si longtemps pleuré et gémi sur lui que finalement, qu'elle veuille bien me pardonner, elle s'est éteinte comme s'éteint une chandelle ? Voilà ce que je lui répétais sans cesse, mais en vain, car ton père, que cela ne soit pas retenu contre lui, ne voulait rien savoir ni entendre de toutes mes paroles de réconfort. Il n'arrêtait pas, Dieu ait son âme, de répéter la parabole qui est écrite dans nos Livres saints, celle du petit agneau, il disait que ce richard de Rafalowitch possédait des moutons et des bœufs en quantité, et qu'il pouvait supporter l'absence d'un enfant, mais pas le pauvre homme qui ne possédait qu'un petit agneau, auquel il tenait plus que tout, et voilà qu'on venait lui arracher son unique consolation, la prunelle de ses yeux, comment pouvait-il l'endurer ? C'est ainsi qu'il gémissait, et peut-être avait-il raison, car tant que je vivrai, je n'oublierai jamais les nuits où le pauvre se levait, se cachait derrière le rideau et se mettait en cachette à embrasser les draps dans lesquels tu avais dormi, et à pleurer en silence en étouffant ses sanglots, et quand je lui disais : « Yisroeli, tu commets un péché devant Dieu, on n'a pas le droit de se torturer ainsi, tu verras, lui disais-je, si Dieu le veut, bientôt nous recevrons de bonnes nouvelles d'elle », le pauvre prenait une mine joyeuse pour me faire croire qu'il commençait presque à oublier sa douleur. Mais moi, pouvais-je ignorer que cet homme allait vers sa fin, qu'il dépérissait de jour en jour ? Dieu m'en garde, ma fille chérie, je ne t'en rends pas responsable, je sais que ton cœur s'élançait vers lui tout autant que le sien vers toi, j'en ai la preuve dans tes premières lettres, qui valaient pour lui toutes les potions et tous les remèdes que le docteur lui prescrivait, puis quand nous avons enfin pu te voir de nos yeux, quand tu es venue nous rendre visite, il était devenu méconnaissable, il était véritablement ressuscité, j'ai cru alors que c'était le soleil qui se levait, que les anges me souriaient, que c'en était fini de mes chagrins. Mais je m'abusais, pauvre de moi. Il faut croire qu'il souffrait, qu'il se tourmentait, qu'il était rongé, dévoré de l'intérieur, les mots sont insuffisants à le décrire, car il est parti avant l'âge, encore heureux qu'il ait eu quelques satisfactions avant sa mort, avec tout l'amour filial que tu lui as montré et auquel personne ne s'attendait ici. À présent, Reb Yisroeli, lui disaient les bonnes gens, il vous faut prendre du bon temps, et ils étaient jaloux de la maison que tu nous avais achetée et de la façon bourgeoise dont tu nous avais installés, même si nous, nous trouvions que la calotte était un peu grande pour notre tête et qu'à présent, quand je me vois toute seule dans toutes ces pièces, je me demande ce que je vais devenir, si je ne vais pas, que cela arrive plutôt aux ennemis d'Israël, en perdre l'esprit comme la vieille Rafalowitch, la mère du richard, qui jusqu'à aujourd'hui vit encore chez moi. À tout prendre, plutôt que d'arriver à son âge, il vaut encore mieux faire comme ton pauvre père, il est mort le vingt-deuxième jour d'Av, et aujourd'hui, nous sommes le vingt et un d'Elloul, la commémoration des trente jours est déjà passée, tu n'auras pas à te recueillir plus d'une heure, vu que tu travailles, tu ne peux pas faire autrement. C'était déjà très bien, ce que tu as fait en venant nous voir, le pauvre, tu lui as au moins prolongé la vie de quelque temps, et il faut que tu saches, ma fille chérie, que deux heures avant sa mort, ton père a parlé de toi en bien, qu'il soit un bon intercesseur pour toi, pour moi et pour le peuple d'Israël tout entier. Vu que Dieu lui-même ne lui a pas accordé de laisser un *kaddish*, un fils après lui, j'ai demandé à Khaïm-Shaye le bedeau, celui-là même à qui tu as offert de quoi s'acheter une vache quand tu es venue nous rendre visite, c'est d'ailleurs son garçon Nahum qui écrit cette lettre pour moi, je lui dicte et il écrit, c'est justice que ce soit lui qui récite le *kaddish* pour ton père tous les jours matin et soir, pour ce qui est de l'enterrement qu'on lui à fait, je ne suis pas sûre que le plus riche de chez nous ait jamais vu un enterrement pareil, au cimetière, on lui a donné une place d'honneur, à treize tombes de celle du vieux rabbi, d'un côté il y a la tombe de Borukh-Ber, l'abatteur rituel, et de l'autre, celle de Shlamke, le notable de Telenetch, et ensuite il n'y a que des riches et des bourgeois, on peut dire que le pauvre a largement mérité ça et si Dieu me prête vie jusqu'à la célébration de l'anniversaire de sa mort, je ferai poser tout autour une grille digne de lui, et je te demande, ma chère enfant, de m'autoriser à louer au moins la moitié de la maison, parce qu'à moi toute seule, je me demande bien ce que je vais pouvoir faire de toutes ces pièces, écris-moi souvent, et de bonnes lettres, comme avant, parce que la gentille lettre où tu nous fais tes adieux avant ton départ pour l'Amérique, et où tu adjures au nom du ciel ton père de veiller sur sa santé jusqu'à ce que tu reviennes à Holenechti, le pauvre, le destin ne lui a pas permis de la lire, car on lui avait déjà posé des tessons sur les yeux, on ne m'a fait la lecture de ta lettre qu'après le deuil des sept jours, et on m'a apporté l'argent à la maison, ma fille chérie, il ne faut plus m'envoyer d'argent, cela me suffira bien pour tout l'hiver et même jusqu'à Paysekh, de quoi est-ce que je peux bien avoir besoin, pauvre de moi, veuve et seule comme je suis, je prie Dieu de m'accorder un seul souhait, celui de me laisser en vie assez longtemps pour que je puisse te revoir encore au moins une fois quand la Providence te ramènera à Holenechti, je ne demande rien de plus. Je prie Dieu qu'il me permette de te voir un jour sous le dais nuptial, je te souhaite de rester en bonne santé et de ne pas trop verser de larmes sur ton père tant que tu travailles, et que tu prennes bien soin de toi et que le Très-Haut t'envoie sans tarder un bon parti et que je vive assez longtemps pour que tu puisses bientôt réjouir le cœur de ta maman comme je le demande à Dieu pour toi jour et nuit.

Ta mère affectionnée qui t'embrasse mille fois,

Leyé Spivak

CHAPITRE QUARANTE-TROIS

DE MEYER STELMAKH À SON BON AMI

Mon très cher ami,

J'ai bien reçu votre aimable lettre. Vous me posez encore des questions sur l'Amérique, vous voulez savoir à quoi ressemble ce pays. J'ai donc décidé de vous décrire le pays de Christophe Colomb en long et en large, dans tous les détails. Mais vous souhaitez d'abord, vous l'écrivez vous-même, avoir de mes nouvelles, des nouvelles de mon Grisha et de nous tous. Que vous dire de mieux, mon cher ami, sinon que je souhaite, mis à part nos ennuis, notre sort à tous les enfants d'Israël ? Impossible de décrire à quel point tous les deux, Grisha et Rosa, sont ici fêtés et encensés. Le pays tout entier, d'un bout à l'autre, tous les journaux, les plus grands, les chrétiens, retentissent de leur nom. Il suffit d'ouvrir un *paper*, et ce qui vous saute aux yeux, c'est Grisha Stelmakh et Rosalia Spivak, Rosalia Spivak et Grisha Stelmakh ! C'est un privilège de pouvoir les entendre. Si on ne réserve pas huit jours à l'avance, autant dire qu'on fait chou blanc. À vrai dire, je ne sais pas lequel des deux a le plus de succès. Les gens se jettent sur nous. Nous avons des propositions de Washington et de Philadelphie, de Chicago, du Canada, de toute la planète. Il n'est même plus question d'argent, cela ne compte pas. Demandez ce que vous voulez, tondez-nous la laine sur le dos, mais venez ! Il n'y a qu'un ennui, c'est que tout le gras, c'est le manager qui l'écrème, oui, ce drôle d'oiseau d'Américain, que son nom soit effacé ! Mais je le lui concède bien volontiers, parce que ça lui a coûté chaud, de nous faire venir jusqu'ici. Il faut dire qu'une équipe pareille, que Dieu la protège... Mais bon, comme on dit, il n'y laissera pas l'héritage paternel. Son gagne-pain est assuré. Nous avons tout de même eu une petite période de relâche pendant la période des fêtes. Pour des raisons de piété, penserez-vous ? Ne vous faites pas de souci pour l'Amérique. L'Amérique, Dieu soit loué, est un pays libre, plus libre encore que Londres. Chacun fait ici ce qui lui convient. Quand arrivent les Jours Redoutables, l'un court à la synagogue pour prier, tandis que l'autre s'en va travailler dans son atelier. Le jour de Kippour, par exemple, pour Kol-Nidré, si l'un souhaite aller pleurer et se lamenter en prières, un autre peut justement avoir envie d'aller au bal. Ici, on appelle cela « le bal de Kippour ». On se joint à une bande de jeunes gens devant un verre de bière et du saucisson de porc, on règle ses comptes avec le vieux Dieu des Juifs, pour ses lois, ses persécutions, ses pogroms, on lui dit son fait assez haut pour qu'il s'en souvienne jusqu'au Kol-Nidré de l'année suivante !... Un pays libre, c'est peu de le dire !

Pour revenir à cette relâche que nous avons eue cette année pendant les fêtes, elle était due à tout autre chose. Notre Rosa, Dieu l'ait en sa garde, est devenue orpheline. Son père est mort, il était chantre dans une petite bourgade. Bon, il est mort, béni soit le juge de vérité ! Et alors, ça arrive, qu'un père meure ! (Que cela nous soit épargné !)

Mais vous auriez dû voir ce que la petite a fait comme histoires ! D'abord, elle a refusé de chanter plusieurs soirs de suite. Vous avez idée de la perte que ça représente ? En toute amitié, je vous souhaite d'en gagner autant. Parce que d'après le contrat, nous avons l'obligation de rembourser le double pour toute représentation annulée de notre fait. Les efforts que nous avons pu faire, moi, mon fils et le drôle d'oiseau d'Américain pour essayer de la convaincre ! Elle ne voulait rien entendre. C'est même elle qui s'est mise dans une colère noire. Si on lui en reparlait, disait-elle, elle dénoncerait tout simplement le contrat, elle s'en moquait comme d'une guigne ! Avec toutes les peines du monde, nous avons réussi au bout de quelques jours à obtenir qu'elle remonte sur scène. Sinon, la seule solution qui nous restait, c'était de prendre la fuite et de quitter l'Amérique. Mais il faut dire que pour sa dernière représentation, elle a chanté à faire pleurer les murs et se fendre la terre. Même moi, vieille bête que je suis, j'essuyais mes larmes, quant à mon Grisha, inutile d'en parler ! Mais ce n'est que le début de l'affaire. Voilà qu'elle s'est mise en tête d'observer la *shiva*, le deuil de sept jours. Respecter la *shiva*, et de quelle manière ! Tout simplement, elle s'est débarrassée de ses chaussures, et s'est assise sur le sol. « Au nom du ciel, lui ai-je dit, ma petite Roselè chérie, mais qu'est-ce qui te prend ? Nous sommes là au milieu de *goyim*, de chrétiens, d'aristocrates, de nababs, de millionnaires !... » Rien n'y fit. Autant parler à un mur. Et puis on n'avait pas le droit d'en dire beaucoup plus. Quel être capricieux, que le Tout-Puissant nous protège et nous sauve ! Je ne l'aurais écrit à personne d'autre, mais vous je vous considère comme quelqu'un de discret. Je vous conjure de ne montrer ma lettre à personne. Mais je peux vous dire qu'elle nous en fait voir !... Vous imaginez le scandale que cette petite a pu provoquer : le jour de Kippour, la voilà qui s'habille pour aller à la synagogue. « Qu'est-ce que c'est que ça ? » Elle me répond : « Je veux aller réciter la prière des morts ! — Mais qu'est-ce que cela signifie, espèce de petite criminelle, que fais-tu ? Tu veux donc nous égorger ? Tiens, prends ce couteau, et égorge !... » Alors elle me dit : « Et vous, vous n'y allez pas, à la synagogue, pour les fêtes ? — Petite malheureuse ! Tu vas te comparer à moi, à présent ? Moi, lui dis-je, je peux aller où je veux. Je peux aller à la synagogue, je peux aller, qu'on me pardonne, au théâtre, mais toi, on en parlera demain dans tous les journaux ! — Et alors ? Ils ne se gênent pas, les Marcella Embrich, les Caruso et bien d'autres, pour aller à l'église quand ils ont une fête !... » Qu'est-ce que vous dites de cela ? Remarquez, en y réfléchissant, il faut bien reconnaître qu'elle a raison, la pauvre. Mais à quoi bon ? Nous sommes des Juifs, après tout. On a beau faire, on n'y peut rien. Un *goy* est un *goy*, et un Juif est un Juif... Un Juif, ça n'a pas grande valeur, c'est ce que je dis toujours. C'est pour les Juifs eux-mêmes qu'un Juif n'a pas grande valeur, si vous voyez ce que je veux dire... Croyez-moi, j'aime les Juifs autant que ma vie. J'aime le théâtre yiddish, la cuisine yiddish. Je suis un amoureux de notre jargon, dans ma maison on respecte règles de la vie juive, mes enfants, grâce à Dieu, sont de bons Juifs, et pourtant, je dois bien avouer que s'il arrive un jour à mon Grisha de descendre Downtown, c'est-à-dire dans le quartier juif, et d'y jouer sur une scène juive devant un public juif, ou bien, pardonnez-moi la comparaison, d'entrer dans une synagogue, c'en serait fini, plus de Grisha Stelmakh ! Pareil pour Rosalia Spivak ! Tant qu'elle reste parmi les *goyim*, tout le monde a beau savoir qu'elle est juive, les plus riches d'entre les Juifs accourent pour l'écouter chanter. Mais si elle fait la bêtise de s'abaisser à fréquenter des Juifs… « Eh, mais tu n'es qu'une fille de chez nous, il n'y a pas de quoi en faire une histoire ! »…

Bref, avec toutes les peines du monde, on a fini par lui faire accepter au moins de porter un voile épais sur le visage, de façon à ce que pas âme qui vive ne sache qu'elle était allée à la synagogue… Vous pouvez imaginer, cher ami, tout ce qu'il a fallu lui raconter. Maintenant, elle s'est un peu calmée. Mais au début, on pensait vraiment qu'elle allait nous rendre malades ! Et il fallait bien lui céder, qu'est-ce qu'on ne ferait pas pour une enfant ?

À présent, vous souhaitez que je vous décrive un peu le pays ? D'après ce que je vous ai écrit plus haut, vous pouvez déjà comprendre par vous-même que c'est un pays comme on n'en peut rêver de meilleur. Je tremble de le dire… Je crois bien que l'Amérique ce n'est pas vraiment l'Amérique, mais plutôt la Terre Promise. Les Juifs, me semble-t-il, n'ont guère à se plaindre de Christophe Colomb : qui veut et peut travailler, celui-là mène la belle vie. On tient ici la musique en grande estime. Je suis certain que s'il vous prenait l'envie de venir, vous ne le regretteriez pas. Vous pourriez largement gagner votre vie, et vous vous sentiriez entre Juifs. Les journaux yiddish sont innombrables. Pour un amateur éclairé comme vous, c'est un véritable paradis. Je peux dire que je baigne dans notre jargon comme un poisson dans l'eau. Le soir venu, je ne sais même pas quel théâtre choisir. Pour la semaine prochaine, on annonce au théâtre yiddish l'arrivée d'un artiste invité, un certain Rafalesco de Bucarest dont on dit merveille. Il s'en passe, des choses !

En un mot, mon cher ami, je suis très satisfait de l'Amérique. Si seulement je pouvais enfin avoir des satisfactions familiales… Pour l'instant, en ce qui les concerne, je veux dire les enfants, l'histoire n'a pas l'air de vouloir se terminer. Je vais vous dire la vraie vérité... Je n'accepterais de discuter une affaire pareille avec personne d'autre, mais vous, vous êtes mon confident, alors je vous le dis : une liaison de ce genre, cela ne me convient pas... C'est l'un ou l'autre, ou c'est oui, ou c'est non... Combien de temps peut-on entretenir une liaison ?... En ce moment, il y a un bon prétexte : elle est en deuil, orpheline, son père est mort. Elle dit qu'elle veut envoyer une dépêche à sa mère pour qu'elle vienne la rejoindre en Amérique, et elle, quand elle a décidé quelque chose, il peut bien pleuvoir des pierres ! Qu'est-ce qui va se passer si elle se décide à venir ? Qu'allons-nous pouvoir faire de la femme du chantre de Holenechti ? Aussi vrai que je souhaite que le malheur nous épargne vous et moi, je n'en sais rien ! Il y aurait peut-être une petite consolation, si elle voulait m'aider, et qu'avec sa haute protection, on finisse par briser de la vaisselle et en profiter pour dresser le dais nuptial... Ne m'en veuillez pas, cher ami, de ne vous parler que de questions domestiques, mais quand on peut épancher son cœur auprès d'un ami véritable, on se sent mieux. Tout ce roman me donne des cheveux blancs et me fait vieillir, à un point que je ne peux pas vous décrire. Ils sont nombreux à me conseiller de laisser les choses aller leur train. On prétend que je suis un père trop sensible, déraisonnable. Possible. Mais qu'y puis-je ? C'est ainsi que je suis fait. Personne ne me fera plus changer. Portez-vous bien, soyez heureux. Écrivez-moi si vous comptez réellement venir en Amérique. Je peux vous dire que pour moi, ce serait une fête ! J'aurais au moins quelqu'un auprès de qui m'épancher, car rares sont les amis véritables, et rares sont ceux à qui l'on peut confier ce que je vous confie...

Votre meilleur ami,
Meyer Stelmakh

P.-S. : On rencontre ici sans arrêt des gens de connaissance. Je me méfie des connaissances. Même quand je vais au théâtre yiddish, je dois me cacher, je baisse mon chapeau sur mes yeux et je me mets à l'abri dans un recoin – comment faire, ce sont les affaires qui l'exigent !... Meyer Stelmakh

CHAPITRE QUARANTE-QUATRE

UN BREF BILAN

Pendant tout le temps où notre jeune héros Rafalesco s'était laissé porter par le flot de la vie, à la grâce de Dieu, et qu'il avait avancé sans cesse à tâtons dans le noir, il ne s'était jamais arrêté pour faire un bilan, pour réfléchir sur son passé et son avenir, jusqu'à ce qu'il atteigne enfin un rivage, celui de l'Amérique. Ce n'est qu'une fois jeté sur l'île qu'on appelle New York que, pour la première fois sans doute, il se retourna pour contempler l'immense chemin qu'il avait parcouru depuis ses années d'adolescence et qui l'avait mené là où il se trouvait à présent, et il en fut étonné.

Son étonnement n'était pas causé par la longueur de son parcours, le nombre de ses épreuves, la diversité de ses expériences, le poids de ses souffrances ou la valeur de sa réussite. Chacun d'entre nous, à l'heure du bilan, s'aperçoit qu'il a subi pas mal d'épreuves, d'expériences et de souffrances et qu'à des degrés variables, il a connu la réussite. Non. Sa surprise avait une origine différente. Il n'arrivait pas à comprendre où il avait trouvé les forces, le courage et l'énergie d'entreprendre un si long voyage. Qui donc lui avait montré la voie ? Qui avait été son guide ? Comment s'appelait son maître ? Où était-il allé au *kheyder*, à l'école ? Où avait-il appris à comprendre le monde ?...

Il se demandait qui avait allumé en lui la première étincelle de l'art, qui avait été le premier à le pousser sur la scène, et qui l'avait éclairé pendant la nuit profonde et la longue errance de sa vie d'artiste.

C'étaient alors une foule de silhouettes, toutes celles dont il pouvait se souvenir, qui défilaient devant ses yeux : d'abord des garçonnets, des petits drôles, des camarades de classe, avec qui il avait joué à cache-cache entre la prière de l'après-midi et celle du soir, au crépuscule, pour que le maître n'y voie rien... Ensuite venait Albert Shtupak et sa célèbre troupe, à Holenechti, puis Hotzmakh, son premier ami intime... Venaient alors le directeur du théâtre de Lemberg, Getzl ben Getzl, les frères Schwalb, puis d'autres et d'autres encore – mais pour la plupart, semblait-il, des personnages dont il n'y avait rien à attendre. Les seules étoiles qui avaient éclairé son ciel obscur avaient été Béni le souffleur, la « personne avec de l'instruction », qui lui avait ouvert les yeux dans une certaine mesure, le docteur Levius-Léviathan, le mécène de Lemberg, qui lui avait fait découvrir de nouveaux horizons, mais qui, dès qu'il avait entendu Hotzmakh prononcer le mot « argent », avait pris ses jambes à son cou et s'était enfui au diable vauvert, ou encore le grand Sonnenthal, qui, tel un météore, n'avait surgi que l'espace de quelques minutes, puis avait disparu de nouveau... Il ne pouvait se rappeler personne d'autre, personne...

Livré à lui-même, sans guide, sans livre de prières, sans même un abécédaire, il était devenu ce qu'il était.

Livré à lui-même, seul, il était devenu ce Léo Rafalesco et, pour autant qu'on puisse croire ce qu'en disaient les gens, il s'était mué en une étoile montante qui brillerait de mille feux sur la scène yiddish.

Notre jeune héros se prit alors à regarder de plus près les autres étoiles de première grandeur de la scène yiddish de New York, à poser des questions : Qui étaient ces stars ? D'où sortaient-elles ? Que faisaient-elles avant ? Et il fut de nouveau surpris. On lui raconta des histoires si mirobolantes, des biographies si extraordinaires qu'à essayer de les décrire il y faudrait un livre entier pour chacune, et qui serait du plus haut intérêt...

Alors, ses propres problèmes, ceux qui concernaient l'histoire de sa vie, s'éclairaient, beaucoup de choses lui devinrent plus évidentes. Il se rendit compte que, s'il existait bien à travers le monde des écoles pour apprendre à devenir acteur, ces écoles-là, il n'en existait pas chez les Juifs. S'il existait bien à travers le monde des mécènes qui dépensaient des fortunes pour l'amour de l'art, ces gens-là, il n'en était jamais né parmi les Juifs. Nous n'avons rien, nous autres, pas d'écoles pour les artistes juifs, ni de maîtres, ni de manuels, ni d'abécédaires, ni de mécènes, ni d'art. Chez nous, il y a des théâtres, des acteurs, des talents, des comédiens de génie, des étoiles fulgurantes dont l'éclat se propage loin, très loin de la scène yiddish, et dont les affiches parviennent jusqu'au monde des chrétiens. Et il n'est pas rare, quand les atteint la rumeur de l'existence d'une telle étoile, qu'eux, les chrétiens, s'y intéressent, se déplacent jusque dans un théâtre yiddish, et se répandent tant et si bien en sourires et en manœuvres qu'ils finissent, par la ruse, à attirer chez eux cette nouvelle étoile. Dès lors, la voilà perdue définitivement pour la scène yiddish. Trop grande est la tentation pour un artiste juif, homme ou femme, de résister à la malignité des *goyim*, quand on entend de la bouche d'un non-Juif des compliments du genre : « Votre place n'est pas ici, parmi des Juifs... », « Vous, ce sont les grands espaces qui vous attendent, une grande scène, un public de chrétiens... ».

Redoutable et efficace est l'attrait du monde *goy*, et plus spécialement sur la scène yiddish. Rarissimes sont ceux, parmi les étoiles du théâtre yiddish, qui ne rêvent de briller un jour au firmament des non-Juifs, rarissimes parmi ces acteurs sont ceux à qui la chance sourit, après bien des efforts, et leur permet de quitter l'étroitesse de leur cercle yiddish pour entrer dans le vaste monde des autres.

Rafalesco, notre héros, avait toutes les qualités pour réussir, sans même un effort, à paraître sur une des plus grandes scènes non juives de New York, et y mener une grande et brillante carrière. S'il n'a pas cédé à la tentation, s'il a résisté victorieusement à l'attrait du monde *goy*, et qu'il ne l'a pas fait, c'est uniquement parce que dans sa vie sont intervenus des événements que nous allons décrire dans les prochains chapitres de notre roman.

CHAPITRE QUARANTE-CINQ

NOTRE HÉROS ERRE COMME UNE ÂME EN PEINE

La grande communauté itinérante artistique et musicale qui sous le nom de Klammer, Schwalb and Co. s'était rendue célèbre à travers l'Amérique avec son étoile de Buenos Aires et son rossignol de Lomza se préparait avec faste à son nouveau et plus éclatant triomphe, l'apparition de son nouvel artiste mondialement célèbre, l'étoile de Bucarest, à savoir le jeune Léo Rafalesco.

Nos deux vieux amis, Nissl Schwalb d'une part et Mr Nickel d'autre part, s'étaient démenés autant qu'ils avaient pu afin de transformer le succès de ces débuts en un coup mortel porté à tous les autres comédiens du théâtre yiddish de New York. Pendant deux semaines d'affilée, ils n'avaient cessé, dans les journaux yiddish, à grands sons de trompe, de roulements de tambours et dans le fracas des fanfares, de célébrer l'avènement d'une nouvelle star, celui-là même que la reine Carmen Silva avait couronné de ses propres mains et qui avait fait pleurer le grand Sonnenthal comme un enfant quand il l'avait vu dans le rôle d'Uriel Acosta. Cela, c'était la prose de notre combinard de Nissl Schwalb.

Quant à Mr Nickel, il n'était pas en reste. Mais lui, il se contentait de déambuler les mains dans les poches en annonçant à tout venant à la kibbitzière qu'il avait invité au spectacle, dans son théâtre, tous ceux qui comptaient le plus parmi les *Yahoudim*, comme Jacob Schiff, Louis Marshall, Nathan Bidger et bien d'autres encore. En secret, il glissait à l'oreille qu'il était question que ce soir-là dans son théâtre viennent aussi le *Governor* de l'État de New York ainsi que plusieurs autres hautes personnalités chrétiennes. Mais ça, il ne voulait pas qu'on le crie sur tous les toits, vu que de toutes façons, il n'y avait déjà pratiquement plus de billets disponibles. En disant cela, il avait le visage qui brillait, les pommettes en feu et les dents en or qui étincelaient. Les Rockefeller, les Carnegie, les Vanderbilt pouvaient toujours s'aligner, ils n'auraient jamais l'air aussi heureux dans leur Wall Street que ne l'était à ce moment-là Mr Nickel.

En revanche, Nissl Schwalb n'était pas, lui, d'humeur aussi guillerette. Sa géniale combine concernant le mariage de sa sœur avec Rafalesco n'avait toujours pas réussi. L'Amérique, c'est le pays du *hurry up*, du bizness, de l'agitation et de la précipitation. Tout son temps était pris par la commune. En parler avec sa sœur était peine perdue : elle lui disait de laisser tomber, que c'était leur affaire... Elle n'était préoccupée que de toilettes, de *pictures* et d'autres choses du même genre. Quant au môme, comme il avait l'habitude de l'appeler, il ne lui plaisait guère. Depuis qu'on était arrivés à New York, il était tout drôle... On avait l'impression qu'il tournait en rond comme une âme en peine, demandant dix fois par jour s'il avait du courrier. De qui pouvait-il bien attendre du courrier ? Et que pouvait-il bien avoir à faire avec cette drôle de femme en long manteau rouge (Brayndelè la Cosaque) qui n'arrivait toujours que pour quelques instants et qui finissait par rester trois heures d'horloge chez lui ou chez sa sœur ? Poser la question à Henrietta, c'était comme s'adresser au mur. Qu'est-ce qu'elle y comprenait, cette espèce de pantin enrubanné ? En plus, New York, le succès qu'elle remportait sur la scène, le bluff du prix du concours de beauté qu'elle aurait remporté à Paris, tout cela lui avait tourné la tête au point qu'on pouvait à peine lui adresser la parole sans qu'aussitôt elle se mette à vous incendier. Son frère lui disait :

— Laisse tomber, Nissl, c'est une vraie vache, elle va finir par t'encorner !...

Son frère Isaac avait raison : une vraie vache, en effet. Car à supposer qu'elle ait eu pour deux sous de jugeote, elle se préoccuperait moins de toutes ces bêtises, comme de se faire photographier avec Rafalesco dans toutes les poses imaginables. Elle ferait mieux de s'arranger pour qu'en deux coups de cuillère à pot, on dresse le dais nuptial... Combien de temps cela allait-il encore durer ? Mr Klammer disait pareil :

— Il faut faire cuire les *bagels* tant que le four est chaud, ou comme dit l'Anglais : « *If you want to do a thing...* » Mais à qui la faute, si vous êtes des idiots ?...

Voilà ce qu'en dit Mr Klammer. Tout le monde se mêle de ce mariage. N'importe quelle créature du bon Dieu y fourre son nez. Tenez, il n'y a qu'à voir la femme du chantre de Lomza : à chaque instant, vêtue de son *overcoat* tout neuf que son mari lui a acheté à New York, elle débarque en demandant :

— Quand est-ce que le Messie va naître ?...

Qu'est-ce que ça peut lui faire, à cette niaise emperruquée de rouge ?... Et qu'est-ce qu'elle a à se triturer les méninges au sujet de leur sœur plus que de n'importe qui d'autre ? Celle-là, la femme du chantre, elle a commencé à prendre des airs, depuis que son mari, le rossignol de Lomza, s'est remplumé ! Le chantre aussi a changé. Avant, quand il s'appelait encore « le chantre de Lomza », à Londres, et qu'il croupissait dans Whitechapel à rêver de pain blanc, il rampait, se faisait petit, tout petit. Maintenant, depuis qu'il est en Amérique, et que désormais il s'appelle « le rossignol de Lomza », il est devenu méconnaissable. Il n'a jamais le temps. Il est là, la calotte sur la tête, la baguette à la main, à diriger des répétitions, à donner des ordres à toute la troupe :

— *Si* bémol, *fa* mineur, *do* dièse !

Il éructe sans arrêt. Bientôt, il ne lui adressera même plus la parole, à Nissl Schwalb – ah, ah, aussi vrai qu'il souhaite le bien d'autrui !...

C'est assailli par ces sombres pensées que notre génial combinard avait passé ses premiers moments à New York, se chamaillant avec son frère, sa sœur et ses associés. Mais comme à l'ordinaire, rien de tout cela n'affectait notre jeune héros. Comme il le faisait ailleurs, Rafalesco arpentait l'immensité de New York, tout à ses pensées et à ses rêves, vagabondait comme dans une épaisse forêt, errait comme une âme en peine. Que lui importait la commune, avec ses règlements de comptes, ses déchirements, ses calomnies, ses querelles et ses tiraillements ? Que lui importaient ses débuts sur le territoire américain, qui donneraient lieu, sans aucun doute, comme partout ailleurs et à chaque fois, au même triomphe ? Aux yeux de qui devrait-il briller, si au soir de ses débuts, *elle* ne venait pas, celle qu'il désirait et qu'il admirait tant ? De cela, il en était certain, *elle* ne viendrait pas, la cause était entendue. De tous ses rêves dorés, pas un seul ne s'était encore réalisé. Tous ses espoirs concernant l'Amérique étaient tombés à l'eau... Mme Tcherniak n'avait fait que lui raconter des histoires. En réalité, depuis que Rosa Spivak était en Amérique, Mme Tcherniak n'avait même pas réussi à la voir une seule fois en face. Il est vrai que Mme Tcherniak s'en était justifiée en lui expliquant que la faute en revenait au nouveau *job* qu'elle occupait dans cette tumultueuse ville de New York. Si seulement elle pouvait s'échapper une journée entière pour rendre visite à son amie Rosa Spivak, tout serait *all right*. Justement, la semaine suivante, elle avait un jour de sortie, elle en profiterait pour filer Uptown et là, tout se passerait vraiment *all right*...

Il en était ainsi à chaque fois, elle avait toujours un nouveau mensonge pour faire durer les choses, lui promettait pour le lendemain une place à l'Opéra, où Rosa Spivak chantait, ou bien un billet pour le concert où Rosa Spivak se produisait en compagnie du célèbre Grisha Stelmakh, et cela se terminait par un fiasco : plus une seule place, à n'importe quel prix, même s'il était prêt à y mettre un million de dollars !...

Mme Tcherniak lui en avait déjà tellement fait qu'il ne pouvait plus la voir en peinture. Alors, il avait lui-même pris le chemin d'Uptown, et avait acheté un billet pour le théâtre où chantait Rosa. Il avait alors appris qu'elle avait bien été là la veille, mais qu'aujourd'hui, elle n'était plus à New York. Elle était partie en tournée dans la *country*. On ne savait pas quand elle reviendrait. « Chiffe molle tu étais, chiffe molle tu restes », s'était alors dit Rafalesco à lui-même, en se rongeant les sangs. Les membres de la commune le conjuraient de s'occuper de sa représentation d'ouverture, les reporters se pressaient pour l'interviewer, les intermédiaires le cajolaient et lui faisaient des propositions mirobolantes. Et voilà qu'Henrietta venait l'assommer avec ses toilettes et ses *pictures*. Il ne savait plus où il en était. Il errait comme une âme en peine.

CHAPITRE QUARANTE-SIX

MÉPHISTO EN JUPONS

« Je t'informe, Reyzl, que moi, Leybl, le fils de Béni Rafalowitch de Holenechti (tu te souviens de lui ?), je suis présentement à New York, Downtown, que je suis acteur au théâtre yiddish Nickel, et que je porte désormais le nom de Rafalesco. »

Voilà ce qu'aurait dû être le contenu de la lettre que notre jeune héros avait imaginé d'écrire à Rosalia Spivak. Concision et précision. Qu'avait-il d'autre à lui dire ?...

C'était bien ce qu'avait décidé Rafalesco en se mettant à écrire. Mais il ne comprenait pas lui-même d'où lui était finalement venue toute la matière de sa lettre. Il s'agissait là probablement de la première lettre sérieuse de sa vie. Tout un monde de réflexions s'était ouvert devant lui. Les mots s'échappaient de sa plume comme d'une source. Il lui avait exposé toute son histoire personnelle depuis le moment où ils s'étaient séparés, au cours de cette nuit ensorcelée, la nuit de l'incendie dans la rue de Dieu à Holenechti, jusqu'à maintenant. Il lui avait tout raconté, tout ce qu'il avait vécu et subi au long de son cheminement d'artiste, tous ses rêves et ses espoirs, ses pensées et ses sentiments, ses joies et ses peines.

Non, ce n'était pas là une lettre d'amour. « Amour », ce mot-là, sa plume s'y refusait.

« Amour », cela lui aurait paru trop banal, trop commun. Les liens étaient trop sacrés, qui reliaient leurs deux noms, que ce fussent les anciens ou les nouveaux. Et si des paroles enflammées lui avaient par hasard échappé, il les avait voilées, assourdies, déguisées.

En lui reparlant de cette nuit d'été de Holenechti, tandis que le ciel déversait une pluie d'étoiles, il l'avait conjurée de se rappeler la question qu'elle avait alors posée sur la chute des étoiles, et de se souvenir de ce qu'il lui avait répondu : les étoiles ne tombaient pas, elles se mettaient à errer... Qu'elle se souvienne aussi de ce qui était advenu ensuite. Qu'elle se souvienne qu'elle était une fois allée consulter une bohémienne (cela se passait quelque part en Galicie ou en Bucovine) pour qu'elle lui prédise l'avenir, qu'elle lui tire les cartes. Quelle avait alors été la prédiction de la bohémienne ? Ne lui avait-elle pas parlé de ces étoiles vagabondes qui s'attirent mutuellement sans pouvoir se rencontrer ?...

Rafalesco avait rédigé sa lettre de façon détournée, l'avait enveloppée d'allégories et d'allusions, et sa lettre était remplie de points de suspension, à chaque phrase... Des points de suspension tout du long...

En terminant sa lettre, il l'avait priée de ne pas s'étonner qu'il s'adressât à elle par écrit, plutôt que de venir en personne la trouver. Il y avait deux raisons à cela : d'abord, il avait entendu dire qu'on ne pouvait pas arriver chez elle sans prévenir, qu'il fallait d'abord en faire la demande auprès d'un certain Mr Khorman, en lui précisant qui l'on était, et quel était le bizness qui vous amenait (ce mot de « bizness », il l'avait mis entre guillemets, souligné trois fois et agrémenté d'un grand point d'exclamation). Ensuite, il avait délicatement fait allusion, en y rajoutant encore des points de suspension, au fait qu'il craignait de déranger l'une ou l'autre de « ces personnes » de son entourage qui partageaient sur scène son immense succès...

C'est intentionnellement que notre jeune diplomate avait mis au pluriel le mot « personnes », bien que le moindre gamin de New York n'ignorât pas que seul Grisha Stelmakh partageait la scène avec Miss Rosalia Spivak...

Ah, Grisha Stelmakh ! Voilà déjà quelque temps que ce nom hantait notre jeune héros et l'empêchait de dormir. « Qui est-il ? D'où vient-il ? De quoi a-t-il l'air ? »

Tout impatient qu'il fût de revoir Reyzl, il aurait bien voulu d'abord rencontrer ce Grisha Stelmakh, ne fût-ce que pour voir de loin à quoi ressemblait son visage. Chaque fois qu'il entendait ce nom, il avait le cœur transpercé comme par une aiguille. Qui plus est, Mme Tcherniak, en passant, lui avait glissé à l'oreille qu'elle tenait pour certain que Grisha Stelmakh et Rosa Spivak étaient fiancés, et que d'un jour à l'autre, on célébrerait le mariage...

Comment Mme Tcherniak en était-elle venue à endosser le rôle de Méphisto ? Voici comment cela s'était produit : son unique motivation n'était autre que la vengeance, elle devait tirer vengeance de son mortel ennemi Hotzmakh. Son dessein avait été de le priver de la *prima donna* Schwalb et d'attirer le môme par la ruse. Elle venait d'y réussir, que lui fallait-il de mieux ? Non mais des fois, est-ce qu'elle était responsable de la marche du monde ? Où était-il écrit qu'elle devait se torturer pour un Rafalesco ? Pour une Reyzl ? C'était leur affaire, à eux de se taper la tête contre les murs ! À croire qu'il y avait tant de monde sur terre pour s'inquiéter de Mme Tcherniak ! Supposons, à Dieu ne plaise, qu'elle perde son *job*. Qui allait se faire du souci pour elle, dans ce chaudron bouillonnant qu'on appelle New York ? Les hommes, inutile d'en parler. Il y a déjà longtemps que le choléra aurait dû leur tomber dessus et les réduire en pièces un par un, afin qu'il n'en reste aucun survivant ! Mais prenez même une jeune fille comme cette Rosa Spivak, qui avec elle avait été comme une sœur, qui avec elle avait partagé l'errance, qui avec elle avait subi Shtupak comme on subit l'exil, qui avait partagé ses repas et pratiquement son lit, ne voilà-t-il pas qu'elle vient lui rendre visite à New York, et qu'on ne la laisse pas entrer ! Alors elle lui écrit quelques mots : « Roseniou ma petite Rosa, ma petite âme, c'est Mme Tcherniak qui veut te voir » – pas de réponse ! Elle lui écrit de nouveau – toujours pas de réponse. Voilà ensuite que Rafalesco débarque à New York, Mme Tcherniak s'en va à sa rencontre, lui tombe dans les bras, l'emmène chez elle comme s'il était de la famille, est aux petits soins avec lui, se met en quatre, et il n'est pas content. Qu'est-ce qui ne va pas ? Il voudrait qu'elle lui ramène à la fois Grisha Stelmakh et Rosalia Spivak sur un plateau... Ah, les hommes, je vous dis, ils sont tous bons à mettre au feu, quand ça les tient, ils feraient se fendre la terre et s'ouvrir le ciel ! Un peu de patience, mon cher Rafalesco. Parlons d'abord un peu. Comment va Hotzmakh, que le diable l'emporte ? Et sa petite sœur, cette sempiternelle grognon, malheur à sa tête ? Et sa vieille haridelle de mère ? Elle vit toujours, cette sorcière ?...

Brayndelè la Cosaque se répandait ainsi en commentaires au bénéfice de notre jeune héros, tout en se demandant ce que pouvait avoir le môme à bouder comme cela. Qu'avait-il donc à faire des manières ? Qu'est-ce qui lui prenait de jouer ainsi les tragiques, et que diable en tenait-il pour cette Spivak ?...

Au souvenir de la Spivak, Brayndelè la Cosaque était envahie d'une colère incendiaire. Elle ne pouvait oublier la honte et l'humiliation : quoi, on se permettait de refuser de la recevoir ? On lui refusait sa porte, on ne répondait même pas à ses lettres ? Et qui ça, je vous le demande ? Une fille de chantre, qui il y a peu, ne possédait en tout et pour tout qu'une paire de bas ravaudés ! Bon, la chance lui avait souri, elle était devenue célèbre. Et alors ? On peut être riche et célèbre et tout ce qu'on veut, ce n'est pas pour autant que les autres sont des chiens. Quand on vole trop haut, on finit par tomber. On a déjà vu de pareilles choses. Prenez Henrietta Schwalb, elle aussi, c'est une *prima donna*, elle aussi elle est célèbre, on chante assez ses louanges dans les gazettes, et quand elle paraît en scène, elle fait un tabac. Pourtant, Dieu lui soit témoin de la simplicité, de la considération et de l'amabilité qu'elle lui témoigne, à l'égal d'une sœur, d'une vraie sœur de sang. C'est pour cela que Mme Tcherniak lui est attachée, à elle aussi, comme à une sœur, qu'elle connaît tous ses secrets, qu'elle passe tous les jours chez Henrietta quelques instants, et qu'elles restent à bavarder. Elles ont toujours quelque chose à se raconter. Un vrai bonheur ! On reste à parler ainsi jusqu'au crépuscule. Tout à coup, Mme Tcherniak s'administre alors une grande claque sur ses grosses cuisses, se serre vivement dans son long manteau rouge :

— Malheur à moi ! La foudre sur moi ! Il fait déjà nuit noire !

Et en sautillant, voilà Brayndelè la Cosaque qui s'en va par les rues de New York, attrape un car et s'envole vers son *job* au théâtre, tandis que dans son cerveau s'élabore, méphistophélique, le plan magnifique de promptes épousailles (entre Henrietta et Rafalesco). Non, elle veut bien ne plus s'appeler Brayndelè la Cosaque si ce mariage ne se fait pas. Les gazettes l'annonceront à grands roulements de tambour, les conversations à la kibbitzière iront bon train, et c'est elle, Mme Tcherniak, qui sera le maître d'œuvre. Mais de quel côté ? Du côté de la promise ? Du côté du fiancé ? Bien mieux, des deux côtés. C'est elle, hi, hi, hi, qui ouvrira le bal avec ce bouffi de Nissl Schwalb. Et tous les acteurs vont se soûler, faire la fête et danser jusqu'au matin. Ensuite, sitôt rentrée chez elle, elle s'installera pour tourner une lettre méphistophélique destinée à Rosa Spivak pour lui adresser ses félicitations... Ou plutôt non. Dans les romans les plus beaux et les plus passionnants que Mme Tcherniak lit dans les journaux, il en va autrement : il faut s'arranger pour que Rosa reçoive bien une invitation en temps voulu, mais qu'elle arrive précisément à l'instant où les fiancés sont déjà sous le dais nuptial : il lui passe l'anneau, il prononce la formule consacrée : « *Hari at...* » – « Tu m'es désormais liée... » Rosa s'évanouit, il y a un grand branle-bas... Se précipite alors son fiancé (le jeune Stelmakh), qui se tire une balle en plein cœur. En quoi le jeune Stelmakh a-t-il mérité une balle en plein cœur, ne le demandez pas. Quand quelqu'un s'apprête à se venger, il ne cherche pas à savoir qui est coupable et qui est innocent, et le sang coule à pleins ruisseaux...

CHAPITRE QUARANTE-SEPT

BRAYNDELÈ LA COSAQUE SE FAIT MARIEUSE

On était à quelques jours de la date fixée pour la première apparition devant le public new-yorkais de la nouvelle étoile de Bucarest Léo Rafalesco. Tous les préparatifs, tous les arrangements, les répétitions, tout était fait. Du théâtre, Mr Nickel, toutes les deux minutes, tenait la commune informée par téléphone de ce que tout était *all right*, qu'il n'y avait déjà pratiquement plus de billets pour le spectacle de Rafalesco, qu'on se les arrachait des mains, que c'était l'émeute à la caisse, qu'il craignait qu'on mette son théâtre en pièces, qu'on forçait déjà les portes... Mais la commune était loin de s'effrayer de ces terribles nouvelles. On savait pertinemment que de tout ce que racontait Mr Nickel, la plus grosse moitié était bonne à mettre au placard, un tiers était bon à jeter à la mer et le reste à donner aux pauvres...

Sur place, de toute la commune n'étaient présents que les frères Schwalb, Mr Klammer et le chantre de Lomza (Rafalesco et Henrietta étaient allés se faire photographier dans une nouvelle pose). L'ambiance au sein de la commune n'était pas à ce moment-là précisément euphorique. Non pas que le bizness fût mauvais. Tout au contraire, les perspectives qui s'ouvraient étaient des plus brillantes. Les actions de la compagnie grimpaient de jour en jour. La seule chose qui faisait défaut, c'était ce qui manque toujours et partout dans toutes les sociétés humaines : l'unité, la concorde. Dès que l'un disait quelque chose, il fallait qu'aussitôt un autre dise le contraire. Chacun avait de soi-même la plus haute opinion et prenait tous les autres pour des incapables. Par exemple, l'aîné des Schwalb (Nissl) prétendait que c'était lui seul qui avait tout combiné. Sans son idée, où en seraient-ils aujourd'hui ? Quant à Mr Klammer, il pensait que sans lui et sans son portefeuille, ils en auraient aujourd'hui été réduits à prendre la sébile et à mendier de porte en porte. Là, le chantre de Lomza lui avait brutalement coupé les ailes en lui rétorquant que, désormais, plus personne ne dépendait de son portefeuille. Dieu soit loué, on pouvait à présent se passer de son aide. En tout cas, lui, le chantre de Lomza, n'avait besoin du secours de personne.

Tout le monde en fut vexé, et d'abord le cadet des Schwalb (Isaac). Dans son idiome châtié, il apostropha le chantre de Lomza pour lui demander s'il se rappelait encore Whitechapel, la cave humide et le grand poêle qui s'éteignait par manque de bois et qui jamais ne voyait une marmite pleine, sauf les *shabbess* et les jours de fête, à condition encore que son frère ait réussi à collecter quelques shillings auprès de braves gens au cœur tendre.

Évidemment, la pesanteur de l'allusion fut loin de plaire au chantre de Lomza, qui rappela de façon métaphorique à Schwalb que sa place était dans le théâtre et que son travail consistait à faire claquer ses mains, pas sa langue...

Isaac Schwalb ne fut pas en reste pour répondre au chantre, avec le même sens de la métaphore et de l'allusion, que si le moment se présentait de faire claquer ses mains, et il se pouvait bien que ce moment-là soit précisément arrivé, alors gare à la barbe du chantre de Lomza, et malheur à sa gueule !...

De toute évidence, on n'allait pas tarder à assister à un joli petit spectacle, si on n'était venu annoncer qu'il y avait là une *lady* qui demandait à voir quelqu'un.

— Une *lady* ? Pour qui ? Pour moi ?

Les quatre hommes étaient brusquement devenus attentifs.

— La *lady* ne demande à voir que Mr Schwalb l'aîné.

Solennellement, Nissl Schwalb se leva, mit de l'ordre dans sa tenue, et alla ouvrir la porte. Ses rêves les plus fous s'écroulèrent d'un seul coup.

S'apercevant de la surprise de Nissl Schwalb, la *lady*, Mme Tcherniak (car c'était elle), lui fit une charmante révérence et l'informa qu'elle avait à lui dire une chose de la plus haute importance.

— Bizness ?

— Bizness.

— Secret ?

— Secret.

Dès lors qu'il s'agissait de bizness et de secret, il convenait de conduire la *lady* dans une pièce à part, et d'écouter son bizness et son secret.

Bien entendu, Brayndelè la Cosaque commença par un long exorde, remontant à l'époque où elle était encore jeune fille et où elle ne connaissait même pas encore Shtupak, que le diable l'emporte. En ce temps-là, même en rêve, elle ne se voyait pas au pays de Christophe Colomb à occuper un *job* comme celui-là... Tout ça pour dire qu'elle ne se plaignait pas de son sort. Elle savait qu'il y avait des tas de gens qui auraient souhaité avoir son *job*, car quoi qu'il en soit, il lui restait encore quelques dollars qu'elle avait économisés dans le temps, pas beaucoup, mais suffisamment pour ne pas dépendre de qui que ce soit et vivre sa vie.

Nissl Schwalb se rendait compte que la *lady* s'égarait un peu, alors il s'excusa de l'interrompre en plein milieu, il était ravi d'entendre qu'elle ne dépendait pas de qui que ce soit et qu'elle pouvait vivre sa vie, aussi vrai qu'il convoitait le bien d'autrui, seulement voilà, aujourd'hui il était très *busy*, c'était chez eux la presse d'un jour de foire : leur jeune premier, Léo Rafalesco, faisait son entrée en scène.

— C'est précisément pour vous parler de lui que je suis venue vous trouver, lui répliqua Brayndelè la Cosaque.

Nissl Schwalb contempla ses petits yeux japonais et sa face lunaire rubiconde et ruisselante de sueur et lui demanda, mi-sérieux, mi-farceur :

— En quelle *horreur* ?

— Comment ça, en quelle *horreur* ?

— Je veux dire : en quel honneur avez-vous quelque chose à me dire à propos de Léo Rafalesco ?

— Ce que j'ai à vous dire au sujet de Rafalesco ? Mais donnez-moi d'abord votre main.

— Prenez les deux.

Brayndelè la Cosaque commença par essuyer la sueur de son visage rubicond, puis approcha sa chaise de la sienne, si près que Nissl Schwalb put percevoir les tièdes effluves de menthe et de savon au patchouli, mêlés aux puissants remugles de sueur et d'oignons nouveaux... Elle l'informa, avec la plus grande concision dont elle était capable, qu'elle n'était là qu'en tant que marieuse, mais une marieuse totalement désintéressée. Son unique motivation, c'est qu'elle était une grande amie d'Henrietta Schwalb et que de tout le bien qu'elle lui souhaitait, elle, Brayndelè, se contenterait bien de la moitié pour elle-même. Si lui, Nissl Schwalb, souhaitait que sa sœur, Henrietta Schwalb, portât le nom de Rafalesco, il devait veiller à ce que les choses se fassent le plus rapidement possible, sinon il serait trop tard...

Sur ces paroles, Brayndelè la Cosaque recula un peu sa chaise, épongea de nouveau la sueur de son visage lunaire, posa sur Schwalb ses petits yeux japonais et sourit en gardant les lèvres serrées, de l'air de celui qui possède une information de la plus haute importance, mais qui ne peut en faire état explicitement.

Malgré tout le mal que se donna Nissl Schwalb pour lui faire dire le pourquoi et le comment, malgré le flot de ses protestations et de ses imprécations : « aussi vrai que vous me voyez en train de nager », « aussi vrai que je convoite le bien d'autrui », « aussi sûr que le poêle du bon Dieu », « si je mens, que cette table m'étouffe », Brayndelè la Cosaque se serra dans son long manteau rouge – et *good bye* !...

CHAPITRE QUARANTE-HUIT

LEYÉ LA FEMME DU CHANTRE À NEW YORK

Rien de plus naturel qu'un amoureux du théâtre yiddish comme l'était Stelmakh fût l'un des premiers à accourir voir et entendre la nouvelle étoile de Bucarest. Plus surprenant est le fait qu'il ait pris le risque d'emmener avec lui les « enfants » (Grisha et Rosa), qu'il gardait, comme nous le savons, dans du coton, et qu'il avait peur de montrer au monde, et tout particulièrement dans le New York juif, Downtown, où, selon sa théorie, leur réputation pouvait laisser des plumes... Pour nous permettre de résoudre cette énigme, il nous faut revenir une nouvelle fois pour quelques instants à l'héroïne de notre roman, pour prendre connaissance des événements qui s'étaient produits les derniers temps.

Souvenons-nous que d'après la lettre de Stelmakh à son ami, Rosa avait l'intention de faire venir en Amérique sa mère, veuve depuis peu à la suite de la mort de son mari, Yisroeli le chantre. Sitôt dit, sitôt fait. Rosa Spivak n'était pas du genre à perdre du temps en hésitations. Force dépêches commencèrent à circuler de New York en direction de Holenechti, jusqu'à ce qu'une réponse de Leyé fît savoir qu'elle arrivait. On imagine aisément que toutes ces dépêches avaient bouleversé la femme du chantre. Elle ne présumait rien de moins qu'un malheur avait dû arriver à sa fille, ou que, Dieu nous en garde, elle soit à l'agonie, sinon, à quoi bon gaspiller toutes ces dépêches, quand un seul mot coûte un rouble ? Plus tard, Leyé avait elle-même avoué à sa fille que, sans cela, il ne lui serait certainement jamais venu à l'esprit de venir en Amérique. Premièrement, qu'y avait-il donc là de si spécial, deuxio, qu'est-ce qu'on allait faire de la bombe ?

— La bombe, quelle bombe ?

— Mais la maison du richard, à Holenechti, que tu as réussi à me coller, non mais des fois !... Si au moins le Messie arrivait, qu'on puisse me trouver un colocataire, mais il faut dire qu'à Holenechti il n'y a pas beaucoup de candidats pour de pareils palais, excepté peut-être parmi les chrétiens. Mais chez nous en Bessarabie, Dieu nous garde qu'il en soit de même ici, ils sont si méchants par les temps qui courent que si une épidémie leur tombait dessus, ça ne serait pas du luxe.

Ainsi protestait Leyé dans un flot de paroles qu'elle entrecoupait de ses habituels « non mais des fois !... ».

On peut tenir pour certain que Rosa Spivak commençait déjà à regretter toute cette affaire, car le jour même où sa mère devait arriver, un petit conflit avait failli éclater entre elle et le père de Grisha Stelmakh. En homme pratique, Stelmakh lui avait demandé ce qu'elle comptait faire de sa mère. Rosa ne lui avait pas répondu. Non, elle s'était contentée de lui jeter un regard de ses yeux noirs de bohémienne. Mais c'était un regard qui lui faisait amèrement regretter qu'elle ne l'ait pas plutôt houspillé. Meyer Stelmakh n'aimait pas que Rosa reste silencieuse. Ce silence, ce calme était celui de la mer quand elle va se mettre en furie. Le calme qui précède la tempête... Il se défendit précipitamment, disant qu'il n'y avait là rien de mal, Dieu l'en garde. Il voulait seulement demander comment cela se passerait pour le logement, et surtout, comment sa pauvre mère se nourrirait, c'est-à-dire ce qu'elle mangerait...

Rosa l'avait compris.

— Ah bon, c'est à cela que vous pensiez ?

Et sans plus hésiter, elle se leva brusquement, téléphona qu'on lui prépare l'automobile, qu'elle allait descendre un moment Downtown pour réserver un logement juif avec cuisine *kasher* pour sa mère.

— Le gardien d'Israël soit avec nous ! Il ne manquerait plus que ça !...

Meyer Stelmakh se leva en sursaut, comme si on l'avait plongé dans la soude caustique ou arrosé de vinaigre bouillant. Il argumenta longuement, demanda l'aide de son fils, et parvint à grand-peine à convaincre Rosa de rester à la maison. C'est lui, Meyer Stelmakh, qui prendrait le chemin de Downtown. C'est lui-même qui louerait un logement convenable pour sa mère et qui veillerait à ce que tout soit, comme on dit en Amérique, *all right*.

Et ce fut *all right*.

Bon, il est vrai que Meyer Stelmakh en vit des vertes et des pas mûres avec la femme du chantre. Encore heureux qu'il ait eu un véritable ami auprès de qui il pouvait épancher son cœur, au moins sur le papier. Meyer Stelmakh lui écrivit donc une lettre sur trois feuilles de papier grand format, selon son habitude, recto verso, en tout petits caractères serrés, pour lui raconter tous les soucis, les avanies et les tourments que lui causait la femme du chantre de Holenechti. Imaginez-vous que c'est lui qui avait dû lui louer un logement, et chez un Juif bessarabien encore, un *shoykhet*, un abatteur rituel, et qu'il avait dû la présenter lui-même à ses *nextdorkes*, ses voisines de palier, et lui-même acheter pour elle deux paires de chandeliers *second hand* pour la bénédiction des bougies. En plus, Leyé tenait absolument à des chandeliers en laiton, vu que, depuis qu'elle avait la charge d'une maison, avait juré Leyé à sa fille, elle n'avait jamais dit la bénédiction que sur des chandeliers en laiton.

— Allez donc laisser tomber votre bizness pour courir East Broadway et lui trouver deux paires de chandeliers en laiton !

Pauvre Meyer Stelmakh, il lui en avait coûté, de la sueur, jusqu'à ce qu'il lui procure ses bougies de *shabbess*. À peine croyait-il s'en être sorti, voilà qu'il fallait lui trouver une synagogue pour aller prier. Terminé avec la synagogue ? Voilà que dans sa précipitation elle avait oublié son livre de prières chez le relieur, à Holenechti. Allez donc vous mettre en quête d'un marchand de livres religieux pour lui acheter un livre de prières ! Et les histoires qu'il a eues jusqu'à ce qu'il lui trouve le restaurant idoine ! Parce que dans le premier restaurant où il l'avait emmenée, le lendemain, on lui avait servi une espèce de plat qui s'appelait *breakfish*. Elle avait dit qu'elle voulait bien du poisson, mais pas du *breakfish*, vu que si jamais c'étaient des écrevisses ?... Allez lui expliquer qu'il ne s'agit pas d'écrevisses, ni même de poisson, mais que c'est de la viande, qu'en plus ça ne s'appelle pas *breakfish*, mais *breakfast*, petit déjeuner. Elle avait dit que ça pouvait bien s'appeler comme ça voulait, elle n'avait encore jamais mangé de saletés, ce n'était pas aujourd'hui qu'elle allait commencer.

Bref, il avait eu bien des ennuis avec elle, mais que ne ferait-on pas pour une enfant ? Et puis, primo, il n'aurait pas voulu que Rosa se balade avec sa mère dans le quartier juif de Hester Street – il ne lui manquait plus que ça ! Secundo, il espérait bien, si Dieu le voulait, que ce mariage commence à susciter un écho favorable chez la mère, et peut-être même très vite...

À dire vrai, les premiers temps, la femme du chantre lui avait donné bien du mal. Elle lui avait pratiquement fait cracher le sang avant d'accepter de donner son accord à ce mariage. Drôle d'époque, pour que Stelmakh soit obligé d'imposer son fils à s'agenouiller plus bas que terre devant la femme d'un chantre de Holenechti, pour qu'elle veuille bien de ce mariage ! Mais que ne ferait un père pour son enfant ? La femme du chantre, bien entendu, campait sur ses positions : le jeune homme était très bien, en plus il gagnait bien sa vie.

— Personne ne dit le contraire, mais que faire, s'il n'est malheureusement qu'un musicien ambulant, non mais des fois !...

Le pauvre Stelmakh contestait : il en souhaitait autant à tous les Juifs – son fils n'était pas plus musicien ambulant que lui-même n'était rabbin... Alors elle :

— Et qu'est-ce qu'il fait, alors ? Il écrit des livres pieux ?...

Il essayait de lui expliquer que son fils était un artiste. Alors elle de répondre : Artiste mon œil, s'il joue du violon, c'est donc bien un musicien ambulant. D'accord, c'est un jeune homme bien, et qui gagne bien sa vie, qui dit le contraire ? Que Dieu lui envoie l'âme sœur qu'il mérite par sa capacité à gagner de l'argent, non mais des fois !... Et que l'Éternel veuille bien destiner autre chose à sa fille, vu que feu son propre mari, Dieu ait son âme, n'avait quant à lui jamais joué du violon, que son père n'avait jamais joué du violon, et que le père de son père n'avait jamais joué du violon.

Pour une peste, c'était une vraie peste, cette bonne femme !

Pourtant, aussitôt que Stelmakh eut réussi à obtenir son accord pour le mariage, il découvrit en la personne de la femme du chantre un véritable trésor. Simplement, cela avait été difficile de boucler l'affaire avec elle. Mais dès qu'elle s'était rendu compte, après quelque temps d'observation et de réflexion, que le jeune homme était fait sur mesure pour Reyzl, la femme du chantre s'était mise à tourmenter sa fille, en véritable tyran : une fois pour toutes, combien de temps cela allait-il encore durer, de faire la vie ? Dans leur famille il n'était encore jamais arrivé, Dieu nous en garde, qu'on reste une vieille fille aux tresses grises... Quant à lui, qu'il repose en paix, s'il vivait encore, il en aurait gonflé de fierté, il aurait sûrement dit que c'était la volonté du ciel... Seulement, lui, qu'il repose en paix, Dieu l'a puni, il n'a pas eu cette chance, alors qu'elle au moins, pourvu que Dieu lui prête vie, elle ait cette chance-là, tant que ses jambes porteront son corps de pécheresse, non mais des fois !...

Bref, à quoi bon m'étendre davantage, mon cher ami, notre Dieu est grand, notre Dieu est fort, et chaque jour je le remercie et le loue de m'avoir envoyé cette Juive pour asticoter sa fille. Elle

> continuera de l'asticoter jusqu'à ce qu'elle réussisse, et il est probable que d'ici peu, je vous envoie un *mazel tov*, un faire-part, et que je vous invite à venir au mariage, soit à Londres, soit même ici à New York, et que vous aurez certainement, en excellent ami, la gentillesse de ne pas refuser. Mais, aïe aïe aïe... quand donc verrai-je ce moment, Maître du monde ? !...

Tels sont les mots par lesquels Meyer Stelmakh termina l'une de ses plus longues et de ses plus chaleureuses lettres à son grand et véritable ami.

CHAPITRE QUARANTE-NEUF

« MAZEL TOV »

S'il est une chose bien attestée en ce bas monde, c'est qu'une bonne nouvelle n'arrive jamais quand on s'y attend, mais toujours à l'improviste.

Meyer Stelmakh était à son hôtel, installé devant son bureau, en train d'écrire une lettre chez lui, à sa moitié. Il s'y plaignait de la terre d'Amérique, si lointaine et à l'écart du reste du monde, du tumulte, du vacarme, de la bousculade qui déjà régnaient – une vraie foire. Mais par-dessus tout, il se plaignait des enfants, dont « l'affaire » n'en finissait pas de finir.

« Que te dire, ma chère épouse, pour eux, rien n'est encore fait, expliquait Meyer Stelmakh à sa femme, c'est une histoire sans fin, une longue maladie, une interminable histoire d'am... »

« Histoire d'amour », s'apprêtait-il sans doute à écrire quand il fut interrompu au beau milieu par un coup frappé à la porte.

— *Come in !* s'écria Stelmakh en anglais avec un accent yiddish mâtiné de cantillation des Écritures de telle sorte que son *come in* s'entendit *kommen* et le *kommen* se transforma en *koymen* comme il est d'usage parmi nos frères juifs, qui, où qu'ils soient, yiddishisent la langue locale. Entrèrent alors les deux enfants (Grisha et Rosa), tous deux en vêtements de sport et tous deux avec des visages resplendissants et des yeux brillants :

— Papa, tu nous dois un *mazel tov*, il faut nous féliciter...

Tout d'abord, Stelmakh resta pétrifié, pâle comme la mort. Jamais il n'avait vu son Grisha si heureux, et Rosa non plus, il ne lui avait jamais vu un visage aussi resplendissant que ce matin-là. Les deux enfants étaient épanouis comme de belles fleurs au printemps. Le père ne pouvait plus bouger. Il ne pouvait que porter son regard de Grisha à Rosa, puis de Rosa à Grisha : « C'est déjà fait ?... » La sueur lui en était montée au visage. Il soupira, s'adossa à la chaise et articula péniblement :

— C'est vrai ? Je vous dois un *mazel tov*, dites-vous ? Écoutez, pourquoi ne dites-vous rien ? Et moi, qu'est-ce que j'ai à rester planté là comme un Golem d'argile ? Approchez, que je vous félicite.

Là-dessus, il se leva vivement, prit tour à tour chacun des enfants dans ses bras, les étreignit, les embrassa sans s'apercevoir qu'il avait les larmes aux yeux.

Son fils, qui n'était pas moins ému, remarqua les larmes de son père.

— Papa, pourquoi pleures-tu ?

— Moi, je pleure ? dit le père en essuyant ses yeux humides. Qui t'a dit que je pleurais, bêta ?

— Mais non, au grand jamais ! Qui a dit que vous pleuriez ? intervint Rosa en riant. Mais vos yeux ruissellent comme ceux de ma mère quand viennent les Jours Redoutables... Imaginez alors ce que va dire ma mère, quand elle apprendra la grande nouvelle !... Grisha ! Nous partons chez maman...

C'est tout juste si Meyer Stelmakh ne sent pas son cœur de père fondre de plaisir.

— Chez maman, chez maman ! répète Meyer Stelmakh, reprenant les paroles de Rosa, en arpentant la pièce dans tous les sens, tâtant ses poches sans même savoir ce qu'il cherche.

Dans son agitation, il a oublié qu'il lui faut câbler à Londres, à sa femme, pour lui faire part de l'heureuse nouvelle. Il a rejoint les enfants sur les sièges de l'automobile, et les voilà partis tous les trois en direction de Downtown, le New York juif, chez Leyé la femme du chantre, pour la féliciter.

Ce matin-là, comme tous les matins, Leyé était plongée dans son livre de prières, occupée à ses dévotions, tandis qu'à travers le quartier juif de New York roulait à tombeau ouvert en direction de son auberge une superbe automobile où se trouvait un Noir qui portait des bottes blanches à revers.

S'il est vrai qu'à New York le spectacle d'une automobile avec un Noir à l'intérieur n'était pas de nature à provoquer l'ébahissement des foules, il faut dire que pour des enfants juifs, les galopins blancs du quartier juif, c'était toute une affaire. Il y avait là matière à contempler, à commenter, à palper. Quant à tirer la langue au Noir revêtu des bottes blanches à revers, c'était Dieu lui-même qui le prescrivait. Une chance encore qu'il y ait eu un chauffeur menaçant avec d'énormes lunettes au-dessus de la visière, sinon les gosses auraient à coup sûr escaladé cette énorme et curieuse machine qui ressemblait à un animal vivant monté sur roues, et n'auraient pas manqué de se payer un tour à travers la ville au grand dam des Juifs de Hester Street qui en auraient pris plein la vue !

Stelmakh père fut le premier à bondir hors de l'automobile. Il voulait avoir le privilège d'annoncer la bonne nouvelle à la femme du chantre et d'être le premier à la féliciter. Il entra chez elle en coup de vent :

— Je vous souhaite le bonjour, *mazel tov*, félicitations ! Nous voilà parents !

Stelmakh s'attendait à ce qu'en apprenant la nouvelle, la femme du chantre abandonnât son livre de prières pour laisser libre cours à son émotion. En fait, il se trompait. Elle lui désigna une chaise, pour qu'il s'assît un instant, puis se retourna face au mur, pour les dix-huit bénédictions. Stelmakh prit place sur le côté, et les enfants, quand ils entrèrent en saluant bruyamment, voyant la femme du chantre tournée vers le mur, furent eux aussi obligés d'attendre qu'elle en ait terminé avec les dix-huit bénédictions et qu'elle eût dit la dernière prière. Ce n'est qu'alors qu'elle prêta l'oreille aux félicitations, qu'elle corna la page de son livre de prières et s'adressa aux enfants en ces termes :

— *Mazel tov*, félicitations à vous, et que la bonne fortune soit avec vous. Par la grâce de Dieu, tous mes vœux de bonheur. À quoi servirait l'homme sur terre, non mais des fois !... Quand le Très-Haut vous accorde une descendance, il faut qu'elle vous apporte de la joie. Dommage pour celui qui gît maintenant sous terre. Si seulement le pauvre était là en ce moment...

Leyé enfouit son visage dans son tablier.

— Laissez les morts reposer en paix, ma parente ! l'interrompit Stelmakh, désireux de la réconforter. Parlons plutôt de choses plus gaies...

La femme du chantre leva sur lui des yeux embués dans un visage rougi :

— Plus gaies ? Il y en a qui sont gais, il y en a qui sont tristes, non mais des fois !... Il y en a qui rient et d'autres qui pleurent, il y en a dont le cœur se serre et d'autres qui ont envie de se mettre à danser. Comme il est dit dans la prière des Jours Redoutables...

La femme du chantre s'apprêtait à administrer à son parent une semonce carabinée, mais sa fille, qui était ce matin-là d'une humeur particulièrement gaie, s'interposa :

— Maman, ta prière des Jours Redoutables, tu peux te la garder pour les fêtes. Maintenant que tu as réussi, que ta fille va se marier, et c'est d'ailleurs toi qui me l'as conseillé, sinon enjoint, il nous faut réfléchir à la meilleure façon de passer la journée et la soirée.

— Ma petite ! Mais c'est tout réfléchi ! s'exclama la femme du chantre. Il faut inviter les gens, rédiger le contrat, briser des assiettes, nous ne sommes pas des Juifs pour rien, non mais des fois !...

Mais quel ne fut pas le chagrin de la femme du chantre quand sa fille lui apprit qu'on n'inviterait personne, qu'on ne rédigerait pas de contrat et qu'on ne briserait pas de vaisselle. Pour eux, les choses étaient déjà réglées, ils s'étaient déclarés l'un à l'autre fiancés, et voilà tout.

C'est avec un regard surpris que la pieuse mère contemplait ce couple superbe, resplendissant et heureux, mais elle n'était pas complètement satisfaite. Tout cela était bel et bon, que le mauvais œil les épargne. Ils étaient tous deux jeunes, beaux, riches et célèbres, grâces soient rendues au Dieu vivant. Elle ne lui faisait aucun reproche. Mais en quoi cela aurait-il pu les gêner de se conduire d'une manière un peu plus juive, selon les vieilles traditions juives ? Est-ce que cela n'aurait pas été plus convenable d'avoir une maison remplie d'une dizaine de Juifs pour la prière, mais des vrais bons Juifs bien de chez nous, avec des barbes et des calottes ? On aurait eu aussi un rabbin, un chantre et un bedeau. Le rabbin aurait reçu leur consentement, le chantre aurait donné lecture du contrat de fiançailles, le bedeau aurait brisé la première assiette en la jetant à terre et l'assistance se serait écriée : « *Mazel tov*, meilleurs vœux ! » À quoi cela rime-t-il, ces mariés qui se tiennent par le bras ? Et le marié qui est tête nue ? Ah, l'Amérique, quel pays de sauvages !

Telles étaient les pensées de la pieuse femme du chantre et ce fut le père du marié qui fit les frais de son amertume pour la raison qu'il allait tête nue :

— Passe encore que les jeunes se conduisent n'importe comment. Par les temps qui courent, comment dites-vous, des artistes... Mais vous, un Juif avec une barbe, non mais des fois !...

À ces mots, tout le monde se regarda : récemment, Stelmakh avait reçu de son *barber* un méchant coup de ciseaux, qui ne lui avait laissé que les vestiges d'une barbe. Tout le monde éclata de rire, à l'exception de la femme du chantre. Elle aussi leva les yeux sur le père du marié, et voyant les restes de barbe, se tut pour de bon. Elle se contenta de soupirer, tourna un feuillet de son livre de prières et se mit à chantonner à voix basse :

— *Shoymer Yisroel*, Tu es le gardien du peuple d'Israël...

CHAPITRE CINQUANTE

UN JOUR HEUREUX

La veine et la déveine sont des hôtes qui, une fois qu'ils sont entrés chez vous, oublient de dire au revoir. Quand ils s'y mettent, ce n'est pas pour rire.

Meyer Stelmakh était l'un de ces chanceux à qui la veine s'était attachée et ne le lâchait jamais. Le ciel faisait pleuvoir sur lui l'argent et la gloire, inondant tous les recoins de sa maison. Une seule chose lui manquait encore : voir le jour où son fils lui procurerait la joie d'une famille – et voilà que ce jour était arrivé.

Si la terre avait jamais porté un père heureux, c'était sans conteste ce jour-là, et le plus heureux des pères n'était autre que Meyer Stelmakh. Ses pieds ne touchaient plus le sol, il flottait dans les airs. Sa joie était telle qu'il emmena aussitôt les enfants dans la plus grande bijouterie, se fit montrer les plus somptueux diamants, et pria Rosa de choisir le plus beau, à ses frais, « sans regarder à la dépense ». Rosa obtempéra. Elle le prit au mot, comme il convenait, et « ne regarda pas à la dépense ».

Ce jour-là, Meyer Stelmakh avoua que c'était la première fois de sa vie qu'il répandait l'argent avec une telle libéralité et d'un cœur aussi léger. Il semblait que ce jour-là, rien n'était trop cher pour faire plaisir à Rosa. La joie lui fit faire cette citation en hébreu : « Ma chérie, la moitié de mon royaume si tu veux... » qu'il traduisit en yiddish :

— Je te décrocherai la lune !...

Après déjeuner, heureux « comme le roi dont le vin a réjoui le cœur », Stelmakh père était chez son fils, à moitié enfoncé dans un moelleux fauteuil, un havane au bec, tandis que Stelmakh fils marchait de long en large en improvisant sur son vieux stradivarius. Meyer

Stelmakh s'assit auprès de Rosa et se mit à lui murmurer en secret de douces paroles. Le secret était le suivant : savait-elle au moins combien son Grisha avait de dot ?...

Rosa était assise la tête appuyée sur son bras, et ne quittait pas des yeux Grisha et son violon. Elle n'entendit pas, ne voulait pas entendre le secret. Son âme était en ce moment-là où l'avaient emmenée les mélodies célestes que le grand magicien Grisha Stelmakh faisait jaillir si spontanément et avec tant d'aisance de son cher vieux stradivarius.

Ni les illuminations d'une magnifique salle de concerts, ni l'éclat d'un public constitué d'aristocrates, de magnats, de millionnaires et de grandes dames, ni le lustre des palais royaux, non ce n'était rien de tout cela qui emportait le *maestro* et son stradivarius vers un monde de musiques célestes, de divines harmonies et de mélodies paradisiaques. C'était un mot, un seul, le mot « oui » tant espéré, que Rosa venait seulement de prononcer aujourd'hui. C'est ce mot qui avait inspiré à cet ensorcelant jeune homme les prodiges qu'il tirait de son violon.

Il ne jouait pas, son violon, il parlait. Il parlait un langage divin, un langage que seul un grand artiste peut parler, que seul un grand artiste peut comprendre. On aurait dit que c'étaient des anges qui se mouvaient dans cet univers de musiques célestes, dans cet océan de voix surnaturelles. Ils se mouvaient de-ci de-là, de leurs mille voix entonnant des hymnes. Ils chantaient les louanges de celui qui créait cet univers immense et magnifique de musique, de chants, de beauté, d'enchantement et d'amour. Il y avait bien longtemps que Grisha Stelmakh n'avait joué comme ce matin-là. Ce matin-là, une fête se célébrait dans son cœur, une félicité envahissait son âme. Il y fleurissait mille jardins, mille oiseaux y chantaient. Il ne cessait de s'exprimer dans son langage divin, toujours avec plus de douceur et de force. Il ne cessait de raconter sur son violon de merveilleuses histoires à Rosa. Il ne cessait d'y tisser pour elle de suaves rêves de fils d'or. Rosa, qui mieux qu'aucune autre comprenait ce langage divin, écoutait ces histoires merveilleuses, ces rêves suaves tissés de fils d'or. Il lui semblait qu'à l'instant sa vie allait lui échapper, qu'à l'instant son âme allait s'enfuir et rejoindre cet univers de cantiques, se noyer dans cet océan de musiques célestes et de mélodies surnaturelles.

Quand Grisha eut terminé, Rosa, oubliant le père Stelmakh, se jeta à son cou... Elle se serait aussi bien jetée à ses pieds, tant sa façon de jouer l'avait transportée. Mais elle se reprit bien vite, se précipita vers le piano, ouvrit le couvercle, plaqua quelques accords puissants et se mit à chanter, sans idée préconçue, sans partition, à l'inspiration. Elle ne chantait pas, c'était la musique qui jaillissait d'elle. Les roulades, les trilles s'échappaient. Des chants, des mélodies surgissaient, telles qu'aucune oreille n'en avait encore jamais entendu, tels qu'aucun public de concert n'avait encore jamais été admis à en jouir.

Elle était tel un rossignol solitaire dans la forêt qui révèle par son chant les sentiments les mieux enfouis, les désirs les plus profonds d'une âme impatiente... Ce fut un concert étrange, un concert inhabituel. Un concert impromptu.

Combien de milliers de dollars auraient-ils payé, les Yankees, pour un concert pareil ? pensait alors l'heureux père Stelmakh, unique auditeur de cet inhabituel concert impromptu qui le faisait fondre de plaisir.

— Vous savez, mes enfants, ce que je vais vous dire ? s'écria l'heureux père une fois le concert terminé. Savez-vous l'idée qui m'est venue à l'instant ?

— Quelle idée vous est donc venue à l'instant ? questionnèrent-ils tous les deux, tournant vers lui leurs jeunes visages et le regardant de leurs yeux tout emplis d'amour et brillant de bonheur.

L'heureux père se saisit de l'endroit où naguère se trouvait une barbe et imitant une cantillation talmudique, psalmodia :

— Attendu que Dieu est bon, attendu que dans sa bonté Dieu nous a accordé cette belle journée et que nous avons donc notre soirée libre, ce serait peut-être une bonne idée d'en profiter pour aller au théâtre yiddish. J'arriverai bien par un moyen ou par un autre à obtenir de notre oiseau américain que ce soir nous soyons entièrement tranquilles, juste entre nous. Qu'en dites-vous, mes chères petites colombes ?

Les chères petites colombes se regardèrent, puis s'exclamèrent avec une joie non dissimulée :

— *All right*, au théâtre yiddish. *All right !*

— Et après le théâtre, mes chers petits canaris, un restaurant yiddish : poisson à la juive, volailles rôties à la juive, cous farcis à la juive ?

— Bravo, bravo ! s'exclamèrent les chers petits canaris dans un rire.

Se posa alors la question : quel théâtre ? À New York, il y en a plusieurs, des théâtres yiddish. Qu'est-ce qu'on donnait ce soir ?

Ce qu'on donnait ce soir, je m'en vais vous le dire tout de suite.

Il faut d'abord rappeler que Stelmakh est un amoureux du jargon. Tous les jours, il achète l'ensemble des journaux yiddish. Sa chambre est remplie de journaux, de revues, d'opuscules en yiddish. Il ne lui reste même plus de place pour lui parmi tous ces papiers. Les jeter, ce serait péché : le verbe yiddish est sacré pour lui. Pour les emmener avec soi, il faudrait avoir la fortune de Vanderbilt pour payer le supplément de bagages !

Meyer Stelmakh se précipita sur les monceaux de journaux yiddish qui jonchaient en désordre tables et chaises, les parcourut à la va-vite, et tout à coup se frappa le front :

— Mes enfants, gloire à Dieu ! Aujourd'hui, c'est jour de fête pour le théâtre yiddish. C'est aujourd'hui la première apparition sur scène au Théâtre Nickel d'un célébrissime artiste de Bucarest, un certain Rafalesco. Je crois que je vous ai déjà parlé de lui. Il y a déjà un moment que les gazettes l'annoncent à grands sons de trompe, cette nouvelle étoile ! Il faut croire que c'est un fameux gaillard, ce Rafalesco ! On ne raconte sur lui que des merveilles ! Écoutez-moi ça : « La reine de Roumanie, Carmen Silva... », « Le grand Sonnenthal de Vienne... », « Passart, Barnaï, Irving, Rossi... ». N'en jetez plus ! Gloire à Dieu, mes enfants !...

Tel fut l'enthousiasme de l'heureux père, si bien que sur-le-champ, tous trois élaborèrent un programme pour toute la soirée : d'abord, le Théâtre Nickel, ensuite le restaurant de Schloymé. On y sert le poisson au paprika à la roumaine, que l'on arrose d'un Pomiak de Bessarabie.

Il est célèbre, Shloyme. Il y a plein de *pictures* de lui dans les journaux yiddish. Il vous suffit d'ouvrir un quotidien, et vous recevez en plein visage Shloyme et son restaurant.

— Alors, d'abord au Théâtre Nickel, ensuite au restaurant de Shloyme. Qu'en dites-vous, mes petits agneaux ?

Ce qu'ils en disaient, les petits agneaux ? Évidemment, ils approuvaient tout en bloc. Les petits agneaux n'avaient jamais été dans de meilleures dispositions que ce matin, et jamais encore ils n'avaient vu le père dans d'aussi bonnes dispositions, aussi animé, aussi bienveillant, aussi heureux. Restait encore une chose : réserver une loge au théâtre yiddish, une loge pour trois.

— Ah ça, jamais de la vie ! s'exclama le père. Tout ce que vous voulez, mais pas ça ! Il n'en est pas question ! Pourquoi ? Parce que. Je vais prendre une loge, c'est entendu, et la meilleure, mais pour vous deux. Vous pourrez déjà être tout à votre aise, dans la loge, mais moi – au parterre. Pourquoi ? Pas compliqué : au théâtre yiddish, vous me suivez, vous et moi, on ne se connaît pas. Comme le lin et la laine, interdit de se mélanger. Moi, passe encore si on me reconnaît, pas vous. Pas question que les gens sachent qui est dans la loge. C'est un danger mortel ! Toi, Grisha, écoute-moi bien, tu rabattras ton grand feutre sur les yeux, et toi, Rosa, tu auras l'amabilité de mettre le plus vaste chapeau que tu possèdes, de telle sorte que c'est seulement quand on se sera bien penché pour te regarder sous le nez qu'on se rendra compte qu'on ne voit rien. Avec les Juifs, vous me suivez, il faut être prudent, ah, ah, ah... On ne plaisante pas avec un Juif. Il suffirait par exemple qu'un seul Juif subodore l'identité des occupants de la loge pour que demain matin tous les journaux yiddish sortent avec des manchettes du style : les plus grandes stars du monde, Grisha Stelmakh et Rosalia Spivak, au théâtre yiddish, ah, ah, ah... Celui qui n'y connaît rien penserait certainement que Grisha Stelmakh et Rosa Spivak jouent dans un théâtre yiddish. Il ne me manquerait plus que ça, ah, ah, ah !...

C'est ainsi que commença pour notre heureux Stelmakh cette heureuse journée.

CHAPITRE CINQUANTE ET UN

UNE CONTRE-VISITE

Notre ami lecteur voudra bien se souvenir de la visite qu'avait rendue Mme Tcherniak, autrement dit Brayndelè la Cosaque, à Nissl Schwalb, et de l'avertissement qu'elle lui avait donné selon lequel, s'il voulait que sa sœur Henrietta Schwalb porte le nom de Rafalesco, il devait s'y prendre au plus vite, sinon il serait trop tard...

Bien évidemment, ces paroles adressées à notre combinard n'étaient pas, comme on dit, tombées dans l'oreille d'un sourd. Nissl Schwalb ne se contentait pas de ce seul avertissement. Il voulait savoir d'une manière un peu plus précise et détaillée de quoi il retournait exactement. C'est pourquoi il n'hésita pas, un beau matin, à prendre sur lui pour rendre une contre-visite à la créature en long manteau rouge et au visage simiesque.

Après s'être enquis auprès de sa sœur de l'adresse de Mme Tcherniak et du moment où on pouvait la trouver chez elle, notre Schwalb s'en fut par les rues et les ruelles, grimpa, quelque part dans Brooklyn, jusqu'au douzième étage et découvrit à grand-peine un trou où il lui fallut complètement se recroqueviller pour entrer.

– *Hello !* C'est bien ici qu'habite Mrs Tcherniak ?

Mrs Tcherniak était vêtue d'un déshabillé, une sorte de peignoir à larges manches profondément échancré au cou, et ses pieds nus étaient chaussés de mules. Elle n'était pas encore coiffée, et la petite chambre n'était pas encore rangée. Le lit était encore défait, la poubelle était encore derrière la porte et la table portait toujours les traces du dîner de la veille. À l'apparition d'un hôte aussi inattendu (il faut préciser que depuis l'arrivée de Brayndelè la Cosaque en Amérique, Nissl Schwalb était le premier homme à franchir son seuil), elle avait au début presque pris peur, ne sachant pas par où commencer : changer précipitamment de tenue, recouvrir le lit, sortir la poubelle ou débarrasser la table des restes du dîner de la veille. Dans son agitation, elle oublia de faire asseoir son visiteur, resta elle-même plantée là, attendant ce qu'il allait lui dire. Voyant qu'elle était troublée, Nissl Schwalb s'assit sans attendre l'invitation et, après avoir avancé un siège à Mme Tcherniak, entreprit de la tranquilliser par une conversation anodine et des propos apaisants. Il lui déclara en toute franchise que depuis longtemps il souhaitait la connaître un peu mieux... Mais surtout, il estimait qu'il se devait de lui rendre la visite qu'elle lui avait donnée. De fait, il voulait s'entretenir avec elle de sujets personnels, de problèmes de famille... Il sentait qu'avec elle, il pouvait aborder certaines questions qu'il n'aurait jamais abordées avec personne d'autre... Parler de tout à cœur ouvert, car il était un gentleman et un honnête homme (là, Schwalb s'était déboutonné, exposant sa large bedaine que recouvrait un gilet blanc barré d'une grosse chaîne en or, ou en plaqué).

— Vous pouvez être assurée que tout ce dont nous parlerons ne sortira pas d'ici, d'entre ces quatre murs.

Nissl Schwalb désignait de ses deux mains les quatre murs de la petite chambre de Mme Tcherniak et en profita pour lui adresser un compliment : comme c'était joli, ici, et propre, et bien entretenu ! Voilà déjà longtemps qu'il n'avait vu pareille propreté, aussi vrai qu'il convoitait le bien d'autrui ! Mais elle ne vivait donc pas seule ici, en solitaire ?

— Seule, solitaire, et malheureuse comme les pierres, lui répondit Mme Tcherniak avec une rime et dans un profond soupir, puis elle rougit comme une betterave et se mit à transpirer.

— Nous sommes tous malheureux. Moi aussi, je suis seul, malheureux comme les pierres, fit Schwalb reprenant les mêmes mots, histoire simplement de rester dans le ton.

Mais ce n'est pas comme cela que Mme Tcherniak l'entendit. Elle rapprocha son siège tout près de son cher hôte, des deux mains arrangea ses cheveux, fit apparaître sur sa face lunaire et dans ses petits yeux de Japonaise le plus joli sourire de naïve coquetterie de sa panoplie et lui demanda, sans avoir l'air d'y toucher :

— Vous êtes donc un *singleman* ?

Au mot « *singleman* » qu'elle avait dit en anglais, Schwalb lui aussi répondit d'un mot anglais : « *Sure !* » (qui signifie : « Bien sûr ! ») et ajouta en yiddish :

— *Singleman*, et comment encore ! Le *singleman* des *singlemen* !

Ayant ainsi appris de son hôte qu'il n'était pas encore en puissance d'épouse, Mme Tcherniak s'en montra d'autant plus affable et plus chaleureuse, les deux manches de son déshabillé se trouvèrent retroussées jusqu'aux coudes, et des gouttes de sueur perlèrent sur sa lèvre supérieure légèrement ombrée d'un duvet noir.

— Comment cela se fait-il ? lui demanda-t-elle, l'expression de son visage mêlant sympathie, curiosité et compassion.

— Eh ben voilà, c'est qu'on est toujours *busy* ! Le jour, la nuit, c'est toujours la même agitation. Dès le matin, on court dans tous les sens. On n'a même pas le temps de se donner un coup de *shave*, de prendre un *drink*, d'attraper un sandwich. Quant à dormir, il n'en est pas question. Ce n'est pas rare qu'on dorme en marchant, aussi vrai que vous me voyez en train de nager. Vous me croyez, ou pas ? Les semaines passent, les mois, sans manger, sans boire, sans dormir, aussi vrai que je convoite le bien d'autrui !

Mme Tcherniak, qui avait écouté son hôte avec la plus grande attention, opina du chef, se rapprocha encore et croisa ses bras à demi nus sur sa large, généreuse et opulente poitrine qui sous le corset ressemblait à deux oreillers fraîchement retapés.

— Pas bien, ça, lui reprocha-t-elle comme le ferait une mère aimante. Pas bien du tout. On n'a pas le droit de se négliger. Il faut aussi penser à soi...

— Comment peut-on penser à soi quand on a un fardeau pareil sur les épaules ? Je veux parler de ma sœur la *prima donna*. Elle a pour elle d'être belle, et contre elle de l'être trop. Pourquoi je dis trop, inutile de... Que Dieu me vienne en aide pour que ma sœur se marie et que mon frère Isaac trouve un véritable *job*, alors là, peut-être que je pourrai commencer à penser à moi... Il serait temps, même si je n'ai encore que... Quel âge pensez-vous que j'aie ? Allez, devinez.

Quoi de surprenant si après une telle conversation Mme Tcherniak s'attendrît, et que son cœur, qui s'était transformé en pierre, se mît à fondre comme du beurre ? Ah, quel homme ! Quel gentleman ! Comment peut-on juger un homme sur son apparence ?

Jamais au grand jamais elle n'aurait deviné que ce géant, ce colosse de gentleman possédait une âme aussi délicate. Mais cette mine ? Ce langage ? Ce petit sourire ? Et ces manières ? Mais combien d'hommes j'enverrais promener pour le seul ongle de son petit doigt !...

Il y avait longtemps que Brayndelè la Cosaque ne s'était pas sentie aussi à l'aise, aussi proche de quelqu'un que de son visiteur. Elle n'avait pas souvenir de s'être confiée aussi sincèrement qu'à ce gentleman. Elle lui avait, pourrait-on dire, entièrement ouvert son cœur. Il n'y avait rien qu'elle lui eût caché.

Non, Nissl Schwalb ne regrettait en rien la peine qu'il s'était donnée avec cette créature au visage simiesque. Cette contre-visite lui avait ouvert les yeux. Bien des choses lui apparaissaient maintenant en toute clarté : Rafalesco le silencieux et son roman secret, sa manière d'errer comme égaré, ainsi que la belle histoire de la fille du chantre qui maintenant jouait un si grand rôle dans le monde du théâtre, tout cela lui était désormais aussi clair que de l'eau de roche. Tandis qu'il revenait de sa contre-visite en sifflotant une mélodie guillerette, son cerveau de combinard élaborait une combine, une combine géniale.

CHAPITRE CINQUANTE-DEUX

OÙ L'ON VA PRENDRE UN VERRE DE THÉ CHEZ LE CHANTRE DE LOMZA

Nissl Schwalb ne rentra pas directement chez lui. Il fit d'abord un détour qui l'amena chez son associé et mentor Mr Klammer, puis s'en fut avec lui chez le chantre de Lomza débattre d'un très très important bizness. Une combine flambant neuve.

Quel bizness ? Quelle combine ? Là-dessus, impossible à Mr Klammer d'obtenir de lui le moindre éclaircissement, que ce soit par la douceur ou par la menace. Nissl Schwalb ne lui demandait qu'une chose – la patience. Il le traîna pratiquement de force jusque chez le rossignol de Lomza et, tout le long du chemin, ne cessa de parler avec les mains, de s'agiter et de pousser des exclamations, selon son habitude.

Bon, on approche, on est presque arrivés à l'appartement où habite le chantre de Lomza, et voilà que Mr Klammer s'arrête : il n'ira pas. Il a un principe : il a horreur d'acheter chat en poche, ou comme dit l'Anglais : « *I do not buy a pig in a poke.* »

Il pouvait bien parler anglais, turc ou tatar, Schwalb l'empoigna de sa main puissante aux criminels et lui lança d'un ton sans réplique :

— *Vell !* On va bien voir !

En arrivant, ils trouvèrent le rossignol de Lomza sans chapeau, sans caftan, si bien qu'ils pouvaient apercevoir les franges de son gilet. Autour de lui se tenait toute sa clique, son orchestre personnel. Il était en train de répéter avec eux un nouveau concert.

En apercevant les arrivants, tous les membres de la clique se précipitèrent sur Nissl Schwalb. Les plus âgés lui secouaient les mains tandis que les plus jeunes lui grimpaient sur les épaules et avaient l'air de fourmis à l'assaut d'un éléphant. Au début, notre Goliath (Og, roi de Bashan) supporta tout avec flegme et en souriant. Ensuite, il se débarrassa de la marmaille et fit claquer un ordre pour toute la clique :

— *Shadap !* Dehors, petits bâtards, tout le monde dehors ! Qu'il ne reste de vous aucune trace ! Et que ça saute ! Nous, on a un bizness qui nous attend... *Say*, chantre, où est passée votre *missis* ? Appelez-la, il faut qu'on tienne une conférence.

Vous imaginez que si un autre s'était permis la même chose, jamais le rossignol de Lomza n'aurait laissé passer un comportement pareil. Qu'est-ce que c'est que ce langage : « *Say*, chantre » ? Et ce n'est rien à côté de ce qu'il aurait reçu de la marmaille du chantre. Ils lui auraient lancé un de ces « *Shadap !* » ! Mais l'oncle Nissl (c'est comme ça qu'ils appellent Nissl Schwalb), l'oncle Nissl, lui il a le droit. L'oncle Nissl est un *good boy*. L'oncle Nissl a pour chacun et à tout moment une bonne parole. À l'un, il applique une claque dans le dos, à l'autre, il pince la joue, au troisième il donne une bourrade dans les côtes. Ou alors, il tombe tout à coup la veste et vous engage dans un *fight* de boxe. Jamais l'oncle Nissl n'arrivera les mains vides. Il faut toujours qu'il apporte quelque chose à grignoter. Aujourd'hui, il a apporté des *candy*, et il se trouve que la clique du chantre ne déteste pas précisément ça. En un instant, les *candy* ont disparu, on a vidé les lieux. Le chantre a remis son caftan, s'est précipité chez la voisine, y a récupéré sa femme, et l'on s'est installés pour une conférence à huis clos.

Le même jour, dans la soirée, on lança chez le chantre de Lomza un grand nombre d'invitations pour une *tea-party*. Chez nous, on dit « pour boire un verre de thé ». Quant à ce qu'implique ce « verre de thé », inutile de vous le préciser. Tout le monde sait que ce verre de thé n'est pas seulement un verre de thé, mais que c'est aussi un dîner, et que le principal, ce n'est ni le verre de thé ni le dîner. Le principal, en fait, c'est ce qui se passe entre le verre de thé et le dîner. « La distribution des Psaumes », on appelle ça chez nous, et ce que ça signifie en réalité, c'est une petite partie de cartes.

Il y a beaucoup de gens pour penser que si, par exemple, l'espèce qu'on appelle cartes n'existait pas, ou si, à Dieu ne plaise, il advenait qu'on fasse disparaître les cartes de la surface de la Terre, c'en serait fini de toute société humaine : que pourrait-on faire entre le thé et le dîner ? L'hôte et l'hôtesse se mettraient à bâiller, les invités s'endormiraient, les gens cesseraient de se rendre visite, de nouer des relations, de recevoir, et petit à petit, tout doucement, le monde disparaîtrait. Que les donneurs de leçons de morale disent ce qu'ils veulent, la question des cartes n'est pas une question oiseuse. Sur le problème des cartes, le monde entier est concerné. Où qu'on aille dans le monde, même dans les territoires les plus reculés, les endroits où l'on a du mal à trouver deux personnes, on joue aux cartes. Chaque lieu a son jeu, et chaque jeu a son nom. Par exemple, chez nous autres, dans le Vieux Monde, on a perdu l'habitude de jouer aux cartes. Terminé. Plus la mode, de jouer aux cartes. Alors, que fait-on quand on se réunit pour un verre de thé ? On « se fait une petite préférence », on « s'offre un petit écarté », on « se tape un petit rami » ou bien encore on fait, comme les enfants, « une petite bataille ». Ici, dans le Nouveau Monde, c'est pareil : on ne joue pas aux cartes. Pouah ! Ça, c'est pour les *gamblers*, les écoliers ou les professionnels. Mais quand les gens bien se réunissent pour une *tea-party*, on sort les mêmes cartes que chez nous, seulement « on s'amuse en faisant un poker », ou bien on fait un *fight* au pinochle. On le fait un peu pour passer le temps, et un peu pour le bizness. Chacun s'assied à la table avec les plus grandes espérances et la plus solide conviction que ce soir, il sera gagnant. Après, c'est la chance qui décide. Soit il gagne, soit il se fait enterrer. À la grâce de Dieu...

Maintenant que nous savons ce que signifie une *tea-party*, voyons un peu quelle était la compagnie qui s'était réunie chez le chantre de Lomza pour un verre de thé.

CHAPITRE CINQUANTE-TROIS

UNE COMPAGNIE BIGARRÉE

Difficile de dire à quelle classe appartenait la compagnie qui s'était réunie ce soir-là chez le rossignol de Lomza pour la *tea-party*, c'est pourquoi elle était aussi difficile à décrire, comme il est, d'une manière générale, difficile de décrire le public américain de cette métropole mondiale qu'est New York.

C'était un brassage de types pour la plupart membres de l'association des anciens de Lomza, Anshei Lomza, un assemblage de Juifs de toute nature et de toutes professions.

Au premier coup d'œil, on aurait même pu penser qu'il n'y avait rien de commun entre eux. Par exemple, en quoi peuvent un *reverend*, c'est-à-dire un rabbin circonciseur portant petit chapeau et petites papillotes enroulées en dessous, et un *customer peddler* (colporteur au porte à porte), asthmatique s'asphixiant à chaque instant, être compères ?

Ou bien quel rapport logique peut-il y avoir entre un *travelling salesman* (un représentant) en *typewriters* (machines à écrire), gentil garçon avec des yeux humides, et un *hebrew teacher* (un enseignant au *kheyder*), petit Juif au visage couvert de taches de rousseur ? Quel lien entre un *druggist* (pharmacien), poitrinaire au regard furieux, et un simple *butcher* (boucher) d'Essex Street qui sent la viande de bœuf ?

Ou bien encore un *landlord* (propriétaire) qui possède son propre appartement dans le Bronx, type sombre avec un nez en forme de patate, qui parle fort d'une voix enrouée, et un *operator* (tailleur) sur le Bowery, avec des fausses dents ?

Enfin, tous les personnages que je viens de mentionner, en quoi, je vous le demande, ont-ils quelque chose qui les rattache à un chantre et sa femme, à des acteurs et des actrices, à des musiciens et à des *ushers* du théâtre yiddish ?

Et pourtant, ils se sentaient là tous à l'aise, tous égaux, tous fiers d'être en Amérique, d'avoir un bizness, et de gagner leur vie. Personne ne se donnait des airs, comme c'est le cas chez nous quand on se réunit pour une assemblée ou pour une fête. L'esprit démocratique de la République américaine se fait sentir à chaque instant, à chaque occasion dans ce pays. Et nos frères, qui quotidiennement arrivent de tous les coins de la terre, s'acclimatent aussi aisément que les autres peuples dans ce creuset, et commencent tout de suite à se nourrir de cet esprit d'égalité.

Chacune des trois salles d'apparat de l'appartement du chantre, le *parlour* (salon), le *dining room* (salle à manger), la *bedroom* (chambre), était bondée d'invités. Les uns buvaient du thé, d'autres fumaient, d'autres encore jouaient aux échecs ou au pinochle, d'autres enfin se contentaient d'écouter, de rire, de papoter, de palabrer. L'un racontait les vexations d'un *janitor* (gérant d'immeuble) qui toutes les semaines modifiait les *rules* (règlements) et les *regulations* (prescriptions) pour les *tenants* (locataires), l'autre en racontait une bien bonne, mais courte, sur la manière dont on avait voulu le *suspend* (l'expulser) de l'*Union* (syndicat), le *sack* (l'éjecter) et comment il avait intenté un *trial* (procès) à l'*Union*... Le troisième racontait un *fire* (incendie) qui avait failli se produire dans leur *factory* (fabrique). Un quatrième encore discutait de *real estate* (spéculation immobilière), de *stocks* (actions), de *lots* (lotissements) et d'autres bizness concernant Wall Street. Les acteurs et les actrices, eux, parlaient de leurs intérêts propres : les rôles, les stars, les pièces, l'*Union*, les salles combles, les soirées de bienfaisance. Et tout ce monde parlait en même temps, à la manière juive, tous se sentaient au plus haut point libres, à l'aise et joyeux. Le brouhaha et le tumulte étaient démesurés, la fumée aussi épaisse que dans une taverne, la chaleur aussi intense qu'aux bains, à tel point qu'il était difficile de se faire une idée sur tout un chacun, de savoir qui il était et quelle tête il avait.

Parmi les personnages que nous connaissons, à part le chantre, sa femme et leur clique, on remarquait : Mr Klammer, vêtu d'un smoking de fête, sa barbe à la Herzl peignée et séparée en deux. Il était assis sur la chaise faisant face à celle de son nouveau *partner* Mr Nickel, qui pour l'occasion arborait sa *watch and chain* en or, cadeau du *President of the United States of America*. Tous deux parlaient anglais, tous deux rapportaient sur l'honneur leurs prouesses et se vantaient de tels exploits qu'un auditeur inopiné aurait pu se souhaiter autant de billets de mille qu'il y avait là de coups de bluff...

Se trouvaient là également Isaac Schwalb et Brayndelè la Cosaque. Ils étaient assis tous les deux près d'une petite table et regardaient une partie de cartes. Parmi les joueurs et les joueuses se trouvait la *prima donna* Henrietta Schwalb, parée de tous ses diamants. Elle s'animait, parlait, riait et s'échauffait plus que tous les autres. Les cartes lui étaient favorables. Devant elle il y avait un gros tas d'argent. Toutes les *ladies* la jalousaient, les hommes se faisaient des clins d'œil, échangeaient des allusions à son propos, et se conduisaient envers elle avec une grande liberté. Une liberté telle, d'ailleurs, qu'un gentleman au visage rouge, glabre, avec un nez pointu et une *diamond ring* au doigt, qui lui faisait vis-à-vis, pressa plusieurs fois très fort son pied sous la table, bien que ce même gentleman – nous le tenons de source sûre – fût marié. Un peu à l'écart, dans un rocking-chair, était assis Léo Rafalesco, qui fumait en se balançant. Autour de lui se tenait une bande d'acteurs au visage glabre qui se racontaient des anecdotes de théâtre l'une après l'autre, et assourdissaient l'assistance de leur rire qui faisait trembler les murs. L'un d'entre eux se distinguait particulièrement, un comique, un de ces drôles d'olibrius, avec un visage si mobile et des yeux si rieurs qu'avant même de commencer à raconter on se mettait déjà à rire. Lui aussi riait, et de si bon cœur qu'il s'en tenait les côtes et se pliait en deux.

— *Ladies and gentlemen !* annonça de sa belle voix le chantre de Lomza qui, en peu de temps, s'était si bien américanisé qu'il s'exprimait déjà à moitié en anglais.

— *Ladies and gentlemen*, à table ! *Please !* Le *supper* est prêt.

L'assistance ne se fit pas prier longtemps. Ceux qui ne faisaient rien furent tout de suite prêts à occuper leur place autour de la table, et ceux qui s'amusaient à une partie de pinochle comptèrent encore leur monnaie, et se firent avec des mines enflammées mutuellement un *report* (compte rendu) sur qui perdait combien et qui gagnait combien.

CHAPITRE CINQUANTE-QUATRE

NISSL SCHWALB EN MAÎTRE DE CÉRÉMONIE

Il s'avéra que presque tout le monde avait perdu, et que c'était notre *prima donna*, Henrietta Schwalb, qui avait gagné la totalité de l'argent. Ce soir, tout lui avait réussi. Compter son argent l'excitait à ce point que, le visage enfiévré, elle ne voyait plus personne autour d'elle, à part des dollars, des dollars, et encore des dollars. Son frère Isaac et Brayndelè la Cosaque, tout le temps à l'observer de leurs yeux avides ratisser l'argent pour le fourrer dans son réticule, lui demandèrent ce qu'elle comptait faire avec ces dollars. Allait-elle s'acheter une automobile, ou des *diamonds*, ou un *heizke* (un petit appartement) sur la Cinquième Avenue ? Mais Henrietta ne répondit rien à leurs plaisanteries. Elle n'entendait même pas ce qu'on lui disait. Elle ignorait les compliments que lui faisaient avec platitude ses partenaires selon qui elle ne jouait pas plus mal aux cartes qu'elle ne chantait sur scène...

— *Beautiful !* s'exclama avec un enthousiasme tout particulier le gentleman au visage rouge et au nez pointu.

Pendant tout ce temps, ce gentleman serrait la *prima donna* de près. Il lui lançait des regards charmeurs et langoureux, souriait et se pourléchait comme un matou. Il avait visiblement très envie de s'asseoir juste à côté de la *prima donna* qui, il n'y avait aucun doute, lui plaisait fort. Cependant, il lui arriva une mésaventure : c'est Nissl Schwalb qui s'intronisa organisateur de la soirée et maître de cérémonie.

Notre célèbre combinard s'attela à son *job* – placer les invités autour de la table – avec un sérieux digne d'un businessman et y déploya autant d'astuce que dans toutes ses autres combines. Il installa l'assistance avec une telle ingéniosité que chaque *lady* eut de chaque côté un cavalier, c'est-à-dire deux cavaliers par *lady*. Par exemple, la chantresse de Lomza avait d'un côté le représentant en machines à écrire, le bon jeune homme aux yeux humides, et de l'autre côté le boucher qui sentait la viande de bœuf... Une actrice avec un gros chignon avait à sa droite le rabbin circonciseur aux petites papillotes repliées et à sa gauche le tailleur du Bowery dont on reconnaissait qu'il avait de fausses dents à ce qu'elles claquaient quand il mangeait. Et ainsi de suite...

On ne peut pas dire que toutes les *ladies* et leurs cavaliers appréciaient exagérément leur voisinage. Que peut bien en effet avoir à raconter une femme de chantre à un représentant ou à un boucher ? Ou bien encore, quoi de commun entre une actrice et un circonciseur ou un tailleur ? Par contre, la *prima donna* Schwalb se retrouva avec d'un côté Rafalesco et de l'autre son frère Isaac – et c'est là que résidait tout le plan : Nissl Schwalb voulait à tout prix que le couple, Henrietta et Rafalesco, passât cette soirée assis côte à côte. Cela était indispensable à la réalisation de son stratagème, comme nous allons le montrer tout à l'heure... À l'évidence, seul demeurait fort mécontent le gentleman au visage rouge et au nez pointu qui était tombé amoureux de la *prima donna*. En effet, comme par un fait exprès il lui incombait d'escorter Mme Tcherniak, alias Brayndelè la Cosaque, qui transpirait comme une locomobile et répandait un trop fort parfum de savonnette au patchouli ainsi que d'autres effluves corsés. Il vaut mieux jeter un voile sur les souhaits que pouvait se formuler son cavalier à son égard, bien qu'il se comportât avec elle d'une manière très courtoise, en vrai gentleman : il lui avançait son siège, lui tendait le pain, lui versait de l'eau dans son verre, lui demandait quel vin elle aimait. Les désirs de Brayndelè la Cosaque, ce soir-là, devaient être satisfaits sur toute la ligne... Mais laissons pour l'instant Brayndelè la Cosaque. Tournons-nous plutôt vers son cavalier, le gentleman au visage glabre.

Dieu, qui n'abandonne jamais ses créatures, lui permit d'atteindre son but. Comme les tables s'avéraient un peu juste, l'organisateur et maître de cérémonie Nissl Schwalb intima à l'assistance l'ordre de se pousser. L'assistance entreprit de se pousser, et finit par si bien pousser que notre gentleman finit par se retrouver assis exactement en face de la *prima donna* – et son regard s'alluma soudain : il pouvait désormais s'activer de ses pieds sous la table, et de tout son content. En fait, cela lui prit un certain temps pour atteindre son objectif. Plusieurs fois, il rencontra les pieds de Rafalesco ou les pattes d'Isaac Schwalb. Ce n'est qu'ensuite, quand il eut remarqué un sourire sur le visage de la *prima donna*, qu'il comprit qu'il était *all right*.

Malgré tout, un feu le brûlait intérieurement, à cause de ce *griner* (nouvel immigrant) de Rafalesco qui était assis si près de la belle. Et comme par un fait exprès, la *prima donna* se penchait constamment sur l'oreille du *griner*, s'amusait avec lui, riait en rejetant la tête en arrière et en montrant une double rangée de dents parfaites comme des perles. Le gentleman, qui dès avant le poisson, puis après le poisson, avait déjà pris un petit verre, bouillait de jalousie et de convoitise (il avait apparemment oublié qu'il était marié) et lançait vraiment à Rafalesco des regards furieux et vindicatifs, qui ne faisaient qu'accroître le rire d'Henrietta, au risque de s'étouffer.

« Qu'est-ce qui la fait rire, je voudrais bien savoir ? Et qui est ce drôle de garçon avec qui elle parle à voix basse ? *I'll betcha* (je parie) que c'est un *greenhorn*, un type borné, un bêta, et quel bêta encore ! »

Voilà quelles étaient les pensées de notre jaloux de gentleman à qui cette énigme faisait se triturer les méninges. Il n'eut pourtant pas très longtemps à attendre, car l'énigme fut résolue dès le premier speech.

— *Ladies and gentlemen !* annonça Nissl Schwalb, le maître de cérémonie, à l'assistance. J'attire votre attention, mesdames et messieurs, sur le premier speech, qui sera prononcé par notre ami Mr Klammer. Je prie notre distingué maître de maison, ainsi que sa *missis*, la distinguée maîtresse de maison, de bien vouloir emplir les coupes des distingués invités. Mr Klammer, vous avez la parole !

CHAPITRE CINQUANTE-CINQ

LE SPEECH DE MR KLAMMER

Comme on lui donnait la parole, Mr Klammer se leva, se racla la gorge, remit de l'ordre dans son smoking, sa chemise et sa cravate, partagea de ses doigts sa barbe à la Herzl, épongea son front sec d'un mouchoir de soie, prit appui sur la table de ses deux mains boudinées, enveloppa toute l'assistance d'un seul regard, se mordilla la lèvre et après une longue pause, se mit à *speecher*.

Depuis toujours, notre ami Mr Klammer se considérait comme un *speaker*, c'est-à-dire comme un bon orateur. Mais depuis le peu de temps qu'il était en Amérique, il avait assisté à tant de belles *lectures*, de si beaux prêches et speeches qu'il n'attendait que l'occasion de montrer aux Américains ce que parler en public veut dire. Le fait est – impossible de nier la vérité – qu'il faut bien avouer que Mr Klammer était réellement un bon orateur. En fait, le fondement de son éloquence, plus que dans le contenu, réside davantage dans les mots. Et plus encore que dans les mots, dans l'élocution, ce qu'on appelle l'art oratoire. La voix ? Mr Klammer, si vous voyez ce que je veux dire, sait quand il faut tonner ou quand il faut au contraire baisser d'une octave afin d'être à peine audible. La posture en parlant ? Les mains ? Quand on parle, les mains, savez-vous, jouent un rôle très important, un rôle qui n'est peut-être pas moindre que celui de la bouche. Il faut savoir à quel moment, avec quelle main et dans quelle direction on doit faire des gestes. Il faut savoir quand lever les mains et quand les laisser retomber, quand on doit les croiser sur sa poitrine et quand les décroiser, quand il faut les mettre dans les entournures du gilet, et quand les garder dans les poches du pantalon. Parfois, juste après avoir brandi la foudre, il faut tranquillement reculer de deux pas, les mains dans les dos, la tête légèrement penchée, et dans un mouvement élégant, marquer une pause élégante. « *Poenten* », c'est ainsi que cela s'appelle en Amérique, et toutes ces « *poenten* » faites en gardant ses mains dans ses poches, ainsi que toutes ces belles attitudes oratoires, Mr Klammer les avait soigneusement empruntées aux *speakers* américains et adoptées dans les moindres détails.

Il est bien fâcheux que nous ne puissions rapporter par le menu la totalité du discours tenu par Mr Klammer, car il était trop long, trop entremêlé de haute poésie ou d'expressions fleuries, trop assorti de phrases creuses mais qui sonnaient bien, de versets ou d'aphorismes de lettrés qui n'avaient jamais été prononcés, de proverbes en anglais qui, bien que remplis de finesse et de saveur, ne se rapportaient hélas guère au propos. Nous ne pouvons qu'exposer la substance de ce speech en le résumant autant que faire se peut :

— La vie de l'homme – c'est à peu près ainsi que Mr Klammer commença son speech – peut être divisée comme notre année en quatre époques : le printemps, l'été, l'automne et l'hiver. Le printemps, *ladies and gentlemen*, est la plus belle, la plus douce, ou comme la nomme Moïse notre maître, la plus poétique des périodes de l'année – c'est la période où tout refleurit, où tout germe, où tout revient à la vie, où le rossignol, comme dit Heine, est *all right*, où le cœur juvénile de l'homme juvénile se met à battre au rythme de l'amour. Ô l'Amour ! Comme dit Voltaire, qui d'entre nous n'a jamais bu la coupe du délicieux breuvage qui a nom amour ? Qui d'entre nous, comme dit Tolstoï, n'a jamais été jeune et frais et n'a après de longues peines et de longues recherches enfin trouvé la seule, l'unique qui l'accompagnerait sur le chemin de la vie ? Que peut-il y avoir de plus beau, de plus élevé, de plus sacré que le sentiment à quoi notre immortel Shakespeare a donné le glorieux nom de sympathie ? Déjà les plus anciens sages des temps les plus anciens, par exemple Kant, Socrate, Diogène, Méphistophélès, ainsi que nos talmudistes, avaient dit que le monde reposait sur trois choses : l'amour, l'amour et encore l'amour. Sans argent, comme le dit Ibsen, l'homme peut être *all right*, mais sans amour, notre vie est vaine, vide et misérable comme un esquif sans rames, ou comme on dit en anglais, « *like a body without a soul* »...

Ladies and gentlemen, ne ressentez-vous pas en cette soirée, à cette table, en cet heureux couple, la présence de ce sentiment sacré de l'amour et de la sympathie qui a réuni leurs jeunes cœurs, certes en secret, alors qu'ils étaient encore de l'autre côté de l'Atlantique ? Oui, mesdames et messieurs, de l'autre côté de l'Atlantique, encore dans le Vieux Monde, c'est là que leur amour s'est embrasé dans l'ardente clarté des flammes. Leur roman, mesdames et messieurs, comme tous les romans, s'est déroulé en secret, mais le ciel et la terre avaient juré, comme le dit Émile Zola, qu'il ne resterait pas dissimulé aux yeux du monde, ou comme dirait un Anglais : « *You cannot hide an eel in a sack.* »

Ladies and gentlemen, vous connaissez mon principe : *I am independent*, je suis indépendant, ce qui signifie que je ne suis pas homme à regarder ce qui cuit dans la marmite de mon prochain, et ce n'est pas dans mon caractère de dévoiler les secrets de mon prochain. Le bizness de mon prochain n'est pas mon bizness, ça ne me regarde pas comme dirait un Anglais : « *When friends quarrel – all else keep side* »...

Ladies and gentlemen, le grand poète Milton s'est un jour exprimé en ces termes : « Ne croyez pas que nous soyons assez stupides pour tenir pour impropre qu'un *boy* soit amoureux d'une jeune fille ou qu'une jeune fille soit amoureuse d'un *boy*. » Je reprends ces mots à mon compte, et c'est avec une fierté toute particulière, mesdames et messieurs, que je peux porter à votre connaissance que moi-même, ainsi que quelques-uns de mes amis qui sont présents ici ce soir, avons eu le bonheur d'être témoins, alors que nous nous trouvions encore sur le bateau en compagnie de ce jeune couple, du sublime moment où leur amour sacré a été scellé, comme le dit Byron, par la promesse de liberté, de dévouement et d'éternité, le moment où leurs deux âmes se sont fondues pour n'en plus faire qu'une, comme dit Zangwill, dans le même melting pot...

Ladies and gentlemen ! C'était là le premier acte d'un roman magnifique, d'un drame du cœur. C'est un roman, mesdames et messieurs, qui a commencé là-bas, dans le Vieux Monde. C'est un drame dont il est écrit que le dernier acte doit se terminer ici même, comme le dit Theodor Herzl, dans l'heureux pays du dollar. C'est ici, dans ce pays, que le mot de la fin sera prononcé. C'est ici, dans ce pays, que tombera le rideau. C'est ici, dans ce pays, qu'ils seront *all right*, ou comme le dit Schiller : « *Finita la commedia* »...

Ladies and gentlemen ! C'est pour moi un honneur et un plaisir de vous annoncer que non seulement les héros de ce roman sont *all right*, c'est-à-dire jeunes, beaux et frais, mais encore qu'ils jouissent tous deux de la même célébrité dans le monde entier, d'un bout à l'autre de la planète, dans le domaine de l'art et du théâtre yiddish : lui grâce à son talent d'acteur, elle grâce à son talent de chanteuse...

Ladies and gentlemen, dois-je les nommer ? Je pense que c'est superflu, étant donné que vous les connaissez. Ils sont assis là, côte à côte, comme des tourtereaux. Elle, vous l'avez sans doute tous déjà entendue chanter, vous l'avez tous admirée, vous avez tous reconnu le talent de l'étoile de Buenos Aires. Quant à lui, l'élu de son cœur, si jeune mais déjà universellement célèbre, c'est la star de Bucarest que nous aurons le plaisir d'entendre et d'admirer pas plus tard que demain, au moment de sa première apparition sur la scène du célèbre Nickel Theater. Si vous vous êtes déjà pourvus de tickets, vous êtes *all right*. Et si vous n'avez pas encore de tickets, il faut vous y prendre très tôt demain matin, et encore ne puis-je garantir que vous en trouverez sauf peut-être auprès de *speculators* (revendeurs).

Ladies and gentlemen, je contemple ces deux jeunes gens et je vois que leurs visages se sont embrasés de flammes claires, et je comprends leurs sentiments en cet instant où tous nos regards se tournent vers l'heureux couple.

Souhaitons-leur d'être *all right* dans la carrière de la vie tout autant qu'ils sont *all right* sur la scène. Vive l'art yiddish ! Vive ses prêtres ! Vive nos stars ! Vive le couple qui s'aime ! Je lève mon toast et je termine sur ces mots du roi Salomon : vive tous les fiancés et toutes les fiancées ! Hourra pour Mr Rafalesco ! Hourra pour Miss Henrietta Schwalb ! Hourra !

— Hourra !!! s'exclamèrent tous les invités, levant leur coupe en l'honneur du jeune couple, Henrietta Schwalb et Léo Rafalesco.

CHAPITRE CINQUANTE-SIX

L'ASSIETTE BRISÉE

Les hourras et l'entrechoquement des coupes après le brillant speech de Mr Klammer n'étaient que la partie protocolaire qu'exigeaient la coutume, l'étiquette et la mode. Les véritables festivités ne commencèrent qu'au moment où la chantresse de Lomza, tout heureuse que les réjouissances aient lieu chez elle, pleine d'animation et de fièvre, finit par se mettre dans un tel état d'excitation qu'elle attrapa une assiette à deux mains, la leva au-dessus de sa tête et la fracassa par terre en mille morceaux puis telle une vraie matrone parvenue à marier sa petite dernière s'écria :

— *Mazel tov !* Félicitations !

— *Mazel tov ! Mazel tov !* reprit en chœur toute l'assistance, tandis que les plus proches, c'est-à-dire la famille, se précipitaient pour embrasser les fiancés, avec en tête bien entendu, le principal compère, Nissl Schwalb. Vinrent ensuite le frère, Isaac, puis Mr Klammer, Mr Nickel, le chantre, la chantresse et Brayndelè la Cosaque et comme les embrassades ne se déroulaient pas selon un ordre établi, mais toutes ensemble, l'une par-dessus l'autre, comme il est d'usage dans des réjouissances de ce genre, le gentleman glabre au visage rouge sauta lui aussi au cou des fiancés, en fait moins du fiancé que de la fiancée.

Les réjouissances étaient telles chez le chantre de Lomza qu'on en était presque à se lancer dans une petite danse.

— Que le diable m'emporte ! s'exclama Nissl Schwalb, ouvrant encore quelques bouteilles de vin et versant à tous des verres remplis à ras bord, sans oublier le sien... Que le diable m'emporte ! Je n'en ai encore pas tâté comme qui dirait la moindre goutte ce soir, aussi vrai que vous me voyez en train de nager ! Mr Klammer et Mr Nickel, buvons à la santé de Christophe Colomb, qui a imaginé ce si plaisant pays qu'est l'Amérique, un doux pays, un pays en or, et je me souhaite une année qui lui ressemble ! *Say*, chantre ! Qu'est-ce que vous avez à rester assis là comme un notable de Lomza invité à la fête de n'importe qui ? Où sont donc les gens de la claque, que leur nom et leur souvenir soient effacés ? Pourquoi est-ce qu'on ne chante pas de chansons gaies ? Isaac, mon frère, va donc me déloger Mme Tcherniak de sa table, et entraîne-la dans la danse, fais voir ce que tu sais faire. *Ladies and gentlemen !* Mon frère danse comme une ballerine, bien qu'il ait le pied un peu lourd, aussi vrai que je convoite le bien d'autrui !

À ces mots, le visage lunaire de Mme Tcherniak (Brayndelè la

Cosaque) s'éclaira subitement et s'embrasa comme un incendie, tandis que le frère Isaac, qui était déjà un peu pompette, se levait, prêt à faire la démonstration de ce qu'il savait faire. En un mot, chez le chantre de Lomza régnaient la jubilation et l'allégresse, c'était un joyeux dîner de fiançailles. Et l'heureux couple ? Eh bien, l'heureux couple siégeait à la place d'honneur, main dans la main, le visage brillant, et resplendissait comme un vrai couple de fiancés.

C'est à bon droit qu'il était heureux, Nissl Schwalb. De toutes les combines que son cerveau génial eût jamais enfantées, cette combine du verre de thé chez le chantre de Lomza et du speech de Mr Klammer était sans doute la plus belle et la mieux réussie. Il faut cependant ajouter que la chance y avait aussi joué son rôle. Il était tombé précisément au moment où notre jeune héros, comme nous l'avons vu plus haut, se trouvait dans une sorte de léthargie, errant dans New York comme dans l'empire du chaos. D'un côté, le tohu-bohu de ce monde inconnu, de ces gens inconnus, de cette manière de vivre inconnue, à quoi un nouveau venu ne peut pas s'adapter si rapidement. De l'autre côté, les fanfares, les sons de trompes des gazettes qui proclamaient ses prouesses, contaient ses prodiges, inventaient sur lui des fables. Par-dessus le marché, les « gens de bon conseil » qui lui tournaient autour lui faisaient miroiter des félicités à venir, lui promettaient monts et merveilles, bien entendu sous le sceau du secret. Aussitôt, disaient-ils, qu'il quitterait la scène yiddish pour se mêler aux nations s'ouvrirait pour lui un monde nouveau... Et de lui donner des exemples de célèbres stars du théâtre ou de l'opéra de langue anglaise, qui comparées à lui ne valaient rien de rien avant, on pourrait dire des mouches comparées à un éléphant, et qu'il était maintenant impossible de rencontrer sans un passe-droit :

— Ils ont leurs maisons, leurs villas, leurs automobiles et les plus belles femmes, ah, ah, ah !... Et tout ça très vite, tout ça sans perdre de temps, car ici, ce n'est pas l'Europe, c'est l'Amérique, le pays du *hurry up*...

Bien entendu, toutes ces histoires, tous ces discours, tous ces récits avaient fini par tourner la tête à notre jeune héros, lui avaient donné du courage et l'envie de monter sur scène aussitôt que possible afin de montrer qui il était, ce qu'il avait en lui et ce qu'il était capable de donner.

S'ajoutait à tout cela et y contribuait fortement le fait qu'était restée sans réponse sa lettre pleine de sincérité, la première grande lettre de sa vie, qu'il avait écrite à celle qui lui était la plus chère au monde, cette lettre que, comme un objet sacré, il avait d'abord longtemps gardée dans son cœur...

En parcourant les journaux de New York, à chaque instant il tombait sur le nom de Rosa Spivak... chaque fois accompagné du nom de Grisha Stelmakh qui la suivait partout comme son ombre et il en avait les yeux meurtris et le cœur transpercé. « Qu'elle soit donc heureuse, pensait-il, avec son Grisha Stelmakh, qu'elle vieillisse avec lui dans la gloire et la renommée. Mais elle aurait tout de même pu répondre à ma lettre. » Ou bien est-elle donc devenue si fière, et sa fierté l'a-t-elle entraînée si loin qu'elle a désormais complètement oublié ce qui était sa maison ? Ou peut-être ne veut-elle pas se souvenir de lui ? Veut-elle tout oublier, comme un mauvais rêve ? Dans ce cas, à quoi bon remuer ciel et terre à la poursuivre ? Ne vaut-il pas mieux que lui aussi l'oublie, l'oublie comme un mauvais rêve ?...

Rafalesco, finalement, était prêt à oublier celle pour qui, en réalité, il était venu, celle qui, en réalité, l'avait attiré dans ce pays. Il voulait se persuader qu'il était venu pour lui-même, pour sa propre carrière. De même que jadis dans des temps meilleurs, aujourd'hui encore notre jeune rêveur errait dans un monde de songes et d'illusions. Il se voyait déjà remportant un tel succès à son premier gala qu'il n'y en avait même pas de second : on l'enlevait, ou comme on dit là-bas on le kidnappait, c'est-à-dire qu'on l'entraînait loin de la scène yiddish en payant tout l'argent qu'il fallait, il se retrouvait aussitôt sur la scène anglaise, dans l'un des plus grands théâtres de New York, et le nom de Rafalesco se mettait à retentir sur l'Amérique au point même d'être entendu d'elle, la célèbre Spivak qui se donnait tant d'airs ! C'est alors qu'il réglerait ses comptes avec elle, il lui ferait voir qui était l'aîné. Il déverserait sur elle tout ce qu'il avait sur le cœur. Il lui dirait toute la vérité, la pure vérité – qu'elle ne méritait pas les longues nuits qu'il avait autrefois passées par sa faute sans sommeil ; qu'alors il était ivre, et qu'à présent l'ivresse s'était dissipée ; qu'alors, il était un sot, et qu'à présent, il était devenu un sage ; qu'alors il était malade, et qu'à présent il était guéri, complètement guéri...

C'est dans cet état d'esprit que, comme tous les autres chez le chantre, il buvait verre après verre, riait et s'amusait comme les autres à la soirée qu'on donnait pour lui, sans se rendre compte tout à fait de ce qui s'était réellement joué là, sans mesurer la valeur et la signification de l'assiette brisée...

CHAPITRE CINQUANTE-SEPT

AU THÉÂTRE NICKEL

Le lendemain matin, notre héros se réveilla avec un violent mal de tête. Avant même que les fumées de l'ivresse se soient dissipées, qu'il ait eu le temps de comprendre où il avait refait surface après sa soirée de la veille, déjà on le secouait pour le conduire au Théâtre Nickel pour une répétition. Là on voulut lui présenter quelques-unes des stars qui voulaient le voir, ainsi que quelques chroniqueurs de journaux en anglais.

Jamais, depuis qu'il était acteur, Rafalesco n'avait autant souhaité séduire par son jeu que maintenant, au moment de sa première apparition à New York. Jamais encore il n'avait désiré avec autant de fièvre le succès, la célébrité, la gloire, que cette première soirée où il allait se produire devant l'immense public d'un Théâtre Nickel archicomble. Jamais encore son cœur n'avait à ce point battu la chamade, jamais encore il ne s'était ainsi trouvé dans la situation d'un écolier qui va passer un oral et qui s'est juré de réussir son examen et de remporter une brillante victoire.

Peut-on s'étonner que ce jour-là toutes ses autres préoccupations aient été reléguées au second plan ? Peut-on s'étonner que toutes ses autres préoccupations aient cédé le pas à une seule d'entre elles : plaire aux Juifs new-yorkais, séduire définitivement le public ? Ce soir-là s'éveilla en lui l'artiste, le véritable artiste, l'artiste plein de fièvre et dont la flamme brûle le regard, fait bouillonner le sang et lui donne l'énergie et la force de créer de grandes choses et de donner à voir des prodiges.

* * *

Tout finit par arriver. Voilà enfin la soirée du grand examen pour la nouvelle étoile yiddish de Bucarest que la presse avait si passionnément encensée et mise sur le même plan que les plus illustres, Sonnenthal, Schildkraut, Irving, Passart, Rossi...

Le grand et beau Théâtre Nickel était bondé, joliment décoré. Tous, des directeurs aux *ushers*, arboraient un air de fête et de bonne humeur. Le public aussi était élégant. On se serait cru dans une soirée de bienfaisance ou d'hommage à une célébrité plutôt qu'à la répétition de quelqu'un qui devait faire ses preuves devant le grand public pour la première fois. Et c'est vrai qu'il s'agissait d'un grand public. À part le public habituel qui tous les soirs emplit les galeries des théâtres yiddish de New York, on pouvait voir ce soir-là au Nickel Theater, dans les loges comme à l'orchestre, une foule de nouveaux venus, parmi lesquels un grand nombre d'intellectuels, ainsi que quelques non-Juifs, envers qui Nickel, le directeur, virevoltant autour d'eux, faisait montre de beaucoup de respect et de prévenances, les conduisant lui-même à leurs places, leur apportant lui-même le programme, bien que ce ne fût pas son travail. Mais Mr Nickel est un Juif. Et un Juif, il a beau être un citoyen libre de la libre Amérique, il a plus de respect pour un *goy* que pour un Juif : dès lors qu'un *goy* prend la peine de venir parmi les Juifs dans un théâtre yiddish, il mérite tous les égards... Naturellement, Mr Klammer profitait de l'événement pour faire de la réclame pour son théâtre. À tous et à chacun il racontait sous le sceau du secret une histoire différente sur l'identité de ces *goyim*. Il leur attribuait des noms de fantaisie, ignorant superbement que presque tout le monde savait qu'ils n'étaient autres que deux frères qui dirigeaient un grand théâtre dramatique américain.

Les journaux de New York avaient fait un tel tintamarre autour de la nouvelle étoile de Bucarest que les deux managers de ce théâtre américain s'étaient sérieusement intéressés à la jeune star juive pour le cas où, sait-on jamais, la moitié de ce qu'on écrivait serait vraie, et qu'on puisse le kidnapper. À quoi cela pourrait-il bien servir aux Juifs d'avoir parmi eux un Sonnenthal, un Schildkraut, un Irving, un Passart ou un Rossi ? Il y a un fait que même les Juifs ne démentiront pas, c'est qu'ils sont un peuple de fournisseurs, qui se sont donné pour tâche de fournir des célébrités, de procurer au monde le meilleur et le plus beau de ce qu'ils possèdent...

Bien entendu, il ne manquait pas à cette soirée des reporters de journaux, qu'ils s'expriment en anglais ou en yiddish. Ce sont, les uns et les autres, de braves garçons, fumant la pipe, le visage rasé, le regard vif, des gens futés, qui écrivent en courant, mangent en marchant et peuvent dormir assis avec un *fountain-pen* à la main.

Parmi la cohorte des reporters se trouvaient aussi au Nickel Theater nos fameux sages de la kibbitzière, les célèbres stratèges, politiciens, poètes et rédacteurs de journaux, armés de pied en cap, prêts à livrer bataille à coups de propos acerbes au sujet de la nouvelle star, puisque si l'un voyait en lui un prophète l'autre le considérerait comme un âne bâté ; si un troisième voyait en lui un Sonnenthal, un Irving, un Passart et un Rossi, le dernier le verrait immanquablement comme un *greenhorn*, un « oiseau de poix », un « Khaïm-Yankel », un « petit pâtre roumain », un « curieux garçon », et rien d'autre.

Oui, le monde du théâtre yiddish de New York se préparait à bouillir comme un chaudron. Que ce soient les patriotes du Nickel Theater ou l'opposition en provenance des autres théâtres, ils étaient tous venus avec leurs comptes rendus tout prêts pour les éditions du lendemain des journaux qu'ils représentaient.

Pour des événements aussi exceptionnels, ce sont généralement les rédacteurs eux-mêmes qui assurent le rôle des chroniqueurs. Tout rédacteur d'un journal aux idées avancées se devait de commencer sa chronique en ces termes :

> Il y a beau temps que les murs du Nickel Theater n'avaient retenti d'applaudissements aussi exceptionnels, et l'enthousiasme du public qui hier soir a atteint son paroxysme devrait à lui seul convaincre nos contradicteurs bestiaux et stipendiés que...

Et chez un rédacteur aux idées encore plus avancées, la chronique assassine se devait de commencer ainsi :

> Le cuisant fiasco d'hier soir au Nickel Theater servira de leçon salutaire à tous ces ânes à deux pattes qui sont payés au mot et qui, pour un dollar, vous...

En un mot, on peut dire qu'il régnait au Nickel Theater une chaude ambiance. Tout le monde avait les nerfs tendus, tout le monde avait les yeux fixés sur le rideau qui allait se lever. Les lumières s'éteignirent, le rideau se leva.

Au même instant, sans faire de bruit entrèrent trois personnes élégamment vêtues, qui étaient arrivées au théâtre dans un élégant *motor car* piloté par un *black driver* et qui s'étaient fait conduire directement à la loge numéro trois, la plus chère du Nickel Theater.

Les trois personnages se composaient d'un homme âgé et ventripotent, d'un très jeune homme coiffé d'un chapeau à larges bords soigneusement rabattu sur les yeux et, au bras du jeune homme, d'une jeune dame au visage abrité sous une épaisse voilette. Le jeune couple conduisit le monsieur plus âgé, celui qui avait du ventre, à la porte de la loge numéro trois. Le couple pénétra dans la loge tandis que le Noir restait près de la porte, un manteau de femme et un plaid sur les bras, et que le plus âgé, celui qui avait du ventre, faisait demi-tour et se dirigeait par l'étroit et long corridor vers le parterre.

Ne voilà-t-il pas qu'au même instant, dans ce même étroit corridor, passait en courant l'un des directeurs, Nissl Schwalb, qui se retrouva nez à nez avec le plus âgé de ces personnages, celui qui avait du ventre. D'un même mouvement, à la fois le personnage qui avait du ventre et Nissl Schwalb se rejetèrent en arrière, s'immobilisèrent un instant, se fixèrent un moment les yeux dans les yeux, se lâchèrent du regard puis se fixèrent de nouveau. L'arrêt sur place, puis le regard les yeux dans les yeux, tout cela ne prit que deux à trois secondes et avant qu'aucun des deux n'ait pu se rappeler qui était l'autre, ils se séparèrent.

Le personnage qui avait du ventre se dirigea vers le parterre, Nissl Schwalb resta un moment immobile, se parlant à lui-même :

— Est-ce que ce ne serait pas par hasard le même lascar, ce type qui se planque derrière sa barbe ?

Puis il se dirigea vers la caisse, y trouva son associé, le patron du théâtre, Mr Nickel en personne, et un bref mais vif entretien se déroula entre eux, que nous reproduisons ci-dessous *verbatim* :

— Qui est ce jeune couple dans la loge numéro trois, avec un Noir à la porte ?

Mr Nickel est quelqu'un qui déteste réfléchir longtemps.

— Dans le box numéro trois ? Si ce n'est pas Jacob Schiff, ça ne peut être que Louis Marshall.

— Si vous n'êtes pas un bluffeur, c'est que vous êtes un idiot.

Mr Nickel fourra ses mains dans ses poches et jeta à son compagnon un regard aussi amical que si celui-ci venait de lui faire le plus beau des compliments.

— Et qui est-ce donc, d'après vous ?

— Voilà qui s'appelle parler, et cessez de tourner autour du pot ! Ce lascar qui a conduit le jeune couple à la loge numéro trois, s'il ne s'était pas planqué derrière sa barbe, je dirais que c'est Stelmakh.

Mr Nickel resta interdit, comme quelqu'un dont les idées seraient brouillées et confuses.

— Quel lascar ? Quelle barbe ? Et qui est-ce, ce Stelmakh ?

— Ô grand sage à la face rayonnante ! Vous faites l'idiot, ou bien vous êtes réellement bête à manger du foin ? Peut-être n'êtes-vous pas d'ici ? Vous n'avez jamais entendu parler de Grisha Stelmakh ?

— Grisha Stelmakh ? !

Mr Nickel sursauta, s'administra deux gifles sur les joues, d'abord sur la droite, puis sur la gauche et se qualifia lui-même en marmonnant d'un mot qu'aucune censure ne laisserait passer, que ce soit ici ou en Amérique... Puis il s'écria par trois fois, à haute et intelligible voix :

— Je suis un idiot, un idiot, un idiot !

— Et alors ! Je n'arrête pas de le dire.

Mr Nickel ignora la remarque et exulta :

— Hé, hé ! Si c'est Grisha Stelmakh, alors je sais qui est la belle. Ou alors que je ne vive pas jusqu'à demain.

— Ainsi soit-il. Alors, qui est-ce ?

— Miss Rosalia Spaïvak.

— Rosalia Spaïvak ?

Alors Nissl Schwalb se frappa le front, abandonna son associé à la caisse et s'en fut seul en direction du parterre pour jeter un nouveau coup d'œil à sa vieille connaissance et s'assurer qu'il s'agissait bien du lascar qui s'était planqué derrière sa barbe.

CHAPITRE CINQUANTE-HUIT

RAFALESCO, CRÉATEUR

Quand le lourd rideau du Nickel Theater se leva avec bruit, l'océan de têtes qui peuplaient la grande salle à demi obscure s'anima sous le regard d'un léger mouvement et fut parcouru d'un souffle d'air frais. Pendant un instant, un faible murmure persista, tandis que le public se préparait à tendre l'oreille. Puis tout de suite s'installa le silence attendu, ce silence béni, paisible et doux qui enveloppe l'artiste de toutes parts, fait qu'il survole, comme mû par des ailes, l'océan des têtes, et flotte au-dessus de l'auditoire, ce silence béni qui de l'âme fait vibrer les cordes les plus sensibles, en tire les plus beaux accords dont le talent est capable et assure à l'artiste la maîtrise de son public. Léo Rafalesco, ce soir-là, avait la maîtrise du public new-yorkais du Nickel Theater.

On donnait, comme pour toutes ses premières, *Uriel Acosta*. Dès l'instant où Uriel fit son entrée en scène, il fut le pôle vers lequel se tournaient tous les regards. Chez ce doux jeune homme, le beau visage pâle et délicat, les longs cheveux, les grands yeux pleins de lassitude, la barbe blonde à peine naissante, la gorge découverte, tout invitait à la comparaison avec Jésus-Christ.

C'est grâce à une force extraordinaire qu'il attirait à lui la sympathie de tout le public. Son maintien et sa voix à eux seuls possédaient cette énergie qui séduit le spectateur. Un charme tout particulier enveloppait chacun de ses gestes et chacune de ses attitudes sur la scène. Ses jeux de physionomie étaient d'un extrême naturel et d'une grande richesse de nuances. On avait réellement devant soi un jeune penseur s'entretenant avec le docteur Da Silva sur le ton qu'un jeune homme de la maison d'études, un jeune philosophe, emploie pour évoquer des sujets d'une grande élévation qui ont à voir avec le ciel.

— Je ne prétends pas montrer le chemin de la pure vérité, celle que tous doivent confesser, oh, non ! Tout ce que je sais, c'est que mon ignorance m'oblige à chercher davantage. Mon aveuglement m'oblige à regarder avec plus d'acuité, ma surdité m'oblige à écouter plus attentivement.

En prononçant : « mon aveuglement », il désigne ses yeux ; en disant : « ma surdité », il montre ses oreilles ; toutes ses façons évoquent celles d'un talmudiste, d'un érudit d'une *yeshiva* et, nous le répétons, d'un doux jeune homme plein d'un charme et d'une sympathie tout particuliers.

Se mêle alors à la conversation le fiancé de celle qu'il aime, Judith, et sa physionomie change, vous n'avez plus sous vos yeux le philosophe, mais un amoureux parlant avec exaltation et enthousiasme de celle qu'il aime et qui va tomber entre les mains d'autrui :

— Elle a été envoyée du ciel sur la terre... Elle est un trésor divin, s'écrie-t-il avec passion, puis soudain il se tourne vers le fiancé, Ben-Yohaï, exprimant l'amour, la prière, les supplications, il lui prend la main : Ô, n'approchez pas d'elle cette main habituée à s'occuper d'argent !... C'est la prière, la dévotion, l'adoration que vous lui devez !...

Mais bientôt, dès que paraît le tribunal juif, le rabbin De Santos accompagné de ses assistants, qui va rendre compte du livre d'Uriel Acosta afin de pouvoir le condamner pour hérésie, le visage d'Acosta change de nouveau, de même que sa contenance et son regard. Maintenant, c'est un martyr que vous avez devant vous, un martyr que des bigots coupés du monde et dans un égarement fanatique persécutent sans pitié en exigeant qu'il pense exactement comme eux sous peine d'une sanglante vengeance.

Là, il fallait voir comme les yeux de Rafalesco participaient à son jeu, comme le visage de Rafalesco se modifiait de seconde en seconde, changeait de couleur et réussissait à exprimer toute la tragédie de sa vie, toutes les souffrances de son cœur, tous les tourments de son âme, sans attitudes triviales ou mimiques furieuses, sans porter les mains à son cœur, sans arracher les longs cheveux de sa perruque, sans se tordre les bras, sans traverser la scène à grandes enjambées, sans grimacer.

Tout le monde devait reconnaître qu'il y avait là un acteur-né, un maître, un grand artiste, un véritable poète, un interprète aux dons exceptionnels, qui ne se contentait pas de jouer, mais qui vivait, créait et réalisait en scène des choses inouïes.

Tout le monde devait reconnaître qu'Acosta, cet Acosta que Rafalesco leur montrait, était son Acosta à lui, non pas un rôle qu'il aurait lu dans un livre mais un personnage que dans la douleur et la réflexion il avait lui-même créé.

À la fin du premier acte, quand Acosta reste seul, Rafalesco se transforma de nouveau et, à la place du martyr que l'on persécute, apparut le héros prêt à engager la bataille non pas contre les cœurs, mais contre la raison.

— Ah, Ben-Yohaï, que ton erreur est profonde ! Celui qui est habitué à se battre pour la Vérité ne tolérera jamais que soit foulée aux pieds sa couronne d'or !...

À cet instant, Rafalesco leva brusquement la main à son front et chacun crut alors voir une tête que couronnaient, à défaut d'or, l'affliction, la douleur et les tourments. Toutes les sympathies lui étaient acquises, tous les cœurs battaient pour lui et l'on regrettait que le rideau tombât si vite. Chacun voulait voir, revoir et revoir encore le beau, le doux, l'aimable Uriel Acosta. Tous continuaient à clamer : « Rafalesco ! Rafalesco ! » et Rafalesco continuait à saluer le public, encore et encore.

Non, il y avait bien longtemps que le Nickel Theater de New York n'avait retenti de tels cris, de telles clameurs et de telles ovations. Les managers du Nickel Theater et les membres de la coopérative Klammer, Schwalb and Co. étaient au septième ciel, quant aux ennemis, les patriotes des autres théâtres, qui s'étaient préparés à siffler le *greenhorn*, et les critiques de la kibbitzière qui s'étaient aiguisé les dents sur le « Passart-Barnaï-Irving-Rossi » juif, ils se rongeaient maintenant les ongles. Ils n'avaient cependant pas perdu tout espoir :

— Hé hé ! La soirée est encore longue, s'encourageaient-ils, et la tragédie de Karl Gutzkow comporte cinq actes...

CHAPITRE CINQUANTE-NEUF

ENTRE LES ACTES

Dès le premier entracte, le Nickel Theater, comme tous les théâtres lors d'un gala, était plein d'effervescence, de tumulte et de vacarme. Chacun tenait à faire part aux autres de l'impression que lui avait faite la nouvelle star. Le nom de Rafalesco était partout dans l'air : en bas, au parterre et dans les loges, aussi bien que tout en haut, dans les galeries. Chacun détaillait la biographie du jeune artiste telle qu'il la tenait de son *paper*, ce qui prouve à quel point, à New York, théâtre et presse ont partie liée. Naturellement, les biographies n'étaient pas identiques dans tous les *papers*, et les appréciations sur l'artiste différaient.

Il faut également ajouter que tous ne savaient pas ce que représentait *Uriel Acosta*, ni qui était l'auteur de la tragédie : Lateiner, Gordin, Libin, ou le professeur Jakobi ? Certains attendaient des actes suivants quelque chose du genre de *Moyshé* ou quelque autre chansonnette, ce qui montre à quel point les goûts du grand public étaient développés en matière d'art... Il nous faut pourtant dire que presque tous subissaient l'influence d'une énergie nouvelle, d'une force que chacun ne comprenait peut-être pas par la raison, mais ressentait dans son cœur, grâce à l'instinct le plus intime. C'est pourquoi ils se précipitaient tous les uns vers les autres pour échanger, dans toute la mesure du possible, ce qu'ils avaient ressenti et ce que l'étoile Rafalesco leur avait apporté.

Il y avait cependant dans le théâtre un pauvre malheureux qui n'avait personne avec qui partager le véritable plaisir, la félicité que lui procurait cette soirée. Il s'agissait de notre amoureux du théâtre yiddish, Meyer Stelmakh.

Meyer Stelmakh ne se contentait pas de jouir de cette félicité, de prendre avec avidité plus que sa part de plaisir, il fondait littéralement comme de la cire mais hélas n'avait personne à qui il puisse en parler. Il imagina donc de s'introduire subrepticement dans la loge numéro trois avec l'intention, d'abord, de rendre visite aux enfants, et puis d'entendre ce qu'ils allaient dire de cette petite merveille de Rafalesco.

Avant d'avoir pu faire trois pas, notre Stelmakh s'arrêta net dans son élan. Devant lui se dressait le même géant qu'il avait déjà rencontré dans le corridor. C'était une silhouette familière au visage hilare qui se tenait devant Stelmakh et le fixait droit dans les yeux.

C'était Nissl Schwalb.

— *Sholem aleykhem** ! Alors, le lascar, vous ne me reconnaissez pas ? Comment se fait-il ? À Londres, on était comme cul et chemise, tous les deux ! Je suis même venu vous rendre visite chez vous, vous ne vous rappelez pas ? En fait, je suis resté dehors, à la porte, et vous m'avez envoyé dire que vous n'étiez pas là. J'ai reconnu votre voix. Alors j'ai tout de suite voulu vous faire un scandale, là, sur place, aussi vrai que vous me voyez en train de nager, et puis j'ai réfléchi : *meylè* (tant pis), laissons tomber. Si j'étais venu vous voir, rappelez-vous, ce n'était pas pour mon compte personnel, mais pour quelqu'un d'autre. Pour le chantre de Lomza et sa maisonnée, vous vous souvenez de cette équipe ? Vous les verriez aujourd'hui – eh, eh ! – ils peuvent se passer de vos faveurs, ils sont *all right* ! Et vous, qu'est-ce que vous devenez, Monsieur l'Ogre ? Vous vous étiez tellement bien planqué derrière votre barbe que si je n'avais pas vu votre Grisha avec la Spivak dans la loge numéro trois, jamais je ne vous aurais reconnu. Aussi vrai que je convoite le bien des autres.

Si Meyer Stelmakh ne fut pas frappé d'apoplexie là sur-le-champ, c'est un miracle d'origine céleste. D'abord, tomber sur cet individu et s'entendre apostropher sur un ton aussi insultant aurait déjà suffi à lui faire cailler le lait maternel dans le ventre, mais par-dessus le marché, l'entendre tenir des propos outrageants sur son Grisha et la Spivak... Et d'où savait-il, celui-là, qu'ils étaient dans la loge numéro trois ? Quand est-ce qu'il avait eu le temps de l'apprendre ? Et puis d'abord, qu'avait-il de commun, lui, avec ce gibier de potence ?

Il y aurait beaucoup à dire sur les vœux que forma Stelmakh mais c'est une autre histoire. Quelqu'un vous arrête, vous dit qu'il vous connaît, on ne peut tout de même pas avoir la grossièreté de lui cracher au visage. Ça n'empêche, Stelmakh en fut chagrin toute la soirée. Il ne pouvait plus aller voir les enfants dans la loge numéro trois, et fut obligé de remettre sa visite à après le deuxième acte, qu'il regarda jusqu'au bout comme s'il était assis sur des épingles. Si Stelmakh avait

* « Que la paix soit sur vous » (formule de salutation que l'auteur a par ailleurs choisie comme pseudonyme).

pu se trouver dans la loge des enfants dès après le premier acte, il ne serait sans doute pas arrivé ce que nous allons à présent décrire dans le chapitre soixante, et toute l'histoire eût pu s'en trouver changée.

CHAPITRE SOIXANTE

CE QUI SE PASSA DANS LA LOGE NUMÉRO TROIS

En fait, dans la loge numéro trois, il ne se passa rien. C'est là, comme nous le savons, qu'était installé le couple célèbre, Grisha Stelmakh et Rosa Spivak, qui écoutèrent le premier acte jusqu'au bout, sans quitter de l'œil l'invité d'honneur Léo Rafalesco, lequel ne les impressionnait pas moins, et peut-être davantage encore, qu'il n'impressionnait le reste du public du Nickel Theater. C'était pour eux une agréable surprise que d'entendre un artiste aussi talentueux et d'assister à l'ascension de cette nouvelle étoile au firmament de la scène yiddish. C'est Rosa qui en tirait le plus d'agrément. Elle participait un peu, pourrait-on dire, à cette victoire, à ce triomphe : eh quoi, elle-même n'avait-elle pas eu quelques liens avec le théâtre yiddish ?... Il y avait longtemps qu'elle n'avait ressenti pareil plaisir intellectuel que ce soir et en éprouvait une véritable reconnaissance pour Stelmakh père pour l'idée qu'il avait eue d'aller au théâtre yiddish.

Son émerveillement allait croissant. Elle en croyait à peine ses yeux. Elle n'aurait jamais cru que le théâtre yiddish, comme elle se le rappelait, puisse en si peu de temps atteindre un tel niveau artistique, jamais elle n'aurait pensé que parmi les comédiens yiddish, comme elle se les rappelait, puisse surgir une personnalité aussi colossale, un acteur aussi gigantesque, une figure aussi héroïque que cet artiste en tournée, ce Rafalesco. C'est avec le plus grand intérêt, la plus grande tension qu'elle suivait le moindre mouvement, le moindre geste du grand acteur qui, avec son prodigieux naturel, la transportait vers la lointaine Amsterdam et ses préoccupations qui appartenaient à un passé révolu. L'enchantement et l'illusion étaient tels que Rosa rejoignait le héros dans l'Ancien Monde, elle partageait avec lui les joies et les peines du temps ancien, le temps où la libre pensée et le fanatisme se faisaient la guerre, le temps de Baruch Spinoza. Dommage seulement que dans la loge numéro deux, celle de la direction du théâtre, on fît du bruit et qu'on empêchât d'écouter convenablement. Là était installé un petit groupe de femmes qui bavardaient tranquillement à voix basse, à l'instar de ce qui se passe, sauf votre respect, à la synagogue, au moment de la prière, quand il faut à la fois y être et ne pas gêner le chantre.

Ce petit groupe de femmes, apparemment, faisait partie de l'entourage du Nickel Theater et de la coopérative Klammer, Schwalb and Co., car parmi elles se trouvait une de nos connaissances, la femme du chantre de Lomza ainsi que quelques dames plus très jeunes, mais en grande toilette, le visage ridé, mais abondamment poudré. Sans être elles-mêmes des actrices, elles étaient femmes d'acteurs. Quel intérêt puissant les empêchait de remettre à plus tard leur conversation, difficile à dire. C'est toujours pareil : quand on est obligé de garder le silence, c'est là qu'on a envie de parler. C'est l'attrait du mal.

La présence de ces femmes aurait à la rigueur été supportable si la porte de la loge directoriale ne s'était soudain ouverte à grand bruit au beau milieu du premier acte pour livrer passage à une beauté peu ordinaire, coiffée d'un immense *hat* qui aurait largement pu abriter tout ce petit groupe de femmes. C'est à ce moment-là seulement que commença vraiment toute l'affaire.

Si Rosa l'avait pu, elle aurait volontiers mis en pièces cette beauté avec son affreux chapeau. Rendez-vous compte : être incapable de tenir en place une minute ! On aurait dit que c'était le Malin qui l'avait envoyée là par pure méchanceté. Sa bouche ne se fermait jamais. Elle bavardait, chuchotait tantôt avec l'une tantôt avec l'autre de ces dames, riait tranquillement, s'agitait, remontait ses manches, laissant ainsi voir ses bracelets incrustés de brillants et en profitait également pour montrer ses belles longues mains blanches. Rosa et son cavalier se regardèrent plusieurs fois, s'interrogeant du regard : qu'était-ce donc que cet animal-là ?...

Même quand le premier acte se termina, que le rideau tomba et que le théâtre tout entier se mit à vibrer sous les applaudissements et les cris de « Ra-fa-les-co ! », à aucun moment « cet animal-là » ne cessa de discuter avec ses commères, de rire, de s'agiter et de se conduire d'une manière telle qu'on espérait qu'elle fût priée de quitter le théâtre.

Quant au troisième rappel Rafalesco revint de nouveau sur scène saluer d'une révérence pleine de courtoisie un public qui l'acclamait, notre Rosa, qui s'était aperçue que « cet animal-là » lui tirait la langue et que le petit groupe de femmes éclatait de rire, se fâcha pour de bon et s'adressant à la belle au chapeau, lui lança en yiddish :

— Peut-être que l'artiste n'a pas eu l'heur de vous plaire ?

— Quel artiste ? Rafalesco ? Ah, ah !... C'est mon fiancé, ah, ah, ah !...

Cela fut dit si simplement et avec un rire d'une telle candeur qu'instantanément « l'animal » plut à Rosa, qui se rapprocha d'elle.

— Votre fiancé ? Vous êtes actrice, vous aussi ?

— Si je suis actrice ? (Elle ne riait plus.) Je suis une *prima donna*. Je m'appelle Henrietta Schwalb.

— Enchantée.

Rosa ne se présenta pas, mais elle se rapprocha un peu plus de la *prima donna* de telle sorte qu'elles se trouvèrent face à face et qu'elles n'étaient plus séparées que par la mince cloison qui s'élevait entre les deux loges, si bien qu'aucune tierce personne ne pouvait surprendre leur conversation intime.

— J'aurais bien voulu que vous me disiez, demanda Rosa à la *prima donna* sur un ton cordial, s'il est vrai, comme on le raconte à propos de ce Rafalesco de Bucarest, que la reine Carmen Silva...

— Pur mensonge ! l'interrompit Henrietta en riant. Pour commencer, il n'est pas de Bucarest, mais de Holenechti.

— Holenechti ?

Ce mot de « Holenechti », Rosa ne le prononça pas mais il s'échappa de son cœur tandis qu'elle saisissait la longue main froide et nue d'Henrietta. Elle se contrôla pourtant, et fit semblant d'admirer son bracelet.

— Vous portez tellement de bijoux ! J'aime beaucoup votre bracelet... Comment s'appelle cette ville, avez-vous dit ?

Rosa s'absorbait toujours dans la contemplation du bracelet orné de brillants.

— Une ville ?... Ah, ah, ah !... Une bourgade, oui. Holenechti, ça s'appelle. C'est en Bessarabie, le pays où on mange de la polenta, ah, ah, ah !...

La conversation intime des deux *prime donne* dut s'interrompre à peine commencée, car tout à coup les lumières s'éteignirent dans le théâtre, le rideau se leva et le deuxième acte commença.

CHAPITRE SOIXANTE ET UN

LE THÉÂTRE EST PRIS DE FOLIE

N'avait-elle donc pas d'yeux pour voir ? Comment ne l'avait-elle pas reconnu au premier instant, au premier regard, au premier mot prononcé ?

Rosa consulte le programme. Elle lit :

Uriel Acosta, Léo Rafalesco

— Oui, évidemment, Léo...

— Quoi, Léo ?

C'est Grisha Stelmakh qui pose la question, car il se rend bien compte que Rosa, tout à coup, a changé. Il y a un instant encore, et pendant toute la durée du premier acte, elle était assise tout contre lui.

Elle avait mis sa main dans la sienne. À présent, pendant le deuxième acte, Rosa est absente. Elle se penche presque entièrement en dehors de la loge, regarde avec ses jumelles. Elle voit un jardin, avec quelques arbres factices. Parmi les arbres, elle voit des personnages. Parmi les personnages, ne se trouve pas celui que son regard recherche... Elle a l'impression que les personnages sont faits de la même matière que les arbres, des personnages factices, des mannequins animés, des Golems qui parlent... Un vieil homme, vêtu élégamment, lit un papier. Le vieillard lit en pleurant, d'une voix qui semble ne pas lui appartenir. Près de lui se tient une servante, vêtue d'un uniforme à l'ancienne, avec une petite tresse sur la nuque. Ces deux personnages de bois semblent avoir une discussion entre eux. De quelle nature, elle n'en sait rien. Arrive ensuite une jeune fille, mal maquillée, les sourcils mal soulignés. Elle a les mains trop grandes et rouges. Qui est cette jeune fille ? Que fait-elle là ? Elle s'adresse au vieillard en allemand :

— *Vater.*

Ils parlent de choses qui semblent futiles et vaines. Ils parlent de la Bourse d'Amsterdam, de Rubens et de Van Dyck, de Moïse, de Socrate et du Christ, d'art et de religion, et seulement en allemand. Des paroles futiles et vaines... La servante s'en va, Dieu merci, en voilà une de partie. Bientôt, le vieillard lui aussi disparaît. La jeune fille reste seule. Elle erre sur la scène, sans but. Ses yeux que le maquillage a mal soulignés se révulsent, ses mains rouges se portent à sa fausse poitrine et elle déclame en allemand (toujours en allemand) :

— Les chaînes du désespoir enserrent mon cœur.

Paroles futiles et vaines. Mais le voici, lui, Uriel Acosta !... Rosa sent que le souffle lui manque. Ses pulsations s'accélèrent, son cœur bat à se rompre, va jaillir de sa poitrine. Toc, toc, toc. Toc, toc, toc. Un court instant, il lui semble qu'Uriel Acosta fixe son regard droit sur elle dans la loge numéro trois. Elle sent que son visage s'embrase du feu de l'enfer. Non, il semblerait que ce n'était qu'une impression.

Calmement, posément, sur un ton tranquille, Uriel converse avec Judith, sa bien-aimée. Sa voix est moelleuse, ses gestes nobles, élégants, plastiques. Tout respire l'équilibre et la mesure. Aucun mouvement inutile, aucune nuance superflue. Tout le théâtre entend le moindre des mots qu'il prononce, comme si lui seul était là, à l'exception de tout autre. Soudain, il élève la voix. On devine dans ses paroles une force extraordinaire. Tendrement, avec beaucoup d'amour, il prend sa bien-aimée Judith fraternellement par la main :

— Ma chère Judith, pour la dernière fois, adieu !

Ah ! Que ses yeux sont beaux, superbes ! Quelle sensibilité, quel amour douloureux s'y reflètent. Va-t-il déjà quitter la scène ? Non. Le vieillard de tout à l'heure revient, et avec lui quelques autres personnages. Uriel Acosta est resté, Dieu merci, il est resté. Rosa dirige ses jumelles sur lui. Elle voit Judith le prendre par la main, puis ils s'éloignent lentement. Au loin, on entend de la musique.

En soupirant, Rosa range ses jumelles. Le jeune *maestro* Stelmakh, toujours assis auprès d'elle, plonge son regard dans le sien. Il veut savoir ce qui se passe... Il veut lui demander pourquoi elle soupire ainsi. Rosa ne le voit pas, Rosa ne voit personne. Rosa est seule au bord de l'abîme de son âme : c'est donc lui ? Celui qu'elle a si longtemps attendu ? Celui qu'elle a bercé dans ses pensées ? Celui qu'elle a si souvent vu dans ses rêves ? Est-ce donc un rêve, ce qui se déroule en ce moment sous ses yeux ? Non, ce n'est pas un rêve... Elle entend chuchoter dans son dos. Cela vient de la deuxième loge. C'est encore celle qui tout à l'heure s'est présentée comme *prima donna* en se vantant de ce que Rafalesco était son fiancé. Est-ce possible ?... Elle va le lui demander, à lui. Elle le lui demandera, et pas plus tard qu'aujourd'hui. Où le verra-t-elle ? Eh bien, ici, au théâtre. Dans les coulisses. C'est décidé : dès la fin du deuxième acte, elle monte, et se fait conduire auprès de la vedette, Léo Rafalesco. Qui faut-il annoncer ? Qui le demande ? Une *lady* le demande. Pas de nom, juste une *lady*... Tout le monde la regarde. Qui est cette *lady*, qui ne veut voir que Rafalesco ? Mais elle ne fait attention à personne...

Rosa n'a oublié qu'une chose : elle n'est pas seule au théâtre, il y a quelqu'un d'autre dans la loge, c'est Grisha Stelmakh qui l'accompagne. Ah, Grisha Stelmakh !... Effectivement, elle l'avait complètement oublié. Oublié qu'il était avec elle, oublié ce qui s'était passé entre eux aujourd'hui, oublié jusqu'à l'existence même de quelqu'un qui s'appelait Grisha Stelmakh. Pauvre, pauvre Grisha Stelmakh !

Soudain, de la scène, on entend souffler le *shoyfer*, la corne de bélier. Rosa sursaute, comme si elle s'éveillait. La scène est pleine de monde. Tous prononcent des paroles étranges, futiles et vaines. Où est Uriel ? Le voici ! De nouveau une apparence différente, une personne différente. Sa voix résonne d'une force nouvelle.

Rosa n'abandonne pas un instant ses jumelles, elle écoute chaque mot du long monologue d'Uriel Acosta. Rosa ne perçoit pas exactement le sens du monologue, mais chaque mot a pour elle un sens particulier, moins les mots, d'ailleurs, que la voix. Sa voix ? Combien de fois, les yeux fermés, ne l'a-t-elle pas écouté parler ?...

— Les souffrances de tous, je veux moi aussi les porter. Vous pouvez m'excommunier, Juif je demeure !

C'est sur ces mots pleins de fierté qu'Uriel Acosta acheva son monologue, et le théâtre croula sous un tonnerre d'applaudissements. C'était la jeunesse, une jeunesse tout à coup enflammée par un ardent sentiment nationaliste qui s'était emparé de nos frères venus d'outre-Atlantique. C'est eux que ces paroles avaient le plus séduits :

— Les souffrances de tous, je veux moi aussi les porter.

En les voyant, le reste de l'assistance, dont le goût artistique s'était un peu affiné en Amérique, se mit aussi à applaudir, à applaudir très fort, car tous sentaient qu'il y avait là une énergie extraordinaire, un véritable artiste, un artiste qui portait toute la troupe sur ses propres épaules, qui avait conquis le public, qui avait ensorcelé tout le théâtre. Oui, c'est une star, disaient-ils unanimes, c'est véritablement une étoile qui se lève au firmament de la scène yiddish.

Longtemps après la fin du deuxième acte, les applaudissements ne cessèrent pas. Ils se mêlaient à des cris retentissants :

— Rafalesco ! Bravo Rafalesco !

— *Shut up !* Faites silence ! s'exclamaient les autres, essayant de calmer la foule, sans succès.

Au lieu de « Bravo Rafalesco ! » on commença à entendre des cris de : « Hourrah pour Rafalesco ! »

— Le théâtre est devenu fou ! entendit-on venant du parterre.

Celui qui avait prononcé ces mots avait raison : le théâtre était devenu fou.

CHAPITRE SOIXANTE-DEUX

MR NICKEL LUI AUSSI FAIT SON SPEECH

En Amérique, tout le monde *speeche* : grands et petits, jeunes et vieux. Et tout le monde sait *speecher*, sauf les muets de naissance.

En Amérique, on *speeche* à chaque réjouissance, à chaque occasion : un repas de fiançailles, un mariage, une circoncision, une cérémonie de rachat du fils aîné, une *bar-mitsvè*, une pendaison de crémaillère, un divorce, une concession de lévirat, une calamité, une catastrophe quelconque – tout cela est occasion de *speecher*. Et que dire des réunions, des meetings, des *lectures*, des soirées, des hôtes de passage, des réceptions, des banquets, des concerts ou des spectacles : là, c'est quasiment sur injonction divine que l'on *speeche*.

Au théâtre, quand se produit une vedette de passage, une star, c'est sur la *stage*, la scène, qu'on *speeche* entre les actes pour prononcer son panégyrique. C'est en général l'œuvre de la vedette elle-même, ou bien de l'un des acteurs, choisi pour son bagou et sa persuasion. Quelquefois, c'est le manager, le propriétaire du théâtre, veux-je dire, qui monte en scène pour informer l'honorable assistance de ce que lui-même tient pour indispensable.

Ce jour-là, à la fin du deuxième acte, après que le public, pratiquement pris de folie, eut applaudi à tout rompre et hurlé : « Hourrah pour Rafalesco ! » et que Rafalesco se fut lassé de revenir toutes les trente secondes saluer le public new-yorkais hystérique, c'est la sympathique figure, bien connue de tous, de Mr Nickel qui se présenta.

Il était vêtu très simplement, comme un bourgeois chez lui, un veston court, ordinaire, les mains dans les poches, un petit sourire aux lèvres. Ce petit sourire bien connu, celui qui avait valu à Mr Nickel la réputation de *good boy*.

— *Ladies and gentlemen !* (c'est ainsi que Mr Nickel attaqua son impromptu) Il me paraît tout d'abord indispensable d'exprimer ma plus profonde gratitude au distingué public qui m'a fait l'honneur de venir me voir chez moi dans mon théâtre. Je ne m'étonne pas que tous les spectacles que je donne dans mon théâtre se déroulent à chaque fois devant des salles bondées alors que dans les autres théâtres de New York on aurait largement la place de rouler en *motor car* dans les allées. Dieu me garde de vouloir blâmer mes concurrents, mais il est impossible de continuer à cacher la vérité, et la vérité la voici : c'est mon théâtre que l'honorable public préfère à tous les autres. Peut-être que c'est parce que je *try* tout mon possible pour que le public soit satisfait. Je ne m'arrête pas aux questions d'argent, je ne regarde pas à la dépense, si grosse soit-elle. C'est pourquoi j'ai réussi, bien évidemment au prix d'une somme exorbitante, à faire venir de Bucarest l'honorable invité de ce soir pour quelques galas seulement. Je parle du roi des acteurs, de l'artiste dramatique mondialement célèbre, j'ai nommé Léo Rafalesco, qui n'a pas son pareil que ce soit ici même chez nous ou de l'autre côté de l'Atlantique. Je me réjouis de voir que l'honorable public l'a apprécié à sa juste valeur, et je suis prêt à prendre l'engagement pour l'avenir, sans tenir compte de la dépense, si importante soit-elle, de tout faire pour retenir quelque temps notre génial hôte, pour donner la possibilité aux centaines, aux milliers de malheureux qui ont dû s'en retourner chez eux le cœur serré, car comme vous pouvez le voir, on n'arriverait plus à y mettre une épingle.

Ladies and gentlemen ! En manifestant ma reconnaissance au distingué public, je ne peux m'empêcher de remercier les hôtes éminents qui ont bien voulu honorer mon théâtre de leur présence. Je me fais une joie toute particulière de vous annoncer que parmi les hôtes éminents qui honorent mon théâtre de leur très estimable présence, il s'en trouve aussi certains qui jusqu'à aujourd'hui à New York, à l'exception de mon théâtre, n'étaient jamais allés au théâtre yiddish.

Deux d'entre eux nous ont également honorés, qui sont eux-mêmes des artistes, et qui sont eux-mêmes célèbres dans les deux parties du monde, en Europe comme en Amérique. Ils se trouvent, *ladies and gentlemen*, dans la *box* du côté gauche. Je pense que personne ici ne peut dire qu'il n'a jamais entendu le nom de Grisha Stelmakh ou de Miss Rosalia Spivak, comme personne ne peut dire qu'il n'a jamais entendu le nom de Washington, de Lincoln ou d'Edison !...

Le reste du speech de Mr Nickel, plus personne ne put l'entendre, même pas lui, car le public déjà enflammé par ce qui avait précédé s'enflamma davantage encore quand on apprit la présence de Grisha Stelmakh et de Rosa Spivak, dont les noms n'avaient pas quitté la une des journaux les jours précédents. Comme un seul homme, le public du parterre se leva pour faire à ces deux célébrités une ovation si chaleureuse et si tapageuse qu'il ne resta plus au célèbre couple, Grisha Stelmakh et Rosa Spivak, qu'une seule solution : se lever et s'enfuir du Nickel Theater comme s'ils venaient d'essuyer le pire des affronts. C'est Stelmakh père qui les y força pratiquement, après s'être à grand-peine frayé un chemin jusqu'à leur loge. Il leur murmura quelque chose à l'oreille, puis, en compagnie du Noir, les raccompagna dans un tonnerre d'applaudissements et d'acclamations jusqu'à l'automobile. Là, il s'installa avec eux et partit en lançant des injures contre le New York juif, contre le maudit Downtown qui venait de leur faire une parade digne du cortège funèbre d'un empereur.

Rafalesco avait entendu le speech réussi de Mr Nickel, mais pas jusqu'à la fin. Dès qu'il l'avait entendu remercier les hôtes éminents qui l'avaient honoré de leur très estimable présence, Rafalesco, n'y tenant plus, s'était dirigé vers sa loge pour se maquiller avant le troisième acte.

— Qu'est-ce que c'est que ce tumulte ? demanda-t-il au *barber* qui revenait tout en sueur du parterre.

— Des fous ! lui répondit le *barber*, un jeune libre-penseur et socialiste, qui ne laissait jamais passer une conférence socialiste à Clinton Hall, pourvu que ce ne soit pas en soirée, quand il était pris par le maquillage. De vrais fous, des sauvages qui n'ont pas une parcelle de civilisation. Notre manager, Mr Nickel, s'est mis en tête de leur faire un speech sur la soirée. Passe encore s'il avait fait un speech convenable, comme il faut. Mais non ! Entre nous soit dit, c'est avant tout un *boss*, un bourge, alors le voilà qui se met à flatter les capitalistes, les hôtes éminents et ces aristocrates d'artistes qui ont bien voulu nous faire l'honneur de quitter leur Cinquième Avenue pour venir voir Downtown. Pff... la belle affaire ! Karl Marx serait là, il se serait précipité à cent pieds sous terre !...

— Qui sont donc ces artistes de la Cinquième Avenue ? demanda Rafalesco en consultant son miroir afin de trouver la physionomie la plus adaptée au troisième acte pour sa tragique rencontre avec sa famille et sa mère aveugle.

— Qui ils sont ? Lui, c'est un violoniste, il joue du crincrin et elle, c'est une chanteuse, une *prima donna*. Lui s'appelle Grisha Stelmakh et elle Rosalia Spivak, ou Rosa Spivak...

Si le *barber*, le socialiste, l'avait brûlé avec un fer chaud, ou s'il lui avait involontairement entaillé la gorge du tranchant d'un rasoir, Rafalesco n'aurait pas sursauté plus violemment qu'il le fit à ces dernières paroles. Un court instant, il resta abasourdi, pâle comme un mort. Puis il arracha la perruque de sa tête et la petite barbe de son menton et se précipita vers la porte. Le *barber* crut que le jeune *maestro* avait subitement perdu l'esprit, qu'il devenait fou... Au même instant, on entendit frapper à la porte, et sans attendre l'habituel « *Come in* », qui s'engouffra dans la loge de Rafalesco avec un grand rire, sinon la *prima donna* Henrietta Schwalb ?

— Ah, ah, ah ! Quelle comédie ils nous ont faite, nos aristocratiques collègues d'Uptown ! Ils nous ont fuis comme la peste. Une comédie, un vaudeville, ah, ah, ah !

CHAPITRE SOIXANTE-TROIS

UNE NOUVELLE RENCONTRE

Pendant que le public surexcité du Nickel Theater applaudissait à tout rompre et menait grand tapage, qu'il ovationnait d'abord Rafalesco, puis Grisha Stelmakh et Rosa Spivak, voici la scène qui se déroulait dans le vestibule du théâtre.

Notre élégant ami, Mr Klammer, se tenait dans le vestibule, près de la porte, et tendait l'oreille au speech de Mr Nickel. Il gardait un œil clos, mâchonnait une partie de sa barbe à la Herzl, et toute son attitude manifestait le déplaisir que lui causait le speech de Mr Nickel. Cela le dépassait : comment un tel rustre, qui n'a pas la moindre notion d'histoire, d'art, de Shakespeare, peut-il avoir l'audace de se présenter devant un tel public pour tenir un discours ? Pour peu qu'on l'eût laissé, lui, Mr Klammer, monter sur la *stage*, tout aurait été *all right*. On aurait vu ce qu'on aurait vu, ou comme dit l'Anglais : « *I would fire away for what I am worth* »...

— Ah ah, bien le bonjour, mon cher crâneur, que devient-on ? Je vous ai cherché dans tous les coins. C'est uniquement pour vous que j'ai fait le voyage, aussi vrai que Dieu me protège.

Devant Mr Klammer se tenait un petit bonhomme aux yeux malins, vêtu d'un costume neuf fraîchement sorti des mains du faiseur, portant de vastes chaussures laquées d'un effet bizarre, les manches trop larges de sa chemise débordant sur ses mains et que le petit bonhomme s'escrimait en permanence à relever. C'est pourquoi ses mains étaient perpétuellement en mouvement.

L'individu en question parlait vite, et d'une voix un peu enrouée, sans souffler, et sans que la déférence l'obligeât à s'arrêter pour laisser parler l'autre.

— Dites-moi donc, mon cher Anglais aux pantalons prince-de-galles, comment vont les choses pour vous dans ce pays, comment va la santé, comment vont les affaires, et pourquoi me regardez-vous avec des yeux de merlan frit ? Vous ne me reconnaissez pas ? Mais si, souvenez-vous : je m'appelle Murawtchik, Sholem-Meyer Murawtchik. J'étais chez vous à Londres, j'étais dans la mouise, à Dieu ne plaise que ça revienne... J'ai été obligé de venir vous trouver pour un prêt, une avance de quelques shillings, sur gage bien entendu. La paix chez soi, le gage en poche. À présent je suis venu vous rembourser ma dette et récupérer le paquet. Voilà l'argent, aboulez le gage. J'aime pas laisser traîner les choses. En plus, j'ai vraiment besoin de ces papiers.

— Quels papiers ?

Apparemment, Mr Klammer était à cent lieues de le reconnaître. Le bonhomme aux yeux malins éclata de son rire enroué sans cesser de se battre avec les manchettes de sa chemise.

— Tiens donc, on fait le mort ? Vous avez oublié ? Une petite *satchel*, rouge, comme qui dirait, avec un soufflet, bourrée de papiers, des papiers importants. Pour vous, ils n'ont peut-être pas une grande valeur, mais pour moi, c'est une véritable fortune. Essayez donc de m'en donner mille dollars, de mes papiers, et vous verrez si j'accepte ! Aussi vrai que Dieu me protège !

— Pas possible ! Vérifiez donc si vous ne faites pas erreur et si vous ne frappez pas à la mauvaise porte ?

L'autre n'en finissait pas de rire :

— Bon, les meilleures histoires sont les plus courtes ! Je vous dis, moi, que je n'ai encore jamais fait d'erreur, et que je m'adresse toujours là où il faut. Je vous dirais même mieux, je n'ai encore jamais giflé personne par erreur. La preuve, je m'en vais vous la donner : vous vous appelez Mr Klammer, vous habitez en plein centre de Whitechapel, et votre auberge ou votre hôtel porte le doux nom de café National. Alors, vous voyez bien que je ne fais pas erreur. Si vous voulez, je vous donne une preuve supplémentaire : ma *satchel* avec les papiers, vous me l'avez prise des mains, et vous l'avez emportée à l'étage, pour la mettre sous clef dans l'armoire aux vêtements. Alors, qu'est-ce que vous dites de ça, monsieur le malin, je veux dire Mr Klammer ?

Apparemment, Mr Klammer avait fini par se rappeler qu'il avait effectivement eu entre les mains une telle *satchel* avec des papiers. Mais où elle avait bien pu passer, ça, il l'avait oublié, dût-on lui ouvrir le crâne. Il ne lui restait qu'une solution, faire le mort.

— Je n'ai jamais entendu parler de *satchel*, ni de papiers, ni d'autres sornettes, et arrêtez de me casser la tête avec ces histoires, sinon, je n'ai qu'un coup de sifflet à donner dans ce théâtre, et on vous jette à la *street*.

— Ah c'est comme ça ? Un coup de sifflet ? Eh bien, mais sifflez, sifflez donc ! Pourquoi ne sifflez-vous pas ?

Tout en parlant, notre vieille connaissance Sholem-Meyer Murawtchik se rapprochait de plus en plus de Mr Klammer, finissant par le serrer de si près que la superbe barbe à la Herzl de Klammer était pratiquement à la portée de sa main, et qui sait comment cela se serait terminé si, alerté par les cris d'orfraie de Klammer, n'était apparu Nissl Schwalb (comment pouvait-il y avoir scandale sans que Nissl Schwalb soit présent ?) en compagnie d'une équipe d'*ushers* et de personnel du théâtre qui se saisirent du costume neuf de Sholem-Meyer Murawtchik et de son petit chapeau, et les réjouissances commencèrent.

Si le lecteur imagine que Sholem-Meyer Murawtchik n'était venu à New York que pour pouvoir s'en prendre à la barbe à la Herzl de Mr Klammer et en récolter une solide raclée et un chapeau cabossé, il commet une grossière erreur. En réalité, mis à part ses papiers et ses affaires avec Rosa Spivak, il était venu en Amérique pour un bizness d'une importance capitale qui intéressait le jeune héros de notre roman, la célèbre étoile montante Léo Rafalesco. L'importance de ce bizness était telle que lorsque notre héros en fut informé, il... Mais ne mettons pas la charrue avant les bœufs. Retournons plutôt pour un moment à Londres, et narrons, brièvement autant que faire se peut, les aventures qu'y rencontra notre Murawtchik.

CHAPITRE SOIXANTE-QUATRE

IL NE MANQUAIT PLUS QUE ÇA !

Du contenu des lettres que Sholem-Meyer Murawtchik écrivait de Londres à son ami Albert Shtupak à Odessa, le lecteur se souviendra qu'il avait résolu de se rendre au chevet de son ancien collègue malade, le directeur Holzmann. Mais Londres n'est pas le genre de ville où l'on trouve aisément celui qu'on cherche. Une entreprise pareille nécessite une solide préparation. De plus, notre Sholem-Meyer, à l'époque, selon ses propres dires, était dans la mouise. La menue monnaie qu'il avait rapportée de Paris avait fondu entre ses doigts, et son ami Shtupak ne se pressait pas trop de lui envoyer le « fric » qu'il lui demandait. Il se passa des jours et des jours avant que Murawtchik, par un sombre *fog* comme il s'en produit dans la sombre ville de Londres, finisse par échouer dans un coin perdu des faubourgs, une certaine Brookline Street, qui aurait pu aussi bien se trouver à Vilna ou à Berditchev, et qui n'en aurait pas déparé le paysage.

Il se retrouva dans une grande cour avec deux portes, à gauche et à droite, chacune donnant sur des escaliers sombres et glissants et qui toutes deux ressemblaient à deux bouches béantes et obscures, prêtes à l'avaler. L'arôme épais de poisson en train de frire dans une méchante huile, les chants de petits enfants mêlés à des voix féminines qui échangeaient force compliments et bénédictions dans toutes sortes de dialectes – « Puisses-tu tomber sur ta petite tête, espèce d'abrutie ! Que ton gosier impur s'étrangle ! Je te souhaite de marcher avec des béquilles, sainte-nitouche ! » –, tout cela témoignait de la présence ici de bons Juifs bien de chez nous, comme on dit.

Notre Murawtchik entreprit l'ascension, à la grâce de Dieu : comment pourrait-il ne pas rencontrer un être vivant ? Et ne rencontrant malgré tout pas âme qui vive dans l'escalier, il continua à grimper encore et encore, presque jusqu'au dernier étage. Il serait encore monté plus haut s'il n'était tombé sur une sorte de créature qui ressemblait à une sorcière, une vieille bonne femme grande et sèche, à la forte carrure et au visage inquiétant, du genre que l'on préférerait ne pas rencontrer à la nuit tombée. La créature, ou la sorcière, remontait à bouts de bras une lourde charge de bois et haletait comme un soufflet de forge.

— Petite mère ! s'écria Murawtchik pour interpeller la vieille, savez-vous où habite par ici un directeur de théâtre yiddish qu'on appelle du doux nom de Hotzmakh, euh, je veux dire Holzmann ?

Celle que Murawtchik avait appelée « petite mère » s'arrêta, fouilla l'obscurité des yeux, cherchant à voir qui l'interrogeait. Puis elle laissa échapper un gémissement, et prononça :

— Venez, je vais vous montrer.

Après avoir escaladé encore quelques marches, ils pénétrèrent dans une espèce de logement composé de deux petites pièces et d'une cuisine dont le confort était loin de laisser supposer qu'il abritait un directeur de théâtre, fût-il un directeur de théâtre yiddish. Dans la cuisine, la vieille se débarrassa de son fagot, étira ses membres et, de ses yeux mouillés et rougis par les larmes, dévisagea l'arrivant.

— Qui demandez-vous, au juste ?

— Au juste, c'est précisément lui que je demande, le directeur Hotzmakh, je veux dire Holzmann. Dites-lui, je vous prie, que c'est un bon ami à lui qui souhaite le réconforter dans sa maladie et qui voudrait le voir.

— Le voir ? (La vieille leva les bras, puis les laissa retomber.) Le voir, ça va être difficile. Il est déjà loin...

— Parti ?

La vieille, de nouveau, leva les bras puis les laissa retomber. Puis elle se pencha sur le nouvel arrivant, car elle était plus grande que lui de deux têtes, et lui cria dans l'oreille, exactement comme s'il avait été sourd :

— Que Dieu ait son âme.

Sholem-Meyer Murawtchik sursauta, ses mains se crispèrent :

– Mort ? Hotzmakh, je veux dire Holzmann, il est mort ? Qu'est-ce que vous me racontez ?

– Ce que je raconte ? Que je suis bien malheureuse. C'était mon fils. Mon seul fils. Mon fils uni...

La vieille fut incapable de prononcer le mot en entier.

Elle se laissa tomber sur un tabouret de cuisine près de la porte, enfouit son vieux visage ridé dans son vieux tablier déchiré, et ses larges épaules osseuses trahissaient ses sanglots.

Le mot « mort » est un mot affreux qui possède une force terrible. Sholem-Meyer Murawtchik fut effondré, et en oublia que le défunt était en fait son pire ennemi. Tout au contraire, il eut l'impression qu'il venait de perdre un bon ami, un ami proche. Un ami très proche. Presque un membre de sa famille. C'était quelque chose, lui et Holzmann... Il laissa passer un moment, puis vint s'asseoir tout près d'elle, sur un autre tabouret :

– Si je comprends bien, vous êtes sa mère ? La mère de mon ami ? Mon ami me parlait souvent de sa mère. Pour ainsi dire, il n'arrêtait pas d'en parler. « Aussi vrai que je voudrais revoir ma mère » – c'est par ce vœu qu'il engageait le plus sincèrement sa foi. Savez-vous seulement à quel point votre fils vous était dévoué ? Quel ami fraternel il était ! Un ami fraternel ? Il aurait partagé sa dernière bouchée de pain ! Pour ce qui est de nous deux, à quoi bon en parler : nous étions un même corps, une même âme, aussi vrai que Dieu me protège.

Sholem-Meyer Murawtchik narra encore bien d'autres qualités à la vieille mère, se répandant en éloges sur son ami défunt, persuadé lui-même que ce qu'il racontait était l'expression de la vérité la plus sacrée.

Quant à la vieille mère, ces paroles, bien sûr, étaient un baume à son récent chagrin. Grâce à Dieu, il se trouvait au moins un véritable ami de son fils, ce fils qui s'était éteint subitement, tout seul, misérable et loin de chez lui, dans cette ville de Londres sinistre et sombre – que la Providence l'engloutisse comme elle avait fait de Sodome –, car n'eût été cette ville sinistre et sombre, qui sait combien d'années encore son fils aurait pu continuer à tousser...

Et la vieille Sorè-Brokhè, assise là, dans la cuisine, se mit à expliquer par le menu ses malheurs à l'ami de son fils, racontant comment son Hersch-Ber toussait, comment il crachait du sang, comment elle l'avait soigné, combien cela avait coûté, parce que ce n'était pas rien, son fils, un fils pareil ! Et puis comment il était mort, comment elle n'avait pas voulu y croire, car ce n'était pas possible, tout de même, que son fils meure, un fils pareil ! Et puis comment on l'avait emmené, sans se préoccuper de nos usages : pas de civière, pas de linceul, pas de rabbin, pas de bedeau, rien de tout ça. Non, ils étaient venus, quelques anges de malheur, avec des toques noires et une voiture noire, haute sur roues, sur laquelle ils l'avaient jeté pour l'emmener, sans même vous laisser le temps de pleurer un bon coup, comme il convient. Seigneur ! On aurait dit qu'ils se l'arrachaient, puissent-ils tous se faire arracher de la sorte !

On entendit alors, venant de l'intérieur de l'appartement, une petite voix aiguë qui aurait pu faire penser au pépiement d'un poussin ou au miaulement d'un chaton.

Murawtchik tourna la tête, regarda la vieille devenue soudain muette. Elle se leva de son siège, ne sachant pas où se mettre, baissa la tête et resta là, les bras ballants, complètement perdue.

Sholem-Meyer, en homme d'expérience, comprit de quel genre de babil il s'agissait là, et se retournant de nouveau vers la vieille, demanda de sa voix enrouée :

— Un « petit gars » ?

Ne recevant pas de réponse, il posa une autre question :

— À qui est-il, ce « petit gars » ?

Sans réponse de nouveau, il regarda la vieille, pitoyable avec son air perdu, et jugea préférable de ne plus rien demander. Il se contenta de lâcher, sans s'adresser à elle :

— Il ne manquait plus que ça !

— Il ne manquait plus que ça, répéta la vieille en se rasseyant aux côtés de son hôte, l'ami de son fils. Vous l'avez dit, c'est bien vrai, il ne manquait vraiment, vraiment plus que ça !...

On peut se demander ce qu'il y avait de particulier dans ces quelques mots : « Il ne manquait plus que ça. » C'est qu'ils avaient été prononcés avec un tel à-propos, et une telle justesse de ton qu'ils s'étaient transformés en une clef qui ouvrit le cœur et la bouche de la vieille, laquelle se mit à tout raconter à l'ami de son fils, toute la vérité, tout ce qui n'aurait dû être su que de deux personnes, elle-même, la mère de Zlatkè, et Dieu lui-même...

CHAPITRE SOIXANTE-CINQ

SHOLEM-MEYER UN AMI VÉRITABLE

Personne ne peut savoir qui est son véritable ami et qui est son ennemi. Quel dommage que le directeur Holzmann ne puisse pas sortir de sa tombe et voir à quel point son ennemi mortel Sholem-Meyer Murawtchik se dévoue pour sa vieille mère Sorè-Brokhè et pour sa jeune sœur Zlatkè. Quelle serait sa surprise en voyant ce même Sholem-Meyer qu'il ne pouvait rencontrer sans en avoir les sangs tout retournés, maintenant en route pour l'Amérique en compagnie de sa mère et de sa sœur, leur proposer toutes les gâteries, se précipiter à chaque instant dans leur cabine de deuxième classe pour leur demander ce qu'il leur manque, ce qu'elles souhaitent, si elles ont besoin de quoi que ce soit.

Mais il ne leur manque rien, à la vieille Sorè-Brokhè et à sa fille Zlatkè, elles ne souhaitent rien et n'ont nul besoin de quoi que ce soit. Elles sont assises toutes deux auprès d'un petit être, une petite créature emmaillotée dans des langes, emmitouflée dans des coussins et qui, comme une poupée, jette sur le monde de Dieu un regard de ses yeux bleus comme le ciel et clairs comme le jour. Il a une petite bouche semblable au bec d'un petit oiseau, son visage est songeur, comme s'il avait déjà ses pensées à lui. Ah ! Quelle chance que leur voyage se déroule à un moment où la mer est aussi paisible que le *shabbess* après dîner. Loué soit l'Éternel ! Ce n'est pas pour elles-mêmes qu'elles remercient ainsi le Seigneur, mais pour ce petit être. Pauvre petite créature de Dieu, elle n'est qu'innocence... Sur l'eau, un petit enfant, elles l'ont entendu dire, souffre autant qu'une grande personne. Ce n'est qu'un bébé, incapable de s'exprimer...

Drôle de paire que ces deux-là ! En ce qui concerne Zlatkè, on peut comprendre. Alors qu'elle se tordait encore de douleur, sûre que sa fin était proche, que la vie l'abandonnait, qu'elle avait vu de ses yeux l'ange de la mort, Zlatkè, à peine avait-elle entendu les premiers vagissements du petit être, qu'elle suppliait qu'on lui montrât le nouveau-né. Dès l'instant où elle l'aperçut s'éveilla en elle un sentiment d'immense pitié pour cette petite créature et, immédiatement, toutes ses douleurs disparurent, ses blessures se refermèrent. Disparue, la honte à laquelle elle avait cru ne pas pouvoir survivre ! Disparue, cette pensée qui lui faisait souhaiter se faire écraser par une voiture quelque part dans cet enfer de tumulte qu'on appelle Londres, et ce afin d'échapper, une fois pour toutes, au déshonneur, cette sinistre nuée qui amassait devant elle son ombre fatale ! Toutes ces pensées, tous ces sentiments avaient cédé le pas à une unique pensée, celle d'être maintenant une mère...

Mais s'il y avait bien quelqu'un d'admirable, c'était la vieille Sorè-Brokhè. Pour elle, il faut dire que cela avait été comme un coup de tonnerre dans un ciel serein, comme si dix hautes murailles s'étaient écroulées sur elle, comme si mille flèches l'avaient atteinte en plein cœur.

C'était arrivé au beau milieu de la semaine, lorsqu'elle observait, avec sa fille, la semaine de deuil en mémoire de son fils. Leurs yeux étaient déjà secs depuis longtemps, depuis longtemps la source de leurs larmes était tarie. C'est une étrange tristesse qui avait envahi leur cœur, une mélancolie et une morne désolation enveloppaient leur âme.

— C'est aujourd'hui le sixième jour, avait dit la mère à sa fille. Après-demain, si Dieu le veut, la période d'observance du deuil se termine. Que faire ? Où aller ? À qui nous adresser ?

La vieille mère était sur le point de se remettre à pleurer quand soudain sa fille se jeta à son cou, la couvrit de baisers en rougissant violemment, puis porta ses mains à son ventre en s'écriant :

— Maman ! À l'aide ! Je vais mourir !...

— Au nom du ciel, ma fille ! Je ne comprends pas, que t'arrive-t-il ?

Sa fille, se tordant de douleur, portant à chaque instant les mains à son ventre, puis se frappant la tête de ses poings et s'arrachant des lambeaux de chair avec ses ongles, ne cessait de hurler :

— Ma-man ! Je vais mourir !...

Il y eut alors un miracle, ou peut-être était-ce l'instinct maternel qui était à l'œuvre ; la vieille Sorè-Brokhè s'enveloppa en un instant de sa pèlerine déchirée et, oubliant sa honte, oubliant tout le reste, s'en fut en courant chez une voisine puis chez l'autre pour s'enquérir d'une sage-femme, si bien qu'après une nuit terrible, qui avait vu sa fille entre vie et trépas affronter l'ange de la mort, l'aube lui amena la bénédiction d'une petite fille...

Épuisée, livide, amaigrie, Zlatkè reposait sur son lit. Ses cheveux noirs en désordre s'étalaient sur l'oreiller blanc. Son petit nez semblait encore plus pointu, son regard errait, dirigé le plus souvent à ses pieds où, enveloppée dans un drap, remuait et murmurait une petite chose vivante. Elle écoutait avec une intense curiosité ce qui ronronnait là, ce qui bruissait, vagissait, miaulait comme un chaton...

Elle était jeune et belle, la nouvelle accouchée. Un visage enfantin plein de sève. De petites menottes. La poitrine ferme et chaste. Tout en elle semblait supplier et prendre à témoin : pauvre de moi, mes amis, qui n'ai pas encore dix-huit ans !...

Toute différente était la réaction de Sorè-Brokhè. La vieille mère avait retroussé ses manches jusqu'au-dessus de ses coudes noueux, laissant apparaître les veines épaisses et gonflées de ses mains larges et desséchées, repoussé son fichu derrière les oreilles, relevé son tablier et avait apporté un lourd baquet de bois, un baquet à lessive, et mis de l'eau à bouillir pour donner un bain au bébé, tout en grommelant, en maugréant, mettant dans le même sac la ville de Londres et tous ses habitants.

— Vous parlez d'une ville ! Bonne à périr dans les inondations, oui ! Et cet immeuble, qu'il brûle dans un incendie ! Des voisins, ça ? Qu'ils ne trouvent jamais le repos ! Imaginer que parmi nous autres Juifs, il soit impossible de trouver un pétrin, un vrai pétrin en bois !...

Bref, la vieille était entrée dans la peau de son rôle de mère, comme si elle s'attendait depuis longtemps à tout cela, comme si elle avait prévu tout ce qui allait arriver... Pourtant, qu'on ne s'y trompe pas, son chagrin était immense, sa honte plus grande encore. Si un abîme s'était ouvert à ses pieds, elle s'y serait jetée vivante. Mais quoi ? Elle n'allait tout de même pas passer son temps à faire la morale à sa fille, qui venait tout juste d'échapper à un pareil danger. Mais aussitôt qu'avec l'aide de Dieu elle se serait complètement rétablie, sa fille, elle ne manquerait pas de lui dire sa façon de penser, et comme il faut, encore ! Elle lui tomberait dessus et lui passerait un fameux savon. Dis donc, fillette : où, quand, comment...? Et avec qui...? Elles étaient toutes deux plongées dans l'angoisse et la désolation : que faire ? Où aller ? Vers qui se tourner ?

Mais tout cela viendrait après. Plus tard, pas dans l'immédiat. Dans l'immédiat, il s'agissait de la soigner, de la cajoler, de lui préparer deux fois par jour un petit bouillon... Une jeune accouchée, un premier enfant, quelle affaire !... Et le bébé ? C'était de sa faute, au bébé ? Un innocent. Une petite créature, un petit être sans défense. Évidemment, ç'aurait été une bonne idée qu'il disparaisse de lui-même. Mais quant à l'étouffer, cela, il n'en était pas question. L'ébouillanter, non plus. On est des êtres humains, non, des Juifs ? Encore une chance que ce soit une petite fille, et pas un garçon : pas de circoncision, c'est une humiliation de moins... Et comme un fait exprès, une fillette pleine de santé, que le mauvais œil s'écarte, une belle plante ! Et belle avec ça, il faut voir. Toutes les voisines disent qu'il y a longtemps qu'elles n'ont pas vu un enfant pareil. Et alors, à qui elle ressemble ?

— À qui elle ressemble ? Au papa, leur répond Sorè-Brokhè. C'est un beau gars, un tailleur, il est en Amérique.

La vieille Sorè-Brokhè sent la honte lui brûler le visage. Arriver à cet âge pour devenir une menteuse, quelle avanie pour ses cheveux gris, que la malédiction s'abatte sur la tête de ses ennemis, qu'ils soient punis à la place de l'enfant et à sa place à lui !

À qui elle faisait allusion en parlant de « lui », ce n'était pas difficile à deviner... Mais plus surprenant encore, Zlatkè s'était déjà relevée de ses couches, commençait à tourner en rond dans l'appartement, et Sorè-Brokhè ne lui avait toujours pas passé le fameux savon. C'était parfaitement superflu. D'abord, il y avait l'enfant, le bébé. Il fallait lui donner son bain. Qu'est-ce qu'elle y connaissait, Zlatkè ? La pauvre, elle n'était elle-même encore qu'un « petit poussin ». Ensuite, il y avait cet enroué de malheur, l'ami de son fils, Sholem-Meyer Murawtchik, qui s'était introduit subrepticement chez elles, s'était mis à venir deux fois par jour et avait proposé à la vieille Sorè-Brokhè une combinaison censée la délivrer de tous ses malheurs et de toutes ses humiliations. Mais qu'elle n'y voie surtout pas malice. Au contraire, il ne le faisait que par pure amitié pour elle et pour son défunt fils, son meilleur, son seul ami – « aussi vrai qu'il espérait en la Divine Providence ».

CHAPITRE SOIXANTE-SIX

UN HOMME DE FORTE TREMPE

À l'origine, c'est bien possible, notre Murawtchik n'y avait effectivement pas mis malice. Mettre son nez dans la marmite des autres pour voir ce qui s'y mijote, et leur dispenser des conseils, c'est une habitude juive. Mais voilà, le nez de Sholem-Meyer est un peu trop aiguisé. Ce qu'un autre mettrait des semaines, voire des mois à subodorer, lui, Murawtchik, va vous le découvrir en un jour. C'est toute la force de cet homme-là. Immédiatement, il devient votre intime, vous vous confiez à lui comme s'il était des vôtres et vous lui racontez tout ce qui vous tracasse. Non seulement la vieille Sorè-Brokhè, mais même la timide Zlatkè buvaient ses paroles et prêtaient l'oreille à sa voix enrouée, à ses paroles qui, tel un baume, pénétraient leur cœur. Voici ce qu'il leur disait :

— Qu'est-ce que j'y peux, moi, ma petite mère, si vous êtes une femme de l'ancien temps, et votre fille un petit agneau ? Si vous voulez, je vais tout vous expliquer, je vais vous raconter toute l'histoire comme si je la lisais dans un livre. Moi, vous comprenez, je connais mes gens sur le bout des doigts. C'est que je suis un acteur, moi aussi. Ce gars-là, pour autant que je l'aie connu quand on était encore à la maison, à Holenechti, je me souviens de lui comme dans un rêve, c'était un garçon, je ne vous dis que ça. Alors voilà, il est parti en Amérique, il a tout laissé tomber, il a filé sans même dire au revoir, comme on dit chez nous : « *Dali otchi, dali serdzte* », loin des yeux, loin du cœur. Seulement il y a une loi en Amérique : quand un garçon commet ce genre de chose qui mérite un joli compliment (ce disant, il jette un regard au môme que Zlatkè tient sur ses genoux, Zlatkè, qui devient écarlate et baisse les yeux), on ne perd pas de temps : en moins de deux, c'est tout de suite « *Hari at...* », « Voulez-vous prendre pour épouse... », retenez-moi, je vole, je vole... Et s'il s'avise de dire non, il va au trou : là-bas, ça s'appelle « Sic-Sing ». Je le sais, même si je n'y suis jamais allé. Je suis seulement sur le point de partir. Il faut vous dire que j'ai un bizness à régler là-bas avec une chanteuse célèbre, une *prima donna*, et que si ça me sourit, ça me mettra du beurre dans les épinards, ça me rapportera un chapeau grand comme ça rempli de pièces d'or, des dollars que ça s'appelle chez eux. Le dollar, c'est moi qui vous le dis, c'est une bonne monnaie. Pour un dollar, on a deux roubles de chez nous... Au fait, qu'est-ce que je voulais vous dire ? Oui, si on part, on part ensemble. Parce que moi, quand je dirai deux mots à ce garçon, je n'irai pas par quatre chemins : « *Vayomar... el Moyshé... lomar...* » (« Et Il parla... à Moïse... et dit... »). Parce que moi, vous savez, j'ai horreur de tourner autour du pot, et puis entre acteurs on parle autrement. Avec moi vous pouvez être tranquille, il va marcher droit. Vous vous demandez pourquoi je fais tout ça ? Par pitié, bien sûr. J'ai pitié de votre fille et je veux que sa môme (et Dieu sait quelle jolie môme c'est) ait un père. Je ne demande rien de plus, aussi vrai que j'espère en la Divine Providence.

Sholem-Meyer Murawtchik ne se payait pas de mots. Chez lui, il y avait une règle : s'il était dévoué à quelqu'un, c'était corps et âme, de tout son être. Il ne pouvait supporter de voir la vieille Sorè-Brokhè continuellement chargée d'une brassée de bois ou d'un seau de détritus.

— Laissez-moi faire, je vais vous montrer la façon de porter du bois pour qu'il vous semble aussi léger que des plumes.

Ou bien :

— Ce n'est pas comme cela qu'on porte une caisse à ordures, voilà comment on porte une caisse à ordures.

Ce qu'il ne pouvait pas supporter non plus, c'était de voir Zlatkè trimballer la môme partout à longueur de journée. À dire vrai, il n'en avait jamais eu, lui, de mômes, et il espérait bien en rester là. Par contre, il avait une sœur, oh, une sans-le-sou, certes, mais prolifique, ça oui !... C'était une tenante du « système à deux enfants » et tous les ans donnait le jour à des jumeaux. C'est pourquoi il était versé dans toutes ces choses-là. Il avait même un truc pour empêcher les bébés de crier.

Alors, sans rien dire, il prenait l'enfant des mains de Zlatkè, le balançait de gauche à droite, puis de bas en haut, à deux mains, tant et si bien que le môme, qui l'instant d'avant poussait de hauts cris, se taisait instantanément, au grand dam de Zlatkè qui manquait s'évanouir de frayeur.

À son propre frère Zlatkè n'avait jamais de sa vie raconté le centième de ce qu'elle racontait à Murawtchik. Elle lui confiait ce qu'elle n'avait jamais confié à sa propre mère.

Un matin que Sorè-Brokhè était au marché à faire ses achats pour le *dinner*, Zlatkè était restée seule avec Murawtchik, et ce matin-là, Zlatkè était étrangement nerveuse.

— J'ai un service à vous demander, lui dit-elle d'une voix brisée où perçait déjà le remords ; mais elle avait commencé, il était trop tard.

— Quel service, mon chaton ? Demande-moi n'importe quoi.

D'une main tremblante Zlatkè tira de son corsage un objet enveloppé d'un fichu jaune. Cet « objet » lui venait de son frère. Il le lui avait transmis une heure avant de mourir en lui disant, et les mots commençaient déjà à lui manquer, qu'elle devait le garder comme la prunelle de ses yeux, qu'il ne fallait en parler à âme qui vive, même à la mère... Là-dessus, Holzmann avait été pris d'une quinte de toux, était entré en agonie et avait été incapable de prononcer le moindre mot...

Ayant remis « l'objet » à son nouvel ami, Zlatkè eut la sensation que son cœur était soulagé d'un énorme poids. Elle lui dit :

— Je vous remets le contenu de ce fichu, c'est toute notre vie. Je vous confie mon âme. Prenez-le et faites-en ce que vous voudrez, mais emmenez-moi vers lui, comme vous l'avez promis...

La pauvre Zlatkè ne pouvait plus parler. Une véritable tempête s'était levée dans son cœur, et les sanglots l'étouffaient. Sholem-Meyer était ému. Il ne jeta pas même un regard sur ce que pouvait bien contenir le fichu, et comme un prestidigitateur le fit instantanément disparaître au fond de sa poche tandis que la vieille arrivait, si bien qu'il n'eut que le temps d'étreindre la main de Zlatkè et de lui dire :

— Soyez tranquille, ma mignonne, aussi vrai que je m'appelle Murawtchik.

Dès le lendemain matin, Murawtchik débarqua, rasé de frais et habillé de neuf de la tête aux pieds, comme un jeune marié sous le dais nuptial, en s'exclamant :

— Écoutez voir, ma petite mère, voilà ce qu'il en est. Mes affaires, grâce à Dieu, vont beaucoup mieux que je ne craignais. Ça se présente au petit poil. Bref, on me demande à New York. Si vous avez envie d'oublier tous vos soucis et si vous voulez profiter de vos vieux jours, ce n'est pas le moment de traîner, il faut faire vos paquets en vitesse (je parle de votre fille et de la môme) et comme dit l'autre : en route, Moyshé Mordkhè, et du bon pied. Je file chercher les *tickets*, je veux dire les billets pour le bateau, et qu'il ne soit pas question d'argent entre nous. Avec l'aide de Dieu, nous ferons les comptes plus tard...

Sorè-Brokhè interrogea sa fille du regard. Elle ne comprenait pas à quel genre d'enquiquineur elle avait affaire. Il avait l'air d'un *shlimazel* et pourtant c'est lui qui s'occupait de tout ! Alors, de ravissement, sur son vieux visage de parchemin ridé roulèrent deux grosses larmes. À peine commença-t-elle à remercier l'ami de son fils, à le couvrir de bénédictions et de louanges qu'elle considérait largement méritées, que celui-ci se boucha les oreilles à deux mains et partit sans rien vouloir entendre.

— C'est bon, c'est bon ! Au revoir. Je cours chercher les billets, et vous, préparez-vous au départ. Nous partons demain. Adieu.

— Tu te rends compte ? Quelle trempe, cet homme ! fit la mère en s'adressant à sa fille, les bras levés au ciel, immobile au milieu de la chambre.

— Oui, quelle trempe ! répondit la fille.

Puis elles se mirent toutes deux aux préparatifs de départ.

CHAPITRE SOIXANTE-SEPT

LE GRAVE ÉCHEC DE RAFALESCO

Nous avions abandonné Rafalesco, notre jeune héros, entre le deuxième et le troisième acte, au moment où la *prima donna* Henrietta Schwalb s'introduisait en riant dans sa loge, et à l'instant même où il venait d'apprendre de la bouche du barbier qu'à la représentation assistait Rosa Spivak.

— Quelle comédie, nos aristocrates de collègues d'Uptown ! Une comédie, un vaudeville, ah, ah, ah ! Tu ne sais pas ? Ils ont pris la poudre d'escampette, ah, ah, ah !

Rafalesco, qui se jetait hors de sa loge sans même savoir où il allait, se trouva face à face avec Henrietta, recula précipitamment et lui demanda machinalement :

— Qui donc a pris la poudre d'escampette ?

Ce qui lui attira de la part d'Henrietta une réplique dédaigneuse :

— Espèce de blanc-bec ! Tu ne sais donc pas quels visiteurs distingués nous avons eus ? Grisha Stelmakh et Rosa Spivak... Ils étaient dans la loge numéro trois, juste à côté de la loge du directeur. Nous avons fait connaissance... Elle a aimé mes bracelets. Je lui ai dit que c'était toi qui me les avais offerts. Elle voulait savoir d'où tu venais...

— Et qu'as-tu répondu ?

— Qu'est-ce que je pouvais lui répondre ? Je lui ai dit que tu venais de Bucarest, ah, ah ! La reine de Roumanie, ah, ah, ah ! À mourir de rire ! Mais ce n'est rien à côté de la façon dont ils se sont enfuis du théâtre. Celui qui ne les a pas vus courir n'a jamais rien vu, ah, ah, ah !

Rafalesco épongea la sueur froide qui lui coulait au front et du ton le plus assuré possible lui demanda :

— Mais qu'est-ce qui leur a fait prendre la fuite ?

— Il faut croire que nous ne leur convenions pas, à ces aristocrates, ah, ah ! La preuve ? Je ne les ai pas quittés des yeux, tout le temps que tu jouais, et les tourtereaux n'ont pas arrêté de rire, ah, ah, ah !...

Le roman lamentable qui se déroulait entre notre jeune héros et la *prima donna* Schwalb comportait des épisodes variés. Il y avait des moments où il la détestait pour sa stupidité, ne pouvait pas la supporter, et à d'autres moments, il lui pardonnait sa sottise, s'accommodait de tous ses caprices et entretenait avec elle une relation amicale... Dans l'épisode que nous sommes en train de décrire, elle lui répugnait au point que non seulement il la détestait, mais qu'il était prêt à se jeter sur elle, à lui saisir le cou à deux mains et à l'étrangler, ou à l'étouffer d'un mouchoir enfoncé dans sa gorge comme Othello étouffant Desdémone dans du Shakespeare. Telle était la rage qui faisait bouillir son sang. Ses tempes battaient comme sous les coups de centaines de marteaux, d'étranges taches de toutes les couleurs envahissaient sa vue. Le nez lui picotait, ses mâchoires se crispaient en silence. C'est une bête, une bête fauve qui s'éveillait en lui. Il fallait être fort, plus fort que l'acier, il fallait être un véritable héros pour supporter ce que notre héros Rafalesco subissait en ce moment pénible, si pénible.

Quant à Henrietta Schwalb, voilà longtemps qu'elle n'avait été de si belle humeur. Elle s'assit brusquement sur la chaise de Rafalesco devant le miroir, rejeta la tête en arrière et contemplant ses dents blanches dans la glace, éclata d'un tel rire que le barbier se dit : « Il ne manquait plus que ça, encore une folle... »

— Non mais ! répétait à l'envi Henrietta. Il fallait les voir, ces deux-là, en avant, marche !..., filer comme l'éclair bras dessus bras dessous de la loge jusqu'au bout du corridor vers la sortie, vers leur automobile, et le public : Bravo Spivak ! Bravo Stelmakh !... Quelle comédie, un vrai vaudeville ! Ah, ah, ah ! Ah, ah, ah !...

— *Hurry up !* Le troisième acte va commencer, s'exclama un gentleman de haute taille introduisant la tête dans la loge de Rafalesco, une tête d'oiseau avec un semblant de sourcils au-dessus des yeux. Il s'agissait du régisseur du Nickel Theater, qui veillait à ce que l'entrée des artistes se fasse au bon moment.

Dès qu'elle entendit « *Hurry up* », notre *prima donna* se releva précipitamment, libérant ainsi la chaise où Rafalesco, tête basse, se rassit pour se remettre à son maquillage, et le barbier reprit son travail avec tout le sérieux d'un artiste qui connaît son affaire. Instantanément, la perruque retrouva sa place, la barbiche fut recoiffée, un peu de crème par-ci, un coup de brosse par-là, et Uriel Acosta fut de nouveau prêt à monter sur scène et à affronter le public qui s'était un peu calmé et guettait l'artiste invité, la jeune étoile montante Léo Rafalesco de Bucarest.

Mais au lieu de l'étoile montante de Bucarest, au lieu du sympathique Uriel Acosta, apparut sur scène l'antipathique Menashè, assis à son bureau, et qui au grand dam de l'assistance, parlait sur un ton monocorde de registres, de comptes, de chiffres. « Il va nous casser les pieds encore longtemps, ce vieux schnock ? » se demandait le public en regardant vers la porte. Quand donc allait-il enfin se montrer, cet Uriel ? Enfin la porte s'ouvrit, mais au lieu d'Uriel, elle livra passage à Judith. S'engagea alors un interminable dialogue entre elle et son père Menashè. « Ça va bientôt finir, oui ou non ? » Dieu merci, le domestique fit son entrée :

— Le docteur Da Silva est arrivé.

— *Shut up !* s'exclama à voix basse un spectateur. Qu'il aille se faire voir, le docteur Da Silva, c'est Uriel Acosta qu'il nous faut ! Bande d'enquiquineurs ! Est-ce qu'il nous faut boire toute cette eau avant qu'on nous serve les confitures ?... Ah ! Le voilà enfin, ce garçon.

Uriel Acosta fait son entrée, et reste près de la porte, les bras croisés sur la poitrine, sans parler. Un frisson parcourt le théâtre, le silence se fait. On entendrait une mouche voler. Tout le monde est prêt à entendre des répliques inouïes, de fortes paroles, à voir un jeu d'acteur exceptionnel. Mais Rafalesco laisse errer son regard sur le théâtre, et c'est à peine si on l'entend murmurer :

— Me voici, Da Silva...

— *A little louder !* Plus fort !

C'est toute la galerie supérieure qui s'exclame, rejointe par le public des autres galeries :

— *Speak up !* Plus fort, plus fort !

C'est à peine si Rafalesco parvient à chuchoter :

— Le maudit peut-il oser s'approcher du saint protecteur des âmes pures ?

— *Louder, speak up !* Plus fort, plus fort ! lui lance-t-on de toute la galerie.

— *Shut up !* Silence ! *Quiet !* Taisez-vous ! réplique-t-on du parterre.

Le tumulte grandit.

Rafalesco, peu habitué à ce genre de réception, lève les yeux. Il ne comprend pas la signification de ces voix. Il a l'impression de parler assez fort. Il se trouble, perd le fil. Avant même la fin de la réplique de Da Silva, qui doit lui expliquer comment se comporter devant le rabbin Ben Akiva, Uriel lui demande :

— Me rétracter ? Comme ce mot me paraît incompréhensible...

Puis il se tait, car celui qui tient le rôle du docteur Da Silva, un acteur à la démarche pesante et aux lèvres épaisses, lui jette un coup d'œil terrible et lui souffle à voix basse :

— Au nom du ciel ! Pourquoi mettez-vous la charrue avant les bœufs ?...

Puis continue à haute voix :

— J'arrive à l'instant du tribunal rabbinique, Acosta. Ils se sont un peu radoucis...

Et Rafalesco de répondre :

— Je sais tout cela. Il y a longtemps que je cherche mon chemin. Mais quel rapport y a-t-il ? !...

— Bien le bonjour, la rouquine, j'apporte des radis..., entend-on crier de la galerie, et le théâtre tout entier, comme un seul homme, est mis en joie.

Le rire se met à gronder comme le tonnerre en plein bois, le rire enfle et le pauvre Rafalesco, qui n'a pas l'habitude d'y faire appel, se précipite à présent vers le trou d'où le souffleur lui adresse force mimiques, gesticulations et grimaces bizarres. Mais il ne comprend pas ce que l'autre veut dire.

Rafalesco a déjà compris que quelque chose ne va pas, que le sol se dérobe sous ses pas et qu'il ne va pas tarder à s'écrouler. Alors, il s'en remet à la protection divine, joue le tout pour le tout : « Que le diable m'emporte, le pire ne peut plus empirer ! » et tout à trac lâche à Da Silva :

— Je vois que nous n'avons plus rien à nous dire...

— *Dat's right !* entend-on de nouveau la même voix venant de la galerie supérieure, et le théâtre tout entier croule sous les rires.

On n'entend déjà plus ni le docteur Da Silva, ni le monologue d'Uriel Acosta qui, resté seul, déclare fièrement « qu'il lui est impossible de se repentir, et qu'il ne pliera pas la nuque devant les rabbins ». Le public ne cesse pas de rire quand entre en scène Esther, l'aveugle accompagnée de ses deux fils. Rien n'y fait, ni Judith, dont le rôle commence à peine à la pénétrer, ni la fougue avec laquelle Rafalesco termine le sien dans le troisième acte. Trop tard. Même s'il se mettait à jouer divinement, ce serait peine perdue. Le public était agacé, exaspéré, irrité par cette idole, ce demi-dieu devant qui il venait à peine de se prosterner, et l'on se mit à le conspuer, à le siffler avec la dernière violence. Les ennemis de Mr Nickel et la faction d'opposition de la kibbitzière avaient eu raison de dire que la nuit était encore longue et que la tragédie *Uriel Acosta* comportait cinq actes. Leur victoire était si complète, et l'étoile montante Rafalesco avait subi un échec d'une si grave ampleur qu'eux-mêmes ne s'y attendaient pas.

CHAPITRE SOIXANTE-HUIT

MURAWTCHIK EN COULISSES

La dernière scène du dernier acte, celle où Uriel Acosta s'enfuit en courant, Rafalesco l'interpréta brillamment. On retrouvait en lui le grand artiste qu'il était.

Il s'était enfoui la tête dans les mains, et avec une vigueur étonnante et une intensité rare, avait poussé un cri sauvage :

— Assez !... Laissez-moi ! Je pars, je cours !...

Et il s'était précipité dans les coulisses. Là, sentant que le sol se dérobait sous ses pieds et voyant les décors tournoyer devant ses yeux, il s'était jeté dans les bras de la première personne qu'il avait trouvée sur son chemin, un inconnu de petite taille, avec un chapeau cabossé et des yeux fureteurs. Celui-ci, s'apercevant qu'Uriel Acosta était sur le point de s'écrouler, était accouru pour le soutenir en s'écriant d'une voix enrouée à l'adresse de tous ceux qui se trouvaient dans la coulisse :

— Qu'est-ce que vous attendez, à rester comme des statues de sel ? De l'eau, apportez de l'eau !...

Quelques instants plus tard, Rafalesco se retrouva dans sa loge, allongé sur un sofa, complètement remis déjà, avec à ses côtés, assis sur un petit tabouret carré, Sholem-Meyer Murawtchik (car c'était bien lui).

D'où sortait-il, Murawtchik ? Le lecteur doit se remémorer la scène qui s'était jouée dans le vestibule du Nickel Theater entre Sholem-Meyer Murawtchik et Mr Klammer. Après avoir réglé ses comptes avec la barbe à la Herzl de Mr Klammer et reçu des mains poisseuses de Nissl Schwalb une correction magistrale, notre Murawtchik leur avait astucieusement filé entre les doigts, ainsi qu'à tous les *ushers* et autres employés qui étaient accourus à l'aide de Mr Klammer. Sholem-Meyer Murawtchik pouvait s'estimer heureux de ne pas être tombé entre les mains des *policemen* new-yorkais. L'Amérique a beau posséder une Constitution très libérale, il n'en est pas moins préférable, autant que possible, de se tenir à l'écart de ses *policemen*...

— Bon sang, je ne sais pas ce qui m'a pris de m'accrocher avec cette espèce de punaise... (Si Mr Klammer avait entendu le nom dont il était ainsi gratifié !) Autant un bon Juif ne peut souffrir le cochon, autant je ne peux pas supporter la barbe de ce type !

Après s'être soulagé le cœur en ces termes, notre Murawtchik essaya de redonner à son visage décomposé une contenance normale et entreprit de se frayer un chemin par la porte de derrière en direction des coulisses. Là, il s'installa si habilement entre les décors qu'il pouvait voir tout le monde mais que personne ne le voyait. Il se mit à scruter la scène de tous ses yeux, cherchant parmi les acteurs celui qu'il voulait.

— Lequel est Rafalesco ? demanda-t-il à voix basse à celui qui avait la charge du rideau, un homme à l'air préoccupé, un pessimiste aux yeux bleus qui donnait l'impression que le monde entier reposait sur ses épaules.

— Celui qui a les cheveux longs et un col blanc et qui joue le rôle d'Uriel Acosta.

— Malin ! Ils portent tous les cheveux longs et des cols blancs.

L'homme à l'air préoccupé tourna son regard bleu vers Murawtchik :

— Ce n'est pas ma faute, à moi, si vous êtes un jobard, et si pour vous tous les Grecs se ressemblent. Pour vous, Menashè et Uriel Acosta, c'est du pareil au même.

— Je vous envie votre clairvoyance, brillant esprit, je crois que vous n'avez pas tort ! Mais chut : j'ai deviné lequel était le véritable Uriel Acosta.

Murawtchik devisait ainsi à voix basse avec le nouvel ami qu'il venait de se faire là, auprès des décors, et lui adressa un signe de son œil malicieux :

— Vous n'auriez pas une petite cigarette, par hasard, mon bichon ?

Le pessimiste à l'air préoccupé foudroya Murawtchik de son regard pessimiste :

— *Greenhorn*, espèce de blanc-bec ! Qu'est-ce que vous cherchez ? Vous voulez qu'on vous fracasse le crâne ou qu'on vous balance du haut de l'escalier ? C'est ici, au beau milieu des *decorations*, que vous voulez fumer une petite cigarette ?

— C'est bon, c'est bon !... N'en parlons plus ! À croire qu'on l'écorche vif !

Sholem-Meyer Murawtchik, l'amadouant, le pria de bien vouloir se pousser un peu pour lui permettre de s'asseoir à côté de lui sur sa chaise.

— Vous comprenez, lui expliqua-t-il, rester encore un acte entier debout sur mes jambes, c'est au-dessus de mes forces. De toute la journée, je ne me suis encore pratiquement rien mis dans le ventre, pas parce que je veux jeûner, ni parce que, à Dieu ne plaise, je n'ai pas de quoi (que la Providence l'épargne à tous les enfants d'Israël), mais tout simplement parce que, depuis ce matin, je suis débordé.

— *Busy*, c'est comme cela qu'on dit ici, corrigea le pessimiste à l'air préoccupé, qui en profita pour lui demander quel genre de bizness l'amenait à New York, depuis quand il était arrivé d'Europe et sur quel bateau, et si le voyage avait été bon.

Sholem-Meyer inventa de toutes pièces un bizness hautement improbable, ce qui alimenta leur conversation jusqu'à la fin du dernier acte et faillit presque conduire l'homme préoccupé, qu'on avait placé là pour manœuvrer le rideau, à oublier son *job*, ce qui aurait été à l'origine d'un nouveau scandale : le public entier aurait pu s'apercevoir comment Uriel Acosta s'était effondré dans les bras de quelqu'un, autrement dit comment s'était passée leur curieuse rencontre.

Aussitôt que Rafalesco eut repris ses esprits, il s'adressa à celui qui l'avait si adroitement retenu dans ses bras.

— Votre visage ne m'est pas inconnu.

— Pas étonnant ! On s'est si souvent rencontrés à Holenechti !

— À Holenechti ? !

Il n'en fallait pas plus à notre jeune héros pour lui faire oublier le grave échec qu'il venait de subir au théâtre et demander à tout le monde de quitter sa loge. Dès qu'ils furent seuls, il s'adressa vivement à Murawtchik pour lui demander qui il était, ce qu'il était, d'où il venait et ce qu'il faisait là.

— Qui je suis ? On fait le même boulot. Je suis un acteur du théâtre yiddish, voilà. D'où je viens ? De Londres ! Ce que je fais là ? C'est comme si je cherchais les neiges de l'année dernière. Un ami à moi, un camarade, un acteur du théâtre yiddish lui aussi, a sur son lit de mort exigé de moi un serment, me racontant comme quoi il avait une petite sœur, une jeunesse fraîche comme la rosée et qu'un garçon, encore un acteur, s'était amouraché d'elle et qu'à la suite de cette histoire d'amour était arrivé ce qui n'aurait pas dû arriver, à savoir qu'au bout de neuf mois, la jeune fille avait eu le bonheur de donner naissance à une môme, et que le garçon, le père de la môme, quoi, avait en temps voulu pris ses cliques et ses claques pour l'Amérique et que par conséquent il fallait que je lui fasse serment devant Dieu, qui trône au plus haut des cieux mais qui connaît toutes les lâchetés qui se commettent ici-bas, que j'amène sa petite sœur avec la môme à New York, et que je ne lâche pas d'une semelle le distingué jeune homme avant qu'il ne l'ait conduite sous le dais nuptial, selon la foi de Moïse et d'Israël. Alors il a bien fallu que je jure solennellement, sous peine des pires malédictions. Eh bien, est-ce que tout cela ne vous a pas l'air d'un roman, d'un de ces romans qu'on écrit dans les livres ?

Peut-être notre héros eut-il une prémonition, peut-être eut-il simplement envie d'en savoir davantage sur ce curieux roman. Il posa la question à son interlocuteur qu'il n'était pas tout à fait sûr de reconnaître :

— Peut-on savoir le nom de votre ami qui vous a confié un bizness pareil ?

— Pourquoi pas ? Avec le plus grand plaisir ! On l'appelait Hotzmakh, cet ami, mais son vrai nom, c'était Holzmann.

Rafalesco se leva d'un bond, blanc comme un linge :

— Vous voulez dire que Bernard Holzmann est...

— Mort et enterré. Sa petite sœur s'appelle Zlatkè. Elle est venue avec moi à New York. En fait, elle avait très envie de venir vous voir jouer au théâtre, mais impossible d'abandonner la môme. Quelle mère, si jeune et déjà si attentionnée. Connaît-on assez les qualités d'une âme juive ?... Mais vous voulez peut-être savoir qui est le garçon, le père de la môme, je veux dire ? lui demanda Murawtchik en le regardant droit dans les yeux. Même qu'il est de Bucarest. Enfin, il est de Bucarest comme moi je suis de Jérusalem... Mais qu'est-ce qui vous arrive ? Vous voilà bien pâle ! Pourquoi tremblez-vous comme ça ? Il ne va rien vous arriver de mal, je vous assure... Vous pouvez me croire, vous ne savez pas quel genre d'homme je suis. Je suis Sholem-Meyer Murawtchik... Je ne veux que votre bien et celui de mon ami qui est dans l'autre monde, aussi vrai que Dieu veuille me donner joie et prospérité !...

CHAPITRE SOIXANTE-NEUF

ENCORE UNE COMBINE QUI FAIT LONG FEU

Le bonheur des uns... Pour Nissl Schwalb, le grave échec de Rafalesco était une bénédiction. Il lui permettait de passer à l'exécution de son plan avec de bien meilleures chances de succès qu'avant, car un chien battu est traité avec moins d'égards, et un homme, quand il perd l'estime de soi, on peut en faire ce que l'on veut.

Telles étaient les pensées de notre combinard de Schwalb, qui se mit au travail dès le lendemain du spectacle qu'offrit Rafalesco en se faisant reconduire chez lui abattu et le cœur brisé...

Arrivant chez son jeune ami, il eut la grande surprise d'y trouver le petit bonhomme au regard malin à qui, la veille même au théâtre, il avait difficilement réussi à faire lâcher prise à la barbe de Mr Klammer.

— Vous êtes toujours vivant ? lui demanda Schwalb gaiement, comme à son habitude. Ma parole, vous poussez comme le chiendent !

— Qu'est-ce que vous croyez ? lui répliqua l'autre sur le même ton. Vous avez eu sacrément de la veine, hier, d'être nombreux alors que j'étais tout seul. Sinon, votre distingué gentleman londonien de Whitechapel, vous ne l'auriez jamais récupéré entier. Je vous l'aurais laissé sans barbe, à moitié mort, et mes papiers, de toute façon, il me les rendra, vous pouvez m'en croire, parole de Sholem-Meyer Murawtchik.

— Murawtchik ? Je connais ce nom-là. À quels Murawtchik êtes-vous apparenté ?

Schwalb s'était rapproché de son nouvel ami et lui tendit une main énorme, grasse et molle, tandis que Murawtchik lui répondait de sa voix enrouée :

— À quels Murawtchik je suis apparenté ? Aux vrais Murawtchik, à ceux qui de leur vie n'ont jamais dû un sou à personne, parce que personne n'a jamais rien voulu leur prêter, et que si on leur prêtait quand même, c'était tant pis, comme pour les coups qu'on m'a prêtés hier ; vous pouvez me croire sur parole, cela faisait longtemps que je n'avais pas senti le goût de coups pareils, aussi vrai que Dieu veuille me donner bonheur et prospérité. Mais ça n'a rien à voir. Je préfère de loin votre tête à vos mains. Quelles menottes ! Il y a de quoi faire ! Je vous en donne ma parole, dès que j'aurai un peu de temps, je me promets de faire plus ample connaissance avec vous, et de plus près. En attendant, je suis *busy*, comme on dit chez vous, et je dois partir. Alors bien le bonsoir, et n'oubliez pas de donner de vos nouvelles.

Sur ces mots, Sholem-Meyer saisit sa main énorme, grasse et molle pour la serrer, et Schwalb lui répondit d'un ton très amène :

— Vous ne pouvez pas imaginer à quel point j'ai été ravi de faire votre connaissance. Aussi vrai que je convoite le bien d'autrui...

— Cela, je l'ai bien vu hier, et encore davantage senti dans mes abattis, aussi vrai que Dieu veuille me donner bonheur et prospérité.

C'est par cet échange d'amabilités que Murawtchik, déjà sur le pas de la porte, prit congé. Rafalesco reconduisit son hôte, avec qui, derrière la porte, il resta quelques instants à chuchoter. À son retour, Nissl Schwalb lui demanda :

— Qui est-ce, ce type-là, avec ses yeux fureteurs ? On dirait un pickpocket, un voleur de chevaux ou un de ces trafiquants de chair humaine...

N'ayant pas obtenu de réponse, Nissl Schwalb interpella de nouveau Rafalesco, mais sur un ton plus sérieux, celui d'un frère aîné :

— Moi, avec un type comme cette espèce d'enroué, j'aurais mis les choses au clair, je lui aurais montré que n'importe quel bon sang de va-nu-pieds ne rentre pas chez moi comme ça !... Bref, mon cher Rafalesco, qu'il aille se faire voir. Occupons-nous plutôt de notre bizness.

Et Nissl Schwalb entreprit d'exposer sa combine, tout en faisant les cent pas dans la pièce, à son accoutumée.

— D'abord, je suis venu te voir pour te dire le fond de ma pensée. Il ne faut pas se démonter à ce point-là, même quand il arrive qu'on subisse un échec, qu'on prenne un bouillon.

— Mais quel échec ! Quel bouillon ! lui répondit Rafalesco, l'imitant et se mettant lui aussi à arpenter la pièce en long et en large. Il y a échec et échec. De ma vie, depuis que je fréquente la scène, jamais encore il ne m'est arrivé d'être obligé d'avoir recours au souffleur ! Non, c'est un vrai désastre.

— Dis-toi bien qu'on en est encore loin, du désastre. Après-demain, avec l'aide de Dieu, pour la deuxième représentation, nous allons arranger tout ça. Pour le moment, et dans les quelques jours qui nous restent de libres, il nous faut expédier notre affaire en vitesse, et que tout cela se termine. Quelle date as-tu prévue pour le mariage ?

— Quel mariage ?

— Comment ça, quel mariage ?

Ils s'arrêtèrent tous deux de parcourir la pièce à grands pas, s'immobilisèrent et restèrent face à face, se regardant comme s'ils se voyaient pour la première fois de leur vie.

— Tu veux te moquer ? demanda Nissl Schwalb à son jeune ami en essayant, sans succès, de sourire.

— Moi, je veux me moquer ? lui rétorqua Rafalesco. C'est toi qui te moques. Vous vous êtes tous ligués pour vous moquer de moi !

— Nous nous sommes ligués pour nous moquer ?

— Oui, tous autant que vous êtes : toi, ton frérot, et ta sœur, la *prima donna*. Qu'est-ce que c'était donc que ce speech chez le chantre de Lomza, sinon une moquerie, une plaisanterie ? Une mauvaise plaisanterie, une plaisanterie triviale ! Qu'est-ce que tu crois, Schwalb, que tu as mis la main sur un gamin qui sort de sa province et que tu vas le mener par le bout du nez ? Dieu vous a gratifiés d'une sœur d'une rare stupidité, que vous-mêmes vous appelez « la péquenaude », « la demeurée », « l'imbécile », « la bûche », dont vous n'arrivez pas à vous débarrasser, et vous voulez me la refiler en douce pour que même la Résurrection des Morts me soit refusée ? Je vous remercie de tout mon cœur ! Cherchez-vous un autre idiot.

Rafalesco fit à son ami Schwalb une révérence si courtoise, si cérémonieuse et prononça sa tirade avec tant d'élégance que, s'il avait été sur scène, il eût reçu les plus chaleureux applaudissements. Mais comme cela ne se passait pas sur une scène mais dans la vie, et qu'il s'agissait d'une affaire qui piquait au vif une famille entière, on peut aisément imaginer la réaction de Nissl Schwalb. Il commença par pâlir. Puis il vira au rouge, puis au bleu. À son cou épais et rougeaud, une artère gonfla et se mit à battre, comme chez un bœuf qu'on vient de saigner. On aurait dit que ses yeux allaient jaillir de leurs orbites, comme pour un poisson qu'on maintient le ventre en l'air pour le débarrasser de ses écailles, si bien que pendant l'opération le poisson a l'air de se dire : « Écaillez toujours, on verra ensuite... » De surprise, Nissl Schwalb se laissa brutalement tomber sur une chaise, le souffle court. Il avait la bouche sèche, et sa voix avait changé. Il s'adressa à Rafalesco un ton plus bas :

— Dis-moi donc, mon très cher, connais-tu la signification des mots « *breach of promise* » ?

Rafalesco s'était campé en face de lui, les mains dans le dos. Il n'était pas moins énervé que son ami Schwalb, mais lui il restait calme.

— Et que signifient les mots « *breach of promise* » ?

— Ils signifient que si un garçon s'engage devant témoins à épouser une fille et qu'il la laisse tomber, on lui pince gentiment le menton et qu'il est obligé de l'épouser.

Rafalesco s'approcha tout près de Nissl Schwalb :

— Quand me suis-je engagé vis-à-vis de votre sœur ? Peut-être chez le rossignol de Lomza, le soir où vous m'avez soûlé de champagne aigre et où vous vous êtes tous jetés sur moi pour m'embrasser, au point que Brayndelè la Cosaque et la femme du chantre elle-même m'ont sauté au cou pour me lécher la pomme ? Ah, ah, ah !...

Ce rire sembla probablement à Nissl Schwalb bien pire que les paroles qu'il venait d'entendre. Ainsi, toute sa combine venait de faire long feu ? Ce travail d'orfèvre, tout à coup... patatras ! Il ne pouvait en supporter davantage. Alors il se leva, posa sa lourde main sur les jeunes épaules de Rafalesco et prononça très vite, sans reprendre son souffle, comme à l'accoutumée :

— Mon petit Rafalesco ! C'est un méchant procès qui nous attend ici au pays d'Amérique. Le pays d'Amérique, c'est un pays qui a horreur des petits plaisantins. Nous avons des témoins, mon petit bêta, qui devant le juge attesteront sous serment qu'ils ont vu le jeune homme prendre la jeune fille dans ses bras et l'embrasser... C'était sur le bateau. Tu t'en souviens encore, ou bien l'as-tu déjà oublié ?... Et il s'en trouvera aussi pour dire que tu leur as acheté de mignons bracelets et d'autres babioles pour les passer toi-même au bras de ma petite sœur devant tout le monde... Écoute-moi, mon petit bêta, je te le dis en toute amitié, prends plutôt les choses du bon côté, car si tu les prends mal, tu les rendras pires encore, aussi vrai que je convoite le bien d'autrui. Sinon, que cette table t'étrangle.

Sur ces mots, Nissl Schwalb tourna les talons.

— C'est vous tous qu'il faudrait étrangler ! répliqua Rafalesco sur le même ton, tandis que Nissl Schwalb passait la porte.

Notre jeune héros, après avoir encore marché un peu de long en large, s'assit près de la fenêtre, alluma un cigare, croisa les jambes et s'abîma dans de profondes, très profondes réflexions.

CHAPITRE SOIXANTE-DIX

RAFALESCO DE NOUVEAU REPENTANT

Rafalesco avait ample matière à réflexion, car de lourds nuages s'amassaient sur son horizon. Tous les malheurs lui arrivaient ensemble et de manière imprévue, en particulier l'échec qu'il avait subi la veille au Nickel Theater. Mais en fait, il s'agissait là du moindre de ses malheurs, car cela n'avait pas empêché qu'entre les actes, puis à la fin de la représentation, il se retrouve environné d'un certain nombre de personnes qui n'étaient autres que des agents de théâtres de langue anglaise qui lui chuchotaient en confidence qu'il était « *all right* », en d'autres termes qu'il ne devait prendre d'engagement avec aucun théâtre avant d'être dès le lendemain contacté par une certaine personne qui lui ferait une proposition supérieure à la totalité même du capital que n'importe quel théâtre yiddish pouvait posséder.

Cette certaine personne ne s'était effectivement pas fait attendre longtemps, elle était venue le trouver très tôt ce matin même.

C'était un sémillant Anglais, rasé de près et lotionné, nu-tête, avec des dents en or et des ongles d'une longueur étonnante. Quelqu'un l'avait accompagné, un reporter d'un grand journal anglais, un type malin, au visage souriant et un peu couperosé, qui parlait toutes les langues, yiddish compris. Avec le nom sous lequel il s'était présenté, Archibald Bauerwald, la perfection de son *english spoken* (les *th* du bout de la langue, les *r* dans le voile du palais), il pouvait passer pour un Américain de naissance, un vrai Yankee. Mais l'arête de son nez, le lustre de ses cheveux et par-dessus tout ses yeux (ah, les yeux juifs !) proclamaient : « Comment ça, Archibald ? Comment ça, Bauerwald ? Dis plutôt qu'on t'appelle Artzi fils de Berl et n'en parlons plus !... »

Une fois entrés, les deux gentlemen s'étaient installés, avaient remonté leur pantalon au pli du genou, exhibant les bouts carrés de leurs confortables chaussures américaines, et l'on s'était mis incontinent à parler bizness. Celui qui était nu-tête parlait comme quelqu'un à qui l'on aurait tout juste arraché deux molaires qu'on aurait remplacées par du coton ; le souriant Archibald Bauerwald, lui, faisait la traduction en yiddish. L'entretien se résumait dans la proposition qui lui était faite de passer directement au théâtre de langue anglaise ; au début, il pourrait jouer ses rôles en yiddish, le temps qu'il apprenne *plenty* à parler l'anglais ; quant aux conditions qui lui étaient proposées, elles avaient de quoi faire tourner la tête de Rafalesco. Mais notre héros avait assez de bon sens et de tact pour les écouter avec sang-froid et réclamer vingt-quatre heures de délai de réflexion.

— *All right !* s'exclama le gentleman qui était nu-tête en se levant pour s'en aller, et le reporter au visage souriant s'adressa brièvement à Rafalesco en yiddish :

— Chut ! Ne laissez pas passer la chance. C'est une affaire juteuse... *Goodbye !*

Voilà pour le premier problème. Le deuxième problème qui plongeait notre héros dans des abîmes de réflexions plus profonds encore, c'était Rosa Spivak.

Qu'est-ce qui l'avait amenée au Nickel Theater le soir même de sa première ? Était-ce un simple hasard, ou bien avait-elle vérifié dans les journaux yiddish de New York qu'il s'agissait bien de sa soirée de gala à lui, Rafalesco ? Si c'était le cas, pourquoi alors avait-elle pris la fuite entre le deuxième et le troisième acte ? Henrietta disait-elle la vérité, quand elle racontait que dans leur loge, Rosa et Grisha Stelmakh, son aristocratique compagnon, se regardaient en riant tandis que lui, Rafalesco, interprétait son personnage sombre et tragique ? Oui, c'est vrai, il avait été hier plus faible que d'habitude dans son rôle. Mais cela prêtait-il à rire ? Et qui plus est, pendant les deux premiers actes, qui s'étaient apparemment déroulés à la satisfaction générale ? Ah, que d'années de sa vie il aurait données pour savoir la vérité ! En d'autres temps, il n'aurait eu de cesse de se frayer un chemin jusqu'auprès de celle après qui il soupirait depuis tant d'années, et que l'amour l'avait fait suivre jusqu'ici. Mais maintenant !... Se posait alors le problème numéro trois, celui de Sholem-Meyer Murawtchik, avec ses bonnes nouvelles et ses vœux de bonheur...

La mort de son cher ami Holzmann avec qui il s'était enfui de chez lui, et avec qui il avait passé, on peut le dire, les meilleures années de sa jeunesse l'avait profondément impressionné. Il en était presque aussi secoué que lorsqu'il avait appris, comme le lecteur s'en souviendra, de la bouche du caissier Joie et Jubilation la triste nouvelle de la mort de sa mère, avec cette différence que la mort de sa mère ne lui avait fait verser que des larmes de commisération et un peu de remords, alors que la mort de son malheureux ami lui rappelait qu'il s'était conduit avec Holzmann d'une façon indigne, avec une absence totale de moralité et de droiture et même, peut-on dire, comme un meurtrier. Comment avait-il pu, sans regret et d'un cœur si léger, abandonner un ami malade sur le lit de qui, il s'en souvient fort bien, planait déjà l'ombre de l'ange de la mort ?...

Malgré lui, surgit en sa mémoire le matin où il était venu faire ses adieux à son ami, et le triste regard qui l'avait alors poursuivi jusque sur le bateau revient maintenant le tourmenter...

D'autres souvenirs encore viennent hanter notre jeune héros assis à la fenêtre, des souvenirs qui le font frissonner, des souvenirs pour lesquels il cherche un impossible oubli...

Le plus terrible de ces souvenirs, c'est celui de Zlatkè, Zlatkè à qui, il s'en souvient, il n'a pas même fait ses adieux. Il avait été content de ne pas la trouver chez elle. Il s'était enfui, comme s'enfuit un voleur qui craint d'être surpris la main dans le sac... Jamais un jeune homme ne s'était conduit avec une jeune fille d'une façon aussi indigne que lui avec la pauvre, l'innocente Zlatkè... Qu'avait-elle pu penser, en apprenant de la bouche de son frère malade que lui, Rafalesco, son idéal, son dieu, s'était enfui pour l'Amérique ? Quelles avanies avait-elle eu à subir pendant tout ce temps ? Comment l'avait-elle alors jugé, et comment le jugeait-elle à présent encore ? Quel juste châtiment pouvait-il donc y avoir à cette criminelle légèreté ?... Son châtiment, le voici : il lui fallait débarrasser son esprit de tous ses rêves puérils, de toutes ses divagations chimériques, oublier que Rosa eût jamais existé et sur-le-champ, sans même y réfléchir, rendre à la pauvre Zlatkè son idéal volé, accourir auprès de la malheureuse Zlatkè, tomber à ses pieds, lui baiser les mains et lui dire : « Zlatkè, je suis à toi, à toi pour l'éternité ! »

Il le fera, c'est sûr. Il l'aurait fait ce matin même déjà, si Murawtchik ne l'avait retenu. Il lui avait expliqué qu'il ne fallait pas précipiter les choses.

Zlatkè, lui avait-il dit, est une fille simple et honnête (ah, ah, ah, même si elle a déjà un môme...), qui n'a jamais lu de romans. Si un garçon se jette à ses pieds et se met à gémir : « J'ai péché, je me repens, pardonne... », elle va s'évanouir de frayeur. Alors sa mère accourra (il ne faut pas oublier qu'il y a une vieille mère qui s'appelle Sorè-Brokhè) et se mettra en devoir de lui passer un savon qui lui laissera un de ces souvenirs... Non, il valait mieux que ce soit lui, Sholem-Meyer Murawtchik, qui aille de ce pas voir ces bonnes femmes pour les préparer en douceur. Mais il opérerait de la manière inverse, en omettant précisément de dire que Rafalesco battait sa coulpe. Les femmes ont en horreur les hommes qui ne sont que des chiffes molles qui geignent pour un rien et se répandent en phrases toutes faites, mêlant ellébore et antimoine, philosophie et choucroute, persil et savon. Pouah ! Les femmes veulent qu'un homme soit un homme... Il le savait bien, Murawtchik, lui qui avait moins de cheveux sur le crâne qu'il n'avait eu de démêlés avec les femmes, aussi vrai que Dieu veuille lui donner bonheur et réussite.

Ainsi conclut notre diligent négociateur comme il le faisait chaque fois dans les circonstances difficiles, puis s'en fut, comme nous l'avons déjà vu, pour accomplir sa mission. Quant à notre jeune héros repentant, il reconduisit de façon méprisante son second visiteur Nissl Schwalb et se réinstalla près de la fenêtre de sa chambre d'hôtel, un cigare à la bouche, et resta seul, perdu dans ses pensées, regardant la rue.

C'est alors qu'il vit une somptueuse automobile se garer et un Noir en jaillir pour pénétrer dans l'hôtel. « Ce serait drôle que ce soit pour moi », se dit Rafalesco sans y attacher plus d'importance. Pourtant, c'était le cas, il entendit frapper à sa porte.

— *Come in !*

Le Noir fit son entrée. Il avait une *letter* à remettre *poissonnally* en main propre à Mr Rafalesco.

— *I am Rafalesco.*

Les mains tremblantes, il se vit remettre par le Noir une élégante enveloppe close d'un sceau parfumé, l'ouvrit prudemment et jeta immédiatement un coup d'œil à la signature... Aussitôt, son cœur se mit à battre si fort qu'il dut s'asseoir.

CHAPITRE SOIXANTE ET ONZE

LA LETTRE

Ma chère étoile vagabonde !

L'esprit le plus fantasque et le plus imaginatif aurait été incapable à lui tout seul d'embrouiller les choses d'une manière aussi confuse que n'ont réussi à le faire le hasard et la vie mêmes. Je suis encore si perturbée par ce que je viens de vivre au cours de ces dernières douze heures que je crains de ne pouvoir pas même exprimer le centième de ce que j'ai à te dire. En résumé, je voudrais que tu saches que c'est par le plus grand des hasards que je me suis retrouvée hier au gala que tu donnais au Nickel Theater. Si mon cœur n'a pas éclaté en mille morceaux quand je me suis rendu compte qu'Uriel Acosta, c'était toi, c'est simplement que mon cœur doit être fait d'acier. Je suis restée là comme transformée en statue de pierre jusqu'à la fin du deuxième acte. C'est alors qu'est survenu un petit scandale auquel personne ne pouvait s'attendre : on nous a reconnus dans notre loge, notre incognito a été dévoilé d'une manière très déplaisante, et l'on m'a forcée à m'enfuir malgré le désir que j'avais de revenir, le ciel m'en est témoin, pour te revoir encore une fois, réentendre le son de ta voix qui n'avait cessé de résonner à mes oreilles durant toutes les années de notre errance à travers le vaste monde. Attends, ce n'est pas tout. De retour chez moi, j'ai découvert sur ma table tout un paquet de lettres dont une partie, comme en témoignait le cachet de la poste, étaient arrivées depuis longtemps déjà mais ne m'avaient pas été transmises par la faute de la censure que se permettait, contre mon gré et à mon insu, d'exercer sur moi mon manager, tout gentleman anglais qu'il fût. Cela s'est terminé de la manière suivante : aujourd'hui même, je l'ai envoyé chercher et je lui ai fait savoir sans ambages ni atermoiements que je me considérais désormais dégagée de notre *agreement*, qu'il pouvait bien protester et me demander des *damages*, c'était son affaire. Mais ce n'est pas le plus important. Ce qui compte le plus, c'est que le paquet contenait entre autres lettres la tienne, que j'ai lue et relue je ne sais combien de fois, et c'est un flamboiement d'enfer qui a éclaté dans mon cœur. Je couvrais ta lettre de baisers, je les mouillais de mes larmes. De larmes, diras-tu ? Oui, je pleurais sur notre enfance envolée, notre heureuse jeunesse et notre précoce amour, cet amour dont l'ardeur et le rayonnement peuvent aujourd'hui s'épanouir, mais qui, il faut bien l'avouer, ne retrouvera plus jamais la pureté de cristal ni la fraîcheur naïve qu'il avait là-bas, dans notre pauvre petit village de Holenechti qui reste gravé dans notre mémoire... Ah, Holenechti ! Sais-tu que j'y suis retournée, que j'ai cherché mon Leybl, mon « fils de riche » ? Hélas, il n'y avait personne, personne qui puisse me donner des nouvelles de toi ! Tel un rêve, tu avais disparu de mon ciel, un doux rêve qui n'apparaît qu'une fois, sans retour.

Mon chéri, tu me demandes si je me souviens de ce que m'avait dit la cartomancienne, là-bas dans ce petit village de Galicie. Oui, je m'en souviens parfaitement, mais toi, comment se fait-il que tu sois au courant ? Cela signifie-t-il que tu as cherché à prendre de mes nouvelles, comme moi des tiennes ? Pourquoi, méchant, as-tu désespéré de moi au point de laisser une autre, une *prima donna* elle aussi, peut-être plus jolie, mais cent fois plus stupide que moi, se vanter devant tout le monde que tu l'avais choisie ?... Mais à quoi bon ? De quel droit puis-je me permettre de te faire la morale alors que moi-même, à la suite de circonstances confuses, je me suis laissée enfermer dans une cage dorée ? Mais ne parlons pas de cette cage, que l'on peut ouvrir à tout moment pour s'enfuir, pour peu qu'on le veuille... Tâchons plutôt de voir comment nous pouvons nous rencontrer dès aujourd'hui. Tu trouveras ci-dessous une adresse. Si tu t'y rends entre quatre et cinq, et que tu me cherches bien, tu m'y trouveras. Nous y serons complètement seuls, et nous pourrons parler tout à loisir (c'est que nous avons tant de choses à nous dire !). Sois-y donc entre quatre et cinq, et demande-moi. C'est un ordre. Non, c'est faux. Pourquoi ne pas te dire toute la vérité ? Ce n'est pas un ordre, c'est une prière, je meurs d'envie de te voir, je me jette dans tes bras et je t'embrasse ! Je t'embrasse ! Tu entends ? Je t'embrasse !...

Reyzl

CHAPITRE SOIXANTE-DOUZE

LE RETOUR DE BRAYNDELÈ LA COSAQUE

Sholem-Meyer Murawtchik arriva chez son nouvel ami Rafalesco précisément à l'heure dite. Mais celui-ci était déjà parti. Sur la table, il trouva un mot à son intention :

> Mon cher Murawtchik,
> Je quitte à l'instant New York pour quelques heures. J'ignore quand je serai de retour. Notre voyage est donc remis à plus tard. Je vous prie de

m'excuser auprès de qui vous savez de la manière que vous savez. Je vous en serai toujours reconnaissant.

Votre L. Rafalesco

— Que tous mes cauchemars de la nuit dernière, et tous les cauchemars que j'ai pu faire dans ma vie, sur terre ou sur mer, retombent sur la tête de mes ennemis ! Un acteur reste un acteur, il a beau être un fils de famille ! Voilà un garçon qui vous donne un rendez-vous précis, qui est tout feu tout flamme, et qui pour finir vous plante là...

Murawtchik se détourna, l'air dégoûté, prêt à cracher, quand on entendit frapper à la porte : toc, toc.

Murawtchik se réjouit : « C'est lui... »

— Entrez !

On entendit de nouveau frapper.

« Peut-être que ce n'est pas lui... » Quand il répéta : « Entrez », il entendit qu'on cognait pour la troisième fois. Alors il se mit en colère, et hurla :

— Cognez-vous la tête contre les murs...

La porte s'ouvrit pour laisser passage à... Brayndelè la Cosaque.

Si au lieu de Brayndelè la Cosaque, cela avait été, disons, Hotzmakh revenant de l'autre monde, notre Murawtchik n'en eût pas été plus surpris. Mais il ne lui fallut pas plus de quelques secondes pour reprendre ses esprits et redevenir le même Murawtchik égal à lui-même, animé, gai et de bonne humeur. C'est d'une manière particulièrement chaleureuse, la main tendue et avec un grand rire de sa voix enrouée qu'il se précipita vers la nouvelle venue :

— En voilà une surprise ! Qu'est-ce que vous devenez, Brayndelè... euh... je voulais dire : Mme Tcherniak ?

Mais Mme Tcherniak ne trouva rien à lui répondre. Elle était là, sur le pas de la porte, dans son long manteau rouge, quasiment paralysée, incapable de bouger.

Si Sholem-Meyer Murawtchik avait bien entendu dire que Brayndelè la Cosaque se trouvait quelque part en Amérique, Brayndelè la Cosaque, quant à elle, était à cent lieues de supposer qu'elle pouvait tomber ici même, à New York, sur son vieil ennemi Sholem-Meyer Murawtchik. Et où ça, qui plus est ? Chez Rafalesco ! Et à quel moment ? Au moment où elle venait tirer la jeune star d'un très mauvais pas.

Elle venait d'apprendre une terrible nouvelle de la bouche de son nouvel ami Nissl Schwalb : Rafalesco renonçait à sa sœur, la *prima donna* Henrietta Schwalb, Nissl Schwalb s'était précipité chez un *lawyer* pour porter plainte en rupture d'engagement (*breach of promise*), non seulement le chantre, sa femme et Mr Klammer étaient prêts à jurer qu'ils avaient vu la *prima donna* dans les bras de Rafalesco pendant la traversée même, mais il faisait citer comme témoins la moitié de la population de New York (y compris Mme Tcherniak), qui tous avaient assisté au dîner officiel de fiançailles, où ils avaient brisé des assiettes en geste propitiatoire, bu du champagne et s'étaient donné l'accolade avec tous les invités ; bref, Nissl Schwalb jurait ses grands dieux qu'il allait provoquer un de ces scandales à New York, un scandale tel que depuis la découverte de l'Amérique par Christophe Colomb on n'en avait jamais connu. Comment Mme Tcherniak pouvait-elle tolérer une chose pareille ? Primo, cela faisait mal au cœur pour Rafalesco. Un jeune artiste, une star qui commençait seulement à briller, une fleur qui fleurissait à peine, cela pouvait, à Dieu ne plaise, lui coûter toute sa carrière. Et d'un !... Deuxio, Mme Tcherniak avait dans l'affaire ses propres intérêts à préserver...

Notre lecteur se souviendra sans peine que l'arrivée à New York de la célèbre compagnie Klammer, Schwalb and Co. avait marqué le début d'une nouvelle époque dans sa vie, un nouveau chapitre qui avait pour titre « Nissl Schwalb ». Nissl Schwalb, c'était son dernier espoir, la dernière étape sur le long parcours de son existence, la dernière étoile dont l'éclat illuminait encore son ciel obscur. C'est pour préserver cela qu'elle était prête à tout, prête à affronter, comme on dit, le feu et l'eau.

Pauvre Brayndelè la Cosaque ! Elle était tombée amoureuse de son ami Nissl Schwalb avec la même flamme, et peut-être davantage encore, que si cela avait été son premier amour. Et sûrement il n'y avait pas là de quoi avoir honte ; il était grand temps que Mme Tcherniak elle aussi profite de la vie comme tout le monde, qu'elle aussi atteigne enfin une rive, qu'elle aussi se fasse sa petite situation, qu'elle aussi parvienne à se constituer un petit pécule, qu'elle se stabilise et que cesse son errance de par le monde.

Il était donc bien normal que Mme Tcherniak se dévouât à son nouvel amour, Nissl Schwalb. Il lui avait rapporté la conversation qu'il avait eue la matin avec Rafalesco et le passage de Rosa Spivak la veille au Nickel Theater avec son Grisha Stelmakh. Brayndelè la Cosaque avait immédiatement subodoré ce qui se tramait, et plusieurs combinaisons avaient sur-le-champ germé dans son cerveau : 1) Comment se faisait-il que Rosa Spivak se soit trouvée à l'improviste au Nickel Theater, si ce n'était pour voir Rafalesco ? 2) Était-ce la preuve qu'ils étaient convenus par courrier qu'elle viendrait au théâtre le soir de la première ? 3) Si oui, que signifiait la comédie qui s'était déroulée chez le rossignol de Lomza, avec l'assiette brisée, les vœux de bonheur et les embrassades – ce n'était donc que poudre aux yeux ? 4) Dans ce cas, il urgeait de se ménager une rencontre, ne fût-ce que pour un très court instant, avec ce cher garçon, tout d'abord pour le regarder bien droit dans les yeux (cela lui suffirait), puis de l'amadouer avec de bonnes paroles pour parvenir, grâce à lui, à s'introduire auprès de son ancienne amie Rosa, dont l'accès lui était désormais interdit et qui ne répondait même pas à ses lettres. Il suffisait que Mme Tcherniak puisse s'entretenir avec Rosa et elle se faisait fort de remettre les choses sur la bonne voie. Le garçon finirait par passer sous le dais nuptial avec Henrietta Schwalb, et là, comme on dit dans ce pays, tout serait *all right*.

C'est avec cette perspective que Mme Tcherniak, tout empoudrée et revêtue de ses plus beaux atours, avait fait son entrée chez Rafalesco... pour tomber sur son ennemi intime d'autrefois, Sholem-Meyer Murawtchik.

Celui-ci, voyant que Brayndelè la Cosaque subissait le même sort que jadis la femme de Loth, vint à son aide.

— Eh bien dites donc, ce pays a l'air de vous réussir, vous n'avez pas changé d'un poil ! Au contraire, vous avez bougrement rajeuni ! Sans votre long manteau rouge, je jure bien que je ne vous aurais pas reconnue, aussi vrai que Dieu veuille me donner bonheur et prospérité !

Mme Tcherniak, qui n'était guère habituée à de tels compliments de la bouche de ces « lourdauds de bonshommes », fondit comme neige au soleil et sa face de lune rougit instantanément et se couvrit de sueur. À l'instant même, elle fut prête à tout oublier, toutes les avanies que cet enroué de malheur lui avait fait subir, tout le mal qu'il lui avait fait, y compris la dette ancienne dont il lui restait redevable, tout, elle était prête à tout oublier sur-le-champ : aussi elle arrangea son long manteau rouge, rapprocha son siège de Murawtchik et c'est ainsi que se déroula entre eux un entretien que nous reproduisons ci-dessous avec une précision quasi sténographique.

CHAPITRE SOIXANTE-TREIZE

L'ENTRETIEN

Voici donc le dialogue tel qu'il se déroula entre Brayndelè la Cosaque et Sholem-Meyer Murawtchik.

Brayndelè la Cosaque : Ça alors ! S'il y a une personne que je n'imaginais pas rencontrer, c'est bien vous !

Murawtchik : C'est bien la preuve que vous vous souciez de moi comme une guigne, alors que moi, je pense à vous jour et nuit, dans mes rêves comme en plein jour.

Brayndelè la Cosaque : Puissiez-vous vivre aussi longtemps que vous dites vrai !

Murawtchik : Et de même pour toutes les femmes, amen !

Brayndelè la Cosaque : Vous êtes resté le même insolent... Dites-moi plutôt où est votre fripouille de patron, qu'il périsse par le feu !

Murawtchik : Qui ça ? Shtupak ? À Odessa. Que le choléra le saisisse en plein hiver et l'étouffe !

Brayndelè la Cosaque : Pourquoi pas la peste ?

Murawtchik : Pour moi, il peut bien crever en plein jour ! Mais que faites-vous ici, ma toute belle ? Vous aussi, vous voulez voir notre Rafalesco ?

Brayndelè la Cosaque : Et qui d'autre ? Mais je suis surprise : à cette heure-ci, on le trouve toujours chez lui.

Murawtchik : Il y a mieux que cela : à moi, il m'avait fixé un rendez-vous, nous avions même réglé nos montres. À part ça, comment allez-vous, mon petit chaton ?

Brayndelè la Cosaque : Cela pourrait être pire, je m'en sors... Et vous ?

Murawtchik : Comme d'habitude, on s'échine, on transpire, et c'est à peine si on arrive à faire bouillir la marmite... Dites-moi, ma petite âme, qu'est-ce que je voulais vous demander ? Ah oui... Comment se fait-il que vous veniez voir ce bon à rien ? Vous êtes en affaires ?

Brayndelè la Cosaque : Oh, nos affaires !... Il y a longtemps que vous êtes à New York ?

Murawtchik : Si j'en juge par le nombre de coups que j'ai reçus, j'ai dû arriver en même temps que Christophe Colomb. Mais dites-moi, mon petit cœur, entre nous, si on peut savoir, sans indiscrétion, en tout bien tout honneur et curiosité à part, quel genre de bizness vous pouvez bien avoir avec mon galopin.

Brayndelè la Cosaque : Et depuis quand est-il votre galopin ?

Murawtchik : Depuis quand ? Ah, ah... Elle est bien bonne... Il était à peine plus gros qu'un chat...

Brayndelè la Cosaque : Admettons. Dans ce cas, vous pourriez avoir un peu d'influence sur lui...

Murawtchik : Je pourrais ?

Brayndelè la Cosaque : Alors, pourquoi ne vous occupez-vous pas de les marier au plus vite ?

Murawtchik : Le mariage, ma chérie, ce n'est pas encore fait...

Brayndelè la Cosaque : Ah bon ? Où est le problème ?

Murawtchik : Le problème, c'est cette petite créature !

Brayndelè la Cosaque : Mais de quelle créature me parlez-vous ?

Murawtchik : Je vous parle du môme.

Brayndelè la Cosaque : Quel môme ?

Murawtchik : Vous me demandez quel môme ? Autrement dit, vous n'en connaissez guère plus qu'un mort de cette affaire. Alors, de quoi vous mêlez-vous ?

Brayndelè la Cosaque : Ne vous tracassez pas, je sais fort bien de quoi je parle. Je parle de la *prima donna*, et vous, vous débarquez avec votre môme.

Murawtchik : D'abord, ce n'est pas mon môme. Ensuite, de quelle *prima donna* me parlez-vous ?

Brayndelè la Cosaque : De quelle *prima donna* ? J'en connais deux, de *prime donne*.

Murawtchik : Et d'où les sortez-vous, ces deux *prime donne* ?

Brayndelè la Cosaque : Vous voyez bien que vous n'y comprenez rien, si vous me demandez d'où je sors deux *prime donne*.

Murawtchik : Vous savez, vous pouvez allez vous faire pendre avec vos deux *prime donne*.

Brayndelè la Cosaque : Vous d'abord, priorité au plus âgé.

Murawtchik : Difficile à savoir, qui est le plus âgé... De toute façon, aujourd'hui, il est impossible de s'entendre avec vous. Vous êtes encore plus détraquée qu'avant.

Brayndelè la Cosaque : Et vous, renégat vous étiez, renégat vous resterez.

Murawtchik : Avec votre tête, vous avez tout d'une poissarde de la ruelle de Gitka Toïba à Vilna !

Brayndelè la Cosaque : Et vous, tout ce dont vous êtes capable, c'est de vous acoquiner avec ce maquereau de Shtupak pour faire du trafic de femmes.

Murawtchik : Je n'en sais pas plus sur Shtupak et ses femmes que vous sur vos moustaches.

Brayndelè la Cosaque : Alors, qui a enlevé la fille du chantre à Holenechti, si ce n'est pas vous avec Shtupak ?

Murawtchik : Qu'est-ce que vous savez de Holenechti ? Qu'est-ce que vous savez de la fille du chantre ?

Brayndelè la Cosaque : Ah ah ! Vous voyez bien que j'en sais plus que vous !

Murawtchik : Vous savez quoi ? Pourquoi nous disputer en Amérique ? L'Amérique, c'est le pays de la paix. D'accord. Je vous raconte toute l'histoire du môme, vous avez ma parole, et vous, vous me racontez toute l'histoire des *prime donne*... Ça marche ?

Brayndelè la Cosaque : Topons là.

Murawtchik : Voici ma main.

Brayndelè la Cosaque : Jurez !

Murawtchik : Aussi vrai...

Brayndelè la Cosaque : Aussi vrai que quoi ?

Murawtchik : Aussi vrai que Dieu veuille me donner bonheur et prospérité.

Brayndelè la Cosaque : Et sinon ?

Murawtchik : Sinon, que je me transforme en tige de botte.

Brayndelè la Cosaque : Foutaises !

Murawtchik : Sinon, qu'une caserne entière me tombe dessus !

Brayndelè la Cosaque : Enfantillages !

Murawtchik : Sinon, que Christophe Colomb revienne de l'autre monde pour m'étrangler !

Brayndelè la Cosaque : Qu'est-ce que c'est que ce serment ?

Murawtchik : *Tfou !* Vous m'avez mis en sueur !...

Cela se termina de la manière suivante : Brayndelè la Cosaque finit petit à petit par raconter à Murawtchik tout ce qu'elle savait de Rafalesco et des deux *prime donne*, Henrietta Schwalb et Rosa Spivak. Pour ce qui est de Murawtchik, quand son tour fut venu de raconter l'histoire du môme, Brayndelè la Cosaque se rendit compte qu'il déroulait un tissu de contradictions et cherchait à noyer le poisson, si bien qu'elle bondit de sa chaise, écarlate, en sueur, drapée dans son manteau et qu'elle éclata d'un rire si démoniaque qu'il fit peur à Murawtchik.

– Qu'est-ce qui se passe ? Qu'est-ce qui vous arrive ?

– Ah, ah, ah ! fit Mme Tcherniak, riant toujours. Tout ce que je vous ai raconté, c'est de la blague, du pur mensonge, inventions et bobards. Ah, ah, ah !

Sholem-Meyer Murawtchik fusilla du regard Mme Tcherniak qui venait ainsi de le rouler cruellement dans la farine. Cependant, il se dit *in petto* : « Ça, ma petite Brayndelè la Cosaque, tu peux aller le raconter à ta grand-mère !... » Et l'intéressant petit couple se sépara, chacun dans un état d'esprit différent : lui, ravi de cette rencontre avec Brayndelè la Cosaque de qui il avait réussi à obtenir les renseignements dont il avait besoin, elle, furieuse contre cet enroué de malheur, que le diable l'emporte, et en colère sur elle-même de s'être laissé, une fois encore, mener par le bout du nez par un de ces « lourdauds », que le choléra les emporte tous, avec une seule exception !

CHAPITRE SOIXANTE-QUATORZE

LE RESTAURANT DE SHLOYME

L'histoire que Murawtchik avait entendue de la bouche de Brayndelè la Cosaque au sujet du jeune homme (Rafalesco) et de la *prima donna* (Henrietta Schwalb), et surtout sa romance avec la jeune beauté (Rosa Spivak), constituait pour lui des informations proprement stupéfiantes et de la plus haute importance. Elles lui avaient ouvert les yeux. Elles lui avaient fait comprendre un certain nombre de choses qui lui étaient restées incompréhensibles. Il se souvenait maintenant de l'émotion de Rosa quand elle demandait sans arrêt des nouvelles de Hotzmakh, alors qu'en réalité c'était au môme qu'elle pensait, ce môme dont le regard se brouillait d'émotion quand il la voyait quand ils étaient encore là-bas, dans la solitude de Holenechti... Ah, Rosa, pensait-il, et en plus, il faut que tu sois une fille de chantre ! Sholem-Meyer, pensait-il, tu mérites qu'on t'étendes là au milieu de l'Amérique et qu'on t'administre au moins cinquante coups de fouet pour n'avoir pas profité de la situation, que ce soit vis-à-vis du jeune homme ou de la jeune fille. En plus, même quand par chance tu es entré en possession d'un paquet de lettres de Rosa, tu n'as rien trouvé de mieux à faire que d'aller les brader pour quelques shillings précisément à ce vieux beau de Londonien, qu'il crève au beau milieu de New York ! Il m'a carrément tondu la laine sur le dos ! Je serais de nouveau plein aux as si j'avais ces papiers aujourd'hui... Mais à présent, je ne peux même pas me montrer devant elle, elle me prend à la fois pour un sale type et un menteur.

Sholem-Meyer resta un moment plongé dans ses pensées, puis finit par sortir d'une espèce de sommeil et se remit à parler tout seul :

— Faut pas croire, la peste soit de Shtupak à Odessa et de Mr Klammer à New York, mais je vais me servir de cette histoire, si Dieu le veut et avec l'aide du Tout-Puissant. Sinon, Sholem-Meyer, tu mérites qu'on te donne à manger de la paille, aussi vrai que Dieu veuille me donner bonheur et prospérité...

Il concocta alors sur-le-champ un plan, un plan magnifique pour lequel il se congratula lui-même :

— Murawtchik, tu es un rusé coquin...

Mais comme il était temps de manger, il se mit en quête d'un restaurant juif et tomba pile sur le fameux restaurant de Shloyme dont on voyait tous les jours, dans tous les journaux de New York, la réclame et les *pictures* :

> N'oubliez pas votre ami Shloyme qui met tous les jours à votre disposition les meilleures spécialités roumaines *kasher* et toutes fraîches, etc., etc.

Une fois entré dans le restaurant de Shloyme, Sholem-Meyer Murawtchik s'aperçut que presque toutes les tables étaient prises par des businessmen qui, n'ayant pas le temps de manger, avalaient leur repas dans la précipitation, le *hurry up*, comme se font toutes choses en Amérique. Il se mit en devoir de se chercher une place où il pourrait déjeuner seul, en tête à tête avec ses pensées et avec ses plans.

Avant même qu'il ait eu le temps de s'en aviser, un énergique jeune homme avait fait son apparition, un gentleman avec une serviette blanche sur le bras, rouquin et rasé de près comme un artiste, qui d'un geste de prestidigitateur avait extrait un *fountain-pen* et un bloc-notes et jetait à présent sur le nouvel arrivant un regard noir, se penchait légèrement vers lui, comme pour dire : « *Mister*, passez votre commande, mais ne m'ennuyez pas trop longtemps : vous voyez tous les *customers* que nous avons ! *Hurry up !* »

Il en fallait plus à Murawtchik que ce gentleman glabre et rouquin avec une serviette blanche pour l'effrayer, aussi s'assit-il posément pour retirer son chapeau neuf que ce voyou de Nissl Schwalb lui avait abîmé la veille (que ses mains se dessèchent !), puis il sortit un petit peigne pliant de sa poche et entreprit de se recoiffer en arrière, tout en passant une commande très personnelle, telle que la lui suggérait un appétit excité. Il le fit en ces termes :

Un goulash avec du paprika, aux gésiers et aux foies et ailerons de volailles, ce qui ne fait pas un. (Il numérotait selon la tradition qui interdit aux Juifs de dénombrer des êtres humains.) Ensuite, un bouillon avec une part convenable de poulet, ce qui ne fait pas deux. Du ragoût avec des petites pâtes, ce qui ne fait pas trois. Un *tsimmès* de carottes avec un morceau de *kishke* farcie, ce qui ne fait pas quatre, un petit verre de fine champagne, un morceau de radis noir avec de la graisse d'oie comme accompagnement, plus un grand verre de bière, ce qui ne fait pas cinq. Voilà, rompez ! En vitesse, pressons, avec le sourire, s'il te plaît, et que le diable t'emporte !

Ces derniers mots, Murawtchik les avait prononcés d'une traite, sans reprendre son souffle, à son habitude. Le gentleman aux cheveux roux avec sa serviette blanche sur le bras nota la commande avec la rapidité d'un sténographe, puis relut son papier de haut en bas, et demanda enfin à son client :

— *Well*, qu'est-ce que c'est qu'un ragoût...?

Murawtchik regarda le rouquin de son œil malicieux et s'exclama, mi-sérieux, mi-plaisant :

— Comment ça, qu'est-ce que c'est qu'un ragoût ? Et des oignons frits non plus, tu ne sais pas ce que c'est ? Mais qu'est-ce que c'est que ce loufiat ? Tu ferais mieux de faire le cireur de bottes dans la rue, ou d'aller nettoyer...

Murawtchik n'eut pas le temps de terminer, car le rouquin à la serviette blanche sur le bras lui lança de nouveau son regard noir, se planta devant lui et l'apostropha dans la langue d'Amérique, c'est-à-dire en anglais :

— *Say, mister !* Bouclez-la ! Je ne suis pas un loufiat, je suis *waiter* dans un restaurant *jewish* ! Je suis *member* d'une *Union* ! Je suis...

Heureusement, Shloyme le restaurateur intervint en personne pour ramener le calme. Sinon, cela se serait mal terminé pour l'un des adversaires.

La scène que nous venons de décrire n'avait pas (à Dieu ne plaise) entamé l'appétit de notre Murawtchik. Il entreprit de déguster son déjeuner à son aise, tandis que dans sa tête s'échafaudait le plan suivant :

— Que cet oiseau chanteur de Rafalesco soit amoureux de notre donzelle de Rosa Spivak, c'est une bénédiction. Il faut seulement veiller à ce que l'affaire ne se gâte pas. Après tout, je n'ai rien contre eux. Qu'ils vieillissent ensemble dans l'abondance et la considération. Mais Zlatkè, que va-t-elle devenir ? Il lui arrivera ce qui arrive à toutes les filles qui fautent par excès de confiance, et qui dépensent leur dot avant le mariage. Bien sûr, on ne peut que la plaindre, que peut-on faire d'autre ? Elle pleurera jusqu'à ce qu'elle n'ait plus de larmes. Mais je ne la laisserai pas tomber... Je ne suis pas un Shtupak, moi, je ne suis pas couvert de femmes, je n'en ai même pas une à moi... Il me semble qu'il est grand temps pour moi de me trouver un coin où poser ma tête. Combien peut encore durer cette errance, cette vie sans foi ni loi ? En plus, Zlatkè est quelqu'un de bien. Elle est modeste, honnête, un véritable agneau de Dieu, mais elle a malheureusement dérogé. Prendre une fille comme elle, c'est un acte de piété... Moi, ça m'est égal, qu'elle ait un môme, pourvu qu'elle soit honnête. Je la traiterai bien, promis. Je ne lui reprocherai pas ses fautes passées... Et avec moi, son pain lui sera toujours assuré. Je ne suis pas Shtupak, que son nom s'efface ! Bien sûr, il faudra qu'ils nous aident... Je veux dire, elle et lui... Ce ne sont pas des malheureux, Dieu merci ! Ils gagnent beaucoup d'argent, surtout elle. À ce qu'on dit, elle ramasse l'argent à la pelle ici, en Amérique. Quant à lui, il faudra bien qu'il admette que je la prends comme elle est, enfant compris, et avec une vieille mère pour faire bonne mesure... J'espère qu'il ne se fera pas prier longtemps et qu'il se laissera faire, j'ai de quoi le convaincre... S'il essaie de faire le malin, je lui amènerai la môme en cadeau de noces le jour du mariage. Hé, l'homme aux nouilles, l'addition !

Cette dernière interjection parvint aux oreilles du gentleman rouquin à la serviette blanche sur le bras, mais à cause du léger différend qui les avait opposés, il fit semblant de ne pas entendre et sacrifiant son espérance de pourboire, il laissa le patron lui-même s'arranger avec cet immigrant de fraîche date.

Après avoir réglé son addition et jeté quelques *cents* sur la table pour le garçon, Murawtchik se leva, le ventre rebondi comme celui d'un bourgeois rassasié, alluma un cigare et s'en fut d'un pas sautillant faire un petit tour dans les rues de New York...

CHAPITRE SOIXANTE-QUINZE

SOUS TERRE

Notre héros s'y était pris trop tôt pour se rendre au rendez-vous fixé par Rosa. Il avait même négligé de regarder sa montre. Ce n'est qu'une fois arrivé dans la rue, après avoir relu pour la dixième fois sa chère lettre dont il connaissait déjà par cœur le contenu, en particulier le passage « entre quatre et cinq heures », qu'il s'avisa qu'il lui restait assez de temps pour entrer dans un *barber shop* pour se faire raser et s'installer dans un luxueux café pour manger quelque chose. Les aiguilles de sa montre se mouvaient avec une lenteur paresseuse. Jamais le temps ne lui avait paru si long. Il marchait à pas très lents. Pratiquement à chaque instant, il s'arrêtait pour lire les énormes affiches en caractères géants dont les slogans et les immenses photographies s'étalent à chaque coin de rue à New York. Sans même en être conscient, il descendit dans ce monde souterrain qu'en Amérique on nomme *subway*, ou métropolitain, qui relie entre elles et sous la terre toutes les rues de New York. Le *subway*, c'est une autre ville, avec d'autres rues, un autre monde, un monde d'acier et d'électricité. Il n'y parvient pas même un rayon de soleil, et pourtant, c'est plein de lumières et cela s'agite vingt-quatre heures sur vingt-quatre. On n'y connaît pas la nuit. En permanence, on y voit courir des gens dans tous les sens dans un tohu-bohu général, chacun suivant son propre chemin, chacun s'occupant de ses propres affaires, toujours se pressant, toujours se bousculant, ne connaissant que le *hurry up*. Ici, dans le New York d'en bas, règnent la même agitation, la même précipitation, le même vacarme que dans le New York d'en haut.

On descend un escalier, et l'on se rend compte immédiatement qu'on est dans un monde tout différent. Votre moi est comme enserré dans des tenailles par l'acier et l'électricité, vous avez l'impression de surprendre les secrets des profondeurs et, bon gré mal gré, vous vous prenez à penser à des choses qui ailleurs vous seraient étrangères. Bon gré mal gré, vous vous prenez à songer aux éternelles forces obscures qui vous assaillent d'en haut comme d'en bas. Mais vous n'avez guère le temps de songer. Déjà vous percevez de loin comme un rugissement de bête sauvage qui se meut dans les ténèbres avec une puissance formidable. Bientôt, elle apparaît, surgissant de l'abîme obscur, et vous découvrez alors cette énorme et étrange bête de métal avec ses effrayants yeux électriques. Elle file devant vous, glissant comme un serpent sur les rails brillants. Surgissent tout à coup comme des démons les conducteurs qui hurlent le nom de la station, et l'on entend un vacarme de portières. Il se déverse alors une marée de centaines, de milliers de personnes peut-être, un flux de gens qui entrent, un autre de gens qui sortent, le tout sans bruit, sans désordre, et en moins d'une demi-minute, car le temps est précieux, *hurry up* !

Parmi le flux de gens qui entraient se trouvait également notre héros Rafalesco. Il avait pratiquement déjà un pied dans le wagon quand dans un éclair, parmi le flot des passagers qui venaient de descendre, il aperçut une silhouette familière, de petite taille, coiffée d'un chapeau cabossé. Murawtchik, peut-être ? Rafalesco s'arrêta.

Murawtchik aussi, en apercevant Rafalesco, resta interdit de surprise. Il ne s'attendait pas à rencontrer Rafalesco précisément au moment où il venait d'apprendre de Brayndelè la Cosaque des choses qu'il ignorait jusque-là.

Alors qu'il était encore au restaurant *Chez Shloyme*, il avait mis au point un plan qui lui permettrait d'exploiter au mieux la situation exceptionnelle dans laquelle l'avait mis la découverte des trois fiancées de son nouvel ami Rafalesco, à savoir la *prima donna* Schwalb, Rosa Spivak et Zlatkè Holzmann. Pour ce qui est des deux premières, pensait Murawtchik, l'affaire est entendue : d'après ce que lui avait raconté Brayndelè la Cosaque, Rafalesco, si Dieu le veut, laissera tomber Henrietta Schwalb sans remords, car il faudrait être un idiot, ou bien le Veau d'or du mont Sinaï pour échanger un petit bijou comme Rosa Spivak, dont tout le monde raffole, contre cette fille de Lemberg, cette *prima donna* du théâtre yiddish. Et alors ? Il y a eu un repas de fiançailles ? Quelle importance ? Qu'ils aillent se faire voir ! Comme si un artiste, un artiste yiddish qui plus est, s'inquiétait de pareils détails ! Cela manque-t-il donc, chez nous, les acteurs yiddish qui ont trois fiancées, voire trois épouses : la mienne, la tienne et la nôtre ? Et qu'est-ce qu'il leur arrive ? Rien, rien de rien... Mais il nous reste la fiancée numéro trois : Zlatkè avec sa môme. Là est le hic, mais c'est là qu'il y a quelque chose à gratter. « Allons, Sholem-Meyer, ne joue pas au Veau du mont Sinaï, et vois donc comment tu vas tirer avantage de toute cette histoire que le bon Dieu t'a envoyée à New York, faute de quoi tu seras condamné à manger de la paille... »

Tel était le monologue intérieur de Murawtchik au moment de sa rencontre soudaine avec Rafalesco, là, sous la terre. Mais il cacha sa joie sous un air impavide en s'adressant à Rafalesco sur un ton niais :

— Si un phénix comme vous circule sous la terre, qu'est-ce que nous devrions dire, nous autres misérables êtres de chair et de sang, pauvres de nous ?

CHAPITRE SOIXANTE-SEIZE

OY, L'AMÉRIQUE !

Si Murawtchik avait jugé préférable de cacher sa joie à Rafalesco, celui-ci au contraire témoigna d'une joie sincère en voyant son ami.

— *Hello ! How do you do ?* s'exclama-t-il à la manière américaine en lui tendant la main. Heureux de vous rencontrer ! C'est Dieu qui vous envoie. Je voulais justement vous parler.

— Comme vous voulez ! Je suis prêt. Où pourrions-nous nous installer ? lui répondit Murawtchik impavide.

— Nulle part, fit Rafalesco, cherchant des yeux un endroit où s'asseoir. Justement, voici un banc. Nous allons pouvoir bavarder un peu.

— Ici, sous la terre ?

— Exactement, ici sous la terre.

— Bon, si cela vous convient, moi, je n'y vois pas d'inconvénient.

Ils s'assirent donc sur le banc, et entamèrent rapidement la conversation. En fait, ce fut Rafalesco qui parla, tandis que Sholem-Meyer l'écoutait en hochant la tête. Murawtchik avait une capacité particulière. Avec lui plus qu'avec quiconque, on sympathisait rapidement, il devenait votre ami, votre intime, on était à tu et à toi, on lui confiait ce qu'on avait sur le cœur. Rafalesco, en tout cas, se sentait avec lui bien mieux qu'avec un frère. Murawtchik avait une autre qualité. Avec lui, pas besoin de grandes phrases, les paroles étaient superflues. Il lui suffisait de vous regarder de ses yeux malins pour deviner ce qui se passait en vous, et il vous enlevait les mots de la bouche. C'était un plaisir que cet homme-là, une vraie merveille !

— Pas besoin de me faire un dessin, murmura Murawtchik à l'oreille de Rafalesco de sa voix monotone et enrouée, mais douce tout à la fois. Croyez-moi, je comprends très bien toute l'affaire. Je m'en vais vous la dire, si vous le permettez, comme si je la lisais dans un livre de prières. Puissions-nous être protégés du mauvais œil ! Cela peut arriver au meilleur des hommes de faillir, une jolie fille, c'est une tentation, et ce n'est pas toujours de notre faute si le diable s'en mêle, en plus allez donc deviner qu'il y aura un môme, cette espèce de bombe à retardement... La vérité, c'est qu'elle n'est pas faite pour vous ni vous pour elle. Vous croyez qu'elle ne le comprend pas ? Elle le comprend mieux que nous, aussi vrai que Dieu veuille me donner bonheur et prospérité.

Ce discours soulagea le cœur de notre héros d'un poids énorme. Il se rendit compte que toutes ses excuses, tous ses faux-fuyants étaient inutiles. Murawtchik ne s'était pas contenté d'émettre des réserves ni de prendre la défense de la pauvre Zlatkè, mais il laissait entendre que Zlatkè elle-même n'envisageait pas ce mariage avec beaucoup d'empressement. Pour finir de tranquilliser Rafalesco, Murawtchik lui déclara :

— D'où croyez-vous que je vienne, comme vous me voyez ? Mais de là-bas, bien sûr ! Quand je lui ai transmis le message dont vous m'aviez chargé, la voilà qui fond en larmes : « Suis-je son égale ? Il a maintenant une telle réputation qu'on ne peut pas savoir jusqu'où il ira. Pourquoi l'importunerais-je, pourquoi deviendrais-je pour lui un fardeau encombrant ? »

Rafalesco fut touché.

— Elle a vraiment dit cela ?

— Pourquoi est-ce que j'irais vous raconter des histoires ?

— Ce n'est pas ce que je voulais dire. Ce sont vraiment les mots qu'elle a prononcés ?

— Aussi vrai que Dieu veuille me donner bonheur et prospérité. Ignorez-vous donc que c'est une âme pure et loyale, et qu'elle vaut dix-huit *prime donne* ?

Les yeux de Rafalesco s'embuèrent, mais il cacha ses larmes à son nouvel ami. Murawtchik poursuivit :

— Au fur et à mesure, je m'aperçois que la petite parle comme quelqu'un de sensé, et je me dis qu'elle a probablement raison. Alors, je lui dis : « Écoute-moi, ma petite âme, voilà ce qui se passe : ce garçon ne pensait qu'à ton bien, et au bien de ton petit. Mais toi, je lui fais, si l'idée ne te convient pas, n'en parlons plus. Personne ne te forcera, on ne te traînera pas sous le dais contre ton gré. La môme ? Tu n'as pas à t'inquiéter, dis-toi bien que ce n'est pas n'importe qui, que ce n'est pas un voyou, que Dieu merci il gagne bien sa vie, et qu'il veillera à vous assurer une vie décente, à toi et à ta petite et même ta mère n'aura pas (à Dieu ne plaise !) à compter sur des étrangers. Surtout, je lui fais, tu ne te retrouves pas toute seule : je ne suis pas mort, moi ! Avec toi j'étais, avec toi je reste. Qui donc, je lui fais, t'a amenée jusqu'ici, sinon Murawtchik ? Qui donc t'a enregistrée sous son propre nom à la descente du bateau, sinon Murawtchik ? Tu n'as qu'à imaginer que tu es à moi, et moi à toi, et voilà tout ! » Et s'il le faut, même en Amérique on peut trouver quatre pieux pour le dais nuptial, et Sholem-Meyer pourra dire le « Kedas Moïche va Isroel » (« Selon la Loi de Moïse et d'Israël ») – et bien le bonjour ! Tel que vous me voyez, je me ferais très bien à cette idée. D'abord, par pitié. C'est une pauvre orpheline. Ensuite, c'est une fille honnête, une vraie petite colombe. Reste à savoir comment nous nous en sortirons... Dieu y pourvoira, et comme de bien entendu, vous ne nous oublierez pas non plus...

— Vous oublier ?

Rafalesco avait pris le bras de Murawtchik, et s'il n'avait pas craint le ridicule, il l'aurait embrassé.

— Je peux même le mettre par écrit, si vous le souhaitez.

— Qu'avons-nous besoin de paperasses ? Vous me signerez des petits billets à mon ordre, et voilà tout. Je passerai chez vous ce soir, et j'apporterai ce qu'il faut. Mais vous aviez bien l'intention de vous rendre quelque part ?

Rafalesco était tellement pris par la conversation qu'il n'avait pas remarqué le nombre de serpents d'acier aux yeux électriques qui défilaient devant eux, ni le flux de gens qui entraient et sortaient, ni que les aiguilles de sa montre avaient fini par se rapprocher de trois heures. Dans une heure, il devait être là-bas. Ce mot, « là-bas », lui donnait un pincement au cœur. Il prit très amicalement congé de Murawtchik, se précipita dans l'un des grands wagons, et quelques secondes plus tard il disparut, avalé par l'obscurité.

— Sholem-Meyer, tu es *all right* ! s'exclama intérieurement Murawtchik, quel merveilleux pays que l'Amérique ! *Oy*, l'Amérique !

CHAPITRE SOIXANTE-DIX-SEPT

PARMI LES BÊTES FAUVES

L'endroit que Rosa avait choisi pour leur rendez-vous d'amoureux était le parc du Jardin zoologique, qui est peu fréquenté en hiver, et où l'on peut se promener en toute tranquillité sans y rencontrer personne hormis les bêtes enfermées dans leurs cages.

Rafalesco, malgré les retards et les empêchements survenus pendant cette journée, était arrivé à l'endroit convenu avec une bonne heure et demie d'avance. Pendant cette heure et demie qu'il passa à se promener entre les cages, il vécut des moments tels qu'il n'avait jamais eu l'occasion d'en vivre de toute sa jeune vie d'errance de par le monde. L'importance de l'instant qu'il attendait depuis des années suffisait à faire battre son cœur à tout rompre, et à le faire trembler comme une feuille. Mais il lui venait aussi à l'esprit toutes sortes de pensées incohérentes, toutes sortes d'idées insensées, des idées sombres, tristes, plus tristes les unes que les autres. Allait-elle seulement venir, se demandait-il, et qu'en était-il de la « cage dorée » à laquelle elle avait fait allusion dans sa lettre ? Qui peut imaginer quelle scène avait pu se dérouler à la dernière minute entre elle et Grisha Stelmakh ? Toutes ces sombres pensées, ces idées noires assaillaient son esprit sans relâche. Il avait beau essayer de les repousser, il n'arrivait pas à trouver le repos. Il avait la sensation qu'un moment important s'annonçait, le moment peut-être le plus important de sa vie, et malgré lui, il ne pouvait s'empêcher de penser au marché qu'il venait de conclure avec Murawtchik, à la manière dont il avait proprement vendu l'innocente, la pure Zlatkè à la manière d'un objet, d'une esclave. À qui ? À quelqu'un qu'il ne connaissait pas, dont il ignorait tout. À quel moment ? À peine après avoir décidé le matin même d'accourir auprès de la pauvre Zlatkè, de se jeter à ses genoux et de lui promettre un amour éternel ! Il lui semblait entendre une voix murmurer à son oreille : Caïn ! Caïn ! Caïn !...

Rafalesco pénètre plus profondément dans le Jardin zoologique, parmi les bêtes fauves. Il voudrait se fuir lui-même... Impossible. Il voudrait faire disparaître, effacer tout son passé... Impossible. Bien au contraire, c'est avec clarté et précision que lui apparaissent tous ses crimes, grands et petits, qu'il considère toutes ses aspirations et tous ses idéaux artistiques, qu'il peut en lire comme à livre ouvert le résultat dont il est le seul responsable et le verdict qu'il s'inflige à lui-même : en tant qu'homme, c'est un criminel, un Caïn, un Caïn !... En tant qu'artiste, il est médiocre et sans valeur, entouré qu'il est de gens mesquins, prisonnier d'une réputation mensongère et vivant dans un bluff perpétuel !... Bien des fleuves seront asséchés, bien des sacrifices offerts, bien des autels renversés, mais lui, il restera, comme aujourd'hui, à la porte du Saint Temple où aspire depuis sa tendre enfance son âme juvénile encore mais déjà gonflée de souffrances... Mais silence ! On vient... Son cœur s'arrête, ses yeux sont exorbités : est-ce le moment, déjà ? Il scrute : une silhouette apparaît, celle d'une superbe jeune femme dont on ne sait si elle est réelle ou immatérielle et qui s'avance sans toucher le sol. Est-ce *elle*, déjà ?... Oui, c'est *elle*.

Jamais il n'arrive que la personne que l'on a attendue corresponde à l'image que l'on se faisait d'elle. Elle ne ressemblait pas à celle que Rafalesco se représentait dans ses rêves. Ce n'était ni la Reyzl qu'il avait connue à Holenechti, ni la Rosa que lui peignait son imagination. Celle qu'il avait devant lui était toute différente. Elle lui apparaissait plus grande, plus âgée, et surtout différente, si différente de celle qu'il imaginait. Au premier abord, il la trouvait trop sévère, trop froide. Mais ses yeux étaient bien les mêmes, les yeux noirs et flamboyants d'une bohémienne.

Lui non plus ne ressemblait pas au Rafalesco qu'elle se représentait dans ses rêves, ni au Leybl, le « fils de riche » dont le souvenir lui était resté depuis le *kheyder*. Il avait changé du tout au tout. Seuls ses yeux n'avaient pas changé, ses yeux bleus pleins de bonté et de douceur. Ils restèrent ainsi un moment, se faisant face, sans prononcer une parole, parfaitement immobiles. C'était comme s'ils déchiffraient chacun sur le visage de l'autre tout leur passé, comme s'ils essayaient de retrouver dans leurs yeux l'histoire de leur jeunesse privée de bonheur et passée tout entière dans l'errance à travers le monde. Mais tout cela ne dura qu'un instant. Bientôt apparut sur le visage de Reyzl un sourire, son premier sourire, il sentit son cœur bondir dans sa poitrine et tout son être fut attiré par elle comme par un aimant.

Le jour est depuis longtemps éteint, le soleil s'est couché. Au ciel scintillent les étoiles. La lune s'est levée. Nos deux jeunes héros, Leybl Rafalesco et Reyzl Spivak restent là à parler, à parler encore... Ils se souviennent de Holenechti, du théâtre yiddish, de la rue de Dieu, de l'incendie, des étoiles vagabondes...

ÉPILOGUE

LETTRES

I

DE MEYER STELMAKH À SON AMI

... Voilà où en sont les choses, mon frère, ne posez pas de questions. Comme dit l'autre, c'est un monde avec plein de petites planètes qui tournent autour. N'importe, il aurait mieux valu qu'ils se séparent et qu'on n'en parle plus. Cela arrive, après tout, qu'un mariage finisse par tomber à l'eau. On n'y peut rien, c'est comme ça ! Mais là, pas de mariage, et ils sont restés bons amis. Seulement, il y a bons amis et bons amis : on s'écrit toutes les semaines, et encore, ce n'est pas seulement à Rosa qu'il écrit, mais aussi à Rafalesco. Depuis que mon Grisha a fait la connaissance de Rafalesco, ils sont devenus amis intimes, quasiment frères de sang, et ont l'un de l'autre la plus haute opinion qui soit. À croire que c'est de l'amour !... Eh bien ! Qu'en dites-vous ? Encore, si ce n'était que cela, ce ne serait pas grave. Comme dit l'autre : « Si cela te convient, à moi, cela me va. » Mais les gens jasent. Et à qui la faute, si ce n'est à moi ? Si je ne les avais pas amenés ce soir-là au théâtre yiddish pour le gala de Rafalesco, rien ne serait arrivé... Alors, on serre les dents et on se tait !

Vous devriez entendre tous les commérages qui circulent. On raconte qu'entre Rosa et ce gaillard de Rafalesco, c'est une vieille histoire, une amourette qui remonte à Dieu sait quand, à la prime enfance, et qu'un jour ou l'autre, on va leur dresser le dais nuptial... Quand j'en parle à mon Grisha, il éclate de rire : « Foutaises ! Jamais Rosa n'épousera Rafalesco, jamais, vous m'entendez ? » Allez comprendre. Et les gens qui n'arrêtent pas de bavarder, de faire des commentaires écœurants. Non contents de vous voir accablé, ils remuent le couteau dans la plaie. Vous comprenez ce que je veux vous dire, mon cher ami ? Nous autres Juifs, nous sommes une nation peu nombreuse, mais pourvue de tant de méchanceté !... Quand vous m'écrirez, expédiez-moi le courrier à Londres, comme avant, et ne m'en veuillez pas de vous avoir farci la tête de mes soucis. Quand on s'épanche auprès d'un ami, on a l'impression que cela rendra les choses plus faciles.

Votre ami malheureux, déboussolé et que le genre humain tout entier exaspère,

Meyer Stelmakh

II

DE SHOLEM-MEYER MURAWTCHIK À ALBERT SHTUPAK

... Voilà tes cinquante et que le diable t'emporte passque maintenant grâce à Dieu c'est moi qui peux t'en prêter cinquante si t'as besoin de sous et je t'écris pour te dire que la fille du chantre a perdu la boule vu qu'elle s'est arrangée pour avoir deux fiancés et qu'elle sait pas avec lequel se marier d'abord si elle m'écoutait elle les prendrait tous les deux passque le Grisha Stelmakh est bourré de fric et le deuxième fiancé celui que je t'ai déjà causé dans une lettre le gamin de Holenechti qui s'appelait Rafalowitch qui s'appelle maintenant Rafalesco il est plein aux as vu que les Anglais l'ont fait passer chez eux et l'ont couvert d'or de la tête aux pieds et je t'écris pour te dire que pour le moment je n'ai rien comme affaire mais je cherche un petit théâtre c'est-à-dire pas vraiment un théâtre mais une petite salle de vaudeville si c'est pas trop cher je pourrai la louer et faire du bon bizness sauf que je dois dire que le théâtre yiddish en Amérique se casse la figure ils commencent à faire venir de Berlin les meilleurs acteurs allemands qu'ils paient des fortunes c'est tous des voleurs en Amérique la peste soit de Christophe Colomb mais je crois qu'on peut encore s'en sortir alors je t'écris Albert crache sur la Russie et arrive ici on va s'associer et si tu veux pas tu n'as qu'à te faire enterrer six pieds sous terre et va te faire cuire des *bagels* avec ma considération distinguée

Sholem-Meyer Murawtchik

P.-S. : Je viens d'apprendre une nouvelle que dès que tu vas l'entendre tu tombes raide sur place écoute-moi ça tu te rappelles de notre ami Hotzmakh je t'ai déjà écrit de Londres à son sujet figure-toi qu'il lui a pris l'idée de passer l'arme à gauche, béni soit le juge de vérité, et de laisser sa jeune sœur Zlatkè qu'elle s'appelle une fille toute gentillette malgré qu'elle a un défaut j'avais vraiment l'œil sur elle et j'ai failli me marier avec elle mais voilà-t-il pas qu'on raconte qu'elle va se marier devine avec qui même avec dix cervelles tu ne trouverais pas justement avec ce gaillard de Rafalesco que son nom soit effacé et qui remue ciel et terre en faveur d'elle c'est bien Reyzl ta cinglée de fille de chantre aussi vrai que Dieu veuille me donner bonheur et prospérité va imaginer une histoire pareille sois raisonnable ne reste pas enterré là-bas comme Korah à neuf coudées sous terre comme je te souhaite du fond du cœur avec toute ma considération distinguée

Sholem-Meyer Murawtchik

III

DE BRAYNDELÈ LA COSAQUE À HENRIETTA SCHWALB

... écrivez-moi en détail comment vont les choses pour vous là-bas à Johannesburg. J'espère que vous êtes *all right* : vous ne devez manquer de rien, que le mauvais œil s'écarte ! On raconte qu'il est multimillionnaire et qu'il vous a acheté une quantité de diamants et de brillants comme seul un Rockefeller pourrait se le permettre. Vous ne pouvez pas vous imaginer le plaisir que cela m'a fait. Qui peut savoir en effet mieux que moi tout ce que vous avez subi pendant toute votre vie de la part de vos frères. Même les derniers temps, quand vous aviez déjà commencé à bien gagner votre vie et à en profiter, ils se mêlaient de votre vie à tort et à travers. Je ne veux pas dire du mal d'eux, après tout ce sont vos frères, mais vrai, ni l'un ni l'autre ne vaut votre petit doigt. Sans vouloir vous flatter ni les rabaisser, je vous assure qu'ils ne valent pas le plus petit de vos ongles, en particulier votre Nissl avec ses paroles mielleuses et ses serments. Que Dieu le rembourse avec les intérêts pour l'honnête conduite qu'il a eue à mon égard, Seigneur, tous les hommes sont bons à mettre dans le même sac, lui avec ! Dites-vous bien qu'il n'a que ce qu'il mérite. On dit qu'il est dans une mauvaise passe, votre Nissl. Depuis l'écroulement de la compagnie, il s'est voué à toutes sortes de magouilles, et il a échoué dans toutes ses combines. Il en a une toute neuve, de combine, à présent. Il est tombé sur un type qui dit posséder une maquette en papier du Temple de Jérusalem, il passe son temps à coller des affiches pour lui dans tout New York. Nul doute que sa combine va s'écrouler et lui avec, comme toutes ses autres combines. Que Dieu le paie de retour, pour vous, pour moi et pour tout le peuple d'Israël. Comparé à lui, votre frère Isaac est une perle, bien qu'il ne soit pas un ange non plus. Un honnête homme, comme l'autre. Il faudrait que tout ce qu'il raconte sur votre compte tombe à la mer. Il dit que vous vous êtes vendue pour de l'argent et que votre mari fait commerce de... je n'ose même pas répéter ses mots. Et tout cela pour quoi ? À cause de ce sacré dollar. Je vous conseillerais de lui fermer le bec avec quelques dollars. Ici, il pourrait bien s'allonger en plein milieu de la rue, personne ne l'aiderait. Qui est-ce qui se retournerait sur lui ? Le rossignol de Lomza ? La femme du chantre, longue vie à elle avec ses cheveux rouges ? Elle a laissé tomber sa perruque rousse, elle est devenue une vraie *missis*, pas moins ! On raconte que ses enfants ramassent l'argent à la pelle. Ce pays, c'est comme la fièvre : ça s'attrape. Imaginer qu'un chantre sorti de Lomza avec toute sa marmaille va débarquer ici et se retrouver couvert d'or ! Avec ça, ce chantre a de la justice la même idée qu'un Cosaque russe.

Vos deux frères pourraient bien se mettre debout sur la tête, il ne leur donnerait pas un *cent*, voilà tout ! Quant à Mr Klammer qui avait pris en charge toute la famille pour l'amener jusqu'ici et qui avait monté la compagnie, c'est à peine s'il a réussi à réunir assez d'argent pour payer son billet de retour à Londres. Devinez qui lui a prêté ces quelques dollars ? Même avec dix-huit cervelles, vous ne pourriez pas trouver. C'est précisément ce *shlimazel* de Murawtchik, celui-là même qui est à l'origine des retrouvailles de votre ex-fiancé et de sa chanteuse qui depuis regarde tout le monde de haut que c'en est à faire peur ! Elle a fini, Dieu merci, par se séparer de son premier fiancé, Stelmakh, et cela n'est pas allé sans un scandale. On dit que le vieux Stelmakh voulait lui faire un procès, mais que son fils l'en a empêché. Que mes malheurs retombent sur leur tête ! Ce qu'il y a de vrai là-dedans, je n'en sais rien, mais c'est ce que j'ai entendu dire, et je le revends au prix que cela m'a coûté. Je n'étais pas là pour tenir la chandelle... Quant à l'autre, je veux dire le vôtre, elle vient de s'en séparer à son tour, et pour de bon. Ils ont eu une violente dispute devinez à propos de qui ? De Zlatkè justement, la sœur de Holzmann. À vrai dire, je n'y suis pas tout à fait pour rien. Je lui ai écrit une lettre dans laquelle je lui ai raconté la vérité sans détour, je ne lui ai rien caché de ce que j'avais réussi à apprendre par cet affairiste de Murawtchik concernant l'idylle entre Rafalesco et la sœur de Holzmann, et bien qu'elle ne m'ait pas fait l'honneur de me recevoir, je suis au courant de tout ce qui se mijote chez elle... Je sais par exemple que Rosa, de son propre chef, est allée rendre visite à Zlatkè et qu'elle s'est fort attachée à l'enfant que la sœur de Holzmann avait eu de Rafalesco... Je sais aussi que Rafalesco est entré dans l'un des principaux théâtres de langue anglaise de la ville, mais que Mr Nickel qui avait signé avec lui un contrat pour l'intégralité de la saison a exigé une si grosse somme que ce pauvre Rafalesco qui s'y connaît autant en affaires que moi en brillants a failli en faire une attaque. Mais Rosa s'est manifestée, et a déclaré qu'elle prenait tout sur elle. Qu'en dites-vous ? Ce qu'il y a de vrai là-dedans, je n'en sais rien, je le revends au prix que cela m'a coûté. Je n'étais pas là pour tenir la chandelle... Mais je vous le dis, il ne faut pas les envier, ma chérie, vous n'en avez rien à faire. Grâce à Dieu, vous êtes plus riche qu'eux, vous avez davantage de bijoux, des plus belles robes, et si vous me permettez, c'est une sottise de regretter le théâtre comme vous le faites. Prenez plutôt du bon temps, profitez de l'argent, faites-vous plaisir, jouissez de la vie, mais n'oubliez pas votre famille, je parle de vos deux frères, ma petite âme, car bien que leur conduite envers vous et bien plus encore envers moi ne le mérite pas, je prends leur défense. Qu'importe, il est plus convenable que ce soit vous qui les preniez en charge plutôt que de les voir obligés de dépendre de parfaits étrangers. Et puis, mon petit cœur, n'oubliez pas votre amie qui vous est dévouée corps et âme. Écrivez-moi de temps en temps une petite lettre, et si vous avez besoin de quoi que ce soit, je le ferai volontiers. Si par hasard, vous me trouvez un bon *job*, écrivez-moi et je viendrai à Johannesburg, malgré la distance, parce que je commence à en avoir par-dessus la tête du pays de Christophe Colomb et de ses habitants, en particulier de nos acteurs, qu'une épidémie les emporte tous en un seul jour et qu'il n'en reste plus trace. Amen. Amen. Amen.

Je vous envoie mille baisers.
Votre amie dévouée,
Brayne Tcherniak

IV

DE LEYÉ LA FEMME DU CHANTRE À SA FILLE

... sache, mon enfant, que je t'attends avec impatience. D'après ce que tu m'écris, tu dois venir en visite à Holenechti. Autrement, il y a longtemps que j'aurais vendu la maison. À quoi bon pour moi toute seule une aussi grande maison avec autant de pièces ? Mais si tu crois qu'il peut se trouver un client pour cette maison, tu te trompes. Qui à Holenechti peut avoir besoin d'une aussi grande maison avec autant de pièces ? Tu penses, une ville de pauvres, d'indigents, de crève-la-faim, personne n'a d'argent. Tous ceux qui en avaient un peu sont partis pour l'Amérique. Il y aurait une petite chance avec Henekh, le gendre du cabaretier, le nouveau riche de Holenechti. La maison lui fait très envie, mais s'il montre qu'il est intéressé, il a peur que je fasse monter le prix et moi, je ne veux pas laisser voir que je suis vendeuse, sinon il va marchander, ce qui fait que je suis coincée. J'attends ton arrivée avec impatience, ma chère fille, et que tu me donnes le plaisir de te voir avec un fiancé comme il faut, qui te fasse honneur, pas comme l'autre, le klezmer, le musicien des rues, que Dieu me pardonne d'employer ces mots. Je n'ai rien contre lui personnellement, à Dieu ne plaise, mais il ne pouvait pas convenir à la fille de Yisroeli le chantre. Puisse le Tout-Puissant lui faire trouver ailleurs son âme sœur et te pardonner, à toi, d'avoir rompu ton engagement, bien que chez nous ce soit considéré comme un grand péché. Tu m'écris que Leybl, le fils du riche Rafalowitch, est heureux et célèbre : c'est une joie pour moi, car ses frères et sœurs, les malheureux, n'ont pas de chance, eux. La famille est détruite, les enfants dispersés sur les sept mers, on ne sait même pas ce qu'ils sont devenus. Il ne reste qu'Anshel. Il vient quelquefois me demander du secours, je l'aide comme je peux. Mais comment remplir un sac troué ? Il est dépensier, en plus il a l'air d'une brute, que cela arrive plutôt à mes ennemis ! Si Beylkè, que Dieu ait son âme, surgissait de sa tombe et voyait ce que sont devenus sa maison, ses enfants et son mari : le pauvre, il a perdu l'esprit et se trouve quelque part dans un asile ou un hôpital, où il passe son temps à attendre le jour où son gendre Joie et Jubilation viendra lui apporter une livre de thé ou un pain de sucre. Quel malheur que Béni Rafalowitch en soit arrivé là, que son caissier de gendre doive le nourrir ! Il vient aussi me voir quelquefois, Joie et Jubilation, il reste là pendant des heures à parler, parler, parler... Ce qu'il peut être ennuyeux, que Dieu me pardonne ! Imagine-toi que leur vieille grand-mère aveugle est encore de ce monde. À croire que le bon Dieu l'a tout simplement oubliée. C'est une pitié de voir des gens comme ça continuer à vivre. Comme on récite dans la prière de Roshashonè : « Ceux qui vivent et ceux qui sont couchés en terre... » Franchement, est-ce qu'il n'aurait pas mieux valu que ce soit ton père,

Dieu ait son âme, qui reste en vie avec moi plutôt que je me retrouve toute seule dans une si grande maison ? Mais les voies du Seigneur sont impénétrables. Tu te souviens de Yekhiel le klezmer ? Voilà-t-il pas que la semaine dernière il lui prend l'idée de mourir subitement ! Il était pourtant encore jeune. Henekh le cabaretier lui aussi vient de mourir, mais lui, c'est normal, c'était un vieux, et riche par-dessus le marché. Mais l'enterrement qu'il a eu, un enterrement de saint homme, on se demande bien en récompense de quelles bonnes actions. Que ton père, Dieu ait son âme, ait eu un bel enterrement, cela se comprend, mais Henekh le cabaretier ! En quel honneur ? Qu'a-t-il fait pour le mériter ? Sous prétexte qu'il était riche, il faudrait encore le flatter après sa mort ? Qu'importe après tout, je ne suis pas jalouse et je ne voudrais pas dire de mal. Hélas, il laisse derrière lui une veuve et quatre enfants, ils ont beau avoir une belle affaire et beaucoup d'argent, ce sont tout de même des orphelins. Ils n'auront plus jamais de père. Ce que la terre recouvre est perdu à jamais. Une pelletée de terre, et c'est fini. Mais c'est bien pire pour la femme du klezmer. Elle, elle reste sans rien. Elle n'a même pas de quoi survivre. On a fait une collecte pour elle, j'ai donné ce que je pouvais, mais les trésoriers de la synagogue ont fait la grimace. C'est un peu juste, qu'ils ont dit. Vous êtes devenue une femme riche, grâce à Dieu, qu'ils ont dit, avec la fille que vous avez, et vous avez, grâce à Dieu, une grande maison avec beaucoup de pièces. Va leur expliquer que j'en ai assez, de cette maison, de toutes ces pièces, de toute cette agitation. Avec l'aide de Dieu, dépêche-toi d'arriver, que nous puissions discuter de cette maison, à quoi bon une si grande maison avec autant de pièces pour une seule personne comme moi ? Tu crois que je suis la seule à le dire ? Tout le monde le dit ici, et tout le monde t'attend avec impatience. Même Nekhè la veuve, avec ses deux petites sœurs (elles ne sont pas encore mariées, les gueuses), qui n'arrête pas de me demander : « Alors, ma petite Leyé, que Dieu vous garde, quand est-ce qu'elle arrive, votre Reyzl ? » Que ses yeux se dessèchent ! Elle oublie la honte que j'ai subie par sa faute le jour où tu as disparu, ce jour maudit où l'on m'a traînée devant le commissaire de police, que son nom soit effacé, il y a longtemps qu'il n'est plus de ce monde. Sois en bonne santé, mon enfant. Écris-moi si c'est vrai que tu veux retourner en Amérique, si Dieu le permet ? C'est un projet qui ne me plaît pas du tout. Ce n'est pas que le pays soit mauvais, ni que les gens ne soient pas des gens bien, mais je n'aime pas leur langue. *Chicken* c'est un poulet et *kitchen* une cuisine, un *reverend* c'est un abatteur rituel, mais qu'est-ce que c'est que cette histoire ? Mais dépêche-toi plutôt d'arriver, avec l'aide de Dieu, et nous reparlerons de tout cela. D'ici là, tout Holenechti te passe le bonjour et Nukhem, le fils de Khaïm-Shaye, qui écrit cette lettre, t'envoie ses salutations personnelles.

Ta maman, qui prie Dieu pour toi jour et nuit,
Leyé Spivak

V

DE ROSA SPIVAK À MARCELLA EMBRICH

Mütterchen ! Comme vous le voyez, je suis de retour en Europe. Les étoiles vagabondes qui, comme vous le savez, ont passé si longtemps à se chercher sans succès ont fini par se rencontrer. Cela s'est passé en Amérique. Mais elles n'ont fait que se rencontrer, pas davantage ! Se réunir, ne plus faire qu'un, cela ne se produira jamais, jamais. À qui la faute, à lui ou à moi ? Cela, je l'ignore. C'est probablement notre faute à tous les deux. Nous avons commis tous les deux tant d'erreurs dans notre vie, et pourtant nous avons si peu vécu... Les étoiles vagabondes se sont rencontrées, mais bien tard, trop tard. Oui, *Mütterchen*, il semble que le bonheur ne soit pas de ce monde. Seul existe l'attrait du bonheur. Mais le bonheur lui-même n'est qu'un rêve, une chimère. L'amour non plus n'existe pas, seule sa représentation existe, un idéal que nous nous construisons nous-mêmes avec notre imagination. L'amour n'est qu'un rêve. Oh ! *Mütterchen !* Il est trop tard ! Les étoiles vagabondes ont mis trop longtemps à se rencontrer. Me voici toute seule, perdue dans un brouillard de gloire et de succès, menant de nouveau une vie de bohémienne. Écrivez-moi, *Mütterchen*, mais n'essayez pas de me consoler, ni de me convaincre de changer. Ma vie continuera à être ce qu'elle a toujours été.

Celle qui sera toujours votre sauvageonne de bohémienne sans feu ni lieu,

Rosa

D'AUTRES
ROMANS D'AVENTURES
AU TRIPODE…

Goliarda Sapienza
L'ART DE LA JOIE

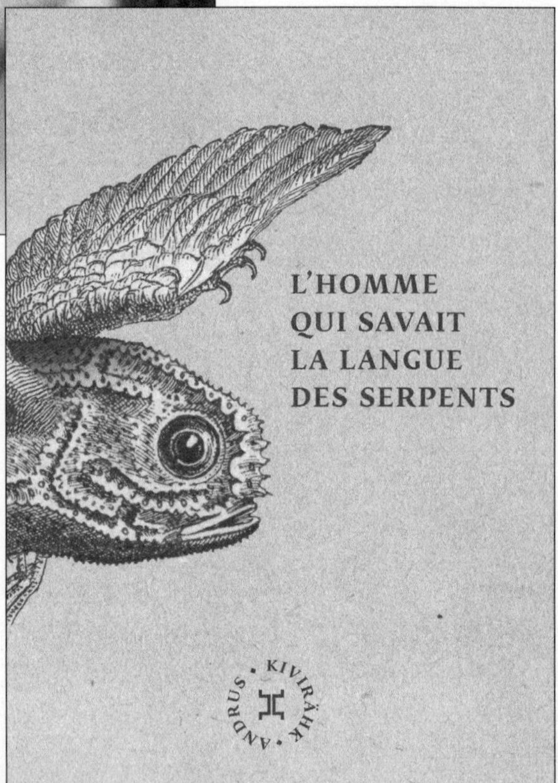
L'HOMME
QUI SAVAIT
LA LANGUE
DES SERPENTS
ANDRUS • KIVIRÄHK •

L'ART DE LA JOIE
Goliarda Sapienza (1924-1996)
traduit de l'italien par Nathalie Castagné

Ce roman est celui d'une vie, celle de Modesta, personnage né le 1er janvier 1900 sur les pentes de l'Etna, en Sicile. Du chaos misérable de son enfance aux hasards de la vie qui feront d'elle l'héritière insoumise d'une famille dégénérée de nobles siciliens, cette œuvre éclatante nous offre une leçon de liberté impossible à oublier.

L'HOMME QUI SAVAIT LA LANGUE DES SERPENTS
Andrus Kivirähk
traduit de l'estonien par Jean-Pierre Minaudier

Voici l'histoire du dernier des hommes qui parlait la langue des serpents, de sa sœur qui tomba amoureuse d'un ours, de sa mère qui rôtissait compulsivement des élans, de son grand-père qui guerroyait sans jambes, de son oncle qu'il aimait tant, d'une jeune fille qui croyait en l'amour, d'un sage qui ne l'était pas tant que ça, d'une paysanne qui rêvait d'un loup-garou, d'un vieil homme qui chassait les vents, d'une salamandre qui volait dans les airs, d'australopithèques qui élevaient des poux géants, d'un poisson titanesque las de ce monde et de chevaliers teutons un peu épouvantés par tout ce qui précède.

Peuplé de personnages étonnants, empreint de réalisme magique et d'un souffle inspiré des sagas scandinaves, L'Homme qui savait la langue des serpents *révèle l'humour et l'imagination franchement délirante d'Andrus Kivirähk. Le roman retrace dans une époque médiévale réinventée la vie peu banale d'un jeune homme qui, vivant dans la forêt, voit le monde de ses ancêtres disparaître et la modernité l'emporter.*

DE PIERRE ET D'OS
Bérengère Cournut

Dans ce monde des confins, une nuit, une fracture de la banquise sépare une jeune femme inuit de sa famille. Uqsuralik se voit livrée à elle-même, plongée dans la pénombre et le froid polaire. Elle n'a d'autre solution pour survivre que d'avancer, trouver un refuge. Commence ainsi pour elle, dans des conditions extrêmes, le chemin d'une quête qui, au-delà des vastitudes de l'espace arctique, va lui révéler son monde intérieur.

DE PIERRE
ET D'OS
Bérengère Cournut

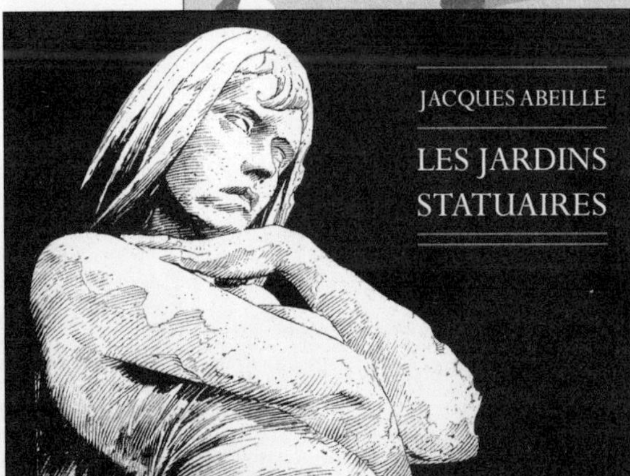
JACQUES ABEILLE
LES JARDINS
STATUAIRES
LE TRIPODE

ANDREÏ IVANOV
LE VOYAGE DE
HANUMÂN

Edgar Hilsenrath
LE NAZI
ET LE
BARBIER

LES JARDINS STATUAIRES
Jacques Abeille

Les Jardins statuaires *ont longtemps été une œuvre maudite. Conçu dans les années 1970 et jusqu'alors passé inaperçu, le texte suscita l'enthousiasme des critiques et des lecteurs lors de cette nouvelle édition parue en 2010. Ce roman – qui nous fait découvrir un monde étrange où se confrontent jardiniers, barbares et sorciers – était enfin rendu à son importance, celui d'un « paradis littéraire » (Martine Laval,* Télérama*).*

LE VOYAGE DE HANUMÂN
Andreï Ivanov
traduit du russe par Hélène Henry

Le Voyage de Hanumân *raconte l'exil de deux paumés au Danemark, et leur vie quotidienne dans un camp de réfugiés. L'Estonien Johann et l'Indien Hanumân, compagnons d'infortune, survivent comme ils peuvent. Entre les magouilles, les petites et grandes indignités, les humiliations et les mensonges, se dessine jusqu'au rire une carte sensible de ces zones transitoires où pataugent et se mêlent l'absurde, les espoirs et les peurs de milliers de laissés-pour-compte.*

LE NAZI ET LE BARBIER
Edgar Hilsenrath (1926-2018)
traduit de l'allemand par Jörg Stickan
et Sacha Zilberfarb

Nous voici en 1933. Max, le fils bâtard de la prostituée Minna Schulz, s'enrôle dans les SS à l'arrivée d'Hitler au pouvoir. Affecté dans un camp d'extermination où disparaissent son meilleur ami (juif) et toute sa famille, il endosse après la guerre l'identité de son ami assassiné. Max, devenu Itzig Finkelstein, épouse la cause juive et traverse l'Europe pour rejoindre la Palestine, où il devient barbier et sioniste fanatique.
Écrit durant l'exil d'Hilsenrath à New York, ce chef-d'œuvre d'humour noir fut d'abord censuré en Allemagne, avant de devenir un best-seller aux États-Unis puis un classique dans le monde entier.

LES AVENTURES DU GÉNÉRAL FRANCOQUIN AU PAYS DES FRÈRES CYCLOPUS
Yak Rivais

Après d'âpres et cruels combats, les frères Cyclopus ont fait triompher la révolution dans leur pays. Mais ils sont sous la menace

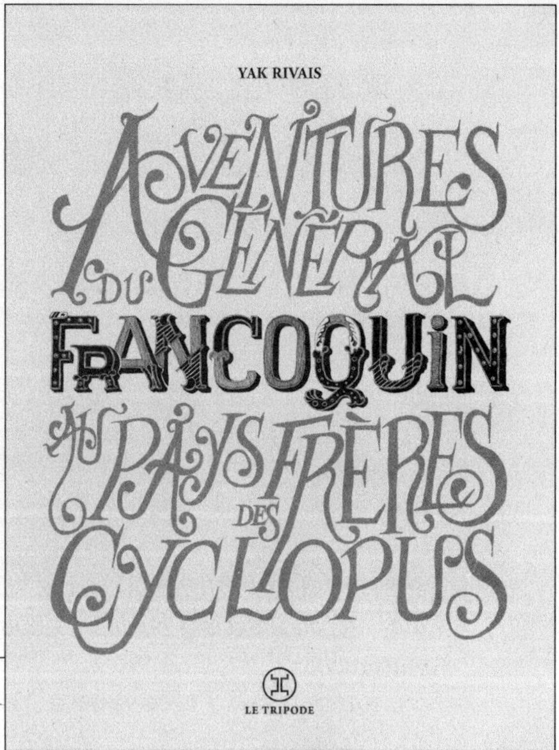
YAK RIVAIS
AVENTURES DU GÉNÉRAL
FRANCOQUIN
AU PAYS DES FRÈRES CYCLOPUS
LE TRIPODE

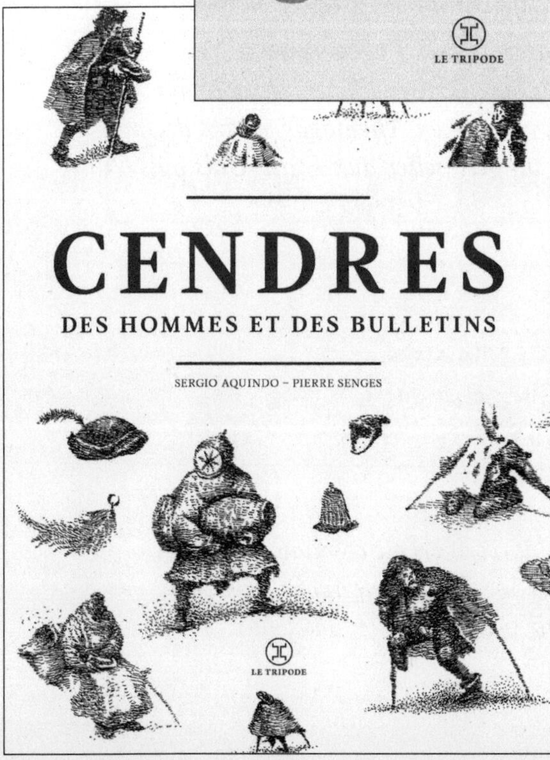
CENDRES
DES HOMMES ET DES BULLETINS
SERGIO AQUINDO – PIERRE SENGES
LE TRIPODE

DÉRANGÉ
QUE JE SUIS
Ali Zamir
LE TRIPODE

de l'État voisin qui, au prétexte de secours, rêve de faire main basse sur les ressources du territoire ravagé. Le général dom Franquin, accompagné de sa femme, de sa fille Chou-Baby, de sa maîtresse Filasse, du colonel Saint-Eustache et d'une bande d'hommes de main aux ordres du tueur N'a-qu'un-Œil, est envoyé sur place afin d'engager l'entourloupe. L'affaire semble réglée, tant l'homme paraît discipliné, imbécile même, peu dangereux pour ses employeurs. Un périple de sept jours sur les terres des frères Cyclopus bousculera les données, et vaudra au général, au quotidien comme au plan idéologique, son nom de gloire : Francoquin.

CENDRES DES HOMMES ET DES BULLETINS
Pierre Senges & Sergio Aquindo

Tout a commencé par une faute d'orthographe, un instant dyslexique. Par la grâce d'une erreur sur les bulletins de vote, un idiot est élu pape en 1455 à la place du grandissime favori. « Ce n'est pas le premier exemple d'injustice née à cause d'une seule lettre de l'alphabet : on a connu des schismes pour moins que ça, des guerres civiles ». Oui, mais voilà, l'infortuné, furieux, s'autoproclame antipape et décide de parcourir l'Europe pour s'allier les grands de ce monde, réparer la folle erreur. En 2010, l'artiste Sergio Aquindo invite l'écrivain Pierre Senges au musée du Louvre pour lui faire observer un tableau de Bruegel, qui demeure un mystère pour les historiens de l'art. Des mendiants à l'allure désastreuse, portant des queues de renard et d'étranges couvre-chefs. D'où viennent ces gens ? Que font-ils là ? Sergio Aquindo et Pierre Senges ont essayé de comprendre. Voici leurs hypothèses réunies dans un roman plus que fou.

DÉRANGÉ QUE JE SUIS
Ali Zamir

Sur l'île d'Anjouan, Dérangé est un humble docker. Avec son chariot rafistolé et ses vêtements rapiécés, il essaie modestement chaque jour de trouver assez de travail pour se nourrir. Mais un matin, alors qu'il s'est mis à la recherche d'un nouveau client, Dérangé croise le chemin d'une femme si éblouissante qu'elle « ravage tout sur son passage ». Engagé par cette femme dans un défi insensé qui l'oppose au Pipipi (trio maléfique des trois dockers Pirate, Pistolet et Pitié), le pauvre homme va voir son

existence totalement chamboulée.
Ali Zamir occupe une place singulière dans la littérature francophone grâce à son don pour les récits incongrus et l'usage de mots rares. Ici, la vitalité de sa langue se met au service de l'histoire tragi-comique d'un pauvre docker. Le mélange survitaminé des genres (on passe en un clin d'œil du drame à la farce) et la puissance ininterrompue des scènes font de ce roman-film virevoltant un bonheur de lecture.

Que mon nom ne soit associé qu'avec des rires
ou ne soit pas célébré du tout.
SHOLEM ALEYKHEM

Le Tripode remercie les bonnes étoiles
Jean Spector, Brecht Evens,
Aurélie Delafon, Yitskhok Niborski.

Imprimé en janvier 2020 par les imprimeries Corlet
D.L. : hiver 2020 | ISBN : 978-2-37055-223-5
N° imprimeur : 20010185